日本大学通信教育部叢書

万葉歌の環境と発想

近藤健史

Kondo Kenshi

翰林書房

万葉歌の環境と発想　◎目次

まえがき

「環境」という語について高木市之助は、「文学をとりまくもの」「文学が見まわすもの」としての自然という意味で用いている。そして、文学作品の創作や読者の鑑賞という主体的なものを客観化する一つの契機として、文学作品と環境との関連を考えることを説いている。その「環境」とは、空間的な「風土」と歴史的な「文化」であるという(1)。

本書で「環境」と呼んでいるものは、空間的に文学をとりかこむもの、広義的には風土的・自然的な環境であり、狭義的には作歌の場である。たとえば、有間皇子にとっての「二上山」、遣新羅使たちの「瀬戸内海」、天平歌人たちにおける「庭園」などである。

また「発想」とは、創作のもととなる思いつきや考えという意味である。本書においての「発想」とは、空間的にとりまくものを目や耳にしたとき、現実的な「モノ」から脱却し、表現の世界へと発展させる過程における「思いつくこと」や「思考力」のことである。本書においては、創作者をとりかこむ環境における「発想」はもちろんのこと、「字」「七」「青」「樹木」「声」などに関する古代的思考のことでもある。

『万葉歌の環境と発想』は、作歌する者、それをとりまくもの、そこから生じる万葉歌との関連などについてまとめたものである。つまり「環境」が作歌する者の「発想」と係わり、どのように表現を規制し特徴づけているのか、その過程や思考などについて考えたものである。

この秋、久し振りに学生たちと大宰府を訪れた。その時に学生たちの興味は、ガイドさんによる観世音寺の沙弥満誓の歌碑「綿を詠む歌」の説明に集まった。当時、大きな寺には才色兼備の女性を賤女として置く習わしがあり、その女性と満誓の間に子どもがもうけられた可能性があるという主旨の話であった。そこで、この機会に改めて満誓の「綿を詠める歌」を考えてみた。

沙弥満誓、綿を詠める歌一首、造筑紫観世音寺別当俗名は笠朝臣麻呂なり

しらぬひ　筑紫の綿は　身に着けて　いまだは着ねど　暖かく見ゆ　（3・三三八）

沙弥満誓は、出家前の俗名を笠朝臣麻呂といい、美濃守右大弁などを歴任し、養老五年（七二一）に元明太上天皇の病気治癒を祈願し出家して、満誓と改名した。その二年後の養老七年（七二三）に、造筑紫観世音寺の別当となって下向し、大宰帥大伴旅人と親交を深め筑紫歌壇で活躍している。「綿を詠む歌」は、筑紫に赴任した後に詠んだ歌である。

この歌と環境との関係は、「しらぬひ」という枕詞に伺える。枕詞「しらぬひ」は、『万葉集』に三例のみであり、すべて「筑紫」にかかっている。だが満誓の歌は「しらぬひ、筑紫の綿」とあり、長歌に「大君の　遠の朝廷と　しらぬひ　筑紫の国」と表現されていている二例とは異なっている。

語義や接続理由については、未詳とされていて、諸説が展開されている。語義については、たとえば、古くは「不知火の意」とされていたが、「ヒ」は甲類、「火」は乙類であるから当たらないとする説（『古典体系』『注釈』）、「シル」を領知する、「ヒ」を霊魂の意として「領らぬ霊」の憑く意とする説（丸山康）、「知らぬ日」の意とする説（『全註釈』）、『古事記』の国生み神話にある筑紫を「白日別」（しらひわけ）と同じとする説、「白い縫い物」の意に解する説などがある。接続理由については、「何か分からない火がつく」と「ツクシ」にかかるとする説（『私注』）、「縫い物の意味の白縫」と解釈し、縫い物を身に「着く・月」という意味で「つくし」（筑紫）にかかるとする説（栗原荒野）などがある。このような解釈は、枕詞「しらぬひ」の発想に地理的、風土的な「筑紫」という広義的な環境が係わってい

ることを示唆している。

それは「筑紫の綿」という表現の「綿」において明らかである。「綿」は『万葉集』に四例詠まれているが、地名と結びつく用例は「筑紫の綿」のみである。この筑紫の「綿」は、真綿であり古来より上質の特産として知られていた。『続日本紀』によると天平元年（七二九）九月三日に始まった大宰府貢綿は、毎年調綿十万屯を京進させるものであったが、神護景雲三年（七六九）三月には、二十万屯に増加となった。二十万屯は、調綿の約八割、調庸綿総量の五割強にあたる量という。[2]「綿」は「筑紫」のブランド品であり、全国的に知られた憧れの特産品であったのであろう。

この「綿」は、歌では「筑紫の綿」と表現され、題詞には「詠綿」とある。そして「『白縫筑紫の綿』は、眼前の綿を見ての語であるが、『筑紫』を添へ、更にそれに『白縫』の枕詞を添へて云ってゐるのは、その綿を讃へる心からである。音に聞いてゐた名産の綿の、眼前に豊かにあるのに對した心である。」（『窪田評釋』）、「筑紫特産の真綿を見た物珍しさから詠んだ歌」（『古典集成』）などと理解されている。これは歌の発想に、環境が大きく係わっていることを読み取っての解釈である。

また、「筑紫の綿」には、ガイドさんの話にあった女性に関することがある。女性の寓意を見る説である。満誓の歌を『攷証』で女性に比喩したと述べてから、「その寺の賤女赤須に通じて子を生ませたことが傳えられ、また戀の歌もあることところを見ると、この説もあながちに否定はできない。」（『全註釈』）とする。その伝承は、『三代実録』（貞観八年三月）にある。満誓が観音寺の別当のときに婢女である赤須に生ませた者の子孫等が、寺家人となっていた。しかし家人より良民となることを許されたというものである。この記事が書かれたのは「貞観八年」（八六六）であり、満誓の「綿を詠む歌」が詠まれたと推定される養老六年（七二九）より一三七年も後のことである。これは満誓が出家して未だ具足戒を受けず正式の僧になっていないことを意味する「沙弥」であったということから、後に満誓に関する伝承的なものとして生じた可能性がある。しかし、この寓意を支持する注釈書（『全註釈』）などもあり、歌の「身に付けて　いまだは着ねど　暖かけく見ゆ」の解釈に「異性の寝心地の良さそうなさまを詠んだものか。」（『新古典全集』）、「まだ慣れ親しんでいない娘さんだからという寓意かあるかもしれない。」（『新古典体系』）などがある。

歌は題詞に「綿を詠める歌」とあり、あくまでも題詞の次元では、「綿」が主題である。また歌の全体的な表現を見ると「しら（白）」、「ぬひ（縫う）」、「筑（付く）」、「綿」、「（身に）付けて」、「着ねど」、「暖かけく」など、「綿」の縁語的な遊戯的発想によっていると思われる。

実は、この満誓の「綿を詠む歌」について、宴席の場で作歌されたとする考えがある。その宴は、神亀六年（七二九年、同年八月より天平と改元）三月から四月上旬頃に催されたという。それは小野老の従五位上への昇叙を祝うために筑紫歌壇の人々による宴であったと推定している。(3) その宴での歌は、咲き匂う奈良の都を見て最近大宰府に帰って来た小野老の「都を賛美する歌」（3・三二八）から、満誓の「無常の歌」（3・三五一）までの一連であり、憶良の「宴を罷る歌」（3・三三七）を分岐点にして二群に分けられるという。「筑紫の綿の歌」は、宴の一次的な座で詠まれたとする。歌内容的には、宴の冒頭で小野老が都への「望郷の歌」を詠んで以来読み継がれていたことに対する歌であると考えてられる。(4) そのことは、『釋注』で「今度は私が筑紫特産の真綿の歌を詠みましょう」と披露し、「皆さんは、大和大和とおっしゃいますが、筑紫だって見捨てたものではありません」という意図が込められている歌であると解釈し、「そんなに望郷の思いばかりに暮れずに、気を取り直して飲みましょう、という次第で、座の空気の転換を狙った歌」と説いている。

また、小野老の歌と同じ宴席の場を想定する『全歌講義』は、「九州産の上質の綿をほめる気持。中央から来た者として土地の特産の品をほめるのは、土地の行政監督者、ここは宴の主催者でもある大宰帥への讃美ともなろう。特産の綿が話題になり、現物が示されたりしたことも推測される。」と述べている。

これらは、これまで単独の一首と捉えて理解・享受されてきた満誓の「綿を詠む歌」について、作歌の場や座を想定し、そこで詠われた歌々の一連の群れとして捉えての解釈である。時に歌は、取りまく環境、作歌の場、作歌の座などの影響を受ける。そして共同的な場で作歌された歌は、歌の群れとなって現れる。

久し振りに大宰府を訪れて、万葉歌の理解と享受には、歌をとりまく環境、筑紫という「風土」「文化」、そして「作歌の場」などが重要な視点であることを改めて感じた。

注

（1）高木市之助「日本文学の環境」（『高木市之助全集第七巻』講談社、昭和五十一年）
（2）平野邦雄「大宰府の徴税機構」（『律令国家と貴族社会』吉川弘文館、昭和四十四年）
（3）林田正男「小野朝臣老論」（『万葉集筑紫歌群の研究』桜楓社、昭和五十五年）
（4）伊藤益「沙弥満誓の歌」（『セミナー万葉集の歌人と作品　第四巻』和泉書院、平成十二年）

I　古代的思考

「字」の諸相 ——万葉人の呼び名をめぐる環境——

一　はじめに

古代において、物に名をつけることは、その対象の実態を完全に把握し、自己の支配下に置くことを意味する行為であった。個人への命名も、それに基づくのである。それゆえ、他人に実名を明かすことは、自分の生涯に大きく係わっていたのである。たとえば、女性が男性に名を「ナノル」ことは、名を知った相手の支配下に入るのを承諾したことを意味し、求婚を受け入れることであった。また、第三者に知られることにより災厄を蒙るとも考えられていた。したがって、本当の名は、安易に公表すべきものではなく、「字《あざな》」で呼ばれていたという。[1]

「字」について太田通昭は、「字の語源は詳らかでない、アダナと同様、他名《アダ》の意と云ひ、又假初《アダ》なる名の義と解き、或は糾名《アザ》にて交るに用ふる為と云ひ、又梵語の悪刹那《アザナ》（文字）の誤用かの説がある」と述べている。そして「字」には、「本名或は幼名であったかと考へられるもの」「支那流のもの」「上に氏名の一字を置くもの」「氏或は氏の一部に官職名、或は輩行を添へたもの」「地名或は場所名に、輩行或は官職名を添へたもの」などがあると指摘する。[2]

実は、『万葉集』においても、「字」で呼ばれる人々がいる。その分布を示すと次の表のようになる。

「字」とは、実名以外の呼び名、通り名である。だが、「字」がまわりの人々から呼び慣わされているということからすると、それは特別な存在であることを示しているとも考えられる。「字」で呼ばれる人々は、どのような様相を呈しているのであろうか。次頁の表によると、巻二に三例、巻三に一例、巻六に二例、巻八に一例、巻十六に四

巻・歌番号	記載名	字	歌の中の字	字の記載場所	作歌
①二・一一〇	石川郎女	大名児	大名児	題詞の脚注	あり
②二・一二六	大伴田主	仲郎	なし	左注	あり
③二・一二九	石川郎女	山田郎女	なし	題詞の脚注	あり
④三・三八一	筑紫の娘子	児島	なし	題詞の脚注	あり
⑤六・九六六	遊行女婦	児島	筑紫の児島	左注	あり
⑥六・九八四	豊前国の娘子	大宅	なし	題詞の脚注	あり
⑦八・一四六五	藤原夫人	大原の大刀自	なし	題詞の脚注	あり
⑧十六・三七八六	娘子	桜児	桜の花 妹の名にかけたる桜	左注的題詞の末	なし
⑨十六・三七八八	娘子	縵児	山縵の児 玉縵の児	左注的題詞の脚注	なし
⑩十六・三八四五	大舎人土師宿禰水通 大舎人巨勢朝臣豊人 巨勢斐太朝臣	志婢麻呂 正月麻呂 名字は忘れる	斐太の大黒 巨勢の小黒 土師志婢麻呂	左注	あり あり なし
⑪十六・三八五四	吉田連老	石麻呂	石麻呂	左注	なし
⑫十八・四一〇八	遊行女婦	左夫流	左夫流児 左夫流の児	長歌末尾の注	なし
⑬二十・四四七九	藤原夫人	氷上の大刀自	なし	題詞の脚注	あり

例、巻十八に一例、巻二十に一例、合計十三例の「字」がある。「字」で呼ばれる人々は、女性八人、男性四人の計十二人であるが、石川郎女のように、一人で二つの「字」を持つ例もある。この中で、「桜児」「縵児」「左夫流」「石麻呂」の四人は、作歌しない者である。また「児島」「左夫流」のように「遊行女婦」と呼ばれる女性もいる。「字」は、題詞の脚注、左注、左注的題詞、長歌の末尾などに注記されている。歌の中に「字」が詠み込まれるのは、「字」の記載場所が左注的題詞と長歌末尾の例のすべてである。左注では、四例中三例、題詞脚注では六例中一例である。数字的には、左注では詠み込まれるのが主、題詞脚注では詠み込まれないのが主と考えられる。

本稿では、このようなあり方をみせている「字」の実態を踏まえ、「字」の意味するもの、「字」で呼ばれる理由、「字」で呼ばれる人々のおかれている環境、さらには「字」がどのように文学的な質と係わるのかなどについて考えてみたい。

二 石川郎女

大名児・山田郎女

石川郎女は、石川女郎なども表記され、『万葉集』において、次の十二箇所に登場する。

(1)①石川郎女（久米禅師作歌） 2・九六～一〇〇
②石川郎女（大津皇子作歌） 2・一〇七・一〇八
(2)③石川女郎（大津皇子作歌） 2・一〇九
④石川女郎（日並皇子作歌） 2・一一〇
(3)⑤石川女郎（対大伴田主） 2・一二六・一二七

⑥石川女郎（対大伴田主）　2・一二八
(4)⑦石川女郎（対大伴宿奈麻呂）　2・一二九
(5)⑧石川命婦（左注）　3・四六〇・四六一
(6)⑨石川郎女（対大伴安麻呂）　4・五一八
(7)⑩石川内命婦（左注）　4・六六六・六六七
(8)⑪内命婦石川朝臣（応詔歌）　20・四四三九
(9)⑫石川命婦（対藤原宿奈麻呂）　20・四四九一

右の①から⑫に見える石川郎女（女郎）について、(1)〜(9)を一人とする単数説、(1)〜(8)・(9)の二人説、(1)〜(4)・(5)〜(8)・(9)の三人説、(1)・(2)〜(4)・(5)〜(8)・(9)の四人説など、諸説が展開されている。[3] だが、ほとんどにおいて「字」の注記がある④⑦を含む(2)〜(4)は、天武・持統朝の石川郎女（女郎）として同一人と認められている。

石川郎女の年齢にしても、諸説が展開されていて明確ではない。ただ若き日の石川郎女は、①の久米禅師に求婚された歌が見られ、また②③④の恋の歌を大津皇子・日並皇子から贈られている。さらに、⑤⑥の求愛の歌を大伴田主に贈り、その弟の宿奈麻呂に対する⑦の恋情の歌を詠んでいる。ちなみに、阿蘇瑞枝の年齢推定によれば、②③④を詠んだ天武十四年（六八五）頃は二十三歳前後、⑤⑥⑦を詠んだ文武三年（六九九）頃は三十七歳前後であった。[4]

その頃の石川郎女は、次のように「字」で「大名児」「山田郎女」と呼ばれていた。

④日並皇子尊、石川女郎に贈り賜ふ御歌一首　女郎、字を大名児といふ。

大名児を　彼方野辺に　刈る草の　束の間も　我忘れめや　（2・一一〇）

⑦大津皇子の宮の侍石川女郎、大伴宿祢宿奈麻呂に贈る歌一首　女郎、字を山田郎女といふ。宿奈麻呂宿禰は大納言兼大将軍卿の第三子にあたる。

古りにし　媼にしてや　かくばかり　恋に沈まむ　手童のごと　一に云ふ、恋をだに　忍びかねてむ　手童のごと　（2・一二九）

『全註釈　三』に、「『字』は名の義を取ってつけるのが本義であり、一般の呼称にこれを用いた」とある。ならば、「大名児」と「山田郎女」は、何によっているのであろうか。「山田郎女」の場合、大津・草壁皇子の曾祖父蘇我倉山田石川麻呂臣のゆかりの地と係わるかとも考えられている。「大名児」は、歌の初句に詠まれていることから、題詞と脚注の注記は歌の理解のために必要であったと思われる。しかし「山田郎女」は、歌の理解には特に係わらない。この二つの「字」に関して、『注釈　巻第二』は、「大名児といふのは真間の手児名《てこな》（3・四三一）、末《すゑ》の珠名《たまな》（9・一七三八）などの手児名や珠名と同じく、呼び名であり、山田郎女といふのは、大伴郎女をまた坂上郎女といふ（4・五二八左注参照）のと同じく、住んだ地名などによる通称と見るべきであるから、石川郎女と山田郎女と大名児とは別人とはならず……」と述べている。「山田郎女」とは、居住地による名であり、「字を山田郎女といふ」という注記は、「大津皇子の宮の侍」との係わりでつけられたのであろう。

では、歌の初句にも詠まれる「大名児」とは、どのような意味を持っているのだろう。また、「字」で呼ばれる石川郎女に何か特別な意味や魅力があったのだろうか。

「大名児」について、「大名児は女郎の字也と註せれど、是は其女をあがめ宣まへるなるべし。姉をナネ、兄をナセなどと言へり。又大名持など、名もて褒めごとせしは古への常なり」と述べ、「わが兄」などのように「人を親しみ尊んでいう語」と解している。また『檜嬬手』（別記）では、「其端書の下に女郎字曰二大名児一とあり、凡てかく分註に女子の名を記せるものは皆遊行女婦也」、「打つけに遊行女婦と称せるは、多くは前采女なりけらし」として、遊行女婦や采女的な要素が含まれていると解する。

試みに、「大名児」と類似する表現、つまり「……児」を称する人々を『万葉集』でみると次のようになる。

(1)　采女「安見児《やすみこ》」（題詞）――2・九五
(2)　豊前国の娘子「紐児《ひものこ》」（題詞）――9・一七六七～一七六九
(3)　娘子「桜児」（題詞）――16・三七八六・三七八七
(4)　娘子「縵児《かづらこ》」（題詞脚注）――16・三七八八～三七九〇
(5)　遊行女婦「左夫流児《さぶるこ》」（歌中・歌の注記）――18・四一〇六～四一一〇
(6)　出雲娘子「出雲の児」「出雲の子」（歌中）――3・四二九・四三〇
(7)　吉備の津の采女「志我津《しがつ》の子」「凡津《おほつ》の子」（歌中）――2・二一七～二一九

右の(1)「安見児」は采女。(7)の「志我津の子」は、「楽浪の志我の大津の宮に仕える采女」（『全注　巻第二』）と考えられる。(5)の「左夫流児」は遊行女婦とある。(2)の「紐児」も遊行女婦とされ、たとえば「遊女の名。珠名らと同様、創作された名」（『講談社文庫』）とある。(6)の「出雲の児」は「出雲出身の采女か、出雲氏の氏女か」（前掲書）とある。(3)「桜児」、(4)「縵児」について折口信夫は、巫女とされ、[5]また桜井満は、「桜児」を「田の神を待ち斎く巫女」、「縵児」を「巫女」とし、[6]丸山隆司も「桜児」については神の女である「巫女」と考えている。[7]

このように、『万葉集』においては、「大名児」のような「……児」なる呼称は、遊行女婦・采女・氏女・巫女など、ある特定の立場の女性に付していることが明らかである。

その石川郎女の人物像については、「山田郎女」という注記に関して『私注』は、次のように述べている。

> 山田石川は河内石川郡の地名で相接続し蘇我氏の住地であるから蘇我山田石川麿の如き呼称もある。蘇我氏の後を石川と称するのもその故である。或は石川をとつて石川郎女といひ或は山田をとつて山田郎女とも呼んだかであらう。（中略）この石川郎女を以て遊行女婦であらうといふ説なども出たことがあるが、此の註によれば、それは歴とした名門蘇我氏の流で、其の本拠地山田石川（河内石川郡の地名で相接続し蘇我氏の住地）に育つ

たか仕したかしたのであるから当時の貴族階級の一員であったことが明かだ。

また阿蘇瑞枝は「石川郎女」は、蘇我氏の石川朝臣出身の女性で、この系統は天智・天武両後宮と関係が深いと言う。その石川麻呂の二姉妹は天智妃となり、一人は大伯皇女と大津皇子を、一人は日並皇子を生む。またこの二人の皇子の妻になった山辺皇女も母方は石川朝臣氏であったとする。そして石川郎女は、大伴旅人、田主、宿奈麻呂兄弟の父である安麻呂の妻となり、坂上郎女・稲公を生んで安麻呂の家を守る一方、内命婦として宮廷に出仕したと述べている。[8] さらに緒方惟章は、「天武天皇代『氏女』として内廷に入り、持統天皇の室となるも、なお『内命婦』として聖武天皇代に至るまで内廷に仕えた女性」と考えている。[9] その「氏女」については、天武八年（六七九）八月「諸氏、女人を貢れ」という詔が下されていて、「京畿内に本貫を有する名族より貢上出仕せしめた女性」で、「後宮の諸司に奉仕した宮人」である。また、「采女などに欠員を生じた場合、その補充にあてられることもあった」とし、「采女に準じた存在」と説く。さらに「内命婦」について、折口信夫の「宮人は、略采女と言ふ名を以て総括することが出来、其中老年になった者が、監督の地位に立つところからひめとねと言ひ、命婦の字を当てることは既に言うた」ということばを引用し、その命婦の中「自ら五位以上の位階を有する者」（『令義解』職員令・中務省）で、「特定の職掌はなく、朝参などの儀式には参加する定めになっているもの」（『令義解』後宮職員令）と説いている。

先に、「大名児」のような「…児」の呼称のつく人物は、遊行女婦・巫女・采女・氏女の要素を有していたことを確認したが、諸氏の指摘にあるように、「貴族の一員」「氏女」「内命婦」とも考えられている。しかし、この「氏女」説について、福沢健によって疑問が提出され、むしろ佐保大伴家の大家である姿が見られ、歌の教育（次世代の男性と恋愛遊戯的歌を交わす）を仕事としたと説く。[10]

また、桜井満は、石川郎女複数説が生じる理由やその生活ぶりに関して次のように述べ、「みやびの生活をし、恋の歌」を詠む女郎像を描いている。[11]

さて、「氏女」は、中央の豪族、例えば大伴氏であるとか、藤原氏であるとか、あるいは阿倍氏・石川氏・笠氏・紀氏・巨勢氏というような諸氏から献る、その氏女は三十歳が一応の定年だったわけですから、三十になってさがると、また後任の氏女が献られることになります。あるいは三十以前に結婚して次の氏女に交替するということの方が多かったと思います。

イラツメというのは、一族のむすめ、すなわち「氏女」ということだと思います。「平群の郎女」というような例もあります。石川郎女とか、阿倍郎女・大伴郎女と伝えられる人びとは石川氏とか阿倍氏とか、大伴氏から、氏女としてさし出された人びとが、代々呼び名にされたものだったと見られます。(中略)とにかく氏の名を冠して「——郎女」と呼ばれる女人は、「氏女」として奉仕した人びとだったと私はみたいと思います。こうした人びとは、宮廷にあってみやびの生活をし、恋の歌をさかんに詠んでおります。「采女」とは違うのでありま す。

ところで、歌による「石川郎女」は、どのようにあるのだろう。④の歌においての「大名児」は、「彼方《をちかた》」にいる存在として詠まれている。これは石川郎女が河内国石川郡を本貫に持つ石川氏と関係があることから、河内国南河内郡にある地名「彼方」を用いたと思われるが、遠くに離れていることを暗示する。だが東の間も忘れるものではないと詠むように、「大名児」は魅力的な女性であったと考えられよう。ところが、高橋虫麻呂の伝説に登場する女性たちのように、男性を引き寄せる魅力ある女性であったという具体的な表現はない。ただ、日並皇子から「大名児」と呼ばれ、また周囲の人々からも「大名児」と「字」で呼ばれるような「名」にかかわる特別な女性であったと考えられる。たとえば「大名児」という「字」の意味は、まず「大」は讃め詞の接頭語、「児」は人名や人間を表す名詞・動物名につけて用いる愛称である。そして「名」は、石川郎女が詠んだとされる九首を見ると明らかなように、多彩な男性遍歴を持った恋多き女という像から、「世間に名を知られること」「浮名が立つこと」「評判なること」という意味を含むものと解することができる。また⑦の題詞には、貴人に付き添う女性を意味する「侍《まかたち》」とあり、『名義抄』においては美しい女性を表わす語の「嬫」にマカタチの訓が見えることから、かなり魅力的な女性であったことは明らかである。

石川女郎と仲郎

その石川女郎と「仲郎《なかちこ》」という「字」を持つ大伴宿祢田主と贈報した歌がある。

石川女郎、大伴宿祢田主に贈る一首　即ち佐保大納言大伴卿の第二子にあたり、母を巨勢朝臣といふ。

みやびをと　我は聞けるを　やど貸さず　我を帰せり　おそのみやびを　（2・一二六）

大伴田主、字を仲郎といふ。容姿佳艶、風流秀絶、見る人聞く者、嘆息せずといふことなし。時に、石川女郎といふひとあり。自り双栖の感をなし、恒に独守の難きことを悲しぶ。意に書を寄せむと欲へど、良信に逢はず。ここに方便を作して、賤しき嫗に似す。おのれ堝子を提げて、寝側に至る。哽音蹢足し、戸を叩きて諮ひて曰く、「東隣の貧女、火を取らむとして来る」といふ。ここに仲郎、暗き裏に冒隠の形を知らず、慮の外に拘接の計に堪へず。思ひのままに火を取り、跡に就きて帰り去らしむ。明けて後に、女郎、既に自媒の愧づべきことを恥ぢ、復心契の果らざることを恨む。因りて、この歌を作りて謔戯を贈る。

大伴宿祢田主の報へ贈る歌一首

みやびをに　我はありけり　やど貸さず　帰しし我そ　みやびをにはある　（2・一二七）

同じ石川女郎、更に大伴田主中郎に贈る歌一首

我が聞きし　耳によく似る　葦の末の　足ひく我が背　つとめたぶべし　（2・一二八）

右は、中郎の足疾により、この歌を贈りて問迅せるなり。

右のように、石川女郎と大伴田主との贈報歌には、作歌事情を説明する長い左注が付いている。それによると田

主は、大伴家の「仲郎」、すなわち次男坊という意であり、「容姿はうるわしく、格別にみやびやかであり、姿を見る者声を聞く者で感嘆しない人はなかった」というのである。

一方の石川女郎については、「時に石川女郎有り」「東隣の貧女」とある。この石川女郎について、単に存在を示すだけでなく、「折しも、例の色好み女石川郎女がいた」（『釋注』）と解釈されている。またこの贈報歌については、すでに先学によって『芸文類聚』や『玉台新詠』などの出典が指摘されているが、六朝から初唐の文学に、女性特に美人を東隣の女性として表現することがしばしばあったとされている。たとえば、小島憲之は、左注が『文選』所収の宋玉「情賦」や『玉台新詠』の「情詩」の影響を受けていると論じている。また田主と女郎との関係については、田主は宋玉に、郎女は東隣の女に当たるとする。(12)

藏中進によると、形の上でももっとも当該左注に近いのは、「東隣」「自媒」「風流」などの共通用語を含んでいる除陵の『玉台新詠』序であり、内容的には宋玉「登徒子好色賦」（『文選』十九・『芸文類聚』十八）がもっとも関係深いという。また司馬相如「美人賦」（『司馬文園集』・『芸文類聚』十八）と筋立てが同じであることから、左注筆者は大伴田主（遊士・風流士）――宋玉、石川女郎（東隣貧女）――東家美女という図式を表現したものと説いている。(13)

なおまた、呉哲男は、深津胤房の風流とは本質的に、ある特定の名士の生き方にあこがれ、それを受け伝えていこうとする姿勢をあらわす「風流名士」のことである、とする考えを基に、(14) 一二六歌の作者は、宮廷詩人の司馬相如が駆け落ち恋愛結婚をし、衰弱死するまでのめり込んでいった美女卓文君との「色好みの風流」を知っていたとする。そして、「中国における『好色風流』の源が司馬相如と卓文君であることを知って、その名を隠蔽しつつ喚起しようとしたのではないか」とし、「『好色風流』の名士たる卓文君を気取って大伴田主に一夜の宿を借りようとしたが、あいにく田主は司馬相如のような恋愛の情趣を解する風流心を持ち合わせていなかった、というのが一二六の歌の意になる」と説く。(15)

このようなことから「字」で呼ばれる大伴田主と石川女郎との贈報歌は、当代きっての美男・美女の歌として解することができる。その歌は、「因りて、この歌を作りて謔戯を贈る」とあるように「戯れごと」（『釋注』）「冗談ごと」（『新編全集』）に贈ったのである。石川女郎は、自分の変装を見抜けず求愛を受け入れずに帰した田主に対して、「おそのみやびを」と、「評判にも似ぬ間抜けな風流人よ」（色好みを解する男子ではない）となじる歌（2・一二六）を贈る。それに対し田主は、自分の行為を「みやびを」だと主張し、「女を泊めずに帰した私こそが風流人だ」（道徳性に富む高潔なる男子）と「風流士」の意味を好色面から道徳面に転換させて切り返す歌（一二七）で応酬する。女郎の「みやびを」は、「女の恋を受け入れる男」、田主の「みやびを」は「女との恋の交渉を否定する男」と、ここに相反する二つの考えが示されている。飯田勇は、「みやびを」を「宮び男」の意味に解し、「宮廷男子のもう一つの禁欲的な理想像をこの語にあてはめて、切りかえした」のであり、「当意即妙の意味のずらし」によって、半分面目を保ったとする。[16]

さらに石川女郎は、足の病にかかっている田主に対し、「噂通りに、葦の葉先のように足をひきずっているあなた、お大事に」と歌（一二八）を報す。田主は事実「足疾」を病んでいたのかも知れない。だが、「田主」という名は、史料に見えないことから「或ひは旅人の仮名であるかもしれない」（『全註釋』）ともあるが、「田の主」と解することができる。また「なほ仮名だとするとタヌシではなくてタモリ即ち田守即ち一本足のかがしといふ事になるといふ説がある」（『注釋』）とあるように「田守」とする考えもある。これを受けて伊藤博は、「『田主』はタヌシであっても、〝田の主人〟（豊後国風土記国埼郡の条に、田の持主を『田主』と称した例あり）であり、案山子は田主の代理人」であると述べている。[17] 歌内容からは、石川女郎の「みやびをと　我は聞けるを」――「おそのみやびを」、大伴田主の「みやびをに　我はありけり」――「みやびをにはある」という対応関係が考えられ、石川女郎の「我が聞きし耳によく似る」の次にくる表現もまた、「みやびを」に係わるものと思われる。

しかし、「足引く我が背」とある。唐突に、聞いた通り足がままならぬでは不可解である。『私注』は、「それはあくまでも仲郎（一二七）の歌に直接答へたものと解さなければならない。聞いた如くにやはりみやびをであった、というのが歌の中心だ」と解している。本来、大和ことばとしての「みやびを」は、「宮廷圏・都風の男」という意味であったが、次第に私的な男・女の関係において使われるようになった。女郎は田主の言う通り「みやびを」であることは認める。でもそれは「田の主」という名には、「田の持ち主」「田の主人」であり、美しい貴族階級の女性の心をよく理解できない鄙にある野暮な人という意味が込められていると考えられる。換言すれば、田主の「みやびを」は、天下一の美しい女性に言い寄られても動じない「風流」であったとも言えよう。

そこで、「足がままならぬあなた、やっぱり名前どおりの田の主ね」ということになる。この田主を「案山子」と考えるとき、『古事記』上巻に見えるカカシの古名「山田のそほど」に注目したい。

爾より大穴牟遅と少名毘古那と、二柱の神相並ばして、此の国を作り堅めたまひき。然て後には、其の少名毘古那神は常世国に度りましき。故、其の少名毘古那神を顕はし白せし、謂はゆる久延毘古は、今に山田のそほどといふ者なり。此の神は足は行かねども、尽に天下の事を知れる神なり。

右によると、誰も知らなかった少名毘古那神の名を明かした久延毘古は、「山田のそほど」といわれる神であった。この神は、歩くことはできないが、天下のことは残らず知っているというのである。

これによると、「田の主」は「案山子」、「案山子」は知識・教養がある。その意味では、「風流士」である。でも歩けない、行動できない。つまり、男女の色好みの道をよく心得ているものの、女の気持ちを察することもできず、女を寝屋に入れることもできない、頭でっかちな男で、「やっぱり耳にした噂どおりの田舎案山子ね」とからかった歌と解することができる。また「田主」と「字」の「仲郎」（次男）との係わりからすると、「案山子は『田主の代理人』」という考えに従ってみると、「田主」という名であっても「主」ではなく、所詮「次・代理」でしかないという意も込められていよう。

なお、緒方惟章は、「足引く我が背　つとめたぶべし」について、「〈足〉とは、〈鍋〉が女陰の指称語であるのに対し、男根の指称語」であり、「女郎が仲郎の性的虚弱を発き立て、これを愚弄し、嘲笑する言葉であった」という。[18]石川女郎と大伴田主の贈報歌の虚実については、「作り物語」（『全註釋』）、あるいは「物語り的虚構作品」[19]、「〈宴座〉における即興的演劇」[20]などの諸説が提出されている。いずれにせよ、「字」で呼ばれる石川女郎と田主とが「諧戯」として歌を贈報したことは明らかである。そしてそこでの石川女郎は、歌を中心とする芸能の才があり、切り返し、機知性、遊戯性が濃くあらわれている女性として存在している。またこのことは、「字」で呼ばれる人々の置かれた環境とも係わっていると考えられる。

三　「字」で呼ばれる娘子・遊行女婦たち

作歌する娘子・児島

まずは、「字」を「児島」と呼ばれる娘子から見てみよう。

筑紫娘子が行旅に贈る歌一首　娘子、字を児島といふ。

家思ふ　心進むな　風まもり　よくしていませ　荒しその道　（3・三八一）

冬十二月、大宰帥大伴卿の京に上る時に、娘子が作る歌二首

凡ならば　かもかもせむを　恐みと　振りたき袖を　忍びてあるかも　（6・九六五）

大和道は　雲隠りたり　然れども　我が振る袖を　なめしと思ふな　（6・九六六）

右、大宰帥大伴卿、大納言を兼任し、京に向かひて道に上る。この日に、馬を水城に駐めて、府家を顧み

望む。ここに、卿を送る府吏の中に、遊行女婦あり、その字を児島と曰ふ。ここに、娘子この別れの易きことを傷み、その会ひの難きことを嘆き、涕を拭ひて自ら袖を振る歌を吟ふ。

大納言大伴卿の和ふる歌二首

大和道の　吉備の児島を　過ぎて行かば　筑紫の児島　思ほえむかも　（6・九六七）

ますらをと　思へる我や　水茎の　水城の上に　涙拭はむ　（6・九六八）

右によると娘子は、「筑紫娘子」（三八一題詞）、「児島」（三八一題詞脚注、九六六左注）、「娘子」（九六五題詞）、「遊行女婦」（九六六左注）、「筑紫の児島」（九六七）と、五つの名によって呼ばれている。また、題詞に「行旅に贈る」「京に上る時に」とあるように、送別の歌を詠む場にいる。

この「筑紫娘子」は、「児島」の別名ではなく、元来は筑紫国の娘子に対する一般的な呼称であろう。他に長皇子の旅立ちに歌を贈った「清江娘子」（1・六九）、藤原宇合大夫が任を解かれて京に上る時に歌を贈った「常陸娘子」（4・五二一）、石川大夫が任を遷されて京に上る時に歌を贈った「播磨娘子」（9・一七七六、一七七七）など、地名、国名を冠して娘子を称する例もある。「清江娘子」については、「姓氏未詳」と注記されていることから、固有の名称ではなく、また階層的にも低かったことを暗示していると思われる。

児島は「遊行女婦」であった。「遊行女婦」については、すでに十世紀前半に成立した辞書『倭名類聚抄』（巻二・乞盗類、第二十三「遊女」の項）の解説に、『揚氏漢語抄』に「遊行女児・宇加礼女又阿曾比」と見える。八世紀において、「遊女」は「遊行女児」、和名でウカレメと訓まれていたことは明らかである。

「遊行女婦」の性質について、関口裕子は、「うかる（うかれはその連用形）とは、『うき漂う、ところさだめずさまよい歩く』という意味、それを漢字で書き表した遊行は、『諸国を巡り歩く』という意味なので、うかれめ＝遊行女婦とは、あちこちめぐり歩く女性ということになる。宴会に出席して歌を歌う点と考え合わせると、遊行女婦とは漂泊する芸能人ということができるであろう」と考えている。[21] また、猪股ときわは、「遊行——浮かることを名にもつ遊行女婦は、遊行する——恋する〈専門家〉の一人として万葉歌をよむのにかかわったのではないか」とする。[22] いずれにせよ、容姿・才智に優れ、宴の接待役を務めた女性と推定される。

児島の巻六の二首は、天平二年（七三〇）十二月大宰帥大伴旅人が京に上る時に作る歌であった。歌の場は、「卿を送る府吏の中に……」とあることから、官人集団の公的なものと思われ、外敵に備えて作られた「水城」は送別の境界的な場となる。二首に関して、「左注に『自吟振之歌』とあるのを見ると、これらの歌は『振袖之歌』と呼びならはした、別離の曲であった如くに見える。大宰帥の解任上京を送る為に誦する慣ひとなって居たものでもあらうか。題詞には作歌二首とあるが、少なくとも此の振袖之歌の方はさうとることが出来る。或は在来の曲によって若干の創意を加へたものと見るべきであらうか」（『私注』）と説かれている。筑紫の遊行女婦たちの間には決まって詠う「別れを惜しむ歌」があって、その都度、場に合わせて多少の改変を加えて詠んだと考えられる。遊行女婦「児島」は、「袖振る行為」ではなく、「袖振歌」を専門的に詠んだのであろう。また「涕を拭ひて」とあることから、歌に仕草も伴なっていたのであろう。

巻三の三八一歌は、送別歌であるが、題詞に作歌事情が詳しくないため、その「行旅」とは誰をさすかについて、諸説が展開されていた。ところが、神亀五年（七二八）五月頃筑紫に下り、旅人やその子家持の面倒を見て、天平二年（七三〇）十一月頃に、旅人たちよりも一足早く都に帰ったと思われる大伴坂上郎女一行をさすという説が強くなっている。そして、この歌について、天平二年の八～九月頃の、旅人の病気見舞を終えた大伴稲公・大伴胡麻呂一行が帰京する時の、少典山口忌寸若麻呂の送別歌の

周防にある　岩国山を　越えむ日は　手向けよくせよ　荒しその道　（4・五六七）

と類似することから、「多分、遊女が都に帰る人に歌って聞かせていた半ば職業的流行歌（『荒しその道』は一種の

慣用句《イディオム》であった」(『全注』)、「外交の要衝でもある大宰府では、『荒しその道』で閉じる送別歌が流行していたということも考えてよい……児島が遊行女婦であることを思えば、さまざまな流行詠を知っている、その都度、多少の改変を加えてたくみに利用したとも考えられる」(『釋注』)と解されている。

遊行女婦である児島は、送別歌である「袖振りの歌」や「荒しその道」の歌など、当時の流行詠を知っていて、歌の専門家として、場の環境に合わせて利用していたといえよう。また、旅人の歌(九六七)で、帰路の地名「吉備の児島」が人名「筑紫の児島」を想起させることに、「酒間に取り交わす貴人と遊女の洒落」の面白さを見ることもできる。(23)

試みに、ほとんど天平期の例であるが、『万葉集』中にある遊行女婦の歌を見ると、次のようにある。

(1)水海に至りて遊覧せし時、各々懐を述べて作れる歌(六首中の一首)

垂姫の　浦を漕ぎつつ　今日の日は　楽しく遊べ　言ひ継ぎにせむ　(18・四〇四七)

右の一首は遊行女婦土師

(2)四月一日に、掾久米朝臣広縄の館にして宴せる歌四首(一首のみ)

二上の　山に隠れる　ほととぎす　今も鳴かぬか　君に聞かせむ　(18・四〇六七)

右の一首は、遊行女婦土師作れり。

(3)右の一首は三日に、介内蔵忌寸縄麿の館にして会集ひて宴楽せし時に(左注)

(一首略)

遊行女婦蒲生娘子の歌一首

雪の山斎　巌に植ゑたる　石竹花は　千世に咲かぬか　君が挿頭に　(19・四二三二)

(4)死りし妻を悲傷びたる歌一首并せて短歌　作者いまだ詳らかならず。

（長歌および短歌省略）

右の二首は、伝へて誦めるは、遊行女婦蒲生これなり。（19・四二三六、四二三七）

(5)橘の歌一首　遊行女婦

君が家の　花橘は　成りにけり　花なる時に　逢はましものを（8・一四九二）

これらによると、「遊行女婦」とは、知恵と広く遊芸の教養を具えて、宴席などに侍して興を添える女性であった。(1)の「土師」は、越中国で「言ひ継ぎ」を得意とし、同じく越中国で(4)の「蒲生」は古歌を伝誦し、宴の場や環境に合わせ即妙な作歌をした。同様に国名を冠していて、竹敷の浦の遊行女婦かと思われ、「君が御船を　いつとか待たむ」（15・三七〇五）と遣新羅使人等を送別する歌を詠んだ「対馬の娘子名は玉槻」も類似する。

「筑紫の児島」の場合は、五つの呼び名を有し、また旅人の歌（6・九六七）で『古事記』の国生みの条にも「吉備児島を生む」と見える「大和道の吉備の児島」を通るとする「筑紫の児島」のことが思われると詠まれていることからして、数ある遊行女婦の中でも特異な存在であったろう。旅において目にする島、たとえば「家島」という名の島は、故郷の家を連想させる心をなごませる機能を有している。「児島」も、都人たちが筑紫を訪れた時、心をなぐさめてくれる魅力ある女性を象徴する名であったと推測される。

作歌する娘子・大宅

「豊前国娘子」は次のように「大宅《おほやけ》」（「大宅女《おほやけめ》」とも）という「字」を持つ。

(1)豊前国の娘子が月の歌一首　娘子、字を大宅といふ。姓氏いまだ詳らかにあらず。

雲隠り　行くへをなみと　我が恋ふる　月をや君が　見まく欲《ほ》りする（6・九八四）

(2)豊前国の娘子大宅女の歌一首　未だ姓氏を詳らかにせず。

夕闇は　道たづたづし　月待ちて　いませ我が背子　その間にも見む（4・七〇九）

「豊前国の娘子」は伝未詳であり、「字」の意味も不明である。土橋寛は「地方から入ってきて定着した職業的遊女[24]」と考え、ほかにも、「遊行女婦か」（『古典集成』）、「名称の類型によると遊女」（『講談社文庫』）とされている。(1)の歌は、「男から作者を月にたとへて見たいと思ふと云ひよこした作に和したもの」（『注釋』）、「前に、雲隠れていてなかなか出て来ない月は、気を持たせる女に似ているというような男の歌があり、それに応じた歌であるかもしれない。居合わせたこの娘子が、男の歌にいう『思わせぶりな女』をみずから買って出た」（『釋注』）歌とされている。(2)の歌の前にあった「引き止め歌」（『全注』）などと解されていて、解釈に諸説はあるが、月見をする宴の座興であろう。(2)の歌は、月に託して「男性を引き留める歌」（『釋注』）と理解され、月見の宴において、雲に隠れて月の見られない夜には、このような歌を詠み宴を盛り上げたと考えられている。

以上「児島」と「大宅」と呼ばれる娘子は、遊行女婦として歌をもって宴に参加するという立場にあったと言えよう。

作歌しない娘子・桜児

「字」で呼ばれる娘子の中には、自らは作歌せず、左注や歌の中に存在する者もいる。「大名児」と同じように愛称の「児」の付く「字」で呼ばれる「桜児」だが、その「桜児」は次のようにある。

昔娘子あり。字を桜児といふ。ここに二の壮士あり、共にこの娘を誂ひて、生を捐てて挌競ひ、死を貪りて相敵る。ここに娘子歔欷きて曰く、「古より今までに、未だ聞かず未だ見ず、一の女の身にして二つの門に往適くといふことを。方今壮士の意、和平し難きことあり。如かじ、妾が死にて相害すこと永く息まむには」といふ。すなはち林の中に尋ね入り、樹に懸りて経き死ぬ。その両の壮士、哀慟に敢へず。血の泣襟に漣る。各心緒を陳べて作る歌二首

春去らば　かざしにせむと　我が思ひし　桜の花は　散り行けるかも　その一　（16・三七八六）

妹が名に　かけたる桜　花咲かば　常にや恋ひむ　いや年のはに　その二　（16・三七八七）

右の題詞によると、「桜児」は求婚して相譲らぬ二人の「壮士」の争いを、自らの死をもって終息させるため樹で経死したとある。この二首について、「形からは左注的題詞型歌語り、内容からは昔話的歌語りで、万葉びとのあいだに広く享受されたもの」であり、「その形成過程としては、まず「桜児」に関する昔話があり、それが享受される段階で、二人の壮士の言葉として二つの歌が加えられるようになったと推測される」（『釋注』）と考えられている。

第一首は、娘子がかざしにしようとしていた桜の花が、散って行くように消え去ってしまったことを嘆く。第二首は、咲く花を見るたびに亡き娘子を偲ぶと言う。この第一首の「かざしにせむと　我が思ひし　桜の花」、第二首の「妹が名に　かけたる桜」への遥かな思慕は、「昔娘子あり。字を桜児といふ」に集約されよう。丸山隆司は、「彼女が『桜児』であるという『字』で呼ばれる存在であることこそ、男たちを引き寄せる理由なのだ」と説く。[25] そのことに関しては、「話の最初のここでこのように断っている点が重要。この一句、主人公が桜のごとく輝く娘子であり、それゆえに男が言い寄ったということを納得させるために提示したもの」（『釋注』）という考えがある。そして、「はるかなる思慕はすなわち『桜』（桜児）の美しさへの憧憬である」として、『正倉院文書』に見える「女孔王部佐久良売」や「女藤原部桜売」「女藤原部小桜売」「女藤原部真桜売」の三姉妹の名前、『続日本紀』の天平勝宝元年（七四九）二月の条に見える聖武天皇の尊号「豊桜彦」、『日本書紀』に見える允恭天皇が衣通郎姫を思って詠んだ「花妙し　桜の愛で　殊愛でば　早くは愛でず　我が愛ずる子ら」（紀六七）という歌謡などの例を示している。

しかし、一方において自然の事物と共有する名によって死者を悼むという発想が、早くに柿本人麻呂の次の歌にあることも看過できない。

明日香皇女の木缻の殯宮の時に、柿本朝臣人麻呂の作れる歌一首并せて短歌

飛ぶ鳥の　明日香の川の　……　御名に懸かせる　明日香河　万代までに　愛しきやし　わご大君の　形見か

ここを

短歌二首（一首省略）

明日香川　明日だに見むと　思へやも　わご大君の　御名忘れせぬ　（2・一九六）

また、花の散るさまと死との関係は、『古事記』にある地上に降臨した邇邇藝能命が、姿形の醜い大山津見の神の姉娘石長比売を送り返し、美しい妹娘の木花之佐久夜毘売を選び婚ったために、寿命が短くなったという話がある。この名前には桜が象徴されていて、木の花のように、もろくはかないというのである。

さらに、『万葉集』においては、天平十六年（七四四）の作であるが、死者を花の散る様に形容して詠む歌がある。

十六年甲申。春二月に、安積皇子の薨りましし時に、内舎人大伴宿禰家持の作れる歌六首

あしひきの　山さへ光り　咲く花の　散りぬるごとき　わご大王かも　（3・四七七）

桜の美しさへの憧れ、花の散るさまと死者の関係、これらが伝承の中で「妹が名に　懸けたる桜」とあるように、「字」として「桜児」と名づけられる基となったのであろう。

作歌しない娘子・縵児

では、同じく作歌しない「縵児《かづらこ》」の場合はどうであろうか。

或の曰く、昔三の男あり、同じく一の女を娉ふ。娘子嘆息ひて曰く「一の女の身の、滅易きこと露の如く、三の雄の志の、平し難きこと石の如し」といふ。遂に乃ち池の上に彷徨り、水底に沈み没りぬ。ここにその壮士等、哀頽の至りに勝へず、各所心を陳べて作る歌三首　娘子は字を縵児といふ

耳無の　池し恨めし　我妹子が　来つつ潜かば　水は涸れなむ　一　（16・三七八八）

あしひきの　山縵の児　今日行くと　我に告げせば　帰り来ましを　二　（16・三七八九）

あしひきの　玉縵の児　今日のごと　いづれの隈を　見つつ来にけむ　三　（16・三七九〇）

右は、「縵児」が短い女の身の盛りを一人の男に寄せたいと思っても、三人の「壮士」は相譲らないので池に入り水死した物語である。ここでの「字」の意味付けは、「水底に沈み没りぬ」（題詞）→「潜かば」（第一首）→「山縵の児」（第二首）→「玉縵の児」（第三首）→「娘子は字を縵児といふ」（題詞脚注）という展開で考えるべきであろう。このことに関して、「潜く」（カヅク）が「娘子の名カヅラコのカヅを連想させている」（『古典全集』）という指摘がある。また、内田賢徳は、（一）のカヅク（潜）から（二）のカヅラ（縵）へという類音の連想がある」と述べている。そして、その連想が働くためには、「カ」が髪を意味する「カ」（シラガ、カザシ）であることが喚起されて、「カヅク（潜）」が「カ（髪）ヅク（漬）」となり、「カ（髪）ヅラ」へとつながると説く。[26]

歌にある「山縵の児」「玉縵の児」の「縵」とは、山野に生ずる蔓性の植物であるが、「葛など蔓草はしばしば人の死を悼む歌に登場する」（『古典集成』）と指摘されているように、死のイメージともかかわる。それは当該歌と類似する次の歌、つまり求婚を拒み自死する伝説の女性を題材とした歌を見ると明らかである。

　菟原処女の墓を見たる歌一首并せて短歌

葦屋の　菟原処女の　……　ししくしろ　黄泉に待たむと　隠沼の　下延へ置きて　うち嘆き　妹が去ぬれば
血沼壮士　その夜夢に見　取り続き　追ひ行きければ　後れたる　菟原壮士い　天仰ぎ　叫びおらび　足ずり
し　牙喫み建びて　如己男に　負けてはあらじと　懸佩の　小剣取り佩き　冬薮蕷葛　尋め行きければ　……
（9・一八〇九）

葦屋の菟原処女は、二人の壮士に求婚されたが、争いが終結しないので自死を決意し、黄泉で待つと言って入水死したとある。二人の壮士は、追死する。その後れたる壮士が、蔓をたぐって根を尋ね求めるように、黄泉（根の国）へと後を尋ね逝ってしまったのである。

「縵子」は「水底に沈み没りぬ」とあり、「潜」ってしまった。その「縵児」という「字」には、「カズク」と「カズラ」という類音の連想のほかに、蔓をたぐって尋ね求める思いも係わっていると考えられる。

作歌しない娘子・左夫流児

さらに作歌しない娘子として「字」を「左夫流《さぶる》」という遊行女婦がいる。

天平感宝元年（七四九）五月十五日に、越中守大伴家持が「史生尾張少咋を教へ喩す歌一首并せて短歌」を作っている。その序文では、「七出例」「三不去」「両妻例」「詔書」などを引いて、儒教的な教訓を述べている。そして、次の歌がある。

大汝　少彦名の　神代より　言ひ継ぎけらく　父母を　見れば貴く　妻子見れば　かなしくめぐし　うつせみの　世の理と　かくさまに　言ひけるものを　世の人の　立つる言立て　ちさの花　咲ける盛りに　はしきよし　その妻の児と　朝夕に　笑みみ笑まずも　うち嘆き　語りけまくは　とこしへに　かくしもあらめや　天地の　神言寄せて　春花の　盛りもあらむと　待たしけむ　時の盛りそ　離れ居て　嘆かす妹が　いつしかも　使ひの来むと　待たすらむ　心さぶしく　南風吹き　雪消溢りて　射水川　流る水沫の　寄るべなみ　左夫流その児に　紐の緒の　いつがり合ひて　にほ鳥の　二人並び居　奈呉の海の　沖を深めて　さどはせる　君が心の　すべもすべなさ　左夫流といふは遊行女婦が字なり。　（18・四一〇六）

反歌三首

あをによし　奈良にある妹が　高々に　待つらむ心　然にはあらじか　（18・四一〇七）

里人の　見る目恥づかし　左夫流児に　さどはす君が　宮出後姿　（18・四一〇八）

紅は　うつろふものそ　橡の　なれにし衣に　なほ及かめやも　（18・四一〇九）

右、五月十五日に、守大伴宿祢家持作る。

先妻の夫君の喚ぶ使ひを待たずして自ら来る時に作る歌一首

左夫流児が　斎きし殿に　鈴掛けぬ　駅馬下れり　里もとどろに　（18・四一一〇）

同じ月十七日に、大伴宿祢家持作る。

越中国の史生の尾張少咋が、正妻を都に持ちながら国府にいる遊行女婦の「左夫流」という女性に心を奪われて、故郷にいる正妻を無視したことを上司である家持が教へ喩した歌である。続く十七日の歌は、都の正妻が突然訪ねて来た時の歌である。

これほどまでに尾張少咋を惑わす女性が「左夫流」という「字」で呼ばれる遊行女婦であったという。「左夫流」という女性は、作歌においてではなく、その妖艶さによって知られていた遊行女婦なのであろうか。

では、「左夫流」とはどのような女性であるのかということになるが、その手掛かりは、次の比喩的表現にある。

(1)南風吹き　雪消溢りて　射水川　流る水沫の　寄るべなみ　左夫流その児に

(2)紅は　うつろふものそ

(1)は雪解け水が勢いよく流れる水沫のように、寄る辺ないような「左夫流」である。その「寄るべなみ」までが、サブルを起こす序である。また「離れ居て　嘆かす妹が　いつしかも　使ひの来むと　待たすらむ　心さぶしく……」と表現されている都に待つ妻の心「心さぶしく」と対応関係にある。(2)は、色のうつろう紅のような「左夫流」である。長歌の「うつせみの　世の理と」に呼応させての「橡の　なれにし衣に」と対比関係にある。その「紅」は「左夫流児」の比喩で、「その花からとった臙脂色は一時的に美しいが、そのうちに黄褐色に変色するので、変わり易いものの比喩とした。左夫流児のなまめかしさも永続するものではないと教え諭して言った」（『新編全集』）ということであろう。また、「うつろふ」は、美しさ（若さ・容姿）だけでなく、「心」まで「うつろふ」という意と思われる。対する正妻は「橡のなれにし衣」に譬えられている。「ツルバミは、ドングリで染めた色。これは褪色しない。時を経るとかえつて黒みを増すほどである」（『全註釋』）と言われている。「なれにし衣」は、

「糟糠の妻の地味だが飽きがこない良さのたとえ」（『新編全集』）とある。このような比喩からすると、「左夫流」の姿は、父母・妻子という「家」のような定まった「寄る辺」を持たず、また紐の緒のように親しみ合い、にほ鳥のように二人連れ立っていても、決して都の妻のように慣れ親しむことがなく、他の所へと「うつろふ」ものとしてある。

次に「左夫流」という語義からであるが、「サブル」という語は、「カレル（漢語の放浪）といふ意」（『新考』）、「浮れ歩く意」（『全釋』）などと解されている。また、扇畑忠雄は「よるべないままに漂泊流浪（ウカル）する義」で、「極言すれば、遊行女婦はその名の示す如く住所不定の女性である」とし、「遊行女婦の本質的な要素である『サブル』をそのまま冠した左夫流児という命名はまことに象徴的と言はなければならない」とも言われる。[27]ここに、「字」が命名される人物の本質的な要素を象徴するということに言及されていることは重要であろう。

一方においては、「さびしく思つてゐるで、それを自註にある、女の名の左夫流に懸けてゐるのである」（『評釋』）や「窈窕の訓にサビがあるといふからサブルはその動詞でcoquetとでも言ふに当るのであらう」（『私注』）と指摘し、「こびをみせる」と解するものもある。

しかし、『全註釋』が次のように指摘してからは、これに従う説が出て来た。

日本霊異記興福寺本、上巻第二条の訓釈に「窈窕　上音要ノ反下音調ノ反、二合佐備」とある。窈窕は詩経にある字で、註に「窈窕ハ幽閒也」とある。また妖冶の貌とも深遠の貌ともある。サブルは、歌の終りの自註にあるように、遊行女婦の名なのだから、もと悪い意味の語ではなく、窈窕たる児というほどの意味だろうが、ここでは、流ル水沫ノ寄ル辺無ミを受けて、わびしくある意に使っているのだろう。

右に続くものとして、例えば「上二段のサブには、心が荒れすさぶ、優雅に振る舞う、の意がある。遊行女婦の字としては後者の意味で名付けられたものであろうが、序から、定まった夫もなくうらぶれた生活をする身の上、の意で続けた」（『新編全集』）とする考えや、「夫を持たずうらぶれた女の身の上をいう」とし、「上二段動詞『さぶ』には奥ゆかしく振舞う意がある。字『左夫流』はもともとその意で名づけられたもので、窈窕たる女の意であろう」（『釋注』）と、美しくたおやかな女性であると解する考えがある。なお、「左夫流」は、「サブルに『寂ぶ』を重ねてつづける」「都ぶりの意の愛称か」（『講談社文庫』）という考えも提出されている。

このことに関して、猪股ときわは、「左夫流」が「遊行女婦」であったことから、「『よるべなし』『うつろふ』など固定せず常に変化する様態は『遊行女婦』の『遊行』という本質から導かれると考えられる」とし、「『遊行』の状態にあることは、ウカル・ウク場に身を置くことだったが、ウカル・ウクとは万葉の歌ことばにおいては『恋』の状態にほかならなかった」とする。そして、「『遊行女婦』とは、常に『遊行』するヲトメの状態にあることで、『恋』の歌のワザを専門に担う者の呼称であった」と説く。(28)

先述したように、比喩をもって描かれた遊行女婦の左夫流児は、「世の理」からすると「流る水沫の　寄るべなき存在であり、「紅は　うつろふもの」という存在であった。「水沫」は、『万葉集』中に当該歌を除き五例あり、その中の二例は、次のようにはかないものの譬えである。

水沫なす　微しき命も　栲縄の　千尋にもがと　願ひ暮らしつ　（5・九〇二）

巻向の　山辺とよみて　行く水の　水沫のごとし　世の人われは　（7・一二六九）

これらの歌から、左夫流児は、身を寄せる所のないままに、はかなく漂泊流浪するイメージの女性と理解できる。また、紅に象徴される「うつろふもの」は、美（若さ・容姿）だけでなく、心まで移り変わるイメージの漂う女性である。おそらく、はかなげで寂しげな、奥ゆかしく振る舞う、たおやかな女性であり、男性にすれば、つい面倒をみたくなるような女性であったろう。しかし、左夫流児は遊行女婦である。そのようなイメージの芸を得意としていたと考えてよいだろう。

一方の正妻は、「いつしかも　使ひの来むと　待たすらむ　心さぶしく」「高々に　待つらむ心」「橡の　なれにし衣に」と表現されるように、じっと耐えて待つ女のイメージが強い。ただし、「先妻夫君の喚ぶ使ひを待たずして自ら来る」とあるように、何の前触れもなく突然押しかけるという積極性をも有している女性として描かれている。

ところで、この一群は大伴家持の作であるが、山上憶良の「惑情を反さしむる歌」（5・八〇〇〜八〇一）と係わることが明らかである。また従来より、この一群を「訓戒」の歌と見ていたが、「決着の成った楽しい教訓物語なのである」（『釋注』）とする見解もある。そして、「歌語り」としての「歌群の直接の相手は都人ではなくて、越前の国府にいる歌友大伴池主ではなかったか」とするのである。

尾張少咋は、天平勝宝三年（七五一）六月頃、従八位下越中国の史生という役職の実在の人物であった。遊行女婦左夫流児も実在したのか、もしくはそれに近い人物が存在したのか。とにかく、歌の中においては単身赴任の男性を惑わす遊行女婦として「字」を「左夫流」と呼ばれる女性が存在するのである。

四　「字」で呼ばれる男たち

石麻呂

痩せたる人を嗤笑ふ歌二首

石麻呂に　我物申す　夏痩せに　良しといふものそ　鰻捕り喫せ　（16・三八五三）

痩す痩すも　生けらばあらむを　はたやはた　鰻を捕ると　川に流るな　（16・三八五四）

右、吉田連老といふものあり、字を石麻呂といふ。所謂仁敬の子なり。その老人となりて、身体甚く痩せたり。多く喫ひ飲めども、形飢饉に似たり。これに因りて、大伴宿祢家持、聊かにこの歌を作りて、以て戯笑を為す。

右は、歌や左注で明らかなように、痩せた人を嗤笑う歌である。痩せた人とは、伝未詳の吉田連老、「字」を石麻呂という。そして、左注に「この歌を作りて、以て戯笑を為す」とあるように、大伴家持がほんのちょっと歌を作って戯れに笑ってみたのである。第一首で夏痩せに効能があるという鰻を捕って召し上がることを勧め、第二首ではどんなに痩せていても生きている方が良い、鰻を捕ろうとして川に流されなさるなという。だが別名は重い「石」の「石麻呂」である。この嗤ふ歌において「石麻呂」という「字」の果たす機能はきわめて大きい。歌の戯笑性については、「第一首では敬語を二つ用いて鄭重にうしろに身を引いているのに、第二首では敬語を追っ払い、乱暴に前に進み出ている点である」（『釋注』）と指摘されている。

しかしまた、左注の記述も「戯笑」にとって重要であろう。特に「吉田連老」——「字は石麻呂」——「所謂仁敬の子なり」と名を列挙していることに注目したい。実は、この「仁敬」は、「儒教的徳目として世にいわれていたものであろう。いつくしびとうやまい」（『講談社文庫』）とするのが一般的であるが、具体的には明らかではない。吉田連老、いわゆる石麻呂は、経歴を明らかにしないが、百済から渡来した医術家の吉田連宜の子ではないかと思われることから、「医道と共に儒道にも長けた人」（『評釋』）、「医の仁によって敬せられたことによる字」（『釋注』）などという解がある。また、「あるいはその人柄、仁滋・敬虔であることから（多少皮肉を込めて）付けたあだ名か」（『新編全集』）という考えも提出されている。

また「子」についても解釈が分かれているが、その事情については、『私注』に次のようにある。

「子」は人といふ意である。契沖が「儒教ノ君子ナリトホムル意ナリ」と言った如くである。「字」を父子の子とし、仁敬又は仁敬を石麿の父、宜の字とする説は、宣長に発するらしいが、「字」の意を誤つたといふより、「所謂」を如何に解するのか。従ふべきではない。又案ふに、此の句は契沖の言の如く、ほめる心持か否かは疑はしい。寧ろ此の句にも、いくらか嘲笑の意があり、それが「所謂」にあらはれて居るのではあるまいか。

「子」が「子息」の意とすると「石麻呂」の父、吉田連宜が「仁敬」である。また、「子」が「人」という意（『私注』）や、「尊称」（『講談社文庫』）であれば、「石麻呂」が「仁敬」ということになる。「石麻呂」は「仁敬」の子息か、「仁敬」本人か。それにより何が違うのだろう。もし父親が宜であり、「仁敬」と世間に呼ばれた人であるとするなら、家持の父大伴旅人は宜と親交があったので、「大伴家と吉田家とは、親子二代にわたって、親交を結んだこと」（伊藤博『萬葉集釋注八』）になる。また「仁敬」を「医の仁によって敬せられたことによる字」と解することにより「仁敬が名医として聞こえていたことを示している。この一文には、さような名医の子でも『形飢饉』から免れ得なかったという意味合いがこもっているのであろう」（『釋注』）といわれている。

ところで、先に「仁敬」の子息であるとして、「その人柄、仁滋・敬虔であることから（多少皮肉を込めて）付けたあだ名か」という考えがあるということを示した。これによると、「仁敬」とはいつくしみめぐむこと、うやまいつつしむこと、特に神仏に帰依してつつしみ仕える心を有している人ということであろう。この意味は「仁敬」が石麻呂本人か、父親の宜であってもそう変わらない。世にいう仁敬の士である石麻呂か、仁敬の士である宜の子の石麻呂かということである。儒教的徳目として世にいわれていた「仁敬」と、「かたい石麻呂」とを関係づければ、「戯笑」は成り立つのではないかと思うが、現代的に考えすぎであろうか。ただこの「仁敬」は、「石麻呂に　我物申す」について「宣命や正倉院文書、木簡などに見られる『…の御前に申す』という書き出しで始り、尊者に奏上したり申請したりする文書にならったものか」（『新編全集』）と指摘されている、相手を敬って言上する表現の存在理由と係わると思われる。もちろん、それは敬意の「喫せ」と同様に、からかいのためにある。左注の「仁敬」と「多く喫ひ飲めども」との関係や、「形飢饉に似たり」（飢えた人）との関係なども「戯笑」をなしたものであろう。

「字」の「石麻呂」は、「嗤笑ふ歌」において、「川に流るな」との関係や、左注にある「仁敬」との係わりでも、大きな役割を果たしていると考えられる。

志婢麻呂

さて今度は、顔の黒い色について笑い合った次の歌をみてみよう。ここでは、「字」が意識的に用いられているのが特徴的である。

黒き色なるを嗤笑ふ歌一首

ぬばたまの　斐太の大黒　見るごとに　巨勢の小黒し　思ほゆるかも　（16・三八四四）

答ふる歌一首

駒造る　土師の志婢麻呂　白くあれば　うべ欲しからむ　その黒き色を　（16・三八四五）

右の歌、伝へて云はく、大舎人土師宿祢水通といふものあり、字は志婢麻呂といふ。ここに大舎人巨勢朝臣豊人、字は正月麻呂といふものと、巨勢斐太朝臣〔名字忘れたれど、嶋村大夫の男なり。〕との両人、並にこれそれの顔黒き色なり。ここに土師宿祢水通、この歌を作りて嗤笑ひたれば、巨勢朝臣豊人これを聞きて、即ち和ふる歌を作り酬へ笑ふ、といふ。

右の、歌と左注において登場人物の名が十一回も使用されていて、特徴的である。その登場人物の三人の名は次のようにある。

①巨勢斐太朝臣
　斐太の大黒
　名字忘れたれど、嶋村大夫の男なり。
②大舎人巨勢朝臣豊人（三八四五の作者）
　巨勢の小黒

字は正月麻呂

③大舎人土師宿祢水通（三八四四の作者）

字は志婢麻呂

「巨勢斐太朝臣」と「大舎人巨勢朝臣豊人」は、伝未詳である。「大舎人土師宿祢水通」も伝未詳であるが、天平二年（七三〇）正月、大伴旅人邸の梅花の宴に列し、歌一首（5・八四三）を詠んでいる。この二人に関して『評釋』は、次のような注目すべき説を紹介している。

・「斐太の大黒」は、左註にある巨勢斐太朝臣の綽名である。（中略）この綽名につき『代匠記』は、この人は顔色が黒く、体が大きいところから、飛騨の国より貢した黒馬を聯想して附けたのだらうと云つてゐる。「斐太」と飛騨の国とを関係させてのことである。

・「巨勢の小黒」は、左註にある「巨勢朝臣豊人」の綽名で、この人も同じく顔色が黒く、体が小さいところから、対照的に付けられてゐたのである。大和の国の巨勢からも黒馬が貢せられてゐたかとも思はれるが（以下省略）。

右によると、共に色が黒かった二人だが、水通が体形が大きいか小さいかによって「大黒」「小黒」とからかって付けた「綽名」である。「綽名」とは、その人の特徴などによって実名のほかにつけた名で、あざけりの意を含む愛称としてつける名である。また、「大黒」「小黒」は、黒毛の馬を連想させる名称であったらしい。

試みに、『代匠記』を見ると次のようにある。

大黒小黒ハ、黒ノ馬ニヨソヘテ云ナリ。（精撰本）

くろといへは馬ときこゆるなり。第四第十三にぬはたまの黒馬とあるを、こまとよめるも、かひのくろこまなといひて、くろきに名馬もきこゆる故なるへし。（初稿本）

また『略解』に、これに関連して次のようにある。

大黒小黒は馬をいふなるべし。馬は黒きをよしとするうへ、飛蟬より此比よき馬出せるによりて、かくはいへるならん。

このように、この二首と左注には、「実名」「字」「綽名」「馬の字」が次のように存在して、「嗤笑ふ歌」にとって重要な要素となっている。

実名　土師宿祢水通（三八四四の作者）
　　　巨勢朝臣豊人（三八四五の作者）
　　　巨勢斐太朝臣（「名忘れたり」）
　　　人の字　志婢麻呂（水通）
　　　正月麻呂（豊人）
　　　（「字忘れたり」）
綽名　斐太の大黒（巨勢斐太朝臣）
　　　巨勢の小黒（巨勢朝臣豊人）
馬の字　大黒
　　　小黒

まず、三八四四の歌における「からかい」は、水通がつけた「綽名」に二重の意味が込められているところにある。当事者でない巨勢斐太朝臣を大柄な「大黒」として主にたて、からかいの相手の巨勢朝臣豊人を小柄な「小黒」と、そして強意の助詞「し」を用いてこの方へ力点を置く。また、その「大黒」「小黒」は、先述の黒毛の馬を連想してつけられたのだろうという諸注釈の指摘に従えば、「斐太の大黒」は「飛驒の大きい黒毛の馬」に、「巨勢の小黒」は「大和の巨勢の小さな黒毛の馬」に見立てられたと考えられる。つまり、馬の世界でも「小黒」（豊人）が小さいとからかわれたのである。

これを聞いた巨勢朝臣豊人は、三八四五歌の「和ふる歌を作り酬へ笑ふといふ」のである。その歌の「駒造る土師の」は、「馬に譬への自身の綽名を云ひ返す為に、さらに土師といふ氏に対し『駒造る』といふ語を案出したのである」（『評釋』）と指摘されている。つまり、巨勢豊人は前歌の意図を理解し、土師氏が野見宿祢の子孫（『日本書紀』垂仁天皇三十二年七月の条）で、代々埴輪の馬や石馬を造る職についていたとあることから、即興的枕詞「駒造る」を用いて「和ふる歌」を返したのである。私を馬に見立てているが、あなたは埴輪の馬を造る土師氏ではないか。色白なので（埴輪用の土を使うので白い）、欲しがるのも無理はなかろう。斐太の大黒の、あの真っ黒い色を、という意である。なお顔色が白いのでとしながらも「馬にぬる黒がほしいのであらう」（『私注』）とする考えもある。

この他にも、三八四四歌の結句「思ほゆるかも」に恋人を偲ぶかのようにうたっていること、三八四五歌の結句「その」が、「コノと言わないのは、作者が自分の色黒を棚に上げて巨勢斐太朝臣のことをいっているからであろう」（『新編全集』）と指摘されているように、いろいろな表現に「からかい」がこめられている。

ところで、「字」に関しても「土師の志婢麻呂」に「からかい」がこめられていると考えられる。三八四五歌の作者は、巨勢朝臣豊人で、大黒、小黒とある小黒の方であった。その小柄な巨勢豊人が、相手の土師宿祢水通に対して、ごく小さいことの意の「しび」（至微）という意味を込めて、「志婢麻呂」と「字」を詠み込んだとしたらどうであろうか。たとえば、私のことを色黒の小柄な巨勢の小黒といい、また馬に見立てて黒毛の小黒というが、あなたは埴輪の馬を造る色白の土師氏、また志婢麻呂という「字」のごとく、もっと小さい男、というように解釈できよう。

さらに言えば、巨勢豊人の「字」の「正月麻呂」には、「睦月」「睦びの月」の「むつび」、つまり「馴れ親しんで心安くなること」「仲よくする、親しくする」という意が込められているのではなかろうか。「字」が暗示するように巨勢豊人の人柄の良さのもとに、土師宿祢水通の「黒き色なるを嗤笑ふ歌」が成り立つのである。

以上のように、この一群において「字」は重要な役割を果たしている。このような歌の場について、「もともと、大舎大たちの集宴で楽しまれたのであろう」（『釋注』）という指摘があるが、「字」が「嗤笑」に大きく係わり、集宴という環境の「楽しさ」を形成していると考えられる。

五　二人の藤原夫人

大原大刀自・氷上大刀自

さて最後に、姉妹で「字」を有する例を見てみよう。共に天武天皇の夫人でもある。

(1)　藤原夫人の歌一首〔明日香清御原宮に天の下治めたまひし天皇の夫人なり。字を大原大刀自といふ。即ち新田部皇子の母なり。〕

ほととぎす　いたくな鳴きそ　汝が声を　五月の玉に　あへ貫くまでに　（8・一四六五）

(2)　藤原夫人の歌一首〔浄御原宮に天の下治めたまひし天皇の夫人なり。字は氷上大刀自といふ。〕

朝夕に　音のみし泣けば　焼き大刀の　利心も我は　思ひかねつも　（20・四四七九）

「藤原夫人」とは、出自による呼び名であり藤原鎌足の娘、(1)と(2)の「藤原夫人」は同母の姉妹で共に天武天皇の夫人となる。「夫人」は、宮中の高級女官の職名であり、天皇の妻妾で原則的には皇族から出る皇后・妃に次いで第三位、三位以上。臣下出身者では最高位に当たる。字の「大原の大刀自」は、居住地による呼び名で、明日香村小原に住んでいたことに基づく尊称。名は五百重娘。(2)の氷上大刀自の同母の妹。左注にあるように新田部皇子の母。

「大」は讃め詞の接頭語。「刀自」は主婦、女主人の意。⑴の歌は天武天皇に和えた歌である。

「氷上大刀自」は、大原大刀自の同母の姉で名は氷上娘。但馬皇女の母。天武十一年（六八一）正月十八日に宮中で薨じている。⑵の歌は、天平勝宝八年（七五六）十一月二十三日、大伴池主宅の宴における六首（20・四四七五～四四八〇）の中、大原真人今城が披露した古歌四首（四四七七～四四八〇）にある。内容的に天武天皇崩御に係わる挽歌と認められる。だが天皇崩御は朱鳥元年（六八六）九月九日であることから、天皇在世中に亡くなっていることになる。よって脚注を「後代の補入かといふことも、疑へば疑へるのではあるまいか」（『私注』）と、妹の藤原夫人（大原大刀自）などの誤伝とも考えられる可能性を示している。

　ここでの「字」は、歌と密接な関係は見られない。

六　「字」の意味するもの

　以上、『万葉集』における「字」で呼ばれる人々についてみてきた。「字」とは、他の人からの通称である。見方を変えれば、「字」で呼ばれる人の側に、そのような「字」を付けられる要素、特徴があったということである「字」の付け方に、居住地による呼び名の「大原大刀自」や「山田郎女」、また二男である意の「仲郎」などがある。さらには、「字」の意味やイメージが歌と密接に関わっているものとして、「志婢麻呂」「正月麻呂」「石麻呂」「桜児」「縵児」「左夫流児」などがある。これらの「字」の付け方は、その人の容貌・特長・所業などによるものであった。また「字」の付け方には、環境が大きく係わったようである。

　しかしまた、「字」は「先祖の造れる寺、名草郡能応村に有り。名けて弥勒寺と曰ふ。字を能応寺と曰ふ」（『日本霊異記』下巻・第三十縁）とあるように、必ずしも人名に限らないようで、地名を寺名とした例もある。古くは「我れは、桜村に有りし物部麿なり。字は塩春と号ふ。是の人存けりし時に、矢を猪に中てずして、我れ当に射たりと念ひ、塩を舂きて、往きて荷はむとして、猪無きことを見る。ただ矢のみ地に立てり。里人見て咲ひて、号けて塩舂と曰ふ。故に以ちて字とす」(『日本霊異記』中巻・第三十二縁)とあり、里人が嗤笑ったことによるという「字」の由来を語っている。

「字」について、「アザワラウ・アザケルナド、アザを語根にもつ語があり、アザナのアザも元来それらに通ずるものか」(『時代別国語大辞典　上代編』)やまた、「『あざ』は『痣』、『あざやか』のアザと同根で、目立つ、表面に出るの意」(『全注』)とする考えもある。しかし、「仲郎」の歌は、「この歌を作りて謔戯を贈る」、「志婢麻呂、正月麻呂」の歌は、「嗤笑ふ歌」とあった。また「石麻呂」の歌は、「嗤笑ふ歌」、「左夫流児」の歌も戯笑性のある歌であった。さらに「大名児」と呼ばれる石川郎女は戯れの歌を得意としていた。おそらく「字」にはこのような「戯笑性」が基盤にあり、そこには「字」で呼ばれる人々の人となりや特徴を暗示する要素や親しみが込められていると思われる。

注

(1) 橋本四郎「古代言語生活」(『講座国語史第6巻　文体史・言語生活史』大修館書店、昭和四十七年)

(2) 太田通昭「實名と通稱」(『系譜と紋章の研究法』雄山閣出版、昭和四年)

(3) 一人説は、川上富吉「石川郎女伝承像——氏女・命婦の歌語——」(『大妻国文』六号、昭和五十年)。二人説は緒方惟章「久米禅師と石川郎女の歌」(『万葉集を学ぶ　第二集』有斐閣、昭和五十二年)。三人説は、折口信夫『萬葉集辞典』(文會堂書店、一九一九)、山本健吉編『文芸読本　万葉集』(河出書房新社、昭和三十八年)、阿蘇瑞枝「石川郎女」(『論集上代文学　第七冊』笠間書院、昭和五十二年)、福沢健「石川郎女論」(『白鷗大学論集』八巻一号、

平成五年）
（4）阿蘇瑞枝「石川郎女」（『論集上代文学　第七冊』笠間書院、昭和五十二年）
（5）折口信夫「真間・蘆屋の昔がたり」（『国学院雑誌』五十三巻一号、昭和二十七年）
（6）桜井満「妻争伝説の謎――神に仕える女性たち――」（『万葉集の風土』講談社、昭和五十二年）
（7）丸山隆司「〈櫻児〉異見」（『藤女子大学国文学雑誌』四十四号、平成二年）
（8）（4）と同じ
（9）緒方惟章「久米禅師と石川郎女の歌」（『万葉集を学ぶ　第二集』有斐閣、昭和五十二年）
（10）福沢健「石川郎女論」（『白鷗大学論集』八巻一号、平成五年）
（11）桜井満「万葉びとの生活」（『万葉びとの生活』桜楓社、昭和五十五年）
（12）小島憲之「万葉集と中国文学との交流――その概観――」（『上代日本文学と中国文学　中』塙書房、昭和三十九年）
（13）藏中進「石川郎女・大伴田主贈報歌」（『万葉集を学ぶ　第二集』有斐閣、昭和五十二年）
（14）深津胤房「古代中国人の思想と生活――『風流』について――」（『二松学舎東洋学研究所集刊』二十二集、平成四年）
（15）呉哲男「万葉の『風流士』――石川郎女・大伴田主の贈答歌をめぐって――」（『相模国文』二十号、平成五年）
（16）飯田勇「男・女関係としての宮廷と文学――『万葉集』の『ますらを』『みやびを』を視座として――」（『古代文学』三八号、平成十年）
（17）伊藤博「舒明朝以前の万葉歌の性格」（『萬葉集の構造と成立　上』塙書房、昭和四十九年）
（18）緒方惟章「石川郎女――万葉集巻二〈相聞〉の世界」（『万葉集作歌とその場　人麻呂攷序説』桜楓社、昭和五十

一年）
(19)（12）に同じ
(20)（18）に同じ
(21) 関口裕子「遊行する女」（『日本女性の歴史――性・愛・家族――』角川書店、平成三年）
(22) 猪股ときわ「遊行女婦論――恋する異装の女たち――」（『漂泊する眼差　史層を掘るV』新曜社、平成四年）
(23) 高木市之助「女性三題」（『雑草万葉』中央公論社、昭和四十三年）
(24) 土橋寛「遊女の歌」（『古代歌謡の世界』塙書房、昭和四十三年）
(25)（7）に同じ
(26) 内田賢徳「巻十六　桜児・縵児の歌――主題と方法――」（『萬葉集研究　第二十集』塙書房、平成六年）
(27) 扇畑忠雄「遊行女婦と娘子群」（『萬葉集大成第十巻』平凡社、昭和二十九年）
(28) 猪股ときわ「遊行と歌垣――『遊行女婦』の発生まで――」（『古代文学』二十九号、平成二年）

「七」のシンボリズム——古代文学における境界的意味——

一　はじめに

「七」という数は、不思議である。この数は、古来から中国や日本において吉祥数であるとされ、「七」によって表現される宗教儀礼や人生儀礼の事象が多く残っている。たとえば、人の一生における祝い事、他界してからの供養、さらに年中行事、聖地、儀礼過程、自然現象など、「七」にまつわる習俗、諺を集めると数限りない。どうも「七」を神聖な数、神秘的な数とする思想は、歴史的に古いものであり、古今東西にわたるものらしい。

本稿は、日本古代文学における「七」について、多くの数を表わす中国の聖数とし、また「七日」とは長い日数を示す語であると説明していることに対して、はたしてこのような解釈だけでよいのかという疑問から発したものである。「七」とは何を意味し、何を象徴的に表現したものなのか。以下若干の考察を試みてみよう。

二　古代文化の中の「七」

「七」には、何か特別な意味があるのではないか。そう思って文化的基層を探ってみると、いくつかの共通した特性が看取されるのである。

古代インドでは、「七」という数を特別視する傾向にあった。特に仏教思想においては、「七」を聖的・神秘的なものと考える。たとえばそのことは、釈迦の誕生譚に明らかである。摩耶夫人の腋の下から生まれた釈迦は、「七歩」あるいて「天上天下唯我独尊」と宣言したと伝えられている。あえて「七歩」としたことは、「七」が特別な意味を持っていたことと関係があるからであろう。誕生したばかりの釈迦が歩き出し、さらに言葉を発するのは奇蹟に他ならない。これは「七」と釈迦の誕生とが結びつき呪的意味を有することを示す。初めて「七歩」あるき出し言葉を発したことは、釈迦のすべてが誕生前の世界から誕生後の世界へと少しずつ足を踏み入れ始めたことである。「七歩」までは、誕生前に近い存在であり、いわゆるこの世に出現した釈迦とは異なる存在と考えられていたのではなかろうか。つまり、「七歩」あるいて「天上天下唯我独尊」と宣言したことは、釈迦のこの世への誕生が完了し、その聖なる力を示し始めたことを意味するのである。「七」とは、釈迦と人とをつなぐ畏怖をはらんだ境界的な呪術数であった。また「七」は、釈迦の聖なる力を象徴するのに、最も適した呪術的数だったのである。

　釈迦の誕生と「七」との関わりは、これだけではない。釈迦は、それまで出現した過去仏（毘婆尸《びばし》、尸棄《しき》、毘舎浮《びしゃぶ》、倶留孫《くるそん》、拘那含牟尼《くながむに》、迦葉《かしょう》）の最後、第七番目に誕生したと伝える。この誕生譚は、釈迦を除く六仏が寿何万歳とあることから歴史上の存在であったとは考えにくく、あえて釈迦を第七仏と強調するためのものであろう。「七」が異界と人の界とをつなぐ畏怖をはらんだ境界的呪術数であったゆえに、また聖なるものの出現を象徴するゆえに、仏教的には六仏を経て七番目に聖なる釈迦が出現したとしなければならなかったのであろう。

　この他にも仏教用語や習慣には、「七」に関するものが数多く存在する。その中で右の釈迦の誕生譚と同様に七番目、つまり「七」を重要視するものに「七生」というものがある。この「七生」とは、輪廻転生の限界を示したもので、その数を「七」とする考えによっている。地獄、餓鬼、畜生、修羅、人間、天上という迷いの六道を経て、七生目に悟りの境地に入るというのである。つまりこの世に生まれ変わる回数を「七」で限定し、その七生目で境界を越え悟りの領域に入るのである。このことから「七」とは、迷いの世界と悟りの世界との境界というべき重要な節目を意味しているといえよう。

次に中国文化における「七」であるが、それは仏教との関わりに多く見られる。また陰陽思想による一・三・五・七・九の奇数を陽、二・四・六・八の偶数を陰とする考えの中で、「七」は陽ということになる。さらに季節や時刻を知る目安となる北斗七星信仰もあった。そしてまた、古来中国の道教では、北極星や北斗七星は人間の寿命や運命を司る神として重要視されていた。この七星を表わした刀、いわゆる「七星剣」は、鎮護国家と所有者の消災安全の祈りを込めたものとされている。

さらに、キリスト教の『聖書』においても「七」は重要な意味を持っているようだ。たとえば『旧約聖書』の「創世記」に「天地万物は完成された。第七日の日に、神は御自分の仕事を完成され、第七日の日に、神は御自分の仕事を離れ、安息なさった。この日に神はすべての創造の仕事を離れ、安息なさったので、第七の日を神は祝福し、聖別された」とある。(1) この「七日」とは、神による天地創造が「七日」かかって完成したことを示し、しかも神が定めた日数である。ここでの「七」とは、神の力による天地万物の創造が完成したという節目を意味している。「七」とは神の力を象徴するのに、最も適した呪術的数だったのである。また聖書によると天と地が造られたとき、地上にはまだ野の木も草も生えておらず、土を耕す人さえもいなかった。しかしその後、水が地下から湧き出て、土の面をすべて潤した。神は土(アダマ)の塵で人(アダム)を形づくり、その鼻に命の息を吹き入れられた。人はこうして生きる者となったとある。このことによると、「七」とは神と人とをつなぐ、畏怖をはらんだ境界的呪術数だったといえよう。

『新約聖書』の「ヨハネの黙示録」にも「七」が多く見られる。それは「七つの教会」を始めとして「七つの霊」「七つの金の燭台」「七つの星」「七つのともし火」「神の七つの霊」「七つの封印」「七つの角」「七つの目」「七人の天使」「七つのラッパ」「七つの雷」「第七の天使」「七つの頭」「七つの冠」「七つの災」「七つの鉢」「七つの丘」「七人の王」と「七」が繰り返されている。

この「ヨハネの黙示録」は、「この黙示は、すぐにも起るはずのことを、神がその僕たちに示すためにキリストにお与えになり、そして、キリストが天使を送って、僕ヨハネにお伝えになったものである。ヨハネは、神の言葉とイエス・キリストの証し、すなわち、自分の見たすべてのことを証しとした」と記され、人間を救う神の計画が、キリストの輝かしい再臨に向かって、どのように完成されるかを象徴を用いて示すと言われるものである。(2) ここでの「七」とは、神が人に伝えようとする言葉と深い関係があり、神の意志が人の世界でどのように完成されるかを象徴しているのである。またその意味では、神と人を結ぶ畏怖をはらんだ境界的呪術数といえよう。

以上「七」は、聖なるものの出現や「七」をもって完成したことを意味するものであり、また聖なる力の象徴であり、さらに神と人とを結びつける畏怖をはらんだ境界的呪術数であるという特性がある。

実はキリスト教以前に、「七」を聖数とする信仰や「一週間」は「七日」とする考え、いわゆる「カルデアの知識」と言われるものが存在していたのである。前四世紀、シュメール、アッカドを滅ぼしたカルデア人は、古代文明国家バビロニアをつくった。カルデア人は、水星（学問と運命の神ネボ）、金星（愛と美の女神イシュタル）、火星（戦争と死の神ネルガル）、木星（創造神マルドック）、土星（狩猟と農業の神エヌルタ）の五惑星には神が住んでいて、人間を支配すると考えていたという。また人間を取り巻くすべての現象も神の意志によるものだと信じていた。そしてしだいに、惑星そのものを神だと考えるようになった。さらには、この五惑星に太陽（正義と律法を司る神シヤマシュ）と月（時を司る神シン）を加えて七惑星とし、七つの神に生命や運命、未来などを託して生活していたのである。よってカルデア人たちは、「七」という数までを神聖視するようになり、「七」を聖数とする信仰にまで発展させたといわれている。

彼らはまた、七惑星があらゆる時間と空間を支配すると考え、一日ごとに惑星が支配するのに「七日」かかると考えた。このことから「一週間」という尺度が生まれ、それがまた月の満ち欠けの「とき」を測る尺度と一致していたため「七日」という単位は確定的になっていったという[3]。

中西進によると、バビロニアに起った「カルデアの知識」における「七日」は「七曜」によるという概念は、その後各地に伝えられ、キリスト教や仏教にも襲用されたという。そして「中国には古来七日をもって単位とする習慣はなかった。そうした単位としては三日を用いていたのだが、仏教の伝来に伴って齎らされた七日単位の習慣が、漢六朝に見られる七日の増大を促しているのである。それは又日本にも流れついた」と説く。つまり、日本の習俗に見られる「七日」については、仏教の習慣と極めて密接な関係を持ち、また日本古代文学に見られる「七日」は、仏教説話を通して齎らされたカルデアの知識に由来するであろうというのである[4]。

では「七」はどうだろうか。古代人が偏愛した「三」や「八」とともに「七」も同じく聖数とされながら、何が異なるのであろう。どうも古代文学の中で「七」は、仏教的な「七」の意味とかかわりながら変貌しているようである。日本古代文学における「七」とは何を意味し、何を象徴的に表現したものなのか。次にそのことを具体的に見てみたい。

三　『古事記』の「七」

まず『古事記』で「七」が、どのような使われ方をしているかということから見てみよう。七例と多いのは、「七柱（王・人・媛）」であり、次いで「七歳（年）」が二例、日・里・代・拳脛が各一例ずつある。その中で、特別な「七」と思われる興味深い例について見てみることにする。

(1)上の件の国之常立神より下、伊耶那美神より前を、并せて神世七代といふ。　（上巻）

右は、上巻の本文の始まり、天地の初発の時から次々に神世七代に及ぶ創世神話にある。天には五柱の別天つ神、地には七代の神々の出現を、名を連ねる手法で物語っている。その土地に出現する神々の七代目である伊耶那岐、伊耶那美の二神は、別天つ神の命を受けて日本の国生みや神生みという偉大な仕事にとりかかるのである。この「神世七代」について、たとえば「神の御世が七代も長らく続いたこと。『七』は中国の聖数観念。日本なら『八八・八千代』」と解されている。(5) しかし、この七代から国土の創造が始まったことと、天皇の系統が直接的には七代目の神から発していることが重要であろう。また七代目の二神が天上界の別天つ神のすべての神々の仰せで国作りをするこから考えると、天界（神々の世界）と下界（人間の世界）とを結ぶ境界的な「七代」でもある。そしてこの「神世七代」は、先にみた仏教の「過去七仏」や『旧約聖書』の「創世記」における「第七日」に類似する基層にあり、「七番目」に聖なるものが出現するという意味を有するのである。

さらに「七」と皇統とが結びついたものとして、次の例がある。

(2)ここに、七たりの媛女、高佐士野に遊べるに、伊須気余理比売その中にあり。しかして、大久米の命その伊須気余理比売を見て、歌もちて、天皇の白して曰ひしく、

倭の　高佐士野を　七行く　をとめども　誰をし枕かむ

（中巻・15）

右は、神武天皇の東征後の皇后選定を語る。天皇は、皇后となるべき乙女を大久米命の斡旋で得ることになる。その乙女は、「神の御子」（三輪山の大物主神の子）であり、名を「伊須気余理比売」（身ぶるいさせ神霊が依り憑くという。この比売の出生は、「丹塗矢伝説」型の神婚によるものと語られていて、名に「命」の敬語がないことから巫女性をもつ女性として伝えられている。そのことからすると、「七たりの媛女」「七行くをとめども」とは、七人の神聖な少女（神の巫女）たちであろう。そして「七」は、「神聖な巫女と結びついて、呪術的な意味を持っていた」と言われる要素を有していたと考えられる。(6) その呪術的意味とは、聖なるものの出現と、また大物主神の子で

ある伊須気余理比売が初代の天皇である神武天皇の皇后となるという関係から、神と人とを結ぶ境界的な意味であろう。「七」とは、神と人をつなぐ畏怖をはらんだ境界的な呪術数であったのである。

さて次に、弟橘姫の入水後の「七日」について見てみよう。

(3)かれ、七日の後に、その后の御櫛海辺に依りき。すなはち、その櫛を取りて、御陵を作りて、治め置きき。（中巻）

これは、倭建命が相模国から東方に入って行き、走水の海を渡る時、その渡りの神（境界の神）が浪を立てたので渡ることができなくなった。そこで后の弟橘比売命が入水して海神の妻となる。その「七日後」に、倭建命が上陸した上総側に比売の呪具であった櫛が流れつき、それを拾い墓を作り、その中に収め置いたと語っている。ここでの「七日後」とは、海神の妻となった比売の呪的な櫛と結びついて、呪術的な意味を持っている。つまり「七日」は、比売の他界後に境界を越えて櫛が流れついたことから現界と他界とを結ぶ境界的呪術数を意味すると考えられる。また「七」には、生と死への畏怖がひめられているのであろう。

次は、枯野の琴の瑞祥説話にある例である。

(4)この船破壊れて塩に焼き、その焼け遺りし木を取りて琴に作りしに、その音七つ里に響みき。（下巻）

これは霊木（大樹）説話から聖水運搬の早船の話へ、そしてその廃材から妙音の琴を得た話へと続き、仁徳天皇を「聖帝」として語る瑞祥説話である。琴は「さやさや」と「七里」に響《とよ》んだというのである。

「七里」については、「七」は多数を表わす中国の聖数と理解され、遠い村里まで響んだことを意味するとされている。しかし説話全体からすると、樹の大きさ、船の早さ、船の用、琴の音、いずれも特異である。また琴の音に関しては、神を招き寄せる呪器として琴を弾くこと（中巻・神功皇后の神懸り）や琴を弾き神託を受ける神嘗祭（『皇太神宮儀式帳』）などの存在から、神聖な呪的な音と考えられる。ここでの「七」は、聖なる琴の音と結びつき呪力の象徴として表現されていると理解できる。

このことと類似するものは、『播磨国風土記逸文』に見え、霊木、聖水運搬の早船の説話の中で、楠木で作った船の早さを「一梶に七浪を去き越えき」と表現する。聖なる琴の音や船は、その呪力ゆえ「七里」や「七浪」も越え渡るというのである。

最後に「七歳」の例を見てみよう。

(5)ここに、その大后の先の子、目弱の王、これ年七歳にありき。……ここに、その殿の下に遊べる目弱の王、この言を聞き取りて、すなはち、天皇の御寝ませるをひそかに伺ひて、その傍の大刀を取るすなはち、その天皇の頸を打ち斬りて、都夫良意富美が家に逃げ入りき。(下巻)

ここは安康天皇が皇后に漏らした血腥い話を、不覚にも目弱王に聞かれ、天皇は寝首をかかれたと語られる。この話は、女性を近づけず斎戒して神託を受ける場所である「神床」を「寝床」がわりに用いた天皇に対する「神罰《しんばつ》覿面譚《てきめんたん》」とみられている。天皇が殺害されるという話は、『古事記』の中で唯一の例であり、異様なことである。古代において神や魔物が人を殺すことは少しも異常ではなかったが、「人、天皇を取りつ。いかにかせむ」とあるように、人間が天皇を殺すなどということは考えられないことだった。その殺した目弱の王の年が「七歳」というのである。目弱という名からすると視力よりも聴力が特に発達していた、すぐれた王だったのであろう。特殊な能力を有した王が天皇を殺すという特異なことをしたのである。

中世では、「七歳まではとくに神に近い聖なる存在」であり、「七歳」は「神と人の境界ともいうべき重要な節目」である年齢的境界と考え、特別な意味をもっていたとしている。(7) とすると、「七歳」の「目弱王」ゆえに、神の意志が働いたのであろうか。ここでの「七」とは、そのような呪的な力を象徴しているのである。

四　『万葉集』の「七」

『万葉集』における「七」は、「七日」が七例と群を抜いていて、次いで「七瀬」三例、「七種」・「七重」二例、さらに「七車」・「七条」・「七世」・「七賢」・「七石」・「七夜」・「七節管」が各一例である。

作者と作歌年代を見ると、まず「七日」は、「七日」（9・一七四〇）虫麻呂歌集、「七日」（9・一七四八）虫麻呂歌集、神亀三年（七二六）か天平六年（七三四）、「七日」（17・四〇一一）大伴家持、天平一九年（七四三）である。その他、作者未詳の巻に（10・一九一七）（11・二四三五）（13・三三一八）の三例がある。次いで「七瀬」（5・八六〇）大伴旅人、天平二年（七三〇）と、作者・年代未詳の（7・一三六六）、（13・三三〇三）がある。「七種」は「七種の宝」（5・九〇四）山上憶良、天平五年（七三三）頃と「七種の花」（8・一五三七）山上憶良、天平二年（七三〇）～天平八年（七三六）頃がある。「七重」は「七重かる衣」（20・四四三一）防人歌と「七重花」（16・三八八五）作者未詳歌である。さらに「七車」（4・六九四）広河女王、「七条」（16・三八七五）作者未詳、「七世」（19・四二五六）大伴家持、天平勝宝三年（七五一）、「七賢」（3・三四〇）大伴旅人、神亀四年（七二七）～天平二年（七三〇）頃、「七石」（4・七四三）大伴家持、「七夜」（10・二〇五七）作者未詳、「七節菅」（3・四二〇）丹生王、養老七年（七二三）以前となっている。

以上作者は、虫麻呂歌集、丹生王、大伴旅人、山上憶良、広河女王、大伴家持など、いわゆる知識層が半数以上を占めている。また作歌年代も養老七年（七二三）頃から天平勝宝三年（七五一）までで、中心は天平期である。内容的には、仏教文化による「七種の宝」（5・九〇四）や「七賢人」（3・三四〇）がある。また乞巧奠《きっこうてん》に供えたことからくる「七種の花（秋の七草）」（8・一五三七）、祓の神事にかかわる採物の「七節管」（3・四二〇）などの尊いものがある。さらには身につけているもっとも尊いものを示す「玉の七条」（16・三八七五）もある。

この他に、多数を意味すると解されている「七」で、恋の世界に詠まれる例もある。これなども本来の呪術性が託されていたのであろう。

⑴恋草を　力車に七車　積みて恋ふらく　わが心から　（4・六九四）
⑵わが恋は　千引の石を七ばかり　首に繋けむも　神のまにまに　（4・七四三）
⑶明日香川　七瀬の淀に住む鳥も　心あれこそ　波立てざらめ　（7・一三六六）
⑷春雨に　衣はいたく通らめや　七日し降らば　七日来じとや　（10・一九一七）
⑸月かさね　わが思ふ妹に　逢へる夜は　今し七夜を　続ぎこせぬかも　（10・二〇五七）
⑹淡海の海　沖つ白波　知らねども　妹がりといはば　七日越え来む　（11・二四三五）
⑺小竹が葉の　さやく霜夜に　七重かる　衣に益せる　子ろが肌はも　（20・四四三一）

ところで、『万葉集』の「七」には、「七」の普遍的性格や特性と思われる次のような例がある。

⑴……古の　事そ思ほゆる　水江の　浦島の子が　堅魚釣り　鯛釣り矜り　七日まで　家にも来ずて　海界を　過ぎて漕ぎ行くに　海若の　神の女に　たまさかに　い漕ぎ向ひ　相誂ひ　こと成りしかば　かき結び　常世に至り……　（9・一七四〇）

右は「水江の浦島子を詠める歌」である。浦島子は「海界《うなさか》」を過ぎて漕ぎ行き、海若の神の娘に会い契りを交わし、「常世」に至り神の宮を訪れたと詠む。この海の境界を越えるのが「七日」だったというのである。

この「七日」について、古く真淵の『考』は「易にも七日而帰といひて古へより用ゐ来れりこは唐音なれど奈良にありては歌言に用ゆ」とし、最近では一般的に「長い日数を示す語」と理解されている。しかし『全註釋』の「この種の異郷訪問説話にしばしばあらわれる日数で、相当に多い日数を示す」という指摘と、『評釈』の「この種の伝説に共通のものである」という指摘は、異郷とのかかわりに注目しているという点で重要であろう。「日」とは、本来、時間の区分を示し、日数をかぞえる表現であった。しかし、ここでの「七日」は、海の境界を越えて海神の娘と結婚し、常世に至るという浦島子と結びつき、呪術的意味を持つのである。この「七日」は、「海界を過ぎて漕ぎ行くに」が示すように、海の神の住む常世の世界と浦島子の住む人の世界とを結ぶ境界領域を象徴するといえよう。そしてまた、聖なる世界を象徴するものであろう。

これと類似する例として、次の歌がある。

(2)松浦川　七瀬の淀は　よどむとも　われはよどまず　君をし待たむ　(5・八六〇)

この歌は、松浦川の淵で仙女と歌を贈答したときの「娘らの更報へたる歌三首」の中にある。また神仙郷を詠むこの一連(序文と八首)は吉田宜宛に送付され、その返書に次の歌を記す。

松浦の仙媛の歌に和へたる一首

君を待つ　松浦の浦の　娘子らは　常世の国の　天娘子かも　(5・八六五)

宜によると君を待つ娘子たちは、常世の国の仙女たちであるというのである。ここでの「七瀬」は、常世の国の仙女と結びつき呪術的意味を待つ。つまり「七瀬」は、君と仙女の間に存在することから、君の住む人の世界と仙女の住む常世の世界とを結ぶ境界領域を意味するのである。また、聖なる世界を象徴するのであろう。

(1)と(2)の例は、海神の娘や仙女が住む常世の国とかかわっていたが、次の例のように異界とかかわる「七」でありながら、第三者が告げる呪的な言葉の中に存在する「七」もある。

(3)里人は　われに告ぐらく　汝が恋ふる　愛し夫は　黄葉の　散りのまがひたる　神名火の　この山辺から〔或る本に云はく　その山辺〕　ぬばたまの　黒馬に乗りて　川の瀬を　七瀬渡りて　うらぶれて　夫は逢ひきと　人そ告げつる　(13・三三〇三)

(4)紀の国の　浜に寄るとふ　鰒珠　拾はむといひて　妹の山　背の山越えて　行きし君　何時来まさむと　玉桙

の　道に出で立ち　夕卜を　わが問ひしかば　夕卜の　われに告らく　吾妹子や　汝が待つ君は　沖つ波　来寄する白珠　辺つ波の　寄する白珠　求むとぞ　君が来まさぬ　拾ふとぞ　君は来まさぬ　久にあらば　今七日だみ　早くあらば　今二日だみ　あらむとぞ　君は聞しし　な恋ひそ吾妹　（13・三三一八）

(5)放逸せる鷹を思ひて夢に見、感悦びて作れる歌一首并せて短歌

……二上の　山飛び越えて　雲隠り　翔り去にきと……ちはやぶる　神の社に　照る鏡　倭文に取り添へ　乞ひ祈みて　吾が待つ時に　少女らが　夢に告ぐらく　汝が恋ふる　その秀つ鷹は　松田江の　浜行き暮し　鰤取る　氷見の江過ぎて　多祜の島　飛び徘徊り　葦鴨の　多集く古江に　一昨日も　昨日もありつ　近くあらば　今二日だみ　遠くあらば　七日のをちは　過ぎめやも　来なむわが背子　懇に　な恋ひそよとぞ　夢に告げつる　（17・四〇一一）

右の三首における「七」は、重要なことを口にする「告る」が示すように(3)「里人の　われに告ぐらく」、(4)「夕卜の　われに告らく」、(5)「少女らが　夢に告ぐらく」と、呪的な言葉の中に表現されている。(4)の「夕卜」とは、夕方の道に人言を聞いて吉凶を判断する占いであり呪的な行為である。したがって「夕卜」の結果を「告る」ことは、きわめて呪的なことである。(5)「少女らが　夢に告ぐらく」にしても、神威ふるう神に祈ったことにより夢の中に少女が現われたのであり、「呪言者たる聖少女」と解される[8]、巫女性のある呪的な言葉なのである。(3)「里人はわれに告ぐらく」の場合は、死者の道行の姿が見えることから、呪的な力を有している里人の「告ぐ」言葉と考えられる。

では、呪的な言葉の中にある「七」とは、どのように表現されているのか。次にそのことについて見てみよう。まず(3)の歌は、本来は挽歌であり、後半は死の道行と考えられている。呪力を有する里人は、死者が神名火山（神山）あたりから黒馬に乗って「七瀬」を渡って行ったのに出逢ったと告げるのである。この「七瀬渡りて」について、近

時「多数をいう。無限に彼方に渡ってゆく」と説いている。[9] しかし、この「七瀬」とは、黒馬に乗った死者と結びついて呪的な意味を持つ。この「瀬」というのは、本来境界的な表現であるが、この場合は現世と他界との境界領域を意味する。そして「七」は、他界への畏怖をはらんだ呪術数であったのであろう。

(4)の歌は、紀の国に旅立った男性を待つ心を詠んでいる。この「妹の山」と「背の山」は、畿内の南限であり、この山を越えると異郷である。奈良の都と紀の国との境に「妹の山」「背の山」があり、それを越えて行った「君」の帰りを待つというのである。卜者の聞いた「君」の言葉によると帰りは「久にあらば　今七日だみ　早くあらば　今二日だみ」だという。ここでの「七日」は、卜者と結びついて呪術的日数を意味していると考えられる。また都と紀の国との境界領域を象徴するのであろう。

(5)の歌は、二上山を飛び越えて彼方に翔り去った鷹を思い、その帰還を神に祈り、その甲斐あって夢に呪言者たる聖少女が出てきて鷹が帰ってくる日を告げたという内容である。二上山とは、神が下り、祖霊の鎮まる聖なる山、また異界との境界的な山である。[10] ここでは鷹がその山を越え生育地「古江」に戻ったということが重要である。つまり鷹は二上山を越えて異郷である「故郷」に戻ったのである。ここでの「七日」とは、神への祈りや呪言者たる聖少女、聖なる二上山を飛び越えて去っていった鷹と結びついて、呪術的な意味を持つ。それは国府と古江を結ぶ境界領域を象徴するのである。この(4)と(5)の例で見ると卜者や聖少女が神の意志を告げることから考えると、「七」とは神と人とをつなぐ畏怖をはらんだ呪術数であったといえよう。「七」は、神意を象徴するのに、最も適した呪術数だったのである。

以上、『万葉集』における「七」には「過ぎる」「渡る」「越える」などの表現が暗示するように、異界の聖なる世界との境界領域を象徴するという特性が見られるのである。

五　『風土記』『日本書紀』の「七」

まず『日本書紀』に見える「七」は、「人」に関して七例、次いで「七日」が四例、「七・八尺」が二例である。そして「七尺」・「七咫」・「七族」・「七枝」・「七子鏡」・「七織」・「七世」・「七星」が各一例である。

その中で興味深いのは次の例である。

(1)七枝刀一口・七子鏡一面、及び種種の重宝を献る。（神功皇后紀五十二年九月条）

右は、百済から日本の天皇に宝が献上されたことを記している。この「七枝刀」について、「前例のない七枝の剣の形式にしたのは三六九年の比自炑など七国の平定が記念されているものか」とも言われる。[11]しかし七枝刀と七子鏡という「七」のつく特殊な形態の太刀と鏡が、両国の国際関係の強化を願い授受されたことは、その呪術的効果を期待してのことであろう。

また、次の猿田彦神の容相と「七」とのかかわりも注目される。

(2)已にして降りまさむとする間に、先駆の者還りて白さく、「一の神有りて、天八達之衢に居り。其の鼻の長さ七咫、背の長さ七咫餘り。當に七尋と言ふべし……」。（神代下、第九段、一書第一）

右は、天孫降臨にあたって先駆者となって現われた猿田彦大神の話である。そこで「七」は、天孫の邇邇藝命が降臨するとき先導する国つ神である猿田彦神の容相とかかわるのである。この神は、「天の八衢」（天八達之衢）に参迎したという記紀の文脈から見て、境界神としての性格がある。天と地の境界にあって天孫を参迎する神が「七」とかかわることは、呪術的な意味を持つのであろう。

さらに次は、神が正体を明かす時間と「七」とがかかわっている例である。

(3)琴頭尾に置きて、請して曰さく、「先の日に天皇に教へたまひしは誰の神ぞ。願はくは其の名をば知らむ」とまうす。七日七夜に逮りて、及ち答へて曰はく……。

（神功摂政前紀）

神を招き寄せる呪的な琴をひいて伊勢五十鈴宮の神以下次々と神を呼び出すが、その時間的なものが「七日七夜」というのである。神聖なる琴の音と「七日七夜」とが結びつき、呪術的な意味を持つことで神々の「名」をあらわすのであろう。

以上、『日本書紀』の「七」では、(1)百済国と日本国を密接に結びつける呪力や、(2)天と地の神々を親密に結びつける呪力を有しているという特性が見られるのである。

さて次に『風土記』における「七」を見てみよう。まず「七日」が三例、次いで「人」に関して二例、さらに「七町」・「七いろ」・「七代」・「七歳」が各一例である。この中で注目すべきは、次の「七日七夜」の例である。

(1)俄にして、建借間命、大きに權議を起こし……杵嶋の唱曲を七日七夜遊び楽み歌ひ舞ひき。時に、賊の黨《ともがら》、盛なる音楽を聞きて、房擧《いへこぞ》りて、男も女も悉盡に出で来、濱傾して歡咲ぎけり。……一時に焚き滅しき。

（『常陸国風土記』行方郡）

(2)荒田と號くる所以は、此處に在す神、名は道主日女命、父なくして、み兒を生みましき、盟酒を釀まむとして、田七町を作るに、七日七夜の間に、稲、成熟り竟へき。及ち、酒を釀みて、諸の神たちを集へ、其の子をして酒を捧げて、養らしめき。ここに、其の子、天目一命に向きて奉りき。

（『播磨国風土記』託賀郡）

(3)玉依日賣、石川の瀬見の小川に川遊びせし時、丹塗矢、川上より流れ下りき。及ち取りて、床の邊に插し置き、遂に孕みて男子を生みき。人と成る時に至りて、外祖父、建角身命、八尋屋を造り、八戸の扉を堅て、八腹の酒を釀みて、神集へ集へて、七日七夜楽遊したまひて、然して子と語らひて言りたまひしく、「汝の父と思はむに此の酒を飲ましめよ」とのりたまへば、即て酒杯を擧げて、天に向きて祭らむと為ひ、屋の甍を分け穿ちて

天に升りき
（『山城国風土記』逸文賀茂社）

この(1)は、賊を囚え滅すため、謀として杵嶋の唱曲を遊び楽しみ歌ひ舞ったという。「七日七夜」続けたことで、隠れていた賊が出て来たところを襲い滅したというのである。ここでの「七日七夜」は、「大きに權議」と「杵嶋の唱曲」とが結びつくことで、呪術的意味を持っていると言えよう。その呪力によって滅ぼすことができたのである。

(2)の場合は、「七日七夜の間に、稲、成熟し竟へき」とあることから「水稲豊穣の呪術数」であり、「〈七〉の数が、神秘な呪術をふくむことを示している」と指摘される。[12] しかし、「この地方土着の巫女神か」といわれる「道主日女命」が、子どもの父神を神意によって判じようと呪術宗教的な祭儀のための酒を造るというのである。その盟酒《うけい》のための神田の稲が、「七日七夜」の間に「成熟り竟へき」とある。この稲の成熟の早さは異常なことである。つまりここでの「七日七夜」は、「道主日女命」と「盟酒」のための「稲」と結びつき、呪術的な意味を持っていると考えられる。稲の成長の異常さや父神の判明はその呪力ゆえのことであろう。

さらに(3)の場合もまた、子神の父神を知るための祭のウケヒ酒（誓酒）を多くの酒甕に醸して入れ、神集て「七日七夜」楽遊したというのである。そしてその結果、父神は天上の神である火雷神であったことが明らかになる。この「七日七夜」も(2)と同様に父神の判明にかかわる呪術性を有するのであろう。

六　沖縄における「七」

沖縄県の久高島では、「七」が聖数として認識されているという。その特性が顕著なのは、イザイホー祭祀における「七」である。それは、イザイホー祭祀の根幹をなしている重要な物、場所、神役などに付されている。

以下、比嘉康雄の論により、沖縄における「七」についてみてみたい。[13] イザイホーの祭祀は、「ナンチュ」に就任する儀式で、十二年に一度午年《うま》に行なわれる。一定年齢に達した島で生まれた女性が、他界にいるタマガエーヌウプティシジという祖霊を引き受け、その守護力を背景にヌルを頂点とする祭祀組織の一員となり、現世に登場しシマの守護神の一神になると同時に夫や息子の守護神的役割を担う「ナンチュ」に就任する儀式である。そのイザイホーの祭祀の場は、他界と現世を表現する祭場空間から成っている。そしてその祭祀空間にある「七」が、「七つ橋」「七つ屋」「七《ナナティ》グゥルー・五《イティティ》グゥルー」である。

まず「七つ橋」であるが、この橋はティルル（神謡では五つ橋・七つ橋と対になり唱される）以外では「七つ橋」といわれ、土中に埋め込まれた七段の丸太の梯子である。その橋は、現世と他界の境界に位置し、両界をつないでいるハンアシャギの南側出入口にかけられている。ハンアシャギの北側出入口は他界に通じ、南側出入口は、七つ橋を渡って現世に通じていて、その内部空間は他界と現世との境界領域といえる。つまり現世から他界にかけた橋が「七つ橋」なのである。このように現世と他界を結ぶ重要な物に「七」を付しているのである。

イサイニガヤー（イザイホーをする新入者）の一団は、この七つ橋を渡り他界へ移るのであるが、その前に現世と他界の境界頸域的なハンアシャギの中に駆け込み、また引き返しまた入るという「七つ橋渡り」を「七回」繰り返す。つまり、現世と他界を行つ戻りつ「七回」繰り返し、最後はハンアシャギ（他界）を通り「七つ屋」に至るのである。

七回渡り終わるとイザイニガヤーとヌル以下の全神女達も「七つ橋」を渡りハンアシャギに入り、中で全神女による神謡が歌われる。歌い終わるとイザイニガヤーの一団は、イティティグゥルーに先導されて他界に通じるハンアシャギ北側出入口からフサティムイの他界空間に駆け込んで行く。そしてイザイニガヤー達は、他界である「七つ屋」（御獄《ウタキ》の象徴）と呼ばれる小屋のそれぞれのハルン（部屋・定座）に入り、タマガエヌウプティシジ（祖霊）とともに三晩籠り過す。イザイホー祭祀における他界は、「七つ屋」であり、フサティムイという御獄の中にイザイホー儀式のために特別に設営されるのである。このように「七つ屋」というウキタの象徴空間という重要な場所であり、祖霊の依ります空間に「七」を付しているのである。

イザイニガヤーたちを先導する神役を「七《ナナティ》グゥルー」「五《イティティ》グゥルー」という。前者は外間側祭祀圏に属するイザイニガヤーを、後者は久高側祭祀圏に属するイザイニガヤーを先導する役目を担うという。このように先導する神役にも「七」が付されているのである。

さらに付け加えるなら、久間ヌル家と久高ヌル家、それぞれに属するイサイニガヤー（神女達）は、ほぼ同時刻頃に両ヌル家を出てそれぞれの前庭において、「七回」エーファイ、エーファイの掛け声と共に庭先を旋回する。これはイザイホーの主祭場である久高御殿庭に駆け込む前に行なわれるのである。

これらの位置関係を明確にするため、下に比嘉康雄の「イザイホー祭場図」を示す。

このように、(1)現世と他界を結ぶ物「七つ橋」、(2)「七つ橋」を「七回」渡り他界へ行く、(3)他界を象徴する場所「七つ屋」、(4)先導する神役「七グゥルー」、(5)「七回」の掛け声と旋回、これがイザイホー祭祀における聖数「七」の事例である。この(1)や(2)

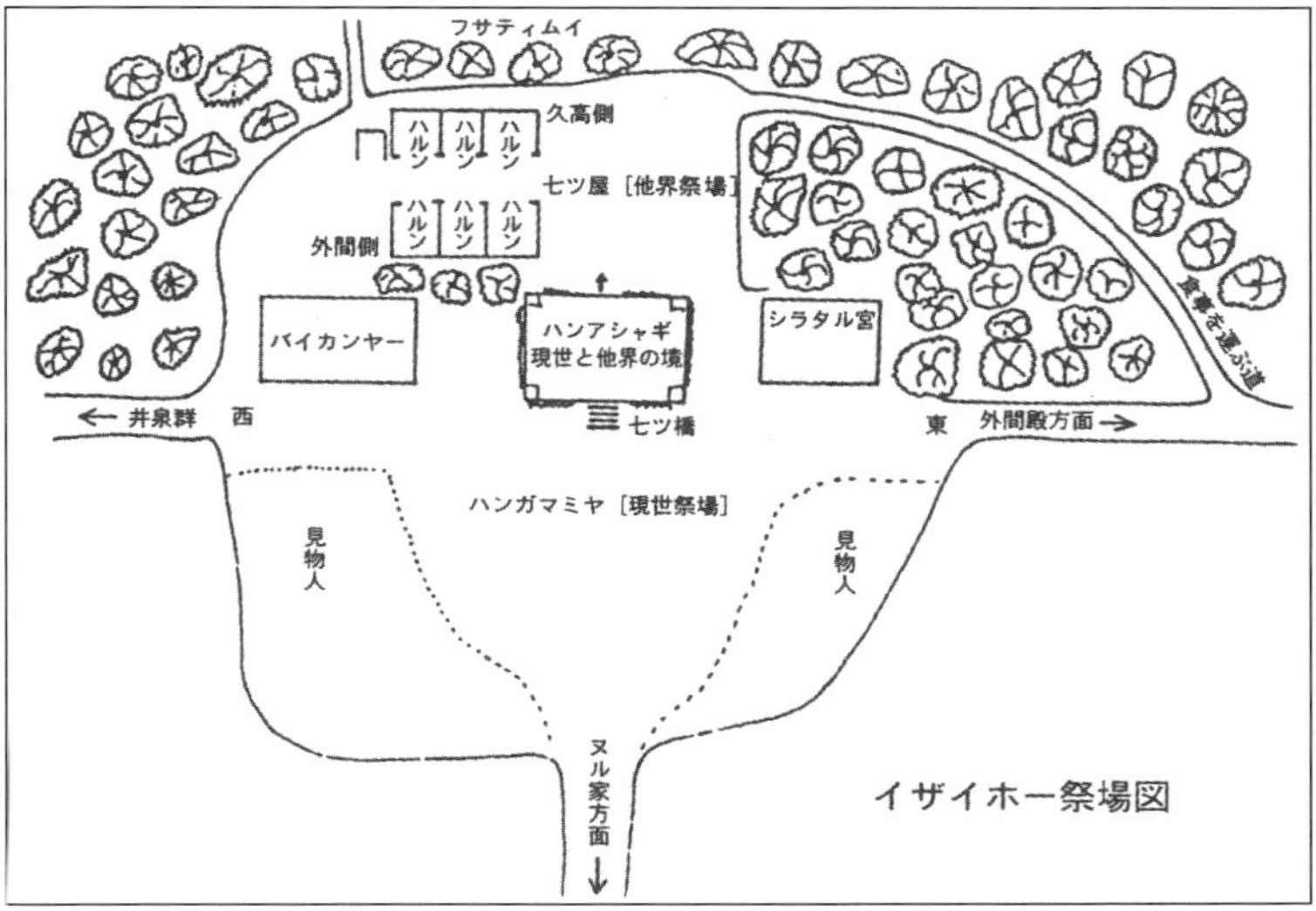

『季刊・自然と文化―古代祭祀の時空―』より

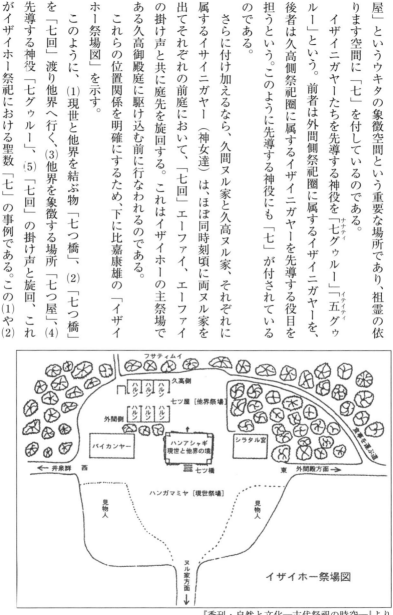

など『万葉集』に見える現世と他界を結ぶ「七瀬」(13・三三〇三)や現世と常世を結ぶ「七瀬」(5・八六〇)、「七日」(9・一七四〇)などと、その基層において通底しているように思えてならない。また(4)にしても、『日本書紀』に見える天孫を先導した猿田彦神の容相と「七」の関係に類似すると思われる。

では、久高島で何故に「七」が尊ばれたのか。またこのような思想をいつ頃、どこから取り入れたのか。これらのことについては定かではない。たとえば、久高島にノロを頂点とする祭祀組織が作られ、「シマ」レベルの祭祀が開始された十五世紀頃なのか。また首里王府や薩摩藩の影響を受けたのか。さらには、久高島が周囲を海にかこまれる孤島であり、今でもそこをシマとかクニと呼んでいるように、自然的、経済的、精神的にほぼ完結した共同体であるとする考えもある。つまり、小さな孤島の中で生きて来た久高人が、その生きざまの中から考えついたことが基層にあるというのである。

ところで、沖縄県には他にも「七」のつく事例がある。それは宮古島の狩俣にある「七《ナナ》フサ」と呼ばれるものである。このフサは、謡うものである。内容的には「フサは正しくはカンフサ(神の草)と称される。神々の系譜、歴史をのべる神歌であるというフサの機能を意識し、神祭りの時頭にかぶる神の草冠を象徴的にカンフサといったのであろうか。神々の宮古島への降臨から、神の子の生誕、部落創世のためのさまざまな生活行動、つまり神々の系譜や歴史を謡い、神を尊びほめ讃えるもので……冬祭りのいわゆる祖神祭の時だけに謡われ、祖神をあがめ崇《たか》べることを基本的な機能としてもっている」と説かれている。(14) さらに謡い方について、祖神祭(冬祭り)のときには、「大城元のアブンマ(神女)、仲間元のツカサアン(神女)、志立元のユーヌヌス(神女)、仲嶺元のミドゥヌヌス(神女)や、ウプツカサ(世話役の神女)を中心にした十六人の神女が、山籠りをしてフサを謡う、フサの謡い方は、始めにフサヌヌス(音頭取り二人)が謡い、ほかの神女達はそのあとに続いて謡う。集団で立って踊り(手をこねるだけの踊り)ながら謡う」と述べている。フサの数は、「七フサ」と呼ばれる七篇を基本的なものとしながらトゥーフタフサ（十二篇）が謡われており、今日まで二十一篇のフサが採録されている。

その「七フサ」とは、「狩俣の祖神祭の第二回目はイダスウプナーと呼ばれ、新しく祖神が生まれることを中心にした祭である。その二日目の夜にユナーンと呼ばれる場面がある。大城元《ウプグフムト》の前の庭に、山から祖神たちが降りてきて、円陣を組み『七フサ』を歌いながら舞う」という場で謡われる。[15] 内容的には、七人の祖先についての物語であり、「真津真良《マージマラ》のフサ」「ミャームギのフサ」「磯殿《イソドヌ》のフサ」「那覇港《ナファンナト》のフサ」「トーナジのフサ」「継母《マーマ》のフサ」「下男《ギサ》のフサ」と呼ばれるフサである。「真津真良のフサ」を除いて、争い・裏切り・嫉妬・悪意など、人の負の部分が主題となっていることから、祖先たちの事績を再現し、鎮めることがなされていると考えられている。[16]

今、「真津真良のフサ」の最初を引いてみると、次のように神の降臨が表現されている。

1	かんま　まきとぅりる ぬっさ　ぶゆたりる	神は和やかに 主は穏やかに
2	にシまーら　うりんな しらジから　うりんな	根島から降りてくる時には シラ地から降りてくる時には
3	ばーんがふさ　うぷがん かんぬふさ　ぷさシ	わがフサを大神は 神のフサを欲しがり
4	うシなうし　うりてぃ ぬィなぬーり　うりてぃや	押しに押して降りて 乗りに乗って降りて

5　コノジに　うりてぃ　　この地に降りて
コノにゃーコん　うりてぃ　　この宮古に降りて

6　うりしゅりてぃからや　　降り揃ってからは
んみゃ　チみてぃがらや　　皆、集まってからは

このように、フサが宮古の祖先神の歩んだ歴史的源初の姿を謡ったものであり、また神々の降臨を謡う基本的なものから祖先神達の行動の広がりにつれて謡う範囲を広げていったようである。そしてこのような意味を持つフサを祖神祭のときだけ神女たちが謡い、その基本的なフサを七人の祖先についての物語である「七フサ」としたことは重要なことである。つまり、祖先神と神女と「七フサ」という結びつきは、「七フサ」が神と人をつなぐ呪術的な意味を持っていることを示すのである。また「真津真良のフサ」において、大城真玉の娘で、美しい布を織り宮古中で評判になった真津真良は、「五人の子を生んで、七人の子を生んで」という表現の後で、「マバルマを生んで」「真山戸（男）を生んで」「世勝り（男）を生んで」「シンミガ（女）を生んで」「マバラジ（女）を生んで」「マカナシ（女）を生んで」「真津真良（女）を生んで」と続き、「七人目（七番目）」に生まれてくるのである。これなど先に見た釈迦の「過去七仏」や『古事記』の「神世七代」と類似する基層にあろう。

ところでまた、渡邊欣雄により沖縄県における村落起源と「七」とのかかわりも報告されている。それは、沖縄本島東村川田の例であり、「七煙《ナナキブイ》」という「七人の祖先」が川田部落の創始者であるというのである。また奄美大島瀬戸内町清水《セイスイ》の例も報告されている。それは、浦添王子尊義の子尚朝が大島鎮治のため来島したことから始まり、その子尚宗、さらにその子満宗に受けつがれ、のちに朝宗に「七人の子」がいて、その子らが賜った屋敷が「七殿地」と呼ばれるところであるという。つまりこの「七殿地」（七つの地名は当時のまま残っている）の七人の当主が、川

田の村落形成にかかわったというのである。[17] 村落起源と「七」との関係は、日本古代文学においては見られないが、これも「七」を考える上で貴重な手掛かりとなる。

七　「七」の意味するもの

さてここに至って、今まで残してきた問題がある。「七」とは何を意味し、何を象徴的に表現したものなのかということについては見てきたが、なぜ「七」なのかという問題が残っている。

まず「七」の観念成立の背景としては、古くから中国文化の流入によって、日本の数詞観も変化していったといわれている。つまり、日本古来の聖数「八」が、北斗七星への意識や陰陽五行思想に基づく中国の聖数「七」に圧倒されていったとする考えである。日本における「七」の観念形成には、これに加えて、「七」を重視した中国の仏教や道教の影響もあり、さらに月の運行による時間意識や月に満ち欠けなども係わっているとされる。

しかし先に述べたように、中国の仏教文化などの「七」より以前には、キリスト教と「七」との係わりがあり、さらにその基底にはバビロニアに起った、いわゆる「カルデアの知識」における「七」の思想があると説かれている。

次に、では「七」とは一体何かということが問題になってくる。「七」とは何を意味し、何を象徴的に表現したものなのかということである。一般的には、吉数、聖数と認識され、また実数でなく「多」の意を表すといわれている。しかし、ここまで見てきたことによると、「七」は聖なるものの出現や呪術性を意味し、また聖なるものの呪的な力を象徴しているといえる。さらに日本古代文学においては境界的な呪術数であるといえよう。

そして次に、なぜ「七」なのかという問題である。その手掛かりとなると思われるものに「斎宮の忌詞」というものがある。それは伊勢の斎宮で神のおぼしめしをはばかり、仏教語や不浄語を忌んで代わりに用いた「斎宮の忌詞」である。そして興味深いのは、次のように「忌み詞」はすべて「七言」を基本としているということである。その「忌み詞」が用いられる言語を表示してみると、次のようである。

(ア)　打・鳴・血・宍・仏・経・塔・法師・優婆塞・寺・斎食・死・墓・病　(『皇太神宮儀式帳』)

(イ)〔内七言〕仏・経・塔・寺・僧・尼・斎

〔外七言〕死・病・哭・血・打・宍・墓

〔別忌詞〕堂・優婆塞　(『延喜式』「斎宮式」)

(ウ)〔内七言〕仏・経・塔・寺・僧・尼・斎

〔外七言〕死・病・哭・血・打・宍・墓・優婆塞　(『倭姫命世記』)

(エ)〔外七言〕死・病・哭・打・血・宍・墓　(践祚大嘗祭)

(オ)〔内七言〕仏・経・塔・寺・僧・尼・斎

〔外七言〕死・病・泣・血・打・宍・墓

〔別忌詞〕堂・優婆塞　(斎院司)

右の例についての特徴は、まず「忌詞」は、仏教関係語の「内七言」とそれ以外の穢れ語の「外七言」とに分けられていることである。また(ア)の儀式帳では、そのように分類してないことから素朴な形態をもつ最も古いものと認められている。次にすべての「忌詞」は、「七言」を基本としていることである。さらに伊勢の「斎宮の忌詞」(ア)(イ)(ウ)においては「内七言」という仏教関係語が多く、伊勢の大神宮だけが仏教関係を特に忌避したことが認められるのである。斎宮において、仏教関係語が忌避された理由について、西宮一民は次のように述べている。[18]

仏教語を使えば言霊の信仰でその思想に魅られるといふことで、その語を忌避した。神宮は唯一の神道の宮でなくてはならぬと、奈良朝・平安朝初期の宮吏は考へてゐたのが、斎宮寮における規範として仏教関係語彙を禁忌してしまふといふ条令をつくりあげたものと理解できる。要するに、これほどのことをしなければ、神宮の神性を主張し得なかったほど、寺院といふものの存在が大きくのしかかってゐたはずであった。

ではなぜ「斎宮の忌詞」は「七言」を基本としたのか。西宮の説く忌避された理由によると、仏教関係語を忌避したのは「言霊の信仰でその思想に魅られ」ないためであり、「神宮の神性を主張」し得るためということになる。しかし、「忌詞」に指定しようと思えば、いくらでもできたはずなのに、「斎宮の忌詞」に限らず「践祚大嘗祭」や「斎院司院」のものも、すべて「七言」が基本になっていることは注目すべきであろう。その「言」もさることながら「七」によるところも多いとみてよい。神宮は唯一の神道の宮であり、その神性を主張し続けることができる呪術的な力を「七」は有していたことから、あえて「七」と固定したのではなかろうか。「忌詞」に対する「内七言」の関係は、「詞」と「言」、「忌」と「七」ということになる。「言霊の信仰でその思想に魅られる」ことから忌避したと考えられているが、その「忌」（さける）の裏には、仏教や仏教関係語の持つ力や寺院の存在の大きかったことがある。その強力なものに対するのが呪的な「七」であったのであろう。

その「七」が使われたのは、いつ頃からか。「斎宮の忌詞」の制度化はいつ頃かという問題については、明確には答えられない。しかし、(ア)の『皇太神宮儀式帳』は奥書によれば延暦二十三年（八〇四）、(イ)の「斎宮式」はその下限を延長五年（九二七）、(ウ)の『倭姫命世記』は鎌倉時代初期頃とみられている。(ア)の忌詞は奈良時代末頃からことばとがめの風習を醸成していったものと推定されているが、明らかに「七言」と明記されるのは、(イ)の延長五年（九二七）ということになる。おそらく奈良時代末ごろから「七」の有する呪術的な力が認識され、使われ始めたのであろう。

「斎宮の忌詞」における「内七言」「外七言」を見ると、「言」だけでなく「七」の呪術的な力によって「忌」する対象の有する力を封じ込めようとしていたと考えられる。日本古代文学において、なぜ「七」なのかという問題の答えは、こんなところに手掛かりがあるのではなかろうか。
なお、紙幅の関係で、「カルデアの知識」と日本古代文学や沖縄の「七」とが、どのような係わりを有するかという問題について、具体的に触れることができなかった。改めて考えてみたい。

注

（1）『聖書』（新共同訳、日本聖書協会、一九九一年）
（2）（1）に同じ
（3）永田久「神話と『七曜』の世界」（『フォークロア』第二号、本阿弥書店、平成六年五月）
（4）中西進「カルデアの知識」（『文学語学』第十二号　昭和三十四年六月）同題で『万葉集の比較文学的研究　下』第八章に所収（桜楓社、昭和三十八年一月）
（5）『古事記』（新潮日本古典集成）
（6）左方郁子「古典の世界にみる『七』」（『フォークロア』第二号、本阿弥書店、平成六年五月）
（7）黒田日出男「『童』と『翁』――日本中世の老人と子どもをめぐって――」（『境界の中世　象徴の中世』東京大学出版会、昭和六十一年九月）
（8）中西進（『万葉集㈣　全訳注原文付』講談社文庫）
（9）（8）に同じ
（10）本書Ⅱの「二上山の基層」
（11）『日本書紀上』（日本古典文学大系、岩波書店）
（12）山上伊豆母「禊祓の本質――七瀬祓の源流――」（『古代祭祀伝承の研究』雄山閣、昭和六十年六月）

（13）比嘉康雄「イザイホー」（『季刊・自然と文化――古代祭祀の時空――』昭和六十三年六月　日本ナショナルトラスト）、同「第一章　イザイホー」（『神々の原郷　久高島　上巻』第一書房、平成五年十月）、同「イザイホー祭祀における『七』（五）について」（『フォークロア』第二号、平成六年五月）、牧田茂「七つ橋考」（『久高島の祭りと伝承――古典と民俗学叢書15――』桜楓社　平成三年十月）。イザイホー祭祀については以上の論に負うところが多い。また「七」に関しては比嘉康雄の論に負うところが大である。

（14）外間守善・新里幸昭編『南島歌謡大成Ⅳ　宮古篇』（角川書店、昭和五十三年）

（15）古橋信孝「巫歌と史歌」（『岩波講座　日本文学史　第15巻――琉球の文学・沖縄の文学――』平成八年五月）

（16）（15）に同じ

（17）渡邊欣雄「村落起源の七律――聖数〝七〟の謎――」（『沖縄の社会組織と世界観』新泉社、昭和六十年三月）

（18）西宮一民「斎宮の忌詞について」（『上代祭祀と言語』桜楓社、平成二年二月）

「青」のシンボリズム

一　はじめに

「青」とは、不思議なものである。聖書に「見よ、青白い馬が出てきた。そして、それに乗っている者の名は、『死』と言い、それに黄泉が従っていた」とある。(1)また、朝鮮の済州島の神話には、水葬の時に用いる石の函の中から馬牛や五穀の種と一緒に、死者の国の着物である「青い衣」を着た三人の処女が出てきたとある。この「青」とは、何を象徴するのであろう。

実は、このような「青」と「死」とのかかわりは『古事記』や『万葉集』に、さらには日本の地名などにも見られる。しかしまた、「青」は『古事記』『日本書紀』『万葉集』『風土記』などにおいて、「青垣」「青垣山」と表現される国讃めの慣用句ともかかわっているのである。

「青」を色彩的に考えると、「黄」の字のつく「黄泉《よみ》」と「蒲黄《がまのはな》」を除いた四色、いわゆる「青・白・赤・黒」という古代の基本的色彩の中にある。この四色について佐竹昭広は、光との関係で論証され、「明」と「暗」、「顕」と「漠」の対立から「赤と黒」「白と青」の色彩が派生したと説いている。(2)すると「青」とは、「漠」としたものということになる。

また、この四色によって、古代の聖なる色彩シンボリズムが成り立っていて、「青・白は、王権・祭祀という中心の色彩であり、赤・黒は崇神天皇が要路の境界点たる黒坂神・大坂神を赤・黒の盾・矛をもって祀ったというよう

に、境界の色彩であって、中心と境界の相補的な色彩シンボリズムをなしている」と言われている。(3)
ここでは、「青垣」や「青垣山」、「青」と「死」の関係を有する表現などを手掛かりに、古代文学において「青」の象徴性がどのように表現されているかについて述べてみたい。

二　「青垣」「青垣山」

まず、古代文学の中で「青垣」「青垣山」が、どのような使われ方をしているかということから見てみよう。『万葉集』には、次の歌がある。

吉野宮に幸す時に、柿本朝臣人麻呂の作る歌

やすみしし　我が大君　神ながら　神さびせすと　吉野川　激つ河内に　高殿を　高知りまして　登り立ち
国見をせせば　たたなはる　青垣山　やまつみの　奉る御調と　春へには　花かざし持ち　秋立てば　黄葉か
ざせり　一に云ふ「もみち葉かざし」　行き沿ふ　川の神も　大御食に　仕へ奉ると　上つ瀬に　鵜川を立ち
下つ瀬に　小網さし渡す　山川も　依りて仕ふる　神の御代かも　（1・三八）

山部宿祢赤人の作る歌二首并せて短歌

やすみしし　わご大君の　高知らす　吉野の宮は　たたなづく　青垣隠り　川なみの　清き河内そ　春へには
花咲きををり　秋されば　霧立ち渡る　その山の　いやますますに　この川の　絶ゆることなく　ももしきの
大宮人は　常に通はむ　（6・九二三）

右の二首は、人麻呂と赤人の吉野行幸歌である。そして共に吉野の宮（離宮）を讃美しており、それは吉野の宮を取りまく山河の風景をもってなされている。人麻呂はその風景を「たたなはる　青垣山」であり「吉野川　激つ

河内」と詠む。また赤人は、「たたなづく　青垣隠り」であり「川なみの　清き河内そ」と詠む。つまり、吉野の宮は「青垣」や「青垣山」が取り囲む地であり、川に囲まれた地であると讃美する。

このように表現される「青垣」「青垣山」は、従来「青々とした垣根のように連なる山」「山を垣に見立てたもの」などと言われ、国讃めの慣用句とされている。しかし、単に誉め言葉であるというものの、それがどのような意識をもつ讃辞であるのか疑問となる。

そこで他の用例を見てみると、『古事記』に次の歌がある。

倭は　国のまほろば　たたなづく　青垣　山隠れる　倭し　うるはし
（『古事記』謡三一）

これは物語的には、倭建命が能煩野に至ったときに詠んだ望郷歌、いわゆる「国思歌」であるが、「本来独立した民間の国讃めの国見歌」と言われている(4)。ここで注目したいのは、「倭」が「たたなづく　青垣　山隠れる」ところであり、「国のまほろば」で「うるはし」と讃美されていることである。ちなみに『日本書紀』には、「倭」は「たたなづく　青垣山　隠れる」ところであり、「国のまほらま」、「うるはし」とある。ここでも、何故に「倭」が「青垣山」に「隠る」ことが、「まほろば」であり「うるはし」と讃美されるのか疑問である。

そこでさらに『古事記』『風土記』『祝詞』などの例を見ると、「青垣」「青垣山」に囲まれた内側は、神や天皇が鎮座する所、聖なる領域としてある。それは次の例などである。

(1)是の時に海を光して依り来る神ありき。其の神の言りたまひしく、「能く我が前を治めば、吾が能く共興に相作り成さむ。若し然らずは国成り難けむ」とのりたまひき。爾に大国主神曰ししく「然らば治め奉る状は奈何にぞ。」とまをしたまへば、「吾をば倭の青垣の東の山の上に伊都岐奉れ。」と答へ言りたまひき。此は御諸山の上に坐す社なり。
（『古事記』上）

(2)長江山に来まして詔りたまひしく、「我が造りまして、命らす国は、皇御孫の命、平らけくみ世知らせと依さしまつらむ。但、八雲立つ出雲の国は、我が静まります国と、青垣山廻らし賜ひて、玉珍置き賜ひて、守らむ」と詔りたまひき。（『出雲国風土記』意宇郡）

(3)天の下造らしし大神の命、詔りたまひしく、「八十神は青垣山の裏に置かじ」と詔りたまひて、追い廃ひたまふ時に、此處に迫次きましき。（『出雲国風土記』大原郡）

(4)又、詠めたまひき、其の辞にいへらく、

淡海は　水渟る国　倭は　青垣　青垣の　山投に坐しし　市辺の天皇が　御足末　奴僕らま

（『播磨国風土記』美嚢郡）

(5)出雲の国の青垣山の内に、下つ石ねに宮柱太知り立て、高天の原に千木高知ります、いざなきの日まな子、かぶろき熊野の大神、くしみけのの命、国作りましし大なもちの命二柱の神を始めて……。

（『祝詞』出雲の国の造の神賀詞）

(6)「……塩土老翁に聞きき。曰ひしく、『東に美き地有り。青山四周れり。其の中に亦、天磐船に乗りて飛び降る者有り。』といひき。余謂ふに、彼の地は、必ず以て大業を恢弘べて、天下に光宅るに足りぬべし。蓋し六合の中心か。厥の飛び降るいふ者は、是饒速日と謂ふか。何ぞ就きて都《くに》つくらざらむ」とのたまふ。（神武即位前紀）

右の(1)では、「倭」の周囲を青々とした垣のようにめぐっている山の東の山（三輪山）に、「海を光して依り来る神」である「大物主の神」が鎮座する。また(2)では、「出雲国」に「青垣山」を廻らして「大穴持命」が鎮まる。さらに(3)では、「青垣山の裏《うち》」である「出雲国」から八十神を追いはらい神領域とする。さらにまた(4)では、青垣に囲まれた「倭」に市辺天皇（顕宗天皇）が鎮座する。(5)では、青垣山に囲まれた「出雲国」に「くしみけのの命」と「大なもちの命」（大国主命）が示現する。(6)は神日本磐余彦天皇、つまり神武天皇が「倭」をめざす話である。ここには「青垣」とないが、「青山」に四方を囲まれた地（倭）を「美き地《くに》」と言って「饒速日」が天降っている。

これらの例からすると、「青垣」や「青垣山」はその囲まれた内側が、神や始祖的人物が示現する領域であり、同時に天皇が鎮座する聖なる地であるという意識を強くもつ表現であることが明らかである。また「青垣」「青垣山」は、垣に囲まれた内と外との境界、いわゆる異界である神の領域と此の界の領域との境界領域を示していると言えよう。それは、祭儀を行なう聖域を八重垣、柴垣、瑞垣などで仕切って、日常の俗なる空間とは異質な領域として分ける発想とも通じるものである。

さらに、(1)から(6)の例のほとんどが、国造りにかかわる神話であったことも見過ごしてはならない。(1)の例では、海という異界から訪れる神は、国造りをする大己貴神にとって「幸」をもたらす不思議な魂である「幸魂奇魂」(『日本書紀』神代)であった。その神が異界から訪れて「青垣」の内に鎮座することは、そこに「幸」をもたらすことになるのであろう。換言するなら「青垣」「青垣山」の内には、異界から訪れる不思議な力があらわれるのである。この異界からの不思議な力と「青」との関係は、『日本書紀』に語られている素戔嗚尊が天界を追放されて出雲に降ってくる神話を思い出させる。

初め五十猛神、天降ります時に、多に樹種を将ちて下る。然れども韓国に殖えずして、ことごとく持ち帰る。遂に筑紫より始めて、凡て大八洲国の内に、播殖して青山を成さずということなし。(『日本書紀』神代上・第八段四)

これは、一緒に天降ってきた子の五十猛神が天界より多くの木種を持ってきて、筑紫以下日本国中にこの種を播き、国土をすべて「青山」にしたという話である。これも異界から訪れる神がもたらす不思議な力、「幸」であろう。また、この逆が『古事記』にある速須佐之男命が海原の支配を拒んで泣き、「青山」を「枯れ木の山」に変えたという次の神話である。

其の泣く状は、青山は枯山の如く泣き枯らし、河海は悉くに泣き乾しき。是を以ちて悪しき神の音は、狭蝿如す皆満ち、万の物の妖悉に発りき。(『古事記』上)

異界と言えば、先に見た「青垣」・「青垣山」に囲まれた「吉野」や「出雲」は、異界に通じる特別な意味をもった地と考えられていたことも忘れてはならない。たとえば、「吉野」の場合、『日本書紀』には壬申の乱の前夜に大海人皇子が「吉野」に隠棲したこと、後に妻である持統天皇が三十一回も吉野に行幸したことが記されている。また、『万葉集』や『懐風藻』などにも多く詠まれているように、その地は山水に囲まれた神仙境、いわば生命の再生を促す地であった。さらに、それ以前は『古事記』の神武東征譚が語るように、そこは尾の生えた人や体の光る人など、異形の住む異界であったと認識されていた。

一方、「出雲」であるが、この地も黄泉国や根の国に通じる所であり、異界の霊力と絶えず触れ合う所であったことはよく知られるところである。たとえば、『古事記』の伊邪那岐命の黄泉国脱出譚では、伊邪那岐命が黄泉比良坂を通り逃げ帰るとき、葦原の中つ国（この世）への出口は出雲国の伊賦夜坂であった。また、大国主神事績譚では、出雲国で八十神たちに追われた大穴牟遅神（大国主神）は、須佐之男命のいる根の国に行き、やはり黄泉比良坂を通り出雲に帰ってくる。この二つの説話には、現し国より異界（死者の世界）に行き黄泉比良坂を通って出雲に帰ること、つまり死と再生という共通点がある。おそらく出雲とは、古代人の意識においては死の国と同時に生命のよってきたる根の国、また生命の再生のための不思議な世界でもあったろう。出雲の異界性については、この他にも黄泉の世界に通じる「脳の礒」の存在や、また出雲人が墓造りに関係していたと考えられことなど、いくつかある。

以上のことから「青垣」「青垣山」の表現には、その囲まれた地が異界に通じる所であり、そこから神が訪れて鎮座する神の領域で、そこには異界からの不思議な力（霊力）が絶えず立ちあらわれているという意識があったと思われる。

おそらく、人麻呂や赤人の吉野讃歌における「青垣」や「青垣山」が国讃めの表現となり得たことには、このような意識が基底に流れていたものと思われる。それゆえに「青垣」の内（鎮座する神・異界からの霊力）を讃美するのであろう。また、「青垣」の周囲の自然を詠み、その内側にある神の宮としての吉野の宮を讃え、そこを領有する天皇を讃美するのであろう。そして、このことは『古事記』の歌謡に見える、「青垣」に囲まれた「倭」が「まほろば」であり「うるはし」と讃美されることにも通じることである。

(1)から(6)の例は、「倭」や「出雲」への意識がしだいに神々の領域から天皇の領域へと移ったように、「吉野」に対する意識も同様の経路をたどって行ったであろうことを物語ってくれる。

三 「青柴垣」

ところで、この「青垣」や「青垣山」と類似する表現に「青柴垣」というものがある。これは、『古事記』『日本書紀』の「出雲における大国主命の国譲り神話」に次のようにある。

(1)其の父の大神に語りて言ひしく、「恐し。此の国は、天つ神の御子に立奉らむ。」といひて、即ち其の船を踏み傾けて、天の逆手を青柴垣に打ち成して、隠りき。（『古事記』上）

(2)時に事代主神、使者に謂りて曰はく、「今天神、此の借問ひたまふ勅有り。我が父、避り奉るべし。吾亦、違ひまつらじ」といふ。因りて海中に、八重蒼柴籬を造りて、船枻を踏みて避りぬ（『日本書紀』神代下）

この(1)と(2)では、多少内容に違いはあるが、大国主命の子の事代主神は出雲国を「天つ国の御子」に譲ることを託宣し進言するのである。そしてその後、(1)では乗って来た船を踏み傾けて、天の逆手を打ち船を青の柴垣に変えて中に隠れてしまったと語り、(2)では海中に八重蒼柴垣を造って避ったと語る。ここでの「青柴垣」は、文字通り青葉で作った柴垣であり、神が宿るところとしての神籬を意味していると言われている。(5)

実は、この神話に由来すると説かれている神事が、島根県の美保神社に伝わっている。それは「青柴垣神事」と呼ばれ、事代主命の隠れた青柴垣が重要な役割をもち、「水葬された事代主命が再びよみがえるという構造をもっている」と言われ、その神事で当屋と呼ばれる人たちの顔を白粉ではくのは、青柴垣の中に隠れたこと、つまり死んだことを象徴しているとされている。(6)またこの神事は、「死と復活・再生の祭り」で、『神さまの葬式』ともいわれるようにカミの死を象徴する儀式であり、青柴に囲まれて他界に往きつくこの神は、稲の豊穣を含む、多くの幸を約束するカミとなって現世を訪れる」というものであると説かれている。(7)

神事のこのような意味づけは、神社に伝わる文献から神事の整理とともに中世期になされたものであろうと考えられている。また、この神事は単一の内容の祭りではなく、いくつかの文化を複合しつつできたものではないかと思われる痕跡をとどめている。しかし、神の死と再生を思わせる神事は、古代の面影を伝えるものがある。つまり、隠り――死――復活――再生を一連の儀式としたのが、この「青柴垣神事」であると言えよう。

先に見た「青垣」「青垣山」は、その垣に囲まれた領域に異界から不思議な力をもたらす神がやって来て鎮座し、神の領域を形成すると考えられた。この「青柴垣」の場合は、神は現世から垣に囲まれた領域を経て、他界へと移行し、また再生して現世に幸をもたらすというのである。これによると、その青柴垣の領域は生命の終焉する場所であったと同時に生命の誕生する場所でもあったのである。こういう場所(領域)に「青」がつくことは注目すべきことである。

このような事例を取り挙げたのは、「青」と「他界」との関係を説明するためである。そしてそれは「青」とは何かを考える手掛かりにもなり得るのであろう。

従来、この「青」は先述したように、青く茂った山々や青葉を表現したものとされていた。またそれは、青々と樹々が茂る山や森に神霊が宿るとするアニミズム信仰がかかわっていると考えられていた。しかしまた、少し別な解釈もできそうである。

たとえばこの「青」について谷川健一は、仲松弥秀の説をもとに沖縄の「青」のつく地名を調査して、奥武島（アオ・オーと発音する青の島）など「青」のつく沖合いの小島が埋葬の地であり、死者の往きつく他界であると指摘した。そして、その死者の住む世界が「青」の名で呼ばれたのは、沖縄では近代に入っても黄色を「アオ」と呼んでいたように、明るい世界に通じる淡い世界、すなわち薄ぼんやりとした黄色の光がただよう世界であると認識していたことによると述べる。また、青の島の祖霊が現世の人々の生活を常に見守っているということから、「青の神」はやがて「ニライカナイの神」と混同されるにいたる。これにより奥武島とニライカナイが万物発祥の原郷として同一視される側面をもち、そこに鎮まる祖霊は、生者のもとに穀霊となって来訪すると説く。そして、この民俗を海人族にかかわるものとし、その事例を本土の地名などにも求めているのである。(8)

このような「青」についての手掛かりを、さらに古代文学の中に求めてみることにする。『古事記』は、人間の生死の起源について次のように語っている。

伊邪那岐命、其の桃子に告りたまひしく、「汝、吾を助けしが如く、葦原中国に有らゆる宇都志伎青人草の、苦しき瀬に落ちて患ひ惚む時、助くべし。」と告りて、名を賜ひて意富加牟豆美命といひき。……事戸を度す時、伊邪那美命言ひしく、「愛しき我が那勢の命、如此為ば、汝の国の人草、一日に千頭絞り殺さむ。」といひき。爾に伊邪那岐命詔りたまひしく、「愛しき我が那邇妹の命、汝然為ば、吾一日に千五百の産屋立てむ。」とのりたまひき。是を以ちて一日に必ず千人死に、一日に必ず千五百人生まるるなり。故、其の伊邪那美命を号けて黄泉津大神といふ。（『古事記』上）

ここで大切なのは、黄泉の国から帰ってきた、いわゆるヨミガエリの生者である伊邪那岐が、桃の子に対して現し国にある限りの現実の生ある「青人草」を助けよと言い、また黄泉の国にいる死者伊邪那美が「汝が国の人草」を一日に千人殺すと言ったことである。つまり、ここで「宇都志伎」（この世）・「青人草」・「助くべし」と「黄泉」

（他界）・「人草」・「絞り殺さむ」の対応関係で示されているように、この世に生きている人間について、これから助けられる者を「青人草」とし、これから殺される者を「青」を除き「人草」と表現している点である。

中西進によると、「ヨミ」の「ヨ」とは生命あるいは年齢の意であり、「ミ」は神の意で、「ヨミ」とは世の霊という意であったのが、やがてその支配する空間までを意味するようになった。また生者とは、生命の根源をつかさどっている神の支配のもとに「世」（命）が与えられているものであり、死者とはそれが与えられず生命の永遠の世界から帰らないものと説いている。[9]

ここでの生命を司る神とは、「一日に千人の人間を殺す」と言明する伊邪那美いわゆる「黄泉津大神」である。おそらく、この神が「青」をも司っていて、生命ある者に「青」を与えることで生命の永遠なる者を意味する「青人草」とし、逆に「青」を除き死に行く者を「人草」とする発想であろう。死者が他界を訪れたとき「青」が与えられるか否かにより、再生できるかどうかが分かれるというのであろう。このように考えると、この「青」とは、他界の神が司る不思議な力、生命の再生復活をうながす霊力ということになる。

『万葉集』には、このような他界の霊力がかかわると思われる「青の魂」が詠まれている。それは次の歌である。

(1)怕ろしき物の歌

人魂の　さ青なる君が　ただ一人　逢へりし雨夜の　葉非左し思ほゆ　（16・三八八九）

(2)一書に曰く、天皇崩ります時に、太上天皇の製らす歌二首

北山に　たなびく雲の　青雲の　星離れ行き　月を離れて　（2・一六一）

(1)の歌は、「人魂の　さ青なる君」に逢ったとき恐ろしいという意味の内容である。「葉非左」は訓義未詳であるが、挽歌的な「葉非屋」（灰屋）、「葉振」（葬）などの誤りとする説がある。「人魂の　さ青なる君」については、「の」を同格と見て人魂を君といったものであり「人魂のまっ青な君」という解釈[10]、また人魂を擬人化したもので「人魂

となって青く光っているあなた」とする考え、[11]さらには「の」を「〜のような」の意と解し、「人魂のような真青な君」とするものがある。[12]いずれにせよ、この世で出逢った「人魂」は「青」であったというのである。

(2)の歌は、朱鳥元年（六八六）九月九日に天武天皇が崩御したとき、太上天皇（持統天皇）の作った歌である。ここでの「青雲」については、古く『萬葉考』では「后をも臣をもおきて神あがりませるを、月、星にはなれてよそに成行雲に譬へり」と解している。その後のものでは「皇后や皇子を離れて天皇が崩御したことを、雲が星や月を離れて遠くへ去って行ったように述べた隠喩」とする。[13]また、古代では立ちのぼる雲などについて自然現象のほか、霊力を有したもの、霊力や霊魂の発現、その活動する姿として捉えられていたことから、「天皇の霊の発現として青雲がみられているのであり、『星』・『月』は臣・后というより皇子と后とを象徴している」と考える説もある。[14]

この「青雲」も、おそらく亡き天皇の霊魂がこの世に現われたことを表現したものではなかろうか。そしてそれは、死者はこの世の境界を越え、他界を通過することによりその他界の霊力を身につけ、また復活するという認識がその基層にあったことによると思われる。「青の魂」や「青雲」は、他界を司る神から死によりその霊力（青）を与えられたことを暗示するものであろう。「青」とは、異界にある霊力の象徴ではなかろうか。

そう考えるとき、『万葉集』の次の歌に見える「青淵」も気にかかる。

境部王、数種の物を詠む一首

虎に乗り　古屋を越えて　青淵に　鮫龍とり来む　剣大刀もが　（16・三八三三）

右の歌は、虎に乗って古屋（鬼の棲む家、漢籍の「凶宅」か）を飛び越えていって、青淵に住む鮫龍を生け捕りにして来るような剣大刀が欲しいという意である。この「青淵」とは、青々と水を湛えた深淵などと解されているが、そこに蛟龍、水霊（龍の類として想像した動物）が住むことから、やはり異界と通じる所であろう。「青淵」は、『枕草子』にも「名恐しきもの」（一四六段）として「谷の洞」（深い谷のまた奥知れぬ洞窟）とともに見えていて、それを裏付けてくれる。

四　「青」と地名

ではなぜ「青」かということになるが、その前に『万葉集』における「青」とかかわる地名についてみてみよう。

(1)一書に曰く、近江天皇の聖躰不豫したまひて、御病急かなる時に、大后の奉献る御歌一首

青旗の　木幡の上を　通ふとは　目には見れども　直に逢はぬかも　（2・一四八）

(2)こもりくの　泊瀬の山　青旗の　忍坂の山は　走り出の　宜しき山の　出で立ちの　くはしき山ぞ　あたらしき　山の　荒れまく惜しも　（13・三三三一）

「青旗」は、木幡、忍坂、葛城山（五〇九）の枕詞である。その三例のうち右の歌の二例は挽歌にある。「青旗」については、『風土記』の逸文に「葬具の儀の赤旗と青旗」とある「葬儀の具」とする説もあるが、『代匠記』で「木ノシゲリタルハ青キ旗ヲ立タラムヤウニ見ユレバナリ」（精撰本）と解して以来、「山の木が青々と茂っているさまを、青色の旗の並び立つ形にたとえていった[15]」とする考えや「樹木の連る状態を旗のごとく見た[16]」ものと解すのが一般的である。

ところが、その「青旗」の表現は、葬地や境界的な場所とかかわるという特徴を有しているのである。たとえば(1)の「木幡」の地は、現在の京都府宇治市の北部である。当時は山科の内にあり京からは近江、大和へ行く道にあり、山科川を渡った西側にあたる。その「木幡」は、古くは『古事記』に見え、応神天皇が近江に行く途中、木幡村の辺で美しい女に出逢い、一夜をともにした所としてある。次がこの『万葉集』の歌である。

それ以後は平安朝になり、「木幡」の地は死体の捨て場所として見え、中期頃には藤原氏の墓所で道長が浄妙寺を

建立した所である。また『源氏物語』の「椎本」では、京と宇治を結ぶ道にあり恐ろしい場所として語られている。さらに『御伽草子』の「木幡孤」の話では、死者の行く場所、死者の世界とこの世を結ぶ空間、いわゆる境界で異界の者と出逢う場所であったことも指摘されている。(17)

(1)の歌の作歌事情は、題詞には天智天皇が急篤のときとがあるが、またその後天智十年(六七一)十二月三日に崩御したとき、倭大后が詠んだ歌とも考えられている。この魂が仮死のときのものか、死後のものかという解釈に問題はあるが、いずれにせよ天皇の魂が木幡の上を飛んで行くのを確認している歌であることは間違いない。天皇の魂は葬地(木幡のある山科に葬られた)であり、また現世と他界との境界領域である「木幡」のあたりを行き来しているのである。ここでの天皇の魂は、先に見たような「青の魂」ではない。魂の行く場所が「青」なのである。この木幡の地は、「青」という異界の有する不思議な霊力が存在する所とすると、その霊力を身につけようというのであろうか。

次に(2)に見える「忍坂山」であるが、この地は『古事記』によると神倭伊波礼毘古命(神武天皇)が倭入りをめざして進んだときの最終の通過地である。その地は、「尾のある土雲」の八十建がいる所、異形の者たちが住む異界として語られている。また「忍坂山」は、現在の奈良県桜井市忍坂の東方にある山とされ、その周辺には墳墓が多くある。たとえば、その山の南には舒明天皇陵や鏡王女の墓があり、背後には大伴皇女(舒明天皇の皇女)の墓も残っている。このことから、当時「忍坂」の地もまた死者の行く場所あるいは異界と通じる境界的な領域であると認識されていたのではなかろうか。

ところで、この(2)の歌は挽歌であるが、雄略天皇が泊瀬の小野で山野の有様を見て詠んだという次の歌と相似する。

隠国の　泊瀬の山は　出で立ちの　よろしき山　走り出の　よろしき山の　隠国の　泊瀬の山は　あやにうら麗し　あやにうら麗し

(『日本書紀』雄略六年)

右の歌と比較して明らかなように、本来は山讃めの歌であったものを「青旗の　忍坂の山」と「あたらしき　山の　荒れまく惜しも」という表現を加えただけで「挽歌」に変えたのである。ということは、この二つの表現は挽歌として重みのある表現だということを示唆していると思われる。

その「青旗の　忍坂の山」は、「隠国の　泊瀬の山」と並んで「宣しき山」「くはしき山」と讃えられていて対等の関係にある。そして、この山について別個のものと見る説、泊瀬の山の中に忍坂山が存在すると考える説もあるが、いずれにせよ山の性格は類似すると思われる。たとえば「泊瀬山」は他に十首の歌に見え、その中にある四首の挽歌（3・四二〇、3・四二八、7・一四〇七、7・一四〇八）には葬地としてある。

また泊瀬は、「隠国の」という枕詞がつく。このことは、谷間に隠っているという地形によると思われるが、また死と再生にもかかわっているようである。たとえば、『日本書紀』に大来皇女が伊勢の斎宮に入る前の一定期間、泊瀬で身を清めたとある。そこには「ここは先づ身を潔めて、やや神に近づく所なり」と記されている。これは「禊」というよりも神になるための「隠り」、生命の再生であると考えてよいだろう。「泊瀬」とは、他界に通じるとともに生命の再生復活の霊力を秘めた地であったのである。そして、「忍坂」の地も「泊瀬」の地と同質の性格を有していると考えられる。(2)の歌は、妻が「忍坂山」に葬られた後に、その葬地に人が参らなくなるのを悲しんでのものとされるが、「山の荒れまく惜しも」の表現は再生復活の霊力を秘めた地の荒れるのを悲しむ情でもあろう。

このようなことから「青幡」とは、単に木の茂ったさまを青い旗の並び立つ形にたとえていったと解すようなものではなく、「木幡」や「忍坂」など死者の行く場所、他界と現世との境界的な場所を示すと同時に、生命力を再生復活させる霊力のあらわれる所であることの標識であると言えよう。

そう言えば、時代は下るがこの「青幡」のつく地名と類似するものとして「青の墓」（奥波賀）と呼ばれる地がある。そこは、美濃国不破郡垂井と赤井との間にある村で、現在の岐阜県大垣市内である。古くは宿駅で遊女が多く、また付近には長塚古墳や大塚古墳等の古墳が多くある。「墓」と呼ばれるこの地は、他界と通じる境界的な領域であったろう。

またこの地は、説教節や浄瑠璃などに登場する小栗判官という人物の伝説ともかかわっている。それは、小栗・照手姫・横山・毒殺と蘇生・青墓・藤沢道場（清浄光寺）などを素材として、さまざまに作られ語られている。

そこでは、次のように語っている。毒殺された小栗は、閻魔大王のはからいで蘇生する。藤沢の遊行寺の上人の夢の中に、閻魔大王の使者と称す「青衣の官人」が現われ書状を呈する。上人がそれを開いて見ると、熊野の本宮の湯の峰に入れよとあり、道行きを続けさせる。一方の照姫は、美濃の青墓の長者に買い求められ下水仕の労役に従事していたが、熊野へ向かう小栗判官の乗った土車を小栗とは知らずに青墓から大津関寺まで引いて行く。後に小栗は、出世して青墓に帰る。

ここで興味をひくのは、冥界の王の使者として「青衣の官人」が現れることと、小栗が「青の墓」を通り過ぎて行くことで再生復活するということである。この「青の墓」は、先に見たように、「青旗の　木幡」や「青旗の　忍坂山」の地が有する機能と類似するものではなかろうか。つまり、「青の墓」の「青」は、異界の霊力を象徴するものであり、死者である小栗は他界を通過することにより、その他界の霊力を身につけ、生命力を再生復活させたと考えられるのである。「青の墓」とは、このような認識を基底に有した地であったろう。

また、死者の世界としての「青衣」は、東大寺二月堂のお水取り行事の「過去帳読み上げ」の儀式に「青衣の女人」として見える。これは、十二世紀初め頃から行なわれていたとされる、願主聖武天皇を筆頭に有縁の過去者の氏名を読み上げ冥福を祈る儀式であり、その「青衣の女人」は鎌倉時代（第二段終り）に入ると登場する。(18) お水取りとは、若狭国遠敷《おにゅう》明神が閼伽水《あかみず》を献ずる約束をしたことによる、堂前の若狭井の水を汲み取り香水とする儀式であり、その水を飲めば万病が治るとも言われている。ここにも、「青」と異界の霊力と生命力の復活などの関係が考えられよう。

五　「青」の意味するもの

さてここに至って、なぜ「青」かという問題が残っている。

これに関して谷川健一は、仲松弥秀の『神と村』の説をもとに次のように説く。「青の名で呼ばれたのは死者の住む世界が、真黒でもなく、赤や白のように明るくもなく、その中間であるぼんやりした明るさを示すからであろうと仲松は言う。沖縄では近代に入っても黄色をアオと呼んでいた。したがって死者の眠る青の世界に通じる淡い世界、すなわち黄色の光がただよう世界である」と述べ、死者が黄色い世界に住むということから、青の島（奥武島）と呼ばれたというのである。(19)

また中西進は『万葉集』にある藤原宮の御井の歌（1・五二）について、東門は太陽を迎え入れる門として「青香具山」に向かうと詠むことは「そもそもカグ山とは光り輝く山のことだから、香具山は太陽がのぼるべき聖山だった」と考える。そして近江の油日岳とのかかわりから「そのアブとはアフ、アハ、アホ、アボ、アワ、アヲと音を変えつつ、一定の性格をもつ地形、つまり東方に向かって太陽を拝する土地を指定する。淡島、青島、青山峠、天生峠などなど、日本中枚挙にいとまがない」と説く。さらに、埋葬の地、祖霊の鎮まる聖地である沖縄のアフ（奥武島）を太陽の方向に考えるのが日本各地のアフに違いないとし、「ただアフは青で、道教に由来すると考えるのは正しくあるまい。アフはおそらく光を意味することばであろう」と太陽信仰とのかかわりを考えている。(20)ちなみに道教によれば、東は青を意味し、また青は五色の木の行で陽の色である。

ところが宮城真治は、同じ奥武島を取り上げながらも「奥武島は祓島の義」と考え、「害虫や悪風を封じ込む所を

『奥武島』といったとすれば、その『オー』は祓いに用いる『オーゲーン』との関係があるかも知れない」と説く。実際、伊平屋島の田名の海神祭で神職が「オー」という悪魔を祓う蘆の枝を賜ること、また神々に供える長餅を「オー餅」、泡盛を「オー酒」ということなど実例を紹介する。そしてそれらのことを「神力により害虫や悪霊を払ってこれを封じ込むことを『オー』といったものである。……日本語でいえば黐る・扇ぐということで、表音的仮名遣いではあおる・あおぐであり、沖縄方言の表音的仮名遣いではオール・オーグである。即ち奥武の島は害虫や悪霊を『オール島』（黐島）・『オーグ島』（扇島）であった」と解釈する。(21)

少々紹介が長くなったが、三者とも埋葬の地であり死者の往きつく他界であると同時に、祖霊が鎮まる聖地である沖縄の奥武島（青島）を取り上げているものの、その理解に少し違いがみられる。

しかし、今まで見てきた「青」についてのことと、この三者の説くこととは共通する点もある。たとえば谷川の説くところでは、「奥武島」の機能はもちろんのこと、青の名で呼ばれる死者の住む世界が「真黒でもなく、赤や白のように明るくもなく、その中間であるぼんやりとした明るさを示す」という点である。このことは、青という死者の世界が明と暗の中間、つまり境界的な領域であったことを語っているのではなかろうか。とすると、青が異界との境界的な場とかかわっていたことと類似する。

また中西の場合では、「アフ」は光を意味し、太陽を拝することにかかわるという点に注目したい。これも太陽の昇る方向は、生命がよみがえる方向、生命力の生まれてくる方向、異界からの霊力が訪れる方向とは考えられないだろうか。そう考えると、「青」が異界にある霊力を象徴し、生命力の再生復活をうながすことと共通することになる。

さらに宮城の説では、神力により害虫や悪霊を抜ってこれを封じ込むことを「オー」と言ったという点が重要であろう。これは神の有する霊力によるということであり、その力を「オー」と言ったと解される。このことも、「青」

は異界のもつ霊力の象徴と考えられることと類似する。

このようなことから、やはり「青」とは異界にある不思議な力、いわゆる異界から此の界にもたらされる霊力の象徴と言えよう。たとえばそれは、「枯」から「茂」へ、「死」から「生」へ、「暗」から「明」へ、太陽の「沈」から「昇」へということの移行にかかわる不思議な力であり、再生復活をうながす霊力、循環を繰り返させる霊力というものであろう。

また、「青」のつく場所が、生命の生まれてくる場所であると同時に生命の終焉する場所でもあったことを考えると、「青」の発想の基底には「隠り――死――復活――再生」というような魂の循環、太陽の循環などとの係わりもあったのではなかろうか。

しかし、こう考えてもなぜ「青」なのか疑問が残る。日本語から日本文化を考えるとき、音の上で宛てた漢字の意味や字としての意味にからめとられるのではなく、まず大和言葉で考えるという手順をふまないと解けない。そう思うとき、次の例が参考になる。

(1)「今は、国は引き訖《を》へつ」と詔りたまひて、意宇《おう》の社に御杖衝き立てて、「おゑ」と詔りたまひき、故、意宇《おう》といふ。　（『出雲国風土記』意宇郡）

(2)又、於和《おわ》の村といふ。大神、国作り訖《を》へまして以後、のりたまひしく、「於和《おわ》。我が美岐に等らむ」とのりたまひき。　（『播磨国風土記』宍禾郡）

(3)熊野に到りましし時、大熊髪かに出で入りて即ち失せき。爾に神倭伊波礼毘古命、にはかに遠延《をえ》為し、及御軍も皆遠延《をえ》て伏しき。遠延《をえ》の二字は音を以ゐよ。　（『古事記』中）

(4)時に神、毒気を吐きて、人物咸に瘁《お》えぬ　（神武天皇即位前紀）

右の(1)は外の領域から訪れた大国主神が国引きを終えて「オヱ」と言ったことから、その地を「オウ」と名付けたという説話である。この⑴の「オヱ」の意味について、『風土記』（『古典大系』）の注では、「神が活動を止めて鎮座しようとする意を示す詞と解するべきであろう。仮死状態をあらはすヲヱ（瘁・瘼臥）と通ずる語」とする。

また⑵は、国作りを終えた神が「オワ」と言ったことからの地名起源譚である。これについては「気力抜けて仮死状態にあるをヲヱ（瘁・瘼）というのに通ずる語で、神が活動を終えて、鎮座（死の状態）しようとすることを示す語とすべきであろう」と記してある。

ここで注意すべき点は、この「オヱ」（オウ）や「オワ」が終わりの意味を示す語ではなく、一時活動を止めて鎮座しようとすることを示す語であり、また「ヲヱ」は、仮死状態にあることを示す語だということである。まだ再生復活する力を有したままなのである。⑶と⑷の例では、神倭伊波礼毘古命が熊野の神の力により「遠延」「瘁」（気力が抜けて仮死）の状態にあったが、天から下された剣の力（ふつのみたま）を借りて再生復活するとある。

中西進は、⑶の「遠延の二字は音を似ゐよ」というような仮名で書かれたことばは重要であり、「本来呪言的ことばの姿を留めているであろう」と指摘している。[22]「おゑ」や「於和《おわ》」が神が発した言葉であり、また神の力により「遠延」「瘁」の状態になるなど、神に係わる言葉であることからしても、この言葉は重要なものであろう。

さらに、「ヲツ」の語も無視できない。折口信夫は、「若水の話」の中で「ヲツ」を次のように解釈している。琉球語のシジュン、スデルは、蛇や鳥のように死んだような静止を続けた物の中から、また新しい生命の強い活動が始まることである。こういう生れ方を母胎から出る「生れる」と区別して呼んだもので、「若返る」意に近づく前に、「よみがえる」の意があり、さらにその原義として外来威力を受けて出現する用語例があった。よみがえりの一つ前の用語例が「スデル」の第一義で、日本の「ヲツ」もそれに当たると説く。また、「柳田先生は、まななる外来魂を稜威《イツ》なる古語で表したのだと言はれたが、恐らく正しい考へであらう。いつ・みいつ・いつのなどの使ふは、天子及び神の行為・意志の威力を感じての語だ」という。[23]

神が活動を終えて鎮座（死の状態）しようとすることを示す「オヱ」（オウ）・「オワ」、気力が抜けて仮死状態にあることを示す「ヲヱ」、外来からの威力を受けて死から誕生（復活）することを示す「ヲツ」。このような「ヲ」を語根とすると思われる語と、異界からの霊力、再生復活をうながす霊力であり、また生命の誕生する場所であると同時に生命の終焉する場所であったことを示すと考えられる「青」（オウ）とは、その基層において類するものであるように思えてならない。

六　むすび

以上、古代文学における「青」のシンボリズムについて考えてみた。しかし、あえて枕詞「あをによし」の「青」については、触れなかった。また、ここでは日本国内のことについてだけ考えてきたが、中国的な表現や文化などとの関係からも考えなくてはならないという課題が残った。それはたとえば、まず蘇軾の詩で「青山」を骨を埋める所、墳墓の地と詠んでいることや、「青香具山」という表現のある『万葉集』の「藤原宮の御井の歌」（1・五二）は中国思想の都城観にもとづいて作られたと指摘されていることである。[24]さらには、奈良時代から朝廷の儀式となっている「青馬（白馬）の節会」は、正月七日に青馬を見ると年中の邪気を祓うという中国の故事によっていることなどである。

これらとの関連などについても、今後さらなる考察を加え明らかにしてみたい。

注

（1）「ヨハネの黙示録」第六章八節（『聖書』日本聖書協会）

（2）佐竹昭広「古代日本語における色名の性格」（『萬葉集抜書』岩波書店、昭和五十五年）
（3）黒田日出男「境界の色彩象徴――国郡の境――」（『境界の中世・象徴の中世』東京大学出版会、昭和六十一年）
（4）『古事記』（新潮日本古典集成）
（5）（4）に同じ
（6）瀧音能之「出雲の神事」（『出雲の神々――神話と氏族』上田正昭編、筑摩書房、昭和六十二年）
（7）白石昭臣「青柴垣神事」（『季刊　自然と文化――古代祭祀の時空――』二十一号　昭和六十三年六月）
（8）谷川健一「常世論」（『谷川健一著作集八巻』）、「青の島とあろう島」（『南島文学発生論』思潮社、平成三年）
（9）中西進『天つ神の世界　古事記を読む1』（角川書店、昭和六十年）
（10）中西進『万葉集全訳注原文付㈣』（講談社文庫）
（11）『萬葉集　四』（日本古典文学大系、岩波書店）
（12）『萬葉集㈣』（日本古典文学全集、小学館）
（13）『萬葉集㈠』（日本古典文学全集、小学館）
（14）『萬葉集全注　巻第二』（有斐閣）
（15）『萬葉集㈢』（日本古典文学全集、小学館）
（16）中西進『万葉集全訳注原文付㈠』（講談社文庫）
（17）古橋信孝「物語の読み――『木幡孤』の場合――」（『御伽草子』ぺりかん社、平成二年）
（18）『東大寺お水取り　二月堂修二会の記録と研究』（小学館、平成八年）
（19）谷川健一「青の島とあろう島」（『南島文学発生論』思潮社、平成三年）
（20）中西進「現代のなかの古層」（『古代史を語る』朝日新聞社、平成四年）

(21) 宮城真治『沖縄の地名考』(沖縄出版、平成四年)
(22) 中西進『大和の大王たち　古事記を読む3』(角川書店、昭和六十一年)
(23) 折口信夫「若水の話」(『折口信夫全集第三巻』中央公論新社、平成七年)
(24) 中西進「藤原宮御井歌」(『万葉集と海彼』角川書店、平成二年)

境界領域と樹木「松」

一　はじめに

境界領域とは、共同体と共同体の間の空間的領域だけでなく、人間の力の及び難い「聖」なる世界と人間社会である「俗」なる世界との接点をも言う。その境界的な場としては、浜、浦、河原、中州、坂、峠などの自然的な場や、道、橋、市、宿、関、渡、津、泊、墓所などの人為的な場がある。(1)

そして、そのような場において、ある種の樹木が境界的、呪術的な意味を持っている事例がいくつかみられる。「阿斗桑《あとくわ》の市」「海石榴市《つばき》」などの名称を持つ古代の市に立つ樹木などもその例であるが、ここでは、境界領域にある「松」が、古代文学においていかなる役割を果たしたかについて述べてみたい。

二　『古事記』の「松」

松とは、植物学的には、マツ属の松科の総称で、針状の葉を有し樹齢の長い木として知られている。そして、山野、海浜などに自生する常緑高木であり、日本本土においては、赤松は九州以北のほぼ全土に、黒松は九州より東北地方にわたる海岸地域などにみられ、身近なものとなっている。

たしかに、日本文学を通観してみると、松ほど多く題材、素材に採られているものはないように思われる。そして、その最も早い時期にあらわれるのは『古事記』の次の例である。

尾津の前の一つ松の許に到りまししに、先に御食したまひし時に、そこに忘らしし御刀、失せずてなほ有りき。しかして、御歌よみたまひしく

尾張に　ただに向へる　尾津の崎なる　一つ松　あせを　一つ松　人にありせば　太刀はけましを　きぬ著せましを　一つ松　あせを

（『古事記』景行天皇条）

右は、倭建命が東征を終え伊勢国に帰り着いた時に、かつて食事をして松の木の下に忘れていった太刀が失われずにあったとき詠んだとある。そして、この歌謡にある「一つ松」は、尾張国の方にまっすぐに向いている、伊勢国尾津の崎にある松である。しかし、これは単に尾津の崎に生えている松というものではないようである。

地理的位置でみると、昔の地形では尾津の崎からは海を隔てて尾張の熱田地方がよく見えたと言う。また物語的には、この尾張は倭建命が東征の往路に尾張国造の祖美夜受比売に求婚し、その帰路に結婚した地である。これらに即して解すれば、「一つ松」は倭建命と美夜受比売との間にある境界に存在するとも言い得る。

倭建命の東国への旅は、父景行天皇の「東の方十二道の荒ぶる神、及まつろはぬ人等を言向け和平せ」という命により、東海道十二国（伊勢、尾張、三河、遠江、駿河、甲斐、伊豆、相模、武蔵、総、常陸、陸奥）を征伐することが目的であった。そこで、伊勢国尾津の崎について、大和国とのつながりを考慮に入れると、大和国と東国との接点、いわゆる境界ということになる。つまり、大和という共同体が尽きはてる東の境界領域が、荒ぶる神やまつろはぬ人々のいる東国の入口、伊勢国である。東国の人々は、大和朝廷にとって統制し難く危険な存在である境界的な人々であり、ある意味で「異人」だったのであろう。

また、この尾津の崎の「崎」とは、海に突き出した部分であり、神の寄りつく場所でもあったことは『古事記』に出雲の御大《みほ》の御前《みさき》にスクナビコナの神が海の彼方から寄り来たことで知られる。柳田国男は、「国の境即ち直に外

域に対する地方をさしてミサキと申すこと、なり、延いては一邑落一平原のサカヒ又《また》はソキをもミサキと呼びサダと唱へしかと存じ候」と説いている。[2]

さらに倭建命は、東国に下るとき尾津の崎の一つ松の許で食事をしたとある。これはおそらく、服従儀礼としての神事的食事を反映しており、伊勢国尾津は大和国に服従したことを暗示するものであろう。換言すれば、古代には、しばしば樹下で儀礼が行われていることから考えて、この「一つ松の許」とは、境界領域を象徴する神聖樹の下、伊勢国の人々の交歓として饗応や服属儀礼としての誓約などが行われる空間であったかも知れない。

いずれにせよ、大和という共同体内部の倭建命が、東国という異郷に向かって旅をするのであり、松はその境界領域に存在するのである。境界を越えて異界に行ってしまうと、そうたやすくは帰れない。そこで、境界的な場にある「松」は、「松」から「待つ」と発想することで異郷からの無事なる帰りを願う呪術的な「松」として機能するのであろう。そして、「一つ松」に「待つ」を懸け、人に譬えて、「吾兄《あせ》」を呼びかけた歌謡は、異郷である東国へ下った倭建命の無事なる帰りを「太刀」を守りながら「待っ」た「松」を讃えるものと理解することができよう。

しかし、疲れた体を杖に託して伊勢国に入った倭建命は、この尾津、三重を経て能煩野にたどり着いた時には病は急変し、ついに故郷大和に帰ることなく力尽き「八尋白智鳥」となって天に翔って行くという悲劇的な生涯を終える。つまり、この伊勢国を境に故郷大和にいる后や御子たちと悲しい別れとなる。

三 『万葉集』の「松」

これと類似するものが、実は『万葉集』にもみえる。それは次の歌である。

有間皇子、自ら傷みて松が枝を結ぶ歌

磐代の　浜松が枝を　引き結び　ま幸くあらば　またかへり見む　（2・一四一）

有間皇子は、『日本書紀』によると斉明四年（六五八）十一月に起った謀反事件のため大和市経の家で逮捕され、斉明天皇や中大兄皇子等のいる紀伊国牟婁の湯へ護送、訊問、そして藤白坂で処刑された悲劇的な人物である。右の歌は、皇子が牟婁へ護送される途中、磐代にある松の枝を引き結び、旅の安全と生命力の増強を祈った歌として享受されている。

この磐代の地は、地理的には古の熊野街道、切目山の山道を海辺にぬけ出た位置にあり、田辺湾をはさんで対岸には斉明天皇等が逗留していた紀伊国牟婁の湯を望むことができる。また、この地について折口信夫は「岩代の地は、日高・牟婁の境で、異郷視せられていた熊野の入口に当る場処である。だから比処の境の神（道祖《クナド》）は、勢、外の場処のよりは、激しい力を持ったものと考えなければならぬ筈である。其で、此の熊野海道を都から来る旅人にも、非常に注意をひかせたのであらう」と説いている。[3] これによると熊野街道を都から来る旅人にとって、磐代は牟婁との境であり、また「熊々しき未開の異境[4]」である熊野の入口でもあったことから、境界領域としての「衢《ちまた》」と呼べる所と思われる。さらに、この磐代の地は神の依代となる石を意味する名がついていることから、おそらく古代信仰に支えられた霊威や神聖を帯びた土地だったと想像することができる。

たしかに、有間皇子も磐代を過ぎる当時の旅人と同じく、習俗に従って結び松を行い行路の無事を祈った可能性がある。しかし、磐代の地は、単に共同体と共同体の間の空間的な境界領域だけでなく、磐代の地から斉明天皇等が滞在している牟婁の湯を遠望できるという地理的位置を考慮に入れると、物語的には、皇子にとって生と死の境界とも言える所である。磐代の松が「ま幸くあらば　またかへり見む」と表現され、再会の対象となり得るのは、おそらくこの松が牟婁との境界、つまり生と死との境にあり、悲別を暗示するものであったからであろう。そして、その根底には「松」から「待つ」が発想されるように、松が呪術的な意味を有し、松を詠むことで境界を越え異郷の世界に行った者の無事なる帰りを祈り待つということがあったと思われる。

だが結果的には、有間皇子は牟婁からの帰途、磐代を過ぎた藤白坂で処刑され、あの倭建命と同じく再び帰ることなく、故郷を目前にして悲劇的な生涯を終えるのであった。

この倭建命物語と有間皇子物語に係わる歌には、いくつかの共通点がある。たとえば境界的な樹木としての「松」もそのひとつであるが、「尾津の崎なる　一つ松」、「磐代の　浜松が枝を」とあるように、「海」に対する「崎」や「浜」という場があった。この人間の力を越えた畏敬・畏怖すべき「聖」なる世界と人間社会の「俗」なる世界との接点という、境界的な場も共通して詠まれていることも忘れてはならない。また、両者は境界的な「坂」を契機に死に向かうことでも共通する。有間皇子が亡くなるのは「藤白坂」であり、倭建命は「能煩野」で亡くなるものの、重い足を引き疲れた体となり死へと向かうのは「杖衝坂」からであった。倭建命の道順は、本来的には当芸野―尾津崎―三重村―杖衝坂―能煩野であるという通説によると、死の直前に「坂」が係わっていることになる。これは、『古事記』の黄泉国神話や根国神話にみられる「黄泉比良坂」と同様に、まさに死の入口、死の世界との「境」（坂）であると言えよう。さらに、両者は共同体にとって外部性を刻印された人である。倭建命は、父の景行天皇から疎外され「反王権」的性格を担って登場し、一方の有間皇子も伯母斉明天皇から疎外されるという共通の性格を有している。

四　境界的な「松」

松が異郷との境界的、呪術的な意味を有し、悲別性を帯び、また再会の対象となるなど旅する者にとって特別なものと思われる例は、次の歌にもみられる。

山上臣憶良、大唐に在る時に、本郷に憶ひて作る歌

いざ子ども　早く日本へ　大伴の　三津の浜松　待ち恋ひぬらむ　（2・六三）

好去好来の歌（反歌）

大伴の　三津の松原　かき掃きて　我立ち待たむ　はや帰りませ　（5・八九五）

右は、大宝二年（七〇二）に出発した遣唐使が帰国するときの餞宴の作かと思われる歌と、天平五年（七三三）出発の遣唐使におくる歌で、いずれも山上臣憶良の作である。

ここにみえる「大伴の三津」は、唐をめざす出発点であり、また遣唐使たちにとって故郷や親しい人々との最後の別れの地であると同時に帰国を迎えてくれる再会の地でもある。大伴の三津からの渡唐については、「好去好来歌」の長歌に「唐の　遠き境に　遣はされ」（八九四）と表現されている。原文「遠境」の「境」は、「あたり、ところ」という遠地の意に解されているが、そこには異界である「海」を越えた異郷という意識が働いていたに違いない。

海が異界であったことは、よく言われている。たとえば、それは記紀の三貴子分治の記事に象徴的にある。そこでは、天照大御神が高天の原を、月読命は夜の国を、そして須佐之男命は海原を領有支配するとあり、それぞれ天孫の治める葦原中国と区別された世界としてある。また、海の異界性について折口信夫は、海の彼方には魂の集まる国、常世国があり、そこから魂が寄せて来ては人に宿り、霊威を与えると説いている。(5) さらに、「水江の浦島子を詠む歌」（9・一七四〇）においては、「浦島子」が「海界《うなさか》」を過ぎて漕ぎ行き、「海神の神の娘子」と出会い、やがて「常世に至り海神の神の宮」にたどり着いたと、その異界性が表われている。

これらのことからも、両歌に詠まれる「大伴の三津」の「津」は、「崎」や「浜」と違って人為的な施設ではあるが、やはり人間の力を越えた畏怖すべき世界と絶えず接している境界的な場と言えよう。

では、そのような境界領域的な大伴の三津に存在する松とは、どのような機能を有するのであろう。それは、両歌に「浜松　待ち恋ひぬらむ」「松原……我立ち待たむ」と、「松」と「待つ」を懸けて表現されていることが手掛りとなる。たとえば、遣唐使たちの出発に際して詠んだ「好去好来歌」は、その題詞が示すごとく、別れの言葉と無事に帰って欲しい願いが込められており、その歌内容においても「つつみなく　幸くいまして　はや帰りませ」（八九四）、「はや帰りませ」（八九五）と表現されている。そして、そこに詠まれる「松」は、大伴の三津という境界領域を越えて旅する者や待つ者にとって、呪術的な意味を有し、異郷から無事に帰ることを祈り待つことを意味するものと考えられる。

実は、その海を越えて行く者と待つ者の悲別をテーマに詠んだ歌がある。それは、肥前国松浦（現在の佐賀県唐津）より朝鮮に出発した大伴佐提比古を恋しく思って、松浦佐用姫が領巾を振ったという伝説を基に詠んだ次の歌である。

大伴佐提比古郎子、特り朝命を被り、使ひを藩国に奉はる。艤棹して言に帰き、稍に蒼波に赴く。妾松浦佐用姫、この別れ易きことを嗟き、その会ひ難きことを嘆く。即ち高山の嶺に登りて、遙かに離れ去く船を望み、悵然みて肝を断ち、黯然みて魂を銷す。（以下省略）

遠つ人　松浦佐用姫　夫恋ひに　領布振りしより　負へる山の名　（5・八七一）

海を越えて行く者との悲別の情は、序文においては失意のあまり肝を断ち、目の前も暗く魂を失うほどであったと表現されている。また、歌では「松」と「待つ」を懸けて佐提比古を待つ内容を続けるのであり、その「待つ」は遠去かる船に向かい魂を呼ぶ呪具である領巾を振って待つのである。そして、この場所が「松浦」であることが興味深い。その歌の場合、樹木の松は詠まれないものの、「松浦」という地名は「松のある浦」から名付けられたと解すると、これまでみた境界的な場にある「松」と無縁でないものを感じる。

一方、海を越えた者たちが帰国する時にも大伴の三津の「松」は特別なものであった。たとえば、帰国する遣唐使たちは本郷を憶い「大伴の　三津の浜松　待ち恋ひぬらむ」と詠む。また、天平八年（七三六）出発の遣新羅使たちにとっては、大伴の三津の松は家人との再会を意味するものであった。この海を渡って旅する人々にとっての「三津の浜松」を詠む基底には、住吉大社における航海の神としての信仰と神木の「松」がある。記紀神話にあるように、禊祓をしたときに海の中より生まれた三神と、新羅遠征に勝利した神功皇后を祭神とする。また海は生命の源であることから「生命」を守護する神としても信仰するのである。

それは次の歌からも明らかであり、歌は家島から三津の浜松を連想したものと思われる。

筑紫の回り来、海路にて京に入らむとし、播磨国の家島に到りし時に作る歌五首

ぬばたまの　夜明かしも舟は　漕ぎ行かな　三津の浜松　待ち恋ひぬらむ　（15・三七二一）

右は、家から松を連想した例であるが、逆に松を見て自分を見送ってくれた家人を想起した歌もある。それは、次の天平勝宝七年（七五五）に筑紫に派遣された下野国の防人歌である。おそらくは、諸国から集められた防人たちとともに、大伴の三津から出発する時にそこに生える松をみて、共同体の境まで見送ってくれた家人を想起して詠んだのであろう。

松の木の　並たる見れば　家人の　我を見送ると　立たりしもころ　（20・四三七五）

ここまでみたような「松」は、共同体をその外から分かつ異界との境界領域に存在するものであり、ある意味で境界領域を象徴し、家人たちとの悲別を暗示するものと言える。また、「松」と「待つ」を懸ける表現の始源には、境界的な場にある「松」が永遠性を保つなど呪術的な意味を有することが係わったのであり、それゆえに再会を願う対象にもなり得るものと思われる。

五　『風土記』の「松」

これまでは、共同体と共同体との間の空間的境界領域にある「松」や、人間の力を越えた畏敬・畏怖すべき聖なる世界である「海」と人間の俗なる世界との接点である境界領域に存在する「松」をみてきた。しかし、古代文学にはこれらとは少し異なる例もみられる。それは次の『風土記』における、他界との境界にある「松」である。

即ち、北の海辺に礒あり。名は脳の礒と名づく。高さ一丈ばかりなり。上に松生ひ、芸りて礒に至る。里人の朝夕に往来へるが如く、又、木の枝は人の攀ぢ引けるが如し。礒より西の方に窟戸あり。高さと広さと各六尺ばかりなり。窟の内に穴あり。人、入ることを得ず。深き浅きを知らざるなり。夢に此の礒の窟の辺りに至れば必ず死ぬ。故俗人、古より今に至るまで、黄泉の坂、黄泉の穴と名付く。（『出雲国風土記』出雲郡宇賀郷）

これによると宇賀郷の北の海辺にある礒（海岸の崖、岩壁）には、上に松が生えている。そして里人たちは、この礒の松の木までは良く通ってくる。しかし、人々はその礒より西には回らない。なぜならそこには岩穴があり、たとえ夢の中でも近づけば死ぬと伝えられているからである。そして人々は、古よりそこを死者の国に至る坂、穴と呼んでいたのである。

このことから礒の周辺は、無気味さの漂う禁忌された空間であり、また礒は里人たちの共同体内部において、現世と他界、生と死の境界領域であると言える。そしてそこに生える「松」は、現世と他界を分かち隔てる境界標識としてある。

ちなみに、この洞窟は現在では猪目《いのめ》洞窟という名前で呼ばれており、たくさんの人骨が出てくることから墓地として使われていたと考えられている。おそらく、この洞窟が海に向かって開かれていることから、そこに葬られた死者の魂は、やがて海の彼方にある常世国に行くと信じられていただろう。また、海の向こう側からやってくるものを待ち受けている穴でもあったろう。そして、その上に生える「松」は、永遠なることからその境界を示す標識であったと思われる。

次の例などもそれに類似する説話である。

> 使四人有り。共に副ひて将往く。初め広野に往き、次に卒しき坂有り。坂の上に登りて、観れば大きなる観有り、是に峙ちて前の路を視れば、多に数の人有りて、箒を以て路を掃ひて言はく『法花経を写し奉りし人、此の路より往くが故に、我等掃ひ浄む』といふ。即ち至れば待ち礼す。前に深き河有り。広さ一町許なり。其の河に椅を度せり。数の人衆有りて、其の椅を修理して言はく『法花経を写し奉りし人、此の椅より度るが故に、我修理す』といふ。到れば便ち待ち礼す。椅の彼方に到れば、黄金の宮有りて、其の宮に王有り。椅の本に三つの衢有り。一つの道は広く平に、一つの道は草小しく生ひ、一つの道は藪を以て塞がる。……
>
> （『日本霊異記』下巻第二二）

右は、宝亀四年（七七三）四月、ひとたび死んで冥界を経巡した末に蘇生をとげた男が語った内容である。そこにある死者が辿る冥界への道行きに、坂・河・橋・衢《ちまた》という境界性を帯びた場所とともに「槻」（つきけやき）(6)という大樹木が配されている。これなども樹木が他界という境界性と係わることを示唆するものと考えられる。

また、「松」の立つところが天界と俗界との境界領域を示すと思われる例もある。次は古代の『風土記』の記事とは認められないが、三保の松原の「羽衣の松」説話である。

> 風土記を案ずるに、古老伝へて言はく、昔神女あり。天より降り来て、羽衣を松の枝に曝《さら》しき。漁人、拾ひ得て見るに、其の軽く軟《やはらか》きこと言ふべからず。いはゆる六銖《ろくしゅ》の衣か、織女《たなばたつめ》の機中《はたなか》の物か。神女乞へども、漁人与へず。神女、天の上らむと欲へども羽衣なし、是に遂に漁人と夫婦と為りぬ。蓋し、巳むを得ざればなり。其

の後、一旦、女羽衣を取り、雲に乗りて去りぬ。其の漁人も亦登仙しけりと言ふ。

（『風土記』逸文、駿河国三保松原）

これによると、三保の松原に天界より下りて来た神女は、羽衣を松の枝にかける。そして、羽衣を失うことによって天界に帰れなくなり、また手に入れることにより天に帰るという説話である。この場合、天上界に帰るすべは羽衣であるが、それをかけた「松」は、俗界と天上界との接点にある「松」と考えられる。

また、天界からではないが、同じく「ミホ」と呼ばれる地に神がやって来た話がある。それは、出雲半島の先端に位置している「美保」である。この「ミホ」という地名の「ミ」は、おそらく元来神の場所を示す接頭語、「ホ」というのは「穂」や「秀」と同じように先端という意味である。いずれの「ミホ」も、海に突き出た先端の所という地形からついた地名であろう。『古事記』によると、その美保の崎に、あるとき天羅摩船に乗って大国主命に協力して国作りをする「スクナビコナの神」が寄り来たというのである。このことは、常世国という異界から幸をもたらしてくれる神がやって来たというのであろう。

このように「ミホ」と呼ばれる海に突き出た先端の地は、聖なる境界領域と言える所である。そして、天界と俗界との境界領域にある三保の「松」は、その境界標識、神の示現する依代、神女が降りてくる天界と俗界との出入口ということになる。

六　古代文学における「松」の基層

さてここに至って、境界的な樹木としての「松」を表現する基層に存在するものについて、少し述べてみたい。

「農耕は松林を生む」「文化が進展すれば松が栄える」という言葉がある。(7) 村落共同体が形成されると農耕のため平地の森林を壊し、また定住生活はその周辺の森林から建材や薪までも採り破壊しつくす。そしてその結果、やせた土壌に強い松が増えるというのである。

このことは、都市の発達、人口の増加、文化の発展に比例してその範囲を広げるのである。つまり、文化が進展すると松が増えるということは、逆に文化圏から遠い所は松が優勢になる時期は遅れるということであり、松は都市の周辺で増え、地方との境界を形成するのである。都市自体が膨張していく過程で境界が動き、自然との接点が移動するのである。また、小さな共同体すらどんどん壊れていって都市に変貌していき、周縁に向かって境界線が拡がっていくのである。たとえば、時代は下るが『江戸名所図絵』に、「境木、土人の称なり武蔵相模の境ある故」とあり、松を国の境界をあらわすものと土地の人々が見ていたことも、その証左であろう。

古代文学にみられる境界的な「松」を表現する基層には、人間が村落共同体を形成した頃から知り得ていた、このような松の生態も係わっていると思われる。

しかし、「松」が境界性を有しているのはそれだけではないようである。本来、松は異郷からくる神を待つ樹木であったことから「松《マツ》」と名付けられたとも言われている。神の訪れは、異界からであるがゆえに人間は待つしかないのである。天に向かってそそり立つ樹木（松）が天神の降りてくる依代であり、またそこが天界と俗界の境界領域、神の示現する聖地と考えられるのである。「松」が境界ないし境界性を象徴的にあらわすのは、それゆえもあろう。

さて次に、境界的な場にある松が、しばしば「松」と「待つ」を懸けて表現されることで、悲別性を帯び、またその「松」が再会の対象となることについて発生論的に考えてみる。まず、境界的な場にある松は、本来異界から訪れる神を待つもの、呪術的なものであったとする。しかし、それはしだいに神だけを待つのではなく、人間の力の及ばない異界ゆえ、神の力により境界を越えてくると考え、境界を越えて行ったものまでも待つと変容したのではなかろうか。そして、神の訪れを願う呪術的な意味は、境界を越えて行く者や帰りを待つ者にとって無事なる帰りを願うことに変わり、それゆえに悲別性を帯び、再会の対象となり得るのであろう。

「松」以外にも、ある種の樹木が境界的な意味を持つものとして、古代における「市」の槻、椿、橘、桑など、天神の降下する依代として植樹された樹木がある。しかし、これらは「松」のある境界的な場とは少し異なる天界と俗界の境界領域と考えられていたようである。その「聖」なる場に入った人や物は、俗界から縁の切れた神仏の世界のものとなったがゆえに、品物としていろいろな交換、たとえば品物の交換（売買）、男女の交換（歌垣）となるのである。(8)

また、境界的な意味を持つものとして、樹木そのものだけでなく、杖や棒などの樹木を用いた道具なども忘れてはならない。(9)たとえば、『万葉集』にみられる杖を持った使者など興味深いものもあるが、これらについては稿を改めて述べてみたい。

注

（1）網野善彦「境界領域と国家」（日本の社会史第二巻『境界領域と交通』岩波書店、昭和六十二年）

（2）「石神問答」（『定本柳田国男全集十五巻』筑摩書房、昭和四十四年）

（3）「万葉集短歌輪講」（『折口信夫全集』第二十九巻）

（4）西郷信綱『古事記の世界』（岩波書店、昭和四十二年）

（5）「古代生活の研究　常世の国」（『折口信夫全集』第二巻）

（6）「観」は「欟」の省略字体とみて槻の木説をとる『古典大系』による。来迎院本・前田家本は「槻」とある。しかし、「観」は物見の高い台、道教の寺院とする説もある。

（7）只木良也「マツ林盛衰記」（自然と人間の日本史4『樹の日本史』新人物往来社、平成二年）

(8) 勝俣鎮夫「売買、質入れと所有観念」(『日本の社会史 第四巻 負担と贈与』岩波書店、昭和六十一年)、西郷信綱氏「市と歌垣」(『古代の声』朝日新聞社、平成七年)

(9) 赤坂憲雄「杖と境界をめぐる風景序章・標の梲《つえ》・杖立伝説」(『境界の発生』砂子屋書房、平成元年)

境界領域と植物「馬酔木」

一　はじめに

境界的な場において、ある種の樹木が重要な意味を持っていることがある。古代の「阿斗桑市」「海石榴市」と呼ばれる「市」に立つ樹木もそのひとつであり、そこでは樹木の有する呪的な力と境界的な場の力が結びつき、聖なる空間が形成される。

また、このような境界的な場と樹木との関係は、しばしば古代文学において重要な役割を果たすこともある。ここでは、境界的な場にある植物の「馬酔木」が、古代文学にどのように係わっているかについて述べてみたい。

二　「馬酔木」の挽歌性

大津皇子の屍を葛城の二上山に移し葬りし時に、大来皇女の哀しび傷みて作りませる御歌二首

うつそみの　人にある我や　明日よりは　二上山を　弟世と我が見む　(2・一六五)

磯の上に　生ふる馬酔木を　手折らめど　見すべき君が　ありと言はなくに　(2・一六六)

右の一首は、今案ふるに、移し葬れる歌に似ず。けだし疑はくは、伊勢神宮より京に還りし時、路の上に花を見て、感傷哀咽してこの歌を作れるか。

右の二首は、大津皇子を移葬する時に姉の大来皇女が悲しんで詠んだ歌、いわゆる挽歌として収められている。また、この二首の背景には、『日本書紀』に記されている、朱鳥元年（六八六）九月九日に天武天皇崩御、十月二日皇子である大津皇子の謀反が発覚、翌三日に死を賜わるという事件があることは周知のごとくである。

しかし、この第二首の歌（一六六）には、注がついていて、磯のほとりに生えている馬酔木を折るという内容は移葬をした時の歌に似ていないとし、「伊勢の神宮より京に還りし時、路の上に花を見て感傷哀咽して」作ったかと別案が示されている。つまり、この注では「移し葬りし時」の歌として、「時」や「場」に問題があることを示唆しているのである。

この歌の「時」に関しては、大来皇女は朱鳥元年十一月十六日に上京したと『日本書紀』にあるものの、移葬や作歌の時期については不明である。また、「場」に関しては、題詞に「移葬」とあるのみである。ところが「時」については、歌に詠まれた「馬酔木」は早春に咲く花なので、移葬と作歌の時期を皇女が上京した十一月とすると季節的に相違するという問題がある。また、「場」についても、なぜ「磯」が詠まれているのかという疑問から諸説が展開されている。たとえば、「葬って帰る途上、もしくは帰宅後の心情であろう」という考え[1]や、「アシビは早春の花で、皇女の上京した十一月ではなく早春の移葬と作歌が考えられ」ることから持統元年正月に詠まれたもの、さらに「アシビが海浜に生えるのでなく、乾燥した山地に生える常緑低木であるのに『磯の上に』とあるのを、海岸の作と見て記されたものと思われる」として、左注の記述を「編者の誤解」とする見解も提示されている[2]。

このような問題が生じる原因は、歌の外部にある「時」（移葬の時）や「場」（移葬の場）と歌の内部にある「時」（馬酔木は早春の花）や「場」（磯）とを同一視することにあるのではなかろうか。また、どのような点で「移し葬りし時」の歌なのかという問題について、表現に即して充分に確かめられていないことによると思われる。そこで、その問題を解く手掛かりとしては、歌の内外にある「時」と「場」を別な次元のものとした上で、移葬の時の歌、挽歌であることの根拠について、もう一度見直してみることが必要であろう。おそらくこの歌は、たとえ「磯の上に生ふる馬酔木」と詠まれているとしても題詞に「移り葬りし時」とあることから、その場にふさわしい何らかの要素があったに違いない。そして、それは「見すべき君が　ありと言はなくに」と表現された喪失感とは、また別の挽歌性を有したものであろう。

ところで、このような問題を検討しようとするとき、『万葉集』にはこの歌とよく似ている歌があることに気がつく。それは次の歌である。

　山斎を属目し作れる歌三首

鴛鴦の住む　君がこの山斎　今日見れば　馬酔木の花も　咲きにけるかも　（20・四五一一）

池水に　影さへ見えて　咲きにほふ　馬酔木の花を　袖に扱き入れな　（20・四五一二）

磯影の　見ゆる池水　照るまでに　咲ける馬酔木の　散らまく惜しも　（20・四五一三）

右の三首には、池の「磯」のほとりに生えている「馬酔木」が詠まれている。また、挽歌性を有していることも共通している。これらの共通性は、三首を独立した歌として捉えると見い出しにくいが、三首の前に収められている四四九六〜四五一〇の十五首と同じ宴で詠まれたと考えると明確になる。これらは次のように配列されている。

(1)　二月に、式部大輔中臣清麿朝臣の宅にして宴せる歌十五首[3]　（20・四四九六〜四五〇五）

(2)　興に依りて各〻高円の離宮処を思ひて作れる歌五首　（20・四五〇六〜四五一〇）

(3)　山斎を属目し作れる歌三首　（20・四五一一〜四五一三）

この宴は、天平宝字二年（七五八）二月に催され、主人清麿をはじめ王族や旧王族などが集うものであった。そして、この宴はたとえば(1)では、次の歌

八千種の　花は移ろふ　常磐なる　松のさ枝を　われは結ばな　（20・四五〇一）

磯の裏に　常喚び来棲む　鴛鴦の　惜しきあが身は　君がまにまに　（20・四五〇二）

などのように、気の合う仲間が集い忠誠を誓い合うという歌が詠まれる雰囲気が漂っていた。また、宴席の興がおもむくままに(2)では、

高円の　峰の上の宮は　荒れぬとも　立たしし君の　御名忘れめや　（20・四五〇六）

などの歌が詠まれ、二年前の天平勝宝八年（七五六）五月に崩御された聖武天皇を偲ぶ場でもあった。

このような場において、(3)の山斎を属目して詠んだ池の磯辺に生える「馬酔木」とは、何を意味するのであろう。大来皇女の歌と同様に、ここでも重要な問題である。

三　境界的な「磯」

そこでまず、「磯」が古代においてどのように考えられていたのかということから、「磯の上に生ふる馬酔木」の意味するものを解く手掛かりを探してみることにする。

「磯」といえば、「石や巌の意と、岩石の多い波打際の意」があるというが、[4]『万葉集』においてはそのほとんどが水辺の岩がごつごつした所という意である。またそれは必ずしも海辺だけではなく、川辺や池辺にも用いられている。[5]

その「磯」が異界との境界的な場であることを示す例としては、次の「脳《なづき》の礒《いそ》」と名づけられている「磯」がある。

即ち、北の海辺に礒あり。名は脳の礒と名づく。高さ一丈ばかりなり。上に松生ひ、芸りて礒に至る。里人の朝夕に往来へるが如く、又、木の枝は人の攀ぢ引けるが如し。礒より西の方に窟戸あり。高さと広さと各六尺ばかりなり。窟の内に穴あり。人、入ることを得ず。浅き深きを知らざるなり。夢に此の礒の窟の辺りに至れ

ば必ず死ぬ。故俗人、古より今に至るまで、黄泉の坂、黄泉の穴と名付く。

（『出雲国風土記』出雲郡宇賀郷）

これによると宇賀郷の北の海辺にある磯には、上に松が生えていて、人々はそこまでは通ってくるが磯の西には回らないという。なぜならそこには岩穴があり、たとえ夢の中でも近づくと死ぬと伝えられていたからである。そして人々は、古よりそこを死者の国に至る坂、黄泉の穴と呼んでいたとある。このことから磯の周辺は、里の人々（共同体）にとって、そこに近づくと必ず死ぬと信じられている無気味さの漂う禁忌された空間であり、また現世と他界、生と死の世界の境界領域であったと言えよう。

　この洞窟は、現在では猪目《いめ》洞窟と呼ばれており、たくさんの人骨が出てくることから、かつて墓地として使われていたと考えられている。おそらく、この洞窟が海に向かって開かれていることから、そこに葬られた死者の魂は、やがて海の彼方にある常世国に行くと信じられていたのであろう。また、そこは海の向こう側からやってくるものを待ち受ける所でもあったのであろう。

　その海の異界性について折口信夫は、海の彼方には魂の集まる国である常世国があり、そこから魂が寄せて来ては人に宿り、霊威を与えると説いている(6)。また古橋信孝は、「荒磯」について神の霊威が寄り着く所と説く(7)。

　しかし、また川辺の「磯」も神の降りる所と思われる例がある。それは、次の伊勢にある斎宮の起源についての記述である。

　更に還りて近江国に入りて、東美濃を廻りて伊勢国に到る。時に天照大神、倭姫命に誨へて曰はく、「是の神風の伊勢国は常世の浪の重浪帰する国なり。傍国の可怜し国なり。是の国に居らむと欲ふ」とのたまふ。故、大神の教の随に其の祠を伊勢国に立てたまふ。因りて斎宮を五十鈴の川上に興つ。是を磯宮と謂ふ。則ち天照大神の始めて天より降ります処なり。

（垂仁紀二十五年三月）

右によると、伊勢国は常世国の波が寄せ来る所であり、その五十鈴川のほとりに斎宮を建て、それを磯宮と呼んでいたとある。つまり、波の寄せ来る国、川のほとりゆえに磯宮と呼び、そこは異界（天）から神（天照大神）が降りるという境界的な場であったというのである。

ところで大来皇女の歌の「磯」について、大来皇女が伊勢の斎宮に入る前に初瀬で「禊」をしたことから、斎宮を下りて帰ってきた時の歌の「磯」もまた、京に帰るにあたって「禊をした川の辺の磯であったというふうに考えるべきではないか」とする見解もある。(8) しかし、伊勢の斎宮を「磯宮」と呼び、大来皇女が伊勢斎王であったことからすると、案外この歌の「磯」とは五十鈴川の辺の「磯」であったのかも知れない。ただし、この「磯」はどこの場所かということよりも、なぜ「磯」を詠んだかが重要であろう。

いずれにせよ、これらのことからすると「磯」とは現世と常世、現世と他界など、異界と接する場所であり、神の霊威や死者の魂と出逢うという境界性を有している場であったと言えよう。

しかし、先の清麿宅で催された山斎の宴の場合、「磯」は海辺や川辺ではないと疑問に思うかも知れない。だが、この「山斎」と呼ばれる庭園は特別な意味を有する庭園であったのである。そのことについては以前に報告したことがあり、それを要約すると次のようである。(9)

「しま」とは、池の中に島を築き、水辺には小石を敷いて白砂の浜の趣きを造り、また岩を積み上げて荒磯の景を作るという庭園様式である。そしてその基盤には、仙人の住むという蓬莱山、方丈、瀛州の三神山が東海中にあるという神仙思想があり、「荒磯」のある池は「海」に、また池の中の島は海に浮かぶ「仙山」に見立てたものと思われる。つまり、「しま」という庭園様式は、日常生活圏にある邸宅の庭園に神仙境を構築したものであり、その中心である池の中に築いた島は「仙山」、いわゆる永遠なるものの象徴であったと考えられる。

つまり、「山斎」と呼ばれる庭園の「磯」は、その永遠性の象徴である仙山から神や霊威が寄り着く所であり、神仙の住む永遠なる世界と人間の住む無常なる世界との境界的な場であったのである。

四　境界的な場の「馬酔木」

では、そのような境界的な場である「磯」において、そこに生ふる「馬酔木」とは何を意味するのであろう。「馬酔木」とは、つつじ科の常緑低木であり、早春に小さい壺形の白い花を房状につけることは、よく知られている。また「馬酔木」の字は、この植物が有毒で馬がその葉を食べると酔ったようになるので用いたとされている。古代の人々は、房状の花が群がって咲く姿だけでなく、その毒性ゆえに不思議な力、いわゆる呪力があると考えたと思われる。

次の歌などは、「馬酔木」が生命力の強い植物であったことを示す例である。

馬酔木なす　栄えし君が　掘りし井の　石井の水は　飲めど飽かぬかも　（7・一一二八）

我が背子に　我が恋ふらくは　奥山の　馬酔木の花の　今盛りなり　（10・一九〇三）

右の歌では、「馬酔木」の花の盛んなさま、咲き栄えるさま、つまり生命力に富むさまを人間の栄華や心の盛んな様子にたとえている。

また、次の

山の狭に　咲ける馬酔木の　悪しからぬ　君をいつしか　行きてはや見む　（8・一四二八）

春山の　馬酔木の花の　悪しからぬ　君にはしゑや　寄そるともなし　（10・一九二六）

の歌なども、単に音のみで序に用いたのでなく、花の盛んなさまを「君」の姿態を表わすのに用いたものである。これも先の歌と同じ基盤から発想されたのであろう。

さらに、次の

かはづ鳴く　吉野の川の　滝の上の　馬酔木の花ぞ　はしに置くなゆめ（10・一八六八）

の歌では、滝の辺に咲く「馬酔木」が大切なものとして詠まれている。この歌の場合、大切な理由は定かではないが、「馬酔木」が生ふる場所である「吉野」の地が、神仙境であるとする考えによったと思われる。永遠の世界に咲く、生命力に満ちた花とみたのであろう。

この他に、「馬酔木」には人間の生命力を強化するタマフリの呪力があると考えられていたことを示す歌がある。それは次の歌である。

三諸は　人の守る山　本辺は　馬酔木花咲き　末辺は　椿花咲く　うらぐはし　山ぞ　泣く児守る山（13・三二二二）

右は山讃めの歌であり、「三諸」は「人の守る」「うらぐはし山」「泣く児守る山」であるという。この「三諸」については、「森」と同源の語で木の茂った森・山を意味するという見方もあるが[10]、やはり神が降臨する山の意であろう。「人の守る山」は、「人の見守る山」の意、「うらぐはし山」とは、「心にしみるように美しい山」[11]「心打つ山」[12]という意であろう。「泣く子守山」については、「泣く子を守るように人が守るこの山」という解釈が一般的である[13]。しかし、土橋寛は「『人の守る山』の繰返しで、『泣く児も見守る山』の意であるが、その具体的な意味は、幼児が泣いて泣き止まない時、母親がその山を見せて泣き止むようにする山、という意味」であると説く[14]。これは、山を見るというタマフリによると解すことができる。

また、この歌を本田義憲は「乳幼児を泣きやませる歌」とする。そして、泣く子について「乳幼児がまだ此界と未生以前の原風景ともいうべき他界との間の未分化過程にある、非日常的な不安定によったのであって、タマフリはこれを安定させようとするのである」と説く[15]。

その「守る山」には、「馬酔木」や「椿」が咲いているという。この「椿」もまた「馬酔木」とともに呪的な植物であり、その真紅な花の色や緑色した艶のある葉の茂り広がる姿から、生命力の強い木、神聖なる木とされていた。たとえば、それは次の、

葉広　斎つ真椿　其が花の　照り坐し　其葉広　斎つ真椿　其が花の　照り坐し　其が葉の　広り坐すは　大君ろかも
（『古事記』五七）

の歌のように、天皇を寿ぐ表現として用いられている。また、「市」に「椿」を植えたこと、土蜘蛛討伐に際して「椿」で椎を作り武器としたこと（景行紀十二年七月）、『延喜式』の祭儀に椿木、焼椿、椿灰が用いられたことなどがあり、「椿」が呪力のある木と考えられていたことを示している。

これらのことから「三諸」の歌は、「馬酔木」や「椿」に生命力を強化するタマフリの呪力があるという観念から発想されたと思われる。「馬酔木」に関して言うならば、神が降臨する境界的な「三諸山」に生ふる「馬酔木」は、他界と此界との境界領域にいて不安定な状態にあるものを安定させる機能を有しているのである。そして、このようなことが大来皇女の歌の基盤にもあるのではなかろうか。

五　「馬酔木」の歌の意味するもの

さてここに至って、大来皇女の歌の「磯の上に生ふる馬酔木」をどう理解したらよいのかということになる。「磯」とは、神や死者の魂と出逢うことができる境界的な場所であり、「馬酔木」は生命力に満ちあふれていて、人間の生命力を強化するタマフリの呪力がある植物と考えられる。とすると、現世にいる大来皇女が亡き大津皇子の魂と出逢えるという境界的な場所である「磯」において、そこに咲く生命力の強い、呪的な力のある「馬酔木」を手折って見せようとした。しかし、それを見せるべき弟がこの世にいるとは誰も言ってはくれないではないか、と

死を嘆いた歌と解すことができる。つまり、上三句での可能性が下二句で否定されるのである。死者に逢えるという「磯」ゆえの再会の期待、タマフリの呪力がある「馬酔木」ゆえの再生復活の期待は、適わなかったのである。ここでの「磯」は、死者の魂と逢えることだけでなく、大来皇女にとっては皇子はまだ生と死の境界領域にいたことを暗示するものであろう。また、「馬酔木」を見せることは、死者の魂に対するタマフリを意味し、再生復活の願いを象徴するものであったろう。

おそらく、この皇子の魂が、生と死の境界から願いむなしく死の世界に移って行くということこそ、「移り葬りし時」、つまり仮に遺体を納めて置いた所から墓所に移し葬るという場にふさわしい要素であったのだろう。それはまた、第一首において「明日」からは「うつそみの人なる我や」に対して「二上山を　弟世と我が見む」と表現されているように、今日の移葬を境として生の世界の「我」と死の世界の「弟」とに別かれてしまい、もう、現世の人として逢えないことを嘆く心情と連続するものである。

では、先に挙げた清麿宅における山斎の宴の場合は、どのように理解すべきなのか。最後にこのことについて述べてみたい。

すでにみたように、「山斎」と呼ばれる庭園様式は、神仙思想に基づき、容易に到達できる現実の国土、日常生活圏にある邸宅の庭の中に神仙境を構築したものであり、その中心である池の中に築いた島は、海に浮かぶ仙山、いわゆる永遠なるものの象徴であった。また、その「磯」とは、島に象徴される永遠なる世界から神や霊威が寄り着く境界的な場所であった。

そして、このような場で宴を催すことは、神の住む永遠なる世界と人間の住む無常なる世界との境界領域において交歓することでもある。その場では、すでに十五首の歌が詠まれ、長久を願い忠誠を誓うことが話題となり、亡き聖武天皇を偲ぶ雰囲気が漂っていた。その中で「山斎を属目して作る歌三首」が詠まれたのである。

そこでの「山斎」に咲く「馬酔木」は、「馬酔木の花も咲きにけるかも」(四五一一)、「咲きにほふ　馬酔木の花を袖に扱き入れな」(四五一二)、「咲ける馬酔木の　散らまく惜しも」(四五一三)と詠まれている。そして、ここには二つの要素がある。その一つは、咲きほこっている「馬酔木」を「袖に扱き入れな」と詠んでいることである。一般的に古代では、植物を身につけることは、その生命力にあやかるという呪術的なことである。しかし、それが永遠なる世界を象徴する「山斎」に咲く生命力あふれる「馬酔木」の場合は、永遠の世界からのより強力な呪力に触れることになる。そして、それを受け入れるのは、魂が籠もる「袖」である。

これと類似する発想は、天平勝宝三年(七五一)正月三日、越中国介内蔵忌寸縄麻呂が越中国守大伴家持ほか国司たちを招いて祝宴を催したときにみえている。そこは、雪で「山斎」を作り、その巌に「なでしこ」の造花を配するという趣向を凝らした場であった。その時のものに

雪の山斎　巌に植ゑたる　なでしこは　千代に咲かぬか　君が挿頭に　(19・四二三二)

という遊行女婦蒲生娘子の歌がある。客である娘子は、賓客のためのタマフリの呪物としてあった「なでしこ」を主人の長寿繁栄を寿ぐものとして詠んだのである。

また、二つめの要素は「馬酔木」が「咲きにけるかも」「咲きにほふ」「照るまでに　咲ける馬酔木の　散らまく惜しも」と、時の推移とともに「うつろふ」ことが詠まれていることである。ここでは、永遠なる「山斎」を象徴するかのように咲きほこっている「馬酔木」が「散る」のを「惜し」と思うというのである。

そして、この三首に詠まれた二つのことは、それ以前の話題や雰囲気に連なるものであり、その宴のまとめ的な内容となっている。たとえば、生命力を強化する呪力を身につけることは、(1)の家持の、

八千種の　花は移ろふ　常磐なる　松のさ枝を　われは結ばな　(20・四五〇一)

という、宴の参加者に対して政争の激しい当世に生命力を長く保とうと提言する歌に係わるものであろう。また、咲

きほこる「馬酔木」が時が移り散ってしまうことを「惜し」と残念に思う気持は、(2)の家持や清麿の、

高円の　峰の上の宮は　荒れぬとも　立たしし君の　御名忘れめや　（20・四五〇七）

高円の　野辺延ふ葛の　末つひに　千代に忘れむ　我が大君かも　（20・四五〇八）

という、離宮の荒廃と永遠の思慕を詠んだ、亡き聖武天皇を偲ぶ歌に連なるものと思われる。さらに、これらは「清麻呂を中心に、気の合った者同士、荒々しい世相の中を結束していこうとする心根が潜む」とされる[16]、先に挙げた(1)の「惜しき我が身は　君がまにまに」と詠んだ歌に通底するのであろう。

やはり、このような発想は、これらの歌の場が「山斎」という永遠なる世界と無常なる世界との境界的な場であり、また亡き聖武天皇の魂に出逢うことができる場所であったことに基づくものであろう。

以上、「磯に生ふる馬酔木」について、「磯」とは異界との境界的な場であり、また「馬酔木」は生命力の強い呪的な力を有する植物であることから、古代文学の中で特別な意味を持ってくることについて述べてみた。たとえば、移葬の場における大来皇女の歌では、亡き大津皇子の魂が生と死の境界的な場において再生復活できず、死の世界へ向かうことを意味する表現として用いられていた。また清麿宅の宴の歌では、「山斎」という永遠の世界と無常の世界の境界的な場において、「馬酔木」の花を袖に扱入れることや、咲いた花が散るのが惜しいと表現されていた。そして、それは宴に集う人々の、心を一つにして生命を長く保とうという気持や亡き聖武天皇を偲ぶ心を暗示する表現であったと考えられるのである。

注

（1）『万葉集　五』（新潮日本古典集成）

（2）『万葉集全注　巻第二』（有斐閣）

（3）題詞に「十五首」とあるのは、元暦校本によるものであり、西本願寺本などには「十首」とある。「十五首」とは、同時の作の(2)の「五首」を含めての数であるが、(3)の「三首」も歌内容などから同時の作と思われるのに「十八首」としていないことに疑問を持つ注釈書もある。
（4）（2）に同じ
（5）たとえば、三一四、一七三五、三二二五、三二二六、三二三一、三六一九、四五〇二、四五〇三、四五〇五など。
（6）「古代生活の研究　常世国」（『折口信夫全集』第十二巻）
（7）「ことばの呪性――アラをめぐって、常世波寄せる荒磯――」（『文学』昭和六十一年五月、『古代和歌の発生』東京大学出版会、昭和六十三年所収）
（8）中西進『大伯皇女を想ふ』（斎宮研究会、昭和六十三年三月）
（9）本書Ⅳの「山斎と呼ばれる庭園」、「山斎の宴」
（10）土橋寛『日本語に探る古代信仰』（中公新書、平成二年）
（11）『万葉集(3)』日本古典文学全集（小学館）
（12）中西進『万葉集全訳注原文付(四)』（講談社文庫）
（13）（11）に同じ
（14）（10）に同じ
（15）「万葉集と死生観・他界観」（『萬葉集講座　第二巻』有精堂出版、昭和四十八年）
（16）（1）に同じ

聖なる樹下

一　はじめに

釈迦の母摩耶夫人は、無憂樹の下に立って釈迦を生んだという。また、その釈迦は閻浮《えんぶ》樹の下で思惟し、菩提樹の下に座して悟りを開いたといわれている。樹の下には、何か不思議な力があるようだ。

実は『万葉集』には、樹の下での宴席、いわゆる「樹下の宴」がある。それは、大伴家持が参加する次の宴である。

(1)（天平十六年正月）同じ月の十一日に、活道の岡に登り、一株の松の下に集ひて飲む歌二首　（6・一〇四二、四三）

(2)（天平勝宝六年）三月十九日に、家持の庄の門の槻樹の下にして宴飲する歌二首　（20・四三〇二、〇三）

右のような「樹下の宴」について、「大樹の下で酒宴するのは古くより行なわれていた風」などといわれているが、(1)その宴や歌はいかなる性格であったのか疑問となる。そして、それは古代の樹下の場の在り方を媒介として、初めて解くことのできる問題ではないかと考えられる。

そこで、まず古代における樹下の場の実態を捉え、またその係わりから二つの宴の特質と作歌基盤を明らかにし、さらには樹下の宴が天平期に登場し大伴家持と係わっていることの理由などについても言及してみたい。

二　樹下の場

樹下の場に関しては最近いくつか論じられているが、(2) 聖なる樹の下における機能的な特徴としては、忠誠・服属の誓約や帰服した異民族への饗応などの儀礼的なこと、また男女の交歓など、いわゆる心を一つにするということが行なわれていたことがあげられる。

たとえば、忠誠・服属の誓約の例としては、『日本書紀』や『古事記』に次のものがある。

(ア)皇極三年（六四四）正月一日

中臣鎌子連、人と為り忠正しくして、匡し済ふ心有り。……心を中大兄に附くれども、然て未だ其の幽抱を展ぶること獲ず。偶中大兄の法興寺の槻の樹の下に打毬うる侶に預りて、皮鞋の毬の随脱け落つるを候りて、掌中に取り置ちて、前みて跪きて恭みて奉る。中大兄、對ひ跪きて敬びて執りたまふ。茲より、相び善みして、倶に懐ふ所を述ぶ。既に匿るる所無し。（『日本書紀』）

(イ)大化元年（六四五）六月十九日

天皇・皇祖母尊・皇太子、大槻の樹の下に、群臣を召し集めて、盟曰はしめたまふ。天神地祇に告して曰さく「……今共に心の血を瀝づ。而して今より以後、君は二つの政無く、臣は朝に貳あること無し。若し此の盟に貳かば……」とまうす。（『日本書紀』）

(ウ)天武元年（六七二）六月二十九日

飛鳥寺の西の槻の下に據りて営を爲る。……大伴連吹負、数十騎を率て劇に来る。則ち熊手及び諸の直等、共與に連和し。軍士亦従ひぬ。乃ち高市皇子の命を挙げて、穂積臣百足を小墾田の兵庫に喚す。爰に百足、馬に乗りて緩く来る。飛鳥寺の西の槻の下に逮るに、人有りて曰はく「馬より下りね」といふ。時に百足、馬より下るること遅し。便ちに其の襟を取りて引き堕して、射て一箭を中つ。因りて刀を抜きて斬りて殺しつ。

（『日本書紀』）

(エ)雄略天皇

また、天皇、長谷の百枝槻の下に坐して、豊の楽したまひし時に、伊勢の国の三重の婇、大御盞を指挙げて献りき。しかして、その百枝槻の葉、落ちて大御盞に浮きき。

（『古事記』雄略天皇）

(ア)の例は、中臣鎌子と中大兄皇子が蘇我氏打倒の策略をめぐらす記事である。それによると二人は「法興寺の槻の樹の下」の場における蹴鞠の催しを契機として、心中を明かし合うような親密な関係になる。次の(イ)では、乙巳の政変の後、「大槻の樹の下」に群臣らを集め、天皇に対する忠誠と服従を槻樹に降臨する天地の神々に盟約させている。(ウ)の例では、壬申の乱の初め、近江方は軍営を「飛鳥寺の西の槻の樹の下」に設けたとある。また、そこを奇襲した大伴吹負に兵士たちは服従したが、小墾田の兵庫にいた百足は呼びもどされ、その「槻の下」に着いたとき馬から下りるのが遅いため殺されたとある。おそらく不服従のため殺されたのであろう。

また、これらの槻を樹神とする伝承も指摘されている。[3] (エ)は、枝葉の繁った聖なる槻の樹の下で「豊の楽」、つまり新嘗祭の酒宴を開いたという記事である。新嘗とは、新穀を神に捧げ天皇自らも食べる祭儀である。その年の最初に収穫された穀物には、霊力が多く含まれている。それを天皇に捧げるのは、天皇の長寿を祈るゆえであり、またそれは忠誠を誓う意にもなり得るのである。聖なる槻樹からの落葉は、神性を感染させつつ地上に下りるのであり、盃に落ちた葉もその呪力のあらわれであろう。浮いた葉が水をくるくるとまわしたのは、神意によって聖なるものが生み出されようとする寸前の状態であることを示すとも言われている。[4] つまり神聖な樹は、その下に「聖なる空間」を形成するのである。

また、樹下の場で帰服した異民族らを饗応し、呪術的服属儀礼を行なったものとしては、『日本書紀』に次の例がある。

(オ)天武六年（六七七）二月

多禰嶋人等に飛鳥寺の西の槻の下に饗たまふ。

(カ)持統二年（六八八）十二月十二日

蝦夷の男女二百一十三人に飛鳥寺の西の槻の下に饗たまふ。

(キ)持統九年（六九五）五月二十一日

隼人の相撲とるを西の槻の下に観る。

(ク)斉明三年（六五七）七月十五日

須彌山の像を飛鳥寺の西に作る。且、盂蘭瓫會設く。暮に都貨邏人に饗たまふ。

(ケ)天武十年（六八一）九月十四日

多禰嶋の人等に飛鳥寺の西の河邊に饗たまふ。種種の楽を奏す。

(コ)天武十一年（六八二）七月二十七日

隼人等に明日香寺の西に饗たまふ。種種の楽を発す。

右の例によると、天皇と異民族との支配と服属の関係を神を媒介として固定させているようである。

さらに樹下の場は、男女の交歓の場でもあった。それは次の『風土記』や『万葉集』の例にみえる。

(サ)……男を那賀の寒田の郎子といひ、女を海上の安是の娘子と號く。竝に形容端正しく、郷里に光華けり。名聲を相聞きて望念を同存くし、自愛む心滅ぬ。月を経日を累ねて、嬥歌の會に、邂逅に相遇へり。……相語らまく欲ひ、人の知らむことを恐りて、遊の場より避け、松の下に蔭りて、手携はり、膝を役ね、懐を陳べ憤を吐く。

(シ)池の辺の　小槻が下の　篠な刈りそね　それをだに　君が形見に　見つつ偲はむ　（7・一二七六）

(ス)長谷の　斎槻が下に　わが隠せる妻　あかねさし　照れる月夜に　人見てむかも　（11・二三五三）

(セ)橘の　本に我が立ち　下枝取り　成らむや君と　問ひし児らはも　（11・二四八九）

(ソ)天飛ぶや　軽の社の　斎ひ槻　幾代まであらむ　隠り妻そも　（11・二六五六）

(タ)あらたまの　寸戸の林に　汝を立てて　行きかつましじ　いを先立たね　（14・三三五三）

(チ)君に恋ひ　いたもすべなみ　奈良山の　小松が下に　立ち嘆くかも　（4・五九三）

(ツ)橘の　本に道踏む　八ちまたに　物をそ思ふ　人に知らえず　（6・一〇二七）

これらの他に、次の刑罰が執り行なわれている「市」の例も樹下の機能を知るうえで注目される。

(テ)雄略天皇十三年（四六八）三月（『日本書紀』）

天皇、歯田根命をして、資財を露に餌香市辺の橘の本の土に置かしむ。

右の例では、采女と通じた歯田根命が、馬八匹、大刀八口を橘の樹の下に置くことで罪を祓除《はらう》のである。

以上、古代における樹下の場には、神の依代である槻・松・橘などの聖樹があった。また、それらの常緑樹や巨樹は永遠性のシンボルと考えられ、その聖樹の下は呪的な力が満ちている「聖なる空間」を形成するのである。それゆえに、その場ではすべての邪悪なものが除かれ、人々は心ひとつになれるのである。

三　樹下の場の特徴

さて今度は、いままであげた「樹下の場」について、場所的な特徴をみてみることにする。まず、たびたび見える「飛鳥寺の西」についてであるが、この寺は法号で法興寺とも元興寺とも呼ばれ、推古十四年頃に完成したとされている。その寺の「西」は、昭和三十一年からの発掘調査で明らかになった飛鳥寺の寺域と飛鳥川とに挟まれた地域と推定される。

また「飛鳥寺の西」には道祖神像や須弥山石が出土した石神遺跡、「飛鳥の西北」には漏刻台や鼓楼のある水落遺跡などがあることから、その一帯は重要な国家的儀礼が行なわれ、外国使節をもてなす施設が集まる中心的な場所であったと考えられる。

さらに交通路の面から見ても、飛鳥とその周辺地域は古道の中心であった。たとえば、桜井の方から入って来る道（山辺道、上ツ道）が山田寺のところから飛鳥に入り、また南北道である中ツ道は香具山のほぼ頂上付近から真直ぐに橘寺へ通じ、さらに飛鳥横大路は橘寺と川原寺との間を東西に走る道であり、真直ぐ西へ行くと葛城の方に通じている。そしてまた、磯城、磐余から紀路につながる道として飛鳥斜向道路も推古朝以前にはすべて機能していたと推定されている。[5]

このような「飛鳥寺の西」について、千田稔は「小墾田と飛鳥の境」で「ある種の境界」であったと指摘している。[6] また和田萃は、「飛鳥寺の西の槻樹」の場が誓約や服属の場たり得たのは、「神聖な槻樹があったことにもまして、言葉の正邪を正すクガタチの行なわれた甘樫丘を望む所だった」と、宗教上重要なところである甘橿丘との関係を述べている。[7] クガタチ（盟神探湯）とは、祭政的神判行事であり、甘橿丘で行なわれたことは、『日本書紀』の允恭四年九月の条などにみえている。この甘橿丘が神聖視されるのは、もう一つ古く解釈すれば橿の木が神聖な木とされることに基づくと思われる。

これらのことからすると「飛鳥寺の西」は、国家的行事が行なわれたり、いろいろな道が交わる中心的な所であったため、さまざまな人やものが出入りする場所であった。また、飛鳥川をはさんで聖なる甘橿丘と接する地域、いわゆる「境界領域」であったと言えよう。しかし、この呪術的な場は、藤原京遷都の翌六九五年をもって姿を消す。
次に(エ)の例にある「長谷」について見てみる。この「長谷」は、周知のように雄略天皇が即位した地である。またこの地に関しては、次のように伝えられている。

蝦夷数千、辺境に寇ふ。……綾糟等懼然り恐懼みて泊瀬の中流に下て、三諸岳に面ひて、水をすすりて盟ひて曰さく「臣等蝦夷、今より以後子子孫孫、清き明き心を用て、天闕に事へ奉らむ。臣等、若し盟に違はば、天地の諸の神及び天皇の霊、臣が種を絶滅えむ」とまうす。（敏達紀十年）

右によると「長谷」の地は、「辺境」の「蝦夷」たちが朝廷に仕えることを誓約した場所であった。そこは、異民族たちを受け入れる共同体の内と外との境界、また聖なる三諸岳と接する地域、いわゆる「境界領域」でもあった。それは異民族に関する行事が多かった「飛鳥寺の西」とよく似ている。
他に男女の交歓の例にみえる(ツ)の「衢《ちまた》」は、道の股、道と道とが交錯する所で、神々や精霊などの行き交う場所である。西郷信綱は、「世界を仕切る境としての辻」とその境界性を説いている。[8] また、同様の例としてあげた(ソ)や(テ)などの「市」について勝俣鎮夫は、網野善彦、[9]西郷信綱、[10]赤坂憲雄[11]などの説を前提に、「辻・衢・河原・墓所の門前などの、いわゆる境界領域に設定され、たんに神の示現する聖地だけでは律しきれない特別な意味をもった聖域・異界・他界の窓として存在する」と説いている。[12]
以上、古代における「樹下の場」は、神々の依代である神聖な樹木が存在し、神に対して天皇への忠誠・服属の誓約、また男女の交歓などが行なわれる場であった。つまり、樹下は心を同じくするというような不思議な力が満ちている「聖なる空間」であったのである。そしてまた、単に「聖なる空間」というだけでない特別な意味を有した場所であった。なかでも「飛鳥寺の西」や「長谷」という地域は、聖と俗、また共同体の内と外とが接する「境界領域」の意味を有していた。「市」や「衢」なども、境界性を有する場所であった。このことから、樹下の場とは、両義性を持つ境界的な場所に設けられることに意義があり、またそれは心の中の両義性とも係わると言えよう。おそらく外の者や邪悪なものは、聖樹の呪的な力により内なる者や聖なるものに変えられ、「ふた心」がなく「心の血《まこと》」をつくすと神々に誓うことになるのであろう。

このような聖樹と境界との係わりは、黄泉の国から逃げかえる伊耶那岐命を追ってきた雷を、桃をもって遠ざける話にもみえる。それは『日本書紀』に次のようにある。

時に、道の辺に大きなる桃の樹有り。故、伊奘諾尊、其の樹の下に隠れて、因りて其の実を採りて、雷に擲げしかば、雷等、皆退走きぬ（神代上第五段一書第九）

右では、この世と黄泉の国との境界である「道」に生えている樹木の力、つまり「大きなる樹」（巨大樹の力）と「桃の樹」（魔力を除く力）により雷（魔力）を祓ったのである。伊耶那岐命からすると邪悪なものを除くことで外から内へ入ることが可能となったのである。

おそらく、「飛鳥寺の西」や「長谷」の槻もこのような機能を有し、聖域の象徴、標識としてあったのであろう。

四　「活道の岡」の宴

さてそれでは、樹下の宴である「活道の岡」の宴について、これまでみた樹下の場とどのように関連するのか。次にそのことについて述べてみる。

（天平十六年正月）同じ月の十一日に、活道の岡に登り、一株の松の下に集ひて飲む歌二首

一つ松　幾代か経ぬる　吹く風の　声の清きは　年深みかも　（6・一〇四二）

右の一首、市原王の作

たまきはる　命は知らず　松が枝を　結ぶ心は　長くとそ思ふ　（6・一〇四三）

右の一首、大伴宿祢家持の作

まず、樹下の場が境界的な場所にあったということから、右の「活道の岡」の占める位置を古代の地図にそくして眺めてみればいいと思うが、地理的には諸説があり明らかではない。ただ、ほとんどの説で恭仁京付近の山であったことは一致する。

そのなかで、わずかに「境界性」を思わせるものとしては、所在地を和束川北岸に臨み丘陵に南面した地とする説[13]、木津川北岸の流岡山とする説[14]、流岡山もしくはその左岸にある王廟山とする説など[15]、川に隔てられた地域にあったとすることであろう。このことは、先にみた「飛鳥寺の西」には飛鳥川が流れ、また「長谷」には初瀬川が流れていることで境界性を有していたことと類似する。また、奥野健治は「活道」の語源について、「山の位置或は形態が異常」とし、その山の異相が顔面における欠脣に類しての命名によると説かれ[16]、「活道の岡」の特異性を示していて興味深い。

その「活道の岡」という地名は、『万葉集』では天平十六年（七四四）三月二十四日に家持が作った安積皇子挽歌（3・四七八〜四八〇）に二例見えるだけである。その歌によると、そこは安積皇子のゆかりの地であった。皇子にとっては「あり通ひ見しし」（四七九）所であり、「御心を見し明らめし」（四七八）と表現されるように、ご覧になった皇子の心を晴れやかにする力を有した地であった。またそこは、眺望が絶佳ということだけでなく「朝狩りに鹿猪踏み起こし夕狩に鶉雉踏み立て」（四七八）と表現されていて、共同体の日常とは位相を異にするある種の空間であったとも言える。

さらに、これらの歌の前に位置する家持作の安積皇子挽歌（四七五）には、「我が大君皇子の命万代にめしたまはまし大日本久邇の都は」と詠まれている。この二つの挽歌群は、皇子にとっての日常的な「久邇の都」とそこに隣接する非日常的な「活道の岡」を対比的に詠んだものと思われる。そして、その意味で「活道の岡」は「久邇の都」という共同体の内と外とが接する境界に存在していると考えられる。

さて次に、歌内容から「樹下の場」に存した心を一つにする力というような機能的なものについてみてみることにする。「活道の岡」の二首については、従来は、叙景歌や寿歌とみられていたが、その後安積皇子を囲んでの宴や皇子を中心とするグループに係わるものとする説が提示され、二首制作の場における皇子の在・不在の問題などが論じられるようになった。たとえば、皇子がグループの中心として同席していたとする説[17]、宴に同席した可能性は少ないとする説[18]がある。また宴から約一月後に亡くなった皇子の健康状態と係わらせ、宴席には顔を出したものの第二次の直会になる前に席を外したため、この樹下の宴には不在であったとする説[19]、さらには家持歌の「たまきはる命は知らず」の表現に暗いかげりがあるということから、市原王と家持の歌との賀歌としての相違に着目し、家持歌は皇子が中座してからのものとする説などがある[20]。

だが、そのほとんどが皇子と宴との係わりに言及しているものの、何故に「活道の岡」の「一株の松の下」で宴を催したのかについては明らかにされていない。そこで、歌内容に目を転じてみると、寿の長久なることを願った歌であるという指摘がある。たとえば、第一首については「一同に対する祝意を含むとともに皇子の寿《いのち》の長久を祈る歌であったと思われる」とある[21]。また第二首については、結句「長くとそ思ふ」に象徴されるように「移ろいの自覚ゆえの長寿（永世）への願いが詠まれている」と指摘されている[22]。さらに山本健吉は、両歌について「皇子に献上した寿歌」であり、「皇子の寿の長久への祈り」が流れていると述べている[23]。

おそらく、年輪を刻んだ老松が豊かな枝を広げる下で松籟を聞きつつ、「幾代が経ぬる」「年深みかも」と永遠性を表現した市原王の歌に対し、家持は人間を対峙させ「たまきはる命は知らず」ゆえに「長くとそ思ふ」と、長久の願望へと展開させたのであろう。そしてそれは、単に松樹の生命力にあやかるというようなものでなく、松という永生の樹の下、聖なる空間において宴の主人の長寿を祈り、また一同の永遠なる心の結びつき（忠誠）を神々に誓うというものではなかろうか。両義性を有する境界的な場所において、神の依代である聖樹の下で長寿を祈る歌を詠むことは、邪心を祓い忠誠を誓う意になり得るのであろう。

宴席において、その主人や主客の長久なることを寿ぐことは、天平期でもしばしばみられることである。[24] しかし、そのほとんどは「宅」に集いての宴であり、「岡」に登り「松樹の下」の場合などは、やはり特別な意味を有していると思われる。

そこでさらに、「活道の岡」の歌と類似すると思われる次の歌を参考にしてみたい。

紀朝臣鹿人の、跡見の茂岡の松の樹の歌一首（天平五年）

茂岡に　神さび立ちて　栄えたる　千代松の木の　年の知らなく　（6・九九〇）

右の作歌の場は「跡見の茂岡」とある。その「茂岡」は、「もと樹木の茂った岡という意[25]」で、生命力あふれる岡であろう。また「跡見」とは、弓を射る人が隠れてねらう場所を意味する「射目《いめ》」を枕詞として「射目立てて跡見の岡辺の」（8・一五四九）と詠まれている例もあることから、狩のとき獣の通った足跡を見つけに行く役目を意味する「トミ」と思われる。語源的に考えると、本来は共同体から少し離れた所につけられる地名であろう。さらに「跡見」の地には、大伴家の「跡見の庄」があったことはよく知られている。

その「跡見の茂岡」の所在地については、桜井市の外見《とみ》の鳥見山とする考え、宇陀郡榛原町鳥見山とする考えがある。もし、茂岡が外見の鳥見山とすると落ち着けば、「跡見の庄」も鳥見山の西麓一帯の地であったと推定することができる。視点を変えて「跡見」の側からすると「茂岡」は「桜井市外見《とみ》」とあるように「跡見」という地域のはずれ、境界にあったとも言える。そしてこのことは、先の「活道の岡」が「久邇の都」の境界に存在したと思われることと類似する。

さらに「鳥見山」（茂岡）に関しては、神武天皇が鳥見山に霊畤（天地の神霊を祭るために営築した祭場）をたてたという次の伝承が残っている。

詔して曰はく「我が皇祖の霊、天より下り鑒《み》て朕が躬を光し助けたまへり。今諸の虜已に平けて海内事無し。以って天神を郊祀りて用て大孝を申べたまふべし」とのたまふ。及ち霊畤を鳥見山の中に立てて……用て皇祖天神を祭りたまふ。（神武紀四年二月）

このことは「跡見の茂岡」の場が、古くは聖なる空間だったことを示唆していると解される。もしかすると「跡見の茂岡の松の樹」とは、その伝承されている場所において神の依代としての聖樹だったのかもしれない。

歌内容をみてみると、先の「活道の岡」の宴が老松の永遠性と宴の主人の長久なる願いという二つの要素を有していたように、この歌も「老松の樹齢の長久を讃えた歌」と評され、[26] また「跡見」が大伴家の領地であることから「そこにある老松に寄せて大伴氏を祝つたものかとも思はれる」と指摘されている。[27] 聖樹の下で大伴氏を寿くことの基底には、さらに親交を深め心を一つにするという願いが込められているにちがいない。

以上のことから「活道の岡」の宴は、「久邇の都」という共同体の内と外との接点である「活道の岡」という境界領域において、永生の樹である松樹の下、神々に対し心の誠を込めて安積皇子の命の長久を祈り、聖樹の力により邪悪なものを祓い参加した人々の心を一つに結び忠誠を誓ったという性格のものであったと言えよう。また「跡見の茂岡」の場合も「跡見の庄」という地域の内と外との接点である「茂岡」という境界領域において、外より訪れて来た鹿人が聖なる松樹の下で邪悪なものを除き心より大伴氏の長久を祈り、心ひとつなることを願ったものと解される。

五　「庄の門」の宴

さて今度は家持の「庄の門」の宴についてみてみよう。

（天平勝宝六年）三月十九日に、家持の庄の門の槻樹の下について宴飲する歌二首

山吹は　撫でつつ生ほさむ　ありつつも　君来ましつつ　かざしたりけり　（20・四三〇二）

右の一首、置始連長谷

我が背子が　やどの山吹　咲きてあらば　止まず通はむ　いや毎年に　（20・四三〇三）

右の一首、長谷、花を攀ぢ壺を提りて到来す。これに因りて、大伴宿祢家持この歌を作りて和ふ。

まずは、右の宴が催された場所的なことからみてみる。この「家持の庄」の所在地は、奈良県橿原市竹田町の地にある「竹田庄」といわれている。また「門」とは、「家の出入口に限らず、家の前の道に面した所」など家の周囲をもいい(28)、この場合は塀や垣で囲まれた「庄」の内と外を画す場所で、境界性を標示するものであろう。

そのような境界機能を持った門のそばに聖なる樹木が植えてあることは、次の例にみえる。これらの樹木は、邪霊や悪鬼が侵入しないよう防御する境界機能を果たしている。

(ア)是の時に高皇産霊尊、其の久報に来ざることを怪しびて、及ち無名雉を遣して、伺しめたまふ。其の雉飛び降りて、天稚彦が門の前に植てる湯津杜木の杪に止り。（神代紀下）

(イ)忽に海神の宮に至りたまふ。……門の前に一つの井有り。井の上に一の湯津杜樹有り。（神代紀下）

(ウ)郡家の南の門に一つの大きなる槻あり。（『常陸国風土記』行方郡）

このことから考えると家持の「庄の門」の宴は、領地に面した内でも外でもあり得る境界領域という場所におい

て、聖樹の下で催されたのである。それは、左注によると山吹の花を折り取り酒壷をさげて「庄」という共同体の外から訪れた長谷を歓迎する宴であった。そこで置始連長谷は、「今後も家持に見てもらおうという気持」の歌を詠み、また家持は「山吹の花を見がてら今後も訪問することを約束する挨拶の歌」を詠む[29]。これには、二人の親交がいつまでも続くことを願う心、忠誠なる心が流れている。そしてこのことは、先にみた樹下の場が、境界的な場所にあり、そこに入る人々の邪悪なものを祓い心を一つにするという機能を有していたことと共通する基盤から生じたように思われる。

実は、この宴と類似する宴が三年ほど前に越中でも催されていた。それは次のようにある。

（天平勝宝三年八月）五日平旦に道に上る。よりて国司の次官已下の諸僚皆共に視送る。時に射水郡の大領安努君広島が門前の林中に預め餞饌の宴を設けたり。ここに大帳使大伴宿祢家持、内蔵伊美吉縄麻呂の盞を捧ぐる歌に和ふる一首

玉桙の　道に出で立ち　行く我は　君が事跡を　負ひてし行かむ　（20・四二五一）

右は、題詞によると射水郡の大領、安努君広島の門前、つまり郡家の門前で催された越中国守であった家持を送別する宴である。

郡家の建造物は、郡庁を中心に郡司等の官舎、厨家、正倉など数十棟もあり、さらに伝馬の施設、兵庫、物品庫なども付属し、それらは柵や堀などで囲まれることにより外界から隔てられていた[30]。そして、そこには「郡家の南の門に一つの大きなる槻あり」（『常陸国風土記』）とあるように出入の門が設けられ、聖樹が植えられたりもしている。この宴の場合は、郡家という共同体の内と外との接点、つまり「門前」という境界領域に「樹下の場」が設けられたことになる。ここでは、「林中」とあり「樹の下」とはないが、やはりそれは聖樹に近い機能を有するものであったろう。

その射水郡の郡家の所在については、いろいろと説かれているが、川口常孝は射水西半の中心である安努郷(氷見市加納)としている[31]。おそらく、安努君広島は越中国の境界的な地で大領という立場や越中を代表する旧豪族の子孫という資格でもって国守家持の最後の餞饌の宴を張ったのであろう。

そして、その宴において家持は「後に残る部下の治績を、都で具申しようと誓う挨拶歌」を詠む[32]。これは見送ってくれる人々に対し、たとえ越中を離れてもあなた方のことは忘れないと、心の結びつきを誓ったものと解される。そしてこの誓いは、境界領域における樹下の場であったことにより邪心のないものとなり、別れに際していっそう確かなものとして人々の心を打ったにちがいない。

以上、置始連長谷を歓迎する家持の「庄の門」の宴と家持を送別する「門前の林中」の宴は、ともに「門」という両義性を有する境界的な場所に設けられていた。そして、その場所にある聖樹の下に集い、これからも心が一つであることを願う歌を詠むのである。その願いは聖樹により邪悪なものが除かれてのものであり、さらに聖樹に降りてくる神々への誓いとなることで、そこに集う人々へより確かなものとして伝わるのであろう。そしてこのことは、二つの宴が古代における樹下の場と同じ基盤に立つものであることを示していると思われる。

六　家持と「樹下の宴」

さて、ここに至って「樹下の宴」が、何故に天平期に、そして家持に係わるのかという問題が残っている。

そこで、二つの宴の歌の表現に注目してみると、天平期の新しい表現を用いるという特徴が看取されるのである。たとえば「活道の岡」の第一首について「松風・松籟を愛でる趣味および松柏に長久の栄を喩える例は漢詩文に多く、当時すでに日本でも一般化していた。これもどちらかといえば漢詩的風韻を持つものである」と指摘されているように、(33)漢詩文の影響による表現がみられる。また「庄の門」の宴に関しても、第一首では「つつ――つつ――つつ」と同音を反復させ、第二首では「(やど)――やまぶき――やまず」と同音を重ねる趣向がみられる。単なる同音の反復は古くから『万葉集』にもあるが、これは斉・梁時代から初唐にかけて流行した技巧であろう。

同音反復については、漢詩をその発生源とする立場から山岸徳平や小島憲之は六朝以来の技法の影響を説き、(34)また遊戯性との関連を指摘している中西進の見解がある。(35)『万葉集』の反復表現をみると、天武八年(1・二七)、大宝元年(1・五四、五六)を除けば天平期に集中し、またそれは渡来人もしくは漢詩文や渡来文化の知識のある作者が多く用いているようである。(36)

そこで次に、二つの樹下の宴に係わる作者についてであるが、市原王と置始連長谷に関しては、『万葉集』の「仏前の唱歌一首」(8・一五九四)の左注に次のようにみえる。

右、冬十月、皇后宮の維摩講に、終日に大唐、高麗等の種々の音楽を供養し、尓して乃ちこの歌詞を唱ふ。弾琴は市原王・忍坂王……歌子は田口朝臣家守・河辺朝臣東人・置始連長谷等十数人なり。

右によると、二人は天平十一年(七三九)十月、光明皇后の維摩講で大唐・高麗などのいろいろな外来楽を供養したときの弾琴と歌子であった。おそらくは、外来文化にも触れる機会の多い二人であったろう。

また、家持との関係について『万葉集』の歌(6・一〇四〇)などをみると、どうやら天平十五年頃には安積皇子を中心に藤原朝臣八束・市原王・家持らの文学的グループができていたと思われる。そして、その後も天平勝宝三年から天平宝字二年頃にかけて、家持が八束や市原王と同席した宴(19・四二七一、四二七八、20・四四九八)が数回みえ、その親密なる関係を伺わせる。

さらに家持と長谷との関係は、「庄の門」の宴で「長谷は家持の田庄近くに住んでいたか」と言われる程度しか明らかではない。(37)しかし、「仏前唱歌」の折に長谷と共に歌子であった河辺朝臣東人は、『万葉集』(6・九七八左注)によると天平五年頃八束の使者として病気の憶良を見舞っている。間接的ではあるが、長谷は東人を通じて八束とも係わっていることから、おそらく家持・市原王・長谷というような文学的グループも存在していたのであろう。そして、そのことが「樹下の宴」が天平期の家持に係わることの理由のひとつではなかろうか。

しかしまた、家持は越中に赴任していた天平勝宝二年（七五〇）三月に、桃の樹下に立つ美女の歌（19・四一三九）を詠んでいることも忘れてはならない。この題詞（春苑・桃李）や歌の表現（紅にほふ）などは、異国風を感じさせるものである。

これと同じような「樹下美人図」と呼ばれる構図は、中国・インド・西域などにもあり、[38] 日本にも正倉院御物の中に天平勝宝四年（七五二）六月の日付のある六扇の「鳥毛立女屏風」が残っている。ここには、樹（松とする説あり）が生命の木として、美女は生命の源として、岩石は長生の仙郷として象徴的に描かれていると言われている。[39] また、正倉院宝物には樹下人物・樹下動物図というものもいくつかあり、その中には樹下で賢人が弾琴、阮咸を奏している図や四人の婦女が遊楽している図などもある。おそらく当時の知識人たちは、このような不老長生の思想に基づく渡来文化にもふれていたのであろう。

今、「樹下の宴」と「樹下美人」の構図との係わりなど細かな検討をしないままに述べるが、次のような年代的なことからすると、「樹下の宴」が天平末から天平勝宝期に登場したひとつの要因に「樹下美人図」という構図の文化的な影響も無視できないように思われる。

(1) 天平十六年正月、「活道の岡」の宴
(2) 天平勝宝二年三月、「樹下美人」の歌
(3) 天平勝宝三年八月、「門前の林中」の宴
(4) 天平勝宝四年六月、「鳥毛立女屏風」

(5)　天平勝宝六年三月、「庄の門」の宴

以上、「活道の岡」の宴と「庄の門」の宴が、古代における樹下の場を基盤とし、また、漢詩文等の影響を受けた表現を用いるという文学的世界を形成しており、さらにそこには当時の最先端の文化的な影響や漢籍の素養を身につけた知識人である家持・市原王・長谷・八束などの文学的グループが関与しているのではないかということについて述べてみた。

注

（1）『萬葉集評釈　第五巻』
（2）赤坂憲雄「古代の交通――チマタをめぐる幾つかの考察――」（『境界の発生』砂子屋書房、平成元年）、呉哲男「ちかひ」（『古代語誌――古代語を読むⅡ――』桜楓社、平成元年）など。
（3）福山敏男「飛鳥寺の成立」（『日本建築史研究』）は、『延暦僧録』所引中臣鎌足伝によると三位の神位を授けられたとする。
（4）近藤信義「〈宴〉の主題と歌」（『家持を考える』笠間書院、平成七年）
（5）和田萃「飛鳥のチマタ」（『橿原考古学研究所論集　第十集』吉川弘文館、昭和六十三年）
（6）「小墾田・飛鳥・橘――槻と橘――」（『人文地理学の視圏』大明堂、昭和六十一年）
（7）（5）に同じ
（8）「市と歌垣」（『文学』昭和五十五年四月号、のち『古代の声』朝日新聞社、平成七年所収）
（9）『無縁・公界・楽』（平凡社、昭和五十三年）
（10）（8）に同じ

(11)『異人論序説』(砂子屋書房、昭和六十年)
(12)「売買・質入れと所有観念」(『日本の社会史 第四巻』岩波書店、昭和六十一年)
(13)吉田東伍(『大日本地名辞書』冨山房)
(14)『アララギ』(三四巻三号)
(15)奥野健治「山代志考」(『万葉地理研究論集 (3)』秀英書房、昭和六十年)
(16)(15)に同じ
(17)横田健一「安積皇子の死とその前後」(『自鳳天平の世界』創元社、昭和四十八年)、北山茂夫「天平貴族の青春と恋」(『大伴家持』平凡社、昭和四十六年)、川崎庸之「大伴家持」(『記紀万葉の世界』御茶の水書房、昭和二十七年)など。
(18)神堀忍「安積皇子挽歌」(『万葉集を学ぶ 第三集』有斐閣、昭和五十三年)
(19)山本健吉「寿は知らず——安積皇子への挽歌——」(『大伴家持』平凡社、平成二十一年)
(20)橋本達雄「活道の岡宴歌」(『万葉集を学ぶ 第四集』有斐閣、昭和五十三年)
(21)(20)に同じ
(22)村瀬憲夫「歌集の編纂」(『家持を考える』笠間書院、平成七年)
(23)(19)に同じ
(24)たとえば、6・九八八、20・四四四六、四四四八、四四九八、四五〇一など。
(25)『萬葉集注釋 巻第六』『萬葉集 二』(新潮日本古典集成)
(26)『萬葉集 二』(新潮日本古典集成)
(27)『萬葉集評釋 第五巻』

(28)『萬葉集全注　巻第四』

(29)『萬葉集　(4)』(日本古典文学全集)

(30)川上富吉「万葉時代の都城・国衙・郡家」(『万葉地理の世界』笠間書院、昭和五十三年)

(31)川口常孝「北への道」(『大伴家持』桜楓社、昭和五十一年)

(32)『萬葉集　五』(新潮日本古典集成)

(33)(20)に同じ

(34)山岸「萬葉集と上代文学」(『萬葉集大成7』平凡社、昭和二十五年)、小島「萬葉集と中国文学との交流」(『上代日本文学と中国文学　中』塙書房、昭和三十九年)

(35)「戯歌」(『万葉集の比較文学的研究　中』桜楓社、昭和四十七年)

(36)本書Ⅳの「葛井連広成家集宴歌」

(37)中西進『万葉集　全訳注原文付』(講談社文庫)

(38)森豊『樹下美人図考』(六興出版、昭和四十九年)

(39)中西進「樹下美人」(『しにか』大修館書店、平成三年二月)

海人の呼び声

一　はじめに

人間の聴覚器官に加えられた感覚を表す日本語に、「こゑ」「おと」「ね」などがある。奈良時代のこの三語について、『時代別国語大辞典上代編』は、次のように定義している。[1]

こゑ……人間や鳥・けものの口から発する声や、虫の鳴き声。[考] 人間や動物以外のものの発する物音をコヱといった例は少ない。

おと……①音響。②人や動物の声。もの音。③噂。評判。④音沙汰。

ね……音。泣き声 [考] ナク (泣・鳴) と語根を共通する。

用例も人の泣く声 (ネヲ泣ク・ネノミ泣ク等のネナクという慣用句として) 鳥や鹿の鳴き声、琴、鈴の音を並べてみると、物音のオトとのちがいは明らかであろう。

また、古代におけるこれらの三語について、三氏の論考があり、その結論のみを簡単に紹介してみたい。まず安達隆一は、『源氏物語』『枕草子』『古今集』『新古今集』を対象資料として、次のように定義づけている。[2]

コヱ……人・動物ナドノ発声器官ニヨッテ発セラレ、現実ニ耳ニスル音的現象ヲイウ。鐘・楽器・自然現象ナドニ援用サレ、音色ヲトワヌモノヲイウ。マタ、個々ノ発声主体ノ特徴ヲ含メ、個別的ニトラエラレルコトニヨッテ、音的現象ノ単位トナル。

オト……人・動物ノ発声器官、主トシテ叩ク・打ツナドノ行為、マタハ自然現象ニヨッテ発セラレ、ヤヤ大キナ、耳に（ママ）立ツ音的現象ヲイウ。特ニ楽器デハ、打楽器ノ発スルモノヲイウ。

ネ……人・虫・鳥ナドノ動物ノ発声器官、主トシテ摩擦スルコトニヨッテ発セラレ、優雅・上品ナドノ美的観念ヲ含ム音的現象デ、必ズシモ現実に（ママ）発セラレルモノトハ限ラズ、観念トシテノ音的現象ヲイウ。特ニ楽器デハ、吹奏楽器ノ発スルモノヲイウ。

次いで望月郁子は、奈良時代の「ネ・コヱ・オト」の意味用法について、『万葉集』『古今集』『源氏物語』『平家物語』を資料として検討し、次のように定めている。(3)

コヱ……コヱは、人間についてはコヱヨブと使う。出そうとして出すという特色がある。相当の大きさで、はっきり聞こえるものをいう傾向が強い。万葉集では、コヱは、人間よりも鳥についていうのが支配的で、また蟬についていうこともある。更に、琴を擬人化して、琴自身が意図する通りの音質・音量を意味する例がある。

オト……オトは、舟をこぐ梶の音、風の音、馬の足音、水の音など、無生物にも生物にも使われる。オトは、アタル〔当〕のアタと同根で、物が物に当たって生じるもので、聴覚で把えるものをいうのが原義か。広がって、稀に、鳥ノオトと鳴き声をいうことがあるが、これは後世に受け継がれず消滅する。また、転じて、オトニキクなど、世評・噂の意にもなった。

ネ……ネは、ネ：ナクの形で表われることが多く、自然に出てしまう泣き声をいうのが原義。専ら人間について、稀に鶴（たづ）についてもいう。これは内面の真実の漏れ出たものであることから、聞く心に訴えるという色彩が濃い。広がって、無生物の鈴についてネという用法を生じ、その物本来の音質の意になる。

さらに安部清哉は、三語がどうのような音声に対して使われれているのか、どのような基準で使い分けられているのかについて、『万葉集』『古今集』『後撰集』『落窪物語』『宇津保物語』『蜻蛉日記』『枕草子』『源氏物語』『栄花物語』を資料として検討し、次のように結果をまとめている。[4]

こゑ……物や生物自体に本格的に備った独特の声。

おと……物と物とがぶつかった瞬間、あるいは、こすれあった時に出る物理的な音声。

ね………聞き手の感情に訴える持続する音で、特に美しいすぐれた音声をいう。

ここでは、これら三語の中の「こゑ」について、『万葉集』においてどのように使われているのかを明らかにし、その上で「海人の呼び声」（3・二三八）の特異性について述べてみる。

二　「こゑ」の在り方と特徴

『万葉集』における「こゑ」の表記は、「許恵」十五例、「己恵」三例、「音」三十九例、「声」十三例がある。[5] その用例を用字別と音の発生源によって分類すると、次のようになる。

〈用字〉

「許恵」……人間二例、鳥十一例、蟬一例、琴一例

「己恵」……人間一例、鳥二例

「音」………人間五例、鳥二十三例、鹿八例、昆虫二例、馬一例

「声」………人間二例、鳥八例、鹿二例、蛙一例

〈発生源〉

人間（十例）

水手四例、里長一例、網代人一例、海人一例、彦星一例、君一例、妹一例

動物（五十九例）

鳥四十四例（ほととぎす十二例、うぐいす八例、鳥十一例、雁四例、鶴五例、千鳥一例、呼子鳥一例、百舌鳥一例）、鹿十例、

馬一例、蟬二例、こおろぎ一例、かはず一例

楽器

琴一例

さてここで、右の分類を基にして発生源ごとに特徴について考えてみたい。まず、「こゑ」は、人間・動物が発するものがほとんどであり、人間（十例）よりも動物（五十九例）の方が多い。その動物では、五十九例中四十四例と鳥が圧倒的に多い。また歌内容を分析すると動物五十九例中三十二例は「鳴く」の語を伴っている。なお楽器の琴の「こゑ」であるが、大伴旅人の夢の中に、梧桐の日本琴が少女となって詠んだという歌にある。琴を擬人化したところの「声」である。

次に人間の「こゑ」に関する十首を挙げ、その特徴について考えてみたい。

①長忌寸意吉麻呂、詔に応ふる歌一首

大宮の内　まで聞こゆ　網引きすと　網子調ふる　海人の呼声《よびこゑ》　（3・二三八）

②丹比真人笠麻呂、筑紫国に下る時作る歌一首

…栗島を　背に見つつ　朝なぎに　水手の音喚《こゑよび》　夕凪に　梶の音為乍《おとしつつ》　（5・五〇九）

③…大船に　真楫繁貫き　朝なぎに　水手の音為乍《こゑしつつ》　夕凪に　楫の音為乍《おとしつつ》…　（「挽歌」・13・三三三三）

④長門の浦より船出し夜に、月の光を仰ぎ観て作れる歌三首

月よみの　光を清み　夕凪に　水手の己恵欲妣《こゑよび》　浦廻漕ぐかも　（15・三六二二）

⑤物に属きて思を発せる歌一首

…朝凪に　船出をせむと　船人も　水手も己恵欲妣《こゑよび》　鳰鳥の　なづさひ行けば…　（15・三六二七）

⑥山背にして作れる　宇治川は　淀瀬無からし　網代人　舟召音《よばふこゑ》　をちこさ聞ゆ　（7・一一三五）

⑦渡守　船渡せをと　呼音之《よぶこゑの》　至らばかも　梶の声のせね　（「七夕」10・二〇七二）

⑧貧窮問答の歌一首

…楚取る　里長が許恵《こゑ》は　寝屋戸まで　来立ち呼比奴《よばひぬ》…　（5・八九二）

⑨福の　いかなる人か　黒髪の　白くなるまで　妹の音《こゑ》を聞く　（「挽歌」7・一四一一）

⑩神名火の　浅小竹原の　うるはしみ　わが思ふ君が　声《こゑ》の著けく　（「寄物陳思歌」10・二七七四）

右によると、人間の「こゑ」の場合は、十例中七例（①②④⑤⑥⑦⑧）が「呼ぶ」という語を伴っている。また「こゑ」の六例（①②③④⑤⑥）は、船頭や船をあやつる水手たちを発声源とする。⑦は七夕歌で、渡しの番人（船頭）に「船を渡せ」と、こちら側で叫ぶ私の声が届かないのかと詠んでいる「彦星の声」である。これを含めると「こゑ」十例中七例が、船に係わる歌にある。⑧は、税を取り立てるために寝ている所まで来る「里長の声」である。⑨は、妻を失った男の嘆きを詠んだ挽歌であり、末長く「妻の声」を聞くことができるのは、どんな幸せな人だろうかと詠む。⑩は相聞歌で、美しいと思う「あなたの声」がはっきりと聞こえると詠む。

「こゑ」に伴う「呼ぶ」（四段動詞）の語は、対象に向って大声を立てる意で用いられることから、この「水手の声呼び」（②④⑤）は「大声をあげながら」と解すべきであろう。また、「呼ばふ声」（⑥）の「呼ばふ」は、「反復・継続の接尾語がついた形」であり「呼び交わす声が何度も」聞こえるということであろう。「里長の声」（⑧）にしては、「里長めの怒声は寝床まで来てわめきたてる」という意味で捉えられる。[6]

ここまで『万葉集』における人間の「こゑ」について検討してきたが、①の「海人の呼ぶ声」は、あえて触れないできた。なぜなら他と比べ特異性を有していると思われるからである。まず『万葉集』中における「海人」は、そのほとんどが「漁する」「釣り舟」「娘子」「塩焼」「灯火」などを伴って表現されていて、「呼び声」を伴うのは唯一の例である。また「海人の呼び声」は原文では「呼声」と表記されていて、これまで見てきた「声呼ぶ」（「己恵欲妣」「許恵欲妣」「音喚」）、「呼ばふ声」（「召音」）、「呼ぶ声」（「呼音」）などとは異質である。近似する「呼ぶ声」（「呼音」）にしても、五例すべてが「妻呼音」と用いられ、さらにその中の「白鶴」（6・一〇六四）、「雁」（8・一五六二）、「鹿」（8・一五六一、10・二二四八、10・二二五一）は、動物が声を発していて異なっている。さらにまた、船をあやつる水手たちの声を詠んだ②③④⑤⑥と同じく旅先での海辺の光景を詠んでいるものの、行幸時の「詔に応ふる歌」という作歌事情であることも相違しているのである。

三　「海人の呼び声」

長忌寸意吉麻呂、詔に応ふる歌一首

大宮の　内まで聞こゆ　網引きすと　網子調ふる　海人の呼声《よびこゑ》　（3・二三八）

右は、文武三年（六九九）一月二十七日から二月二十二日までの難波宮に持統上皇、文武天皇が行幸したときの歌とされている。天皇が作歌を命じたことに応えた即興の歌であろう。歌は、難波宮にほど近い海岸から「網子調ふる海人の呼び声」が宮の内まで聞こえるというのである。

この歌の「調ふる」の意味に諸説があり、それゆえに「海人の呼び声」も、何をしているときの声か、どのような声なのか明確ではない。そこでまず、「調ふる」についてであるが、その意味も左記のように微妙に違っている。

(1)呼び集める……『鴻巣全釈』
(2)整頓させる……『私注』
(3)整える……『講義』『全注釈』『古典大系』『訳註』『全解』
(4)統御する……『全注』『釈注』
(5)統制する……『新古典全集』
(6)調子を合わさせる……『評釈』
(7)督励する……『古典集成』
(8)指揮する……『訳注』
(9)指図する……『全歌講義』

また、「海人の呼び声」については、一般的に「呼び声」(『全訳注』)や「掛け声」(『訳注』、『全注』、『新古典大系』)などと解されている。しかし、唯一、先に見たような「声」と「呼ぶ」との関係で述べたように、「呼ぶ」は「高声」とする次のような指摘がある。(7)

「呼声」の「呼ぶ」は高声を発することにいふ語で、ここはそれである。上より続きで、調子を取らせる為の高声で、今の音頭を取る、或は号令を懸けるというに当たる。

では、もしも「海人の呼び声」が「高声」で「音頭」や「号令」のような声であったら、どのようなものであったのか。

実はこの歌には、句頭に韻があり、リズムを有していることが指摘されている。たとえばそれは次のようである。

(1)「下三句の句頭にア音で調子を整えている」(『古典集成』)
(2)「豊漁を掛け声勇ましく音頭をとる海人の住む難波の賑《にぎわ》いの讃美は、下三句の句頭のア音の明朗さとその反復により見事な諧調を示している」（『全注』）

(3)「『綱引すと』以下の句頭に、ア音を置いて調子を整いている点にも、興に乗った意吉麻呂の心情がうかがえる」（『釈注』）

(4)「句頭にア三音オ・ウ各一音をそえる」（『全訳注』）

(5)「オ・ウ・ア・ア・アの頭韻が快い」（『新古典大系』）

(6)「五句いずれも母音ではじまり特に、三句以下アの頭音が一首を明るくさわやかなものにしている」（『全歌講義』）

つまり、この一首には、五句いずれも母音ではじまりオ・ウ・ア・ア・アと、頭韻が詠み込まれているのである。このことを単に「調子を整えている」や「明朗さ」・「見事な諧調」、「明るくさわやかなもの」と理解していいのだろうか。むしろこの頭韻に、「声」の手掛りがあるのではなかろうか。

この歌の作者である長意吉麻呂は、いわゆる即興の歌人と呼ばれ、宴席の場において即興的に詠まれた何首かの戯笑歌が残されている。次は「長忌寸意吉麻呂の歌八首」（16・三八二四～三八五一）の中の一首である。

さし鍋《なべ》に　湯沸かせども　櫟津《いちひつ》の　桧橋《ひばし》より来《こ》む　狐《きつね》に　浴《あ》むさむ　（16・三八二四）

右の一首は伝へて云はく「一時に衆集ひて宴飲しき。時に夜漏三更《さよなか》にして、狐の声聞ゆ。すなわち衆諸興《おき》麿《まろ》を誘ひて曰はく『この饌具《せんぐ》、雑器《ざふき》、狐《こ》の声《せい》、河《か》、橋《けう》等の物に関《か》けて、ただ歌を作れ』といひき。すなわち声に応へてこの歌を作りき」といふ。

このは物名歌、つまり幾つかの事物の名を一首の中に詠み込んだ歌である。意吉麻呂は物名歌が得意の芸だったらしく、宴席で皆に勧められた物より、さらに具体的な物に置き換えて詠み込んでいる。

ここで注目すべきは、「孤声」に対して歌では「来（こ）む」と、狐の鳴き声を響かせて詠んでいることである。

意吉麻呂は、歌に物名を取り入れるだけでなく音韻に関しても才能を発揮していたのである。
とすると、先の一首の中にオ・ウ・ア・ア・アと各句の頭韻を響かせたのは、どのような意味を持っているのであろう。

網子と海人の関係について「アゴは漁労を専門とする網元であるアマに従属し網引き作業に携わる者」とされている。(8) 憶測を述べるなら、海人は労力を提供した大勢の網子たちの行動を一つに統制するため、高声で号令を懸けた。それは指導の位置に立つ者の発声であり、「オウ」「アァァ」であったのではないか。残念ながら先に『万葉集』の「声」の在り方で見たように、具体的な「掛け声」や「発声」などは残されていない。

そこで、『岩波古語辞典』により、下記のような近い語を探して見た。(9)

おお……感動詞。神楽で曲の終わった時に唱える声。

をう……感動詞。①感動し、または驚いて発する語。②応諾して発する語。

ああ……感動詞。①驚き、感動、嘆きの時に発する声。②呼びかける声。③答える声。

また『日本民俗語大辞典』によると、次のような語がある。(10)

おう……オー、オーケーは後世に「おうおうと言へど敲（たた）くや雪の門」おー（『去来発句集』）と用いられるが、元もとは承認の語で、取次ぎを乞う人に対して、内から応へる語におちつく、「わかった」「それで結構」「もうそれくらいでよろしい」意味なのだ。牛などを止める時などにもよって用いる。

あ……独立感動詞ゆえ、単音アと発せられる折は少なく、長音にああとするか、自然と母音を響かす他音を伴って、唱えられる。アー・アイ・アエ・アイス（福島県、青森県）…福島県で、アリャ、アララ、アラヤレ、アガメ、アイ、アーなどの中、アガメは「いやだ」「だめだ」の気分であり、土佐も同様、アラ、アリャ、アッキャァと強度も加わる。喜界島では、触れると危険だとか痛みを感じた時、アカ・

アカーといい、名詞化して、子供の病気・腫物の意になりア（悪）の源を想わせる。「阿阿《ああ》しやこしや、こは嘲咲《あざわら》ふぞ」（『古事記』神武）、「今はよ阿阿《ああ》、しやを、今だにも吾子よ」（『日本書紀』神武）などのような二音の表記は、『万葉集』には見えない。しかし、「撥音・促音・拗音・長音は、音韻としては存在しないが、音声としてはあったかもしれない」とされていて、長音では「阿阿」など。感動詞にその存在が考えられると言われている。[11]このことからして、一首の句頭にある「オ・ウ・ア・ア・ア」は、「オゥー」と「アー」という長音の音声ではないかと考えられる。「オゥー」は、「応諾して発する声」で、網子たちに「わかった」「もうそれくらいでよろしい」という意を含み持つ、作業や動作の完了、終了を呼び掛ける声ではなかろうか。一方の「アー」は「だめだ」という意を含み持つ、網子たちの作業や動作の中止を呼び掛ける声と考えられる。

「網引きすと　網子調ふる　海人の呼び声」と詠まれている「声」とは、網引き漁をするというので、網子たちを整え指揮する海人の高声での呼び掛け声であったろう。天皇の難波行幸での詔で「作歌」を命じられた長忌寸意吉麻呂は、宴席の場で即興的に歌を詠む技量を有していることから、難波の海辺のにぎわいを即座に具体的なものに置き換え、声高く聞えている「よろしい」「だめだ」という網子たちに対する海人の声を、歌の頭句に「オ・ウ・ア・ア・ア」と詠み込むという発想をしたと考えられるのである。

万葉時代の遣唐使船に乗った人々の中に、「音声生《おんじょうしょう》」「音声長《おんじょうおさ》」と呼ばれる人がいる。そしてこの「音声生は漕ぎ手である水手が多数で漕ぐとき、音頭・かけ声をとる者のことであろうか。音声長はその監督ということになる」とされている。[12]残念ながら、その「かけ声」を知ることはできないが、海で働く者達に共通して「大きく響き渡る声」であったに違いない。

以上、『万葉集』における「こゑ」の在り方と特徴、そして、巻三の二三八番歌における「海人の呼び声」の特異性、「声の歌」の発想などについて述べてみた。

注

（1）『時代別国語大辞典　上代編』（三省堂、平成三年　第八刷）
（2）安藤隆一「音的現象を表わす語彙の意味構造――『オト』『ネ』『コエ』『ヒビキ』『シラベ』について――」（『日本語学試論』第一号、昭和四十九年七月）
（3）望月郁子「ネ・コエ・オト小考」（『静岡大学教養部研究報告』15、人文科学篇　昭和五十五年三月」
（4）安部清哉「こえ（声）おと（音）ね（音）（『講座日本語の語彙　第10巻　語誌Ⅱ』明治書院、昭和五十八年四月）
（5）『万葉集索引』（塙書房　平成十五年二月）による数である。なお「雪声」と「風声」の各一例については、「オト」、「コエ」と訓に諸説があるので、今回は除いた。また説明の都合上、「呼声（ヨビゴエ）」（3・二三八）を「声」の「人間」に一例加えた。
（6）『万葉集二』（新古典文学大系）
（7）窪田空穂『万葉集評釈　第二巻』（東京堂出版、昭和六十年三月）
（8）『万葉集①』（新日本古典文学全集）
（9）大野晋他編『岩波古語辞典』（岩波書店、昭和五十三年）
（10）石上堅『日本民俗語大辞典』（桜楓社、昭和四十八年）
（11）「上代語概説第二章　文字および音韻」（『時代別国語大辞典　上代編』三省堂、平成三年　第八刷）
（12）高木博『萬葉の遣唐使船』（教育出版センター、昭和五十九年）

「類」の思考

一　はじめに

『万葉集』の歌には、題詞や左注がついている。題詞の三要件は、作者の氏名、作歌の時期、作歌の事情である。左注は、この題詞の欠を補うものとされてきた。たとえば題詞により歌の場の細部が描かれなかった場合に、左注によって歌の場が一層詳細に描かれるようになり、場の再現に役立つことがある。

この意味で、左注は歌を詠むということに根拠を与えるとともに、詠むことを規制することにもなる。また歌と左注の関係は、歌に対する注釈とも言えよう。

もし、このような左注を『万葉集』巻六の編纂との係わりで捉えたらどうなるであろう。おそらく、左注を正しく読むことによって、歌の理解や編纂の仕組などを解明する手掛りとなるのではなかろうか。

そこで、「～をもって載す」と記される左注の、「類をもって載す」「便をもって載す」「検へ注して載す」などを注釈行為と見なし、巻六の編纂の問題を考える手掛りとしてみたい。編纂の跡は、この左注に顕著に現れていると考えられるのである。

二　巻六冒頭部の在り方

巻六は、「雑歌」集である。年代的には、養老七（七二三）から天平十八年（七四四）年頃までの歌が収められている。歌数は一六〇首。大別すると、年代を明記する一〇四三番歌までの一三六首と、それを記さない一〇四四番歌以下の三十四首とに分けることができる。配列は、題詞を具有し、特に年月を立てて歌を収載しているという特色がある。歌内容的には、行幸供奉の作が大半を占め、それ以外の歌も宮中と深く関わり、「宮廷和歌の伝統を保持するもの」と言われているように、[1]奈良朝の宮廷歌を集録した巻である。

このような巻六の成立や編纂の解明は、横山英が全体を四つに区分し、詳細なる構造の分析と成立を論じたことによって始まったと言えよう。[2]その後の多くの論は、編纂の過程や成立の過程、原資料の有り方を辿ることを眼目とするが、編纂の意図にも言及している。全体の構造に関しては、形成を論じた中西進、[3]日本古典文学全集本『万葉集』[4]橋本達雄、[5]塩谷香織、[6]市瀬雅之、[7]廣岡義隆[8]などにより、三区分とする説から五区分とする説まで提出されている。

また、現巻三・四・六・八の四巻が、ある資料群をもとに、それを分載することによって成立したことは、小野寛、[9]橋本達雄、[10]原田貞義[11]などの論により明らかである。巻六の「雑歌」は、巻三「雑歌」の「今」の部（三〇六～八九）と作者・時代・歌の質などで相通ずる面がいちじるしいと説く。その原因としては、作品における年次明記の有無が考えられ、年次を明記する奈良朝雑歌は巻六へ、年次を明記しない奈良朝雑歌は巻三へというのが基本的な方針であったと考えられている。

巻六の編纂意図については、奈良朝宮廷和歌集という意味での「今の集」（現代宮廷雑歌集）とする説、[12]題詞や巻末の田辺福麿歌集の有り方などから「聖武朝歌巻」とする説[13]などが提出されている。

さて、巻六の構成において、冒頭部（第一部）は、九〇七〜九五四番歌までであることは、先述の各氏によってほぼ共通して認められるところである。そのうち九四八・九四九の二首は、題詞や左注の形式の違いから追補かと疑われている。歌内容的には、この二首を除くとすべて行幸供奉の折の歌、宮廷歌である。

題詞においては、冒頭より九四七番歌までは、笠金村の題詞の記述様式を基として書かれているという特色がある。それはきわめて精細で、かつ整然としており、作者名以下を別行に記述する二行書きの題詞形式によっている。またその後も、九四八番歌より記述形式を変えつつも、時代順に歌を並べようとする意図を継承しようと努力していることも指摘されている。[14]

左注に関しては、「〜に載す」という形式の左注は、巻六においてこの冒頭部にのみに集中していることを特色としている。

編纂意図に関しては、冒頭部は、「長屋王追悼」を目的とする「成書」であったとする説もある。[15]

以上のように、諸氏によって指摘されている巻六全休に関する言及や冒頭部に関する発言は、編纂段階についてのものなのか、原資料性についてのものなのか、明確化できないこともある。しかし、このような様相を呈している冒頭部は、ある意味で巻六「雑歌」の在り方を方向づけていると言える。

三　左注の「類」

そこで巻六冒頭部を略記し、構成を示すと次のようになる。

(1)養老七年夏五月吉野の離宮に幸しし時

笠朝臣金村作歌（九〇七～九〇九）
或本の反歌曰（九一〇～九一二）
車持朝臣千年作歌（九一三・九一四）
或本の反歌曰（九一五・九一六）
右は、年月審らかならず。ただ、歌の類を以ちてこの次に載す。或る本に曰はく「養老七年五月、吉野の離宮に幸しし時に作る」といへり。
(2)神亀元年冬十月五日紀伊国に幸しし時
山部宿祢赤人作歌（九一七～九一九）
右は、年月を記さず。ただ玉津島に従駕すといへり。因りて今行幸の年月を検へ注して以ちて載す。
(3)神亀二年夏五月吉野の離宮に幸しし時
笠朝臣金村作歌（九二〇～九二二）
山部宿祢赤人作歌二首（九二三～九二七）
右は、先後を審らかにせず。ただ便をもちての故にこの次に載す。
(4)冬十月難波の宮に幸しし時
笠朝臣金村作歌（九二八～九三〇）
車持朝臣千年作歌（九三一・九三二）
山部宿祢赤人作歌（九三三・九三四）
(5)三年秋九月十五日播磨国印南野に幸しし時
笠朝臣金村作歌（九三五～九三七）

山部宿祢赤人作歌（九三八〜九四一）
辛荷の島を過ぎし時に山部宿祢赤人作歌（九四二〜九四五）
敏馬の浦を過ぎし時に山部宿祢赤人作歌（九四六・九四七）
右は、作歌の年月いまだ詳らかならず。ただ、類をもちての故に、この次に載す。
(6)五年難波の宮に幸しし時作歌四首（九五〇〜九五三）
右は、笠朝臣金村の歌の中に出づ。或は曰はく「車持朝臣千年の作」といへり。
膳王歌一首（九五四）
右は、作歌の年審らかならず。ただ、歌の類をもちて便ちこの次に載す。

後の追加と思われる神亀四年の二首を除いた構成によると、巻六冒頭部の編纂者にとって、第一義の「雑歌」は「行幸歌」であり、その代表的な歌は「金村作歌」である。そしてそれに次ぐものは「千年作歌」「赤人作歌」「膳王作歌」であると読むことができる。この三人の歌は、すべて先立つ金村歌（作歌年月明記）によって、神亀元年、二年、三年、五年の作と考えられるが、確定したものではない。冒頭部の左注は、題詞の記述とあわせて作歌年時にきわめて深い考慮を払っていると思われているが、はたしてそうであるのか疑問である。なぜなら、冒頭部にみえる七例の左注の五例には、次のような特徴が見られるからである。（一例は後の増補部。一例は作者について。）

(ア)、作歌年月が審らかでない場合は、「歌の類」をもって載す。(1)(5)(6)
(イ)、前後が審らかでない場合は、「便」をもって載す。(3)
(ウ)、作歌年月が記してない場合は、「検へ注して」載す。(2)

また、(1)の左注のように、或る本により作歌年月が判明し題詞にも記したのに、あえて「年月審らかならず」と注記している例もある。このことから、むしろ左注の中心は、「歌の類」をもって、「便」をもって、「検へ注して」というように、歌を載せる「根拠」の「注釈」にあったと考えられる。冒頭部全体の半数以上を占める千年、赤人、膳王の歌は、「類」によって載せられていることも、そのことを裏付けることになろう。この三人の歌は、金村の手許にあったものとすれば、行幸の作歌年月を詳らかにしていたはずである。しかしそれが不明となっていることは、おそらく金村の歌とは元来別途に伝えられたものであろう。

そこで次に、『万葉集』中における他の「類」を用いた左注を原文でみてみよう。

(7)右件謌等、雖レ不レ挽レ柩之時所レ作、准二擬歌意一。故以載二于挽哥類一焉。（1・一四四、一四五）

(8)右一首、高橋連蟲麿之歌中出焉。以レ類載レ此。（3・三二一）

(9)去神亀二年作之。但、以レ類故、更載二於茲一。（5・九〇三の歌に続いて記されている注記）

(10)右一首者、不レ有二譬喩謌類一也。但、闇夜歌人、所心之故並作二此謌一。因、以二此歌一載二於此次一。（7・一三七五）

(11)右一首、或本云、小辨作也。或記二姓氏一無レ記二名字一、或偁二名号一不レ偁二姓氏一。然依二古記一便以レ次載。凡如レ
此類、下皆放レ焉。（9・一七一九）

(12)右一首、不レ類二秋謌一、而以レ和載レ之也。（10・二三〇八）

右の(7)は、柩を挽いて葬る時に作ったのではないが、「歌の意」をこれに準じて考えることができるゆえ、「挽歌の類」に載せたとある。(10)は「譬喩歌の類」ではないが、前歌（一三七四）の作者が、その「所心」のためにいっしょにこの歌を作ったので「譬喩歌」の部に載せたという。(12)は「秋の歌の類」ではないが、「和なる」（二三〇七番歌と唱和）ゆえに「秋相聞」の部に載せたのである。

(8)の「類」の場合は、その意味するものの手掛りは左注にはない。しかしそれは、三二一番歌の前に位置する「山部宿祢赤人の不尽山を望める歌一首并せて短歌」の三一七番歌や「不尽山を詠める歌一首并せて短歌」の三一九番

歌に詠まれている「不尽の高嶺」と「雲」の次のような描写にあると考えられる。
①「神さびて　高く貴き　駿河なる　布士の高嶺を」　「白雲も　い行きはばかり」（3・三一七）
②「国のみ中ゆ　出で立てる　不尽の高嶺は」　「天雲もい行きはばかり」（3・三一九）
③「不尽の嶺を高み恐み」　「天雲もい行きはばかり」（3・三二一）
おそらく、このような歌内容と表現の類似と相違を「類」としたのであろう。⑼の例は、七首中の六首が天平五年六月の作であり、そこに既作の神亀二年の一首（九〇三）を「類」によって載せたとある。これは、次の題詞と二首が「老身」の主題のもとに同類であることが考えられる。

老いたる身に病を重ね、年を経て辛苦み及、児等を思へる歌七首（八九七〜九〇三）

水沫なす　微しき命も　栲縄の　手尋にもがと　願ひ暮しつ（5・九〇二）
倭文手纏　数にも在らぬ　身には在れど　千年にもがと　思ほゆるかも（5・九〇三）

また九〇二番歌は、過去に願望したことを詠み、九〇三番歌は現在の願望を詠んでいて、歌内容的に相違をみせている。ここでも、類似と相違のある関係を「類」と表現したと思われる。残る⑾の例は、「凡てかくの如き類」とあり、「種類」という意味に用いている。
以上のように、⑺⑽⑿の「類」は、「歌の意」（歌内容）、「所心」（心情）、「和なる」（唱和）の関係において「類」であった。また他の例からも、「類」とは同じ種類の範囲にあるもの、つまり相違もあるが近似する関係にあることを示していると考えられる。

四　「類」の思考

では次に、巻六における「類」の思考について具体的に見てみることにする。

(1)養老七年癸亥の夏五月、吉野の離宮に幸しし時に、笠朝臣金村の作れる歌一首并せて短歌

滝の上の　御舟の山に　瑞枝さし　繁に生ひたる　栂の樹の　いやつぎつぎに　万代に　かくし知らさむ

み吉野の　蜻蛉の宮は　神柄か　貴くあらむ　国柄か　見が欲しからむ　山川を　清み清けみ　うべし神代

ゆ　定めけらしも　(6・九〇七)

反歌二首

毎年に　かくも見てしか　み吉野の　清き河内の　激つ白波　(6・九〇八)

山高み　白木綿花に　落ち激つ　滝の河内は　見れど飽かぬかも　(6・九〇九)

或る本の反歌に曰はく

神柄か　見が欲しからむ　吉野の　滝の河内は　見れど飽かぬかも　(6・九一〇)

み吉野の　秋津の川の　万代に　絶ゆることなく　また還り見む　(6・九一一)

泊瀬女の　造る木綿花　み吉野の　滝の水沫に　咲きにけらずや　(6・九一二)

車持朝臣千年の作れる歌一首并せて短歌

味ごもり　あやに羨しく　鳴る神の　音のみ聞きし　み吉野の　真木立つ山ゆ　見降せば　川の瀬ごとに

明け来れば　朝霧立ち　夕されば　かはづ鳴くなへ　紐解かぬ　旅にしあれば　吾のみして　清き川原を

見らくし惜しも　(6・九一三)

反歌一首

滝の上の　三船の山は　畏けど　思ひ忘るる　時も日も無し　（6・九一四）

或る本の反歌に曰はく

千鳥鳴く　み吉野川の　川音なす　止む時無しに　思ほゆる君　（6・九一五）

茜さす　日並べなくに　わが恋は　吉野の川の　霧に立ちつつ　（6・九一六）

右は、年月審らかならず。ただ、歌の類を以ちてこの次に載す。或る本に曰はく、「養老七年五月、吉野の離宮に幸しし時に作る」といへり。

左注の「右」について、『全注』は、巻六の十個の「右」のうち九四七番歌の左注以外はすべて題詞の支配する一群のものとなっていると説く。諸注釈により九一五、九一六番歌の或本反歌二首とする説（『古典全集』）、九一三〜九一六番歌とする説（『古典集成』）、九一三〜九一六番歌をさすが、ここは特に九一三〜九一四番歌を意識しているとする説（釋注）などがあり、その範囲が分かれている。しかし、いずれにせよ千年の歌を指すことには違いない。

「類」については、「歌が類似しているところからこの順序に載せておく」（『古典全集』）、「同じく吉野での歌であることをいう」（『釈注』）などと解され、あまり注目されていなかった。そこで、金村作歌と千年作歌について「歌の類」と思われる関係について見てみる。まず、一見して明らかなように、これら十首にはすべて「三船山」か「吉野」という地名が詠まれている。また金村作歌（九〇七）と千年作歌（九一四）との間には、「滝の上の三船山」を詠むという類似がある。編纂者は、このような関係を見ていたと考えられる。しかし、もっと歌内容の深い所の関連を見い出していたかとも思われる。

それは金村作歌と千年作歌を同一歌群として扱うことに関しての論にすでに指摘されている。清水克彦は「金村作は、吉野の景の讃美を主限とし、千年の作はそれを含みつつも都に留まった人への相聞――もう少し一般化して言えば、望郷に主限を置いていた」と述べて、金村と千年は讃美と望郷という主題を「分担作歌」したと説く[16]。つまり、同一の行幸で役割分担があったというのである。また『全注』では、「金村の作が表の世界での予祝の歌として、千年が裏の宮人たちの世界での恋の歌として、その意味で両者の作は一組の作歌であったかもしれない」と述べる。

しかし左注について、『評釈』が「或本には前の歌と同じく養老七年行幸の際のものだと云ってゐるのに、撰者はそれに疑を残して作の年月は審かでないと云ってゐる」と指摘するように、あえて記したことを考えると同時の作とは思えない。

近時、両歌群が別の場で作歌されたのではないかとする、上野誠の次のような論が提出された[17]。もしこれを同一の場で、連続して披露されたとすれば、きわめて挑発的な意味合いを持つことになるであろう。つまり金村が王権の聖地として讃えているのに、あえて同じ歌句を用いてそれを〈反転〉して相聞的私情を述べることになるからである。とすれば金村歌の披露された場とは――同じ時の行幸ということでは連続してはいるものの――別の場と考えるのも一案であろう。

そして、「私的な二次会のような場」を想定し、「分担作歌」を一次会、二次会の場での分担であった可能性を説いている。

千年歌が金村の手許にあったとすれば、行幸での作歌年月を詳かにしたはずである。おそらく千年歌は、金村歌とは元来別途に伝えられたものであろう。「歌の類」をもって載せたのは、歌内容的に金村歌と千年歌の二つの歌群をもって吉野讃歌一組を形成することを意図したことであると考える。また、それが「土地讃め」と「望郷」という万葉羈旅歌の主題であることから巻六「雑歌」の冒頭を飾るにふさわしいと考えたに違いない。同じ行幸時における別の場の歌は、同質と区別という「類」の意識により、養老七年の吉野行幸歌二群は載せられたのであろう。

さて、(5)の「類」について、その在り方を略記すると次のようになる。

(5)三年秋九月十五日播磨国印南野に幸しし時

①金村作歌（九三五～九三七）

②赤人作歌（九三八～九四一）

③辛荷の島を過ぎし時、赤人作歌（九四二・九四五）

④敏馬の浦を過ぎし時、赤人作歌（九四六・九四七）

右は、作歌の年月いまだ詳らかならず。ただ、類をもちての故に、この次に載す。

左注の「右」については、九四二番歌以下を指すとする説、九三八番歌以下を指すとする説、または九四六番歌以下を指すとする説がある。①と②の歌は、内容的にも同じ行幸時の作である。③④の歌は、題詞の記し方の違いや③に詠まれた「辛荷島」を「印南よりも西方であるから、別の作であろう」（『私注』）と考えられ区別されている。よって「右」は、③④の九四二以下九四七番歌までの赤人歌を指すのであろう。

「類」については、「旅の歌として類似」（『釋注』）、「九三五以下いずれも摂津、播磨での作である」（『古典集成』）などと解している。そこで①～④の歌について、「類」と思われる関係を見てみる。まず赤人の②の長歌（九三八）と第一反歌（九三九）は、金村の①の現地讃歌に対応する。第二、第三反歌は「家し思はゆ」（九四〇）、「家近づけば」（九四一）のように、妻の待つ家を詠み望郷の念を詠んでいる。③の赤人歌は、一般的見解のように、伊予に下向するときの作である。しかしこの歌は、「思ひぞ吾が来る旅の日長み」（九四二）、「家思はざらむ」（九四三）、「羨しかも倭へ上る真熊野の船」（九四四）と、望郷を主題としていることで②の歌と近似する。④の歌は、印南野行幸時の折の献上歌であったと理解されている。ただこの一群は女の立場での詠であり、その恋心を一般的には敏馬を旅行く女官の旅愁としている。だが『釋注』では、「この船は、『敏馬』の景を利用して、ある待つ女の恋心をうたった語り歌であることが明らかである」と述べ、その土地の持ち上げにもつながり、敏馬通過儀礼をさりげなしに果たしているのと説く。

④の歌で、男に逢い得ぬ女の恋心をうたう発想は、赤人の②や③で故郷に残した女性を見得ぬ男の立場でうたった望郷の念と結びつくものである。また④の歌で「敏馬の浦」の景を通して女の恋心を述べることは、金村の①歌で「海人娘子ども」を見に行く舟や櫓が欲しいと、娘子見たさの強い願望を行幸先の点景として打ち出し、天皇の見納めるその土地への讃美を詠んでいることと対応関係にある。それは次の歌の表現に明らかである。

①……海少女　ありとは聞けど　見に行かむ　緑の無ければ　大夫の　情は無しに　手弱女の　思ひたわみて　徘徊り　われはそ恋ふる　船梶を無み　（6・九三五）

④……敏馬の浦の　沖近には　深海松の　見まく欲しけど　名告藻の　己が名惜しみ　間使も　遣らずてわれは　生けりともなし　（6・九四六）

須磨の海人の塩焼衣の馴れなばか一日も君を忘れて思はむ　（6・九四七）

左注の「類」の意識には、類似する旅というだけでなく、通常の発想を「ひとひねり」した望郷の情という同質の関係も含まれていたように思われる。

さて次に、(6)の「類」である。この一群は、今までの配列構成とは少し違っている。

(6)五年戊辰、難波の宮に幸しし時に作られる歌四首

①大君の　境ひたまふと　山守すゑ　守るとふ山に　入らずは止まじ　（6・九五〇）

②見渡せば　近きものから　石隠り　かがよふ珠を　取らずは止まじ　（6・九五一）

③韓衣服　楢の里の　島松に　玉をし付けむ　好き人もがも　（6・九五二）

④さ男鹿の　鳴くなる山を　越え行かむ　日だにや君に　はた逢はざらむ　（6・九五三）

右は、笠朝臣金村の歌の中に出づ。或は曰はく「車持朝臣千年の作」といへり。

膳王の歌一首

⑤朝には　海辺に漁し　夕されば　倭へ越ゆる　雁し羨しも　（6・九五四）

右は、作歌の年審らかならず。ただ、歌の類をもちて便ちこの次に載す。

①と②の歌は、男の立場での譬喩歌、③と④の歌は女の立場で詠んだものである。また①と④の歌、②と③の歌とが波紋型の対応関係にある。このような四首について『釋注』は、「金村が男の立場ではじめの二首を、千年が女の立場であとの二首を詠んだのであろうか」と述べ、「四首は、女官も加わる難波の宮の宴席で披露された座興の作で、拍手喝采を得たものと思う」と説く。

このような作歌事情だとすると、⑤を「歌の類」をもって次に載せたという左注の意味をどのように考えてよいのだろう。単に「難波行幸従駕の作としての類似」とだけだろうか。今考えられるのは、④「さ男鹿の鳴くなる山を越え行かむ」に対する⑤「夕されば倭へ越ゆる」、④「日だにや君にはた逢はざらむ」に対する⑤「雁し羨しも」という表現上の対応関係である。④の歌で「雄鹿が妻を求めて鳴くのが聞える山」と詠むことと、⑤の歌で、雁に寄せて望郷の念を述べたこととも対応する。左注の「類」は、四首における恋の世界を読み収り、④の歌で「人恋しくなるはずのそのような日にさえ逢おうともしないあなたが」（『釋注』）と詠んでいることと⑤の歌との同質の情を感じたことによると思われる。

五　「便」「検」の思考

さてここに至って、(3)の「便」について考えてみたい。その在り方を略記すると次のようにある。

(3)神亀二年夏五月吉野の離宮に幸しし時
①笠朝臣金村作歌（九二〇〜九二二）
②山部宿祢赤人作歌二首
(ア)（九二三〜九二五）
(イ)（九二六・九二七）

右は、先後を審らかにせず、ただ便をもちての故にこの次に載す。

右の左注で「先後を審らかにせず」と記したのは、赤人の長歌（九二六）の結句に「春の茂野に」とあり、題詞の「夏五月」と矛盾するからである。清水克彦は、赤人の(ア)(イ)の歌を五首ひとまとまりの歌群として扱い、神亀元年三月の吉野行幸時の作とする。[18]

「右」の範囲については、「金村の三首と赤人の五首の前後」とする説（『古典集成』、『全注釈』、『釋注』など）、赤人の三首(ア)と二首(イ)との前後とする説（『全注』）に大別されている。

いずれにせよ、「便をもって」、この順序で載せたのである。このような用例は、「然依二古記一便以二次載一」（9・一七一九）という類似する例をみるが「以レ便」と用いるのは『万葉集』中、この一例のみである。諸注釈では「便宜の意」としている。これは「正しくは」という意に対して「あることをするのに都合がよい」という意味に用いる語である。では、都合がよいので載せるとは、どのようなことであろうか。

実は金村歌群と赤人歌群には、類似が認められることが指摘されている。『釋注』は、「金村はおもに空間に、赤人はおもに時間に関心を注ぐという点で、二つの歌群は対比し、その対比は一方で両歌群の連れ立ちを感じさせる」と述べている。そしてその関係は、次のように金村歌と赤人(ア)歌の表現にも現われていると述べ、赤人が金村の歌を意識した結果と説く。その表現は、例えば、「川の瀬の清き」（九二〇）と「清き河内」（九二三）「清き川原」（九二五)、「上辺には千鳥数鳴き」(九二〇)と「清き川原に千鳥しば鳴く」(九二五)、「玉葛絶ゆること無く」(九二〇)と「この川の絶ゆること無く」(九二三)、「ももしきの大宮人も」(九二〇)と「ももしきの大宮人は」(九二三)、「万代にかくしもがもと」(九二〇)「万代に見とも飽かめや」(九二一)「常ならぬかも」(九二二)と「常に通はむ」(九二三)などである。

ところが、このような相通ずる表現は、金村歌と赤人(イ)歌との間にはみられない。しかし、赤人(イ)歌には「野」と「山」との空間の対比、「朝狩」と「夕狩」との時問の対比という構造がある、前者は金村歌の「山」と「川」に、また「上辺」と「下辺」などの空間の対比に類似し、後者は赤人(ア)歌の「春」と「秋」、「朝」と「夜」という時間的な対比と近似するという関係にある。

神亀二年「夏五月」の金村三首と赤人(ア)歌三首の歌群に対して、赤人(イ)歌二首がこのような関係にあることを読み取った編纂者は、戸惑いを感じたと推測される。それは赤人(イ)歌二首の長歌に「春の茂野に」とあり、春の歌と理解できからである。時間的関係か、類似関係の順か、ということで、「先後を審らかにせず」と注記し、同じ赤人(ア)歌三首の次に「便」(便宜)によって載せたということであろうか。左注は、そのように語っていると解される。

さて最後に「検」についてであるが、枚数が尽きてしまった。「行幸の年月を検へ注して以ちて載す」(九一九)の他に、巻六には「補任の文を検ふるに」(九七二)、「案内を検るに」(一〇〇九)などもみえる。巻六は、「或本」だけでなく官職や記録などに関するいろいろな「文書」を調査して編纂していることを「左注」は語っている。

以上、左注を手掛りに巻六冒頭部の編纂に「類」の思考が大きく関わっていることをみた。この意識が大宰府関係歌群、月の歌群、坂上郎女歌群、田辺福麿歌群など、まとまりをもって編纂されていることと、どう係わるのかなど多くの問題が残ってしまった。

注

（1）『万葉集　二』（日本古典文学大系）

（2）横山英「巻六論」（『萬葉集講座　第六巻』昭和八年）のち『萬葉集私考』（さるびあ出版、昭和四十一年）に所収。

（3）中西進「万葉集巻六の形成」（『国語と国文学』昭利四十年六月）のちに『万葉論集　六』（講談社、平成七年）に所収。資料群として五歌群を考え、Ⅰ九〇七～九五四、Ⅱ九五五～一〇〇八、Ⅲ一〇〇九～一〇六七の三部構成。

（4）『万葉集　二』（日本古典文学全集）第一部九〇七～九五四、第二部九五五～一〇四六、第三部一〇四七～一〇六七の三部構成。

（5）橋本達雄「万葉集の編纂と金村・赤人たち」（『国語と国文学』昭和五十三年九月）(イ)九〇七～九五四、(ロ)九五五～九七〇、(ハ)九七一～九七七、(ニ)九七八～一〇四三、(ホ)一〇四四～一〇六七の五部構成。(イ)・(ロ)(ハ)(ニ)・(ホ)とする三部構成。

（6）塩谷香織「万葉集巻八と三・六・八の成立過程について」（『万葉集研究　第十四集』塙書房、昭和六十一年）(a)九〇七～九五四、(b)九五五～一〇四二、(c)一〇四四～一〇六七、(d)一〇一九～一〇二三の四部構成。

（7）市瀬雅之「編纂者への視点――巻六の場合――」（『大伴家持論――文学と氏族伝統――』おうふう、平成九年）Ⓐ九〇七～九五四、Ⓑ九五五～一〇四三、Ⓒ一〇四四～一〇六七の三部構成。

（8）廣岡義隆「『萬葉集』巻第六の成立について」（『万葉集研究　第二十三集』塙書房、平成八年）。第一次編集九〇七～九七〇、第二次編集九七一～一〇六七の二区分。巻六の成立に関する諸説は、この論に詳しい。

（9）小野寛「万葉集八と三、四、六――その共通作者と重出歌――」（『国語と国文学』昭和四十四年十月）

（10）（5）に同じ

（11）原田貞義「坂上郎女圏の歌と万葉集」（『万葉集研究　第十二集』塙書房、昭和五十九年）

（12）伊藤博「奈良朝宮廷歌巻——巻六の論——」（『萬葉集の構造と成立　上』塙書房、昭和四十九年）
（13）吉井巌「万葉集巻六について——題詞を中心とした考察——」（『万葉集研究　第十集』塙書房、昭和五十六年）
（14）（13）に同じ
（15）犬飼公之「長屋王の追悼——万葉集巻六第一部」（『上代文学』第四十一号、昭和五十三年十一月）
（16）清水克彦「養老の吉野讃歌」（『萬葉論集　第二』桜楓社、昭和五十五年）
（17）上野誠「千年の養老七年芳野行幸歌」（『セミナー万葉の歌人と作品　第六巻』和泉書院、平成十二年）
（18）清水克彦「赤人の吉野讃歌——作歌年月不審の作群について——」（『萬葉論集　第二』桜楓社、昭和五十五年）

立ち嘆く

一　「立ち嘆く」の在り方

『万葉集』の歌を読み、一応の理解をしているつもりであっても、それぞれの言葉が負っていた歌の言葉としての意味を正確に捉えているか疑問に思うときがある。

そのひとつに「立ち嘆く」という表現がある。これについて古くより「立ち嘆く」（『古義』）、「立チツツ嘆クなり」（『新考』）の意と、簡単に済ましている場合が多い。はたして、「立ち嘆く」とは、そのような理解でいいのか。歌の中でどのような行為として表現されているのか。もう一度考えてみる必要があろう。

「立ち嘆く」という言葉は、『万葉集』に二例（4・五九三・15・三五八〇）あるが、まず次の歌における表現について見てみたい。

君が行く　海辺の宿に　霧立たば　吾が立ち嘆く　息と知りませ　（15・三五八〇）

天平八年（七三六）六月に船出した遣新羅使人等の詠んだ歌一四五首は、巻十五前半部に収められ歌群を形成している。右の歌は冒頭部に「右の十一首、贈答」（三五七八〜三五八八）という左注で分類され、都に留まる妻の別れを悲しんだ贈歌とされている。この歌は、「嘆く」の語源が「長く息を吐くこと」とされていることから、「立ち嘆く」はその「息」が「霧」となって「君が行く海辺の宿」に「立つ」というのである。霧を気息から生じた霧であるという発想は、『古事記』にすでに見え、『万葉集』においては伊藤博が「嘆きの霧」と説くように、嘆きの息が霧となるという歌がある。[1] それは同じ遣新羅使人歌の三六一五・三六一六の歌のほか、次の歌などにも見える。

(1)大野山　霧立ち渡る　わが嘆く　息嘯の風に　霧立ちわたる　（5・七九九）

(2)吾妹子に　恋ひすべ無かり　胸を熱み　朝戸開くれば　見ゆる霧かも　（12・三〇三四）

(1)は、神亀五（七二八）年の山上憶良作の挽歌で、大野山に立ちこめる霧は嘆きの息の風によっていると詠む。(2)は、巻十二の「今」（奈良朝）に収録された相聞歌で、嘆きの表現はないが恋の思いが霧となって立ちこめていると詠む。「息」（呼吸）は、生きている証であり、「息」は「生き」と同じと考えられ、その変形が「霧」であるという発想である。[2]『評釈』では息が霧になることについて「上代人は人の身より出る息から成る霧には、その人の霊が籠り、又霊的作用で、思ふ人のゐる所へ通ひ得るものとして云つてゐるのである」と言う。

遣新羅使人歌における「立ち嘆く」について、諸注釈を見てみると先に挙げたほかにも『全釈』『総釈』『私注』『全訳注』『全注』『新古典全集』などは、「立って嘆く」という意に解している。また『評釈』は、「『立ち』は接頭語」とし、続いて『全注釈』は「タチは、接頭語。立ち働くなど、動的なふるまいをする時につける」と説く。さらに『注釈』は「この『立ち』は、接頭語のやうにも見えるが、万葉でははっきり接頭語と見られる『立ち』はなく、『立ち』の意をもったものと見るべきであろう」とする。さらにまた、『釈注』は、「門に立ち出てはお慕いして嘆く」と、新しい解釈を提出している。

このように今まで「立ち嘆く」の語は「立ち」に注目し、動詞か接頭語かということをめぐって理解されているが、このまま意味の希薄な語としてよいのだろうか。やはり「立ち嘆く」の語について、歌の言葉としての意味を確立すべきである。「たつ」は次の歌の例のように、文脈によって特殊な意味を表わす場合があることから注意する言葉であろう。ここでの「立つ民」は「立ち働く」の意である。

宮材引く　泉の杣に　立つ民の　息む時無く　恋ひわたるかも　（11・二六四五）

二　「たつ」の意味

「たつ」は上代の文献にきわめて多く用いられており、接頭語「たち」、「たつ」の自動詞（四段）、他動詞（下二段）、さらには複合語があり、その意味・用法もさまざまである。

接頭語「たち」について『時代別国語大辞典　上代篇』では、「動詞に冠して強調の効果をもつ。動詞立ツ《タ》の連用形に基づくもので、原義を残すものもあり、その限界は明瞭ではない」と記す。しかし『時代別』は「立ち嘆く」を接頭語の項には載せず、動詞（四）の「たつ」の項に記している。接頭語の項には、本来立って行う動作に冠せられた「たち返る」「たち走る」「たちもとほる」「たちおどる」などの例が多いが、必ずしも立って行うのではない動作に冠した「たち栄ゆ」「たちしなふ」「たちよそふ」などの例もある。一方、動詞「たつ」の項には、本来立って行う動作に冠せられた「たち騒ぐ」「たち疲る」「たち上る」「たち向ふ」「たち行く」などの例が多い。また必ずしも立って行う動作ではない「立ち嘆く」「立ち待つ」などもある。

そこでまず「立つ」の原義について見てみると、高松寿夫は「ある事態が顕現し視覚・聴覚を通して現れ、感受されるようになることが原義と考えられる」とし、自然現象について用いた例が原義に近いと説いている[3]。またこの「立つ」の語について、保坂達雄は、「〈たつ〉ということばには神霊の激しい活動が見出される」と指摘している。特に霧・雲・霞・かきろひ・風・虹・波・煙などの「立つ」の語で表現される自然現象に、「古代人は神霊の霊威を感じ取っていたらしい」とする。そして「古代の人々は自然には神霊が宿るとするアニミズムの信仰を有し、自然現象は神霊の激しい活動によって引き起こされると考えたから、総じて自然のもつ不思議で霊威溢れる現象には〈たつ〉の語を用いた。言いかえれば、〈たつ〉の語で表現される自然現象は、その背後に神霊の存在が感取される霊威ある活動だったのである」と説く。[4] さらに新谷正雄は「立つ」について、「非日常的な事物・現象が現れること、また現れていること」と解し、「自然現象に多く使われるのは、そこに神的・霊的なものを見たためである」と述べている。[5] これらの論によると自然現象に用いた「立つ」が原義に近く、非日常的な事物・現象や神霊の存在を踏まえた表現であったと言えよう。

次に「立ち嘆く」の「嘆く」(動四)についてであるが『時代別国語辞典　上代篇』では、「思いのままならぬことをかこつ。悲しむ。また、嘆いて溜息をつく」の意としている。また『福武古語辞典』の「嘆く」(自力四)の項では「①ため息をつく。②悲しむ。③こひねがふ」の意味としている。そして「語相」の項において、「『長《なが》息《いき》』の転『なげき』の動詞化とも、『(長《なが》生《い》く』の転ともいわれ、長い息をする①の意が原義である。①の動作の背景にある満たされない気持ちが強調されて②の意となり、さらに、実現しにくいからこそそうあってほしいと願う③の意が生じたのであろう」と詳しく解説している。問題の「立ち嘆く」については、「立って嘆息する。嘆く」の意と簡単に記すのみである。また新谷正雄は「嘆く」について、『万葉集』の「魂合はば　君来ますやと　わが嘆く　八尺の嘆き」の表現を持つ歌(13・三二七六)から魂合いと関連づけて「望ましい逢会という事態を積極的に出現させる為、遠く離れている人物に力を及ぼそうとする呪的行為と考えるべきだろう」とし、「嘆きにより魂が送り出されると考えた」と説く。[6]

三　「嘆きの霧」

さてここに至って、歌に則して考えてみよう。遣新羅使人歌の場合、「霧立たば」「我が立ち嘆く」「息と知りませ」と詠まれており、諸注釈のほとんどが「霧が立ったならば私の嘆く息と思って下さい」と口語訳している。この歌において「霧」が立つ現象や「息」は、二人が離別することによる「立ち嘆く」行為が原因であったのである。妻はずっと立ち続けながら、逢える時を嘆き待つのである。その時は、妻の歌に答えた次の使人歌で明らかになる。

秋さらば　相見むものを　何しかも　霧に立つべく　嘆きしまさむ　（15・三五八一）

「立ち嘆く」という言葉は、逢いたい思いを強調する表現と言えよう。しかしそれは、「立ち」と「嘆く」の原義に支えられたものである。「嘆く」には、嘆きにより魂が送り出され旅先の使人に力を及ぼそうとする呪的行為の存在があり、またそこに神霊的な激しい活動を見たため「立つ」を冠したと考えられる。

土橋寛は「タマ」の姿について、「人のタマもまた霧や雲となって立ち昇ると信せられ、山野にたなびく雲の姿は、思う人のタマとして懐かしまれた」と述べている。[7]また『古事記』の上巻に伝えられる誓約の物語では、「さがみにかみて、吹き棄つる気吹の狭霧に成れる神の御名は」と六回も繰り返され、神々が誕生している。これは「吐き出した息によって生じた霧から神が現われたという神秘的発想」（『古典全集』）、「息は生命のしるしであり、そこに神が成るというのは自然な発想」（『新編古典全集』）であって、「息」と「霧」と「生命」の誕生が同等に考えられたことを示している。このことからすると遣新羅使人歌の「霧立たば」は妻の「息」が現われたことを表わすには違いないが、妻の「タマ」の「姿」とも考えられる。しばしば霧は、物を隠したり閉じ込めたりするものとして詠まれる。また霧は旅人にとって風や波と同様に行く手をはばむものでもある。「嘆きの霧」は旅行く使人の心を引き留める機能も有していると言えよう。

四　「立ち嘆く」の思考

そこで「立ち嘆く」のもう一つの例を見てみることにする。

君に恋ひ　甚も術なみ　平山の　小松が下に　立ち嘆くかも　（4・五九三）

この歌は「笠女郎の大伴宿祢家持に贈れる歌廿四首」（五八七～六一〇）の中にある。歌内容は、家持に逢いたくても術がないので「奈良山」（平山）の「小松の下」で「立ち嘆く」というのである。

「奈良山」は、「家持の邸が奈良山の中の佐保山にあった」（『評釈』）、「佐保山を含めた奈良市北部の丘陵地。大井重二郎氏は前出飛羽山（五八八）または家持の佐保宅を望む背後の地かと言われる」（『全注』）とある。いずれにせよ、「『松』には『待つ』が響かせてあることを知れば、『奈良山』を持ち出したかげに、同じ奈良内に相近く住む意をこめようとしたことがうかがえる」（『釈注』）というように、恋しい家持の住むゆかりの地であったことはまちがいない。

「小松が下」に「立ち嘆く」については、諸注釈のほとんどが「小松の下に立って嘆く」の意とする。その中で、「立ち」を接頭語と考えることから「タチは、単なる接頭語でなく、実際立って嘆いたものであるが、かように熟すると、立つの意は軽く、嘆くに重点が置かれる」（『全注釈』）とするものもある。

では、なぜ「小松が下」に「立ち嘆く」と詠んだのか。「小松に特別の意味はない。『下に立ち』は身をゆだねて」（『講談社文庫』）ともあるが、それは「松」に意味があろう。実は『万葉集』において、松が異郷との境界的、呪術的な意味を有し、悲別性を帯び、また再会の対象となるなど旅する者にとって特別なものと思われる例がある。(8)

(1)有間皇子、自ら傷みて松が枝を結ぶ歌

磐代の　浜松が枝を　引き結び　ま幸くあらば　またかへり見む　（2・一四一）

(2)山上臣憶良、大唐に在る時に、本郷に憶ひて作る歌

いざ子ども　早く日本へ　大伴の　三津の浜松　待ち恋ひぬらむ　（2・六三）

(3)好去好来の歌（反歌）

大伴の　三津の松原　かき掃きて　我立ち待たむ　はや帰りませ　（5・八五九）

(4)筑紫の回り来、海路にて京に入らむとし、播磨国の家島に到りし時に作る歌五首

ぬばたまの　夜明かしも舟も　漕ぎ行かな　三津の浜松　待ち恋ひぬらむ　（15・三七二一）

(5)防人歌

松の木の　並たる見れば　家人の　我を見送ると　立たりしもころ　（20・四三七五）

(1)の歌は、斉明四年（六五八）十一月、皇子が牟婁へ護送される途中、磐代にある松の枝を引き結び、旅の安全と生命力の増強を祈った歌として享受されている。(2)は、大宝二年（七〇二）に出発した遣唐使が帰国する時の餞宴の作かと思われる歌、(3)は天平五年（七三三）出発の遣唐使に贈る歌で、いずれも山上臣憶良の作である。(3)の歌に見える「大伴の三津」は、唐をめざす出発点である。また遣唐使たちにとって故郷や親しい人々との最後の別れの地であると同時に、帰国を迎えてくれる再会の地でもある。大伴の三津という境界領域を越えて旅する者や待つ者にとって、「松」を詠むことは呪術的な意味を有し、異郷から無事に帰ることを祈り待つことを意味するものと考えられる。(3)の歌にある「立ち待つ」は、ほかに九例あるが、ほとんどが待つ思いの強さの表現である。(4)は天平八年（七三六）出発の遣新羅使人の歌であり、帰国の途中で家島から三津の浜松を連想した歌で、「松」は家人との再会を意味するものであった。(5)は、天平勝宝七年（七五五）に筑紫に派遣された下野国の防人歌であり、おそらくは大伴の三津から出発する時にそこに生える松を見て、共同体の境まで見送ってくれた家人を想起して詠んだ歌であろう。

ここまで見たような「松」は、共同体をその外から分かつ異界との境界領域に存在するものであり、ある意味で境界領域を象徴し、家人たちとの悲別を暗示するものと言える。また「松」と「待つ」を懸ける表現の始源には、境界的な場にある「松」が呪術的な意味を有することが係わったのであり、それゆえに再会を願う対象にもなり得るものと思われる。

このような「松」の機能から笠女郎の歌における「小松」を考えてみると、「平山《ならやま》の小松」とあることから「同じ

奈良内に相近く住む意をこめようとしたことがうかがえる」（『釈注』）が、地理的には笠女郎と家持を隔てる境界領域を象徴する「松」であると言える。また「『松』には『待つ』を響かせてある」（『釈注』）ことからすれば、心情的には「松」は呪術的な意味を有し、逢会を願う対象であると言えよう。

そのような「平山の　小松が下に」おいて「立ち嘆く」という心情は、次の歌に類似すると思われる。

柿本朝臣人麿の妻死りし後に泣血《いさ》ち哀慟《かなし》みて作れる歌二首并せて短歌

……わが恋ふる　千重の一重も　慰もる　情もありやと　吾妹子が　止まず出で見し　軽の市に　わが立ち聞けば　玉襷　畝火の山に　鳴く鳥の　声も聞えず　玉桙の　道行く人も　一人だに　似てし行かねば　すべをなみ　妹が名喚びて　袖そ振りつる　（2・二〇七）

右は、軽に住んでいる人麻呂の妻が亡くなった時の挽歌である。亡き妻に対する恋心の千分の一も慰められるだろうかと、妻がいつも出て見ていた軽の市に私もいったが、逢うすべがないので妻の名を呼んで袖を振ったという意である。軽の市という境界領域において、亡き妻の名を呼びながら袖で魂を招き寄せる行為をし、魂の交流を図ろうとしたのである。

一方の笠女郎の歌は、「平山の小松の下」という境界領域において、逢うすべがないので家持に対し「立ち嘆く」ことで魂を送り出し、逢会に準じた事態を実現させようとする積極的な呪的行為をし、魂の逢会を図ろうと詠んだ歌と考えられる。両歌は境界領域において魂の逢会、交流を積極的に図ろうという点で一致するのである。

ところで、三五八〇番歌は、「霧立たば吾が立ち嘆く」とあり、「立」を繰り返していた。これと類似する「立」の用法は、舒明天皇の国見歌（1・二）にもある。「…天の香具山　登り立ち　国見をすれば　国原は　煙立つ立つ　海原は　鷗立つ立つ…」とあり、「立」の繰り返し表現である。この「立」は、原文では、「騰立」「煙立龍」「加萬目立多都」とあり、煙の立つ様子を「龍」のイメージに、また鷗の飛び交う様子をあまた（「萬」「多」）の「目」の群のイメージに表現していると考えられる。遣新羅使人歌の「立つ」は、原文では、「多ゝ波」、「多知奈氣久」と「多」であった。「嘆きの霧」は、量が多い意の「多」であり、長い息とともに大きなる嘆息のイメージとなる。

以上、『万葉集』における「立ち嘆く」の言葉について、単に「立って嘆く」意や「嘆くを強調する表現」だけではなく、魂を送り出す呪的行為に神的霊活動の存在を感じての表現であったと思われる。

注

(1) 伊藤博「嘆きの霧――萬葉贈答歌の一様相――」(『萬葉の発想』桜楓社、昭和五十二年)
(2) 中西進『万葉の秀歌　下』(講談社現代新書、昭和五十九年)
(3) 高松寿夫「たつ(立・起・発)」(『万葉ことば事典』大和書房、平成十三年)
(4) 保坂達雄「たつ」(『古代語誌　古代語を読む　Ⅱ』桜楓社、平成元年)
(5) 新谷正雄「たつ(立つ)」(『万葉集ハンドブック』多田一臣編、三省堂、平成十一年一〇月)
(6) 新谷正雄「万葉歌に見る『嘆き』と魂」(『日本文学』四九巻九号　平成十二年九月)
(7) 土橋寛「『タマ』の姿」(『国文学』第二十九号、昭和三十五年)
(8) 本書Ⅰの「境界領域と樹木」

Ⅱ　挽歌の諸相と発想

万葉集における「挽歌」

一　『万葉集』の「挽歌」

「挽歌」という名称

『万葉集』における「挽歌」は、人間の死に係わる歌の分類名であり、「雑歌」「相聞歌」とともに、いわゆる『万葉集』の三大部立の一つである。また、「雑歌」「相聞」の名称は部立名以外には用いられないが、「挽歌」は題詞、左注にもみられる。それらは『万葉集』中に次のようにある。

(A)部立名の「挽歌」
(1)巻二（一四一～二三四）　九四首
(2)巻三（四一五～四八三）　六九首
(3)巻七（一四〇四～一四一五）　一三首
(4)巻九（一七九五～一八一一）　一七首
(5)巻一三（三三二四～三三四七）　二四首
(6)巻一四（三五七七）　一首
(B)題詞、左注の「挽歌」
(7)巻二の左注

「挽歌の類に載す」（一四一～一四五）

(8)巻五の題詞

「日本挽歌」（七九四～七九九）

(9)巻十五の題詞、左注

(ア)「古挽歌」（三六二五～三六二六）

(イ)「右の三首挽歌」（三六八八～三六九〇）

(ウ)「右の三首葛井連子老の作る挽歌」（三六九一～三六九三）

(エ)「右の三首、六鯖の作る挽歌」（三六九四～三六九六）

(10)巻十九の題詞

「挽歌一首併せて短歌」（四二一四～四二一六）

右によって明らかなように、「挽歌」の多くは、作者自身の意識によるものではなく、『万葉集』編者の分類意識によるものである。また。部立以外の「挽歌」の用語はきわめて少ない。用語の使用者は、(7)は編纂者の言であるので部立と同等と考えられ、(8)は山上憶良、(9)の(ア)～(エ)は遣新羅使の筆録者、(10)は大伴家持である。使用者が『万葉集』編者のほか三人であることから、「挽歌」は定着した用語であったとは言えないのである。

ところで「挽歌」という部立名は、『文選』の分類名に典拠を持つというのが一般的理解である。しかし、その性格が『万葉集』と直ちに一致するかどうかという具体的な論議上の問題を残しており、『文選』の分類名によるものではない可能性もあると言われている。

分類上の「挽歌」の最初は、巻二の後半に初めて登場する。その冒頭には、有間皇子結松歌群が収められている。そして憶良の追和歌の左注に「右件歌等、雖不挽柩之時所作、准擬歌意。故以載于挽歌類焉。」とある。この左注の意味するところは、有間皇子の二首や追和歌が「柩を挽く時に作る所」の歌ではないが「歌の意」が準じているので「挽歌の類」に収めたというのである。おそらく、注記者は、「挽歌」とは柩を挽く時に歌う歌という原義を知っていたことによるのであろう。

だがこのことから「挽歌」が「柩を挽く時に作る所」の歌であるという理解は、何によったのか。また、「歌の意を准擬ふ」ことにより「挽歌の類」としたのは、歌をどのように理解したことによるのかという問題が生じる。まず、注記者の「挽歌」についての基本的な理解は、『万葉集攷證』が引用する『古今注』(崔豹)においてであると考えられる。それは『楽府詩集』によると次のとおりである。

崔豹古今注曰、薤露・蒿里並喪歌也。本出田横門人。横自殺。門人傷之為作悲歌。言人命奄忽如薤上之露易晞滅也。亦謂。人死魂魄帰於蒿里。至漢武帝時李延年分為二曲。薤露送王公貴人。蒿里送士大夫庶人。使挽柩者歌之。亦謂之挽歌。

右により、「挽歌」の本来の意味と成立事情を知ることができる。「薤露」「蒿里」という二つの「喪歌」があり、その歌は、田横という先生が自殺したことで門人たちが「傷之為」に「悲歌」を作ったものであるという。そして、それを漢の時代に武帝が宮廷の作曲家である李延年に「二曲」に作り直させた。さらにそれを「挽柩者」に「歌」わせた。これらの歌を「挽歌」というとある。

先の「挽歌」を「挽柩之時所作」だと理解した注記者の根拠は、おそらくこの『古今注』(崔豹)にあったのであろう。しかし、本来の「挽歌」ではないが「歌の意」が准じているので「挽歌の類」に収めたとあることから、注記者の認識した「挽歌」の「歌の意」が問題として残っている。『古今注』によると、「挽歌」は、本来は「死者を傷んだ悲しみの歌」であった。その二首は、人の命は薤の上に置いた露の如く晞滅し易いこと、人は死ぬとその魂魄は蒿里に帰るという内容である。また、田横の死は『文選』の李善注の引く「譙周法則」によると、漢の武帝が田横の出仕を求めて召したところ田横は尸郷まで来てとつぜん自殺したためと伝えられている。一方、有間皇子の二首は、「自傷」歌であり、「二首共に旅情の歌」と言われている内容である。また、有間皇子の死は、斉明四年（六五八）十一月三日謀反を計り、五日に逮捕、九日牟婁に護送、十一日藤白坂で絞殺されたと伝えられている。このように田横と有間皇子の二人は、客死、突然の死（自殺・刑処）という状況は似ている。さらに残された者の歌も、「傷之為作悲歌」と「哀咽歌」（一四三、一四四）、また内容的にも死者の魂の行方を詠んでいることが類似する。巻二の注記者は、「挽歌」や歌内容について、どの程度理解したのか疑問であるが、「歌の意」とは追悼の意、哀悼の意に他ならなかったであろう。

他の題詞、左注の「挽歌」に目を転じてみると、まず(8)の山上憶良の「日本挽歌」がある。この題を与えた意識は、『代匠記』以来指摘されているように、先行する哀悼の漢詩と対になる「日本」の「挽歌」ということころであろう。また漢文序の存在や「憶良上」という左注などによって明らかなように、喪葬儀礼などとは無縁なところで作歌されたのであり、妻の死を個人の立場で嘆いたものであった。それは巻五の巻頭の「雑歌」部に収められており、先行の「大宰帥大伴卿の凶問に報へたる歌一首」（七九三）に応じた歌として併録したと思われる。つまり旅人の妻の死を哀悼する歌である。(9)は、遣新羅使人歌群である。(ア)の「古挽歌」は、「口誦した古い挽歌」という意であり、左注に「亡りし妻を悽愴める歌」とある。挽歌の内容が、家に残してきた妻を思って一人寝する現状にかなうゆえに「悽愴」をうたった「古挽歌」を誦詠したのである。(イ)、(ウ)、(エ)は、題詞に「忽ちに鬼病に遇ひて死去りし時に作れる歌」とあり、旅の途中で病死した雪連宅満を嘆く誦詠歌である。(10)は大伴家持の歌であり、左注に「聟南石大臣家の藤原二郎が慈母を喪へる患を弔へり」とある。つまり喪の慰問の歌である。このように、題詞、左注の「挽歌」には旅先での死が多い。また、自作の死に係わる歌に「挽歌」という題詞を付したのは、筑紫時代の憶良と越中時代の家持だけであった。「挽歌」という用語は、限られた人によってのみ使用されたのである。おそらく当時にあっては馴染みの薄い漢語であったのだろう。「挽歌」は、本来「死者を傷んだ悲しみの歌」であり、柩を挽くときの歌であったが、『万葉集』では「歌の意」を重視して、「挽歌」の用語を使用していったようである。

このほかに、「挽歌」とはないが、歌内容からそれに準ずる死に係わる歌として、次の歌がある。

⑾「筑前国の志賀の白水郎の歌十五首」（16・三八六〇〜三八六九）

⑿「長逝せる弟を哀傷びたる歌一首并せて短歌」（17・三九五七〜三九五九）

⒀「死りし妻を悲傷びたる歌一首并せて短歌　作者いまだ詳らかならず」（19・四二三六・四二三七）

⒁「智努女王の卒りし後に、円方女王の悲傷みて作れる歌一首」（20・四四七七）

以上、『万葉集』の「挽歌」の総数は、竹内金治郎によると二六三首、[1] 伊藤博によると二三九首である。[2]

二　「挽歌」の在り方

「挽歌」の年代・主題・性格

『万葉集』における最も古い挽歌は、時代的には推古朝の聖徳太子の作（2・四一五）である。しかし、これを巻二編纂以後の時代に歌がたりとして成立したものと推定する伊藤博の論がある。[3] よって挽歌の分類上での最初は、有間皇子自傷歌（2・一四一〜一四二）ということになる。ところがこの歌も有間皇子自身の作という挽歌として異質な面を有していることから、実質の意味での挽歌の出発を近江朝の天智挽歌群（2・一四七〜一五五）とする考えもある。分類に使用された以外の挽歌は、山上憶良の「日本挽歌」が最も早い。いずれにせよ、「挽歌」は七世紀からの出発である。また、挽歌の終焉は、天平勝宝二年（七五〇）五月二七日に大伴家持が作った「挽歌」三首（19・四二一四〜四二一六）である。

作品の時代を知ることができる挽歌について、四区分してみると次のようになり、第二期が多い。(4)

第一期（〜六七二年頃まで）　一一首　第二期（〜七一〇年頃まで）　九六首

第三期（〜七三三年頃まで）　四一首　第四期（〜七五九年頃まで）　四八首

歌数の多い歌人をみると、次のような順である。

柿本人麻呂　四一首　大伴家持　二六首　大伴旅人　一一首　田辺福麻呂　七首　高橋虫麻呂　五首

挽歌の主題については、竹内金治郎によると次のように分類される。(5)

- 挽歌
  - 自分の死に関するもの（辞世）
  - 他人の死に関するもの
    - 死者の縁者を尉む（弔慰歌）
    - 死者を悼む
      - 親近者
      - 無縁者
        - 行路死人
        - 伝説の主者

また伊藤博は、歌の対象によって次のように分類する。(6)

(1)主人筋を悼む歌（舎人らの歌）　(2)夫や妻を悼む歌　(3)きょうだいを悼む歌

(4)友人・知人を悼む歌　(5)行路死人・往時の死者に関する歌　(6)自らの死を悼む歌

さらに菊池威雄は、死者の性格、作者や歌われる場の違いによって次のように分ける。(7)

公的な性格を持つ挽歌…後宮の挽歌　殯宮の挽歌

私的な性格を持つ挽歌…哀傷の挽歌　旅中の挽歌　懐旧の挽歌

このように『万葉集』の挽歌には、さまざまな性格の歌が含まれている。それは公的、儀礼的なものから、私的な哀傷と考えられるものまで多様である。おそらくいろいろな場や作歌事情によって制作された歌々を、作者自身の分類意識によるのではなく、編者の意識によって枠の中に入れたものが、いわゆる「挽歌」となったと考えられる。

三 「挽歌」の意味するもの

『万葉集』の挽歌に関しては、早くに『日本文学辞典』に久松潜一の解説があるが、本格的な挽歌の研究は、「挽歌論」と題する竹内金治郎より始まると言えよう。[8] しかし、それは編纂研究篇中のものであり、「挽歌の概説」「萬葉集編纂上に於ける挽歌の位置」「挽歌の性質とその分類」「萬葉集挽歌一覧」という内容である。次いで久米常民の「萬葉集の挽歌」がある。だがこれも様式論の中においての「挽歌名義考」「挽歌の所在」「挽歌の様式」というものである。[9]

その後は、挽歌の源流を探ろうとする論が増えてくる。たとえばそれは、上代歌謡における挽歌的なものにその源をみる青木生子の「挽歌の誕生」である。[10] また。孝徳、斉明紀歌謡の在り方などからうかがえる、中国挽歌の伝統を踏まえての哀傷文学への開眼の道すじを説く阿蘇瑞枝の「挽歌の歴史」がある。[11] さらに挽歌は、葬歌に淵源があり、挽歌の祖は倭建物語における天皇葬歌であるとする図式がある。しかし、葬歌と挽歌とのかかわりは、そう単純ではない。土橋寛は、葬歌が後の民俗に残っていないことから「大化改新以後貴族社会で挽歌が作られるようになるまでは、わが国には殯宮や葬送で歌を歌う習俗はなかったように思う。」と、葬歌の習俗そのものを否定する。[12]

一方、この葬歌と挽歌との関係を文学史的な理論で説いたのは、西郷信綱であった。それは天智・天武殯宮における挽歌の作者が、いずれも大后をはじめとしてすべて女性であることに着目し、人麻呂以前の挽歌の歴史を女性のものであったとする「女の挽歌」論である。そこで「挽歌あるいは喪歌はそもそも女のうたうものであったという原古の伝統がなお生きつづけ守られているのを見る」とし、「もし女の挽歌の歴史を原点まで遡ろうとすれば、それは結局、劇的に狂う原始の哭女なるものに達するのではないかと推測される」と説く。そして、この古い哭女の伝統を負う挽歌は、ほぼ初期万葉の頃までに一つの芸術的完成期を迎え、柿本人麻呂から宮廷儀礼歌になってくるが、両者の間には歴史的、文学的転化や飛躍があったとする。[13]

また、伊藤博は「ことばの挽歌」という観点から、挽歌の由来について「葬歌より反撥し、古代歌謡物語により少なく対立しながらその造形の根源を培い、直接には、孝徳〜斉明朝の哀傷歌を源泉として芽を開いたもので、その出発そのものが本質的には抒情詩・文学としての歩み」であり、帰化人系の官人・野中川原史満の歌二首にみられるような中国文化の教養によって開眼された文学心が作用していると説く。[14]

さらに神野志隆光は、挽歌は儀礼のうたとは別に抒情詩として誕生したもので、「中国の文学の媒介によってのみ可能となった新しい歌の領域」と論じている。[15]

このように、従来の挽歌の成立論は上代歌謡ないしは中国文化・文学との係わりを視座として展開してきた。しかし、近時新しい視座から万葉挽歌を捉え直そうとする動きがある。たとえば、谷川健一は南島の葬歌やシノビゴトの在り方と『万葉集』の挽歌との係わりから見直している。そして、挽歌は異常死者に対してうたうものであり、死者が悪霊となって生者にたたるのを鎮めるためのものと論じる。また、生者と死者との別れの感情は、旅立つ者とそれを見送る者、男と女の間の愛別離苦の感情と共通することから、本来挽歌の部に入れるべきものが相聞の部に分類されている例も少なくないことを指摘する。[16] これを承けて古橋信孝は、さらに補強発展させ、七世紀に異常死への鎮魂として挽歌は始まったとする。また挽歌の成立については、死者を特殊性・個別性としてみているところの新しい宮廷社会の成立と係わることを指摘する。そして「恨みを抱いたまま死んだ死者の鎮魂が共同性として行えなくなったのが宮廷社会だった。異常死の死者たちを鎮魂する新たな方法が要求されていたのだ。挽歌の成立はそのような宮廷の成立自体にかかわっているのである」と説く[17]。

平成四年は、なぜか「挽歌論」が多く提出される。櫻井満は、挽歌の発想には慰霊・鎮魂の念が底流するという[18]。辰巳正明は、「万葉集の編纂の上で挽歌という分類は何を意味するものなのか」「なぜ挽歌の最初の歌が有間皇子の自傷歌なのか」という関係の中から挽歌の意味する問題を論じている。そこで「挽歌は人生の無常性を嘆くこと」であり、「有間皇子の自傷歌とは、挽歌の一つの理想的な姿を説明するために選ばれたモデルであった」と説く[19]。森朝男は、『日本書紀』の大化五年の二首（一一三、一一四）を万葉挽歌の表現レベルに到達した〈和歌〉であり、〈死〉というものを表現に定着させた歌として最も古いものとして捉える。そして二首には、空間的なもの（死者は生者とは別な領域へ）、時間的なもの（死者は戻らない）という挽歌的なるものが内包されており、万葉挽歌の表現性の究極は、この二点に収斂してゆくように思われると説く。さらに、その視座により「天智崩時挽歌群の位相」「水平他界の観念」「亡妻挽歌」「仏教の浸透」と論を進めている[20]。

居駒永幸は、境界の場所という視座から『万葉集』の挽歌の表現構造を捉え直している。具体的には、死者がたどっていく境界の場所をうたうという葬歌の様式と、万葉挽歌の表現のレベルとどのように関わっていくのかという問題について論じている。そこでは、万葉挽歌にも境界の場所がうたわれ、それが人麻呂挽歌の方法にもなっていることを明らかにしている。そしてそれ以後も、その影響を受けた大伴坂上郎女、大伴家持の歌などがあるが、死者儀礼および葬歌の伝統の衰退により挽歌にも変化が生じ、人麻呂挽歌のような仮構の境界表現はなくなり、短歌体による概念的な悲傷や無常をうたう傾向が強くなっていくと説く[21]。

四 「挽歌」の基層

『万葉集』の挽歌には、恋の歌から挽歌へと転用されたとする歌がある。また、相聞に分類された歌の中に、死の歌から相聞歌へと歌の内容が転用されたとする歌がある。さらには、旅の歌から挽歌へ転用されたとする歌もある。そしてまた、紀記歌謡や南島歌謡にも、このような関係を有するうたが報告されている。

死の歌・恋の歌・旅の歌に通底する基盤から、挽歌が生まれてきているという面を見ていくことが、残された重要な問題であろう。

挽歌への転用

(1)旅の歌から挽歌へ

① 有間皇子の自ら傷みて松が枝を結べる歌二首

磐代の　浜松が枝を　引き結び　真幸くあらば　また還り見む　(2・一四一)

家にあれば　笥に盛る飯を　草枕　旅にしあれば　椎の葉に盛る　(2・一四二)

(2)恋の歌から挽歌へ

②白雲の　たなびく国の　青雲の　向伏す国の　天雲の　下なる人は　吾のみかも　君に恋ふらむ　吾のみかも　君に恋ふれば　天地に　言を満てて　恋ふれかも　胸の病みたる　思へかも　心の痛き　吾が恋ぞ　日に異に益る　何時はしも　恋ひぬ時とは　あらねども　この九月を　わが背子が　偲ひにせよと　千世にも　偲ひわたれと　万代に　語り継がへと　始めてし　この九月の　過ぎまくを　いたもすべ無み　あらたまの　月のかはれば　為むすべの　たどきを知らに　石が根の　凝しき道の　石床の　根延へる門に　朝には　出で居て嘆

き　夕には　入り居恋ひつつ　ぬばたまの　黒髪敷きて　人の寝る　味眠は寝ずに　大船の　ゆくらゆくらに
思ひつつ　わが寝る夜らは　数みも敢へぬかも　（13・三二七四）

③隠口の　泊瀬の川の　上つ瀬に　鵜を八頭潜け　下つ瀬に　鵜を八頭潜け　上つ瀬の　年魚を食はしめ　下つ
瀬の　鮎を食はしめ　麗し妹に　鮎を惜しみ　投ぐる箭の　遠離り居て　思ふそら　安けなくに　嘆くそら
安けなくに　衣こそば　それ破れぬれば　継ぎつつも　またも合ふと言へ　玉こそは　緒の絶えぬれば　括り
つつ　またも合ふと言へ　またも逢はぬものは　妻にしありけり　（13・三三三〇）

(3)山ぼめ歌から挽歌へ

④隠口の　長谷の山　青幡の　忍坂の山は　走出の　宜しき山の　出立の　妙しき山ぞ　あたらしき　山の　荒
れまく惜しも　（13・三三三一）

相聞歌への転用

(1)死の歌から相聞歌へ

⑤　磐姫皇后の、天皇を思ひて作りませる御歌四首
かくしばかり　恋ひつつあらずは　高山の　磐根し枕きて　死なましものを　（2・八六）

⑥里人の　われに告ぐらく　汝が恋ふる　愛し夫は　黄葉の　散りまがひたる　神名火の　この山辺から〔或る
本に云はく、その山辺〕　ぬばたまの　黒馬に乗りて　川の瀬を　七瀬渡りて　うらぶれて　夫は逢ひきと　人
そ告げつる　（13・三三〇三）

⑦13三二七四の歌。②の歌の後半とほとんど同じ。ただし、「入り居て思ひ」になっている。

①の二首は、「旅立ちの歌」と「旅程における歌」であり、「旅の困難と苦しみ」を詠んだ歌と解される。[22]そのこ
とから二首は、皇子の自作ではなく、斉明三年に有間皇子が牟婁温湯に行った折に作った二首を、自傷歌として転

用したとする説[23]、岩代での羇旅歌を仮託・転用したとする説がある。[24] ②の歌は、起首より八句は相聞の歌、結末の「ぬばたまの　黒髪敷きて」以下の九句も相聞の歌、中間の三十六句は挽歌というように、相聞と挽歌とが交錯している。その構成については、二首の歌が混合したとする考え、相聞の中に挽歌が紛れ込んだとする見解などがある。また、歌内容的にも両面性を有していることから、「全体、恋の歌としても通ずるが、夫の死を悼む歌としても通用されていたのであろう」と考えられ[25]、さらには「恋歌が挽歌に流用されたもの」と捉えられている。[26] だが「為むすべの　たどきを知らに……夕には　入り居恋ひつつ」の部分を、「それが死者の墳墓の比喩として使用されていると考える」ことから、これに反対する見解も提出されている。それは「三三二九の挽歌がつくられて、その後半の部分が三二七四の相聞に独立した形で用いられたという経路がたどれるので」あり、挽歌から相聞歌へと歌内容が転用されたとするのである。[27] ③は、「この歌も本来恋歌」と解されている歌である。[28] ④は、「山讃めの歌、紀歌謡七七を利用した歌らしい[29]」、「本来は山ぼめ歌で雄略紀六年に載る。葬歌には国ぼめ歌が必要だった[30]」とされている歌である。

　次いで死の歌を転用したとされる例であるが、⑤について折口信夫は「わが思ふ人は死んで奥山の石の槨《カラト》に枕してゐる。こんなに招魂法を行つても〳〵かひのない位なら、かの人の許に行つて、其石を枕の死骸となって横つてしまった方がよかったのに」と解している。[31] そして、「挽歌とも相聞とも、どちらにでもとれるが、これは挽歌だと思ふ」とされ、「死者への慰め」の歌として捉えている。[32] ⑥については、はやくに『万葉考』で「挽歌」と指摘があり。また「或は本來は挽歌であったものを、別れた配偶者を對象とする相聞に轉訛し、ついでそれに應ずる反歌を附加されたのかも知れぬ」と説かれている。[33] さらに「もと挽歌であったものの転用らしい」とする見解や[34]、「本来挽歌。後半を死の道行きと考えないと相聞」という指摘が続いている。[35] ⑦は、相聞の部に収められている歌であり、②の挽歌の後半とほとんど同じ表現である。そして、「長歌はもと挽歌であったものの、転用らしい。……転用歌とし

ては生きた夫の消息」と解されている。(36)

五 「挽歌」以前

さて次に、記紀歌謡の場合をみてみることにする。

葬歌への転用

(1)民謡から大御葬歌へ

①ヤマトタケル葬歌

なづきの　田の稲幹に　稲幹に　蔓ひ廻ろふ　野老蔓　（『古事記』三四）

浅小竹原　腰なづむ　空は行かず　足よ行くな　（『古事記』三五）

海処行けば　腰なづむ　大河原の　植草　海処は　いさよふ　（『古事記』三六）

浜つ千鳥　浜よは行かず　磯伝ふ　（『古事記』三七）

(2)民謡から葬歌へ

②中大兄皇子の葬歌

君が目の　恋しきからに　泊てて居て　かくや恋ひむも　君が目を欲り　（『日本書紀』一二三）

①については、葬歌とは別の場でうたわれた民謡が、ヤマトタケルの葬送物語に転用され、大御葬歌としてうたわれるようになったとされている。たとえば、本来その四首は、童謡、(37)三首が恋の民謡で最後の一首が謎歌、(38)農業祭に関わる呪歌、(39)民衆の労働の苦労をうたった労働歌、(40)恋の通い路の民謡、(41)連部の忠誠披瀝歌(42)などであったとする転用説がある。しかし、この民謡転用説の批判も提出され、「葬歌としてうたわれていたものが天皇の大御葬歌とし

て採用され、その一方でヤマトタケル伝承に結びついて白鳥翔天の話に物語化された」とする考え方が提示された(43)。②は、作歌背景がわからなければ相聞歌と理解してしまうような表現内容である。これは「どこかの港にでも碇泊した船にのっている女性が、陸上の或いは他の船の、男を恋うている」歌のように思われ(44)、「元来相聞の民謡」と指摘されている(45)。

次に、南島歌謡の場合をみてみることにする。

送別の歌への転用

(1)弔いうたからシマウタへ（旅や婚礼の送別、恋の別れのうたへ）

①地獄極楽ちゅん島や　いきや遠《た》んべぬ島が　行き声《ぐい》やあても　戻り声《ぐい》ねらんで

②三日精進《みっかしょうじ》たてば　夢見《いいみ》せて給《たぼ》れ　七月精進《なんかしょうじ》たても　行逢《いきょ》ち給《たぼ》れ

③静《しじ》か石枕《いしまくら》　欲《ふ》さる物《むん》やねらぬ　水ぬ鉢々《はちばち》と　花ぬ御枝《みゆだ》

④如何愛《いきゃかな》さあても　一道《ちゅみち》行かれゆめ　汝《うい》や先行《さきい》じ待ちゅれ　吾《わぬ》や後から

シマウタが弔いのときの歌から起ったのではないかという説は、小川学夫が早くから唱えている。小川によると、徳之島には墓地での「アソビ」で近親者がうたった「弔いうた」というのがあるという。右のような歌詞が、「やまが節」「二上り節」「うじょぐい節」の曲でうたわれ、今でも祝いの席でこれらのうたを歌うことはタブーとなっているという(46)。ところが、「二上り節」系統のうたが、地域によって「旅送り」や「婚礼の送り」「恋の別れ」にもうたわれた形跡が報告されている。また、奄美大島の「長雲節」は、「歌遊びの別れの歌」「婚礼の祝い歌」としてうたわれていると伝えられている(47)。

そして小川学夫は、「島歌、とむらい起源説」を仮設とことわりながらも次のように述べている。

まず、霊を呼ぶ歌というのはとむらい歌の印象からきていると考えるのが一番自然である。それが次の段階で徳之島の『二上り節』にみられるように、婚礼の別れ歌となった。その別れの印象が、ある地域ではウタアソビの別れ歌という形になって残っていく。一方、別の所では婚礼のほこらしい気持ちだけが残り、祝い歌といったのではないかということなのである。

続いて谷川健一は、「島歌、とむらい起源説」を補強発展させ、奄美のシマウタとしてうたわれている歌曲の中にとむらい歌に始まると思われるものを挙げている。たとえば、宴席でうたわれる奄美の「嘉徳なべ加那節」、『喜界島今昔物語』（三井喜禎著）にある中間村と浦原村の歌の名人の「歌かき」、「二上り節」（徳之島の犬田布、亀徳、井之川）、「磯加那節」などや、「行きよれ節」、「行きゆんにや加那節」、「太陽《てだ》の落《う》てまぐれ節」などである。また谷川は、宮古島には船旅の安全を祈って旅人を送るうた「旅栄いのあやぐ」があり、この歌のメロディが死者を葬るときの泣きうた（ユンナキ）のメロディに用いらていることを報告している(48)。つまり、死もまた旅と考えられていたのである。

死者を送る歌が、旅への送り、婚礼の送り、さらには恋の別れとしてうたわれるということは、注目すべきことである。「後世への送り」、「旅への送り」、「婚礼の送り」は、残った人が去って行く人を見届けるという意の「送る」という点で共通する。生者と死者の別れ、旅立つ者と見送る者の別れ、男と女の別れ、これらの愛別離苦の感情は共通するのである。

このことは、『万葉集』や記紀歌謡の例にも当てはまることであろう。折口信夫によると「こひ歌」とは、「相手の魂をひきつけること、たま迎えの歌」であり、「魂乞いの魂が脱落した」ことになるという。「人が死んだ時もこひ歌があるし、勿論生きている人に対しても、また女なら女を靡かせようとする時も、女の魂をひきよせるためのこひ歌がある。」という。また挽歌とは、「人が死んだことを中心としている歌だが、先程言った様に、その一つの形が恋歌でもある。死んだ人の魂を呼びよせることが忘れられる、挽歌も恋歌の様に見られて来る。」のであり、「恋しい〳〵という死者に対する慰め、その中から死ということを取り除けば恋愛歌となる。」という(49)。こう考えると挽歌と相聞との間は、ほんの少しの差があるにすぎないのである。

こうした理由から死の歌が相聞歌になり、恋の歌が挽歌になったのであろう。それは、挽歌や相聞の字義説からは生じないものである。おそらく、死、旅、恋の歌は、その発生において、混沌とした表現であったと想定される。たとえば記紀歌謡の中には、『万葉集』の相聞歌と類歌関係にあると思われる葬歌（紀一一六・一一七・一一八など）や、挽歌かと思われるような相聞の場の歌謡（記八九・九〇・紀九七など）もあり、混沌とした未分化の様相を呈している。また、『万葉集』には、次のような挽歌だが恋歌（4・五九三、12・三二一八）とほとんど区別がつかない歌（①）や、挽歌だが旅立ちの歌としても成り立ち得る歌（②）が存在する。さらには、挽歌が宴席で誦詠され、恋の歌として享受されたと思われる例（③④）もある。

①君に恋ひ　いたもすべなみ　葦鶴の　音のみし泣かゆ　朝夕にして（3・四五六）
②今よりは　秋風寒く　吹きなむを　いかにか一人　長き夜を寝む（3・四六二）
③古き挽歌一首并せて短歌（15三六二五、三六二六）
④死りし妻を悲傷びたる歌一首并せて短歌（19・四二三六、四二三七）

では、このような混沌とした状況からいつ頃、どのような原因によって分化したのかという疑問が残る。『万葉集』において「雑歌」の始まりは雄略天皇の歌（1・一）、「相聞」の始まりは磐姫の歌（2・八五〜八八）、「挽歌」の始まりは有間皇子の歌（2・一四一、一四二）とされている。有間皇子は七世紀で、「挽歌」の始まりは、「雑歌」や「相聞」に比べてずっと遅れていることになる。だが、「雑歌」が実質的には舒明天皇から始まるのに対して、「挽歌」「相聞」の始まりが実質的には共に天智天皇代である。巻二が、近似した「挽歌」と「相聞」との二部類を、一巻の中に立てている理由もこのあたりにあろう。

次は、大化五年三月、妃造媛の死を悲しむ中大兄皇子のために、野中川原史満が作った葬歌である。

①山川に　鴛鴦二つ居て　偶よく　偶へる妹を　誰か率にけむ　（『日本書紀』・一一三）

②本毎に　花は咲けども　何とかも　愛し妹が　また咲き出来ぬ　（『日本書紀』・一一四）

この二首は、漢詩との出会いによって生まれた歌であろう。それは①が『詩経』の「関雎」をもとにして作られたというのが通説であり、また②は中国挽歌詩の「薤露」という次の喪歌と発想が類似することによる。

薤上露何易晞　露晞明朝更復落　人死一去何時帰　（『楽府詩集』「古辞」）

右に詠まれた、自然回帰と人命のはかなさとの対照は、②の歌の世界と類似するのである。おそらく、帰化人の出自を待つ野中川原史満は、漢詩の世界を移入することによって人の死を悼む新しい歌の在り方を示したのであろう。それは人の死に係わる歌が、儀礼的な場から離れ、主に個人の嘆きとして詠われるものであるということである。

死・旅・恋の歌の混沌とした表現からの分化は、このあたりによるのであろう。ただし、それは突然のことであったり、別々に成長や衰退したものではない。たとえば、挽歌では死に行くことを「家離る」「去ぬ」「行く」「行き過ぎ」「過ぐ」などと、旅行くことの表現を用いているというように、その基層的なものは残ってゆくのである。また、万葉前期では挽歌に用いられた表現が、万葉後期では相聞に好んで取り入れられるという傾向[50]も、挽歌と相聞の基層的なところにある同質性によるものであろう。紙幅の関係で、死・旅・恋の交錯した状況をうたった数多くの歌から、どのような様式と表現と心情を備えたものが挽歌として考えられたのかという問題については触れることができなかった。

注

（1）竹内金治郎「挽歌論」（『萬葉集講座　第六巻』春陽堂、昭和八年）

(2) 伊藤博「挽歌の世界」(『国文学解釈と鑑賞』昭和四十五年七月)
(3) (2)に同じ
(4) (2)に同じ
(5) (1)に同じ
(6) (2)に同じ
(7) 菊池威雄(『時代別日本文学史辞典　上代編』有精堂、昭和六十二年)
(8) (1)に同じ
(9) 久米常民「萬葉集の挽歌」(『萬葉集大成　7』平凡社、昭和二十九年)
(10) 青木生子「挽歌の誕生」(『日本女子大学国語国文論究』昭和四十二年、後に『萬葉挽歌論』塙書房、昭和五十九年に所収)
(11) 阿蘇瑞枝「挽歌の歴史——初期万葉における挽歌とその源流」(『論集上代文学　第一冊』笠間書院、昭和四十五年)
(12) 土橋寛『古代歌謡の世界』(塙書房、昭和四十三年)
(13) 西郷信綱『増補　詩の発生』(未来社、平成六年)
(14) 伊藤博「挽歌の創成」(『萬葉集の歌人と作品　上』塙書房、昭和五十年)
(15) 神野志隆光「『大御葬歌』の場と成立殯宮儀礼説批判」(『論集上代文学　第八冊』笠間書院、昭和五十二年)
(16) 谷川健一「挽歌の定型」「挽歌から相聞歌へ」(『南島文学発生論』思想社、平成三年)
(17) 古橋信孝「挽歌の成立」(『日本文学』四十一号、平成四年五月)
(18) 桜井満「挽歌の発想」(『国学院大学大学院紀要(文学研究科)』23巻、平成四年三月)
(19) 辰巳正明「挽歌論」(『記紀万葉の新研究』桜楓社、平成四年)

(20) 森朝男「死・挽歌・仏教」(『万葉集Ⅰ　和歌文学講座2』勉誠社、平成四年)
(21) 居駒永幸「境界の場所（下）――万葉挽歌の表現構造について――」(『明治大学教養論集』259号、平成五年三月)
(22) 渡辺護（『万葉挽歌の世界――未完の魂――』世界思想社、平成五年)
(23) 露木悟義「有間皇子の悲劇」(『古代史を彩る万葉の人々』笠間書院、昭和五十年)
(24) 福沢健「有間皇子自傷歌の形成」(『上代文学』五十四、昭和六十年四月)
(25) 『萬葉集』(新潮日本古典集成)
(26) 中西進「万葉集全訳」(『講談社文庫』)
(27) 谷川健一「挽歌から相聞歌へ」(『南島文学発生論』思想社、平成三年)
(28) 中西進「万葉集全訳」(『講談社文庫』)。『万葉集私注』は「夫を慰めるために或は儀禮的に謡ふための民謡であらう」とする。
(29) 『萬葉集』(新潮日本古典集成)
(30) (26) に同じ
(31) 「相聞歌概説」(『折口信夫全集　九巻』中公文庫、平成四年)
(32) 「相聞歌」(『折口信夫全集　九巻』中公文庫、平成四年)
(33) 『万葉集私注』
(34) (25) に同じ
(35) (26) に同じ
(36) 伊藤博（『万葉集』角川文庫)
(37) 高木市之助（『吉野の鮎』岩波書店、昭和十六年)

(38) 土橋寛「古代民謡解釈の方法」(『立命館文学』昭和二十六年二月)、「倭建命御葬歌の原歌」(『説林』昭和二十六年五月)、『古代歌謡全注釈・古事記編』など。
(39) 吉井巌「倭建物語と呪歌」(『国語国文』昭和三十三年十月)
(40) 神堀忍「歌謡の転用」(関西大学『国文学』昭和三十四年七月)
(41) 吾郷寅之進「倭建命御葬歌の原義一・二」(『国学院雑誌』昭和四十一年二月、三月)
(42) 尾畑喜一郎「八尋白智鳥」(『日本武尊論』桜楓社、平成元年)
(43) 居駒永幸「境界の場所(上)——ヤマトタケル葬歌の表現の問題として——」(『明治大学教養論集』242号、平成三年三月)
(44) 田辺幸雄「初期万葉」(岩波講座『日本文学史　第二巻』、昭和三十四年)
(45) 中西進「近江朝作家素描」(『万葉集の比較文学的研究　上』桜楓社、昭和四十七年)
(46) 小川学夫(『奄美民謡誌』法政大学出版局、昭和五十四年)
(47) 小川学夫「葬送のウムイ」(『南島研究』南島研究会、昭和五十三年十二月)
(48) (27) に同じ
(49) (32) に同じ
(50) 青木生子「夢と挽歌」(『万葉の発想』)。梶川信行「『挽歌』の位相」(『万葉史の論　笠金村』)は、「すべなし」の語を中心に挽歌と相聞の同質性を論じている。

有間皇子自傷歌

一　有間皇子自傷歌群

『万葉集』巻二「挽歌」部の冒頭に、次のような一群がある。

　有間皇子、自ら傷みて松が枝を結ぶ歌二首

磐代の　浜松が枝を　引き結び　ま幸くあらば　またかへり見む　（2・一四一）

家にあれば　笥に盛る飯を　草枕　旅にしあれば　椎の葉に盛る　（2・一四二）

　長忌寸奥麻呂、結び松を見て哀しび咽ふ歌二首

磐代の　崖の松が枝　結びけむ　人は反りて　また見けむかも　（2・一四三）

磐代の　野中に立てる　結び松　心も解けず　古思ほゆ　（2・一四四）

　山上臣憶良の追和する歌一首

島翔成　あり通ひつつ　見らめども　人こそ知らね　松は知るらむ　（2・一四五）

　右の件の歌どもは、柩を挽く時に作る所にあらずといへども、歌の意を准擬す。故以に挽歌の類に載す。

　大宝元年辛丑、紀伊国に幸す時に、結び松を見る歌一首〔柿本朝臣人麻呂の歌集の中に出づ〕

後見むと　君が結べる　磐代の　小松がうれを　また見けむかも　（2・一四六）

右は、有間皇子自傷の作二首と、後代の人々による追悼の作首から成っている。この有間皇子の二首については、

『代匠記』以来、題詞の「自傷」と『日本書紀』に伝えられる斉明四年十一月に起った有間皇子謀反事件との係わりが説かれ、悲劇的な事件の最中に詠んだ自作の歌として享受されている。[1]また、その一方では、題詞に「有間皇子自ら傷みて」と記してあるにも係わらず、皇子の自作ではなく謀反事件に仮託した虚構であるとする立場で、後人創作説、[2]羇旅歌転用説[3]などが展開されている。

しかし、ここで重要なことは、二首が「有間皇子」の「自傷」歌として伝えられたことであり、有間皇子がそのように伝えられるのにふさわしい人物であったということであろう。換言するならば、二首は「有間皇子」の歌として、「自傷」歌として成り立ち得る何らかの要素を有しているということである。

たとえば、第一首は、「松が枝を結ぶ」という呪術的習俗、いわゆる「結び」の信仰を踏まえて無事を祈願する歌であるとするのが一般的である。また第二首は、「飯」を有間皇子がみずから食べるものと解釈し、伝承の歌謡の形式を踏まえながら、旅中の食事の様を淡々と詠じた歌、[4]または「飯」を神に手向けるもの、つまり神饌とみる説があり、神にお供えして無事を祈る歌とする。[5]さらにまた「笥に盛る」を妻の行為として「妻への思慕」を歌った旅情の歌とする見解も提出されている。[6]

この両歌に看取される「無事を祈る」という要素が、『日本書紀』の有間皇子伝承と結びつくのであり、また題詞の「自傷」の意味をも決定づけるのであろう。だが、もし「自傷」となかったならば、二首は「旅の歌」となる要素をも有しており、それゆえに羇旅歌との共通性から説く羇旅歌転用説も生ずるのである。

また、『日本書紀』の有間皇子伝承も、二首の享受を規制する要素であることは言うまでもない。ただ、『日本書紀』に伝える有間皇子像と『万葉集』における有間皇子像との伝承像に相違がみられることから、それぞれの伝承には別々の基盤が存在していると推定される。そしてそれは、後人創作説、羇旅歌転用説などの根拠のひとつともなっているのである。

ここでは、有間皇子自傷歌二首を支えたであろう『万葉集』における有間皇子像の伝承的基盤について、『日本書紀』の伝承の分析や、自傷歌二首と「中皇命、紀の温泉に往く時の御歌」(1・一〇、一一、一二)、さらには『古事記』の倭建命伝承(景行天皇)との関連性を伝承歌の世界の中で捉えることで、いささかの私見を述べてみたい。

二 「自傷歌二首」の伝承基盤

斉明四年における有間皇子の死と謀反事件は、その後多くの異伝を生みつつ語り継がれていったようである。たとえば、周知のように『日本書紀』の斉明紀には、その事件の顚末が記されており、そこにはその記述の元となった資料の存在を示す「云々」という省略や「或本云」という別伝もそえられていて、有間皇子の事件に関する複数の伝承が流布していたことを示唆するものと考えられている。

また、『万葉集』には前掲したように自傷歌二首に追悼する後人の歌がみられ、それは有間皇子が枝を結んだという「松」を「見る」という契機によるものの、大宝元年(七〇一)、事件後四十三年頃まで伝承されていたことを物語っている。そしてそのことは、数十年後にまで伝承されるような何らかの要素が存在することと思われる。

さらにまた、『日本書紀』と『万葉集』とに伝えられる有間皇子関係の伝承内容や有間皇子像を比較してみると、およそ異質なものであることが明らかである。『日本書紀』に伝わるところによると、斉明四年(六五八)十一月三日、天皇一行が牟婁の湯に行幸の留守中に、蘇我赤兄の巧妙な謀略にかかり反逆を企てようとして、逮捕され牟婁に送致される。十一日、皇子は大和への帰途、磐代を過ぎたところの藤白の坂で絞殺されたとある。また、斉明四年の条の「或本云」という別伝には、謀反計画の一端が示され、宮を焼いたあと船師を用いて封じこめる作戦をとろうとしていたこと、皇子の計略には徳がないと諫める人がいたこと、謀議したとき案机の脚が折れて不吉としながらも計画を中止しなかったことなどが記され、あくまでも反逆者有間皇子として描れている。さらにその前年の斉明三年九月の条に、皇子が狂人をよそおっていたこと、牟婁温湯への行幸を反逆を企てるために勧めたように記されるなど、その事件の前兆を思わせている。そして、その記述には有間皇子に関する歌は一首も見当らない。

一方、『万葉集』においては、二首の歌と題詞の「自傷」の文字、さらには後代の人々の追悼歌四首で皇子の悲劇性を描き出している。そこでは、松を「またかへり見む」(一四一)、「また見けむかも」(一四三)、「結び松　心も解けず」(一四四)、皇子の魂は「あり通ひつつ　見らめども」(一四五)、「また見けむかも」(一四六)と、「松を見る」という一事を中心に独自の物語を構成している。それは願いがかなえられず無念さを残した皇子における死の物語とも言える内容である。また、これらの歌で重要な位置を占めている「磐代」という地名にしても『日本書紀』には全く見えず、そこには有間皇子が住んでいた「市経」、天皇や中大兄皇子の行幸先であり皇子を尋問した「紀温湯」、皇子が処刑された「藤白の坂」などが記されているのみである。

このような『日本書紀』と『万葉集』との伝承にみられる相違は、両者の編述態度にもとづくと思われるが、またそれぞれの基盤にもよると考えられる。しかし、その基盤とはどのようなものであったか未だ問題の残るところである。

そのことに関して山本健吉は、自傷歌二首について有間皇子の悲劇を伝承してきた叙事詩のようなものの存在を想定され「この歌は、だから皇子の実作と見るのは当らず、叙事詩的虚構が凝って結晶させた抒情詩の精髄《エキス》というべきである」とし、さらにその叙事詩の影響は『日本書紀』の記述にもあったことを述べている。(7) また、中西進は大津皇子の歌(3・四六一)に「大津皇子物語」の伝承という「他者の力」を指摘され、それと有間皇子の歌の基盤も同種とされ、『日本書紀』の元となった「有間伝」というべき成書が存在した可能性は大きく「磐代で追和した後代の文人たちは、その愛読者たちであったろうか」と説かれている。(8) さらにまた、露木悟義は、斉明三年に皇子が牟婁温湯に行った折に作った二首を有間皇子自傷歌二首として転用した可能性を説かれ、その一方では有間皇子の二首は伝承性の強いものであることを指摘され、伝承によって生じた虚構であるとして「皇子の歌は、だから、皇子の悲劇に同情し皇子を慕う後代の人々によって、先行歌を踏まえて作られたのではなかろうか」と、後人の創作と見ることができる可能性にも言及されている。[9] それに続いて、福沢健は、自傷歌及び追悼歌群の形成の背景として、有間皇子に関する数々の異伝が流布していた中、「この物語をもととして岩代での羇旅歌を仮託、転用する形で有間皇子の自傷歌と称する歌が形成されたのであろう」と述べている。[10]

これらによると、自傷歌二首が皇子の自作でないという立場で一致するものの皇子に関する伝承は自傷歌二首の生成基盤か、転用・仮託する基盤か、さらには二首が伝承された基盤かという微妙な問題を含んでおり、その物語的伝承の具体的内容や二首の生成、後代の人々の追悼歌などとの係わりについては明確にされてないように思われる。

残念なことに、その具体的なことを探る手だてとしては、『日本書紀』の有間皇子に関する記述と『万葉集』に残された歌以外にはない。そこでそれらをもとに推測してみると、その物語的伝承の構成要素のひとつに先述したように、「磐代」や「松」があり、願いがかなえられず無念さを残しての死の物語とでも言うべきものを構成させる力が挙げられる。また、『日本書紀』に伝えられる有間皇子事件の骨子の部分、つまり皇子は斉明四年十一月に斉明天皇と中大兄皇子の命により謀反の罪で藤白の坂において絞殺されたことがあったに違いない。さらに、それに加えて『日本書紀』の有間皇子に関する記述より省筆されたもの、すなわち皇子の個人的情況や心情、皇子を取り巻く政治的情況なども存在したのではなかろうか。この謀反事件の遠因は、乙巳の変に端を発し、父孝徳天皇の即位によって有間皇子が皇位継承の有資格者となったことにある。皇位継承の有力な候補者としての皇子が、斉明天皇や中大兄皇子と対立関係にあったという政治的情況は当時広く知られていたことであろう。そして、そのような情況に置かれていた皇子の内的情況や心情は、『日本書紀』の記述からは除かれたものの、人々の関心をひき物語的に伝承されていたのではなかろうか。

またそれは、題詞の「自傷」の語にも表われていると思われる。題詞に用いられた「自傷」の語は、他に人麻呂の実作とすることについて疑問が提出されている次の一例だけである。(11)

柿本朝臣人麻呂、石見国に在りて死に臨む時に、自ら傷みて作る歌一首

鴨山の　岩根しまける　我をかも　知らにと妹が　待ちつつあるらむ　（2・二二三）

右の「自傷」は、歌に「知らにと妹が待ちつつあるらむ」と詠まれていることから考えて、妹に自らの死を知らせることができず、ひとり心を傷めている自己を意識した語とも言えよう。有間皇子の題詞においても単に歌と事件を結びつけるだけでなく、願いがかなえられずにいる皇子の情況とその心情を暗示するものと解される。おそらくは、当時流布していた有間皇子に関する物語的伝承や後人の追悼歌などにより、事件当時の皇子を思いやっての表現であろう。

三　「自傷歌二首」の特徴

さて次に、物語的伝承と自傷歌二首との係わりであるが、その前に二首の基盤に係わるもうひとつのことについて述べてみたい。それは、自傷歌二首と中皇命歌三首（1・一〇、一一、一二）との関連性についてである。そしてそのことは、有間皇子歌群の中心をなしている「磐代」や「結び松」の存在、つまり何故に「磐代」の「松」であったかということに係わることでもある。

ところで、自傷歌二首はふたつの特徴を有していると言える。それは表現の類型性と特異性である。その類型表現としては、第一に草木を結び命の長久無事を祈るという古代信仰を背景とする表現を挙げることができる。また、

第二として家人と旅人との呪的共感関係により旅人の無事な帰着を願うということを基底にした「家」と「旅」とを対比する羈旅歌の類型的表現がある。さらには、「またかへり見む」という土地を讃める類型化された表現が挙げられよう。この表現は、他に九首に見られるが、巻十二の寄物陳思歌（三〇五六）を除いたすべては第二期以降の雑歌にあり、用語的な新しさが窺われる。

一方の特異とでも言うべき表現は、たとえば「磐代」という地名を詠み込んだ歌は、『万葉集』に六例あるが、その中の四例は有間皇子歌群にある。他の二例のうち巻七の一三四三の歌（作者未詳）には別伝の「一云」があり、そこには「磐代」の地名は表現されていない。よって、有間皇子歌群以外にこの地名を詠んだ例は、巻一の中皇命歌（一〇）のみである。『万葉集』には、行幸の折などで紀伊国を詠んだ歌は少なくないが、このことはきわめて特異な傾向と言えよう。

このことをもって有間皇子自傷歌と中皇命歌とを関連づけることは性急すぎるが、また、自傷歌の「松が枝」を「結ぶ」という表現の存在もその関係を物語っているのではなかろうか。「結び」の素材としては、草や紐、帯、緒などが多く、「松」を結ぶ例としては有間皇子関係歌以外では、次の大伴家持の二首のみである。

たまきはる　命は知らず　松が枝を　結ぶ心は　長くとぞ思う（6・一〇四三）

八千種の　花はうつろふ　常盤なる　松のさ枝を　我は結ばな（20・四五〇一）

だが右の歌は、天平十六年と天平宝字二年という時代が下っての作であり、この「松」を「結ぶ」という表現も初期万葉の世界においては数少ない特異な存在であると言えよう。

そして、この「松が枝」を「結ぶ」という表現と類似する表現も中皇命歌に存在しているのである。その中皇命歌は、次の歌である。

中皇命、紀の温泉に往く時の御歌

君が代も　我が代も知るや　磐代の　岡の草根を　いざ結びてな　（１・一〇）
我が背子は　仮廬作らす　草なくは　小松が下の　草を刈らさね　（１・一一）
我が欲りし　野島は見せつ　底深き　阿胡根の浦の　玉そ拾はぬ　或は頭に云ふ「我が欲りし　子島は見しを」　（１・一二）

右、山上憶良大夫の類聚歌林に検すに、曰く「天皇の御製歌なり云々」といふ。

右の三首と有間皇子自傷歌二首との共通点としては、斉明天皇の御代にあること、紀伊温湯へ向かう旅の途中で詠んだことなどがある。また歌内容に目を転じてみると、有間皇子の第一首と中皇命の第一首とが、「磐代」の地で草木を結び、その霊力により旅の安全や命の長久無事を祈る古代信仰を背景とすることで類似する。さらには、有間皇子歌の「松が枝」を結ぶという発想も、中皇命の第二首で「小松」を詠んでいることと無縁ではないように思われる。

この中皇命歌と有間皇子歌とを関連づけることは、何も新しいことではない。両者の結びつきは、中皇命の第一首について『仙覚抄』で「此歌モ、有馬皇子ノ、イハシロノマツヲムスヒタマヘリケルヲ本縁トシテ、ヨマシメ給ヘル歌トミヱタリ」と、有間皇子の第一首との係わりを説いて以来、「磐代」の土地にまつわる習俗の次元で捉えられたり、中皇命とは誰かという問題とも係っていろいろと論じられている。たとえば『万葉僻案抄』では、「中皇命は有馬皇子の妻なるべし。有馬皇子牟妻温湯に往給ふ時、中皇命も往給ひけるなるべし。此歌も彼有馬皇子の松枝を結び給へる歌と同時の詠なるべし」と、同時に詠んだ歌としている。また松田好夫は、有間皇子と倭姫とが斉明三年につれだって紀伊を旅したことを推定され、中皇命の三首について「前年は中皇命即倭姫が先になって③『岡之草根乎』結んだ」のであり、有間皇子の二首は、斉明四年、事件後に護送されている皇子が「前年同行した中皇命即ち倭姫を偲びつつ、黙々と『磐白乃　浜松之枝乎引結』んだのであろう」と、中皇命の三首を下地にして作られたものと考える。[12] そしてさらに、都築省悟は中皇命は倭姫の歌（一〇）を踏まえて作られたものと指摘する。[13]

このように有間皇子歌と中皇命歌との関連性については早くより指摘されているものの、関係の生じる原因について未だ諸見解が提出されているのは、その捉え方が問題であろう。

もし、中皇命歌三首と有間皇子に関する伝承に繋がりがみられ、さらに有間皇子歌二首とその物語的伝承の世界との絡み合いが指摘されるならば、自傷歌二首を支えた基盤が浮かび上がってくるのではなかろうか。ただしここで注意すべきことは、三首が詠まれた次元での作歌の場や歌の機能の問題と、三首が有間皇子に関する伝承と結びつく次元、つまり享受するときとは区別して考える必要があろう。

四　伝承的要素

では、中皇命歌三首が有間皇子に関する伝承と係わるとしたら、どのような要素が考えられるのであろうか。その要素としては三つほどあるように思われる。まず、中皇命とは誰かという問題と係わるが、いずれにせよ三首の作者は、有間皇子を処刑した側の人物であることが挙げられる。中皇命の実像は、時の天皇斉明もしくは皇太子中大兄に近い女性なら誰をも擬することができるが、その有資格者として四人の女性が提示されている。その第一に挙げられる間人皇女[14]は、斉明天皇の娘で中大兄皇子の同母妹であり、有間皇子の父孝徳天皇の皇后でもあった。また倭姫[15]は、古人大兄の娘で天智天皇の七年に皇后になった人である。さらに斉明天皇[16]は、有間皇子の父孝徳天皇の姉、つまり皇子にとっては伯母である。この他に、舒明天皇の母である糠手姫皇女とする見解もある。[17] この間人皇女、倭姫、斉明天皇の三人は、いずれも皆、当時有間皇子と皇位継承をめぐって対立していた中大兄皇子に近い側の人たちである。おそらく、この三首が有間皇子を処刑した側の作であることが、伝承にある有間皇子を取り巻く政治的情況と結びついたのではなかろうか。

第二点としては、三首の中に草木を結んで命の長久無事を祈るという内容を詠んだ歌があったことが挙げられよう。この有間皇子を処刑した側の人が、「君」(中大兄皇子)と「我」(斉明天皇)の生命力の充実を祈るということと、処刑された皇子の心情を思いやる心とが結びついたと解される。牟婁の温湯での尋問を終え、大和への帰途に藤白の坂で処刑された皇子を哀惜する人々にとって、その中間に位置する磐代の地で生命の長久無事を祈った歌は、また別の意味を有したのではなかろうか。

さて次に、中皇命歌三首が「磐代」の地にまつわり伝承されていたと考えられることが挙げられる。この三首の作者については、題詞に「中皇命の御歌」と記され、また左注に「右の歌は、山上憶良の編纂した『類聚歌林』には『斉明天皇の御製である』と記されている」とある。このことは、中皇命作とする一方に、少なくとも憶良が『類聚歌林』を編纂する頃には斉明天皇作とする伝承があったことを示すものであり、「斉明天皇の命を受けて中皇命が代作した歌だろう」[18]、「額田王の七、八番歌ないし九番歌と同様に、中皇命が斉明女帝になりきってうたったことから導かれた異伝と認めるべきである」[19]というように、中皇命が斉明天皇の心を代弁して詠んだことを暗示するものであろう。また、第三首(一二)にある「或いは頭に云ふ」という異文は、男の歌として伝承されたことを示唆していると思われる。

中皇命とは、天皇の傍にあって「神霊を聞く威力」を持つ人であり[20]、また「宮廷神と天子との〈仲立ち〉」とする聖職であったらしい[21]。そのような立場の人が、斉明天皇の気持ちを忖度して「磐代」で「君が代も　我が代も知るや」と地霊を讃え命の長久無事を祈った歌を詠んだことから、従来より古代信仰に支えられており、神の依代になる石を意味する名のつく「磐代」の地は、さらに霊威や神聖を帯びた土地となったと信じられたのではなかろうか。そしてそれゆえに三首の歌はこの「磐代」の地にまつわり伝承されていったと考えられるのである。

さらに付け加えるならば、中皇命歌三首の作歌時期と斉明四年（六五八）の有間皇子謀反事件とが近い関係にあるということである。中皇命が紀の温湯に出かけた事情や三首の作歌契機については、「斉明四年十月の斉明天皇紀伊国行幸の折に同行した」とするのが一般的である。また、斉明三年九月に有間皇子が病気療養のため牟婁の温泉に行ったのに同行した時に詠んだとする説、[22]斉明四年十一月の有間皇子謀反事件の後、皇子が紀の温泉に護送された折同行して詠んだとする説、[23]斉明四年の謀反事件で皇子が紀の温泉に護送された後、天皇等の安否を気づかって紀伊に下った時に詠んだとする説[24]などがあるが、確証はない。いずれにせよ、中皇命歌三首と有間皇子の謀反事件とは、単に時間的に近い関係にあるというだけではないものがある。

このように、中皇命歌三首は草木を結んで命の長久無事を祈るという内容の歌を有し、また有間皇子を処刑した側の作った歌という一面をもち、さらに神聖を帯びた土地「磐代」にまつわり伝承されていたと考えられることなどから、事件における皇子の個人的情況や心情、皇子を取り巻く政治的情況などを含み持つ伝承と係わる要素を充分に有していると言えよう

五　有間皇子伝承と中皇命歌

さてここに至って、有間皇子に関する伝承と中皇命歌三首とが繋がり、有間皇子自傷歌二首とどう絡み合うか、次にそのことについて述べてみる。まず、皇子に関する伝承と中皇命三首とが繋がることで、新たなる有間皇子に関する物語的伝承が生じた可能性がある。たとえば、謀反の罪により牟婁の温湯において天皇や中大兄皇子等の尋問を受け、その帰途藤白の坂で処刑された皇子を哀惜する人々は、事件発覚の前、紀伊国牟婁の温湯に行幸した折に、斉明天皇と中大兄皇子、つまり皇子を処刑した側の人が、その途中の磐代で草木を結び命の長久無事を折ったという

歌を知ったとする。それまでは、その伝承には「磐代」や「松」はおそらく含まれていなかったに違いない。しかし、人々は中皇命歌から、皇子も牟婁に護送される時やその帰路に「磐代」を通ったことを意識する。そして、もしかすると皇子も彼らと同様に「磐代」で草木を結び命の長久無事を祈ったかも知れないと考えたのではなかろうか。

このことは、『日本書紀』に都への帰路、藤白の坂まで来て殺されてしまったと伝えられていることとも係わるものである。つまりこれは皇子の死の場所を示すばかりでなく、牟婁より都への帰途についたことで生への望みがあったが、そこより都に近い藤白の坂において死へと転換したことを意味するものでもある。おそらく、磐代で長久無事を祈るということは、そこにある生の望みから絶望への移行の際の、皇子の心情として考えられたのかも知れない。さらにこのことは、先述したような『万葉集』の有間皇子歌群に看取される、願いがかなえられず無念さを残して死んだ皇子の物語を構成する力ともなり得るものである。

次に、このような物語的伝承と有間皇子自傷歌二首がどう絡み合うかという点についてである。従来は中皇命歌三首と有間皇子自傷歌二首の第一首にのみ目が向けられその関連性が説かれていたが、三首に呪的性格を見い出し、旅路や将来の平安を祈る一連の予祝儀礼の歌であるとする見解により、(25)他の歌にもその関連性が看取されるのである。それは一首目を岩代の草結びによって旅の安全と生命力の充実を祈る歌、第二首目を旅中の儀礼を行なうための忌隠りをする仮廬を詠んで一行の幸運を予祝する歌、第三者を神祭りの貴重な具である「玉」をまだ拾わぬことを詠んで前途を予祝する歌とする見方である。これらの儀礼歌は、しばしば永遠性や繁栄の象徴ともされる聖木「松」の下で詠まれており、第一首目では「君」(中大兄皇子)と「我」(斉明天皇)の長久無事なる願望を歌い、第二首と第三首でその願望を支える行為に中心を置いて詠んでいる。

これは、有間皇子自傷歌二首の第一首目が、草木を結ぶという習俗を背景として「磐代」の「松が枝」を結び、無事を祈願する歌であり、第二首は「松の下で神事的食事を行なうという習俗を背景(26)」に神に食物を手向ける行為を詠み道中の安全を祈願する歌であるということと類似するものであろう。この二首においても、皇子の願望と、その願望を支える行為とがあわせて詠まれているのである。

このような共通性をみせていることから、二首は処刑された有間皇子を哀惜する後の人々により、処刑を命じた斉明天皇や中大兄皇子が命の永遠なることを祈願したという「磐代」で、あの二人と同じように有間皇子も牟婁の温湯を目前にして、「松」を結び命の長久無事を「ま幸くあらばまたかへり見む」と「磐代」の神を讃えて祈ったと、死を予感した有間皇子の心情表出の世界として構築されたのではないかと推察する。そしてそこには、死を覚悟した上での生への執着も捨て切れない有間皇子が描れていて、いっそう悲哀は極まるのである。皇子は、永遠性を有する磐代の地で、常磐なる松の枝を結んで一縷の望みを結びとめようとしたが、かなわなかったのである。

三首に追悼する歌においても、皇子が「松を見る」という一事を中心に、「人は反りてまた見けむかも」（一四三）、「小松がうれを　また見けむかも」（一四六）、そして「結び松　心も解けず」（一四四）、さらには「あり通いつつ　見られども」（一四五）と皇子は魂となって松を見たと詠む。願いがかなえられずに無念さを残して死んだ皇子の物語が構成されていることは、このような物語的伝承が係わってのことであろう。

その追悼歌の中、山上憶良の追和歌

鳥翔成　あり通ひつつ　見らめども　人こそ知らね　松は知るらむ　（2・一四五）

の「鳥翔成」という表記に、村瀬憲夫は、「『古事記』の倭建命の自鳥飛翔の部分が重ね合わされているように思えてならない」と指摘され、「憶良は、この二人に共通性を見、有間皇子の魂を大空にはばたかせたのではないか」と言及されていることが注目される。(27)

その部分の原文は「化㆓八尋白智鳥㆒、翔㆑天而向㆑浜飛行」とある。倭（大和）建（猛る）という名のごとく、勇猛な性格ゆえに父景行天皇から恐れられ、東や西の戦いへと追いやられて、ついに故郷大和に帰ることなく伊勢国能煩野で力尽き「八尋白智鳥」に化《な》りて天に翔って行った悲劇の英雄倭建命。有力な皇位継承候補でありながら、謀反の罪で伯母斉明天皇の命により都への帰途、藤白の坂で処刑された悲劇の皇子有間。この二人は、境界領域の「野」と「坂」で亡くなっていることなど、あまりにもよく似ている。

また、村瀬憲夫は憶良の「人こそ知らね松は知るらむ」と、以前に尾津の前の一つ松の許にかけて置いた太刀が失せずにあることから詠んだ、次の

尾張に　ただに向へる　尾津の崎なる　一つ松　あせを　一つ松　人にありせば　太刀はけましを　きぬ著せましを　一つ松　あせを　（『古事記』・二九）

の歌謡に、「松に対比されていっそう際立つ人間の薄情さをなじるような口吻」を読み取っている。

他に共通点をみてみると、有間皇子の第二首は、「松の下で神事的食事を行なうという習俗を背景」に詠まれていたが、(28)この歌謡の背景にも「尾津の前の一つ松の許に到り坐ししに、先に御食したまひし時」とあるように、松の下で食事を行なうことがある。また、この歌謡は倭建命が伊吹山の神に苦しめられ衰弱したときに松に呼びかけたのであり、死を予感して松が枝を結び「ま幸くあらば　またかへり見む」と祈った有間皇子の第一首とも類似しているように思われる。

さらにまた、有間皇子自傷歌二首は、倭建命が能煩野に到って危篤状態になったとき詠んだとされる次の

命の　またけむ人は　たたみこも　平群の山の　熊白檮が葉を　髻華に挿せ　その子　（『古事記』・三一）

はしけやし　我家の方よ　雲居立ちくも　（『古事記』・三二）

という歌謡で、望郷歌として、植物の葉を簪《かんざし》にして長寿と豊饒を願った呪術を背景にして詠んでいること、「我家」を詠んでいることとも係わっているように思われる。

憶良の追和歌は、いつ詠まれたのか。このことについては、持統四年（六九〇）の紀伊行幸時、大宝元年（七〇一）

の紀伊行幸時、慶雲年中（七〇四〜七〇七）の憶良帰国以降など考えられているが、奥麻呂の歌が詠まれた大宝元年以降のある日と考えてよいだろう。そしておそらく、憶良は有間皇子自傷歌二首と皇子への哀情を述べた奥麻呂歌二首を入手して、直接的には奥麻呂の第一首に追和している形をとるものの、そこには悲劇の英雄倭建命が重ねて映ったのであろう。このことは追和歌を詠んだ時が明確でないことから、『古事記』の成立（七一二）と前後するようであるが、それは神話的発想を基盤としてと理解しておくべきである。

このように、有間皇子自傷歌二首や追悼歌は、いろいろな物語的伝承に支えられているのである。

注

（1）斎藤茂吉（『万葉秀歌』岩波書店、昭和四十三年）、石母田正「初期万葉とその背景——有間皇子・間人連老・軍王の作品について——」（『万葉集大成』5、平凡社、昭和二十四年）、稲岡耕二「有間皇子」（『万葉集講座』5、有精堂、昭和四十八年）、阪下圭八「真幸くあらばまたかへり見む——有間皇子の歌について——」（『日本文学』24—9　昭和五十年九月）など。

（2）田辺幸雄「有間皇子」（『国語と国文学』29—1、昭和二十七年一月）、山本健吉（『万葉百話』池田弥三郎共著、中公新書、昭和三十八年）、久米常民（『万葉集の文学論的研究』桜楓社、昭和四十五年）、露木悟義「有間皇子の悲劇」（『古代史を彩る万葉の人々』笠間書院、昭和五十年）、菅野雅雄「磐代歌考——万葉集と川島皇子——」（「美夫君志」19、昭和五十年七月）、大久保正「万葉の虚構——有間皇子と大津皇子の場合——」（「上代文学」44、昭和六十年四月）など。

（3）福沢健「有間皇子自傷歌の形成」（「上代文学」54、昭和五十五年四月）

（4）稲岡耕二「有間皇子」（『万葉集講座5』、有精堂、昭和四十八年）

（5）高崎正秀「万葉集の謎を解く」（『文芸春秋』昭和三十一年五月）、池田弥三郎（『万葉百歌』中公新書、昭和三十八年）、犬養孝（『万葉の旅』社会思想社現代教養文庫、昭和三十九年）、三田誠司「有間皇子自傷歌二首」（『日本語と日本文学』10、昭和六十三年）、川上富吉「『椎の葉に盛る』考――有間皇子伝承像・続――」（『大妻国文』19、昭和六十三年）

（6）中西進「万葉の発想」（『万葉の発想』桜楓社、昭和五十二年）、（講談社文庫『万葉集』一）

（7）『万葉百話』（中公新書、昭和三十八年）

（8）（6）に同じ

（9）「有間皇子の悲劇」（『古代史を彩る万葉の人々』笠間書院、昭和五十年）

（10）（3）に同じ

（11）早くは、折口信夫「柿本人磨」（『折口信夫全集第九巻』）や高崎正秀「柿本人磨終焉歌とその周辺」（『文学以前』桜楓社、昭和三十三年）にある。

（12）松田好夫「中皇命と有間皇子との作品――その関連と歴史的地理的定位――」（『万葉研究作者と作品』桜楓社、昭和三十八年）

（13）都築省吾「有間皇子」（『萬葉十三人』河出書房新社、昭和四十九年）

（14）田中卓「中皇命をめぐる諸間題」（日本文学研究資料叢書『万葉集Ⅲ』有精堂、昭和五十二年）、中西進「中皇命とは誰か」（『解釈と鑑賞』昭和四十四年二月）、稲岡耕二「初期万葉の歌人たち・中皇命（その一）」（『解釈と鑑賞』昭和四十六年六月）など。

（15）喜田貞吉「中天皇考」（『万葉学論纂』明治書院、昭和六年）、松田好夫（12）に同じ

（16）山崎馨「中皇命は誰か」（『講座日本文学の争点1　上代編』明治書院、昭和四十四年）

(17) 尾畑喜一郎「中皇命」(『万葉集講座』五、有精堂、昭和四十八年)
(18)『万葉集一』(小学館日本古典文学全集)
(19)『萬葉集全注　巻第一』
(20) (19)に同じ
(21) (17)に同じ
(22) (12)に同じ
(23) 田中卓「中皇命と有馬皇子」(『万葉』四号、昭和二十七年七月)
(24) 稲岡耕二「初期万葉の歌人たち・中皇命(その三)」(『解釈と鑑賞』昭和四十六年八月)
(25) (19)や『萬葉集㈠』(新潮日本古典集成)
(26) 三田誠司「有間皇子自傷歌二首」(『日本語と日本文学』十、昭和六十三年)
(27) 村瀬憲夫「憶良の追和歌」(『万葉の歌―人と風土㈨―和歌山』保育社、昭和六十一年)

二上山の基層

一　はじめに

古代の人々は、いろいろな形態に基づく山に対して、ある特別な観念を持っていたようである。たとえば、群馬県沼田市にある子持山は、『万葉集』に次のように詠まれている。

子持山　若鶏冠木の　黄葉つまで　寝もと吾は思ふ　汝は何どか思ふ　（14・三四九四）

子持山は山そのものが女陰に似ていて、古くから性崇拝の対象とされており、右の歌もそのような信仰的背景からの成立であろう。

また、佐賀平野の西部にある杵島山は、『風土記』に次のようにある。

杵島の縣。縣の南二里に一孤山あり。坤のかたより艮のかたを指して、三つの峰相連なる。是を名づけて杵島と曰ふ。坤のかたなるは比古神と曰ひ、中なるは比売神と曰ひ、艮のかたなるは御子神と曰ふ。郷閭の士女、酒を携へ琴を抱きて、歳毎の春と秋に、手を携へて登り望け、楽飲み歌ひ舞ひて、曲盡きて帰る。歌の詞に云はく

あられふる　杵島が岳を　峻しみと　草採りかねて　妹が手を執る　（『肥前国風土記』逸文杵島の条）

この三つの峰を有する杵島山は、男神、女神、御子神の神々がうしわく聖なる山として、この地方の人々の尊崇を集めていたのであろう。右の男女が集う祭りの場や歌は、杵島山に対する性的崇拝という古代的な観念に基づい

ているのであろう。

さらに二つの峰を有するという形態の二上山は、大和の葛城が有名である。しかし二上山は、ここだけではない。日向の高千穂峰にも、常陸の筑波にも、越中の射水郡にもある。そしてこれらの二上山の基層には、いくつかの類似する古代性が存在する。つまり、二上山には形態だけではなく、共通する古代的な観念が存在するのである。各地で二つの峰を有する山を二上山と称する理由は、どうもここにあるらしい。

ここでは、このような二上山に対する古代的な観念を明らかにして、二上山の歌との係わりについて考えてみたい。

二　日向の二上山の基層

まず、日向の二上山であるが、それに関しては次のようにある。

(1)皇孫……日向の襲の高千穂峯に天降ります。既にして皇孫の遊行す状は、槵日《くしひ》の二上の天浮橋より、浮渚在平処に立たして、(『日本書紀』天孫降臨の本書)

(2)時に、大伴連の遠祖天忍日命、来目部の遠祖天槵津大来目を師いて……天孫の前に立ちて、遊行き降来りて、日向の襲の高千穂の槵日《くしひ》の二上峯の天浮橋に到りて、浮渚在之平地に立たして、(『日本書紀』同章第四の一書)

(3)日向の国の風土記に曰はく、臼杵の郡の内、知鋪の郷。天津彦々火瓊々杵尊、天の磐座を離れ、天の八重雲を排けて、稜威の道別き道別きて、日向の高千穂の二上の峯に天降りましき。時に、天暗冥く、夜晝別かず、人物道を失ひ、物の色別き難たかりき。ここに、土蜘蛛、名を大鉏・小鉏と曰ふもの二人ありて、奏言ししく、「皇孫の尊、尊の御手以ちて、稲千穂を抜きて籾と為して、四方に投げ散らしたまはば、必ず開晴りなむ」とまをしき。時に、大鉏等の奏ししが如く、千穂の稲を搓みて籾と為して、投げ散らしたまひければ、即ち、天開晴り、日月照り光きき。因りて高千穂の二上の峯と曰ひき。

(『日向国風土記』逸文知鋪郷)

(4)古老のいへらく、珠賣美万命、天より降りましし時、御服を織らむとして、従ひて降りし神、名は綺日女命《かむはたひめのみこと》、本、筑紫の国日向の二所《ふたがみ》の峯より三野の国引津根の丘に至りき。後、美麻貴の天皇のみ世に及り、長幡部の遠祖、多弓命、三野より避りて久慈に遷り、機殿を造り立てて、初めて織りき。

(『常陸国風土記』久慈郡)

右によると二上山は、天孫降臨にかかわる山としてある。たとえば(1)によると、ニニギノ命は高千穂の峰に天降り、さらにそこから「二上山」の「天浮橋」を通って平処に降下するという形をとって現われる。この「天浮橋」は、天上界と地上界との境界を結ぶ「橋」を意味し、また「浮」は天上界と地上界との間の虚空にかける意で添えられたものであろう。つまり、「二上山」は天上界と地上界との境界領域として位置づけられるのである。

(2)では、大伴の遠祖の天忍日命が天孫の御前に立って、遊行《ゆき》降来り、高千穂の「二上峯の天浮橋」に到り、さらにそこから平地に立ったとある。ここでの「二上峰の天浮橋」も、(1)と同様に天上に通じる山としての機能を有すものである。

さらに(3)も同じ天孫降臨に関することであるが、「二上の峯」の語源的説話によると、「二上の峯」は「日月照光」のところとある。このことについて、池田源太は「天」は「高」に応じ、「日月」は「二上」に応じているという立前を取っているとも言えると述べている。(1)

(4)によると、この日向の高千穂の二上峯は、「筑紫の日向の二所《ふたがみ》(二神)峯」とあり、二上は二神のいますところである。

このように日向の高千穂にある二上山は、天孫が降臨するところであり、天上界と地上界との境界領域を意味し、「日月照光」のところ、そして二神のいます聖なる山としてある。また、二上山が不思議な力を有した山であったことは、(1)と(2)の例に「槵日《くしひ》の二上」と、つまり「奇シ霊（ヒ）」の二上山と表現されていることからも明らかである。

ところで、日向の高千穂の二上山の所在については、宮崎県西臼杵郡高千穂町の西境にある二上山とする説、鹿児島と宮崎両県境にある霧島連峰中の高千穂の峰とする説がある。しかし、いずれを是とも非とも言えないようである。ただ後述することと係わるが、霧島連峰の東部から南部にかけて古墳群が存在していることが興味をひく。

三　大和葛城の二上山の基層

さて次に、大和の葛城にある二上山である。この二上山は、地理的には現在の奈良県北葛城郡当麻町と大阪府河内郡太子町との間に位置しており、かつて大和と河内の境界をなしていた。また、飛鳥宮や藤原宮からは西方にある。つまり、大和の西の果ての山、日が隠れる山であると言えよう。峰が二つあり、南の峰は雌岳四七四メートル、北の峰は雄岳五四〇メートルの標高である。

この大和葛城の二上山に対する古代の人々の思いについては、平安末期、藤原頼長の『台記』に載せられた「中臣の寿詞」（康治元年、一一四二年、大中臣清親）の伝承からうかがうことができる。それは次のようにある。

中臣乃遠都祖天児屋根命、皇孫尊乃御前仁奉仕氏、天忍雲根神遠天乃二上仁奉上氏、神漏岐、神漏美命乃前仁受給波里申仁、皇御孫尊乃御膳水波、宇都志国乃水爾天都水遠加氏奉牟申世止事教給志仁依氏、天忍雲根神天乃浮雲仁乗氏天乃二上仁上坐氏神漏岐、神漏美命乃前仁申世波、天乃玉櫛遠事依奉氏、此玉櫛遠刺立氏、自夕日至朝日照万氏、天都詔刀乃本詔刀言遠以氏告禮、如此告波、麻知波弱韮仁由都五百篁生出牟。自其下天乃八井出牟。此遠持天、天都水止所聞食止事依奉支。

右は中臣氏の遠祖が皇孫のため「御膳つ水」を求めて「天の二上」に上り、天神から「天つ水」を得る法を授けられるという話である。これによると「天の二上」とは、「神漏岐・神漏美命」という男女二神のいるところである。

また、「天の二上」は、天忍雲根神が「天の浮雲」に乗って上って行く天上の世界、あるいは天上界と地上界との境界領域である。そして「皇御孫の尊の御膳つ水」に用いる「天つ水」に係わるところである。

堀内民一は、この「天の二上」について「聖水の山の古い信仰を保有し、『文学以前』のおもかげが思われる」ところで、「聖水の湧き出る山」、「初春の聖水を寓した遠い天の山のことになる」と説く。また「御膳つ水」は、「天子の召し上る御飯やお酒に使う水だが、元々、誕生復活の水の信仰を根本としていると思われる」と述べる。そしてさらに、その基底には二つの頂きを持つ窪みに言い知れぬ神秘感を信仰生活の実感とし、みほとの神を祀るという「ほと信仰」がかかわっていると説く(2)。

しかし池田源太は、「御膳つ水」が「現し国の水」に「天つ水」を加えたものとすれば、「天つ水」は「雨水」に当たり、二神は降雨を支配する力のある神である可能性があると論じている(3)。

いずれにせよ、高天の原より天降った神の子孫である天皇にとって、この「天つ水」は天皇の故郷ともいうべき天つ神の霊威の籠もるところのもので、天上界の霊力を宿した聖水の意味を有していることは確かである。そしてこのことは、二上山が古代の人々にとって、天上の世界から地上の世界に聖水をもたらす聖山としての信仰の山であったことをうかがわせる。

この二上山と聖水との関係は、現在でも存在する。二上山は、当麻口から登ると当麻山口に神社があり、その南に大きな高尾池がある。またその南側の道を登ると二上の滝がある。この二上山の水の恵みによって生活する村々は「嶽の郷」と呼ばれ、四月二十三日に「嶽のぼり」と称して二上山に遊ぶという。堀内民一は、この「嶽の郷」(二上山から下る水で米作りや御飯を食べる村)と呼ばれる西大和地方において、二上山を「嶽」と言い祈雨のため「嶽の雨乞い」の信仰行事があることを指摘している(4)。この行事はいつの時代から伝わっているのか詳らかではないが、どうも二上山の雌岳にある深蛇明王(水竜神)を拝むらしい。また池田源太は、二上山が水神として崇神朝から平安朝にかけて祭られていたと述べる。[5]

ところで、『万葉集』における大和葛城の二上山は、題詞を含めて五例（10・二一八五、11・二六六八、2・一六五題詞、一六五、7・一〇九八）ある。そして次の例により、二上山に対するこれまでとは別の観念が存在することを知る。

大津皇子の屍を葛城の二上山に移し葬りし時に、大来皇女の哀しび傷みて作りませる御歌二首

うつそみの　人にあるわれや　明日よりは　二上山を　弟世とわが見む　（2・一六五）

右によると、二上山には朱鳥元年（六八八）十月三日に謀反の罪で処刑された大津皇子の墓が築かれたと解される。現にその墓は、二上山の雄岳の山頂にあるとされている。しかし、この場所に決定されたのは明治九年に宮内庁書陵部によってであり、実際のところは定かではない。

大津皇子の墓の所在については、二上山の東麓（奈良県北葛城郡当麻町加守）の龍峯寺（掃守寺、加守寺）に注目する説が提示されていた。[6]ところが、この加守寺跡で八世紀初めの亀甲形をした六角堂の基壇が確認された。[7]そして多角形の堂は、ほとんどが死者のための供養堂の性格があることなどから、大津皇子の追善供養に建立したとする説が浮上した。[8]また一方では、大津皇子の墓は、二上山の南麓（奈良県北葛城郡当麻町染野字鳥谷口）にある鳥谷口古墳とする説がある。[9]

だが、二上山を墓域としたのは大津皇子だけではない。二上山の西麓の磯長谷には墳墓群が存在し、そこには敏達、用明、推古、孝徳の諸天皇や聖徳太子、蘇我馬子、小野妹子の墳墓がある。この古墳群について田中日佐夫は、「仏教公伝の直後から大化改新ののちまで、およそ六、七十年間の、いわゆる飛鳥時代を形成した天皇、貴族たちの遺体が埋葬されている」と述べている。[10]

このように二上山の西側は、六世紀後半から七世紀中葉の頃までは陵墓の造られる地域であったのである。特に七世紀後半から奈良時代末に至るまでは、中河内に住む豪族の共同葬地であったらしい。さらに六世紀後半以降、そ

の反対側の奈良盆地に居住していた豪族は、龍王山や二上山の東麓を共同の奥津城にしていたらしいことも報告されている。[11]つまり二上山は、天皇や皇族、豪族たちの眠る墳墓の地であり、ある時期において祖霊の鎮まる聖地であったのである。

さらに当時の二上山には、弥勒信仰がかかわっているようである。それは、二上山麓にある染野の石光寺と当麻の当麻寺にある弥勒仏の存在から推察できる。

石光寺は、『当麻曼荼羅縁起』に「天智天皇御時、光る石あり、弥勒三尊に彫刻して、精舎一堂の建立をなせり」と伝えられている。この石光寺跡の発掘調査により、伝承どおりに石仏と金箔の塼仏、文様塑壁が発見され、金色堂に石仏を安置していた華麗な寺院であったことが判明した。[12]また、石光寺に近い当麻寺の金堂にも、白鳳仏と考えられている塑像弥勒仏（弥勒如来坐像）がある。

弥勒仏とは、五六億七千万年後の世に現われる未来仏で、弥勒菩薩が弥勒仏として現われるという仏である。二上山麓にある石光寺には弥勒仏を本尊とする弥勒堂が、また当麻寺には金堂に塑像弥勒仏が存在することから、二上山麓の地域に広く弥勒信仰がおこっていたと推定される。おそらく二上山は、弥勒の浄土に見立てられていたのであろう。

このように二上山は、他界との境界という古代的な観念を抜きにしては考えられないのである。ちなみに以上の古墳や寺院の位置は次頁の図のとおりである。

四　大和の二上山の歌

では次に、二上山の基層にあるものと『万葉集』における二上山の歌との係わりについて考えてみる。『万葉集』

中の大和における二上山の歌は、次の五例である。

(1)大津皇子の屍を葛城の二上山に移し葬りし時に、大来皇女の哀しび傷みて作りませる御歌二首

うつそみの　人にあるわれや　明日よりは　二上山を　弟世とわが見む　（2・一六五）

(2)紀道にこそ　妹山ありといへ　玉櫛笥二上山も　妹こそありけれ　（7・一〇九八）

(3)大坂を　わが越え来れば　二上に　黄葉流る　時雨ふりつつ　（10・二一八五）

(4)二上に　隠らふ月の　惜しけども　妹が手本を　離るるこのころ　（11・二六六八）

まず(1)の歌では、「うつそみの人」である「われ」と「二上山」の「弟世」とを対峙させている。二上山は、男女二神のいます聖なる山であった。とすると、この「われ」と「弟世」の背景にはその観念があったか。また、二上山は境界領域の山であった。挽歌的には、天皇や皇族、豪族たちの眠る墳墓の地であり、祖霊の鎮まる聖地であった。さらに弥勒信仰による浄土に見立てた山であった。よって、この表現は、大来皇女と亡き大津皇子の隔たり、つまり現世と他界との隔たりを意味し、他界への隔絶をもって皇子に死の自覚を与えるものと考えられる。また、二上山を「明日よりは……わが見む」と詠むことは、今日を境に二上山の向こうにある死の世界に移ることを促す意味があり、さらに皇子の魂との交流を意味した。つまり、弟大津皇子の魂を他界に移し鎮める歌であったと解される。

(2)の歌は、二上山は男女二神のいます山と考えられていたことを背景として成立した歌であろう。(3)の歌は、二上山が大和国と河内国の境界、つまり異界との境界という季節を感じる特殊な空間だったことに基づいている。そこで異郷の霊威に接したのである。(4)の歌は、「物に寄せて思を陳べたる歌」である。ここでの二上山は、「惜し」を起こす序に用いられている。この失せゆくものへの哀惜の情は、単に月が沈むのを名残り惜しがっているということだけでなく、二上山が他界との境界であるという観念に基づいている。

ちなみに、大津皇子伝承は『薬師寺縁起』などによると「龍」とのかかわりが多い。たとえば皇子鎮魂の「龍峰

鳥谷口古墳の位置（7世紀～8世紀の古墳・墓・寺院等）

1．穴虫火葬墓　2．威奈大村墓　3．加守寺跡　4．加守火葬墓　5．石光寺　6．鳥谷口古墳
7．首子8号墳　8．当麻寺　9．的場池10号墳　10．的場池11号墳　11．兵家古墳　12．夫婦塚古墳
13．神明神社古墳　14．寺口和田7号墳　15．寺口古屋敷古墳　16．団子山古墳　17．飛鳥千塚
18．太平塚古墳　19．紀吉継墓　20．聖徳太子墓　21．用明天皇陵　22．松井塚古墳　23．仏陀寺古墳
24．孝徳天皇陵　25．鹿谷寺跡　26．岩屋寺跡　27．方法蔵院跡　28．小野妹子墓　29．二子塚古墳
30．推古天皇陵　31．ツカマリ古墳　32．アカハゲ古墳　33．ドンズルボー遺跡・ドンズルボー西方の石切場跡
34．穴虫（田尻峠北方の）石切場跡　35．岩屋峠西方の石切場跡

（『奈良県遺跡調査概報』第二分冊、1983年度より）

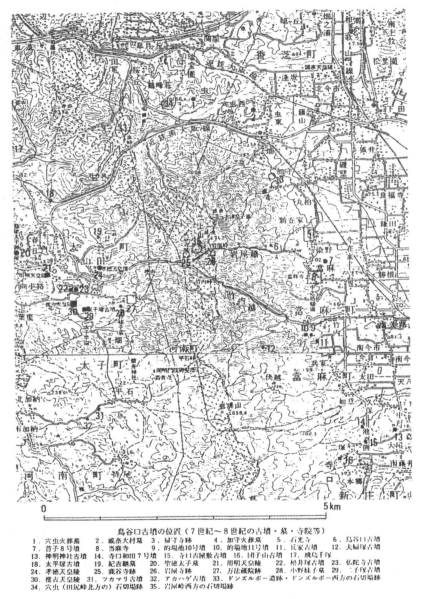

寺」。「悪龍」と化した皇子の霊。薬師寺の「竜王社」にあった伝大津皇子坐像。元は「竜池」にあり「竜宮」を模した薬師寺の金堂。こうした伝承も天上の世界から聖水をもたらす聖山としての信仰の山であった二上山に、移葬されたとあることを背景として成立したのであろう。

五　越中の二上山の基層

さて次に、越中の二上山について述べてみる。この二上山は、射水平野を西側で区切る形でそびえ、現在の高岡市と氷見市との境にある。また越中の国庁であったとされる伏木の勝興寺付近の西の方角にあたる。峰は二つあり、東の峰は二七三メートル、西の峰は二五九メートルの標高である。

実はこの越中の二上山の基層には、先述した大和の二上山に対する観念と類似するものがみられる。それは国府の西の方向に二上山が位置するのはもちろんのこと、二上山に古墳が係わることであり、また聖水信仰が存在していることである。

まず古墳に関してであるが、それは二上山の山麓あるいは中腹に多く、二上山周辺をめぐって中期から後期に属する大小数々の古墳が群在している。以下『高岡市史　上』の「古墳の分布」により述べてみたい。二上山の古墳では、たとえば二上字谷内の地、二上山の真南の谷で射水神社のある所には、高塚古墳群（城光寺地内字高塚に点在）がある。また鳥越古墳群（二上神社東方の鳥越台地付近に点在）、谷内古墳群（射水神社のある谷内及び浄ケ谷に面して点在）があり二上古墳群と呼ばれている。さらには鳥帽子古墳（海老坂谷西側丘陵の中ほど）などもある。

次に二上山周辺の古墳としては、二上山の北縁で海岸台地（太田字桜台）には、県内最大の桜台古墳群がある。その数は、前方後円墳二基、円墳七基である。また、二上丘陵の東北端が断崖をなして有磯海に没入する所が渋溪崎であり、その東西端に位置するのが岩崎古墳群と国分山古墳である。両墳とも円墳で、確かめられているのは八基である。なお、この周辺の古墳は、出土品等よりみて五世紀初頭から六世紀末頃までに造営されたと考えられている。二上山周辺の古墳の主については、「二上山、呉羽山、梅檀山が三大中心をなしているが、中でも二上山周辺がより濃密であるのは、当時最も有力な支配者がこの地方を占拠し政治文化の中枢であったことを語るものである」という指摘がある。また、その有力な支配者が葬られている古墳は、桜谷古墳群中の主墳ともいうべき大きさの前方後円墳一号と呼ばれるものである。さらにこの古墳の造営年代は、五世紀初頭を下らず、早ければ四世紀末にも上るかと考え、初代の国造であり射水臣一族の伊弥頭国造の大河音足尼の墓であろうと推測されている。[13]

五世紀初めと言えば、越中の豪族達も完全に大和朝廷に服属したと考えられる年代である。この大河音足尼が初代越中国造として任ぜられたのは、『旧事本紀』によると四世紀後半の十三代成務天皇朝である。大河音足尼は、蘇我氏と同祖で武内宿祢の子孫と称され、中央から派遣された国造であった。おそらくこの伊弥頭国造が、二上山周辺を本拠として、現在の射水、氷見両郡を合わせた全域を支配したのであろう。後に大河音足尼の子孫は、射水臣を称し射水郡を中心として長く繁栄するのである。

このような二上山周辺の中期から後期に属する古墳群の存在から、その地域に住む人々にとって二上山は国造や豪族達の祖霊の鎮まる地という観念があったと考えられる。高瀬重雄は、さらに『万葉集』における二上山麓の民謡かとされる旋頭歌（16・三八八二）の枕詞「渋谿の二上山」の表現が、越中在住の側にのみに見えることに注目し、「越中在住の人々にとっては、二上山は渋渓の古墳にねむる族長たちの祖霊のとどまる山という意識が、五世紀以来つちかわれていたのではあるまいか」と述べている。[14] おそらく、二上山周辺の地域に住む人々にとって、二上山は祖霊の鎮まる山、他界の入口、現世と他界の境界領域として認識されており、歌の表現と深く係わっているだろう。

次に、類似する第二の点、二上山と聖水信仰との関係についてであるが、その手掛りは二上山にある射水神社にある。この神社の起源については、『続日本紀』に宝亀十一年（七八〇）越中国射水郡二上神従五位に叙すとあるのが正史にみえる最初である。古代以来二上村の二上山に鎮座していたが、明治四年（一八七一）六月に高岡市の古城公園本丸跡の地に遷座したという。

　この二上射水神社では、四月二十三日に神社に面して築山が造られ、いわゆる「築山神事」が行われている。その神事は、蓬莱山にみたてた築山において神の降臨を受けるというものである。ここで注目したいのは、祭日の前日午後四時近くから境内の「天の真井」において、奥の院日吉社から神を迎える神事をすることである。この場所は、湧水竜神の聖地とも、また天から獅子が舞い下りて舞をした所ともいう聖地とされている[15]。

「築山神事」に大切な役割を果たす「天の真井」は、『古事記』の天照大神と須佐之男命の「天の安の河の誓約」の段にみえる「天の真名井」と同じ機能を有するものであろう。それは、須佐之男命が佩く十拳剱と天照大神の御髻に纏っていた御統の珠を「天の真名井」（高天の原にある聖井）の水に振りそそいで（水の霊力を着け清めて）、さがみにかみて吹き棄つる気吹の狭霧からそれぞれ御子神を誕生させたという伝えである。この御子神の誕生についての語りは、その祖神の復活を意味していると思われる。このことから「天の真名井」とは、霊力のある水が湧く聖井であり、その水は物を誕生させる呪力を有している聖なる水と解される。

　おそらく、これらの「天の真井」の「聖水」は、先述した「中臣の寿詞」における「天の二上」の「天つ水」や大和の二上山にあった水神信仰なども、その基底のところで深く係わっている復活や誕生の呪力を有する聖水であろう。

　また、この「築山神事」において注目する第二としては、築山に立てられた御幣を築山前の儀式と神輿渡御終了後ただちに境内の鏡池に刺すという行いは、水神として祀る儀式であろうとされていることである[16]。この神事もまた、先述した「中臣の寿詞」における「玉櫛」を刺し水が湧き出たという伝承を想起させるものである。遠い天の山である二上に登って「天つ水」を得るための呪言を受けたとき、その神である神漏岐・神漏美命は「天の玉櫛」をお授けになって呪言を伝える。それを卜地に刺し立てて、夕日の傾く頃から朝日の登り照る頃まで天つ詔詞の太詔詞言を唱えて祈ると、若い韮や神聖な竹やぶが出現して、その下に「天の八井」ができたというのである。おそらくは、このような伝承を背景としての聖水行事であろう。

六　二上山の歌の発想基盤

さてここで、二上山の基層にあるものと『万葉集』における二上山の歌との係わりについて、枕詞を手掛りとして考えてみたい。枕詞とは、語調をととのえる場合だけでなく、その修飾する語についての共通理解を前提としている場合があることから、二上山に対する観念が如実に現われる表現と考えるからである。

越中の二上山は、『万葉集』で十一首（題詞の一例除く）に詠まれている。その中で二上山を修飾する枕詞は、「渋谿」一例、「かき数ふ」一例、「玉くしげ」四例の三種類の合計六例であり、過半数を占める。

まず「渋谿の二上山」の表現は、他の二種と趣きを異にする個有名詞であることから、高瀬重雄は「山裾に多くの族長のねむる二上山というような意識をともなってはいなかったかと思われる」と説明する。(17) しかし一般的には「かき数ふ二上山」の表現は、ひとつ、ふたつと数えて二つの頂きをもつ二上山にかかると説明されている。また「玉くしげ」は、「玉」は美称、「くしげ」は「櫛笥」で、美しい櫛の入れ物の意でその蓋から二上山に続くと説かれ、広く大切なものを入れる箱の意として用いられている。

ここで問題なのは、二上山麓の民謡かと言われる旋頭歌（16・三八八二）の「渋谿の二上山」の表現だけが、「二上山は渋渓の古墳にねむる族長たちの祖霊のとどまる山という意識」で枕詞として用いられていたのかということである。たとえば、「かき数ふ」は次のようにある。

かき数ふ　二上山に神さびて　立てる栂の木　本も枝も　同じ常磐に　愛しきよし　わが背の君を……

（17・四〇〇六）

この表現は、「一、二と数えて二つの頂きをもつ二上山」などと訳される。しかし、「神さびて」や不変の形容の「本も枝も同じ常磐に」の表現は、二上山は祖霊の鎮まる聖山であるという観念などが背景となっていると思われる。また呪的な栂の木は、「三諸の神名備山」（3・三二四）に立つものと同様に、聖なる山ゆえにさらなる永遠性を表わすと思われる。

では、「玉くしげ二上山」の表現はどうであろう。「玉くしげ」は、当時の女性たちの櫛を入れる箱、櫛笥が霊的神秘的であるための表現である。女性の髪は生命力を象徴する霊的なものであり、その髪を梳る櫛は「奇《く》し」に通じる呪具である。その不思議な力を有する櫛を入れる箱、つまり笥はその力を納め封じて置くさらに強い霊力、呪力を有するものである。その性質は、次の歌の常世の「玉くしげ」で明瞭である。

水江の浦島の子を詠める一首并せて短歌

……玉篋《たまくしげ》　少し開くに　白雲の　箱より出でて　常世辺に　棚引きぬれば……後つひに　命死にける……

（9・一七四〇）

この「玉篋」の中に入っていた「白雲」は、常世の霊威の象徴であり、浦島子の体を守る霊力を有していた。そしてその霊威を納め封じていた強い呪力を持つのが「玉篋」であり、まさに常世の呪物であった。また、仙境と人間界との時間の差異を保ち、浦島子の魂を封じ籠めた箱であったのである。さらに、この強い呪力を有する「神の女」のものであった「玉篋」は、めったに開けてはならぬ禁忌の箱であったのである。

『万葉集』の中には、「玉くしげ」が十四例あることから、さらに枕詞の関係をみてみることにする。枕詞「玉くしげ」は、「明け・開く」五例、「奥」一例、「二上山」四例、「三室戸山・見諸戸山・みむまど山」三例、「蘆城の川」一例を修飾する。これらの関係について、一般的には櫛を入れる箱の蓋をあける意で「開け」「明け」の形容、その箱の奥にしまう意で「奥」に続く、箱の蓋から「二上」に続く、箱の身から「ミ」に続く、りっぱな櫛笥は脚をもち「アシ」に続くか、などの説明がある。しかし、この「アク、ヒラク、オク、フタ、ミ」などとの関係は、不思議な力を持つ櫛を入れておく強い呪力を有する呪具を、容易には開け得ないもの、貴重なものを封じ込めておくものという観念に基づいての表現であり、またそこから音を利用して転換させた手法であろう。

特にそのことは、その櫛笥の形態や機能からの関係とは異なる趣きをみせている「二上山」「三室山・見諸戸山・みむまど山」「蘆城の川」という個有名詞との関係で明らかである。たとえば「三室戸山」は「三室（みむろ）山、三諸（みもろ）山ともいう。神の降りる山の意の普通名詞。神奈備と同じ」と説かれている。よって「玉くしげ三室戸山」は、霊力のあるものを入れる呪的な箱と神が降臨する聖なる山とが類するものであるという共通の意識と一定の理解を前提としていると考えられる。つまり「玉くしげ三室戸山」は、神が降臨する聖なる山ゆえに、容易には近づけない貴いものという観念に基づいての表現であると解される。

「玉くしげ二上山」の表現も、「玉くしげ」の基層と「二上山」の基層にあるものとの密接な関係に支えられてのものであろう。たとえば、大伴家持作の「二上山の賦」（17・三九八五〜三九八七）で、

射水川　い行き廻れる　玉匣《たまくしげ》　二上山は……神柄や　許多貴き　山柄や　見が欲しからむ　すめ神の　裾廻の
山の……古ゆ　今の現に　かくしこそ　見る人ごとに　懸けて偲はめ　（17・三九八五）

と、二上山を神山として捉え讃美しているのも、二上山が祖霊の鎮まる聖なる山、水神信仰のある山ゆえに尊崇すべきものという観念を背景としたものであろう。そして、反歌で「渋谿の崎の……古思ほゆ」（三九八六）と、二上山を尊崇して来た過去を思うと表現していることも二上山のかかえる古来より今に到るまでの時間的観念を基に

してのことであろう。

また、同じく家持作の「布勢の水海に遊覧せる賦一首并せて短歌」(17・三九九一、三九九二)の歌では、次のように

……玉匣　二上山に　延ふ蔦の　行きは別れず……(17・三九九一)

と、葛の蔓が別れて伸び、先が再び合うことから、「行きは別れず」の序としている。これなども二上山が聖なる山であり、「玉くしげ」が容易には開け得ない、貴重なものを封じ込めている匣という意を基底に有していることから、「行きは別れず」(行末も別れることなく)が永遠に確かなものという意を付加した表現となっていく。

さらに、「玉くしげ」とはないが家持の「霍公鳥と藤の花とを詠める一首并せて短歌」(19・四一九二、四一九三)の歌に、

桃の花　紅色に　にほひたる　面輪のうちに　青柳の　細き眉根を　咲みまがり　朝影見つつ　少女らが　手に取り持てる　真鏡　二上山に……(19・四一九二)

と、鏡箱の蓋から二上山の「フタ」の音を起こす序としている用例もある。これも鏡を女性の髪を梳る呪的な櫛と同類と考えることによる二上山との関係であろう。「二上山」につらなる十一句の序は、紅顔で美しい眉の少女の鏡に映る笑顔であった。その鏡に映る世界は、二上山の藤の花に飛び交うホトトギスの形容でもあった。

さらにまた、家持は「放逸せる鷹を思ひて夢に見、感悦びて作れる歌一首并せて短歌」(17・四〇一一～四〇一五)を作っている。この歌は、二上山という境界領域を越えて生育地に戻った鷹について神に祈ったところ、呪言者たる聖少女が夢に出てきて鷹が帰ってくる日を告げたという内容である。この二上山もまた呪的な力を有する山という幻想を伴う。これなども強い呪力を有する巫女ゆえに、聖なる境界の二上山を越えてしまった鷹のことをわかるというのであろうか。

越中の二上山は、「渋谿の二上山」(16・三八八二)が二上山麓の民謡かとされる旋頭歌にある以外、すべて大伴家

持か家持周辺の人の作歌にある。それは二上山にかかる枕詞でも同様である。しかし、大和の二上山では、「みくしげ二上山」（7・一〇九八、作者未詳）、「玉くしげ見諸戸山」（7・一二四〇、作者未詳）、「玉くしげ三室戸山」（2・九四、藤原鎌足）があった。このことによると、古くは大和において「玉くしげ」と神が降臨する聖なる山との関係が認識され、それが家持あたりにより「玉くしげ」と越中の二上山が結びついたと推定される。

七　常陸の二上山の基層

さてここに至って、筑波山、いわゆる常陸の二上山について考えてみたい。

この筑波山は、現在の茨城県筑波郡にあり、二つの峰があることから二上山として敬愛されていた。二つの峰は、男体山（西）が八七〇メートル、女体山（東）が八七六メートルの標高である。

そして驚くことに、この常陸の二上山（筑波山）は、先述した大和や越中における二上山といくつかの点で類似しているのである。

その第一は地理的なもので、常陸の国府の西方に位置していることである。また第二としては、二つの峰が二神、男女の神として考えられていることである。そのことは、たとえば次のようなものに記されていて、筑波山が奈良時代から平安時代にかけて、男女の二神のいる山として認識されていたことを示している。

(1)「それ筑波岳は、高く雲に秀で、最頂は西の峯崢しく嵥く、雄の神と言ひて登臨らしめず、唯、東の峯は四方磐石にして」（『常陸国風土記』筑波郡）

(2)衣手　常陸国に　二並ぶ　筑波の山を……男の神も　許し賜ひ　女の神も　ちはひ給ひて……（『万葉集』9・一七五三）

(3)「常陸国、筑波山神二柱授　四位」（『文徳天皇実録』天安二年五月十日）

(4)「筑波山神社　二座　一名神大。一小。」（『延喜式』巻第九筑波郡）

(5)「常陸国筑波山神社二座　筑波男神 筑波女神」（『三代実録』）

そして第三としては、大和の二上山の西側、および越中の二上山の山麓や周辺に古墳群が存在していたように、この筑波山の西側にも古墳群が存在することである。それは首長墳と呼ばれるもので、たとえば桜川中流、筑波町（現つくば市）には、四世紀末頃に造られた「桜塚古墳」（前方後方墳）があり、また同じ筑波町に五世紀初頭を前後する頃の「山木古墳」（初期前方後円墳）がある。

筑波山の西側の古墳群については、「このように、ある一定範囲の領域で数か所の地域を首長墳が移動するあり方は、同じく筑波山麓地域においても指摘されている。4世紀末葉頃と思われる出現期前方後方墳桜塚古墳にはじまり、山木、土塔山、八幡塚、甲山古塚と6世紀中葉頃まで前方後円墳が継続して築かれる首長系列である」と説かれ、次頁の図が示されている。[18]

よって、この筑波山も大和や越中の二上山と同様に、地域の豪族など首長層の墳墓の地、祖霊の鎮まる聖なる山として、また二神のいる二上山として地域の人々に認識されていたと推測される。

さらに第四の類似点として、水との係わりがあげられる。筑波山の霊験なる水に関しては、池田源太が『類聚国史』や『日本紀略』に弘仁十四年正月廿一日、従五位下筑波山神を霊験顕著という理由で官社にしたとみえることについて、「その霊験というのは、前年の七月、旱がひどかったため、諸神に奉幣の事があったので、恐らくは、水に関する霊験であろう」と指摘しており、[19] 水神信仰があったことをうかがうことができる。

また筑波山の水に関する場所は、『万葉集』の「筑波領に登りて嬥歌会をせし日に作れる歌」（9・一七五九）にみえる「裳羽服津」という地がある。この地については、たとえば二峰の間の泉のほとりの地名と考えるもの、[20] 女神

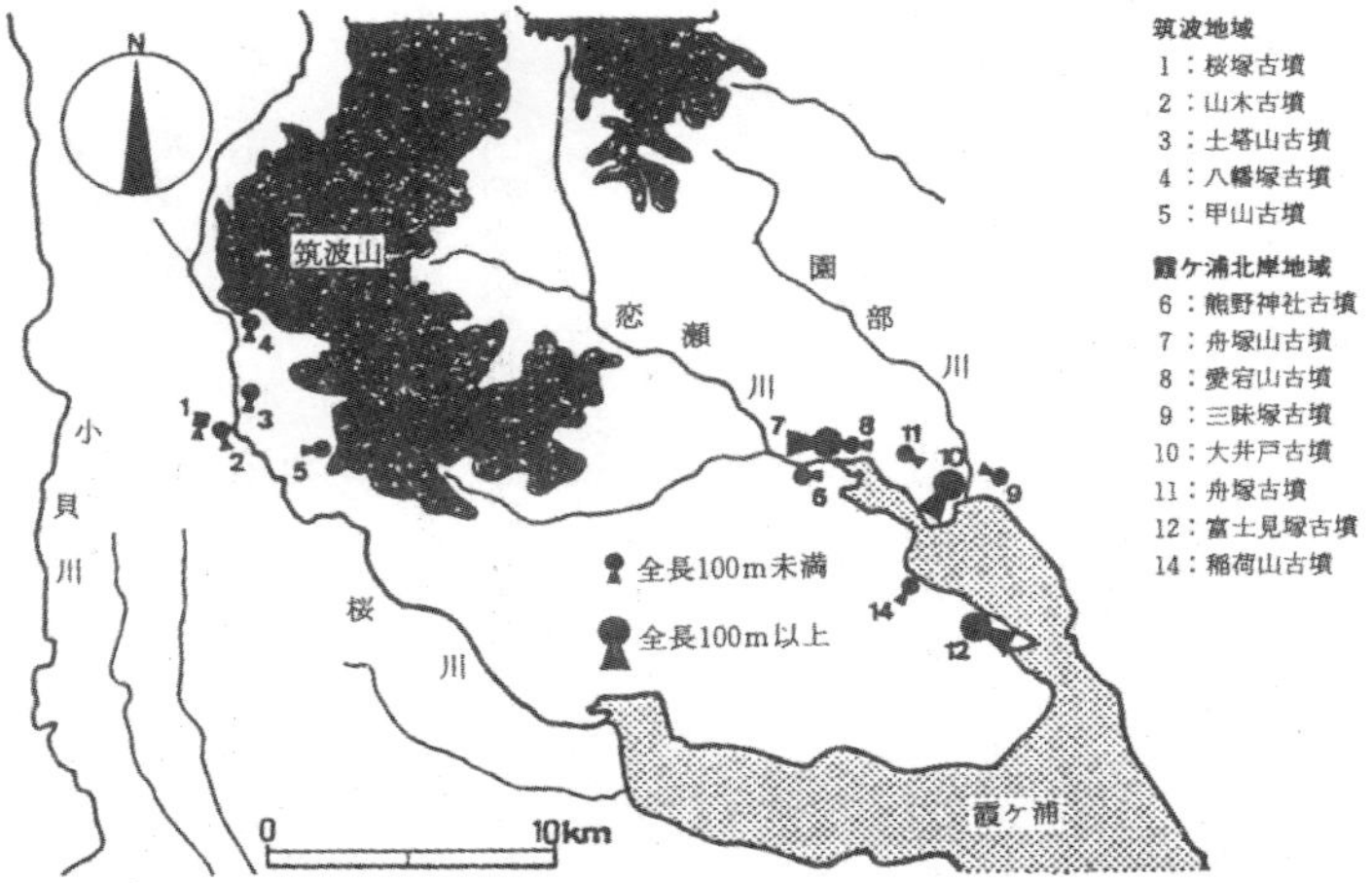

筑波地域・霞ケ浦北岸地域の首長墳

（『古墳時代の研究11　地域の古墳Ⅱ東日本』より）

の山上に水の湧いて湛えている凹地を称すと説くもの(21)、筑波山の女峰の陰部とするもの(22)などがある。この「水の湧く所」、「女神の山上の凹地」、「女峰の陰部」という指摘は、「裳羽服津」の地が単なる水のある所ではなく、ほと信仰に結びついた生命誕生の聖水の湧く所であることを暗示する。またこの凹地は、生命をつつみ育む母の胎を連想させ女体崇拝につながるものである。

ところで、『万葉集』における「筑波山」は、題詞に六例、左注に一例、そして二十四首に詠まれている。これらの歌と筑波山の基層との係わりについては、次のような歌によって明らかである。

(1)「……明つ神の　貴き山の……神代より　人の言ひ継ぎ……」（3・三八二、丹比真人国人）

(2)「……二並ぶ　筑波の山を……男の神も……女の神も……」（9・一七五三、検税使大伴卿）

(3)鷲の住む　筑波の山の　裳羽服津の　その津の上に　率ひて　未通女壮士の　行き集ひ　かがふ嬥歌に　人妻に　吾も交らむ　わが妻に　他も言問へ　この山を　領く神の　昔より　禁めぬ行事ぞ　今日のみは　めぐしもな見

そ　言咎むな
（9・一七五九、高橋連虫麻呂歌集）
(4)「男の神に……」
（9・一七六〇、高橋連虫麻呂歌集）
右の例は、筑波山には男女二神が祭られているという信仰によるものである。そして、これらの歌は、すべて常陸国に赴いた人、いわゆる都側の人の作であるという特徴を有している。また(3)の歌は筑波山には男女の神が祭られ、祖霊の鎮まる聖地であるという観念だけでなく、水神信仰による農作物の農饒を予祝することや、ほと信仰による生命誕生の聖なる地という信仰的背景に支えられてのことであろう。それは、「神の昔より禁めぬ行事」として表出されている。

またそのことは、『常陸国風土記』に次のような筑波山の神を詠んだ「燿歌会」の歌として残っている。

筑波嶺に　逢はむといひし　子は誰が　言聞けば神　嶺あすばけむ

筑波山の地域に暮らす人々にとっての神は、「燿歌会」など、より生活に密着したところでの「神」であったのであろう。

八　二上山の古代的観念

以上、二上山は、異界との境界という古代的な観念を抜きにしては考えられない山であった。特に、二上山は、他界との係わりで祖霊の鎮まる山であるという観念が存在した。『万葉集』では、山は死者の世界に通じる他界であることから、死者が山にこもるという観念はよく詠まれている。そして、山中他界観に基づくものであると説かれている。

だが、二上山の基層には山中他界観だけではすまされないものがある。二上山には、男女二神のいます山という信仰があった。また、二上山には、復活・誕生の呪力を有する聖水信仰も存在した。このことは、二上山が二つの峰を有する形態であったことが大きく係わっているだろう。おそらく二上山に天降った男女二神がいます山という古代的観念が基盤となり、天上界の霊力を宿した山という信仰、復活・誕生の呪力を有する聖水信仰、ほと信仰などが成ったのであろう。

また、祖霊の鎮まる聖なる山であるという二上山に対する古代的な観念には、二上山が大和の西の果てに、越中や常陸では国府の西の方向に位置し、日の没する山であることから、他界の印象の強い山であったことも作用していただろう。一方、新しい思想や価値観を有した仏教が伝来し、広く行き渡り、やがて西方浄土阿弥陀信仰が盛んになるにつれて、日想観による極楽往生の考えも広がり、さらに『観無量寿経』を絵にしたものや舞台化した建築物も多くなってくる。大和の側からは、二上山は西の果ての日の没する山であり、日の出る山は東の三輪山であった。また河内の側から眺めると二上山は、日の出る山となる。西方浄土を身近な目に見える世界で知った大和の人々にとって、二上山は西方浄土の入口の山となる。越中や常陸の国府からみる二上山も、西の方向にある日の隠れる山であったのである。

大和、越中、常陸における二上山は、二つの峰を有する形態の山に対する古代的な観念に基づき、その後もいろいろと歌に詠まれるのであった。

注

（1）池田源太「『山の二上』と氏族神」（『日本文化史論叢』柴田実先生古稀記念会、昭和五十一年）
（2）堀内民一「二上萬葉」（『定本萬葉大和風土記』人文書院、昭和三十七年）
（3）（1）に同じ

（4）（2）に同じ

（5）（1）に同じ

（6）桜井満「大津皇子の悲劇」（『万葉集の風土』講談社現代新書、昭和五十二年）、「伊勢神宮と万葉集」（『国学院雑誌』平成五年十一月、九四巻十一号）

（7）『加守寺跡第3次発掘調査現地説明会資料』（奈良県橿原考古学研究所、当麻町教育委員会、平成六年四月二十九日）

（8）石野博信『毎日新聞』（平成六年四月二十八日）『読売新聞』（平成六年四月二十八日）

（9）河上邦彦「石光寺の歴史的位置づけ」（『当麻石光寺と弥勒仏概報』（奈良県立橿原考古学研究所編、平成四年）

（10）田中日佐夫（『二上山』学生社、平成十一年）

（11）和田萃「万葉挽歌の世界」（『日本の古代　別巻』中央公論社、昭和六十年）

（12）（9）に同じ

（13）『高岡市史　上巻』（富山県、昭和四十四年）

（14）高瀬重雄「二上山と修験道」（『白山・立山と北陸修験道』名著出版、平成十四年）

（15）伊藤曙覧「二上山射水神社の築山」（『白山・立山と北陸修験道』名著出版、平成十四年）

（16）谷川健一『日本の神々―神社と聖地―第八巻北陸』（白水社、平成十二年）

（17）（14）に同じ

（18）塩谷修「茨城」（『古墳時代の研究11　地域の古墳Ⅱ東日本』雄山閣出版、平成十年）

（19）（1）に同じ

（20）土屋文明『萬葉集私注　五』

(21) 窪田空穂『萬葉集評釋　第七』

(22) 武田祐吉『増訂萬葉集全註釋』

大津皇子と二上山

一　はじめに

二上山とは、二つの峰を有するという形態に基づく山であり、このような二上山に古代の人々はある特別な観念を持っていたようである。その二上山は、大和国の葛城、越中国の射水郡、日向国の高千穂峰、常陸国の筑波などである。

これらの二上山の基層には、神の降臨する山、二神（男女）のいます山、聖水信仰の山、国府の西方に位置し、古墳が存在する山、などの共通する古代性がみられる。

ここでは二上山の基層と歌との関連について考察する一環のものであり、大和国の二上山の基層と大津皇子との係わりやその課題について述べるものである。なお他の二上山については別稿を用意するつもりである。

二　大和葛城の二上山の古代信仰

まず、前節の大和国葛城にある二上山の基層について簡約してみたい。

大和国の二上山は、地理的には現在の奈良県北葛城郡当麻町と大阪府南河内郡太子町の間に位置しており、かつて大和と河内の境界をなしていた。また、飛鳥宮や藤原宮からは西方にある。峰が二つあり、南の峰は雌岳四七四メートル、北の峰は雄岳五四〇メートルの標高である。

この二上山に対する古代の人々の思いについては、平安末期、藤原頼長の『台記』に載せられた「中臣の寿詞」の伝承からうかがうことができる。それは康治元年（一一四二）、近衛天皇の大嘗祭のとき、大中臣清親がとなえた御世寿きの「中臣の寿詞」である。この寿詞は、代々中臣氏が天つ神に代わって祝いの言葉を申し述べたものである。その天皇の祖先神に奉仕した所以を述べた従属の誓詞というべき内容に、中臣氏の遠祖が皇孫のため「御膳《みけ》つ水」を求めて「天の二上」に上り、天神から「天つ水」を得る法を授けられたという話がある。それは次のようにある。

中臣乃遠都祖天児屋根命、皇孫尊乃御前仁奉仕氏、天忍雲根神遠天乃二上仁奉上氏、神漏岐、神漏美命乃前仁受給波里申仁、皇御孫尊乃御膳水波、宇都志国乃水爾天都水遠加氏奉牟止申世止事教給志仁依氏、天忍雲根神天乃浮雲仁乗氏、天乃二上仁上巫氏、神漏岐、神漏美命乃前仁申世波、天乃玉櫛遠事依奉氏、此玉櫛遠刺立氏、自夕日至朝日照万氏、天都詔刀乃太詔刀言遠以氏告禮、如此告波、麻知波弱韮仁由都五百篁出生牟。自其下天乃八井出牟。此遠持天、天都水止所聞食止事依奉支。

右によると、「天の二上」とは、「神漏岐・神漏美命」という男女二神のいるところである。また、「天の二上」は、天忍雲根神が「天の浮雲」に乗って上がって行く天上の世界、あるいは天上界と地上界との境界領域である。そして「御膳の水」に用いる「天つ水」、いわゆる「聖水」に係わるところとしてある。

堀内民一は、この「天の二上」について「聖水の山の古い信仰を保有し、『文学以前』のおもかげが思われる」ところで、「聖水の湧き出る山」、「初春の聖水を寓した遠い天の山のことになる」とされ、また「御膳の水」は、「天子の召し上る御飯やお酒に使う水だが、元々、誕生復活の水の信仰を根本としていると思われる」と述べている。そしてさらに、その基底には二つの頂きを持つ窪みに言い知れぬ神秘感を信仰生活の実感とし、みほとの神を祀るという「ほと信仰」が係わっていると説く。[1]

しかし池田源太は、「御膳の水」が「現し国の水」に「天つ水」を加えたものとすれば、「天つ水」は「雨水」に当たり、二神は降雨を支配する力のある神である可能性があると論じている。(2)

いずれにせよ、高天の原より天降った神の子孫である天皇にとって、この「天つ水」は天皇の魂のふるさととも言うべき天上界の霊力を宿した「聖水」という意味を持っていることは確かである。そしてこのことは、古代の人々にとって、二上山は天上の世界からこの国土に「聖水」をもたらす聖山としての信仰の山であったことをうかがわせる。

現在、二上山は当麻口から登ると当麻登山口神社があり、その南に大きな高尾池がある。また、その南側の道を登ると二上の滝がある。この二上山の水の恵みによって生活する村々は「嶽の郷」と呼ばれ、四月二十三日に「嶽のぼり」と称して二上山に遊ぶという。これは、二上山の神に豊年を祈願し、田の神として迎える農耕儀礼であろう。また、堀内民一は、この「嶽の郷」(二上山から下る水で米作りや御飯を食べる村)と呼ばれる西大和地方において、二上山を「嶽」と言い祈雨のため「嶽の雨乞い」の信仰行事があることを指摘する。(3) この行事はいつの時代から伝わっているのか詳らかではないが、どうも二上山の雌岳にある深蛇明王(水竜神)を参拝するらしい。さらに池田源太は、二上山が水神として崇神朝から平安朝にかけて祭られていたと述べる。(4)

以上のように、大和葛城の二上山は、大和に住む人々にとって天上に通じる聖なる山であったのである。ちなみに先の「中臣の寿詞」にみえる「天の二上」は、古くは日向国の二上山だと考えられていたが、おそらくは以上のようなことからも大和国の二上山を媒体としたものであろう。「中臣の寿詞」が文献上に初めて登場するのは、『日本書紀』の持統天皇四年(六九〇)正月の即位記事であり、そこでは中臣朝臣大嶋が「天つ神の寿詞」を奏上したとあるが、残念ながらその内容は明らかではない。しかし、奈良時代やその後の時代に「中臣の寿詞」を奏上した人々やそれを聴いた人々の心に浮かんだ山は、やはり身近に見える大和国葛城の二上山であったろう。

三　大津皇子と二上山

『万葉集』における大和国の二上山は、題詞を含め五例である。そして次の歌により、二上山に対するまた別の観念が存在していることを知ることができる。

大津皇子の屍を葛城の二上山に移し葬りし時に、大来皇女の哀しび傷みて作りませる御歌二首

(1)うつそみの　人にあるわれや　明日よりは　二上山を　弟世とわが見む　（2・一六五）

(2)磯の上に　生ふる馬酔木を　手折らめど　見すべき君が　ありと言はなくに　（2・一六六）

右によると、二上山には朱鳥元年（六八八）十月三日に、謀反の罪で処刑された大津皇子の墓が築かれたと解される。そして、ここに認められる二上山と葬地（墓所）との係わりは、今までには見られない関係であり、二上山に対する別な観念が存在することを物語っている。

罪人として処刑された大津皇子の喪山が、なぜ大和国と河内国の境の二上山とされたのか。二上のある山に何故移葬されたのか。不思議である。だが二上山を墓域としたのは大津皇子だけではない。二上山の西麓の磯長谷には古墳墓群が存在し、そこには敏達・推古・孝徳の諸天皇陵や聖徳太子、蘇我馬子、小野妹子の墳墓がある。この古墳群について田中日佐夫は、「仏教公伝の直後から大化改新ののちまで、およそ六・七十年間の、いわゆる飛鳥時代を形成した天皇、貴族たちの遺体が埋葬されている」という[5]。

また二上山の山麓には、天武・持統・文武の三帝の殯宮に係わり誄をするなど、古代の葬送と深く結びついていた当麻氏の氏寺である当麻寺がある。この寺は、鎌倉時代初期の『当麻曼荼羅縁起絵巻』の詞書きでは、用明天皇の皇子であった麻呂子親王の創立と伝えられている。もとは万法蔵院と呼ばれた当麻寺が現寺地に移ったのは、天

武・持統天皇の頃とされ、かつては河内の太子町山田（二上山の西側、古墳群の地）のあたりにあったと言われる。現寺地も、もとは古墳のあった所らしい。

このように二上山の西側は、六世紀後半から七世紀中葉の頃までは陵墓の造営される地域であった。とくに、七世紀後半から奈良時代末に至るまでは、中河内に居住する氏族の共同葬地であったらしい。また六世紀後半以降、その反対の奈良盆地に居住していた氏族は、龍王山や二上山の東麓を共同の奥津城にしていたらしいことも報告されている。(6) つまり、二上山は、古くは氏族の葬地であったのである。

そして、この物言わぬ陵墓群の様相の中に、大津皇子が二上山に移葬された謎を解く一つの鍵があると思われる。二上山はその東側と西側に住む人々にとって、太陽の沈む方角と昇る方角、死と生の世界の境界領域であったことも、その一つであろう。

だが大津皇子の死については、『日本書紀』に「庚午に皇子大津を訳語田の舎に賜死む。時に二十四なり。妃皇女山辺、髪を被して徒跣にして、奔り赴きて殉ぬ。見る者皆歔欷く。」と伝えられているのみである。また移葬についても題詞に見えるのみである。刑死させられた皇子の屍を葬ったのち、しばらくして移葬されたと考えるにしても、殯宮が設けられたことや原葬地は伝えられていない。改葬と移葬は同一視する考えもあるが、改葬とは大規模な墳墓を築造するか、すでに存在する血縁者の墳墓へ葬り直すことであるとすれば、刑死した皇子の移葬はそれとは異なるものであろう。

さらにその移葬の時期に関しても不明である。ただ(2)の歌で「馬酔木」が詠まれていることから、「馬酔木」の開花が早春であるので、大来皇女の上京した十一月ではなく早春の頃と考えられる。その時期について和田萃は、謀反人として処刑された大津皇子の屍を二上山に移葬するには、国家による承認が前提の条件となるとし、移葬を認めたのは皇子が処刑された十月三日より二ヵ月半後の十二月十九日、亡き天武天皇のために飛鳥の五寺で無遮大会が行なわれた頃の可能性が大きいと述べる。[7] また多田一臣は、それより後の「持統三（六八九）年の春、草壁皇子の病を契機としてのことであったと考えられるのである」とする。[8]

四　大津皇子の移葬地

そこでまず、大津皇子は二上山のどこに移葬されたのか。その墓所から考えてみよう。大津皇子の墓所については、現在二上山の雄岳の山頂にあるとされている。しかし、この場所に決定されたのは明治九年に宮内庁書陵部によってであり、実際のところは定かではない。[9]

墓所の所在地については、後に詳しく述べるが、桜井満の二上山の東麓（奈良県北葛城郡当麻町加守）の龍峰寺（掃守寺・加守寺）に注目する説と、河上邦彦の二上山の南麓にある鳥谷口古墳とする説が提出されている。前者の龍峰寺説は、平安時代に成立していたと考えられる『薬師寺縁起』（一〇五〇年頃）にある伝承による。そこには天武天皇の崩御の後、大津皇子が世を嫌って二上山にこもっていた時、はかりごとを掃守司蔵によって密告され、七日間も蔵に監禁された。そこで皇子は悪龍となり、雲を供に毒を吐いて天下を騒がした。朝廷はこれを憂いて皇子の師である義淵僧正に鎮めさせたがおさまらないので、皇子のために寺を建てた。そしてこれを龍峰寺と名づけた。葛下郡にある掃守寺がこれであるとする桜井は「非業の最期をとげた大津皇子の怨霊を鎮めるために龍峰寺が建立されたと伝えられるのは、大津皇子の墓が、この二上山東麓の龍峰寺にあったということではなかろうか」と説いている。[10] この伝承を伝える薬師寺には、大津皇子を御祭神にする休岡若宮社が鎮座するなど、皇子と深い係わりがある。現在、二上山雄岳の山頂近くに「大津皇子二上山墓」がある。

加守寺（掃守寺・龍峰寺）は、二上山の東の登口に鎮座する倭文神社の北に、廃寺跡が伝えられる。平成六年四月二十七日に奈良県立橿原考古学研究所は、その二上山麓の加守寺跡において八世紀初めの亀甲形をした六角堂の基壇が確認されたことを発表した。建物規模は最大幅約二十メートル、奥行き約十二メートルで、南北辺がやや長い長六角形である。東側の階段が広いことから二上山を背にした東向きと考えられている。また平城宮で使われたものと同様の瓦が多く出土していることから、この寺の建立にあたっては平城京ができた七一〇年前後の国家が係わっていたことも想像されるとしている[11]。

この長六角堂が「なんのために」「どんな意図で」作られたのかについて同研究所は慎重であるが、法隆寺の夢殿(八角堂)が聖徳太子の鎮魂のため建立されるなど、多角形の堂はほとんどが死者のための供養堂の性格があることなどから大津皇子の追善供養に建立したとみる説も浮上している[12]。しかし、加守寺が遣唐使を出した朝廷側近の掃守氏の氏寺とする見解もあり、和田萃は「薬師寺縁起は誤りが多く信用できない。先進的だった掃守氏は、火葬を早く取り入れたのではないか。この堂は骨蔵器に納めた被葬者を供養するためのものと考えたい」と否定的である[13]。この六角堂に近接した南西斜面から昭和二十年に金銅製の骨蔵器が発見されており、深い係わりがあると考えられ注意すべきであろう。

大津皇子の墓とする説の鳥谷口古墳は、古墳がほとんどないとされていた二上山の南麓から昭和五十八年に発見、発掘された、一辺が七・二メートルの方形墳である。その調査報告によると、古墳の所在地は、奈良県北葛城郡当麻町染野字鳥谷口であり、二上山雄岳から大池に向かって東南方向にのびる尾根の先端(標高約一六九メートル)に位置する。また古墳において葬送儀礼の行なわれた年代は、出土土器をもとにして七世紀後葉から七世紀末葉を中心とすると考えられている。さらに古墳の被葬者については、石光寺と当麻寺との伽藍を見ることができた人物ではないかと推測されている[14]。

河上邦彦はこの鳥谷口古墳の被葬者について、移葬された大津皇子ではないかと推定するのである。大津皇子の墓が二上山頂ではなく南麓斜面で、改葬墓であったと考えられることから、その条件に一致するのがこの鳥谷口古墳であるという。また、この古墳が染野《しめの》の範囲に入っていることに注目し、大津皇子の墓が二上山に設定されたのは、この地が皇室と係わりがあったと考えるべきであるとする。[15]

さらにこの鳥谷口古墳を大津皇子の墓とする説を支持するのが、和田萃である。その理由として、墓が葛木二上神社に接して営まれていたとは考えられないこと、終末古墳の築造は風水思想に基づいて場所を選ぶこと、方形墳の周囲に深さ一・二メートルの堀割りをめぐらし墳丘には貼石が施されており、埋葬施設は平入りの構口式石槨で数基の石棺材を寄せ集めて造った特異な構造であること、築造時期が出土品から七世紀後半と推定されることなどをあげている。[16]つまり、鳥谷口古墳の規模や構造など、当時の他の終末古墳と異なる点があることから、大津皇子の墓は二上山の頂上ではありえないとするのである。

五　移葬の理由

さて次に、なぜ大津皇子が二上山に葬られたのか。皇子の墓地をなぜ二上山に定めたのか。その理由について考えてみたい。

移葬の理由については、たとえば大津皇子への鎮魂と持統天皇自身への安堵という両用を込めたとする説、[17]反対派に対する宥和の思惑があったとする説、[18]死後の祟りの威力の身に及ぶことを避けるためなるべく遠い都門の外に置いたとする説[19]などが展開されている。また、中には二上山に対する観念から説く論もある。それは二上山を生と死、この世とあの世の間にある境界領域とする考えに基づくものである。たとえば、黄泉路の葬り道と高天原への山道とが重なり合う所だったとする説、[20]死後もその霊をやすらわせまい、中空にさまよわせようという憎しみがあったとする説[21]、持統天皇は自分の最大の敵、大津の魂を、この世とあの世の門にとどめておこうとしたとする説がある[22]。さらにまた、「出雲が現世と幽世を分つ中央であったと同様に、二上山も現世と他界を分つ中央の母の胎なのである。その山は円錐形でしかも雄岳、雌岳があって、性交が擬かれ得る山、つまり死者を胎児として葬り、他界に新生させ得る絶好の山であった」とする説も提出されている[23]。そしてまた、草壁皇子の病や死が、大津皇子の亡魂の祟りによるものであり、そのために大津皇子の霊は二上山に移葬され、丁重な慰撫が加えられたとする説もある[24]。

しかし、大津皇子が二上山に葬られた理由には、当時の二上山の地域における弥勒信仰が係わるように思われる。それは、二上山麓にある染野の石光寺と当麻の当麻寺にある弥勒仏の存在から推測できる。

石光寺は、「天智天皇御時、光る石あり、弥勒三尊に彫刻して、精舎一堂の建立をなせり」と『当麻曼荼羅縁起』に伝えられている。また、石光寺の創建については、中世の元亨二年（一三二二）の『元亨釈書』（巻第二十八）の当麻寺の条に、染井の近くにあった染寺は天智天皇の勅願により、光る石を彫り込んで作った弥勒三尊像を本尊としたとある。

このような石光寺について、平成三年四月から開始した発掘調査によって、伝承どおりに石仏と金箔の塼仏《せんぶつ》、文様塑壁が発見され、金色堂に石仏を安置していた華麗な寺院であったことが判明した[25]。その発掘調査によると、出土した石仏は、石造如来坐像（疑灰岩制、高さ一五五センチメートル）、制作は白鳳時代、七世紀後半と推測される。また発掘された堂は、明らかに七世紀末から八世紀初頭の建立であり、弥勒仏を本尊とした弥勒堂として建てられているという。五間×四間の東面する金堂風の建物であり、その内陣三間×二間の間は須弥壇としていて、その須弥壇上には中央に宣字裳懸座の上に石造弥勒仏が安置されていたと推定されている。

この弥勒仏は、五六億七千万年後の世に現われる未来仏で、弥勒菩薩が弥勒仏として現われるという仏である。二上山麓にある石光寺において、弥勒仏を本尊とする弥勒堂が存在することは、二上山の地域に弥勒信仰があったことを物語っている。さらに石光寺に近い当麻寺の金堂に白鳳仏と考えられている塑像弥勒仏（弥勒如来坐像）があることも、この地域に弥勒信仰が広がっていたことを裏付ける。そして、後に中将姫が現身のまま浄土に渡ったという信仰も伝わっている。

これらのことから、当時この二上山麓の地域に弥勒信仰がおこっていたと推定され、二上山は弥勒の浄土に見立てられていたと考えられるのである。大津皇子が二上山に移葬されたことも、このことが理由であろう。

六　大来皇女と石光寺

では、石光寺の弥勒堂は、いつ頃誰によって作られたのであろうか。河上邦彦は、『薬師寺縁起』に大津皇子のために建てられた寺があったという伝承が存在したことから、その寺はシメの内にあり、皇室とつながり、天智天皇の勅願で建てられたとされる石光寺とする。そして、大津皇子の供養堂として弥勒堂が建立されたとは断定できないものの、出土した塼仏が、三重県名張市の夏見廃寺と同笵であることから大来皇女との係わりを提起する。(26)

この夏見廃寺については、発掘調査によると金堂、塔、講堂があり、数次にわたって堂塔が建立されていたと考えられている。(27)また夏見廃寺に係わる唯一の文献資料である『前田家本薬師寺縁起』によると「大来皇女　最初斎宮　以神亀二年　奉為浄原天皇　建立昌福寺　字夏見　本在伊賀国名張郡」と記され、神亀二年（七二五）に建立された大来皇女と関係がある寺と伝えられている。しかし大来皇女については、皇子の亡き後、朱鳥元年（六八六）十一月十六日京師に還えられ、以後『続日本紀』大宝元年（七〇一）二月二十七日の条に「大来皇女薨ず」とあるのみである。

このような状況のもと、従来より夏見廃寺の建立については諸説が展開されている。たとえば、大来皇女が斎宮から京師に還られた朱鳥元年以後昌福寺の造立に着手し、神亀二年（七二五）に完成したとする説[28]、大来皇女の二十五回忌にあたる神亀二年を機としてその菩提を弔うために、大来皇女の敵方の後裔が天武天皇の奉為を名目として建立した寺であるとする説がある[29]。また朱鳥元年以後、大来皇女の亡くなった大宝元年頃までに父君天武天皇と弟大津皇子の冥福を祈って創建した寺であるが、持統天皇に対する遠慮から夏身氏の氏寺の体裁をとっていたかもしれないとする説[30]、畿内の東の守りという国家的な政策がからんでいたとする説がある[31]。さらに大津皇子のため一寺の建立を図りつつあった生前の大来皇女の願望を受け継ぎ、大来皇女の亡き後に政治的意図をもっての建立が大宝元年から和銅三年（七一〇）までの間であったとする説がある[32]。

しかし、発掘調査の結果からは、夏見寺の建立時期について金堂が六九四年頃、塔や講堂は七五〇年前後と考えられ、「寺院の建立者は中央の貴族や官寺的な性格を考えるよりも、名張の郡司層とするのが妥当と考えられる」とする[33]。だが河上邦彦は、文献と発掘の成果から考えて、夏見廃寺が大来皇女の建立になる昌福寺である蓋然性が高いとする。そして、夏見廃寺のものと同じ塼仏が石光寺で発見されたことは、大来皇女がこれまで皇室の係わりのあった石光寺内に大津皇子の供養堂として建立したものではないかと考えやすくなると説いている[34]。

七　大来皇女の二首と二上山の基層

さてここに至って、大来皇女の二首と二上山の基層との係わりが残っている。まず第一首で「うつそみの人」である「われ」と「二上山」の「弟世」とを対峙させている。その二上山は境界領域の山であった。また挽歌的には、氏族の葬地であり、弥勒信仰による浄土に見立てた山であった。よって「二上山を弟世とわが見む」の表現は、大来皇女と大津皇子との隔たりや現世と他界との隔たりを認識させ、皇子に死の自覚を与えるものと考えられる。また、二上山を「明日よりは」(2)と詠むことは、今日を境に皇子は死の世界に移るよう促す意味があろう。

これは「見すべき君がありと言はなくに」と表現する第二首でも同様である。つまり、亡き皇子の魂が生と死の境界的な場(磯)において再生復活できず、死の世界へ向かうことを嘆く歌と解される。[35] 本来皇女の詠む二首は、まさに「移し葬りし時」の歌であったのである。

ちなみに、亡き大津皇子は「龍」と係わる。たとえば皇子鎮魂の「龍峰寺」。「悪龍」と化した霊。薬師寺の「竜王社」にあった伝大津皇子坐像。元は「竜池」にあり「竜宮」を模した薬師寺の金堂。こうした伝承も、天上の世界から聖水をもたらす霊山としての信仰があった二上山に移葬されたことと無関係ではないと思われる。

注

(1) 堀内民一「二上萬葉」(『定本萬葉大和風土記』人文書院、昭和三十七年)
(2) 池田源太「『山の二上』と氏族神」(『日本文化史論叢』柴田実先生古稀記念会、昭和五十一年)
(3) (1)に同じ
(4) (2)に同じ
(5) 田中日佐夫(『二上山』学生社、平成十一年)
(6) 和田萃「万葉挽歌の世界」(『日本の古代　別巻』中央公論社、昭和六十年)
(7) (6)に同じ
(8) 多田一臣「大津皇子物語をめぐって」(『萬葉歌人論　その問題点をさぐる』明治書院、昭和六十二年)
(9) 西宮一民「歌の表現と理解」(『美夫君志』第三十六号、昭和六十三年三月)
(10) 桜井満『万葉集の風土』、「伊勢神宮と万葉集」(『国学院雑誌』九四巻十一号、平成五年十一月)

(11)『加守寺跡第3次発掘調査現地説明会資料』(奈良県立橿原考古学研究所、当麻町教育委員会　平成六年四月二十九日)
(12) 石野博信『毎日新聞』(平成六年四月二十八日)や『読売新聞』(平成六年四月二十八日)など。
(13) 和田萃『毎日新聞』(平成六年四月二十八日)
(14) 奈良県立橿原考古学研究所「奈良県北葛城郡當麻町染野鳥谷口古墳調査概報」(『奈良県遺跡調査概報』第二分冊、昭和五十八年度)
(15) 河上邦彦「石光寺の歴史的位置づけ」(『当麻石光寺と弥勒仏概報』奈良県立橿原考古学研究所編　平成四年)
(16)(6)に同じ
(17) 橋本哲二(『萬葉集遠足　上』新潮社、昭和四十九年)
(18) 吉田義孝「大津皇子論―天武朝の政争とクーデターに関連して―」(『文学』昭和四十七年九月)
(19) 浜田清次「大津皇子私記」(『日本文学研究』七、昭和四十四年十二月)
(20) 上田正昭「二上哀歓」(『道の古代史』大和書房、昭和六十一年)
(21) 山田宗睦(『道の思想史　上』講談社、昭和五十年)
(22)(5)に同じ
(23) 吉野裕子(『隠された神々―古代信仰と陰陽五行―』人文書院、平成四年)
(24)(8)に同じ
(25)(15)に同じ
(26)(15)に同じ
(27)『夏見廃寺』(名張市教育委員会　昭和六十三年)

(28) 毛利久「薬師寺縁起の一記文と夏身廃寺」(『史跡と美術』二一五号　昭和二十六年)
(29) 藪田嘉一「夏身寺について」(『史跡と美術』二三五号　昭和二十八年)、「再び夏身寺について」(『史跡と美術』二三九号　昭和二十九年)
(30) 久野健「押出仏と塼仏」(『日本の美術』一一八号　昭和五十一年)
(31) 中貞夫(『名張市史』名張市役所　昭和四十九年)
(32) 石井義信(『郷土史　壬申の乱その後』青山文化書房、昭和六十年)
(33) (27)に同じ
(34) (15)に同じ
(35) 本書Iの「境界領域と植物」

島の宮と真弓の岡

一　はじめに

持統三年（六八九）四月、天武天皇の皇子であった草壁（日並）皇子は、二十八歳の若さで薨去した。『万葉集』巻二には、皇子を慟しみ傷んで作った舎人等の歌二十三首がある。

そして、その歌は歌の主たる素材としての地名、あるいは作歌主体の立つ地理的位置により、次のごとく七グループに分けることができる。(1)

(A)　島の宮（2・一七一～一七三）
(B)　真弓の岡（2・一七四～一七七）
(C)　島の宮（2・一七八～一八一）
(D)　真弓の岡（2・一八二、一八三）
(E)　島の宮（2・一八四～一八七）
(F)　島の宮（2・一八八～一九一）
(G)　真弓の岡（2・一九二、一九三）

これによると、作歌主体の立脚する地理的位置は、島の宮と真弓の岡である。そして、このことは二十三首の作歌の場が、皇子の生前住んだ島の宮と、皇子の遺体を安置して殯宮を営んだ真弓の岡であったことを示唆するものと思われる。

このような様相を呈している二十三首の成立について、渡瀬昌忠は「日並皇太子薨去後まもないころから、やがて一周忌を迎えるころまで、ほぼ一年間にわたって」、「歌の場は島の宮と真弓の岡とをほぼ交互に移動し」たものであり、「成立の時間的順序に従って記録され」たものであると説いている。(2)

ここでは、舎人等の歌二十三首全体を捉える手掛かりとして、歌の場が島の宮と真弓の岡とをほぼ交互に移動していることに注目し、舎人等は、なぜ二つの場で歌を詠むのかという問題について、歌と場との係わりから覚え書き的に述べてみたい。

二 「島の宮の歌」発想基盤

島の宮は、蘇我馬子が「山斎《しま》」のある庭園を造営したことに始まるとも言われるが、その名が初めて見えるのは大海人皇子（後の天武天皇）が吉野への道行きの途中、島の宮に一泊したという天智十年（六七一）十月の記事においてである。その後、引き続き天武天皇の離宮として使用され、やがて皇太子である草壁皇子の宮となる。この島の宮の所在地は、通説によると島の宮の伝承地、明日香村嶋の庄あたりとされ、一九八七年夏には馬子の墓と言われる石舞台古墳付近から七世紀半ばよりやや古い時期と思われる園池遺構が出土している。

その島の宮の宮号となっている「山斎」については、以前に報告したことがあり、それを要約すると次のようである。(3)

「しま」とは、池の中に島を築き、水辺には小石を敷いて白砂の浜の趣きを造り、また岩を積み上げて荒磯の景を作るという庭園様式である。そしてその基盤には、仙人の住むという蓬莱山、方丈、瀛州の三神山が東海中にあるという中国の神仙思想があり、荒磯のある池は「海」に、また池の中の島は海に浮かぶ「仙山」に見立てたものと思われる。

道教の重要な要素である神仙思想において、仙山は現実の国土から遠く離れた海中、もしくは深山にあるとされ、そこは神仙の住む世界であり、不老不死という永遠を手に入れることが可能であるとされている。「しま」と呼ばれる庭園様式は、このような神仙思想に基づき、容易に到達できる現実の国土、日常生活圏にある邸宅の庭園の中に神仙境を構築したものであり、その中心である池の中に築いた島は、仙山、いわゆる永遠なるものの象徴であったと考えられる。

このことは、おそらく海のかなたの常世（島）から寄せ来る波に運ばれて荒磯に神が寄り着くというのであろう。つまり、「しま」と呼ばれる庭園は、永遠の象徴である仙山のある神仙境であり、換言するなら神仙の住む永遠なる世界と人間の住む無常なる世界との境界領域といえる場を形成していると言い得るのである。また、「しま」を永遠なる世界との境界的な場として理解すると、そのような庭園を有することから名付けられたと思われる「島の宮」も永遠なる世界と無常なる世界との境界領域的な場と考えられたのではなかろうか。

さて、島の宮をそのような場と解すとき、そこで詠まれた歌はどのような特徴を有すのだろう。まず、(A)のグループから見てみることにする。

(A)

(1)高光る　我が日の皇子の　万代に　国知らさまし　島の宮はも　（2・一七一）

(2)島の宮　上の池なる　放ち鳥　荒びな行きそ　君いまさずとも　（2・一七二）

(3)高光る　我が日の皇子の　いましせば　島の御門は　荒れざらましを　（2・一七三）

右の三首は、島の宮に視点を置き、(1)「万代に　国知らさまし」と皇子の永遠なることを願っていたことを示しつつ、(2)「荒びな行きそ」、(3)「荒れずあらましを」と表現されるように、島の宮の荒廃して行くことを詠んでいる。

つまり、永遠なるものが無常なるものへと移ったことを詠むのである。

そして、その時間的経過により、次に視点は皇子がお出ましを常とした島と呼ばれる庭園に移るのである。

(C)

(1)み立たしの　島を見る時　にはたづみ　流るる涙　止めそかねつる　（2・一七八）

(2)橘の　島の宮には　飽かねかも　佐田の岡辺に　侍宿しに行く　（2・一七九）

(3)み立たしの　島をも家と　住む鳥も　荒びな行きそ　年かはるまで　（2・一八〇）

(4)み立たしの　島の荒磯を　今見れば　生ひざりし草　生ひにけるかも　（2・一八一）

右の(1)の歌では、真弓の岡に行って島の宮を離れていた後、再び島の宮に帰って見たときの寂寥感を詠み、(2)の歌では逆に島の宮を離れて佐田の岡辺に行く寂寥感が詠まれている。(3)と(4)の歌は、(A)の(2)と(3)の歌に見える素材を詠むが、しかしそれは(3)「荒びな行きそ　年かはるまで」、(4)「今見れば　生ひざりし草　生ひにけるかも」と表現され、時の経過による荒廃、無常というものが詠まれている。

この庭樹の繁茂を通じて故人の喪失感を表現するという発想は、次にあげた養老四年（七二〇）に亡くなった藤原不比等の「山池《しま》」を詠む歌や旅人の亡妻挽歌などと類想のものである。

山部宿祢赤人、故太政大臣藤原家の山池《しま》を詠む歌一首

古の　古き堤は　年深み　池の渚に　水草生ひにける　（3・三七八）

故郷の家に還り入りて、即ち作る歌三首

妹として　二人作りし　我が山斎《しま》は　木高く繁く　なりにけるかも　（3・四五二）

次に(E)の歌群をみてみることにする。

(E)

(1)東の　多芸の御門に　侍へど　昨日も　今日も　召す言もなし　（2・一八四）

(2)水伝ふ　磯の浦廻の　石つつじ　茂く咲く道を　またも見むかも　（2・一八五）

(3)一日には　千度参りし　東の　大き御門を　入りかてぬかも　（2・一八六）

(4)つれもなき　佐田の岡辺に　帰り居ば　島の御橋に　誰か住まはむ　（2・一八七）

右の四首は、皇子の薨去により召されることのなくなった舎人たちの身上を表現して、その寂寥の念、悲哀の情を表出していると解される。また、それは(1)「召すことも無し」、(2)「またも見むかも」、(3)「入りかてぬかも」、(4)「誰か住まはむ」と、結句に否定的な表現を共有することで一層強調されている。

しかしまた、この四首において特徴的なことは「御門」「道」「御橋」[4]という境界領域的な場を示すものが詠まれていることであろう。門とは、異界と接触する場所に存在するものであり、境界的な場であった。この歌の御門は、皇子のいる宮と舎人等のひかえている場所との境界的場であるが、島の宮（永遠なる世界、聖なる世界）と外の世界（無常なる世界・俗なる世界）との境界領域にある門（出入口）でもある。また、道とは、自分達の住む世界と他との世界というような二つの世界を結ぶ境界的な場である。(2)の歌の場合は、池の磯辺の道であり、島と呼ばれる庭園と外の世界とを結ぶものである。さらに橋は、境にあるもの、異界とこちらの世界を結ぶ特殊な空間であることはほとんど定説と言えよう。『日本書紀』には、門や橋などの境界性をおびた場において「みね」（死者を祭るため哭泣すること）の儀礼がおこなわれた例もみえている。それは、左大臣阿部内麻呂が亡くなったときと、天武天皇が亡くなって約一年ほど経てからのもので、次のように記されている。

「三月の乙巳の朔辛酉に、阿部大臣薨せぬ。天皇、朱雀門に幸して、挙哀たまひて慟ひたまふ。皇祖母尊・皇太子等及び諸の公卿、悉に随ひて哀哭る。」　（孝徳天皇大化五年三月）

「丁酉に、京城の耆老男女、皆臨みて橋の西に慟哭る」（持統天皇元年八月）

以上のことから、御門、道、御橋は境界的な場と考えられ、四首は単なる召されることのなくなった舎人たちの嘆きではなく、永遠性を象徴する庭園を有している島の宮の境界領域さえも入ることができなくなった嘆きの表出と解することができる。

(A)の歌群では、永遠なる島の宮に視点を置き、それが荒廃することが詠まれた。次いで(C)の歌群では、皇子のお出ましを常とした島（庭園）に視点を移し、それが荒廃することの嘆きが詠まれている。さらにこの(E)の歌群では、島の境界領域にすら入ることができない舎人たちの嘆きが詠まれている。おそらく時の推移とともに舎人たちの視点も移り変わってきたのであろう。また、ここに共通することは、永遠なるものから無常なるものへの移り変わりであり、無常の嘆きであったと思われる。

さて、島の宮の最後の歌群である次の歌はどうであろうか。

(F)

(1)朝ぐもり　日の入り行けば　み立たしの　島に下り居て　嘆きつるかも　（2・一八八）

(2)朝日照る　島の御門に　おほほしく　人音もせねば　まうら悲しも　（2・一八九）

(3)真木柱　太き心は　ありしかど　この我が心　鎮めかねつも　（2・一九〇）

(4)けころもを　時かたまけて　出でまして　宇陀の大野は　思ほえむかも　（2・一九一）

右の四首は、一見して明らかなように(1)「嘆きつるかも」、(2)「まうら悲しも」、(3)「我が心　鎮めかねつも」、(4)「思ほえむかも」と、結句はすべて抒情的な心情表現である。その心情は、(1)の歌では、「朝ぐもり日の入り行けば」とあるように、暗さゆえ亡き皇子のことを思い「み立たしの島」の場に下り居ての嘆きであり、(2)の歌では、それに対応するかのように「朝日照る」と、明るさゆえに空虚、静寂が増して感じられるという悲しみである。(3)の歌は、心の惑い、動揺する心を詠んだものである。

では、(4)の歌はどのようなものであろうか。「宇陀の大野は思ほえむかも」は、宇陀の大野はこれからも思い出されることであろうと解釈されている。この「宇陀の大野」とは、奈良県宇陀郡大宇陀町の安騎野の一帯のことである。そこで一般的には、軽皇子が父日並皇子ゆかりの安騎野を訪れたときの「軽皇子、安騎の野に宿る時に、柿本朝臣人麻呂の作る歌」(1・四五〜四九)の五首があることから、日並皇子がこの地で狩りを行った古に思いをはせた歌、「宇陀の大野」への追憶と解されている。それは、以前舎人等が仕え従ったときの思い出かも知れない。

だが、それは単なる思い出ではないようである。「宇陀の大野」とは、もっと別な意味を有しているように思えるのである。たとえば「宇陀」(安騎の野)に行く道は、

…太しかす　京《みやこ》を置きて　隠《こも》り国《く》の　泊瀬の山は　真木立つ　荒き山道を　岩が根　禁樹《さへき》押しなべ　坂鳥の

朝越えまして　玉かぎる　夕さり来れば　み雪降る　安騎の大野に…　(1・四五)

とある。つまり、そこは「真木」や「岩が根」「禁樹」などが立ち並ぶ「荒山道」という通常に人間の立ち入ることを許されない世界である「隠り国の泊瀬の山」を越えて行く所である。「隠り国」とは、地形上による形容で奈良盆地から隠れて見えない谷あいにある所ということであろうが、また、外界から遮断された特別な空間を意味する地域でもあろう。多田一臣は、「聖空間への〈隠り〉は、不可思議な呪力を身に受ける行為として考えられていたらし」く、「〈隠り〉の場は、生命力を再生させる場として理解されていたのである」と説き、軽皇子は、その「隠り国」で「再生の秘儀にあずかり、天皇となるべき資格を獲得」したと指摘している。(5)

また、「大野」は「荒野」ともいうことは、次の軽皇子が安騎の野に宿るときに作った人麻呂の歌や『風土記』の例から明らかであり、人里離れた荒野を意味したと思われる。

ま草刈る　荒野にはあれど　もみち葉の　過ぎにし君が　形見とそ来し　(1・四七)

「大野といふは、本、荒野たり、かれ、大野と号《なづ》く」（『播磨国風土記』）

「この郡の部《す》ぶるところは、ことごとに原野なり。これによりて名を　大野の郡といふ。」（『豊後国風土記』）

さらに、「大野」や「荒野」は、死者の行く野を意味する場合もあったようである。それは、たとえば「柿本朝臣人麻呂、泊瀬部皇女と忍坂部皇子とに献る歌」（2・一九四）にある「玉垂れの　越の大野」が河島皇子を葬った地であり、また人麻呂の亡妻挽歌（2・二一〇）に「かぎろひのもゆる荒野に白たへの天領巾《あまひれ》隠り鳥じもの朝立ちいまして入り日なす隠りにしかば…」と、妻の死を荒野に隠れてしまったと表現していることから言えよう。

このようなことから、(4)の「宇陀の大野は　思ほえむかも」の表現は、通常の人間が立ち入ることの許されない神の世界とでも言い得る再生の場としての「隠り国の泊瀬山」を越えて、死者の行く野である大野（荒野）という他界の領域へ行ったことをも意味しているのではないかと考えられるのである。

島の宮を永遠なる世界と無常なる世界との境界領域的な場と解すとき、そこでの最後をしめくくる歌で「宇陀の大野は　思ほえむかも」と表現されることは、大きな意義があったと思われる。おそらく、その歌の場に参加していた人々にとっては、亡き日並皇子が無常の世界から再生して永遠の世界へと旅立って行くと受けとめたのではなかろうか。

三　「真弓の岡の歌」の発想基盤

さて次に、真弓の岡についてみてみることにする。真弓の岡は、奈良県高市郡高取町佐田にあるという。舎人等の挽歌によると日並皇子の殯宮が設けられたと思われる地である。しかし、高取町佐田といえば、舎人等の二十三首には、佐田の岡辺という地名も詠まれていて、岡宮天皇陵（最近では日並皇子の陵は、三百メートル北の東明神古墳が有力視されている）のある丘陵といわれている。

渡瀬昌忠は、常に「佐田の岡辺」とあることに注目し、「皇太子の殯宮のある（遺体・霊のやどる）丘陵本体が、総称をもって公的に『真弓の岡』と呼ばれたのに対して、舎人たちの奉仕する場所は、丘陵南端の現地に即して舎人的に『佐田の岡辺』と限定されたのである」と述べている。(6)

また、柳田国男は、「サダはミサキの義なることを最早疑なく　而してミサキのミは水とは関係なく　始めて此の国に入り立ちたまひし御時には嚮導《きょうどう》の義なりしと同じく　既に此の国に鎮まりたまひて後は　国の境即ち直に外域に対する地方をさしてミサキと申すこと、なり　延《ひ》いては一邑落一平原のサカヒ又はソキをもミサキと呼びサダと唱へしかと存じ候」と、サダはミサキであり境を意味することを説く。(7)

このことからすると、広義の飛鳥地方の西方の端が「真弓の岡」であり、さらにその岡の南端が「佐田」ということであろう。「真弓の岡」は「つれもなき」（一六七）、「外に見し」（一七四）と、また「佐田の岡辺」は「つれもなき」（一八七）と表現されているように、これらの地は飛鳥から見てまさに外の世界と接する所、異界との境界の地域と言い得る所であった。

また、このような境界領域的な場において、殯宮が営まれるということは、もうひとつの境界領域を意味するのではないかと思われる。殯宮とは、埋葬までの間遺体を安置して種々な儀式を行う宮である。それは、死者をこちら側の世界からあちら側の世界に送り込むための場所、この世とあの世の境、あの世への入口、この世の側の者が行き得る果てと言える場であろう。

さて、真弓の岡を飛鳥から見て異界との境界の地であるとともに、この世とあの世との境でもあるというように、二重の意味での境界領域的な場であると解すとき、そこで詠まれた歌はどのような特徴を有すのかという問題について考えてみる。まずは、(B)の歌群からみる。

(B)

(1)外に見し　真弓の岡も　君ませば　常つ御門と　侍宿《とのゐ》するかも　(2・一七四)

(2)夢にだに　見ざりしものを　おほほしく　宮出もするか　佐日《さひ》の隈回《くまみ》を　(2・一七五)

(3)天地と　共に終へむと　思ひつつ　仕へまつりし　心違ひぬ　(2・一七六)

(4)朝日照る　佐田の岡辺に　群れ居つつ　我が泣く涙　やむ時もなし　(2・一七七)

右の四首は、一見して明らかなように(1)「侍宿するかも」、(2)「宮出もするか」、(3)「仕へまつりし」、(4)「群れ居つつ」とあるように、舎人等の奉仕の立場で詠まれたことを示唆している。(1)の歌は、今まで無関係と思っていた真弓の岡も皇子がおいでになったので「常つ御門」と思うと死者を讃え、永遠に「侍宿」すると忠誠を誓い安心させることで死者を慰めるのであろう。

しかし、(4)の歌のように「我が泣く涙　やむ時もなし」と、舎人たち残された者の思いを詠む歌もある。おそらく残された者の死者を惜しむ気持を表現することで鎮魂したのではなかろうか。

その間にある(2)の歌は、「宮出もするか」と真弓の岡の殯宮へ出仕することを詠むことから(1)の歌に近いが、「おほほしく」(心も晴れず)とその心情を述べていることから(4)の歌とも類似する。(3)の歌は、「天地と共に終へむと思ひつつ仕へまつりし」と、皇子への永遠なる忠誠心を詠み、また「心違ひぬ」とその予想がはずれたやる方ない心の惑いを詠んでおり、やはり(1)と(4)の歌にみられた両方の特徴を有している。

次に(D)の歌群をみてみよう。

(D)

(1)とぐら立て　飼ひし雁の子　巣立ちなば　真弓の岡に　飛び帰り来ね　(2・一八二)

(2)我が御門　千代永久《とことは》に　栄えむと　思ひてありし　我し悲しも　(2・一八三)

(1)の歌は、ひなに対して成長し飛び立ったなら、また真弓の岡に飛び帰ってこい「我もまた帰り来む」という意[8]を込めて詠んだ歌と解される。永遠なる御殿として真弓の岡にお仕えする情を表出し、死者を安心させるのであろう。(2)の歌は、皇子の永遠なることを願いつつも「我し悲しも」と残された者の情を詠む。

ここまでの(B)と(D)の歌群に看取されるような永遠なる忠誠と残された者の思いは、さらに次の(G)の歌群にもみえるのである。

(G)

(1)朝日照る　佐田の岡辺に　鳴く鳥の　夜泣き反らふ　この年ころを　（2・一九二）

(2)はたこらが　夜昼といはず　行く道を　我はことごと　宮道にぞする　（2・一九三）

たとえば、(1)の歌は、「舎人の泣き声を鳥の鳴き声と見る」と指摘されているように[9]、残された舎人等の悲しみを佐田の岡辺に鳴く鳥の声にたとえたのであろう。また、(2)の歌は、農夫ら[10]がいつも行き来する道を舎人等は「宮道」、つまり「常つ御門」である殯宮に奉仕するために通う道のごとく行くというのであり、死者への忠誠心が詠まれていると言えるのである。

以上、ここまで見てきたように、日並皇子に仕えた舎人等は真弓の岡という境界領域的な場において、永遠なる忠誠心と残された者の心の惑い悲しみの情など、死者を惜しむ情を主観的に詠む。それは、あたかも皇子に直接に訴えるかのようである。おそらく、この世とあの世との境にいる皇子の霊魂に向かい、永遠なる忠誠を誓うことで安心させるのである。また、残された者の悲しみを述べることで慰め、鎮魂するのであり、死者をあの世に送り出すことになるのであろう。真弓の岡での歌の場は、以上のような場であったと考えられるのである。

四　境界的な場

舎人等は、島の宮と真弓の岡でなぜ歌を詠むのか。このことは、非常に難しい問題である。

しかし、この問題を解く手掛かりとして、ここまで「島の宮」と「真弓の岡」の歌の場と歌との係わりについみてきた。その結果、島の宮と真弓の丘の歌の場は境界領域的な場であり、そこでの歌にも特徴がみられるのであった。

たとえば、永遠性を象徴する「しま」という名を冠した島の宮の歌の場は、永遠なる世界と無常なる世界との境界的な場と言える。そして、そこで「高光るわが日の皇子の万代に国知らさまし」などと皇子を讃え惜しみ、また島の宮の荒廃したことを嘆き、さらに残された者の悲しみの情を詠むのである。そしてそのことは、島の宮の主の薨去を哀悼するのはもちろんであるが、亡き皇子の永遠なることを願うことをも意味するのではなかろうか。おそらく、永遠性を象徴する「しま」のもとで、永遠なるものと無常なるものを詠み亡き日並皇子を偲ぶことは、永遠なる神との交歓することでもあったのであろう。

一方、真弓の岡の歌の場は、飛鳥から見て外の世界との境界の地であるとともに、この世とあの世との境界領域的な場でもあったと考えられる。そして、その場で永遠なる忠誠心を詠むことで死者を安心させ、同時に残された者の悲しみ、死者を惜しむ情を詠み慰めることは、鎮魂するためであろう。そして、これは殯宮という境界領域に鎮座する日並皇子を、異界であるあの世に送り込むためのものであったと思われる。

以上舎人等二十三首の歌の場となった島の宮は、「しま」という永遠性を象徴する庭園の名を冠していることから特殊な力を秘めた場であったと言える。また、真弓の岡（原文は壇の岡）の「ま」は、「み」と同じく神のものであることを表わす接頭語であろう。そして、「まゆみ」とは、不可思議な力を秘めた弓という意味の「真弓」と同様に、不可思議な力を有した場であったことから名付けられたと考えられる。

注

(1) 渡瀬昌忠は、一七〇の或本歌一首も(A)グループに入れ、四首一組とする。(『柿本人麻呂研究　島の宮の文学』桜楓社、昭和五十一年)
(2) 「舎人慟傷作家群」(『柿本人麻呂研究　島の宮の文学』桜楓社、昭和五十一年)
(3) 本書Ⅳの「山斎と呼ばれる庭園」
(4) 原文に「御橋」とあるにもかかわらず、『代匠記』(精撰本)、『万葉考』、『万葉集略解』、『万葉集古義』、『岩波日本古典文学大系　万葉集』、『新潮日本古典集成　万葉集』、『講談社文庫　万葉集』などは、「御階」(階段説)をとる。
(5) 「こもり」(『古代語を読む』桜楓社、昭和六十三年)
(6) 「朝日照る佐田の岡辺」(『柿本人麻呂研究　島の宮の文学』桜楓社、昭和五十一年)
(7) 「石神問答」(『定本柳田国男全集　第十五巻』筑摩書房、昭和四十四年)
(8) 中西進(『講談社文庫　万葉集(一)』)
(9) (8)に同じ
(10) 陵墓造営のための役民とする説(『小学館日本古典文学全集　万葉集(1)』など)もある。
(11) (2)に同じ
(12) (2)に同じ
(13) (6)に同じ

大伴旅人の亡妻挽歌

一　旅人の亡妻挽歌群

大伴旅人は、大宰帥として赴任していた筑紫の地において、神亀五年頃に妻大伴女郎を失う。旅人は、その直後から亡き妻を偲ぶ歌を詠むが、天平二年作の「故郷の家に還り入りて、即ち作る歌三首」がその最後となる。この三首は、多くの注釈書などにより連作とされ、さらに伊藤博により、帰京までに詠んだ亡き妻を悲しむ歌と三組十一首の連作を成していると指摘されている。(1) その三組とは、(A)・(B)・(C)の記号を付した、次に掲げる十一首である。

(A)神亀五年戊辰、大宰帥大伴卿、故人を偲ひ恋ふる歌三首

愛しき　人のまきてし　しきたへの　我が手枕を　まく人あらめや　（3・四三八）

右の一首は、別れ去にて数旬を経て作る歌。

帰るべく　時はなりけり　都にて　誰が手本をか　我が枕かむ　（3・四三九）

都なる　荒れたる家に　ひとり寝ば　旅にまさりて　苦しかるべし　（3・四四〇）

右の二首は、京に向かふ時に臨近づきて作る歌

(B)天平二年庚午の冬十二月、大宰帥大伴卿、京に向かひて道に上る時に作る歌五首

我妹子が　見し鞆の浦の　むろの木は　常世にあれど　見し人　そなき　（3・四四六）

鞆の浦の　磯のむろの木　見むごとに　相見し妹は　忘らえめやも　（3・四四七）
磯の上に　根延ふむろの木　見し人を　いづらと問はば　語り告げむか　（3・四四八）
右の三首は、鞆の浦に過きる日に作る歌
妹と来し　敏馬の崎を　帰るさに　ひとりし見れば　涙ぐましも　（3・四四九）
行くさには　二人我が見し　この崎を　ひとり過ぐれば　心悲しも　（3・四五〇）
一に云ふ「見もさかず来ぬ」
右の二首は、敏馬の崎に過る日に作る歌
(C)故郷の家に還り入りて、即ち作る歌三首
人もなき　空しき家は　草枕　旅にまさりて　苦しかりけり　（3・四五一）
妹として　二人作りし　我が山斎は　木高く繁く　なりにけるかも　（3・四五二）
我妹子が　植ゑし梅の木　見るごとに　心むせつつ　涙し流る　（3・四五三）

右の三首に関しては、例えば五味智英は「家、庭、一本の木と焦点を絞って、をはりに感情の最高潮を持って来た連作である」といわれ[2]、また、青木生子は「次第に推移ししぼられていく観点（景）と連鎖の妙を以って、亡妻悲傷（情）の漸進的な昂まりが見事に歌い収められている」と述べ[3]、さらに伊藤博は「故郷の家をめぐっての慕情という点で、この三首も素材が一貫している」と連作であることを認めている[4]。

また、(A)(B)(C)の十一首の連作に関して伊藤博は、(C)の第一首（3・四五一）と(A)の第三首（3・四四〇）とが呼応する関係にあることから、それは(A)と(C)の歌群が相互に響き合っていることが原因であるとして、「(A)(B)(C)はそれぞれ小連作を同一趣向のもとに構成し、全体が異郷（旅先＝筑紫）↓道中↓故郷（家＝奈良）という時間的、空間的な組織の中に、亡妻悲傷を通しての孤愁というテーマを追って統一されている」と説いている[5]。

そしてさらに、伊藤博はこの十一首の構成と亡妻挽歌の系譜との係わりについても言及され、「『家』と『旅』との対比の上で亡き人を哀傷するという伝統の方法に立脚しつつ、亡妻悲傷を奏でる山上憶良の日本挽歌に対応し、その結編を形成する」と位置づけている。[6] この先行歌人の影響関係については、すでに指摘があり、たとえば青木生子は(A)の歌には憶良の日本挽歌の第二反歌（5・七九五）の影響があり、(B)には野中川原史満から人麻呂、憶良と継承されてきた亡妻挽歌の伝統があると説いている。[7] さらに、遠藤宏は「(A)(B)に比べ(C)の場合は少し異なり、三首に亡妻挽歌の継承がないわけではないが、(A)(B)における伝統の直接的継承を経て、(C)に至って旅人独自の世界が現出されている」と述べており、[8] これは(C)の三首を考える際の重要な視点を示唆するものと思われる。

今、旅人独自の世界を探る試みとして、三首の表現について『万葉集』中の使用例を調査してみると、主題の中心的素材である第一首の「空しき家」と第三首の「梅の木」は旅人のみの使用であり、第二首の「山斎」も後に詳しく述べるように、ある特定の使用に限られている。また、第一首の「旅にまさりて　苦しかりけり」、第二首の「二人作りし」、「木高く繁く　なりにけるかも」などの表現も旅人以外にはなく、さらに第三首の「心むせつつ」においてもわずかに笠金村に「心のみむせつつあるに」（4・五四六）という類似する表現がみられる程度で、ほとんど旅人独自の表現で占められていることが確認される。

そこで、従来より旅人自身の歌との関連や亡妻挽歌の系譜の中で捉えられる傾向にある(C)の三首について、その中心的素材を手掛りとして三首の構成や成立過程を明らかにすることで旅人の亡妻挽歌の一面を考えてみたい。

結論的に述べるなら、三首は大宰帥として在任中に、都にいる吉田宜と贈答した歌の世界を発想の契機としており、帰京するまでに詠んだ旅人自身の(A)・(B)の八首や先行歌人の亡妻挽歌の影響に支えられて亡妻挽歌三首を形成していると推察される。また、旅人独自の世界を構築している中心的素材「空しき家」「山斎」「梅の木」も、宜との贈答歌が契機となり発想された挽歌的要素のある素材と思われるのである。論の順序としては、まず「山斎」の挽歌的発想について、次に旅人と宜との贈答関係の影響についてという順で進める。

二　「山斎」の歌の発想基盤

旅人の「山斎」の歌は、第二首に

妹として　二人作りし　我が山斎は　木高く繁く　なりにけるかも　（3・四五二）

と詠まれている。ここに詠まれている「山斎」とは何か。また、なぜ亡き妻を偲ぶ情の表出に「山斎」が荒廃することを表現したのか。まずはこの点について明らかにしておく。なぜならば、この「山斎」の挽歌的発想が「故郷の家に還り入りて、即ち作る歌三首」の形成に深く係わっていると思われるからである。「山斎」についての詳細な考察は別稿にゆずり、ここでは旅人の「山斎」の基盤にある挽歌的発想についてのみ述べることにする。(9)

『万葉集』中に「山斎」の用字は、次の一例がある。

属二目山斎一作歌三首

乎之能須牟　伎美我許乃之麻　家布美礼婆　安之婢乃波奈毛　左伎尓家流可母　（20・四五一一）

右の原文により、「山斎」とは「之麻」と訓むと思われる。また、同じ時の二首の歌

池水に　影さへ見えて　咲きにほふ　あしびの花を　袖に扱入れな　（20・四五一二）

磯影の　見ゆる池水　照るまでに　咲けるあしびの　散らまく惜しも　（20・四五一三）

によると、磯のように作った池があり、そこには鳥が住み、囲りには花が植えてある庭園を「山斎」と呼ぶようである。

また、この「山斎」の用字は六朝以来の漢詩文などにしばしば見え、たとえば『芸文類聚』の「居処部」に王孚の安成記に曰く、太和中、陳郡の殷府君、水を引き城に入れ池を穿つ。殷仲堪、又た池北に於て小屋を立て書を読む。百姓、今に于て呼びて読書斎と曰う。

とあり、次の「山斎詩」を挙げている。

梁の簡文帝「山斎詩」に曰く、玲瓏竹澗を繞り、間関槿蕃に通ず、欹岸新たに浦を成し、危石久しく門を為す、北栄に飛桂下り、南柯に夜猿吟ず、暮流　錦磧を澄し、晨冰　采鸞を照らす。

陳の徐陵「奉和簡文帝山斎詩」に曰く、架嶺　金闕を承け、飛橋　石梁に対す、竹密にして山斎冷たく、荷開きて水殿香ばし、山花　舞席に臨み、水影　歌林を照らす。

（巻六十四・居処部四・斎）

また、「山斎」の用字は『懐風藻』にも見え、次の詩が詠まれている。

(1)五言。山斎。一絶

塵外年光満ち　林間物候明らけし。風月遊席に澄み、松桂交情を期る。

（3・河島皇子）

(2)五言。山斎。一首

宴飲山斎に遊び　遨遊野池に臨む。雲岸寒猨嘯き、霧浦梔聲悲し。葉落ちて山逾静けく、風涼しくして琴益微けし。各朝野の趣を得たり、攀桂の期を論らふこと莫れ。

（13・大納言直大二中臣朝臣大島）

(3)五言。山斎、志を言ふ。一首

間居の趣を知らまく欲り、来り尋ぬ山水の幽きことを。浮沈す烟雲の外、攀翫す野花の秋。稲葉霜を負ひて落ち、蟬の聲吹を逐ひて流る。祇仁智の賞を為さまくのみ、何ぞ論らはむ朝市の遊び。

（39・従四位下兵部卿大神朝臣安麻呂）

右の詩には、「山斎」に遊ぶ世界が詠まれており、山水自然の中にある林泉を持った居室として「山斎」はある。そこは俗世間から離れた世界であり、静かな趣を知る所としてある。『懐風藻』には、このような自然を遊覧する詩（例えば「遊覧山水」犬上王の作）が多く詠まれており、それは道教的な隠逸と自然を愛好する風雅の精神に支えられている。

次に庭園を「しま」と呼ぶことに視点を移してみると、左に掲げた蘇我馬子が亡くなった時の記事に

飛鳥河の傍に家せり。乃ち庭の中に小なる池を開れり。仍りて小なる嶋を池の中に興く。故、時の人、嶋大臣と曰ふ。（『日本書紀』推古三十四年五月）

とあり、池の中に島のある庭園を造ったことから「嶋大臣」と呼ばれたと記されていて、この例から「しま」は、その庭園様式からの呼称であることか確認される。

『万葉集』中で庭園を意味する「しま」なる語を有する歌の、作歌年次、作者、作歌事情を調査し、制作年次順に表示すると次のようになる。[10]

	制作年月日	歌番号	作者	作歌事情	用字
(1)	持統三年(689)四月以降	2・一七八、一八〇、一八一、一八八	日並皇子尊宮舎人等	日並（草壁）皇子の薨去を慟傷して作る	嶋
		2・一七〇（或本）、一七一、一七二、一七九	一七〇の或本歌は人麻呂作歌に入る	一七〇の或本歌は日並皇子尊殯宮之時	嶋宮
		2・一七三、一八九	(1)と同じ	(1)と同じ	嶋御門
		2・一八七	(1)と同じ	(1)と同じ	嶋御橋

(2)	天平二年(730)七月	5・八六七	吉田宜	旅人から贈られた歌に和ふる歌	志満
(3)	天平二年(730)十二月以降	3・四五二	大伴旅人	「還二入故郷家一」・亡妻挽歌	山斎
(4)	天平五年(733)頃（養老四年以降）	3・三七八（題詞）	山部赤人	「詠二故太政大臣藤原家之山池一」	山池
(5)	天平八年(736)十二月	6・一〇一一	葛井連広成	「歌儛所之諸王臣子集二葛井連広成家一宴歌」	嶋
(6)	天平勝宝三年(751)正月	19・四二三二	遊行女婦蒲生娘子	「会二集介内蔵忌寸縄麻呂之舘一宴楽」	雪嶋
(7)	天平勝宝四年(752)頃	19・四二六六	大伴家持	詔に応へる為に儲けて作る	嶋山
(8)	天平勝宝四年(752)十一月	19・四二七七	右大弁藤原八束朝臣	「新嘗会肆宴応レ詔」	嶋山
(9)	天平宝字二年(758)	20・四五一一	大監物御方王	山斎を属目して（清麻呂宅の宴と同じか）	山斎（題詞）之麻

また、歌内容からは、「しま」には池の中に築いた島そのものを呼ぶ場合(7)(8)と、池に島のある庭園全体を称する場合(1)(2)(3)(4)(5)(6)(9)がみられ、さらに注目すべきものとして、これらの「しま」の歌に、挽歌において故人を偲ぶ縁としての「しま」が「荒れる」と表現する発想(1の一八一・(3)・(4))と、永遠性を詠む宴席歌において「嶋山」・「雪嶋」を表現するという発想(6)(7)(8)の二つの傾向が認められる。

そこで次に、池の中に島を築き、小石や岩を用いて荒磯の景を作るという庭園の形態の面から、その庭園様式の意味するものや、二つの傾向が発生する源を明らかにしてみたい。

池の中に島を築くという基本的構造で、『万葉集』における「しま」と呼ばれる庭園と類似するものは、次の池の例がある。

(1)太液池の例
「又曰太液池中有蓬萊方丈瀛州象山也」（『芸文類聚』・巻九水部下）
(2)宋建康の玄武湖……元嘉二十三年（四四六年）
「是歳造玄武湖、上欲於湖中立方丈、蓬萊・瀛州三州三神山…」（『宋書』・巻六六何尚之伝）
(3)百済扶余の宮南池……武王三十五年（六三四年）
「三月、穿池於宮南、引水二十余里、四岸植以楊柳、水中築島嶼、擬方丈仙山」（『三国史記』第二十七）
(4)新羅慶州の雁鴨池……文武王十四年（六七四年）
「二月、宮内穿池造山、種花草、養珍禽奇獣」（『三国史記』・巻七）

右の例などから、池の中に島を築くという庭園様式の基盤には、東海中に仙人の住む三神山があるという中国の神仙思想があり、荒磯のある池は「海」に、また池の中の島は海に浮かぶ「仙山」に見立てたものと思われる。道教の重要な要素である神仙思想において、仙山は現実生活の場から離れた所の海中もしくは深山にあるとされ、そこに住むと不老長寿という永遠性を手に入れ、仙人になることが可能とされている。「しま」と呼ばれる庭園は、このような神仙思想に基づいて、身近な庭園の中に神仙的世界を構築したものであり、その中心である池の中の島は仙山、いわゆる永遠性の象徴を意味するものであろう。

先述したような「しま」の歌にみられる二つの発想傾向も、おそらくはこの道教的神仙思想を基盤としているところから生じたものと思われる。永遠なるものと無常なるもの、それは表裏関係にあり、本来は永遠性の象徴である「しま」が「荒廃」することにより挽歌性を有するものとなる。旅人の歌の「しま」にみられる挽歌的発想は、このような神仙思想を基盤とした発想であろう。

しかし、旅人は「しま」と呼ばれる庭園に「山斎」の字をあてた。この意識の基底には、「しま」に象徴される超現実的な神仙境を山水自然の庭園として造り、そこに心を遊ばせる精神と、脱俗の理想境である山水自然の中にある居室「山斎」に遊ぶという精神との融合、つまり深山幽谷の山水自然と庭園内の山水自然を同一化させ、そこに遊ぶという精神、この非現実性と遊戯性という風流の本質的なものが、自然と一体となる境地が流れているのではなかろうか。この風流の観念は、魏（二二〇～二六五年）や晋（二六五～三一六年）の人々が発見したものであるが、そこにある自然に対する概念は、人生の無常を感じたことから自然を遊行し叙景的な詩を詠んだ建安（一九六～二一九年）の詩人たちにすでに萌芽しており、魏晋時代において仏教を受け容れた神仙道教の発展とともに培養されて「遊仙詩」や「招隠詩」の出現となり、さらに南朝時代（四二〇～五八八年）に「山水詩」「山水画」「山水を模した庭園」として開花していくのである。そしてそれらは、当時の隠遁思想、老荘思想、神仙思想などの流行を土壌としての所産であった[11]。

『万葉集』において、「嶋」と「風流」との関係が明確なものとしては、天平八年（七三六）の次の宴席歌がある。この宴の主人葛井連広成は、養老三年（七一九）に遣新羅使にて任じられ、また『懐風藻』に漢詩を残している。

冬十二月十二日に、歌儛所の諸王・臣子等、葛井連広成の家に集ひて宴する歌二首

比来、古儛盛りに興り、古歳漸に晩れぬ。理に共に古情を尽くし、同じく古歌を唱ふべし。故に、この趣に擬へて輙ち古曲二節を献る。風流意気の士、儻にこの集へるが中にあらば、争ひて念心を発し、各古体に和せよ。

我がやどの　梅咲きたりと　告げ遣らば　来と言ふに似たり　散りぬともよし　（6・一〇一一）

春されば　ををりにををり　うぐひすの　鳴く我が嶋そ　止まず通はせ　（6・一〇一二）

おそらく旅人は、帰化人や帰朝する留学生、学問僧がもたらした民衆道教（神仙思想、医術など）や造園技術などの新しい知識や思想を基盤とし、六朝文学にみられる自然を主観の中でとらえ人生との一致を考え始めた、いわゆる「山水文学」と呼ばれる「山水詩」「山水遊覧の賦」などの影響を受けていたのであろう。

また、「しま」と呼ばれる神仙的庭園を造る発想に、そのような自然に対する概念があり、さらには日本古来の常世思想に、渡来した神仙道教が融合し、そこに仏教思想が移入してきて同一化したことが基盤となっていると思われる。そして、そこから生まれた理想世界（常世思想は常世の国、道教は神仙境、仏教は浄土）は、この世に苦悩する人間の上に創るべきであるという思想も係わっているのではなかろうか。『万葉集』において、「嶋」のある邸宅が、後に寺院として使用され、また(4)太政大臣藤原不比等宅や(9)中臣朝臣清麻呂宅に「島」が造られ、さらには『正倉院文書』にみえる嶋院、中嶋院、外嶋院などの「嶋」と称する写経所が存在していることがそのことを暗示しているようにも思われる。

旅人の「山斎」の歌にみられた挽歌的発想には、このような思想的基盤が係わっており、また、亡妻挽歌三首の形成にも深く係わっていると推察される。

三　「故郷の家に還り入りて」の歌の構想

さて次に、「故郷の家に還り入りて、即ち作る歌三首」の構想についてであるが、この究明には山斎の歌を手掛りとして、(ア)(イ)(ウ)を付して次に掲げる歌の対応関係を明らかにする必要を感じる。

(ア)天平二年四月に大宰府にいる旅人から宜に贈った歌
(1)梅花の歌三十二首并せて序（5・八一五〜八四六）
(2)員外故郷を思ふ歌両首（5・八四七・八四八）
(3)後に追和する梅の歌四首（5・八四九〜八五二）
(4)松浦川に遊ぶ序・贈答歌（5・八五三・八五四）

(5)蓬客の更に贈る歌三首（5・八五五〜八五七）
(6)娘等の更に報ふる歌三首（5・八五八〜八六〇）
(7)後の人の追和する詩三首（5・八六一〜八六三）
(イ)七月に都にいる宜から旅人に和ふる歌
(1)宜い啓す、伏して四月六日の賜書を奉はる（以下略す）。
(2)諸人の梅花の歌に和へ奉る一首（5・八六四）
(3)松浦の仙媛の歌に和ふる一首（5・八六五）
(4)君を思ふこと未だ尽きず重ねて題する歌二首（5・八六六・八六七）
(ウ)十二月頃の旅人の歌
(1)故郷の家に還り入りて、即ち作る歌三首（3・四五一〜四五三）

なぜなら右の(ウ)の第二首にある山斎を詠む歌は、たとえば『注釈』で「三句はその宜の作に対応するもの」と指摘されているように、(イ)の(4)にある宜の山斎の歌と関連性があり、また、その(イ)の宜の歌は贈答関係にある(ア)の旅人の歌に触発されたものであるというように、特殊な創作過程を思わせる密接な関連を有しているからである。論を進めるにあたり、旅人の贈った歌の中、(3)と(7)の歌は、その作者に諸説があり、作者によっては贈答後に加えられたとも考えられることからひとまず対象から除外しておく。

まず、両者の贈答歌の中で、(イ)の(4)にある宜の山斎の歌と対応関係を有する歌は次に掲げる(ア)の(2)の旅人の歌が該当すると思われる。

(ア)・(2)員外故郷を思ふ歌両首

我が盛り　いたくくたちぬ　雲に飛ぶ　薬食むとも　またをちめやも　（5・八四七）

雲に飛ぶ　薬食むよは　都見ば　いやしき我が身　またをちぬべし　（5・八四八）

(イ)・(4)君を思ふこと未だ尽きず、重ねて題する歌二首

はろはろに　思ほゆるかも　白雲の　千重に隔てる　筑紫の国は　（5・八六六）

君が行き　日長くなりぬ　奈良路なる　志満（山斎）の木立も　神さびにけり　（5・八六七）

右の旅人の故郷を思ふ歌は、二首一組で望郷歌になり得、第二首に焦点がある。第一首は、「我が盛り　いたくくたちぬ」「またをちめやも」と、老境に入ったことを表現し、不老不死の拠り所（「雲に飛ぶ薬」）が崩壊したことを嘆く。続く第二首では、その生の短かさや老いの悲しみという無常性を受けて、「都見ば　いやしき我が身　またをちぬべし」と望郷の情に堪えきれないと詠んでいる。

この生の無常性からくる望郷の情に対して、宜は(イ)の歌を詠む。その第二首の歌は、故郷の家にある庭園、永遠の象徴である「志満（山斎）」を素材とし、また「志満の木立ちも神さびにけり」と表現し、神のある所と観ぜられることから木立が茂って神々しさ（神霊）が感じられるようになったと永遠なる「志満」の様子を伝えており、望郷の情を慰めるに最適のものとなっている。

宜は(1)の書簡において、「辺城に羈旅し、古旧を懐ひて志を傷まし、年矢停まらず、平生を憶ひて涙を落すがごとき」旅人の情に対して中国古典の格言故事を数多く引用し慰め、「松・喬を千齢に追ひたまはむことを」と励ますが、それに添えた(イ)の歌においても神仙思想を基盤とした永遠性の象徴である「志満」をもって慰めるのである。

おそらく、宜の歌にある神仙思想を基盤にもつ「志満」は、旅人の歌にある神仙道教的な素材である昇天思想（「雲に飛ぶ薬」）、不老不死の思想「若《を》ち」）に触発されたものであろう。さらに、両者がこのような神仙道教的なものを素材とする発想の基底には、吉田宜がもとは百済の僧、恵俊という帰化人で医術の心得があり、道教における方士（神仙の術を行う人）で後に図書頭や典薬頭を務めるほどの人物であったことが少なからず係わっていると思われる[12]。

さて次に、以上のような旅人と宜の贈答歌の世界が、旅人の山斎の歌にどう係わるかということについて述べてみる。まず旅人と宜の贈答歌には、生の無常性からくる望郷の情に永遠性を対応させるという関係が認められた。旅人の山斎の場合、その贈答関係によりある意味で望郷の中心となった「山斎」を「我が山斎」と自己に引きつけて「妹として二人作りし」と表現することで妻の存在を明確にしつつ「木高く繁くなりにけるかも」と「山斎」の荒廃をもって亡き妻への嘆きとして詠んだものと思われる。

この永遠の象徴である「山斎」が荒廃すると表現することで亡き人への追慕の情を表出することは、次の

・皇子尊の宮の舎人等の慟傷して作る二十三首

み立たしの　島の荒磯を　今見れば　生ひざりし草　生ひにけるかも　（2・一八一）

・山部宿祢赤人、故太政大臣藤原家の山池を詠む歌一首

古の　古き堤は　年深み　池の渚に　水草生ひにけり　（3・三七八）

などの歌にみられるものであり、この庭樹の繁茂した庭を通じて故人の喪失を偲ぶということは、人間の死を「荒る」によって表現するという挽歌的発想にも係わるものである。[13]

宜から贈られた歌にある「志満」は永遠なるものであったが、旅人の歌における、故郷の家に還って見た亡き妻と生前二人で作った「山斎」は荒廃しており、それは妻の喪失を意味し、また永遠性の消失でもあったろう。大宰府の地で妻を失った旅人は、ある意味においてもう一度妻を失うのである。

また、「妹として二人作りし我が山斎」という表現に視点を移してみると、この表現には都の庭園の中に築いた山斎という神仙郷で妹と遊ぶ世界があり、その思い出とともに、これからも遊ぶはずであった二人の世界がある。そしてそれは、大宰府において文学の中に構築した仙媛と神仙郷で遊ぶ世界と重なり合うものでもある。この表現の発想には、おそらく旅人が贈った「松浦河に遊ぶ歌」(ア)の(4)・(5)・(6)に対し、宜が「松浦の仙媛に和ふる歌一首」

(イの(3))で「常世の国の海人娘子かも」と、その歌を仙媛と神仙郷に遊ぶ世界と受け取り、旅人も「大いに回春の術を保ってせいぜい長生きされよ」[14]という意を込めて和した歌が係わっていると思われる。旅人と宜の「松浦河に遊ぶ歌」をめぐる贈答世界において、神仙郷に遊ぶことは永遠性を手に入れることとして詠まれており、この旅人の歌における山斎が荒廃するという表現には、神仙郷に遊ぶ世界までも消失することが内在していると考えられる。

このように旅人の山斎の歌は、宜との贈答歌の世界の「故郷を思ふ歌」(アの(2)、イの(4))、「松浦河に遊ぶ歌」(アの(4)(5)(6)、イの(3))などの影響を受け、都に帰って来て現実の世界では山斎(永遠の象徴・妻)を喪失し、また非現実の世界では神仙郷に遊ぶというような心的世界、風流の世界をも失ったという二重の世界を構築していると思われる。

旅人は、妻を亡くして人生の無常なることを改めて知る(後掲七九三の歌)。そして無常性からくる望郷歌(八四七・八四八)を詠む。それに対し宜は永遠なる「志満」を詠んで和えた(八六六、八六七)。その贈答関係から旅人は、都の家に築いてある永遠の世界である「山斎」が荒廃していることを詠み、永遠性の消失、亡き妻への悲しみを表出する。それは、単に永遠性を思慕するのではなく、現実を直視し、その上で永遠性を求めるという発想に基づくものであり、それが旅人にとって妻の死の絶対性の確認になっているのではなかろうか。おそらく旅人は神仙思想に基づく「山斎」という山水自然の世界に人生の無常を感じ取っていたのであろう。

四 「家」と「梅」の発想

ここまでは、山斎を手掛りに旅人と宜との贈答関係の影響から、旅人の山斎の歌の形成過程及びその特質を追求してきたが、ここでは次に挙げる第一首と第三首の歌について考察を試みる。

人もなき　空しき家は　草枕　旅にまさりて　苦しかりけり　(3・四五一)

我妹子が　植ゑし梅の木　見るごとに　心むせつつ　涙し流る　（3・四五三）

右の歌は第二首の歌とともに「空しき家―山斎―梅の木」という関係の連作をなしていることは先述したが、また、ここにも旅人と宜との贈答歌の影響と思われる関連性が看取される。例えば、第二首の山斎歌に内在する「大宰府」（異郷）と「都」（家郷）という対比する関係は、第一首に「空しき家」と「旅」とあり、また、「故人を偲ひ恋ふる歌」の第三首（四四〇）に「荒れたる家」と「旅」とあり、さらに両歌は「都の家の予想」（四四〇）と「都へ着いての慨き」（四五二）という呼応関係にあるというように、帰京するまでの旅人自身の歌の中に流れている。

しかしまた、「家」と「旅」の意識は、旅人が都にいる宜に贈った歌の中の「員外故郷を思ふ歌両首」に源流があり、また、宜の和ふる歌群の中にある書簡で、旅人が都を離れ大宰府に赴いたことを「辺城に羈旅し」と表現しているように大宰府は「旅」であり、帰りついた故郷は「家」という意識が明確化され、「君を思ふこと未だ尽きず、重ねて題する歌二首」に「筑紫の国」と「奈良路」として受け継がれている。

この対比関係は、行路死人歌において人の死を「家」と「旅」とを対比して嘆き悲しむという伝統的発想としてしばしば見られるものであり、この旅人の場合、遠い異郷の地、大宰府で亡くなった妻は、ある意味では「旅」で死んだものであり、ここに「家」と「旅」とを対比する構造が導入された必然性もあるのであろう。

次に第三首の歌であるが、ここには亡き妻が植えた形見の「梅の木」が詠まれており、この歌の発想には、旅人が贈った梅花の宴歌と、それに和した次に掲げる宜の歌も係わっていると思われる。

諸人の梅花の歌に和へ奉る一首

後れ居て　長恋せずは　み園生の　梅の花にも　ならましものを　（5・八六四）

旅人にとっての梅は、都の旅人宅での妻との思い出と共に、大宰府で妻と共に賞でたであろう帥邸の庭園に咲いている梅の思い出でもあったろう。そしてまた、天離る鄙の風流である梅花の宴やその歌、さらには、その梅花の宴歌に応じて、旅人と常に共にいたい気持を「梅の花にも　ならましものを」と表現した朋友宜の歌をも想起させるものであったろう。

旅人が贈った一連の歌の中に位置している「後に追和ふる梅の歌四首」（八四九〜八五二）は作者の署名がないことから憶良作[15]、旅人作[16]と諸説があるが、旅人作という前提に立ってみると、次の

雪の色を　奪ひて咲ける　梅の花　今盛りなり　見む人もがも　（5・八五〇）

我がやどに　盛りに咲ける　梅の花　散るべくなりぬ　見む人もがも　（5・八五一）

の歌の「見む人もがも」の句は「誰かに見せてやりたい」（5・八五〇）「ひとりで見るのはさびしいものだ」（5・八五二）と、「亡妻が念頭にあるもの」と考えられ[17]、妹が植えた梅の木を見るたびに「心むせつつ　涙し流る」と表現した第三首と重なり合うものがある。

そしておそらく、旅人が『万葉集』中一例のみという「梅の木」を詠んだのは、このような梅の花にまつわる思い出を総合的に象徴するものとして表現したことによるものではなかろうかとも思われる。

以上のように、第一首と第三首の歌においても旅人と宜との贈答歌の影響がみられ、第一首には員外故郷を思ふ歌から発した「家」と「旅」の対比関係の流れが、また第三首には梅花の宴歌からの「梅」の流れが発想の契機となっているようである。

五　旅人の「亡妻挽歌」の世界

都の家に帰って来て、亡き妻を偲ぶとき妻の形見に涙を流したり、またそれが都への途中の感慨を踏襲するものであることは当然とも思われるが、この三首の場合、主題の中心となる素材「空しき家」「山斎」「梅の木」は、『万

葉集』中において非常にめずらしいものであった。故郷の家に帰ったので「家」を詠み、そこにある「山斎」を詠み、そこに植えてある「梅の木」を詠むということでなく、おそらく旅人にとって最も亡き妻を偲ぶ縁《よすが》となるものであるゆえに、家に戻っての発見に対する感慨が「気づきの『ケリ』」となり[18]、「苦しかりけり」「なりにけるかも」と表現されたと思われる。

その亡き妻への感慨の表出は、都に帰る数ヶ月前に吉田宜と贈答した歌の世界を発想の契機としており、おそらく帰京した旅人は、都で一緒に生活していた妻のことを思い出すと共に、妻の亡くなった異郷の地である大宰府に心をはせたのであろう。そしてそこから、都に存在するものでありながらその背景には大宰府の世界が係わっている、妻と共に住んだ「家」（大宰府で思った故郷の家）、二人で作った「山斎」（宜が大宰府に贈った志満の歌）、妹が植えた「梅の木」（大宰府にある梅の木）が発想され、旅人独自の亡妻挽歌の世界を形成したと思われる。そしてその素材は、挽歌的世界を構築するにふさわしい、永遠の象徴である「山斎」、また妻の生前の思い出を象徴する「梅の木」、さらには「空しき家」にしても異郷の地で妻が亡くなった時に詠んだ次の

大宰帥大伴卿凶問に報ふる歌一首

禍故重畳し、凶問累集す。永く崩心の悲しびを懐き、独り断腸の涙を流す。ただし、両君の大き助けに依りて、傾ける命をわづかに継ぐのみ。筆の言を尽くさぬは、古に今に嘆く所なり。

世間は　空しきものと　知る時し　いよよますます　悲しかりけり　（5・七九三）

神亀五年六月二十三日

という、現世は無常という仏教的世界観を基盤とした発想の歌に連なる挽歌的要素を有するものである。さらにこの「空しき家」「山斎」「梅の木」の素材は、渡来の文化の香りのするものでもあった。また、三首における家——山斎——梅の木と焦点が次々と絞られるという構想は、宜との贈答関係の中で望郷の対象が故郷の奈良から家に、そ

して山斎へと焦点が移動していることが係わっていると推察される。

しかし、旅人独自の挽歌的世界といっても、それは都へ帰る途中の(A)・(B)の八首や、先人らの築いた伝統の影響をも踏襲してのものであった。すでに指摘したものの他に、例えば旅人自身の「鞆の浦を過ぎる時の歌」の

鞆の浦の　磯のむろの木　見むごとに　相見し妹は　忘らえめやも　（3・四四七）

磯の上に　根延ふむろの木　見し人を　いづらと問はば　語り告げむか　（3・四四八）

という歌や、また山上憶良の日本挽歌

妹が見し　楝の花は　散りぬべし　我が泣く涙　いまだ干なくに　（5・七九八）

という歌の影響（傍線鄒・波線部）は、第三首の

我妹子が　植ゑし梅の木　見るごとに　心むせつつ　涙し流る　（3・四五三）

という歌に見え隠れしているのである。

以上、「山斎」の歌を手掛りとして、「故郷の家に還り入りて、即ち作る歌三首」について、旅人自身の歌だけでなく、旅人と宜との贈答関係をも視点として捉えてみることにより、旅人自身の歌や先人の歌の伝統とともに、六朝文学などの影響に支えられた旅人の亡妻挽歌の世界が、より一層鮮明に浮び上がってくるのではないかということについて述べてみた。

注

（1）伊藤博「旅人文学の帰結・亡妻挽歌の論」（『万葉集―人間・歴史・風土―』笠間書院、昭和四十八年）

（2）五味智英『増補古代和歌』（笠間書院、昭和六十二年）

（3）青木生子「亡妻挽歌の系譜」（『言語と文芸』七十四号、昭和四十六年一月）

(4) (1)と同じ
(5) (1)と同じ
(6) 伊藤博「彬彬の盛―万葉集の骨気と詞彩―」(『鑑賞日本古典文学第3巻・万葉集』角川書店、昭和五十一年)
(7) (3)と同じ
(8) 遠藤宏「大伴旅人亡妻挽歌」(『万葉集を学ぶ第三集』有斐閣選書、昭和五十三年)
(9) 本書Ⅳの「山斎と呼ばれる庭園」
(10) 『万葉集』中「山池」の用字は一例のみであるが、南斉の貴族の庭園の
・到撝の庭「宅守山池、京師第一」(南斉書巻三七本伝)
・劉悛の庭「車駕数幸悛宅、宅盛治山池」(同巻三七本伝)など、築山を池と合わせて山池と呼んでいることなどから「しま」と同様に考える。また、『懐風藻』には「秋夜宴㆓山池㆒」(境部王)の詩があり、「山池」の詩題は六朝より盛唐にかけて少なくない。
(11) 村上嘉実「六朝山水画」「六朝の庭園」(『六朝思想史研究』平楽寺書店、昭和四十九年)、小尾郊一「南朝文学に現われた自然と自然観」(『中国文学に現われた自然と自然観』岩波書店、昭和三十七年)などを参照。
(12) 『続日本紀』文武四年八月の条、養老五年正月の条、天平二年三月の条。天平五年十二月の条。天平十年七月の条。『家伝下』。宜については市村宏「吉田宜考」(『続万葉集新論』桜楓社、昭和四十七年)があり、そこで八六六・八六七と旅人の四五二・五七四の歌とに関連性があることを指摘されている。
(13) 本書Ⅱの「挽歌的表現『荒る』」
(14) 井村哲夫『万葉集全注第五』
(15) たとえば、『代匠記』初稿本

(16) たとえば、稲岡耕二「巻五の論」(『万葉集表記論』塙書房、昭和五十一年)
(17) (14)と同じ
(18) 西宮一民『万葉集全注第三』

挽歌的表現「荒る」

一　はじめに

「荒る」という語は、大雑把に考えると、「隠やかでなくなる」、「荒廃する」などという意であり、その意味での事実は万葉人たちの日常生活の環境にいくらでもあったはずである。

そして、多くの現象が存在する中で、「荒る」という荒廃現象は詩歌の対象としてしばしば詠まれている。万葉人たちを取り巻く現象としての「荒る」に、彼らは、どう対応し、歌として詠じていったのか。ここで考えたいことは、自然界における現象としての「荒る」の世界が、詩歌の中で「ことば」で構築された世界としてどのように表出されているかということ、文学として創造された「荒る」は、歌としていかに表現されているかということである。

本来、その手掛りとして個々の歌、それぞれの歌人の場合、心情との対応関係など深く立ち入って検討する必要があるが、ここでは、あえてその意味での限界を感じつつも、詩的素材としての「荒る」の在り方を数量的に、類型的に取り出してみる。そして、『万葉集』における「荒る」の語の実体を捉え、その発想の基盤を考察してみることで万葉人たちの詩の世界を考える糸口としたい。

二 「荒る」の在り方

詩歌における「荒る」の語の初期の例は、『古事記』の仁徳天皇が贈った歌謡にある。

八田の　一本菅は　子持たず　立ちか荒れなむ　あたら菅原　言をこそ　菅原と言はめ　あたら清し女

（『古事記』六五歌）

第四句は立ち枯れるという語義であるが、一本菅が御子のない八田若郎女の比喩となっていることから年齢が増すことを意味する。そして、この歌謡は外界の事象と人事とを融合させ、自然の風物を通して我が心を詠出するという発想で謡われている。

『万葉集』の歌における「荒る」の語は、二十三例ほどある。[1] そして、その語義は二つに大別されるが、さらに用例などから、その在り方はおおよそ次のように分類される。

一、荒々しくなる

(イ)相聞的発想……逢瀬を期待することを詠んだ歌に用いられる。

二、荒廃する

(ロ)相聞的発想……人との別離後における感慨を述べた歌に用いられる。

(ハ)挽歌的発想……人の死後における感慨を述べた歌に用いられる。

(ニ)荒都歌的発想……遷都後における感慨を述べた歌に用いられる。

以下、それぞれの例について、歌内容、制作年月、作歌事情などに触れながら、「荒る」は詩的素材としていかに詠まれているかを検討してみることにする。

まず、(イ)の例は、次のように詠まれている。

①風吹きて、海は荒るとも　明日といはば　久しくあるべし　君がままに　(7・一三〇九)

②海の底　沈く白玉　風吹きて　海は荒るとも　取らずは止まじ　(7・一三一七)

③天の川　去年の渡り瀬　荒れにけり　君が来まさむ　道の知らなく　(10・二〇八四)

右の三例は、①「譬喩歌」「寄レ海」「柿本朝臣人麻呂歌集出」、②「譬喩歌」「寄レ玉」、③「秋雑歌」「七夕」との み記され、作歌事情を詳しく伝えない。

①の歌は、逢うことをためらう男への、女の気持ちを海に寄せたものであり、「荒れる海」は二人の障害となるもの、男のためらう心を暗示させている。②の歌は、深窓の美女に対する男の気持ちを玉に寄せたものであり、「荒れる海」は、それを防げる意に用いられている。③の歌は、天上の世界のことであるが、「荒れる瀬」は、やはり二人の逢うことへの障害となるものとして詠まれている。

このように、相聞的発想の歌における「荒る」の世界は、二人の恋路の障害となるものとして詠まれている。表面上は自然界の「和」の世界から「荒」の世界への推移を詠んでいるが、その裏には恋慕の情、「逢う」世界から「離別」の世界を詠み、①と②の例は、安定した世界を崩す「風」が吹くことにより「荒る」の世界が形成されていることが共通している。

また、(ロ)の例歌には、次の歌がある。

春されば　卯の花腐たし　我が越えし　妹が垣間は　荒れにけるかも　(10・一八九九)

これは「春相聞」、「寄レ花」に収められている。ここでの「荒る」の世界も、自然界に恋慕の情を託したものであり恋人と疎遠になったという「離別」の世界である。

(ハ)の例としては、次の十二例がある。

持統三年（六八九）頃、柿本朝臣人麻呂作

①ひさかたの　天見るごとく　仰ぎ見し　皇子の御門の　荒れまく惜しも　（2・一六八）

持統三年頃、日並皇子尊の宮の舎人等作

②高光る　我が日の皇子の　いましせば　島の御門は　荒れざらましを　（2・一七三）

持統五年（六九一）、柿本朝臣人麻呂作

③……なびかひし　夫の命の　たたなづく　柔膚すらを　剣大刀　身に副へ寝ねば　ぬばたまの
夜床も荒るらむ　一に云ふ「荒れなむ」　そこ故に　慰めかねて……　（2・一九四）

霊亀元年（七一五）、笠朝臣金村歌集出

④三笠山　野辺行く道は　こきだくも　しげく荒れたるか　久にあらなくに　（2・二三二）

右と同じ、或本の歌に曰く

⑤三笠山　野辺ゆ行く道　こぎだくも　荒れにけるかも　久にあらなくに　（2・二三四）

養老二年（七一八）、博通法師作

⑥はだすすき　久米の若子が　いましける　一に云ふ「けむ」三穂の岩屋は　見れど飼かぬかも
一に云ふ「荒れにけるかも」　（3・三〇七）

天平二年（七三〇）、大宰帥大伴卿作

⑦都なる　荒れたる家に　ひとり寝ば　旅にまさりて　苦しかるべし　（3・四四〇）

天平十六年（七四四）、内舎人大伴宿祢家持作

⑧愛しきかも　皇子の命の　あり通ひ　見しし活道の　道は荒れにけり　（3・四七九）

天平勝宝八年（七五六）頃、円方女王作

⑨夕霧に　千鳥の鳴きし　佐保道をば　荒しやしてむ　見るよしをなみ　（20・四四七七）

天平宝字二年（七五八）宴歌中、左中弁大伴宿祢家持作

⑩高円の　野の上の宮は　荒れにけり　立たしし君の　御代遠そけば　（20・四五〇六）

右と同じ宴で、治部少輔大原今城真人作

⑪高円の　峰の上の宮は　荒れぬとも　立たしし君の　御名忘れめや　（20・四五〇七）

⑫こもりくの　泊瀬の山の　青幡の　忍坂の山は　走り出の宜しき山の　出で立ちの　くはしき山ぞあたらしき　山の荒れまく惜しも　（13・三三三一）

①の歌は、「日並皇子尊の殯宮の時」と記された歌の反歌である。ここでの「荒る」は、「天見るごとく　仰ぎ見し」尊厳なイメージを有している皇子の宮殿が荒廃するということで皇子の死を意味し、長歌（一六七）の「つれもなき真弓の岡に宮柱太敷きいましみあらかを高知りまして」（殯宮）と呼応するものである。②の歌も、①と同じ作歌事情の歌群二十三首の中の歌である。ここでは、「皇子のいませば」と「荒れざらましを」を対応させ、皇子の薨去が「御門」の荒廃を招くものとして表現されていて、「死」と「荒る」が相関関係にあることを示している。さらには同じ場で詠まれた歌（一七四）に真弓の岡のものではあるが「常つ御門」とあるように、永遠の宮のイメージを有する「御門」が「荒れる」のは永遠性と相反する儚いものを意味する。

③の歌は、「河島皇子を越智野に葬る時」に献じた歌で、「夜床」が荒れることは、美しくまた激しい愛の風景の否定であり、かつて共に寄りそって寝た愛する人が今は存在しないことを意味している。

④と⑤は、「志貴親王の薨ずる時」の歌である。親王の宮殿があった地へ「行く道」が荒れることは、親王の死を暗示するものであり、「しげく荒れ」るとは、人事の滅亡に対して自然の永遠性を対応させた表現である。

⑥の歌は、紀伊国に行き、久米の若子という流離伝説の主人公が住んでいた「三穂の岩屋を見て」の作であり、こ

の「荒る」は、若子亡き後の、時の経過を示すものとして用いられている。
また⑦は、「故人を偲ひ恋ふる」と記された歌群（3・四三八〜四四〇）に収められた歌であり、「荒れたる家」は妻の亡きことを暗示させ、「苦しかるべし」と、深い哀惜の情をこめた表現である。⑧の例は「安積皇子の薨ずる時」の歌で、皇子が生前に風光を御覧になるために通った道が荒れると表現し、「荒る」は通う人がいなくなった、つまり、皇子の死を暗示させるものである。さらに、⑨の「智努女王の卒せにし後」に作った歌も⑧と同様と考えられる。この場合、道が荒れると感ずるのは智努女王を慕う作者であるが、人の死後通うことがなくて荒れるという事実とも通う。

⑩と⑪は、「聖武天皇の離宮処を思ひて」の歌であり、天皇ゆかりの宮が荒廃すると表現することは、栄華と衰亡を痛切に感じさせるものであり、「御代遠そけば」「御名忘れめや」とその「時」の経過したことを示している。

⑫は、元は別々であった歌を、妻の死を詠んだ歌として組み合わせた三首（13・三三三〇〜三三三二）の中の歌である。[2] 本来は、山讃めの表現としての「山の　荒れまく惜しも」が、三首で構成されると泊瀬の山（埋葬地）が荒れると転化され、「またも逢ふといへ　またも逢はぬものは　妻にしありけり」（13・三三三〇）や「人は花ものそ　うつせみ世人」（三三三二）との係わりで妻の死のイメージを有し、愛する者の思い出さえも遠ざかって行くことを暗示するものとして解される。

このように、挽歌的発想の中で用いられる詩的素材としての「荒る」は、人間の死を契機として荒廃することが表現され、その対象は亡くなった人に係わる具体的事物である。ここでの「荒る」の世界は、「生」の世界と相対するものとして詠まれ、亡き人への思慕の情と結びつくものである。

最後の㈡の例は、いわゆる「荒都歌」と呼ばれる歌の中に七例ほどみられる。その歌は、次のようにある。

天武元年（六七二）以後（六九〇年頃か）、高市古人（黒人か）作

①楽浪の　国つ御神の　うらさびて　荒れたる京　見れば悲しも　（1・三三）
天平十二年（七四〇）恭仁京造都以後、田辺福麻呂歌集中出
②……天地の　寄りあひの極み　万代に　栄え行かむと　思へりし　大宮すらを　頼めりし　奈良の都を　新た世の　事にしあれば　大君の　引きのまにまに　春花の　うつろひ変はり　群鳥の　朝立ち行けば　さすたけの　大宮人の　踏み平し　通ひし道は　馬も行かず　人も行かねば　荒れにけるかも　（6・一〇四七）
③なつきにし　奈良の都の　荒れ行けば　出で立つごとに　嘆きし増さる　（6・一〇四九）
天平十二年（七四〇）以降（十五年頃か）、大原真人今城作
④秋されば　春日の山の　黄葉見る　奈良の都の　荒るらく惜しも　（8・一六〇四）
天平十六年（七四四）難波宮遷都以降、田辺福麻呂歌集中出
⑤……住み良しと　人は言へども　あり良しと　我は思へど　古りにし　里にしあれば　国見れど　人も通はず　里見れば　家も荒れたり……ありが欲し　住み良き里の　荒るらく惜しも　（6・一〇五九）
⑥三香原　久邇の都は　荒れにけり　大宮人の　移ろひぬれば　（6・一〇六〇）

これらの例の、荒れる対象が「都」であることは言うまでもないが、②や⑤の場合には「都」に通じる「道」やそこにある「里」「家」など具体的なものも詠まれている。

順にみてみると、①の歌は「近江の旧き堵」が荒廃したことを悲嘆した歌である。ここでの「荒れたる京」は、「国つ御神の　うらさび」（神の心の衰弱）によると表現されている。

②と③は「奈良の故郷」を悲しんで作った歌である。②では、「天地の寄りあひの極み万代に栄え行かむと思へりし」に対応する「荒れにけるかも」であり、また踏み「平し」に対する「荒れ」でもあり、繁栄の昔と変わり今はすっかり荒廃してしまったことを意味している。③の歌の「荒れ行けば」も同様の意であるが、②での「通ひし道」

は直接表現されず「出で立つごとに」と表わされ、「通ひし」に対して「なつきにし」（慣れ親しんだ）と詠まれている。④も「奈良の故郷」を傷む歌であり、黄葉の美しい春日山と荒廃した都を対比させ、荒涼さを鮮明にしている。

⑤と⑥は、「三香原の荒墟」を悲傷して作った歌である。⑤の場合は「住み良し」、「あり良し」に対する「家も荒れたり」であり、「人も通わず」を介在しての人間不在を意味するものである。また、「ありが欲し　住み良き里」なのに住む可能性が薄いことをも暗示している。⑥は⑤の反歌である。ここでは大宮人が去ったという人事の変化が都の荒廃を招く要因であると表現され、人々の不在を示す「荒る」として用いられている。

また、これらの例と類似するものとして、「荒る」の語が題詞にのみ用いられている例がある。

(1)「近江の荒れたる都を過る時に、柿本朝臣人麻呂の作る歌」（1・二九題）

天武元年（六七二）以降（六九〇年頃か）

(2)「奈良の京の荒墟を傷み惜しみて作る歌三首」（6・一〇四四題）

天平十二年（七四〇）恭仁京造都後

右の(1)の歌は、日本文学の上で初めて「廃墟」を詠んだということで重要視され、後のいわゆる「荒都歌」に少なからず影響を与えているということから看過できない存在である。(3)

このように、「荒都歌」の中に用いられる詩的素材としての「荒る」は、遷都を契機としての荒廃であり、「都」の廃墟、住む人の不在を意味している。ここでの「荒る」の世界は、「故郷」と照応するものであり、移り変わったものに対する感慨がいろいろな形で詠まれ、望郷の念と「荒る」の世界とが結びつくものである。

以上、「荒る」の在り方について知り得たことを整理してみると次のようである。

一、「荒る」の語は、そのほとんどの例が「荒廃する」という意で用いられている。

二、物象、心象などのバランスが保たれている世界からバランスが崩壊した世界が「荒る」の世界である。
三、荒廃する契機は、「人間の死」「遷都」「人との別れ」などである。
四、荒廃の対象は物質的なものであり、住んでいた所、通った道、埋葬地の三つに分類できる。
五、「荒る」の語が、挽歌的発想の歌に用いられた例が十二例（60％）と際立っている。
六、それに次ぐものは荒都歌的発想の歌にある用例であり、それは七例（35％）ほどで、五の挽歌的発想と近い。
七、使用例の年代は、天武元年（六七三）～天平宝字二年（七五八）と幅が広い。
八、挽歌的発想、荒都的発想の歌、いずれの場合の例にも、初期のものには柿本朝臣人麻呂が係わっている。

ここで注目されるのは、「荒る」の語が挽歌的発想、荒都歌的発想の歌において使用される場合が顕著であるということである。そこで、詩的素材としての「荒る」はなぜ両者の発想の中で詠まれるのか、このような傾向はどうして起り得るのか、という問題を解明することで「荒る」発想の基底にあるものを探る手掛りになると思われる。その前に「荒る」と類似する語として「荒」から成る熟語について検討を加えてみることで、さらに「荒る」の世界を明確にしてみたい。

三　「荒」の発想

「荒」から成る語は、「荒磯」三十八例、「荒野」六例、「荒山中」二例、「荒山」一例、「荒海」一例、「荒浪」一例、「荒床」一例であり、それらの「荒」の語義は「荒々しい」「険しい」「荒涼としている」などである。これらの中には、「旅」での発想の例もあり、「都」と対立的に用いられている「鄙」のイメージを有する「荒」の世界も少なくない。

いまここで問題とするのは、それらの中で「荒る」の語と類似する在り方を示す例の有無であり、挽歌的発想や荒都歌的発想の歌に使用されているか否かである。そこで、その用例を検討してみると、挽歌的発想の歌の中に用いられている次の十例が見い出される。

讃岐の狭岑の島にして、石の中の死人を見て、柿本朝臣人麻呂の作る歌

①……荒磯面に　廬りて見れば　波の音の　しげき浜辺を　しきたへの　枕になして　荒床に　ころ臥す君が　家知らば　行きても告げむ　妻知らば　来も問はましを　玉桙の　道だに知らず　おほほしく　待ちか恋ふらむ　愛しき妻らは　（2・二二〇）

②沖つ波　来寄する荒磯を　しきたへの　枕とまきて　寝せる君かも　（2・二二二）

備後国の神島の浜にして調使首、屍をみて作る歌

③家人の　待つらむものを　つれもなき　荒磯をまきて　伏せる君かも　（13・三三四一）

紀伊国にして作る歌、柿本朝臣人麻呂歌集・「挽歌」

④塩気立つ　荒磯にはあれど　行く水の　過ぎにし妹が　形見とそ来し　（9・一七九七）

軽皇子、安騎の野に宿る時に柿本朝臣人麻呂の作る歌

⑤ま草刈る　荒野にはあれど　もみち葉の　過ぎにし君が　形見とそ来し　（1・四七）

柿本朝臣人麻呂、妻の死にし後に泣血哀慟して作る歌

⑥……世間を　背きしえねば　かぎろひの　もゆる荒野に　白たへの　天領巾隠り　鳥じもの　朝立ちいまして　入り日なす　隠りにしかば　我妹子が　形見に置ける……　（2・二一〇）

⑦右と同じ（或本の歌に曰く）　（2・二一三）

（歌は省略）

丹比真人、柿本朝臣人麻呂の心をはかりて、報ふる歌

⑧荒波に　寄り来る玉を　枕に置き　我れここにありと　誰か告げけむ　（2・二二六）

或本の歌に曰く

⑨天ざかる　鄙の荒野に　君を置きて　思ひつつあれば　生けるともなし　（2・二二七）

弟の死にけるを哀しびて作る歌、田辺福麻呂歌集出

⑩あしひきの　荒山中に　送り置きて　帰らふ見れば　心苦しも　（9・一八〇六）

右の例を作歌事情により分類してみると、行路死人歌（①・②・③）、亡妻挽歌（⑥・⑦）、人麻呂の臨死歌群（⑧・⑨）、亡弟挽歌（⑩）である。⑤の歌は、「雑歌」に収められているが、「挽歌」に収められている④の歌と、主眼点や下の句が類似している。また、歌内容からも、亡き父（草壁皇子）を追慕する狩の旅であったことが知り得、挽歌的発想のもとに詠まれた歌と考えられる。

このような作歌事情で詠まれた「荒」の用例で着目すべきものは、「人間の死の地・埋葬地」に係わって用いられる例が多数認められるということである。それは、前掲歌の傍線を付した表現が示す如く、人間の住む社会の境を越えたところに広がっている荒涼たる「野」「山」「磯」などで、非人間的存在を感じさせるものである。つまり、「荒る」の世界は、人間の住む社会（「生」の世界）と相反するものとして示されている。そして①②③⑧⑨の例は、亡き人への思いを故郷に住む妻や家人への思慕という形で、また、④⑤⑥⑦⑩の例は亡き人への思慕の情が「荒る」の世界と結びつく。

さらに付け加える意味で、形容詞「荒し」に目を転じてみると、「荒」の対象は「道」三例、「島」二例、「浜辺」一例、「波」一例、「風」一例、「稚海藻（若女の心）」一例の計九例がある。それらのうち、「荒き島廻」（1・四二）、「荒しその道」（3・三八一、4・五六七）、「荒き浜辺」（4・五〇〇）、「荒き波」（6・一〇二二）、「荒き風」（19・四二四五）

などは、行路が荒れて旅の障害となるという意で旅人を送るときの慣用句的な表現として用いられ、「都」と相対する「天離る鄙」としての「荒」の世界として詠まれている。

このような例が多い中、ここにも「荒」の語が人間の死・埋葬地と係わって用いられている例がある。それは、次の天平八年（七三六）の遣新羅使人の挽歌に認められる。

壱岐島に至りて、雪連宅満の忽ちに鬼病に遇ひて死去せし時に作る歌

……今日か来む　明日かも来むと　家人は　待ち恋ふらむに　遠の国　いまだも着かず　大和をも　遠く離りて　岩が根の　荒き島根に　宿りする君　（15・三六八八）

この例においても遠く離れた死の地と故郷を対比させ、亡き人への感慨を家人の思慕という形で表現している。

四　「荒る」の発想基盤

ここまで「荒る」の語をめぐってその在り方を検討してきたが、その大きな特徴は人間の死後を「荒る」によって表現すること、遷都後を「荒る」によって述べること、さらには人間の終焉の地、埋葬地を「荒」で表わすことなどの傾向がみられることであった。そして共通して、物象的・心象的に安定した世界が崩壊するということが「荒る」の世界の発想の基軸であった。そこで次に、「荒る」と心情との対応関係について検討を加え、「荒る」の発想の基盤を究明する手掛りとしてみたい。そして、その過程において、「荒る」の詠歌発想の素材対象の関係もより鮮明になると思われる。

まず、挽歌的発想の歌における場合から考えてみたい。人間の「死」、つまり物的・心的喪失を契機としての「荒る」の対象は、「床」「宮」「道」「家」「岩屋」「山」などの具体的な物象であった。そしてそれは、亡くなった人の

「住んでいた所」や「通った道」「埋葬地」というような縁《ゆかり》の場所であったことから、それが荒れることは再び物質的・心理的喪失に帰着するものであり、「荒る」の世界は「風景」として表出されるのである。

たとえば、前掲の巻三、四四〇番歌の場合、荒れる対象は都にある「家」である。その「家」は、今は亡き妻と、かつて一緒に住んでいた家であり、思い出深い所である。この「家」が荒れることを現象としてみるなら単に家が荒廃するという意でしかないが、詩的素材としての「荒れたる家」として捉えられたとき、亡き妻への思慕の情を「家」と融合させ、形象化したものとして発想され、後に残された者の心象風景として表出されたかと思われる。そして、そこでの「苦しかるべし」は「家」と「旅」との対比からの嘆息であるが、もう一方では「荒れたる家」を通しての、人間の「生と死」、人生における「時の流れ」などに対する心の表白とも解される。

他にもう一つ、巻二・二三二番歌の場合などでは、志貴親王の宮へ「行く道」が「しげく荒れたるか」と表現され、親王の死を暗示し、さらに「人間の滅亡」と「草木の繁茂」を対比させている。これなども人生的な「盛衰」の世界に基づいて発想され、親王を偲ぶ情が「荒る」の世界（風景）として詠まれていると考えられる。挽歌的発想の歌に用いられている他の例の場合にも、細かい分析を抜きではあるが、同様のことが伺えるように思われる。

次に荒都歌的発想の歌の場合であるが、ここでの対象はもちろん「都」であり、その他「里」「道」「家」であった。たとえば「奈良の故郷を悲しびて作る歌」の一〇四七番歌の場合、荒れる対象は「通ひし道」であり、それは「栄え」に対する「荒れ」、また、「平し」に対する「荒れ」として用いられ、人々が大勢住んでいた繁栄の昔と変わり、現在は荒廃してしまったことを示唆していた。この歌の背景的なものとして、旧都の大極殿やその回廊は解体して新都に運ばれたりしたことも考えられる。またそこに住んだ人々の移住の様子も『続日本紀』の次の

自《リ》レ今以後。五位以上不レ得《レ》三任《ニ》意《ノ》住《ムヲ》二於平城《ニ》一如《シ》有《テ》二事故一應《ニ》須《ンハ》二退歸《ル》一。被二賜《フリ》官《テ》符《ヲ》一然《ソ》後《ニ》聽《セ》　之《ヲ》　其見二在《スル》平城《ニ》一者《ハ》。
限《テ》二今日《ノ》内一悉《ニ》皆催《シ》發《セヨ》自餘《ノ》散二在《スル》他所《ニ》一者亦《モ》宜《ク》二急《ニ》追《メス》一。

という詔などから知り得、平城京は急速に荒廃化していったことが伺われる。[4] このように「荒都」は時の権勢から強制されたゆえに生じ、そこに住む人々の自分自身の力の及ばないものとして歴然として存在するのである。そして「荒都」とは「都」という共同社会における秩序ある世界の崩壊であり、「都」に対する思いは望郷の情であった。また、「都」にかつては存在していたが失なわれてしまった物象的、心象的なものへの思慕でもある。「荒る」の世界は、失なわれるものに対する感慨を風景化した世界であり、人間の「生」の世界における「盛衰」、「時間の流れ」など無常なるものを認識したところに詩的素材としての「荒る」の発想があるのではなかろうか。個々の歌、歌人の場合、それぞれに相違する「荒る」の意味はさまざまであるが、その発想の基層となる部分には共通するものがあるように思われる。

さて、人間の「終焉の地・埋葬地」と「荒」との関係の場合であるが、その地は、先に挙げた例において人間の住む共同社会の境を越えたところに拡がる荒涼たる所として表現されていることを述べた。人間の「死」、それはある意味では人々との「離別」を意味し、死の地は人間の住む社会、いわゆる「生」の世界とは相対する別の世界である。

「荒る」の発想を考えるとき、埋葬の地が「山」、「野」の場合には山中他界観、「磯」の場合には古くにあった海彼他界信仰との係わりも無視できないであろう。たとえば、日本原始信仰からの流れをくみ、山が神として祭られ聖なる地とされた山中他界の観念は、生命力の永劫回帰を信じるところにあるものである。そしてその地とは、現世の人々の住む所の彼方にある山の風景として意識化されている。

また、埋葬地は次のように詠まれ、「死者」の葬地の「二上山」は亡き人を偲ぶ縁《よすが》ともなる。

大津皇子の屍を葛城の二上山に移し葬る時に、大来皇女の哀傷して作らす歌

うつそみの　人なる我や　明日よりは　二上山を　弟と我が見む　（2・一六五）

そのような要素を含み持つ葬地と「荒」が結びつくとき、「生」の世界と相対するばかりでなく、そこにはさらに思い出さえ遠離かっていくイメージが生じてくる。

実際、埋葬地は文献に次のように記されていて、(5)人々の住居地と隔っていることが知り得る。

營《ツクリテ》二此丘墟　不食之地《テイタツラナルトコロヲ》一。（「大化薄葬令」）欲レ使《ス》下易《カヘム》レ代《ヲ》　之後不《ニ》上レ知二其所《ヲ》一。（『日本書紀』）

丘體無鑿《レツ》就《テ》レ山《ニ》作《リ》竈《ヲ》。芟レ棘《ヲ》開《テ》レ場《ヲ》。卽爲《セヨ》二喪處《ト》一。（『続日本紀』）

さらにまた、「死」と「荒」とが結びつく歌において、そこに詠まれる「死者」は通常な死をとげている者ばかりではないことも加味して考えなければならない。たとえば、それは行路死人歌としての「石の中の死人」を見ての歌（2・二二〇～二二二）、「神島の浜にして……屍」を見ての歌（13・三三四二）、旅先での死として「壱岐の島に至りて……鬼病に遇ひて死去せし時」の挽歌（15・三六八八）、人麻呂の臨死歌群（2・二二三～二二七）などの場合である。(6)挽歌の本来の機能は死者の鎮魂にあり、異常な死にかたをした死者の荒ぶる霊には、魂鎮めは特に必要と思われる。これらの異常な死をとげた歌の場合、故郷の「家人」や「妻」に死者の名や居場所を告げることが共通してみられ「故郷」と「死の地」とが対比的に詠まれている。遠く離れた地に横たわっているという異常な死は「故郷」という共同体の秩序ある世界を崩壊させるものであり、その心は望郷の念、家人たちへの思慕である。「荒」と表現された荒涼とした世界は異郷での死というイメージを描き出し、死者に対する悲しみの心を風景化したものと解される。このようなことなども「荒」と「死」の係わりを考えるとき、無視できないものであろう。

ここまで検証してみた結果、どうやら、詩的素材としての「荒る」の発想には、詳細な説明を省いた相聞的発想の場合をも含めて、この世における「移り変わり」に対する概念が介在しているように思われる。それぞれの理想とする安定した世界の崩壊、そのバランスがとれた状態からアンバランスの状態へ推移した、落差の部分における感慨が詠歌発想の要素となっているのではなかろうか。また「荒る」の語により「荒涼寂寞」の世界を形成している基層には、絶対的な価値観の崩壊というような、もう少し根深いものが係わっているように察せられる。そして、その一つとして「荒る」と「死」が係わる例が多いという傾向が示唆するように、人間の「死」についての認識はかかるところにあるのではではないだろうか。

そこで次に、万葉人の「死」についての認識という点に的を絞って考えてみたい。

五　万葉人の「死」の認識

人間の「死」、万葉人たちは死後のしばらくの間は死者を観念の上ではまだ死んだとは認めきれないため、死者の復活、霊の蘇りを願い、魂呼いの呪術を行ない殯を営む。しかし、ある時期からしだいに死に対する観念に変化が訪れ「死」を人間の力の及ばないものと感じ取り、人間の「死」を「死」として認識し、生前のままの肉体による復活を信じることや死者と残された者の関係にも変化が訪れる。そういう意識に目覚め始めたとき、詩歌の中に詩的素材として「荒る」の語が係わってくるのではなかろうか。

我が国の喪葬儀礼に変化をもたらしたとされているのは「火葬」である。遺骸を焼くという火葬の初めは、本来はインド系のものとされ、中国を経て我が国に伝えられ、仏教的儀礼とともに浸透し普及していったことは周知の如くである。

日本における火葬の初めは、文献上においては、『日本書紀』に記されている、文武四年（七〇〇）の僧道昭とされている。次いで大宝二年（七〇二）十二月に崩御した持統天皇が同三年十二月に飛鳥の岡にて、さらには、慶雲四年（七〇七年）六月に崩御した文武天皇が同年十一月に同じく飛鳥の岡にて火葬されたことが知り得る。(7)

しかし、道昭より以前にも火葬があった可能性として、「カマド塚」と称される火葬形態が六世紀後半から七世紀初頭頃に渡来系の窯業生産者を中心に行なわれていたことや、[8]火葬されたことを詠んだ人麻呂の歌がある。

土形娘子を泊瀬の山に火葬る時に、柿本朝臣人麻呂の作る歌一首

こもりくの　泊瀬の山の　山のまに　いさよふ雲は　妹にかもあらむ　（3・四二八）

溺れ死にし出雲娘子を吉野に火葬る時に、柿本朝臣人麻呂の作る歌二首

山のまゆ　出雲の児らは　霧なれや　吉野の山の　嶺にたなびく　（3・四二九）

やくもさす　出雲の児らが　黒髪は　吉野の川の　沖になづさふ　（3・四三〇）

この歌の存在などから、一概には言えないが道昭より以前から火葬が行なわれていたことが予想される。[9]

また、それは前に喪葬儀礼に変化を与えたものとして、大化二年（六四六）の詔、儀礼の簡素化を目的とした、いわゆる大化薄葬令がある。[10]その内容には、儀礼を身分階層により規定し、殯を王以下の者には禁じたこともみられ薄葬令以後、死霊の復活を願った古代的意義での殯はしだいに衰退し、火葬の採用によりさらに拍車がかかっていったと考えられている。[11]

このように七世紀後半から八世紀初頭にかけては、喪葬儀礼における転換期であり、それにともない「死」に対する観念が大きく変化した時期でもあった。

そこで次に、このような時代的な変化と『万葉集』の歌の世界、詩的素材としての「荒る」との係わりなどについて述べてみる。

まず、喪葬儀礼の変化と『万葉集』の挽歌の関係をみてみる。儀礼的な性格を有する挽歌としては、天智十年（六七一）十二月三日に崩御した天智天皇に献じた九首（2・一四七〜一五五）がある。その九首は、天皇の聖躬不豫の時の大后の奉歌（一四七）・一書の歌（一四八）、崩後の大后の歌（一四九）・婦人の歌（一五〇）、大殯の時の歌（一五一・一五二）・大后の歌（一五三）、石川夫人の歌（一五四）、陵より退散する時の額田王の歌（一五五）などと、女性たちが順

に奉っている。

その後の儀礼的な挽歌は、天武十五年（六八六）九月九日、天武天皇崩御の時の持統皇后の歌四首（2・一五九〜一六二）があるのみで、これで『万葉集』中の天皇への儀礼挽歌は姿を消すことになる。そして、この現象はちょうど大化薄葬令（六四六年）や火葬（七〇〇年前後）の導入という喪葬儀礼の転換期と重なっているのである。

それに関して、神田秀夫は、持統上皇に対する挽歌がないことの原因に、「土葬が火葬に変わってしまった」からであり、挽歌を詠むことは眼前の殯宮に身を横たえた上皇がそのままの姿で「山陵に永眠をお続けになるといふ前提」があり、その「前提が崩され」、「灰になってしまふという新しい前提」のもとに、「変わった死後の世界」を詠むことが不可能だったという見解を提示している。(12)

しかし、前提の崩壊には違いないがそう捉えるより、火葬という新しい葬制にともなう「死」に対する認識の変化によるものであり、薄葬令や火葬の導入による「死の世界」の変化は、儀礼的挽歌を衰退させるとともに、また挽歌の世界に新たなる形態や表現を生じさせたのではなかろうか。先に挙げた、薄葬令を推進した天智天皇に献じた挽歌において、その歌がすべて天皇に近い関係にある女性の挽歌であること、また、歌の中に従来は殯宮などの儀礼的な場でみられる魂呼いなどの呪術的要素が、遠く去って行く魂に対する惜別の情として表現されていることなども「死の世界」の変化と無縁ではなかろう。

集中の「荒る」の語も、喪葬儀礼の転換期、儀礼的挽歌の衰退と時を同じくして登場してくるものであり、その初出には、持統四年（六九〇）頃の人麻呂の歌（2・一六八）、高市古人の歌（1・三三）がある。また、天皇は神であると信じることで、絶対的な価値観に支えられていた人麻呂が、天智天皇が造営した近江の都が天皇亡き後に廃墟と化したことを詠んだ歌にも新しい「死」の観念が係わっているのではなかろうか。

次に、いま少し具体的に、死に対する認識とその表現など、歌内容への影響関係についてみることにする。

柿本朝臣人麻呂、妻の死にし後に、泣血哀慟して作る歌二首（2・二〇七〜二一二）、或本の歌に曰く（2・二一三〜二一六）

……春の葉の　しげきがごとく　思へりし　妹にはあれど　頼めりし　妹にはあれど　世間を　背きしえねば　かぎるひの　もゆる荒野に　白たへの　天領巾隠り　鳥じもの　朝立ちい行きて　入り日なす　隠りにしかば　……うつそみと　思ひし妹が　灰にていませば（2・二一三）

衾道を　引出の山に　妹を置きて　山路思ふに　生けるともなし（2・二一五）

右の歌の作歌年時は明らかではないが、巻二はほぼ年代順に配列されていることや、二〇七番歌の前に位置する「弓削皇子の薨ずる時の歌」（2・二〇四〜二〇五）に詠まれた皇子の没年が文武三年（六九九）七月であることから、そう下らない頃の作と思われる。歌内容に目を転じてみると、そこには「荒」の語（「荒野」）、火葬（「灰にていませば」）、山中他界観（「山に妹を置きて山路思ふに」）などに基づいた表現がある。そして、ここで注意すべきは「世間を　背きしえねば」という、仏典語の「世間」の『万葉集』における初見の表現である。これはこの世の運命に背くことはできないという意であり、「死」を人間の力ではどうすることもできない運命として認識していることに基づく発想である。さらにまた、「うつそみと　思ひし妹が　灰にていませば」の表現も目をひく。それは、妹の「うつそみ」（生前）が「灰」（死）になったということであり、「死」を「有形」から「無形」のもの、生前の姿の面影すら残らないものと認識している。生前のそのままの姿で他界するという古い「死」の観念は、火葬という新しい葬制の導入により少しずつ変化し始めるのである。

他に「死」に対する認識の例としては次の歌などがある。

弟の死にけるを哀しびて作る歌

①……朝露の　消易き命　神のむた　争ひかねて　葦原の　瑞穂の国に　家なみや　また帰り来ぬ　遠つ国　黄

泉の界に延ふつたの　己が向き向き　天雲の　別れし行けば……（9・一八〇四）

反歌

別れても　またも逢ふべく　思ほえば　心乱れて　我恋ひめやも（9・一八〇五）

あしひきの　荒山中に　送り置きて　帰らふ見れば　心苦しも（9・一八〇六）

②……またも逢ふといへ　またも逢はぬものは　妻にしありけり（13・三三三〇）

……あたらしき　山の　荒れまく惜しも（13・三三三一）

……人は花ものそ　うつせみの世人（13・三三三二）

古き挽歌・円比大夫、亡き妻を悽愴く歌（左註）

③……行く水の　反らぬごとく　吹く風の　見えぬがごとく跡もなき　世の人にして……（15・三六二五）

④……天地の　神し恨めし　草枕　この旅の日に　妻放くべしや（13・三三四六）

死にし妻を悲傷する歌

⑤天地の　神はなかれや　愛しき　我が妻離る……（19・四二三六）

これらの例で製作年代の判明している歌は⑤の天平勝宝三年（七五一）のみであり、③は天平八年（七三六）の遣新羅使人の伝誦歌で、①、②、④は年代未詳歌である。その中で、たとえば①の歌などでは、「荒山中に　送り置き」ざれにされた「死者」は「黄泉」の国へ他界したと表現され、死者との再会を「またも逢ふべく思ほえば」と仮定していることは、復活を信じられないことから発する別離の嘆息である。②の歌の場合などは、本来三首別々の歌であったものを後人が組み合わせ、亡き妻を偲ぶ歌群として形成されたものである。そこでは埋葬の地としての「山」が荒れることが示唆され、「またも逢はぬもの」「人は花ものそ　うつそみの世人」と人間のはかなさ、死者との永遠の別れを無常なものと捉えている。それと同様のものは③の歌であり、④、⑤の歌では、「死」を「天地の神」が支配するもの、人間の力の超越したものと詠んでいる。

そしてさらに、大伴旅人の神亀五年（七二八）六月の歌などでは、

大宰帥大伴卿、凶問に報ふる歌一首

世の中は　空しきものと　知る時し　いよよますます　悲しかりけり　（5・七九三）

と、無常ということを、妻の死を契機として再認識しての嘆きを詠んでいる。

このように、火葬という喪葬儀礼における変化は、詩歌の中において「死」に対する観念を「無常なもの」、「蘇生しないもの」、「人間の力を超越したもの」というように変質させたと言えるであろう。

さらにまた、「死」の表現においても、喪葬儀礼の変化による影響と思われるものが看取されるのである。『万葉集』において「死」なる語は、周知のようにそのほとんどが相聞の世界において「恋ひ死ぬ」と表現されている。しかし、挽歌において人間の「死」は、ある意味での「風景」として、自然の比喩的表現として詠まれている。

たとえば

大津皇子、死を被りし時に、磐余の池の堤にして涙を流して作らす歌一首

ももづたふ　磐余の池に　鳴く鴨を　今日のみ見てや　雲隠りなむ　（3・四一六）

右、藤原宮の朱鳥元年の冬十月

神亀六年己巳、左大臣長屋王、死を賜はりし後に、倉橋部女王の作る歌一首

大君の　命恐み　大殯の　時にはあらねど　雲隠ります　（3・四四一）

（天平）七年乙亥、大伴坂上郎女、尼理願の死去ることを悲嘆して作る歌一首并せて短歌

留めえぬ　命にしあれば　しきたへの　家ゆは出でて　雲隠りにき　（3・四六一）

……忽ちに運病に沈み、すでに泉界に趣く。

などのように人間の「死」を「雲隠る」と、敬避的に表現している場合がある。これは、「死者」の「死の状態」を自然の現象として形象化した表現である。

また同様な表現として、次のような例がある。

柿本朝臣人麻呂、妻の死にし後に、泣血哀慟して作る歌二首并せて短歌

……渡る日の　暮れぬるがごと　照る月の　雲隠るごと　沖つ藻の　なびきし妹は　もみち葉の　過ぎて去にきと……　(2・二〇七)

秋山の　黄葉をしげみ　惑ひぬる　妹を求めむ　山路知らずも　(2・二〇八)

黄葉の　散り行くなへに　玉梓の　使ひを見れば　逢ひし日思ほゆ　(2・二〇九)

右の歌の死の表現は、「死」を「過ぎて去にき」ものと捉え、生から死への移行に視点を置いての「死者」の「死の状態」を形象したものである。そしてそれは、「妹を求めむ　山路知らずも」という嘆きの表現などと同様に、永遠なる別れという「死」に対する新しい観念からの発想と思われる。

さらにまた、喪葬儀礼の変化は、別な表現をも生むのである。それは「火葬」の影響と思われる次のような表現である。たとえば、先に挙げた人麻呂の火葬を詠んだ歌にあるように、「死者」の姿は、山の間にいさよふ雲（3・四二八）、山の嶺にたなびく霧（四二九）、川の沖になづさふ黒髪（四三〇）と「漂ふ」ものとして表現されている。他の例においても次の

秋津野に　朝居る雲の　失せ行けば　昨日も今日も　なき人思ほゆ　(7・一四〇六)

こもりくの　泊瀬の山に　霞立ち　たなびく雲は　妹にかもあらむ　(7・一四〇七)

長逝せる弟を哀傷する歌一首并せて短歌

……あしきひきの　山の木末に　白雲に　立ちたなびくと　我れに告げつる　佐保山に火葬す。故に「佐保の内の里

を行き過ぎ」といふ。　（17・三九五七）

ま幸くと　言ひてしものを　白雲に　立ちたなびくと　聞けば悲しも　（17・三九五八）

などの歌に詠まれ、遺骸さえも姿を留めない「火葬」によって、人々の惑いや悲しみの心情は、「死者」の姿を「漂ふ」ものとして描き出している。これらの例などは「死」から「火葬」という過程を経て、死者の身体から霊魂が遊離するだけでなく、その姿さえ留めないことにより再び地上では復活し得ないことに視点を置いての「死者」の「死の後の状態」を形象化した表現である。

ここまでにみたように、生前の姿はその面影すら留めない「火葬」という葬制は、「死」の観念を変質させ、挽歌の中の「死」の世界にまで影響を与え、「過ぎ去るもの」に対する感慨もより一層深められていくのである。

そして、ここで取り挙げた「荒る」の語も、それらと類想の表現であり、「死」に対する新しい観念を発想の基盤にしていると推察される。しかし、先の例などは「死者」の「死の状態」や「死後の状態」に視点を置いての発想であったが、「荒る」の場合は、「過ぎ去るもの（死者・都など）」に対する「残された者」の「感慨」に視点を据えての発想と考えられる。「荒る」が挽歌的発想の歌に用いられる場合、たとえば、皇子亡き後、そのゆかりの地である宮や道が荒廃するという表現は、皇子の死を意味するとともに、「残された者」の心情を形象化したものであり、悲しみの心象風景と解される。また、荒都歌的発想の歌においても、荒都歌が宮廷挽歌的な発想と様式により詠まれていることから、やはり同様の発想と思われる。そのことに関して伊藤博は、近江荒都歌について、「一種の『挽歌』であった」と捉え、「『荒都』のイメージと『亡き人』のイメージとが二重映しになっている」ものであり、「『荒都』への悲嘆は、すなわち『人』への悲嘆に直結している」と説かれている。[13] つまり、荒都歌的発想の歌に用いられる「荒る」は、過ぎ去る「都」や「人間」に対する「残された者」の悲嘆の心象を描いているのである。さらにまた、「終息の地や埋葬地」を「荒」で形容して、人の住む境を越えたところの荒涼たる風景として描写したことも、

「死者」に対する「残された者」の悲しみの心象化として受け取ることができる。そして、こう考えることにより「荒る」の語と「死」とが多数係わりを持つという傾向も理解されるのである。さらに付け加えるならば、想聞的発想の歌に使用される「荒る」の場合も、別れた人に対する、その後の心の思いを風景化したものであろう。「荒る」の対象は、亡き人の縁《ゆかり》の地、大君や大宮人の住んだ地、そして、亡き人の横たわる地、別れた人との思い出の地であった。それらは皆、「過ぎ去った人」の「霊魂」の籠る地である。その地が「荒る」ということは、霊魂が存在する状態から霊魂が離れる状態へ移り変わることをも暗示させるものであり、まさに「荒涼の世界」を創造する素材としては最適のものであった。そして自然と心とを融合させることにより「荒」の世界は形成されていくのである。

六　挽歌的表現「荒る」の意味するもの

以上、数量的、類型的なものから、歌の表現や成立事情などを通して、『万葉集』における詩的素材としての「荒る」の語の意味するところの、その発想の彼方に、火葬という新しい葬制にともなう「死」の観念が基盤として存していることを考察した。

そして、物象的・心象的なバランスが保たれた状態の崩壊に対する感慨が『万葉集』の詩歌の中に、「相聞」の世界、「都」に対する「鄙」の世界、「挽歌」の世界などの「荒」の「風景」を形成していくのである。たとえば、挽歌の世界においては自然界における現象であった「荒る」は、詩的素材として、山中他界観や喪葬儀礼など、伝統的挽歌の発想や様式の流れを受けつつ、「死」に対する新しい観念の導入をもって、心象風景としての「荒涼の世界」を形成する表現であったといえる。

しかし、その形象化は突然的なものではなく、すでに記紀歌謡において「一本菅は　子持たず　立ちか荒れなむ」と表現され、自然の風物を通して我が心を述べるという発想がみられたように、後の「物に寄せて思ひを陳ぶる歌」にも連なる要素としての、自然を比喩的表現に用いるという下地がすでに芽生えつつあったのであり、「死」の観念の変質を契機として、「雲隠る」や「黄葉散る」「雲とたなびく」などの「死」の表現とともに養われて行ったと推察される。そして、その土壌となったのは、七世紀末から八世紀初頭にかけての「死の世界」の転換期であり、それに棹さしたのは柿本朝臣人麻呂であったろう。集中の「荒る」(荒廃の意)の用例で初期のものには、題詞では、天武元年以降、持統四年(六九〇)頃の、人麻呂の「近江荒都歌」(1・二九)、同時期の頃の高市古人の歌(1・三二)、持統四年(六九〇)頃の人麻呂の歌(2・一六八)があり、そのことを物語っていると解される。「荒る」の系譜は、やはり柿本朝臣人麻呂、近江荒都歌に遡るものであり、そこから出発した詩的素材としての「荒る」は、挽歌の世界に「過ぎ去るもの」に対する「残された者」の感慨を誘い込み、「荒涼の世界」を構築するのである。

神田秀夫は、火葬の導入と万葉の歌との係わりについて、「火葬の事例が稍々多くなって後も、挽歌の内容には何らの発展も見られなかった」と指摘され、故人は雲になったとか霧になったとか、「類型的に歌ふだけで」、「挽歌の衰弱を来たしたと推察せざるを得ない」と述べている。(14) しかし、火葬という新しい葬制やそれにともなう「死」の観念の変質は、天皇の崩時に儀礼的な挽歌を詠む意義やその誦詠の場に影響を与え、儀礼挽歌を失わせて行ったことでは衰退と考えられるが、その一方では万葉の歌に発展を与えたとも言えるのではなかろうか。それは詩歌の世界に「過ぎ去るもの」への感慨を詠み込むという意味での新しい発見であり、挽歌における「死」の表現の新たなる創造を可能にした。そしてその表現の一つが、詩的素材としての「荒る」であったと考えられよう。

そしてまた、万葉集の「荒る」が創造した「荒涼の世界」は、後に死に対する心象風景という世界にも流れていくのではなかろうか。

注

（1）「荒」の用例で除いたものは、人名、地名、枕詞。「荒らぶ（動上二）は、①荒れる、乱暴する②情が薄くなるという語義で五例（2・一七二、2・一八〇、4・五五六、11・二六五二、11・二八二二）とも、人間の心に係わって用いられている。

枕詞の例は、次の

荒たへの　藤江の浦に　すずき釣る　海人と見らむ　旅行く我を（3・二五二）

という歌のように、都から遠く離れたイメージを有するものや、天皇の崩御の時の歌（2・一五九）など、動詞「荒る」のあり方に近い関係のものもみられる。

（2）『日本書紀』、雄略天皇の御歌「こもりくの　泊瀬の山は　出で立ちの　宜しき山　走り出の　宜しき山の　こもりくの　泊瀬は　あやにうら麗し　あやにうら麗し」（七七歌）という、山讃めの歌を踏まえての歌と考えられる。本来は天皇とも関係ない、単なる山讃め歌か。

（3）近江荒都歌についての諸説は、岩下武彦「近江荒都歌」（『万葉集を学ぶ』第一集　有斐閣選書、昭和五十二年）に詳しい。

また、題詞のみに「荒」の語がある例では、次のように歌の中に「荒る」と類似する表現が用いられている。

(1)……大宮は　ここと聞けども　大殿は　ここと言へども　春草のしげく生ひたる……（1・二九）

(2)世間を　常なきものと　今そ知る　奈良の都の　うつろふみれば（6・一〇四五）

「荒る」の用例から、このような類似的表現も除いた。

（4）『続日本紀』天平十三年三月十五日条

（5）順に『日本書紀』大化二年三月二十二日条「大化薄葬令」、『続日本紀』養老五年十月十六日条。

（6）人麻呂の死については刑死説がある。例えば梅原猛『水底の歌――柿本論――』（新潮社、昭和四十七年）

（7）『続日本紀』順に、文武四年三月十日条、大宝三年十二月十三日条、慶雲四年十一月十二日条。

（8）たとえば、斎藤忠『日本古代遺跡の研究総説』（吉川弘文館、昭和四十三年）、和田萃「仏教と喪儀礼の変化」（『古代日本と仏教の伝来』（雄山閣出版、昭和五十六年）など。

（9）人麻呂の生没、活動時期は定かではないが、集中での初出の歌（2・一六七～六九）は持統三年（六八九）頃の作である。この歌からの道昭火葬起源説への疑問は『万葉集略解』、『万葉集古義』などにみえる。

（10）『日本書紀』大化二年三月二十二日条。

（11）芳賀登「葬法の起源と変遷」（『葬儀の歴史』雄山閣出版、平成八年）

（12）神田秀夫「万葉の比較文化的省察Ⅰ」（『萬葉集研究第一集』塙書房、昭和四十七年四月）

（13）伊藤博「近江荒都歌の文学史的意義」（『萬葉集の歌人と作品上』塙書房、昭和五十年）

（14）（12）と同じ

Ⅲ　遣新羅使歌の環境と発想

悲別贈答歌の発想

一　悲別贈答歌十一首

『万葉集』巻十五前半部には、天平八年（七三六）に新羅に遣わされた人々の歌、いわゆる遣新羅使人歌群一四五首が収められている。悲別贈答歌とは、その歌群の冒頭部に位置している次の十一首のことである。

新羅に遣はさえし使人らの、別を悲しびて贈答し、また海路にして情を慟ましめ思を陳べたる、并せて所に当りて誦へる古歌

(1)武庫の　浦の入江　の渚鳥羽ぐくもる　君を離れて　恋に死ぬべし　(15・三五七八)
(2)大船に　妹乗るものに　あらませば　羽ぐくみ持ちて　行かましものを　(15・三五七九)
(3)君が行く　海辺の宿に　霧立たば　吾が立ち嘆く　息と知りませ　(15・三五八〇)
(4)秋さらば　相見むものを　何しかも　霧に立つべく　嘆きしまさむ　(15・三五八一)
(5)大船を　荒海に出し　います君　障むことなく　早帰りませ　(15・三五八二)
(6)真幸くて　妹が斎はば　沖つ波　千重に立つとも　障りあらめやも　(15・三五八三)
(7)別れなば　うら悲しけむ　吾が衣　下にを着ませ　直に逢ふまでに　(15・三五八四)
(8)吾妹子が　下にも着よと　贈りたる　衣の紐を　吾解かめやも　(15・三五八五)
(9)わが故に　思ひな痩せそ　秋風の　吹かむその　月逢はむものゆゑ　(15・三五八六)

⑽栲衾　新羅へいます　君が目を　今日か明日かと　斎ひて待たむ　（15・三五八七）

⑾はろはろに　思ほゆるかも　然れども　異しき心を　吾が思はなくに　（15・三五八八）

右の十一首は、贈答

遣新羅使人歌群には、役職名や実名による作者名が明記された歌と作者名が記されない歌がある。右の悲別贈答歌十一首についても、男女の贈答歌と考えられているが、作者名が記されていないことから、その作者は誰なのかということについて諸説が展開されてきた。たとえば、⑴二人作説（㋐ある使人と妻、㋑大伴三中と妻、㋒中臣朝臣宅守と狭野茅上娘子）⑵複数説　⑶代作説　⑷家持創作説、などが提出されている。

また、悲別贈答歌については、歌数が十一首と奇数を示していることから、その配列構成についても論議がなされてきた。第一首から第八首までは、女男二首一対の四組の贈答歌と考えられているが、第九・十・十一の歌三首については諸説があり、いまだ決定的解決がなされていない。

さらに悲別贈答歌の作歌事情については、たとえば「難波での別れの宴席で詠まれた」とする考え[1]や「四月十七日拝朝後直ちに難波に赴き出港の予定であったはずであるから冒頭の贈答歌は、拝朝の前に詠まれたであろう」とする考え[2]など、送別の宴で贈答されたとする説がある。しかしその一方において、伊藤博により、遣新羅使人歌は悲別贈答歌を核とし軸として「心情的には『妹』を、時間的には『秋』をモチーフ」として展開するよう構築されているという虚構説も提出されている[3]。そこにおいて、悲別贈答歌は「単にそれが出発時の歌という機械的な意味によってではなく、歌群の構造と主題を規定する本質的な意味において、冒頭に飾られたということに直結する。悲別贈答歌十一首は、まさに名実共に歌群の巻頭言であったのであり、遣新羅使たちの共有財産としての性格を顕現しているのである」と説いている。またその後に伊藤博は「おそらく同一の男女によって実際に交された⑸⑹・⑺⑻の二組が根幹部の実録とは別途の資料としてあって、それを軸に、今日見るかたちに織り成したのが、当面の悲別贈答歌一一首であったと推測される」と論じる。(4)さらに大濱眞幸は、編纂者の構成意識を読み取り、あくまでも「記載化された文芸」と受け取るべきと説きつつ、その一方において集団性における「徐々に高まりゆく歌声」を思わせるような性格が存在することも指摘している。(5)

このように遣新羅使人歌群全体にとって重要な鍵となっている悲別贈答歌十一首について、悲別の意味するもの、女・男という贈答の形式、秋の再会という観点から、その発想の底流にあるものを探ってみようと試みたものである。

二 「悲別」の意味するもの

悲別贈答歌十一首の(1)~(8)の歌が、なぜ女・男という贈答形式なのか。また、女と男の贈答一組ずつの連続において、常に女が先立つことは、心情的には「妹」、時間的には「秋」をモチーフとして展開するように構築されているとする「妹」が、「待つ女」であることを暗示しているのではなかろうか。その疑問を解く手掛りとして、まず『万葉集』の「悲別」の意味するものをみてみる。

①大伴宿祢三依の別れを悲しぶる歌一首（4・五七八）
②大伴宿祢三依の別れを悲しぶる歌一首（4・六九〇）
③別を悲しびたる（10・一九二五）
④阿倍朝臣老人の、唐に遣はさえし時に、母に奉りて別を悲しびたる歌一首（19・四二四七）
⑤七月十七日を以ちて、少納言に遷任せらゆ。よりて別を悲しぶる歌を作りて、朝集使掾久米朝臣広縄の館に贈り貽せる二首（19・四二四八、四二四九）

⑥追ひて、防人の別を悲しぶる心を痛みて作れる歌一首并せて短歌　（20・四三三一〜四三三三）

⑦防人の別を悲しぶる情を陳べたる歌一首并せて短歌　（20・四四〇八〜四四一二）

右の①は、「誰との悲別か不明」[6]や「旅人薨後遺児家持と別れる際の歌か」[7]と言われる歌である。②は、「干す人無しに」とあり、去った女性との悲別である。③は、前夜訪ねて来た男を朝方送り出す時の女の悲別歌である。④は、遣唐使として出発するにあたっての、母子の悲別である。⑤は、転任する家持と越中に留まる友広縄との悲別。⑥は、家持が防人の立場で、それを送る父母や妻子との悲別。⑦も、防人とそれを見送る父母や妻子との悲別である。これらによると、④⑤⑥⑦は、官命による悲別である。また④⑤⑥⑦は、旅立つ人が留まる人に贈るという歌である。さらに①②④⑤⑥⑦は、男性の作である。ほとんどの歌が旅に係わる別れの歌であるが、③だけは、女の家を訪ねた男が共に夜を過ごした後、朝帰って行く時の別れである。

ここまでの「悲別」は、「題詞」によるものであったが、巻十二には次のような「部立」の「悲別」がある。

⑧別れを悲しびたる歌（三一首）　（12・三一八〇〜三二一〇）

この⑧の場合は、主に旅の悲別である。そして、三十一首中三例（三一八九、三二〇〇、三二〇二）が男の作であり、残りは女の作である。このことから巻十二の悲別歌は、多少の例外を除いて男との「別れを悲しむ歌」であると言えよう。内容的には、別れることや別れていることの悲しみの情を述べる歌で、旅に出た男（夫）を待つ女（妻）の歌が中心である。

この巻十二の悲別歌の中において、次の歌に注目してみたい。

(ア)たたなづく　青垣山の　隔りなば　しばしば君を　言問はじかも　（12・三一八七）

(イ)朝霞　たなびく山を　越えて去なば　われは恋ひなむ　逢はむ日までに　（12・三一八八）

(ウ)あしひきの　山は百重に　隠すとも　妹は忘れじ　直に逢ふまでに　（12・三一八九）

(エ)一は云はく、隠せども　君を思はく　止む時もなし　(12・三一八九の一云)

(オ)雲居なる　海山越えて　い行きなば　われは恋ひむな　後は逢ひぬとも　(12・三一九〇)

右の四首は、山に寄せての悲別歌である。そして、「女—女—男—男の一組をなすらしい。ただし三一八九の異文によれば、四首とも女の歌となる」と指摘されている。(8) またそのほかにも、(ア)の歌は「上三句は、三一八七の上三句を承けて応じたもの」とされる(ウ)の歌と一組をなし、(イ)の歌は「三一八八に応じた歌か」とされる(オ)の歌と一組をなすという対応関係がある。さらに(イ)の歌は「別れ際の妻の歌」、(ウ)の歌は「別れ際の夫の歌」という関係にある。

以上の三つの関係によると組をなす四首の悲別歌は、常に男の歌より女の歌が先行するという特徴がある。ただし、(ウ)の異文である(エ)が「一云は女の同想で、立場によって歌いかえられたもの(9)」とすると、(ウ)の歌は男、(エ)の歌は女という関係になる。また、(オ)の歌は「前歌の異文と組をなす場合には、妻が夫を思う歌になる(10)」とすると、女の歌になる。同様に次の歌は、(キ)を「旅する夫の歌」と考えると、(ウ)・(エ)の関係とは逆に女・男の順の悲別歌になる。

(カ)玉かつま　島熊山の　夕暮に　独りか君が　山道越ゆらむ　(12・三一九三)

(キ)一は云はく、夕霧に　長恋しつつ　寝ねかてぬかも　(12・三一九三の一云)

ところで、悲別歌における女・男という関係は、「悲別歌」の次に配列され「羇旅発思・悲別歌の部に所属し、巻十二の第二部を結んでいる(11)」とされる旅の歌群における「問答歌」中の次の歌にもみられる。

(ク)玉の緒の　うつし心や　八十《やそか》楫懸け　漕ぎ出む船に　おくれて居らむ　(12・三二一一)

(ケ)八十楫懸け　島隠りなば　吾妹子が　留れと振らむ　袖見えじかも　(12・三二一二)

右は二首

(コ)荒津の海　われ幣奉り　斎ひてむ　早還りませ　面変りせず　(12・三二一七)

(サ)朝な朝な　筑紫の方を　出で見つつ　哭《ね》のみそわが泣く　いたもすべ無み　(12・三二一八)

右は二首

(ク)の歌は、船出する男との別れを惜しむ女の歌、(ケ)の歌は船出の後の悲しさを思いやって答えた男の歌である。(コ)の歌は、船出に際して無事を祈る女の歌、(サ)の歌は船出の後の心情を思いやっての男の歌であろう。以上二組は、悲別の問答である。

これまで見たように題詞や部立に「悲別歌」とはないが、旅立ちに際して男女で詠み交された歌は、『万葉集』中にいくつかみられる。たとえば、それは柿本人麻呂の妻依羅娘子が人麻呂と別れる時の歌（2・一四〇）、大伴家持が越中に赴任する時の姑大伴坂上郎女の歌（17・三九二七、三九二八）、防人として旅立つ夫と贈り交した妻の歌（20・四四二三、四四一六、四四一七、四四二〇、四四二二、四四二四、四四二五、四四二六、四四二八）などである。

そしてまた、巻四には、田部櫟子が大宰府に赴任する時に舎人吉年と別れを悲しんで詠み交した、歌がある。

田部忌寸櫟子の大宰に任けらえし時の歌四首

(シ)衣手に　取りとどこほり　泣く児にも　まされるわれを　置きで如何にせむ　（舎人吉年　4・四九二）

(ス)置きて行かば　妹恋ひむかも　敷栲の　黒髪しきて　長きこの夜を　（田部忌寸櫟子　4・四九三）

(セ)吾妹子を　相知らしめし　人をこそ　恋のまされば　恨めし思へ　（4・四九四）

(ソ)朝日影　にほへる山に　照る月の　飽かざる君を　山越に置きて　（4・四九五）

この四首は、「出発に際して朝廷での挨拶歌群か」と言われている。[12] また、「作者を女・男・男・女の順にして一群を構成している」と指摘されていて、[13] ここにも女の歌が先行する関係がみられるのである。(シ)と(ス)の歌は、「別れに臨んでの歌」であり、(シ)は送る側の挨拶歌、(ス)は旅立つ側の歌である。(セ)と(ソ)の歌は、「別れた後の歌」であり、「二首とも、廷臣、宮女の唱和の可能性がある。また二首とも吉年の作とも」と指摘されている。[14] このような関係を有していることから、四首は出発に際しての宴において詠まれたのであろう。

以上のことから「悲別歌」とは、旅による悲別であり、後に残る女の立場で歌われることが多いと言えよう。また内容的には、別れに際しての気持を詠んだ歌と別れた後の気持ちを詠んだ歌が組み合わされることが多い。そのことは、男が待つ女の立場で詠んだ次の歌などからも明らかである。

高市連黒人の羈旅の歌八首

(タ)三河の　二見の道ゆ　別れなば　わが背もわれも　独りかも行かむ　(3・二七六の一本云)

山部宿祢赤人の歌六首

(チ)秋風の　寒き朝明を　佐農の岡　越ゆらむ君に　衣貸さましを　(3・三六一)

天平五年癸酉の春閏三月、笠朝臣金村の入唐使に贈れる歌一首并せて短歌

(ツ)玉襷　懸けぬ時無く　息の緒に　わが思ふ君は……島伝ひ　い別れ行かば　留まれる　われは幣引き　斎ひつつ　君をば待たむ　はや還りませ　(8・一四五三)

反　歌

波の上ゆ　見ゆる小島の　雲隠り　あな息づかし　相別れなば　(8・一四五四)

たまきはる　命に向ひ　恋ひむゆは　君がみ船の　楫柄にもが　(8・一四五五)

(タ)の歌は、女の立場に立った黒人の歌であり、前に位置する二七六番歌と男女の唱和の形をとる。旅先で逢った遊女との別れを戯れた歌であろう。(チ)の歌は、待つ女の立場で作った赤人の歌であり、「六首は、帰京後まとめて披露された宴歌らしい」と言われている。[15] (ツ)の歌は、女の立場で待つことを詠んだ金村の入唐使に贈る歌である。船出を見送る際の気持を詠んだ歌（8・一四五四）や別れた後の気持を詠んだ歌（8・一四五五）がある。

遣新羅使人等の悲別贈答歌における、女・男の贈答形式や別れに際しての気持を詠む歌（1)・(5)、別れた後の気持を詠む歌（3)・(7)などの存在は、このような「悲別歌」の様式を受け継いでいるのであろう。

三 「待つ女」と「秋風」

(4)秋さらば　相見むものを　何しかも　霧に立つべく　嘆きしまさむ　(15・三五八一)

(9)わが故に　思ひな痩せそ　秋風の　吹かむその月　逢はむものゆゑ　(15・三五八六)

遣新羅使人歌群を貫く主題として、時間的には「秋」、心情的には「妹」と説いたのは伊藤博であった。この二首の「秋さらば」と「秋風の吹かむその月」は、秋には帰ってくるのだからと慰めの気持を託していると言えよう。そしてその後も秋の帰国を予定していたごとくに、次々と秋の歌が詠まれるのであった。

磯の間ゆ　激つ山河　絶えずあらば　またもあひ見む　秋かたまけて　(15・三六一九)

秋さらば　わが船泊てむ　忘れ貝　寄せ来て置けれ　沖つ白波　(15・三六二九)

今よりは　秋づきぬらし　あしひきの　山松蔭に　ひぐらし鳴きぬ　(15・三六五五)

秋風は　日にけに吹きぬ　吾妹子は　何時とかわれを　斎ひ待つらむ　(大使第二男　15・三六五九)

わたつみの　沖つ縄海苔　来る時と　妹が待つらむ　月は経につつ　(15・三六六三)

夕されば　秋風寒し　吾妹子が　解き洗ひ衣　行きて早着む　(15・三六六六)

帰り来て　見むと思ひし　わが宿の　秋萩薄　散りにけむかも　(秦田麿　15・三六八一)

足姫　御船泊てけむ　松浦の海　妹が待つべき　月は経につつ　(15・三六八五)

…秋さらば　帰りまさむと　たらちねの　母に申して　時も過ぎ　月も経ぬれば　今日か来む　明日かも来むと　家人は　待ち恋ふらむに…　(15・三六八八)

竹敷の　黄葉を見れば　吾妹子が　待たむといひし　時そ来にける　(副使　15・三七〇一)

黄葉は　今はうつろふ　吾妹子が　待たむといひし　時の経ゆけば　（15・三七一三）

実は、天平八年の遣新羅使の出発に関しては、『万葉集』に収められた歌のほか、次の「巻十五目録」と『続日本紀』の記録しか残されていない。

天平八年丙子夏六月、遣二使新羅國一之時、使人等、各悲レ別贈答、及海路之上慟レ旅陳レ思作歌并、當レ所誦詠古歌　（巻十五目録）

二月戊寅（廿八）以《テ》二従五位下阿倍《ノ》朝臣継麻呂《ヲ》一、為《ス》二遣新羅《ノ》大使《ト》一。夏四月丙寅（十七）。遣新羅《ノ》使阿倍《ノ》朝臣継麻呂等拜《ス》レ朝《ヲ》。九年春正月辛丑（廿七）遣新羅使大判官従六位上壬生使主宇太麻呂。少判官正七位上大蔵忌寸麻呂等入京《ス》。　（『続日本紀』）

右の『続日本紀』によると、天平八年二月二十八日大使の任を下し、四月十七日に拝朝、そして翌九年正月二十七日に入京した。実際の出発に関しては、明確な記事はなく、巻十五目録に「夏六月」とあることからその頃かと言われている。そこで出発の時期と贈答歌十一首の詠まれた時期が問題となる。夏も終わろうとする六月に出発したとすると、秋の帰国は無理であり、、また四月拝朝の時期に十一首の贈答が交されたとしても秋の帰国は難しいとされる。このような解釈から遣新羅使人等の往還については、秋に帰国できるという説[16]、秋の帰国は無理という考えで第三者による脚色補充説あるいは創作説が提出されている。[17]

いずれにせよ、彼等をして「秋」という季節に、ここまで執着せしめた所以のものは何であったのか。今までのことに関して納得のいく説明はなかったように思われる。そこで、ここでは使人たちを「待つ妹」と帰京の時期「秋風」とを手掛りとして考えてみたい。

遣新羅使人たちの帰りを待つ妹にとって、次の歌のように帰京の時が最大の関心事であった。

(10)栲衾　新羅へいます　君が目を　今日か明日かと　斎ひて待たむ　（15・三五八七）

この帰りを待ち続ける妹に対して「秋さらば相見むものを」（三五八一）「秋風の吹かむその月逢はむものゆゑ」（三五八六）という表現は、帰京の時を告げた慰めと解される。また男を待ち焦れる女にとって、「秋」や「秋風」は、男が訪れる予兆とも言えよう。それゆえに「秋」になったら帰り得る期待と、「秋」になっても帰り得ない悲嘆を合い言葉のごとく歌いあげるのである。

ところでこの「待つ女」と「秋風」という関係を考えると、次のような歌の存在が思い浮かぶ。

額田王の近江天皇を思ひて作れる歌一首

君待つと　わが恋ひをれば　わが屋戸の　すだれ動かし　秋の風吹く　（4・四八八）

鏡王女の作れる歌一首

風をだに　恋ふるは羨し　風をだに　来むとし待たば　何か嘆かむ　（4・四八九）

右の額田王の歌は、「風」の意味をどう把握するかという点で三通りの解釈がなされている。[18] たとえば、天皇来訪の気配ではなく、その期待を裏切るかのように吹く期待はずれの風とする説、また来訪の前兆としての風とする説、そして来訪を待つ場の景趣としての風とする説である。しかし、いずれにせよ額田王の歌は、恋人の来訪を待つ心と、秋風が吹くというモチーフによって構成されていると言えよう。つまり、男を待つ女の情が詠まれているとともに、その待つ女の姿が秋風の中にあるということである。[19] この「待つ女」と「秋風」の構図は、遣新羅使人等の歌のものと類似するものであろう。額田王の歌においては、恋人（男）を待つ情と来訪の前兆として秋風が簾を動かして吹くという構図が一首の中に存在する。一方遣新羅使人等の歌では、使人の帰りを待つ女の情と帰京の前兆としての秋風という構図が贈答の形である。いずれも「待つ女」と「秋風」の構図であることに違いはない。

その額田王の歌が、閨情詩である張茂先の「情詩」の影響によるであろうことは、早くに土居光知の指摘するところである。[20] また「中国六朝流行の『情詩』を模した虚構歌の可能性もある」と評されている。[21]「情詩」とは『文選』や『玉台新詠』に載る次の詩である。

清風帷簾を動かし、晨月幽房を燭らす。

佳人遐遠に処り、蘭室容光無し。（『玉台新詠』二）

遠く旅にある夫の帰りを待つ妻を詠む「情詩」は、男が女の立場となって詠むという特徴を持つ。張茂先の「情詩」は、男による女の立場で男（遠く旅にある夫）の訪れを待つ詩であり、額田王の歌は、女による女の立場で男（恋人）の訪れを待つ歌であるという違いがあるが、秋風の中で待つ女は容易に「思婦」へと置換し得るものと言われる。額田王の歌に応じた鏡王女の歌も、夫の訪れを待つ「思婦」を演じているものであろう。

このような「待つ女」と「秋風」という構図は、さらに『玉台新詠』に次のように詠まれている。

「庭中無限の月、思婦夜砧を鳴らす」（江洪「秋風」）

「楼上起秋風、絶望秋閨中」（劉緩「雑詠四首」）

「秋風入窗裏、羅帳起飄颺」（「近代呉歌九首」）

おそらく、六朝文学の中に開花した閨情詩において、「待つ女」と「秋風」の構図は、一つの形として成立していたのであろう。

実は『万葉集』には、額田王の歌のほかにも、「待つ女」と「秋風」という構図を有する次のような歌がある。

藤原宇合卿の歌一首

わが背子を　何時そ今かと　待つなへに　面やは見えむ　秋の風吹く（8・一五三五）

月に寄せたる

君に恋ひ　しなえうらぶれ　わが居れば　秋風吹きて　月斜きぬ（10・二二九八）

右の宇合の歌は、男による女の立場の歌である。男の訪れを待つ女のもとに、男の訪れの予兆のように秋風が吹いてきたというのである。秋風が吹くことによって、逢える期待へと繫がるのである。作者未詳歌は、男の訪れを待つ女のもとに「秋風」が吹き、「月」も傾いてしまったと時の経過を嘆く。この二首の歌は、六朝文学の中における「待つ女」と「秋風」の流れの中にあり、また額田王の歌と類似するものであると言えよう。

しかしまた、「待つ女」と「秋風」という構図は、『万葉集』の次の七夕歌との結び付きが考えられるのである。

①秋風の　吹きにし日より　いつしかと　わが待ち恋ひし　君そ来ませる　（8・一五二三）

②ま日長く　恋ふる心ゆ　秋風に　妹が哭聞ゆ　紐解き行かな　（人麻呂歌集　10・二〇一六）

③秋風の　吹きにし日より　天の川　瀬に出で立ちて　待つと告げこそ　（10・二〇八三）

④……旗薄　本葉もそよに　秋風の　吹き来る夕に　天の川　白波しのぎ　落ち激つ　早瀬渡りて　若草の　妻が手枕くと　大船の　思ひ憑みて　漕ぎ来らむ　その夫の子が　あらたまの　年緒長く　思ひ来し　恋を尽さむ　七月の　七日の夕は　われも悲しも　（10・二〇八九）

⑤天地と　別れし時ゆ　ひさかたの　天つしるしと　定めてし　天の川原に　あらたまの　月を累ねて　妹に逢ふ　時候ふと　立ち待つに　わが衣手に　秋風の　吹き反らへば　立ちて坐て　たどきを知らに　群肝の　心いさよい　解衣の　思ひ乱れて　何時しかと　わが待つ今夜　この川の　行きて長くも　ありこせぬかも　（10・二〇九二）

⑥初秋　風涼しき夕　解かむとそ　紐は結びし　妹に逢はむため　（家持　20・四三〇六）

⑦秋風に　なびく川辺の　和草の　にこよかにしも　思はゆるかも　（家持　20・四三〇九）

⑧秋風に　今か今かと　紐解きて　うら待ち居るに　月かたぶきぬ　（家持　20・四三一一）

⑨天の川　安の渡に　船浮けて　秋立ち待つと　妹に告げこそ　（10・二〇〇〇）

⑩秋されば　川霧立てる　天の川　川に向き居て　恋ふる夜そ多き　（10・二〇三〇）

⑪わが待ちし　秋は来りぬ　妹とわれ　何事あれそ　紐解かざらむ　（10・二〇三六）

右に載せた七夕の歌は、恋人（女）のもとに向う男の歌や恋人（男）を待つ女の歌である。そして、七夕歌にある「秋風」は、恋人（男）の来訪ないしは逢瀬の時が近づいたことを知らせるものであった。おそらく、このような七夕歌と「秋風」の関係は、たとえば『玉台新詠』にみえる、次の七夕詩などの影響によるものであろう。

「清露下羅衣秋風吹玉柱」　（柳惲「七夕穿針」『玉台新詠』巻五）

「白露月下円秋風枝上鮮」　（梁武帝「七夕」『玉台新詠』巻七）

四　七夕の詩歌宴

ところで、七夕歌と言えば、遣新羅使人等も次のような歌を詠んでいる。

七夕に天漢を仰ぎ観て、各々所思を陳べて作れる歌三首

秋萩に　にほへるわが裳　濡れぬとも　君が御船　綱し取りてば　（15・三六五六）

年にありて　一夜妹に逢ふ　彦星も　われにまさりて　思ふらめやも　（15・三六五七）

夕月夜　影立ち寄りあひ　天の川　漕ぐ舟人を　見るが羨しさ　（15・三六五八）

右の一首は大使

第一首目の大使の歌は、織女の立場の歌である。秋になり逢瀬の時が近づいたことで「待つ女」を詠んでいる。第二首目は、織女と年に一度の逢瀬をする彦星の思いと、妻を慕う使人自らの思いを比較している歌である。第三首目は、立ち寄り合う彦星とその従者たちを自分たちの投影とみて、また天の川を漕ぐ船人と新羅へ旅して船漕ぐ自分たちとを比較して、妻に逢うために漕ぐことが羨しいと詠む。この三首は「在京当時、七夕の宴に招かれ作歌し

た経験を持つ者の歌であったに相違ない」とも考えられている。[22]

また、遣新羅使人歌群には、次のような七夕歌もある。

七夕の歌一首

大船に　真楫繁貫き　海原を　漕ぎ出て渡る　月人壮子　（15・三六一一）

右は、柿本朝臣人麿の歌

この歌の月人壮子は、「大船に妹乗るものにあらませば」（三五七九）、「大船を荒海に出しいます君」（三五八二）、「大船に真楫繁貫き時待つとわれは思へど」（三六七九）と詠まれている新羅へ赴く使人たちのことであろう。おそらく、大船に使人たちの大船を、月人壮子に使人たち自らを擬して、やがて七夕の夜に織女と逢う彦星になぞらえての表現と思われる。この歌の存在について、遣新羅使人歌群は再構成されたとする立場では、「この七夕歌を、冒頭の題詞で一括される第一部の最後に捉えたのは、相別れてまた秋七月に再会するという主題の一層の強調であった。……七夕に歌われたものではなく、意図に添うて、七夕歌のなかから選び出され、添加されたものである」と説いている。[23]しかし使人たちは悲別を表現するとき、七夕伝承のイメージを用いたのではなかろうか。彼らがやがて秋に逢うべき設定を試みた発想の基盤には、「待つ女」と「秋風」の構図とともに、年に一度の逢瀬である秋をひたすら待つ織女と彦星の世界があったのであろう。

ところで七夕伝説が日本へ伝わった時期は、明確ではないが『日本書紀』にある持統五年の「秋七月……丙手、宴二公卿一。仍賜二朝服一。」の記事が最も古いとされている。しかし、『人麻呂歌集』の「七夕」歌の中、三〇三三の左注に「この歌一首は庚辰の年に作れり」とあり、天武九年（六八〇）もしくは天平十二年（七四〇）の何か特別な行事が行なわれた折の作とされている。天武九年とすると持統以前にも七夕の宴が朝廷周辺にも行なわれていたと考えられる。また、天平十二年と考えると、小島憲之が「少なくとも養老頃には貴族官人の間に於いて、七夕の会がほぼ年中行事なってゐたことがわかる」と指摘したように、[24] 七夕の詩歌宴が流行の全盛期に達した天平年間ということになる。

七夕を題する詩歌宴が熟していくのは、奈良朝に入ってからであることは、次の例からも明らかである。

①養老八年七月七日、応令。　（8・一五一八左注）

②神亀元年七月七日、左大臣宅。　（8・一五一九左注）

③天平元年七月七日、憶良仰二観天河一。「一云、帥家作」　（8・一五二〇～二二左注）

④天平二年七月八日夜、帥家集会。　（8・一五二三～二六左注）

⑤秋七月丙寅。天皇観二相撲戯一。是夕徒二御南苑一。命二文人一賦二七夕之詩一。賜レ禄有レ差。

（『続日本紀』天平六年七月七日の条）

①から④は、題詞に「山上憶良七夕歌十二首」とあり、数年のものを一括した中のものである。①は、養老八年二月に聖武天皇が即位して神亀元年としたので、養老八年七月はあり得ないことであり、おそらく養老五年から七年の間の作であろう。[25] 憶良の東宮侍講時代で、首皇太子（後の聖武天皇）の令旨に応じたものと考えると東宮において催された七夕の歌宴である。②は、長屋王邸においてのもの、③は左注の「一云」によると太宰帥大伴旅人の作である。④は大宰府の大伴旅人邸で催された歌宴である。⑤は、公的な七夕の詩宴であることが明記された最も古い例と言われている。

このような例からして、天平年間において宮廷周辺の七夕詩歌宴の流行が、全盛期に達していたと言えよう。そして、天平八年の遣新羅使人の悲別贈答歌もその流れの中にあると考えられるのである。「待つ女」と「秋風」という構図を有する六朝詩と額田王の歌との関連、その流れにある藤原宇合の歌、人麻呂歌集七夕歌に端を発した「待つ女」と「秋風」の構図をとる七夕歌が存在する。遣新羅使人等の歌にみる「待つ女」と「秋風」の構図を支えている発想の基盤は、この流れにつながるものであろう。

五　悲別贈答歌十一首の発想基盤

さてここまでは、悲別贈答歌十一首の中における、「待つ女」と「秋風」という構図を中心として発想の基盤をみてきた。ここに至って、さらに十一首の発想基盤についてみてみたい。

まず、十一首(1)〜(11)は、先に述べた巻十二の悲別歌における次のような歌と類似的表現を有している。

(1)「君を離れて恋に死ぬべし」

ア　君におくれて生けりとも無し　(12・三一八五)

イ　君におくれてうつしけめやも　(12・三二一〇)

(3)「霧立たば吾が立ち嘆く息と知りませ」

(4)「霧に立つべく嘆きしまさむ」

ア　夕霧に長恋ひしつつ寝ねかてぬかも　(12・三一九三の一云)

(5)「障むことなく早帰りませ」

ア　……さきく行かさね……恋ひつつ待たむ　(12・三二〇四)

(7)「吾が衣下にを着ませ直に逢ふまでに」

(8)「吾妹子が下にも着よと贈りたる衣の紐を吾解かめやも」

ア　白栲の君が下紐われさへに今日結びてな逢はむ日のため　(12・三一八一)

また、類似的表現は、『万葉集』における次のような羈旅に関する歌にも多くある。

(1)
(2)「羽ぐくむ」
ア　わが子羽ぐくめ天の鶴群　　　　（天平五年遣唐使の母に贈る歌　9・一七九一）
(3)
(4)「霧立つ」
ア　立つ霧の思ひすぐべき恋にあらなくに　　　　（神岳に登って作る赤人の歌　3・三二五）
イ　大野山霧立ち渡るわが嘆く息嘯の風に霧立ちわたる　　　　（筑前国守憶良の日本挽歌　5・七九九）
ウ　あが恋は吉野の川の霧に立ちつつ　　　　（吉野離宮に幸して作る車持千年の歌　6・九一六）
(5)「つつむことなく早帰りませ」
ア　われは幣引き　斎ひつつ　君をば待たむ　はや還りませ　　　　（入唐使に贈る金村の歌　8・一四五三）
イ　恙無く幸く坐して早帰りませ　　　　（遣唐使に贈った憶良の好去好来の歌　5・八九四）
ウ　われ立ち待たむ早帰りませ　　　　（5・八九五）
エ　四つの船はや還り来と……鎮ひて待たむ　　　　（入唐使に贈る歌　19・四二六五）
(7)「直に逢ふまでに」
ア　直ちに逢ふまでに　　　　（天平元年金村歌集の羇旅歌　9・一七八九）
(11)「はろはろに思はゆるかも」
ア　はろはろに思ほゆるかも　　　　（旅人への返状にある吉田宜の歌　5・八六六）
(11)「異しき心を我が思はなくに」
ア　異しき心を我が思はなくに　　　　（東歌の相聞　14・三四八二）

このように悲別贈答歌が天平五年の遣唐使を送る諸作と関連を持つことについて、それぞれの男女の別れの場における自由な発想によるものでなく、近いところの遣唐使を送る歌に学んだとする考えも提出されている。そして

それらの歌は、編集の際に家持の手によって新作されたりしたものと推定されるのである。(26)

しかし、「はや帰りませ」の表現など「寿ぐ歌」的な遣唐使の常套的表現であること、また巻十二の「悲別歌」が旅の悲別であることなどから考えると、これまでの餞宴における別離の表現をあるいは羈旅歌の表現を様式として踏襲したものであろう。

以上、遣新羅使人等の悲別贈答歌の発想の基盤には、「待つ女」と「秋風」という構図と、それを表現する七夕の歌や悲別歌の様式の存在を無視するわけにはいかないだろう。

注

（1）『萬葉集評釈　第十巻』

（2）阿蘇瑞枝「万葉後期の羈旅歌――遣新羅使人歌を中心に――」（『高岡万葉歴史館紀要』第一号、平成三年三月）

（3）伊藤博(ア)「萬葉の歌物語」（『言語と文芸』第六十号、昭和五十三年九月）、(イ)「万葉の歌物語」（『万葉集の構造と成立　下』塙書房、昭和四十九年）

（4）伊藤博「一つの読み――遣新羅使人たちの悲別贈答歌について――」（『日本語と日本文学』第二号、昭和五十七年十一月）

（5）大濱眞幸「遣新羅使人悲別贈答歌十一首の構成」（『萬葉』第九十七号、昭和五十三年六月）

（6）中西進（『万葉集　㈠』講談社文庫）

（7）桜井満（『萬葉集　㊤』旺文社文庫）

（8）『萬葉集　三』（新潮日本古典集成）

（9）中西進（『万葉集　㈢』講談社文庫）

（10）（8）に同じ
（11）（8）に同じ
（12）（6）に同じ
（13）『萬葉集　一』（新潮日本古典集成）
（14）（6）に同じ
（15）（13）に同じ
（16）(ア)出本總子「万葉集巻十五における遣新羅使人節一行の長門島に訪れた時期について」（『国語教育研究』十七号、昭和四十五年六月）、(イ)原田貞義「今ひとたびの〝秋〟――万葉集の編纂資料として見たる遣新羅使人の歌――」（『国語・国文研究』六十号、昭和五十三年七月）、(ウ)原田貞義「遣新羅使人歌抄」（『万葉集を学ぶ　第七集』有斐閣）、(エ)阿蘇瑞枝（2）に同じ、「万葉の旅――遣新羅使人歌を中心に――」（『国文学研究資料館講演集　12　上代の文学』平成三年三月）
（17）（3）や（『萬葉集全注　巻第十五』）
（18）島川修三「額田王四八八番歌の位相――〈風〉の歌をめぐって――」（『光陵女子短大・Cross Culture』五号　昭和六十二年三月）、額田王の歌における「待つ恋」・「秋風」・「七夕歌」については、この論に負う所が大きい。
（19）辰巳正明「第三章　額田王――挑発の恋歌――」「第四章　秋風の歌――悲秋と閨情――」（『万葉集と中国文学第二』笠間書院、平成五年）額田王の歌における「待つ女」・「秋風」と漢詩の関係については、この論に負う所が大きい。
（20）土居光知「比較文学と萬葉集」（『萬葉集大成（比較文学篇）7』）
（21）（6）に同じ

(22)（2）に同じ

(23)『萬葉集全注　巻第十五』

(24)小島憲之「第九章　七夕をめぐる詩と歌」（『上代日本文学と中国文学　中』塙書房、昭和三十九年三月）

(25)『萬葉集注釋　巻第八』

(26)吉井巖「遣新羅使人歌群――その成立の過程――」（『古代文学論集』笠間書院、昭和五十五年九月）

冒頭贈答歌の環境

一　冒頭贈答歌の在り方

遣新羅使人等の歌は、天平八年（七三六）四月に新羅に遣わされた人々の作であり、『万葉集』巻十五前半に収録されている。これらは、環境事情によって二十数歌群に分類され、その中には作者名を記さない歌が百四十五首中の百三首を占め、他に古歌を誦詠したものもみられることは周知のごとくである。

本稿に取りあげる悲別贈答歌十一首は、「遣新羅使人等悲別贈答及海路慟情陳思并當所誦之古歌」の題詞と「右十一首贈答」という左注を有し、遣新羅使人歌群の冒頭に位置している。そしてこれは、題詞に「遣新羅使人等悲別贈答……」と記してあるにもかかわらず、作者名が記されていないことから、次のような問題がみられる。

〔A〕　贈答歌の作者

十一首は男女の贈答歌と考えられているが、他の無記名歌との係わりなどから、その作者について次の三つの説がある。

(1)二人作説
(イ)ある使人と妻
(ロ)大伴三中と妻
(ハ)中臣朝臣宅守と狭野茅上娘子

(2)複数説

(3)代作説

二人作説の(イ)は、『全釈』の見解であり、歌群全体の無記名歌の作者を同一人とし、「冒頭の贈答歌の男は、やはりこの人らしい」と述べ、ある大使と妻の作とするものである。(ロ)は、それを大伴三中と妻の作とする武田祐吉[1]・迫徹朗[2]の考えである。また(ハ)は、無記名歌を巻十五後半の中臣朝臣宅守と狭野茅上娘子の贈答歌と比較し、相通じるものがあることから、その二人の作とする加藤順三[3]・森脇一夫[4]の見解である。複数説には、すべての無記名歌を複数の作とする立場があるが[5]、十一首については、「複数の男女、つまり、遣新羅使人等の悲別歌」とする伊藤博[6]や「幾人かのもっと多くの歌が別れに臨んで作られていたことと思う」とする森淳司の見解[7]がある。代作説は、「無記名歌の作者が、男女こもごもの立場から代作したか」とする『私注』である。

〔B〕十一首の配列構成

①武庫の浦の　入江の渚鳥　羽ぐくもる　君を離れて　恋に死ぬべし　（15・三五七八）

②大舟に　妹乗るものに　あらませば　羽ぐくみ持ちて　行かましものを　（15・三五七九）

③君が行く　海辺の宿に　霧立たば　我が立ち嘆く　息と知りませ　（15・三五八〇）

④秋さらば　相見むものを　なにしかも　霧に立つべく　嘆きしまさむ　（15・三五八一）

⑤大舟を　荒海に出だし　います君　障むことなく　はや帰りませ　（15・三五八二）

⑥ま幸くて　妹が斎はば　沖つ波　千重に立つとも　障りあらめやも　（15・三五八三）

⑦別れなば　うら悲しけむ　我が衣　下にを着ませ　直に逢ふまでに　（15・三五八四）

⑧我妹子が　下にも着よと　送りたる　衣の紐を　我解かめやも　（15・三五八五）

⑨我故に　思ひな痩せそ　秋風の　吹かむその月　逢はむものゆゑ　（15・三五八六）

⑩梼衾　新羅へいます　君が目を　今日か明日かと　斎ひて待たむ　（15・三五八七）

⑪遙々に　思ほゆるかも　然れども　異しき心を　我が思はなくに　（15・三五八八）

右の歌の①②・③④・⑤⑥・⑦⑧は、男女二首一対の四組の贈答歌と考えられているが、⑨⑩⑪の三首については諸見解があり未だ決定的解決がみられない。これを略記すると次の表になる。

	⑨ 三五八六	⑩ 三五八七	⑪ 三五八八	
(イ)	男	女	女	私注・全註釈
(ロ)	夫―贈	妻―答	妻―答	代匠記・古義・略解・窪田評釈
(ハ)	男	女	女	沢瀉注釈・新考・迫徹朗[8]
(ニ)	男―答	妻―贈	男―答	古典大系・伊藤博[9]

これによると⑨の歌については、贈歌か答歌に分かれている。⑩の歌は⑪に対する贈歌、もしくは⑨に対する答歌という理解がある。また⑪の歌は、⑩に対する答歌、あるいは⑩と共に⑨に対する答歌、さらに作者についても男か女かに意見が割れている。

以上のように十一首の存在は、さまざまな問題を含んでいる。これらの多様な解釈は、⑨⑩⑪歌を、①〜⑧の贈答歌四組の単なる延長上のものと考え、三首の構成を安易に捉えていることから、単に四組プラス三首の形にしていることが原因と思われる。まず、⑨は男の立場の歌であり、それまでの「女↓男」のパターンである四組の構成から離脱して、次に置かれているという事実はどのようにして説明が付くであろうか。また同時に、⑩⑪の男女の構成に対する諸説は、何故に起こり得るのであろう。仮りに、⑨⑩⑪が前歌四組の延長上の世界ならば、その男女の構成は容易に確立されていなければならないはずである。おそらく、ここに諸説が展開されることは、この歌群を記載化された文芸という平面構造に捉えているためであろう。もしも、「①②」→「③④」→「⑤⑥」→「⑦⑧」の移行の空間に繋りがみられ、さらに⑨⑩⑪に前歌四組の贈答世界との絡み合いが指摘されるならば、⑨⑩⑪三首の冒頭贈答歌群における位置が浮かび上がってくるのではなかろうか。

題詞、左注を信頼するならば、この歌群が形成された時に、この十一首は端数を持って贈・答の世界を確実に構成していたのである。つまり、この事実を看過する所に⑨⑩⑪の捉え難さがあると考えられる。⑨⑩⑪三首を十一首の構成の中にしっかりと位置づけるために、場と構成員を想定し、歌内容から検討する必要があろう。結論的に言うならば、渡瀬昌忠によって遣新羅使人歌群の「安芸国長門嶋船泊磯辺作歌五首」と「熊毛浦船泊之夜作歌四首」に「四人構成の場」が指摘されたが[10]、それがこの十一首の場にも考えられるのではなかろうか。まずは悲別贈答歌十一首の歌の在り方を再確認してみる。

二　十一首の贈答関係

㈠⑤→②

従来は、②の歌は①の歌と贈答関係にあり、⑤の歌は、⑥の歌と贈答関係にあると言われている。しかし、それはそれとして認め、なお更にその贈答関係とは少し異なった関係が⑤と②の歌において確認できる。

②大舟に　妹乗るものに　あらませば　羽ぐくみ持ちて　行かましものを

⑤大舟を　荒海に出だし　います君　障むことなく　はや帰りませ

右の⑤と②の歌の繋がりは、まず二首の歌にある共通語として「大舟」がある。この女の立場の⑤「大舟を荒海に出だしいます君」は、漕ぎ出して「いらっしゃる君よ」ということであり、②の歌「羽ぐくみ持ちて行かましものを」という大舟で出発する君と共通の関係があると思われる。⑤の「君」は、②の男の立場の歌と切ない気持を持ちつつ海を渡る君であろう。結局⑤の女の歌は、そういう君を意識して、「大舟を荒海に出だしいます君」と表現し「障むことなくはや帰りませ」と道中の無事を祈る世界を表出しているのである。

㈡ ⑦→④

この④と⑦の歌は、各々③と④、⑦と⑧の贈答関係にあると言われている。しかしそのほかにも、④と⑦の歌にも何らかの関係がみられると思われる。

④秋さらば　相見むものを　なにしかも　霧に立つべく　嘆きしまさむ

⑦別れなば　うら悲しけむ　我が衣　下にを着ませ　直に逢ふまでに

以下④と⑦の歌の繋りをみてみることにする。まずこの⑦の歌の「別れなばうら悲しけむ」は、その主体が相手の心情か[11]、自身の心情か[12]と理解が分かれている。そして、これには主体を、男（相手）としながらも、「相手の心情を思いやっての句とすれば、言はずとも良い當り前のことを、わざとらしく言ひ立てて、結局、拙い句といはねばならぬ」（『私注』）もので、不必要と言ったような見解がある。さらに主体を女としながらも、自身の身に付けていた衣を身代り、形見として贈ることは常識であり、「説明を要さないのに今は説明の心をもって、『別れなばうら悲しけむ』といふことを云い添へてゐる」（『窪田評釈』）と、冗漫に陥っている句であるとする見解がある。しかし、この歌の作者にとっては、必要であり表現しなければならなかった語句であったと思われる。それでは何故に心情を表出する必要があったのであろうか。そのような心情表出を働きかけるものは何であったと考えるとき、③の歌に答える④の歌の「なにしかも霧に立つべく嘆きしまさむ」の句の存在がある。「別れなばうら悲しけむ」という心情表出は、④の男の立場の「秋になったならばまた逢はうものを何でまあ霧に立つ程に歎きなさるのであろうか」（『沢潟注釈』）という歌を意識してのものと思われ、また、「直に逢うまでに」という表現も⑦の「秋さらば相見むものを」の句を意識してのものと思われる。もし、この⑦の作者に④の男の答歌世界が意識されていなかったならば、『私注』や『評釈』の言われる如く、上二句は不自然であり不必要となってくるのであり、逆に⑦の作者（＝女）が、③と④の贈答歌に形成された世界にかかわっていたとすれば、この上二句「別れなばうら悲しけむ」の不自然さや、説明過多は納得され得よう。

従来では、①②・③④・⑤⑥・⑦⑧がそれぞれ別な贈答歌のグループとして考えられていたが、何故に⑤が②を、⑦が④の歌を意識するという関係にあるのだろうか。

①と②の歌が贈答関係にあり、⑤が、その②の歌を意識しているということは、少なくとも⑤の作者は、①と②の歌の世界に、より身近な人でなければならない可能性が出てくる。

同様に⑦の歌の作者も③と④の歌の世界に近い人と考えられる。

そのことを図にすると次のようになる。

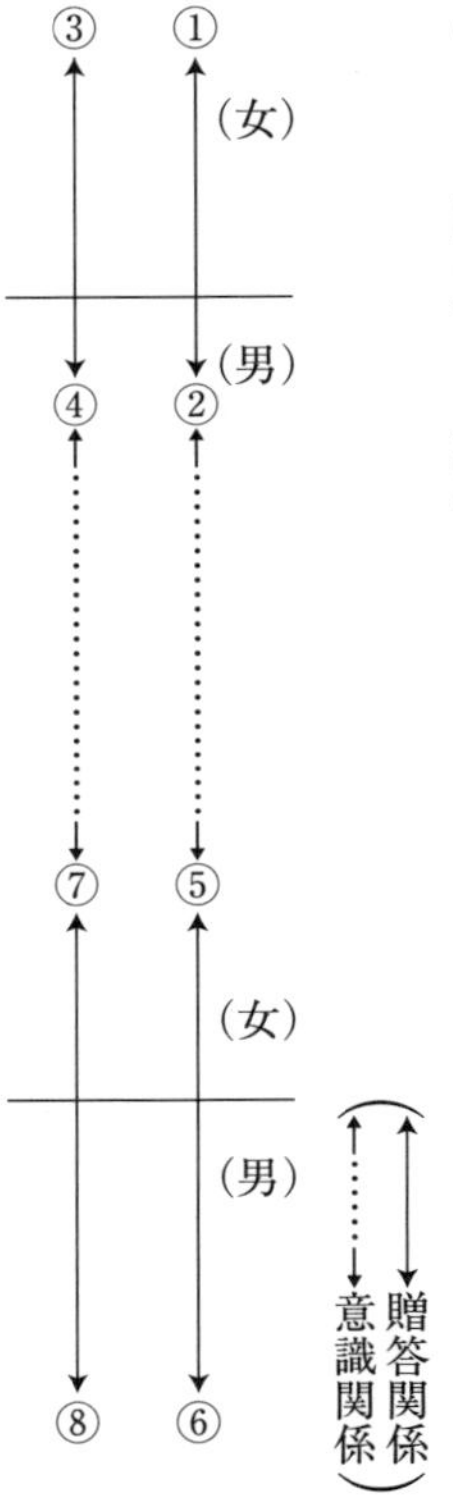

このように、従来、贈答歌四組は別グループと考えられていたが何らかの関係が見られるのである。

三　作歌の場

さて次に、これら十一首の歌がどのような配列のされ方をしているかを見てみることにする。従来、この十一首のうちの①〜⑧は、二首一対の贈答の形を取るゆえ、各組相互の関係は稀薄と言われ[13]、各々の組の関係はほとんど注目されなかった。しかし、そこに何らかの繋がりが見られるのである。

㈠①②③④

①武庫の浦の　入江の渚鳥　羽ぐくもる　君を離れて　恋に死ぬべし
②大舟に　妹乗るものに　あらませば　羽ぐくみ持ちて　行かましものを
③君が行く　海辺の宿に　霧立たば　我が立ち嘆く　息と知りませ
④秋さらば　相見むものを　なにしかも　霧に立つべく　嘆きしまさむ

従来、(A)「①・②」・(B)「③・④」は贈答歌として考えられたため、(A)(B)の各々の関係は見落されがちであったが(A)(B)の移行空間（②と③）に次のような関係がみられる。

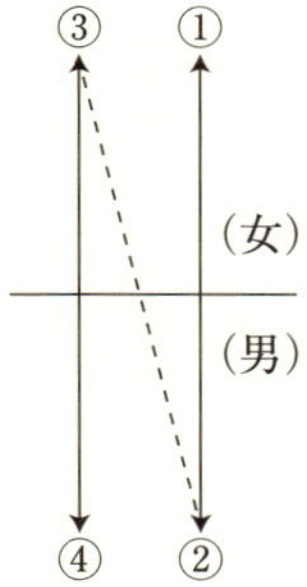

その関係を確認してみると次のようになる。①の歌で今まで夫の愛にはぐくまれていたことを「入江の渚鳥羽ぐくもる」と表現し、その夫と別れる悲しさを詠んだのに対して、②の歌は、「羽ぐくみ持ちて行かましものを」と贈歌の語を受けて答えたものである。③の女の立場の歌「君が行く海辺の宿に」の「君」は、②の男の立場の歌「大舟に妹乗るものにあらませば羽ぐくみ持ちて行かましものを」という切ない気持ちを持って海を渡る「君」であり、また下三句の「霧立た

ば我が立ち嘆く息と知りませ」の「嘆きの霧」は、②に「大舟に妹乗るものにあらませば」とあるように、使人が乗る官船には妹は乗ることができなく、そのために嘆息する妹の吐息が霧となって「君が行く海辺の宿」に立ったのである。そして、その③の歌に④は答え、秋になったら帰国することを告げ「なにしかも霧に立つべく嘆きしまさむ」と慰めるのである。このように②③には繋りがみられるのである。

以上のことから、①～④の歌は発表された順に配列されたものであり、男女の間においていわばN字型に歌いつがれたものと思われる。

(二)⑤⑥⑦⑧

次に「⑤・⑥」「⑦・⑧」の関係を見てみると、次の図に示すように前の四首と同様の関係がみられる。

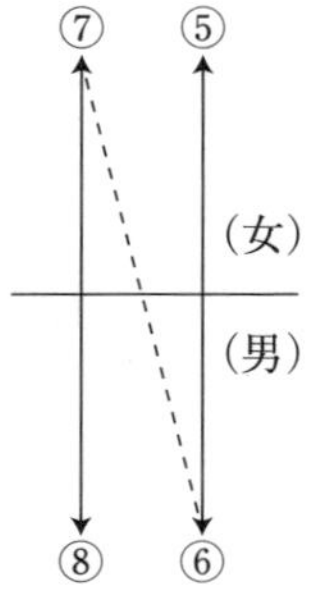

⑤大舟を　荒海に出だし　います君　障むことなく　はや帰りませ
⑥ま幸くて　妹が斎はば　沖つ波　千重に立つとも　障りあらめやも
⑦別れなば　うら悲しけむ　我が衣　下にを着ませ　直に逢うまでに
⑧我妹子が　下にも着よと　送りたる　衣の紐を　我解かめやも

⑤の歌にある「障むことなくはや帰りませ」という表現の「はや帰りませ」の句は天平五年に笠朝臣金村が入唐使に贈った歌

……留まれる　我は幣引き　斎ひつつ　君をば遣らむ　はや帰りませ　（8・一四五三）

などに見られ、旅立つ人の無事を祈る慣用句として用いられている。よってこの⑤の歌は「はや帰りませ」の語そのものの中に「言霊の力」が宿り[14]、道中の無事を祈る歌と考えられる。それに答えて⑥の歌は「ま幸くて妹が斎はば」と、⑤を詠んだ妹も無事でいることを願い、さらに、その妹が我を斎ってくれるならば道中は「障りあらめやも」と歌い、自分と妹との無事を祈る答歌となっている。また⑦の「我が衣下にを着ませ」と表現された「衣」は、

次の阿部女郎と中臣朝臣東人の贈答歌

我が背子が　着せる衣の　針目落ちず　こもりにけらし　我が心さへ　（4・五一四）

ひとり寝て　絶えにし紐を　ゆゆしみと　せむすべ知らに　音のみしそ泣く　（4・五一五）

に見られるように、女の心（思い）が込められたものであり、その紐が切れると不吉なものであり、また、

我妹子が　形見の衣　なかりせば　何物もてか　命継がまし　（15・三七三三）

の歌に見られるように、命を守る重要なものであった。以上のことから⑦の歌は、⑥の「妹が斎はば」を受けて、今度は「自身の霊を夫に添はしめて、絶えず夫を守るものとさせようとの心」[15]を持って、「我が衣下にを着ませ」と詠んだと思われる。そして、⑧の歌は、妹が着せてくれた衣の紐を「我れ解かめやも」と答える。以上のように、⑤～⑧の歌も発表された順に配列されたものであり、男女の間をN字型に進められたと思われる。

㈢①②③④と⑤⑥⑦⑧

ではこのように①～④、⑤～⑧は発表順に配列されたものであり、男女間でN字型に歌が歌い継がれたと考えられるならば、このN字型は何を意味するのであろうか。この十一首を男女二人の贈答とすると単に時間的経過を示すものであり、複数作とするならば、座と時間的経過を示すものと考えられる。

また従来通りに①～⑧が横一列に平面的に並ぶとするなば、前の二の所で見た⑤と②の歌、⑦と④の歌の関係はどのようにして説明がつくであろうか。仮りに、特定の男女二人の作としても①と②が贈答し、その②を踏まえ③を贈り④と贈答するまではよいとしても、⑤が何故に前に詠んだ②を意識する必要があろうか。また、N字型が横に並び複数八人の作としても、⑤の作者が②の歌を、⑦の作者が④の歌を意識することをどう説明し得るであろうか。

では、①～⑧の歌がN字型に進みつつ、⑤が②を、⑦が④を意識し作歌し得るには、どういう歌われ方がなされたのであろうか。そこでこの贈答関係を男女対座してのものと想定し、「①と②の男女と、③と④の男女とは異な

る」とする『私注』の説に従って、①〜④の歌がN字型に詠まれる座を考えてみると、男女対座する四人構成の座が考えられる。同様に⑤〜⑧のN字型からも男女対座する四人構成の座が推測できる。そこで、⑤が②を、⑦が④を意識し作歌し得る位置を考えてみると、②を意識する位置として対座の①の座席が、同様に④を意識する位置として対座の③の座席が想定される。従ってこの①〜④と⑤〜⑧のN字型は重なり合うものと考えられ、N字型は座と時間的経過を示すものであり、立体的に捉えるべきものと思われる。以上のように、男女対座する四人構成の座と歌の関係をみると上の図のようになる。

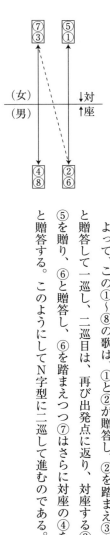

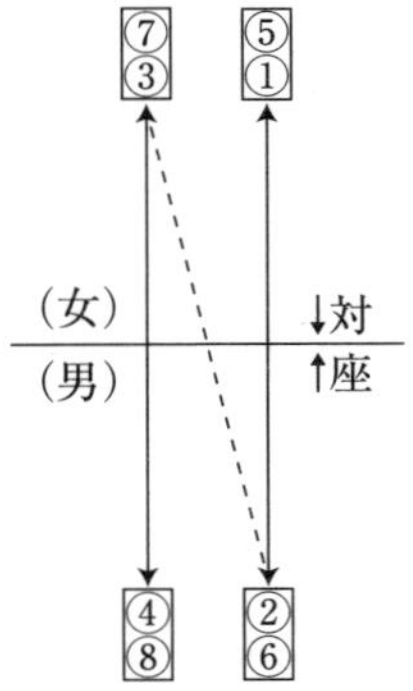

よって、この①〜⑧の歌は、①と②が贈答し、②を踏まえ③を贈り、④と贈答して一巡し、二巡目は、再び出発点に返り、対座する②を意識し⑤を贈り、⑥と贈答し、⑥を踏まえつつ⑦はさらに対座の④を意識し⑧と贈答する。このようにしてN字型に二巡して進むのである。

四　三首の位置づけ

さてこのように四人による歌の場が考えられるなら、⑨⑩⑪の三首はどう位置づけられるであろうか。この三首は、①〜⑧のように二首一対の贈答関係とは異なり、捉え方に問題があることは先に述べたが、大きく分けると次のようになる。

(ア)　⑨↔⑩・⑪　（『古義』・『略解』・『評釈』）

(イ)↔△9・⑩↔△11（『古典大系』）

（△印の歌番号は男の作、○印のものは女の作、↔は贈答関係を示す。）

(ア)は、⑨と⑩⑪とに贈答関係を持つとする見解であり、(イ)は、⑨の贈答相手は他にあり、⑩と⑪が贈答関係にあるとする説であり、その三首には何らかの関係がある。そこで次に⑨⑩⑪の繋りを検討し位置づけを考えてみよう。

(一)⑨→⑩

⑨我が故に　思ひな痩せそ　秋風の　吹かむその月　逢はむものゆゑ

⑩栲衾　新羅へいます　君が目を　今日か明日かと　斎ひて待たむ

⑨と⑩の歌の繋りについてみてみると、⑩の歌の夫と逢えることを表現した「君が目を」は、⑨の歌で、帰朝の時期を知らせ、その時期に逢えることを告げた「秋風の吹かむその月逢はむものゆゑ」を踏まえたものと思われる。さらに、秋に帰朝し逢えることを告げられて、それを待つ心を⑩の歌は「今日か明日かと斎ひて待たむ」と表出したものと思われる。また冒頭句「我が故に」は「遠く行く我の為に」（『窪田評釈』）であり、⑩の冒頭句「栲衾新羅へいます君」を呼び起こすものと思われる。以上のことから、⑩について、「前の歌（9）に答えるとも定められない」とする『私注』の見解もあるが、⑨と⑩の歌は贈答関係を持つと思われる。

(二)⑨→⑦

さらに⑨の歌について、『大系』は、男の立場と考え「前に一首脱か」とし、他に関係のある歌の存在を暗示している。それによって求めてみると次の歌が得られる。

⑦別れな　ばうら悲しけむ　我が衣　下にを着ませ　直に逢ふまでに

⑨我が故に　思ひな痩せそ　秋風の　吹かむその月　逢はむものゆゑ

⑦の歌は従来⑧の歌と贈答関係にあるとされていて、「別れなばうら悲しけむ」は、自分の心情と共に自ずと相手

の心情を込めての表出であり、「直に逢うまで」に「我が衣下にを着ませ」と、自身の魂を夫に付けて夫を守るものとさせようとする歌である。⑨の歌の「思ひな痩せそ」の「痩せる」という表現は次の

……ぬばたまの　夜昼といはず　思ふにし　我が身は痩せぬ　嘆くにし……（4・七二三）

おのがじし　人死にすらし　妹に恋ひ　日に異に痩せぬ　人知らえず（12・二九二八）

紫の　我が下紐の　色に出でず　恋かも痩せむ　逢うよしをなみ（12・二九七六）

三国山　木末に住まふ　むささびの　鳥待つごとく　我待ち痩せむ（7・一三六七）

の歌などに数多くみられる。よって、⑨の「我が故に思ひな痩せそ」の呼びかけは「別れなばうら悲しけむ」と心情を表出し、帰期するまで「我が衣下にを着ませ」と心配する女の立場の⑦の歌に対するものと思われる。また、「直に逢うまでに」を意識して、⑨「秋風の吹かむその月逢はむものゆゑ」と帰朝の時期を知らせて安心させようと解すことができる。

以上のように、⑨の歌は⑦の歌を意識しての作と考えられる。では、⑨の歌が⑦の歌を意識して作歌されたということは、⑨の歌がどういう歌われ方をしたのであろうか。前の男女対座する四人構成の座を考えてみるならば、⑦の歌は⑧の歌と対座する位置で詠まれた歌であった。とすると、その⑦の歌を意識して作歌された⑨の歌は、⑧と同じ位置で詠まれたと考えられ、⑤と②、⑦と④の関係と同様のものと考えられる。つまり、⑧の作者は、対座の⑦の歌に答えて⑧の歌を詠み、次で⑦を意識して再び⑨の歌を詠んだということになる。そして、その⑨の歌に答えた歌が⑩である。このような関係を図式すると次のようになる。

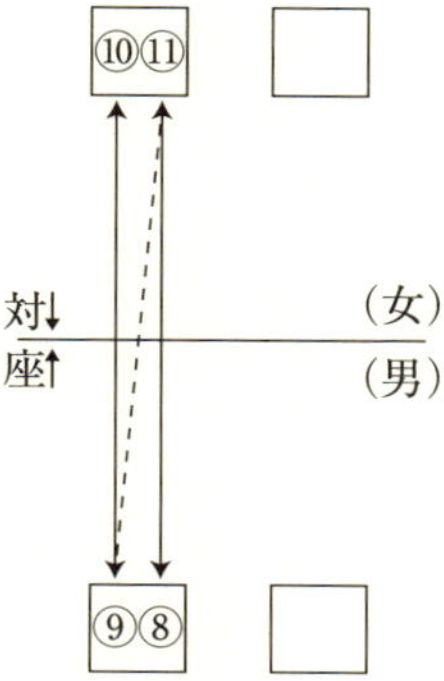

今まで「女→男」というパターンが⑨からは「男→女」となることは、かかることによるものであり、今度はN字型を逆に進んで行くのである。

(三)⑩→⑪

次に⑪の歌であるが、この歌にはさまざまな問題が提出されている。このことは⑪の上二句「遙々に思ほゆるかも」に原因があり、

(イ)男――自分の行く旅の遼遠なのを思ふ

(ロ)女――男の行く方の遙なのを思ふ[16]

というように主体の捉え方により解釈も異なっている。よって、正確な解釈をすることにより、主体も判明し⑪の歌の位置も確立してくると思われる。

⑪遙々に　思ほゆるかも　然れども　異しき心を　我が思はなくに

右の歌に用いられている「遙々に」の表現は、他の歌では次のようにある。

はろはろに　思ほゆるかも　白雲の　千里に隔てる　筑紫の国は　（5・八六六）

難波潟　漕ぎ出る舟の　はろはろに　別れ来ぬれど　忘れかねつも　（12・三一七一）

……遙々に　別れ来ぬれど　思ふそら　安くもあらず　恋ふるそら　苦しきものを……　（20・四四〇八）

……いや遠に　国を来離れ……鶴かねの　悲しく鳴けば　はろはろに　家を思い出……　（20・四三九八）

これらから、すでに離れてしまっていて、その離点と現地点との間の距離的や時間的な長さを表現したものと思われる。では、⑪の歌の「遙々に」は、どことどこの間を表現したのであろうか。そこで直前に位置する次の歌との関係が重要となる。[17]

⑩栲衾　新羅へいます　君が目を　今日か明日かと　斎ひて待たむ

右の歌は、新羅へいらっしゃる君が帰るのを、妻が都で斎い待つという意味であり、新羅と都の地点が浮かんでくる。そこで⑩の歌で「栲衾新羅へいます君」と表現したことは、都→新羅への移行であり、また「君が目」は、新羅→都の移行表現と思われる。よって、⑪の歌の「遙々に思ほゆるかも」は、⑩の歌の都→新羅を踏まえたものであり、「都→新羅→都」間の距離と時間の長さを表現したものと思われる。

次に下二句「異しき心を我が思はなくに」の表現であるが、これは次の二首

あら玉の　年の緒長く　逢はざれど　異しき心を　我が思はなくに　（15・三七七五）

韓衣　裾のうちかへ　逢はねども　異しき心を　我が思はなくに　（14・三四八二）

にみられるように、逆接の接続助詞「ど・ども」と共に用いられて、愛情の変わらぬことを誓う慣用表現として用いられている。

以上のことから⑪の歌は、⑩の歌の「栲衾新羅へいます君が目」を斎い待つということを踏まえて、新羅へ行って帰って来るまでの距離と時間の遠いことを思って「遙々に思ほゆるかも」と表現し、それでも妹に対する愛情が変わらないことを「異しき心を我が思わなくに」と表現したものと思われる。

よって⑪の歌は新羅へ行く人（男）の立場の作ということになり、次頁の図の位置になる。

つまり、十一首の最初の歌が詠まれた座席に対座する形で歌の座が終結するのである。では何故に歌の始まりの座席と終わりの座席が対座する形で終結するのであろう。その理由は明らかではないが、⑪の歌の対座の歌である次の二首、

①武庫の浦の　入江の渚鳥　羽ぐくもる　君を離れて　恋に死ぬべし

⑤大舟を　荒海に出だし　います君　障むことなく　はや帰りませ

に何か手掛りがあると思われる。この歌の座で最初に詠まれた女の立場の①の歌「君を離れて恋に死ぬべし」の「恋

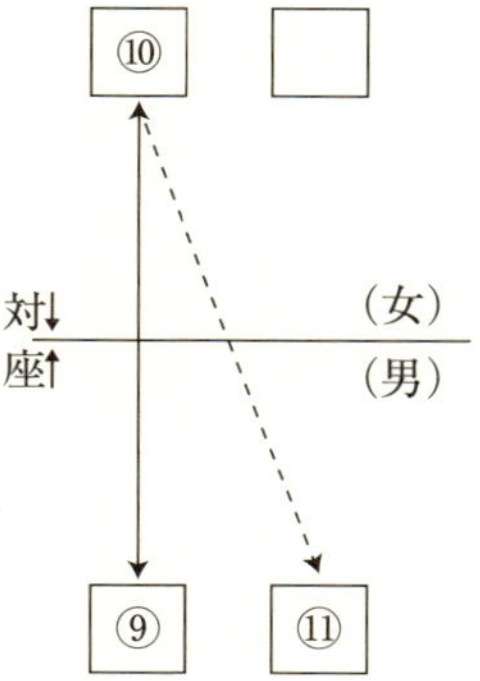

ひ死ぬ」という発想は、愛情を示す慣用表現として用いられる。最後の男の立場の⑪の歌「異しき心を我が思はなくに」の愛情の変わらぬことを誓う慣用句と呼応関係にある。ここに、何らかの、座の終わりを飾る意識が働いていたと思われる。

五　冒頭贈答歌の環境

以上のことを整理してみると次の図のようになる。

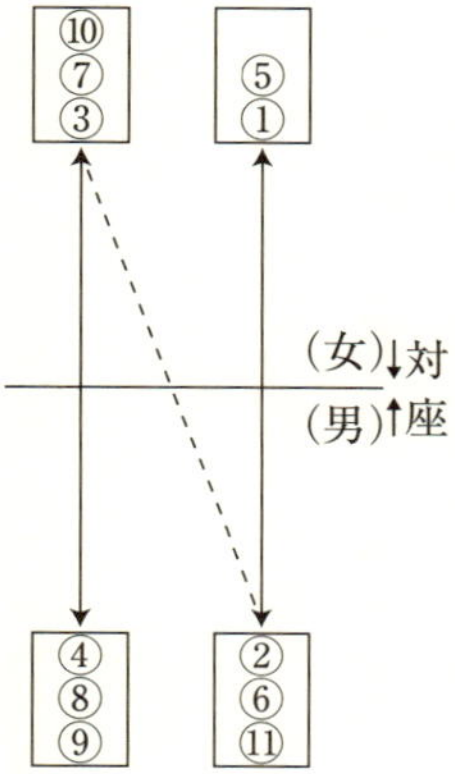

十一首の歌は、悲別をテーマとし、男女対座する四人構成の座でN字型に詠まれていく。そして、これらの歌の発想は、環境や場の持つ力（創造と享受が同一の場）によって規制され、創造されたものである（前の歌の影響を受けたり、対座する歌を意識して作歌）。ではここに至って、このような歌の座を構える場について疑問が残る。十一首の場は、題詞・左注に何も記されてないが、この遺新羅使人歌群がその時折の作歌の場によって分類されていることと、この十一首の次に位置する歌群の左注に「右一首蹔還私家陳思」「右三首臨發之時作歌」「右八首乗船入海路上作歌」と記してあることから「酒宴」が催され「出発に当っての贈答」の場が予想される。そのような環境において、こ

の四人構成の座は宴席に集合した官人集団を代表して、とりわけ主だった四名が別れを悲しむということをテーマにしてなされたものと考えたい。こう考えることにより「遣新羅使人等悲別贈答……」とする題詞や「右十一首贈答」とのみ記してある左注も納得がいくのである。十一首の存在が、歌群全体にどう関わるのかなど多くの問題が残るが、そのことについては、さらに検討を加えてみたい。

注

(1) 角川文庫『万葉集』、『万葉集全注釈　十二』
(2) 迫徹朗「大伴三中と遣新羅使歌の主題」(『国語と国文学』三七七号、昭和三十年七月)
(3) 加藤順三「巻十五に対する私見」(『万葉』二十二号、昭和三十二年一月)
(4) 森脇一夫「新羅への道」(『上代文学』三十五号、昭和四十九年十月)
(5) 粂川定一・高木市之助・藤原芳男
(6) 伊藤博「万葉の歌物語」(『言語と文芸』十巻、昭和四十三年九月)
(7) 森淳司「茅上娘子——中臣宅守との贈答歌の構成を中心に——」(『万葉の女人像』笠間選書、昭和五十一年)
(8) (2)と同じ
(9) (6)と同じ
(10) 渡瀬昌忠「四人構成の場」(『万葉集研究　第五集』塙書房、昭和五十一年)
(11) 『万葉集古義』・『万葉集私注　八』
(12) 『万葉集評釈　第九巻』
(13) (7)と同じ

(14) (12) と同じ

(15) (12) と同じ

(16) 『万葉集全註釈　十二』

(17) 伊藤博は (6) において、『「はろはろに思ほゆるかも」⑾は「栲衾新羅へいます君」⑽に対応し、「異しき心をあが思はなくに」⑾は「今日か明日かと斎ひて待たむ」⑽に反応する表現』とし、女男の贈答としている。

長門の浦船出歌群

一　はじめに

作歌の場は、作歌する者や作品に大きな影響を与えるという点で、看過することのできない問題である。『万葉集』巻十五前半部には、天平八年夏出発の遣新羅使人等の歌と記されている、いわゆる「遣新羅使歌群」が、船の進行に従って、作歌事情により二十五の小歌群に収められている。

その作歌事情に関して、これらの歌の多くが、それぞれの地での宴などで作歌誦詠されたとする窪田空穂[1]や久米常民[2]の説は、作歌の場を言い当てたものとして注目される。しかし、小歌群における歌とその場の関係や各小歌群とそれらを総じての「遣新羅使歌群」の係わりについては、依然として明らかではない。

そこで、この「遣新羅使歌群」の本質を究明しようとするとき、各小歌群における作歌誦詠の場や作歌時の関連性を考えることは、重要な問題の一つと思われる。

以前、そのことから冒頭歌十一首[3]、麻里布の浦八首・竹敷の浦十八首等[4]の歌群について報告し、歌の環境や場についで考えてみた。このことは作者無記名歌などの諸問題を解明する手がかりになるものと思われる。

そして本稿は、前稿につづいての一連のもので、「長門の浦船出歌群」（三六二二～三六二九）に焦点を置いたものである。

二　長門の浦船出歌群の問題点

遣新羅使歌群は、作歌事情により二十六の小歌群に分類されており、その記載形式を題詞と左注でみれば次のようである。

(1)右の十一首、贈答　(15・三五七八～八八)
(2)右の一首、秦間満　(15・三五八九)
(3)右の一首、暫しく私家に還りて思ひを陳ぶ。　(15・三五九〇)
(4)右の三首、発つに臨む時に作る歌　(15・三五九一～九三)
(5)右の八首、舟に乗りて海に入り路の上にして作る歌　(15・三五九四～〇一)
(6)所に当たりて誦詠する古歌　(15・三六〇二～一一)
(7)備後国水調郡の長井の浦にして船泊まりする夜に作る歌三首　(15・三六一二～一四)
(8)風速の浦にして船泊まりする夜に作る歌二首　(15・三六一五、一六)
(9)安芸国の長門島にして磯辺に船泊まりして作る歌五首　(15・三六一七～二一)
(10)長門の浦より船出する夜に月の光を仰ぎ観て作る歌三首　(15・三六二二～二四)
(11)古き挽歌一首并せて短歌　(15・三六二五、二六)
(12)物に属きて思ひを発す歌一首并せて短歌　(15・三六二七～二九)
(13)周防国玖河郡の麻里布の浦を行く時に作る歌八首　(15・三六三〇～三七)
(14)大島の鳴門を過ぎて再宿を経ぬる後に追ひて作る歌二首　(15・三六三八、三九)

⒂熊毛の浦に船泊まりする夜に作る歌四首　（15・三六四〇～四三）
⒃佐婆の海中にして忽ちに逆風に遭ひ、漲へる浪に漂流す。経宿りて後に幸に順風を得、豊前国下毛郡の分間の浦に到着す。ここに艱難を追ひて怛み悽惆して作る歌八首　（15・三六四四～五一）
⒄筑紫の館に至りて本郷を遙かに望み悽愴きて作る歌四首　（15・三六五二～五五）
⒅七夕に天漢を仰ぎ観て各思ふ所を陳べて作る歌三首　（15・三六五六～五八）
⒆海辺に月を望みて作る歌九首　（15・三六五九～六七）
⒇筑前国志麻郡の韓亭に到りて、船泊まりし三日を経ぬ。ここに夜月の光皎々として流照す。奄にこの華に対し旅情悽噎し各心緒を陳べ聊かに裁る歌六首　（15・三六六八～七三）
(21)引津の亭に船泊まりして作る歌七首　（15・三六七四～八〇）
(22)肥前国松浦郡の狛島の亭にして船泊まりする夜に、海浪を遙かに望み各旅の心を慟みて作る歌七首　（15・三六八一～八七）
(23)壱岐島に至りて、雪蓮宅満の忽ちに鬼病に遇ひて死去せし時に作る歌一首并せて短歌　（15・三六八八～九六）
(24)対馬島の浅茅の浦に到り船泊まりする時に、順風を得ずて経停すること五日なり。ここに物華を瞻望し各慟心を陳べて作る歌三首　（15・三六九七～九九）
(25)竹敷の浦にして船泊まりする時に各心緒を陳べて作る歌十八首　（15・三七〇〇～一七）
(26)筑紫を回り来、海路にて京に入らむとし、播磨国の家島に到りし時に作る歌五首　（15・三七一八～二二）

右の中で「長門の浦船出歌群」と思われるのは、⑽・⑾・⑿の歌群であるが、そのうちの題詞に具体的な作歌の場所を示していない⑾「古き挽歌」、⑿「物に属きて思ひを発す歌」の歌群には、その不鮮明さから次のような問題が提示されている。まず、⑿の歌群は、従来から巻四・五〇九番歌「丹比真人笠麻呂筑紫の国に下る時に作る歌」

（以下⑿′と記す）と句法の類似が指摘されており、「模倣[5]」や「意識的に学んだ[6]」ためとされている。

また、⑾の「古き挽歌」は、船上において、妹と離別している心情を表わすために転用されて誦われた歌であると説かれている。[7]

さらにまた、阪下圭八[8]・後藤利雄[9]は、⑾「古き挽歌」と⑹「所に当りて誦詠する古歌」歌群の関係に注目され、⑹と⑾・⑿の歌群は再構成時において切り継がれたと指摘されている。その結論を簡単に述べてみると、たとえば、阪下圭八は、⑹と⑾の歌群を「古歌」ということで同一視され、両歌群とも虚構的な増補であり、さらに⑿の歌群は、家持が⑿′の歌を粉本として机上で制作したらしいと論じておられる。また、後藤利雄は、⑿の歌群はもとから資料の中にあり、⑾の歌群は、⑿の歌群により編纂の途中で思い出し追加したもので、誦詠されなかったために⑹「所に当りて誦詠する古歌」群に収められなかったと説いている。

このように、⑾の歌群は⑹の歌群との関連から実際に誦詠されたか否かという問題が、また、⑿の歌群には、⑿′の丹比真人笠麻呂作歌との類似の問題、さらには⑾の歌群との問題があり、いずれも単純には割り切れそうもない問題である。

そして今、これらを解明するにあたって、⑾・⑿の歌群の存在する意味を問うことを忘れてはならないように思われる。つまり、もし、⑾と⑿の歌群が後にその位置に増補されたとしたならば、そこに両歌群が増補された意図や効果が「虚構的切り継ぎ」ゆえに強く浮び上がってくるのではなかろうか。だが単に記載された結果だけからみると、わずかに語句の類似をみるだけであり、大きな意味もないように思われる。

そこで、両歌群の歌を「場」に即して検討してみると、その⑾・⑿の両歌群には、作歌時の連想的関連というべき関係がみられ、そしてその連想的関連は、直前に収められている⑽「長門の浦を船出する夜、月を仰ぎ観て作る歌三首」からの一連続体とでもいうべきものであり、それらの歌は同一の場で作歌・誦詠されたと推測された。以下、題詞の記載形式や歌の相互関係を検討し、それらの論証を試みたい。

三　長門の浦船出歌群の在り方

⑾・⑿の歌群の題詞は、具体的に作歌の場所を示さない形式である。同様の形式を有する歌群は、⑹・⒅・⒆の三例である。それらの配列位置を前述した記載形式の中で示すと次に記すとおりである。（他の題詞、左注は、前節で掲出のため省略）

（1）
〜
（5）（⑸まで左注によって分類）
（6）「所に当たりて誦詠する古歌」
（7）（⑺以降題詞によって分類）
〜
⑾「古き挽歌一首并せて短歌」
⑿「物に属きて思ひを発す歌一首并せて短歌」
〜
⒅「七夕に天漢を仰ぎ観て各思ふ所を陳べて作る歌三首」
⒆「海辺に月を望みて作る歌九首」
〜

(26)

右によると、(6)の歌群は作歌した地名を明記しない左注により分類する、いわゆる左注型（(1)～(5)）の次に収められ、また、(11)・(12)・(18)・(19)の歌群は、地名を明記する題詞によって分類する、いわゆる題詞型（(7)以降）に収められている。

そのうちの、(6)と(11)の歌群は既述したように「古歌」ということで同一視され、増補説の根拠の一つとされているが、右で見たように配列位置に少し異なる様相を呈している両歌群であり、はたして同一視できるのか疑問である。また(6)の歌群に(11)の歌群の歌が収められないことを理由に、(11)の歌群の歌を誦詠されなかったとすることに関してもいささか疑問が残る。

そこで次に両歌群の題詞と歌内容（詠み込まれた地名）を記し比較検討してみると、そこには歌群の性格の相違を見い出すことができる。

	題詞・左注	地名
(1)	（三五七八～八八）右の十一首、贈答	（三五七八）武庫の浦
(2)	（三五八九）右の一首、秦間満	（三五八九）生駒山
(3)	（三五九〇）右の一首、暫しく私家に還りて思ひを陳ぶ。	（三五九〇）生駒山
(4)	（三五九一～九三）右の三首、発つに臨む時に作る歌	（三五九三）大伴の三津

(5)

（三五九四～〇一）
右の八首、船に乗りて海に入り路の上にして作る歌

(6)

所に当りて誦詠する古歌
（三六〇二）
右の一首、雲を詠む。
（三六〇三～〇五）
右の三首、恋の歌
（三六〇六～一〇）
柿本朝臣人麻呂の歌に曰く（全てに付く）

七夕の歌一首
（三六一一）
右、柿本朝臣人麻呂の歌

(11)

古き挽歌一首并せて短歌
（三六二五、二六）
右、丹比大夫、亡き妻を悽愴く歌

（三五九五）武庫の浦
（三五九六）印南つま
（三五九八）玉の浦
（三五九九）神島
（三六〇〇）・（三六〇一）むろの木

（三六〇五）飾磨川

（三六〇六）処女・野島が崎
（三六〇七）藤江の浦
（三六〇八）明石の門
（三六〇九）武庫の浦
（三六一〇）安胡の浦

たとえば、⑹の歌群の異質性は題詞の「所に当たりて」の表現が明確に示しているように、それは、「旅の行く先々での古歌を集めた」という性格を有している。また、題詞には作歌した場所が具体的に明記されてないがその不鮮明さは歌に詠み込まれた地名によって補われている。そしてその補足的な現象は左注型の⑵～⑸においても同様であり、詠み込まれた地名は「武庫の浦」を除いて重複することがない。さらにまた、⑹の歌群には「柿本朝臣人麻呂の歌に曰く」が係わっており、この歌群の形成には、作歌の場所を補足する「地名」と「柿本朝臣人麻呂の歌」という二つの配列基準が認められる。

一方、⑾の歌群には、⑹の歌群と同様に題詞に作歌の場所が明記されていないが、歌内容は⑹と異ってそれを補う地名が詠み込まれておらず、また「柿本朝臣人麻呂の歌」などといった拠りどころを示す注記もなく、⑹の歌群の形成基準と合致する要素はあまり認められない。

よって、⑹と⑾の歌群を「古歌」ということで一概に同一視することはできないと思われる。また、⑾の歌群の歌が⑹の歌群に収められていないことで、⑾の歌群の歌が誦詠されなかったとは判定し難いように思われる。

なお、⑹の歌群の歌が、何故にその「所」に配置されずに一括されたかについては、使人等が古歌巻を携行し、行く先々でそれを見て誦詠した古歌を難波出発後、⑺の長井の浦までの歌が欠けている所に、古歌巻に載せられている順序で書き抜いたものと説かれる井手至の指摘⑽に従うべきであろう。

さて、⑹の歌群をこのように解するとき、次に⑺の歌群以降の、題詞に地名が明記されない現象が問題となるが、これはその歌群より前に位置する、作歌の場所を具体的に明記した題詞を有する歌群と同一の作歌の場所であるため省略したと解される。その想定の認められ得る可能性を示す例が見出される。

それは次に挙げる題詞に地名を明記しない⒅・⒆の歌群の在り方である。

⒄筑紫の館に至りて本郷を遙かに望み悽愴きて作る歌四首

志賀の海人の　一日もおちず　焼く塩の　辛き恋をも　我はするかも　（三六五二）
志賀の浦に　いざりする海人　家人の待ち恋ふらむに　明かし釣る魚　（三六五三）
可之布江に　鶴鳴き渡る　志賀の浦に　沖つ白波　立ちし来らしも　一に云ふ「満ちし来ぬらし」　（三六五四）
今よりは　秋付きぬらし　あしひきの山松陰に　ひぐらし鳴きぬ　（三六五五）

⒅七夕に天漢を仰ぎ観て各思ふ所を陳べて作る歌三首

秋萩に　にほへる我が裳　濡れぬとも　君がみ舟の　綱し取りてば　（三六五六）
右の一首大使
年にありて　一夜妹に逢ふ　彦星も　我にまさりて　思ふらめやも　（三六五七）
夕月夜　影立ち寄り合ひ　天の川　漕ぐ舟人を　見るがともしさ　（三六五八）

⒆海辺に月を望みて作る歌九首

秋風は　日に異に吹きぬ　我妹子は　何時とか我を　斎ひ待つらむ　（三六五九）
大使の第二男
神さぶる　荒津の崎に　寄する波　間なくや妹に　恋ひ渡りなむ　（三六六〇）
右の一首土師稲足
風のむた　寄せ来る波に　いざりする　海人娘子らが　裳の裾濡れぬ　一に云ふ「海人の娘子が裳の裾濡れぬ」　（三六六一）
天の原　振り放け見れば　夜そふけにける　よしゑやし　一人寝る夜は　明けば明けぬとも　（三六六二）
右の一首旋頭歌なり。
わたつみの　沖つなはのり　くる時と　妹が待つらむ　月は経につつ　（三六六三）

志賀の浦に　いざりする海人　明け来れば　浦回漕ぐらし　梶の音聞こゆ　（三六六四）
妹を思ひ　眠の寝らえぬに　暁の　朝霧隠り　雁がねそ鳴く　（三六六五）
夕されば　秋風寒し　我妹子が　解き洗ひ衣　行きてはや着む　（三六六六）
我が旅は　久しくあらし　この我が着る　妹が衣の　垢付く見れば　（三六六七）

右の(18)・(19)の歌群の題詞は、作歌ないしは誦詠の契機を示すのみである。しかし、その歌群の歌内容を詳細に見ると、それらの歌が(17)の題詞の示す範囲で、同一の場において作歌誦詠されたと思われるいくつかの要素が見出される。たとえば、「志賀の浦」、「海人」、「秋」の語の共有だけでなく、歌内容において三六五三と三六六四、三六五五と三六五九、三六五六と三六六一などの歌に類似が看取されるのである。

そしてさらに、その想定を裏付けるものとして、(7)の歌群以降の題詞における国名の記載法にも、作歌の場所が同一の国内である場合には国名を省略していることが認められる。

以上、題詞を手掛りに検討した結果、(13)の「麻里布の浦歌群」の前には、(10)の「長門の浦より船出する夜に月の光を仰ぎ観て」という作歌環境で作歌誦詠された、いわゆる「長門の浦船出歌群」（(10)・(11)・(12)）が存在すると推察される。

四　集団的共感の場

さて、(10)・(11)・(12)の歌群の歌が、同一の場で作歌誦詠されたと推察されるとき、次にそれらの歌がどのような係わりを有しているのか、また、そこに看取される関係をどのように解すべきかが問題となる。以下、それらの歌群の歌の相互関係を分析検討し、それらを明らかにしてみたい。

まず、次に記した⑽・⑾の歌群の歌を検討してみたい。

⑽月読みの　光を清み　Ⓐ夕なぎに　水手の声呼び　浦回漕ぐかも　（三六二二）
山のはに　月傾けば　Ⓑいざりする　海人の燈火　沖になづさふ　（三六二三）
Ⓐ我のみや　夜舟は漕ぐと　思へれば　Ⓑ沖辺の方に　梶の音すなり　（三六二四）

⑾Ⓒ夕されば　葦辺に騒き　明け来れば　沖になづさふ　鴨すらも　妻とたぐひて　我が尾には　霜な降りそと
白たへの　翼さし交へて　打ち払ひ　さ寝とふものを　Ⓓ行く水の　反らぬごとく　吹く風の　見えぬがごとく
跡もなき　世の人にして　別れにし　妹が着せてし　なれ衣　袖片敷きて　一人かも寝む　（三六二五）

反歌一首

Ⓔたづがなき　葦辺をさして　飛び渡る　Ⓕあなたづたづし　一人さ寝れば　（三六二六）

右、丹比大夫、亡き妻を悽愴く歌

右の⑾の歌群は、編纂者により⑽の歌群と歌詞の上での類想、類句（「沖になづさふ」の共有、「夕なぎに」と「夕されば」）を頼りに付加・挿入されたと説かれている。[11]

しかし、歌内容をみてみると、⑾の歌群の歌は⑽の歌群の歌から連想されたと思われる要素が見出される。それは、両歌群の間に次のように顕著な対応、対比のあることから考えられよう。

まず、⑽と⑾の歌群には、⑽「我と海人」、⑾「鴨・鶴と我」というように、自己の身の上と対比させて詠むという発想の類似がみられ、その⑽「海人」と⑾「鴨・鶴」の組み合わせも海辺の素材として唐突ではない。それは、たとえば右の歌に傍線を付して示したように、⑽の歌群で（A）「夜船を漕ぎ行く我」と（B）「沖辺で漁りする海人」とが対比して表現されている。そしてその（B）は、次に記す使人のある一人が筑紫の館で詠んだ歌

志賀の浦に　いざりする海人　家人の待ち恋ふらむに　明かし釣る魚　（三六五三）

と同様に、自己の境遇から「海人」に共感を覚えて詠んだと解されることから、（B）は（A）と共に、現在家人（妹）と離別しているというイメージに結びつく。

一方、⑾の歌群にも、やはりこれらの歌に傍線を付して示したような対比する内容が詠まれている。それは長歌部で、（C）「雌雄が寄り添って寝る鴨」と（D）「一人寝る我」が対比され、また反歌部では「鶴が鳴く」の表現が、頼りないという意味の形容詞「たづがなし」を掛けていると解されるとすれば[12]、（E）「頼りなく葦辺をさして飛び渡る鶴」と（F）「たづたづしく一人寝る我」とが対比して表現されている。

また、⑾の歌群の歌は、「渡り鳥」である「鴨」が「はかない鳥であるにもかかわらず雌雄常に連れ立っている」と詠まれた感興に基本的な作歌の要件があり、⑽「長門の浦を発し月光の中を進む船に乗る使人」にとって、深く心に響くものであったと考えられる。

そしてまた、⑾の歌群の長歌末尾部「別れにし　妹が着せてし　なれ衣　袖片敷きて　一人かも寝む」の表現が、冒頭贈答歌十一首の第六首

別れなば　うら悲しけむ　我が衣　下にを着ませ　直に逢ふまでに　（三五八四）

という女の立場の歌に響き合い、そこに表出された「妹との離別の情」が作歌誦詠されるとき、その場の人々の心をゆらぎ渡ってゆくことも、かかる歌の誦詠条件と思われる。

要するに、⑽と⑾の歌群の歌は単なる語句の類似ということでなく、より深い所で係わり合っていて、⑾の歌群の歌は、その時点で「古き挽歌」としての機能を消失し[13]、「妹との離別の状態」を表現した⑽の歌群の構築世界を展開させる機能を有していると推察される。

さて、⑽と⑾の歌群をそのように理解するとき、次にそれらの歌群と⑿の歌群とがどのような係わりを有しているかが問題となる。そしてまた、⑿の歌群の歌には、すでに諸先学により指摘されているように、次に記す[12′]の歌

の影響関係の問題がある。以下、その問題から考えてみたい。

⑿ [1]「朝されば　妹が手にまく　[a]鏡なす　三津の浜辺に　大舟に　ま梶しじ貫き　韓国に　渡り行かむと　[b]直向かふ　敏馬をさして　潮待ちて　水脈引き行けば　沖辺には　白波高み　浦回より　漕ぎて渡れば　我妹子に　淡路の島は　夕されば　雲居隠りぬ」[2]「さ夜ふけて　行くへを知らに　我が心　明石の浦に　舟泊めて　浮き寝をしつつ　わたつみの　沖辺を見れば　いざりする　海人の娘子は　小舟乗り　つららに浮けり」[3]「暁の　潮満ち来れば　葦辺には　鶴鳴き渡る　[c]朝なぎに　舟出をせむと　舟人も　水手も声呼び　[d]にほ鳥の　なづさひ行けば　家島は　雲居に見えぬ　[e]我が思へる　心和ぐやと　早く来て　見むと思ひて　大舟を　漕ぎ我が行けば　沖つ波　高く立ち来ぬ」[4]「よそのみに　見つつ過ぎ行き　玉の浦に　舟を留めて　浜辺より　浦磯を見つつ　[f]泣く子なす　音のみし泣かゆ　海神の　手巻の玉を　家づとに　妹に遣らむと　拾ひ取り　袖には入れて　返し遣る　使ひなければ　持てれども　験をなみと　また置きつるかも」　（15・三六二七）

(12′) [1]「臣の女の　くしげに乗れる　[a′]鏡なす　三津の浜辺に　さにつらふ　紐解き放けず　我妹子に　恋ひつつ居れば　明け晩の　朝霧隠り　[f′]鳴く鶴の　音のみし泣かゆ」[2]「我が恋ふる　千重の一重も　[e′]慰もる　心もありやと　家のあたり　我が立ち見れば　青旗の　葛城山に　たなびける　白雲隠る」[3]「天さがる　鄙の国辺に　[b′]直向かふ　淡路を過ぎ　粟島を　そがひに見つつ　[c′]朝なぎに　水手の声呼び　夕なぎに　梶の音しつつ　波の上を　い行きさぐくみ　岩の間を　い行きもとほり　稲日つま　浦廻を過ぎて　[d′]鳥じもの　なづさひ行けば　家の島　荒磯の上に　うちなびき　しじに生ひたる　なのりそが　などかも妹に　告らず来にけむ」　（4・五〇九）

この両歌を比較すると、旅において妹を思うという点はもちろんのこと⑿の歌の傍線a〜fと(12′)の歌のa′〜f′との表現や句法に類似が認められる。そしてその関係については先に述べたように、「模倣」とみたり「意識的に学んだ」ものと解されたりしているが、その類似する⑿の歌についての作歌契機や作歌意識に関しては未だ明らかではない。

しかしまた、両歌には相違する点も少なくない。たとえば、全体的な構成では、かぎ括弧で示したように(12′)の歌は三段に分けられるのに対し、(12)の歌は四段であるという違いを示している。また、(12′)の歌において難波の時点での次元で詠まれた内容が、(12)の歌では欠如し、難波出発後の内容のみが詠まれているという相違を示している。そして、歌内容についても、地名の羅列的な表現に相違がみられ、さらにはその連続的展開が、(12′)の歌は「～を過ぎ」という道行的展開であるのに対し、(12)の歌では「朝・夕」、「夜」、「暁・朝」という時間的な継起を基調にして展開している。さらにまた、(12)の歌は、地名から触発される思いを接続詞「ば」を頻用して説明的に詠い継いでおり、題詞の示すように、「物」＋「ば」＋「思」のパターンを呈している。

このように、(12)の歌には(12′)の歌と相違する点も認められ、このことはその相違点を引き起こす別な要因、つまり作歌契機となる別な歌の存在を暗示するものと推察される。

そこで、(10)・(11)・(12)の歌群の歌を比較してみると、(12)の歌群は、(12′)の歌のみでなく(10)・(11)の歌をもその発想の契機として作歌されたと思われる要素が見出される。それはまず、次に記すような語句の類似として現われている。

(ア)(10)「夕なぎに　水手の声呼び」―(12)「朝なぎに　舟出をせむと　舟人も　水手も声呼び」―(12′)「朝なぎに　水手の声呼び」

(イ)(10)「いざりする　海人の燈火　沖になづさふ」―(12)「沖辺を見れば　いざりする　海人の娘子は　小舟乗り　つららに浮けり」

(ウ)(11)「たづがなき　葦辺をさして　飛び渡る」―(12)「暁の潮満ち来れば　葦辺には　鶴鳴き渡る」―(12′)「明け晩れの　朝霧隠り　鳴く鶴の」

(エ)(10)「夕なぎに」―(11)「夕されば」、「明け来れば」―(12)「朝されば」、「夕されば」、「さ夜ふけて」、「暁の」、「朝なぎに」

また、⑽・⑾の歌群の歌の影響関係は、歌内容にもみられ、⑿′の歌との相違点として挙げた中にも顕著である。たとえば、まず⑿の歌に「三津」から「玉の浦」までの地名、いわゆる「過去の地名」（長門の浦に比べて）を詠み込むという発想には、⑾の「別れにし　妹が着せてし　なれ衣」という表現が係わっているであろう。本来、その表現には「挽歌」としての「別れが久しい」という時間的距離が内在されているが、⑾の歌群の歌が⑽の歌群に引き続く場などで誦詠されたときは、おそらくは「挽歌」としての機能はもはや消失され、「妹との離別の情」としての意味をもってむかえられ、その「別れの久しさ」は使人等自身のものとして享受されたにちがいないと思われる。つまり、⑿の歌群の歌においては、妹と離別してからの過ぎ去った時間的・空間的な距離というものが意識され、「過去の地名」として表現されたと解される。

また、接続詞「ば」を頻用して説明的に表現される、地名から触発される思いは、その地名が「妹が手にまく　鏡なす　三津の浜辺」、「敏馬[14]」、「我妹子に　淡路の島」、「我が心　明石の浦」、「家島」、「玉の浦…海神の　手巻の玉を　家づとに　妹に遣らむと」などと表現され「妹」を想起させる要素を有し、さらにその土地に「沖辺には　白波高み」、「夕されば　雲居隠りぬ」、「沖つ波　高く立ち来ぬ」などの理由から逢えないことが表現され、「妹との離別」を暗示させている。これも、⑽「離別の状態」―⑾「離別の情」と構築された世界と係わっていると思われる。

さらにまた、それらの地名がいわば時間的継起に従って表現されていることは、⑾の「夕されば　葦辺にさわぎ　明け来れば　沖になづさふ　鴨すらも」の表現が係わっていると思われるが、その発想の根底には、「長門の浦を発し月光の中を進む」という作歌環境の下で「にほどりの　なづさひ行けば」などと表現される使人等の不安の様相があると思われる。そして、そこには、具体的な「一日」という時間の中での行動として示そうとする意識が働いていたのではなかろうか。

また、「長門の浦を発し月光の中を進む」という作歌環境の下において、⑽「離別の状態」—⑾「離別の情」と展開する世界の中で⑿「難波出発後の離別の状態・情」を表出することは、航海する使人等にとって、「月」による時の経過とともに、これから先の状況をも暗示させるものとして機能していると推測される。

⑿の歌群の第二反歌

秋さらば　我が舟泊てむ　忘れ具　寄せ来て置けれ　沖つ白波　（三六二九）

の帰路における「忘れ貝　寄せ来て置けれ」の表現は、まさしくこれから先の辛かろう状況を予想して、妹に逢えない悲しみや嘆きを忘れようとする切なる心情と係わっての「忘れ貝」であろう。

以上述べたように、⑿の歌群の歌は、⑽・⑾の歌群の歌と単に語句的な類似ばかりではなく歌内容や発想上にも類似が認められた。それらのことから(12′)の歌のみでなく⑽・⑾の歌群の歌の影響をも受けて作歌された、集団的共感を基底として成立した歌と理解される。

五　「古歌巻」の存在

さて、題詞や歌内容の検討から⑽・⑾・⑿の歌群の歌は同一の作歌誦詠の「場」を有すると考えるとき、ここに至って、⑿と(12′)の歌群の歌の影響関係をどのように理解するべきかが問題となる。つまり、⑿と(12′)の歌の類似は何故に生じるのかということである。

そこで、その原因を検討した結果、⑿の歌と(12′)の歌の類似は、⑾の歌群の歌を契機として(12′)の歌が想起されたことが係わっていると思われる要素が見出される。

それはまず、次に略記するような歌内容の類似点から、指摘することができよう。

⑾(a)……別れにし　妹が着せてし　なれ衣　袖片敷きて　一人かも寝む　（15・三六二五）

(b)たづが鳴き　葦辺をさして　飛び渡る　あなたづたづし　一人さ寝れば　（15・三六二六）

(12′)(a′)……さにつらふ　紐解き放けず　我妹子に　恋ひつつ居れば……　（4・五〇九）

(b′)……明け晩れの　朝霧隠り　鳴く鶴の　音のみし　泣かゆ……　（4・五〇九）

また、⑾と(12′)の歌群には、次に記すような作者名の類似も認められる。

⑾右、丹比大夫、亡き妻を悽愴く歌

(12′)丹比真人笠麻呂、筑紫国に下る時に、作る歌一首

右の⑾「丹比大夫」について、丹比真人県守とする説が提示されているが、[15] 作者の究明には「右、丹比大夫」の記載がいつ頃付されたかが係わり、仮りに天平八年頃としても「大夫」が四位、五位の人の尊称であることから、他に「広成」「広足」、「屋主」等も考えられ定説をみない。[16] また、(12′)の作者「笠麻呂」については伝未詳であり、両者の関係は明らかでない。

しかし、ここに両者の関係を推察し得る注目すべき説が提示されている。それは遣新羅使人等一行が長田王の編纂した古歌巻を携行していたとされる井出至の説である。[17]

長田王は、『続日本紀』に天平四年十月摂津大夫になったことが記されており、古くからの九州・大陸方面の海上交通の中心地である難波の港を管理する摂津職の長官であった。[18] そして、(12′)の歌は作歌年代など詳らかではないが、題詞に「筑紫の国へ下る時に……」とあり、難波の港とは無関係とは思われない。

また、⑾の歌群は題詞に「古き挽歌」とあり、(6)「所に当たりて誦詠する古歌」と同様に長田王が編んだとされる「古歌巻」に収められていたと考えられる可能性を充分に有している。つまり、両者は次に略記するような、旅に携行したと思われる手控的な「古歌巻」の存在次元で係わっていたのではないかと推察される。

⑾の「古き挽歌」や⑿′の長歌を使人等一行の誰かが記憶していたという考えもぬぐいさりがたいが、おそらく、これらの歌は携行した「古歌巻」を参考にして作歌誦詠されたのではなかろうか。

また、⑹「古歌」、⑾「古き挽歌」とあることは、その歌がほとんど古歌巻に記載されたままの形であり、⑿に何も記されないことは、⑿の歌が⑿′の歌そのままでなく⑽・⑾の歌から影響を受け改作されたことの証左と思われる。

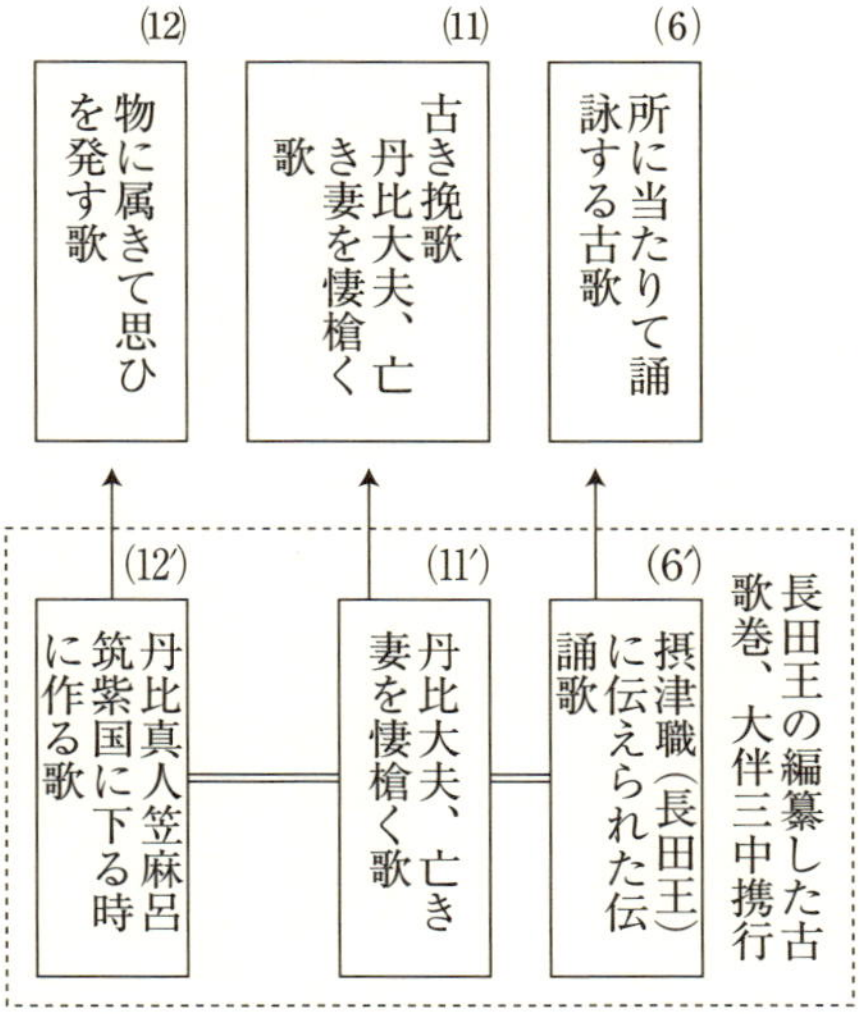

今、ここまでの歌の連想過程について想像を逞しくしてみると、まず、⑽の歌群の歌から⑾′の歌が想起され⑾の歌として誦詠される。さらにその⑾の歌から⑿′の歌が想起され、それに⑽・⑾の歌群の歌や「場の力」が加わり⑿の歌群の歌が作歌誦詠されたと推測することができる。

六　作歌環境

以上、⑽・⑾・⑿の歌群について、題詞や歌内容から相互関係をみてきた結果、この三歌群は作歌事情の記載形式に同一の作歌誦詠の「場」にあった痕跡を残して記載され、さらにそれらの歌に連想的関連が看取されることから、同一の作歌環境の「場」で作歌誦詠されたと解したい。そしてその場は、離別の情をテーマとし、「古歌」や「古挽歌」を転用して誦詠するというような私的性格を有した場であろう。

また、⑿と⑿′の歌群について、「記載の次元」における類似として影響関係が指摘されているが、⑿′の歌がひとつの「場」において⑾の歌から連想され、さらに⑽・⑾の歌群の歌の影響を受けて⑿の歌として誦詠されたと考えられることから、「口誦の次元」に返して捉えるべき関係であろうと思われる。

さらに、作歌事情により分類されている小歌群が、その前後もしくは「遣新羅使歌群」全体の形成にどのように係わっているのか問題として残るが、そこには時間的・空間的に共通する「場」と共に、時間的・空間的な隔りを有する精神的な連帯感とでもいうべきものが係わっていると思われる。つまり、長きにわたっての同一の環境下にある使人等の「共有する生活空間」における発想が基盤となり、各小歌群の歌の呼応を生み、おのずと「歌物語」[18]の様相を呈しているのではなかろうか。⑿の歌群の第二反歌

秋さらば　我が舟泊てむ　忘れ貝　寄せ来て置けれ　沖つ白波　（三六二九）

の歌が、冒頭贈答歌十一首の第四首と第九首の

秋さらば　相見むものを　なにしかも　霧に立つべく　嘆きしまさむ　（三五八一）
我が故に　思ひな痩せそ　秋風の　吹かむその月　逢はむものゆゑ　（三五八六）

と呼応しつつ、「遣新羅使歌群」のテーマの一つとして貫かれていることも、その証であろう。
それらの点については、今後さらに他の小歌群にも検討を加えた上で考えてみたいと思う。

注

（1）『萬葉集評釈　第十巻』
（2）久米常民『万葉集の文学論的研究』（桜楓社、昭和四十五年）
（3）本書Ⅲの「冒頭贈答歌の環境」

（4）本書Ⅲの「麻里布の浦歌群・竹敷の浦歌群」

（5）『萬葉集私注　八』

（6）藤原芳男「遺新羅使人等の無記名歌について」（「萬葉」第二十二号、昭和三十二年一月）

（7）『萬葉集私注』、伊藤博は「萬葉集の歌物語――巻十五の論――」（『万葉集の構造と成立　下』塙書房、昭和四十九年）において「悲恋《エレジー》」として、また久米常民は『万葉集の誦詠歌』塙書房、昭和三十六年において「恋歌」として転用されたと説いておられる。

（8）「遺新羅使人と古歌」（『万葉集を学ぶ』第七集　有斐閣、昭和五十三年）

（9）「遺新羅使歌群の構成」（『万葉集を学ぶ』第七集　有斐閣、昭和五十三年）

（10）井手　至「柿本人麻呂の羇旅歌八首をめぐって」（『萬葉集研究』第一集　塙書房、昭和四十七年）

（11）（8）に同じ

（12）『萬葉集(4)』（小学館日本古典文学全集）

（13）このような例として、新年祝賀の宴席上で死に関する挽歌（19・四二三六～三七）が転用され誦詠されたことが、久米常民の（7）前掲書や、伊藤博の「歌の転用」（『萬葉集の表現と方法　下』所収）に指摘されている。

（14）ここは「美奴面」とある。他に「三犬女」（946・1055）「見宿女」（1066）、「敏馬」（205・389・449・3606）などがある。おそらくここも「妹」のイメージに結びつくものと考えられる。

（15）土居光知「遺新羅使人の歌」（『古代伝説と文学』土居光知著作集第二）

（16）「廣成」――神亀元年二月従四下、天平三年正月従四上と昇叙し、同年八月遣唐大使となり翌五年難波より出航、七年四月正四上に叙せらる。「廣足」――神亀三年正月正五下、天平十二年正月正五上に叙せらる。「屋主」――亀元年二月正六上より従五下に叙せられ、天平十七年正月従五上に昇叙、天平十七年正月従五上に叙せられる。「國人」――天平八年正月、正六上より従五下に叙せられる。「伯」――天平七年四月正六上より従五下に叙せられる。

（以上、『続日本紀』による）

(17)（10）と同じ

(18) 天平四年十月、摂津大夫となり、同六年二月朱雀門前の歌垣にその頭となり、同九年六月卒した。正四下であった。

(19) 伊藤博は（7）前掲書で、遣新羅使歌群について「実録に基づきながらも虚構的な歌物語として組み立てられた」と説いている。

麻里布の浦歌群・竹敷の浦歌群

一　はじめに

天平八年丙子夏六月、新羅へ遣わされた使人等は難波津を船出する。『万葉集』巻十五前半に収められた使人等の歌は、悲別の贈答歌、海路において慟情した歌、所に当りて誦詠した古歌等、作歌事情により分類され船の進行順に記されている。その数は百四十五首。うち作者名を記さない歌が、誦詠された古歌を含め百三首も見られる。これらの歌については、昭和二年に『万葉集新考』で取りあげて以来、遣新羅使人歌群の本質究明のため、無記名歌の作者、筆録者、編纂者、編纂意識及び意図などに関して多くの論がなされている。そのような問題がみられる歌群について、本稿では、遣新羅使人歌群の歌がどう扱われているか。この歌群がどのように構成されているかということを考察する一つの手掛りとして、遣新羅使人の歌の環境や作歌の場について検討してみたい。

二　歌の相互関係の存在

遣新羅使人歌群の構成について、伊藤博は、冒頭歌十一首と照応する歌との関係等から「心情的には〈妹〉時間的には〈秋〉をモチーフとする虚構体」であり、「実録に基づきつつも虚構的な歌物語」として組み立てられた作品であると述べられ、また大伴三中から大伴家持へという歌稿の入手経路があり、さらに歌群の虚構次元における脚

色もあったことを推定している。(1)

この見解について、歌群整理者の問題はそれとしても、整理者の意識かどの程度、どのように働いているか疑問が残るのである。「実録に基づきつつ」とはどの程度であり、またそれらをどのように捉え「虚構的な歌物語」として組み立てたのであろうか。だが、「実録」や「後の人による脚色」の部分の判定は容易なことではない。そこでまず第一に遣新羅使人等の歌がどうあるか。つまり、各小歌群内の歌の構成を捉えることが必要と思われる。それを正しく把握することにより、遣新羅使人歌群の構成の問題を考察する糸口がつかめるのではなかろうか。

使人等の歌の配列についてみてみると船の進行順に作歌事情により分類されていることは先に触れた。その分類された小歌群は、作者無記名歌のみ、記名歌プラス無記名歌という二種類の配列がなされている。また歌の相互関係をみてみると古屋彰が、先行する署名歌とあとに続く無記名歌の間にしばしばある現象（三五八九に三五九〇の歌が触発されて詠出されるという関係）がみられると指摘されたような関係がある。(2)換言すれば、後続歌が前歌に触発されて誦詠されたと思われる関係を有する歌が二種類の小歌群に看取できるということである。このような関係が生ずる原因について古屋彰は、次の

夕されば　ひぐらし来鳴く　生駒山　越えてそ我が来る　妹が目を欲り　（秦間満）　（15・三五八九）

妹に逢はず　あらばすべなみ　岩根踏む　生駒の山を　越えてそ我が来る　（15・三五九〇）

二首の歌について、「集録者である人物が秦間満の歌を手に入れて、その歌に触発されて詠出した歌」とされ、集録者つまり無記名歌の作者に大伴三中を推定されている。さらにそのような関係は、次のような無記名歌群の歌にも言われている。

(イ)舟に乗りて海に入り路の上にて作る八首（三五九四〜三五六一）

離れそに　立てるむろの木　うたがたも　久しき時を　過ぎにけるかも　（15・三六〇〇）

しましくも　ひとりありうる　ものにあれや　島のむろの木　離れてあるらむ　（15・三六〇一）

(ロ)風速の浦にて作る二首

我が故に　妹嘆くらし　風速の　浦の沖辺に　霧たなびけり　（15・三六一五）

沖つ風　いたく吹きせば　我妹子が　嘆きの霧に　飽かましものを　（15・三六一六）

(ハ)長門の浦より船出する夜に作る三首

月読の　光を清み　夕なぎに　水手の声呼び　浦回漕ぐかも　（15・三六二二）

山のはに　月傾けば　いざりする　海人の燈火　沖になづさふ　（15・三六二三）

我のみや　夜舟は漕ぐと　思へれば　沖辺の方に　梶の音すなり　（15・三六二四）

たとえばこれらの関係は(イ)は「上の歌を承けて同じ人が更に詠み続けた」（『評釈』）、(ロ)は「前の歌と連作」（『全注釈』・『私注』）、(ハ)は「時間的移行・三首おのづから連作」（『評釈』）と言われ、無記名歌がひとりの人物による作であるためとされている。

このような後続する歌が前歌に触発されて詠出されたと思われる関係が他の多くの歌群の歌にみられることは、無記名歌の作者の問題にも係わり、伊藤博が無記名歌群は「その全体にかなり多面的に後の操作が入っているかも知れない」と推定されていることから、後の人の手による脚色（再構成）によるものかという問題にまで発展してくる。これらの問題も、遣新羅使人歌群をどう捉えるかということに帰着し、それを確実にすることにより浮び上ってくると思われる。以前、冒頭歌十一首（三五七八〜三五八八）の関連性や作歌の場について考察してみた(3)。その一環として無記名歌群の「麻里布の浦」、記名歌プラス無記名歌群の「竹敷の浦」の両歌群についても、歌の配列や相互関係の検討から座や構成員を想定し、作歌の場について考察してみたい。遣新羅使人歌群の本質究明のため、このような小歌群の在り方、一首一首の歌の在り方を検討することにより全体的な構成や作歌の環境を明らかにする糸口が得られるのではなかろうか。

三　麻里布の浦歌群

長門の浦を出発した遣新羅使人等一行は、やがて周防国に入る。その麻里布の浦（山口県岩国市）を行く際の作者名を記さない歌八首がある。従来、このような無記名歌をひとりの人物の作とすることから、小歌群の歌の関連についてはほとんど注目されなかった。この麻里布の浦歌群については藤原芳男が、無記名歌作者の問題として歌の地名を実際の地名順（東から麻里布・安波島・可太の大島・伊波比島）に合わせて整理され、一無記名歌人を中心とする歌人グループ三人（Ⓐ①・②、Ⓑ③・④・⑤・⑦・⑧、Ⓒ⑥）の存在を推定されている。[4] しかし、このように地名を基軸として配列意識を見出そうとするなら統一性は認められないのではなかろうか。実は、この八首は歌内容から四首ずつ二組に分かれる。そこで四首の相互関係を検討し、どのように配列されているかを考えてみたい。

まず①～④の歌を検討してみると、次に略記するような相互関係がみられる。

①ま梶貫き　舟し行かずは　見れど飽かぬ　麻里布の浦に　やどりせましを　（15・三六三〇）
②いつしかも　見むと思ひし　安波島を　よそにや恋ひむ　行くよしをなみ　（15・三六三一）
③大船に　かし振り立てて　浜清き　麻里布の浦に　やどりかせまし　（15・三六三二）
④淡島の　逢はじと思ふ　妹にあれや　安眠も寝ずて　我が恋ひ渡る　（15・三六三三）

右の四首の関係を詳しくみてみると、①と③の歌は、共に「船」を素材とし、「麻里布の浦」の地名と、その美しさを表現する①「見れど飽かぬ」、③「浜清き」や、それゆえに「船宿りしたい」という意の類似を有する。さらにそのための具体的な行動としての①の初句「ま梶貫き舟し行かずは」と、③の初句「大舟にかし振り立てて」も類似的表現と思われる。歌の内容に即してみると、①と③の歌には共に反実仮想の表現がある。①の歌は「……ずは……ましを」と麻里布の浦に停泊できない現実を否定し、仮泊することを願望する。③の歌は麻里布の浦をよそに見て通過したことに対して、「（せば）……まし」という仮定表現を用いて「やどりかせまし」と願望し、停泊することができないことを惜しむ情を詠んでいる。

また、②と④の歌に、「安波島」の地名の表現や歌内容に関係がみられる。つまり②の歌は「見むと思ひし安波島をよそにや恋ひむ」と佳景であることを聞いて憧れの心を寄せていた安波島を遠くから恋うると詠む。④の歌は、逢うことができず心ひかれる対象として表現された「安波島」を踏まえ、自己の境遇から逢うことができない故郷の妹を連想して「安波島の逢はじと思ふ妹にあれや」と表現し、安眠もせずに私は恋い続けると詠んだ歌と解される。

さて次に残りの四首であるが、ここにも次に述べるような関連性がみられる。

⑤筑紫道の　可太の大島　しましくも　見ねば恋しき　妹を置きて来ぬ　（15・三六三四）
⑥妹が家道　近くありせば　見れど飽かぬ　麻里布の浦を　見せましものを　（15・三六三五）
⑦家人は　帰りはや来と　伊波比島　斎ひ待つらむ　旅行く我を　（15・三六三六）
⑧草枕　旅行く人を　伊波比島　幾代経るまで　斎ひ来にけむ　（15・三六三七）

この⑤と⑥の歌は、地名の共有はないが、初句に⑤「筑紫道」（前向きの方向）、⑥「妹が家道」（後ろ向きの方向）という類似的表現がある。さらにまた⑥の「妹が家道近くありせば」の仮定表現は、⑤の「筑紫道」に対するのみでなく、下句「見ねば恋しき妹を置きて来ぬ」を承けて、「恋しい妹が居る家が近かったならば」という意味で表現されたと理解される。両歌は妹が「置きて来ぬ（居ない）――ありせば（居るならば）」という対応的関連性を持つと思われる。

次の⑦と⑧の歌では、「伊波比島」の地名を共有し、その用法も「イハヒシマ」――「イハヒ」（斎い）と類似性が明確である。その「伊波比島」は、⑦の歌では「家人」が「旅行く我」を「伊波比島」の名のように斎うとし、それを承けた⑧の歌では「伊波比島」が「旅行く人」を斎うと表現されている。また⑦の「家人」は、⑥の歌の「妹が家道」から続けたものである。

つまり⑧の歌の「草枕旅行く人」は、家人に斎ひ待たれている⑦の歌の「旅行く我」を承けて、「家人」が斎ひ待つように、また長い間旅人を斎ってきたように、「伊波比島」よ、我々もまた斎って欲しいと詠んでいる。

ここまでに述べたような①～⑧の歌にみられる相互関係（意識して作歌したと思われる関係）を図示すると、次の四組となる。左図の「……」は意識関係を示す。

〔図1〕

(A) ①……③

(B) ②……④

(C) ⑤……⑥

(D) ⑦……⑧

このように八首は、①と③、②と④と一首を隔てて関係を有し、さらに⑤と⑥、⑦と⑧というように順次関係を有するのである。いったいこのような関係は何故に生じるのだろうか。四首ずつ二組に分かれる八首はどのように詠まれ、配列されているのだろう。

①の歌は佳景な麻里布の浦を船の進行中に見て、心ひかれるままに過ぎたときの心情を詠み土地を讃美する。②の歌は、①の歌の「見れど飽かぬ」を承けて「見むと思ひし」と表現し、「安波島」を詠む。③の歌は、麻里布の浦をよそに見て通過したことを惜しむ情を詠む。心ひかれる対象が「麻里布の浦」、「安波島」、「麻里布の浦」と移行したが、④の歌からは「安波島」の名から「アハジ」と連想し、自己の境遇から「故郷に居る妹」へと展開する。よって心残りの情は「妹」に逢いたいとする望郷の情と変化し「安眠も寝ずて我が恋ひ渡る」と表現される。続く⑤の歌は④の「安波の逢はじ」の表現を受け、「可太の大島しましくも」と地名を詠み込み、逢えない対象を「見ねば恋しき妹を置きて来ぬ」と「妹」への心情を表現する。⑥の歌は⑤の歌の進む先の「筑紫道」を承け帰る方向へと転換させ「妹が家道近くありせば」と表現し、佳景な麻里布の浦を見せてやりたいと望郷の情を続けて詠む。さ

らに⑦の歌は、⑥の「妹が家道」を受けて「家人は帰りはや来」と表現し、私を斎い待っているだろうと望郷の情を詠む。⑧の歌は⑦の家人が伊波比島の名のように斎うという表現を受け、家人が斎うように、また伊波比島もその名のように自分達遣新羅使人一行を斎うことを望むと詠む。⑤からの四首は、望郷の情を詠む歌が三首と旅先の土地を讃美する歌一首で一組となっている。

このように①〜⑧の八首は①の歌で心残りするものに対する心情を表出したことを契機に順次直前の歌を受けて展開し、望郷の情へと転換した痕跡を伝えている。

ではこのような関係を有する八首はどのような詠われた方をしたのだろう。もし仮に、図1の意識関係の世界に何らかの関連性がみられるとするならば、それら八首の歌の作者は同一の場に参加していたと考えられる。また八首の作歌された具体的な座と構成員を想定できるのではなかろうか。

そこで、八首にみられる相互関係(A)・(B)・(C)・(D)四組の関連をさらに検討してみると、(A)の①と(C)の⑥、(A)の③と(C)の⑥の歌に関係がみられる。その①と⑥の歌であるが、①の歌は、⑥の歌と「見れど飽かぬ麻里布の浦」の句を共有する。そして①「宿りせましを」と思った見事な「麻里布の浦」を故郷の妹に⑥「見せましものを」と詠んだと思われる。

また③と⑥の二首は共に「……せば……まし」という仮想の表現を用いている。

このように(A)と(C)の世界が絡み合いをみせるのである。

つまり、この八首は連続的展開をしつつ、①と③、②と④の歌というように一首を隔てて関係を有し、さらに(A)（①③）が(C)（⑤⑥）と絡み合いをみせるのである。

このような関係を有する八首はどのような詠み方をされたのだろうか疑問が残る。そこで、順次直前の歌を受けて展開しつつ、①と③、②と④と、一首を隔てて関係を有し、(A)と(C)・(B)と(D)の構築世界が絡み合いを有する座と

構成員を想定してみると、図2のような対座する四人構成の座が想定される。（「——」は一順目、「……」は二順目である）

この八首にみられる関係は、場の力によるものであり、対座する人の歌をも意識して作歌したために生じたと理解される。

また、この八首の作歌の場がどのようなものであったかということについては、一見雑然と詠み込まれている地名を、対座する四人構成の座の中で捉えることによって推測することかできる。その関係を一順目、二順目と平面的に図示してみると、

〔図2〕

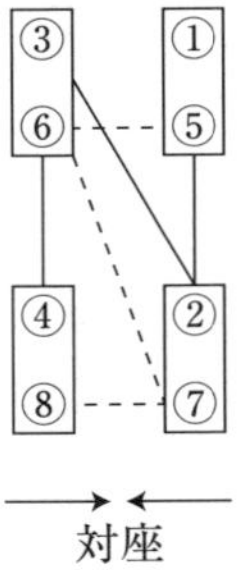

〔図3〕

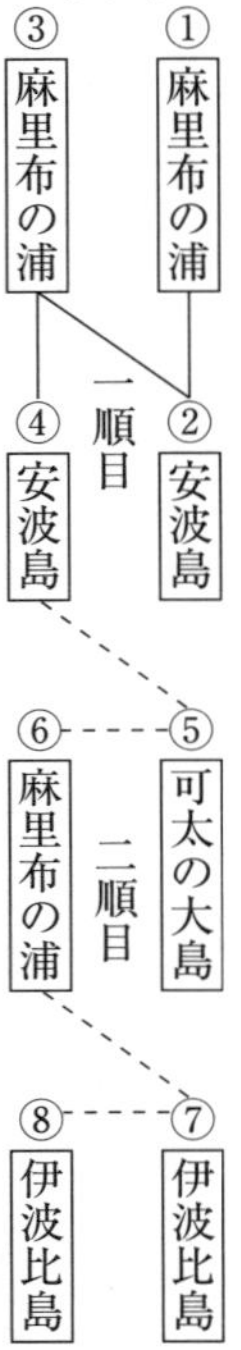

と、①～⑧の歌は図3のように、ほぼ実際の地名順（東から麻里布・安波島・可太の大島・伊波比島）に上座から下座へと移行して詠まれている。また⑥の歌で再び「麻里布の浦」の地名が詠まれることは、図2のように⑥の作者が③の位置で、対座する①の歌を意識したことによると思われる。

このように麻里布の浦歌群の八首の環境は、宴席に集合した宮人集団を代表するとりわけ主だった四名の対座する四人構成の場において、地名を上座から下座へと実際の地名順に移行するように詠み込みながら、素通りする心ひかれる土地を讃えつつ、都で待つ妹への望郷の情を詠む。そして、遣新羅使としての旅という環境にありながら旅先の土地を讃えて航行の安全を斎い、また斎い待つ妹を思うことをテーマとして誦詠する場を基盤としていたと理解される。

このようなことから八首は同一の場で作歌されたものであり、並べ換えたりしたものではなく作歌された順序で配列されたと思われる。

四　竹敷の浦歌群

次に無記名歌群である「竹敷の浦にして船泊まりする時に各心緒を述べて作る歌」十八首について検討を加えてみる。この十八首は、前九首が官位順に配列されていることから国を離れる記念の酒宴が張られた時の作とされるが、[5]『評釈』や『全注釈』は、残り九首の無記名歌が浦辺の作以外一見雑然と配列されていることから、後の人の手により再構成がなされたとしている。しかし、この十八首の歌の配列や相互関係を検討してみると、(A)①〜⑧、(B)⑨〜⑬、(C)⑭〜⑱という三組（(A)・(B)・(C)）のまとまりがみられ、さらに各組の中に順次直前の歌を受けて誦詠されたと思われる関係や対座したために生じたと思われる関係が看取される。

そこで、竹敷の浦歌群の十八首の歌について歌の関連性や構成、さらには作歌の座と構成員などについて考察してみたい。そこでまず十八首とも竹敷の浦の作にほぼ間違いないのだが、連続的展開に二箇所の断絶があり、また後半を導くための揺れが認められるので三組（(A)・(B)・(C)）に切り離して論証を試みることにする。

最初に(A)①〜⑧の歌についてであるが、この八首には次に述べるような関連がみられる。

①あしひきの　山下光る　もみち葉の　散りのまがひは　今日にあるかも（右一首大使）（15・三七〇〇）
②竹敷の　黄葉を見れば　我妹子が　待たむと言ひし　時そ来にける（右一首副使）（15・三七〇一）
③竹敷の　浦回の黄葉　我行きて　帰り来るまで　散りこすなゆめ（右一首大判官）（15・三七〇二）
④竹敷の　宇敞方山は　紅の　八入の色に　なりにけるかも（右一首小判官）（15・三七〇三）
⑤もみち葉の　散らふ山辺ゆ　漕ぐ舟の　にほひにめでて　出でて来にけり（15・三七〇四）
⑥竹敷の　玉藻なびかし　漕ぎ出なむ　君がみ舟を　何時とか待たむ（右二首対馬の娘子名玉槻）

（15・三七〇五）

⑦玉敷ける　清き渚を　潮満てば　飽かず我行く　帰るさに見む（大使）　（15・三七〇六）

⑧秋山の　黄葉をかざし　我が居れば　浦潮満ち来　いまだ飽かなくに（副使）　（15・三七〇七）

第一首は大使の歌①であり、「もみち葉の散りのまがひは今日にあるかも」と黄葉の散る時の訪れたことを詠む。それは題詞に「各心緒を述べて作れる」とあることに一見矛盾するかのようであるが「黄葉が散る」という時間の経過の認識から、それを契機として主題が決定され歌の展開の方途を示す存在となっている。副使の歌②は「我妹子が待たむと言ひし時そ来にける」と、時間が経過したことから都に居る妹を連想し、離別を実感として詠む。そこで大判官の歌③は、「我行きて帰り来るまで散りこすなゆめ」と、目的地まで往復して来る間の時間の停止を願望する。さらに小判官の歌④で「八入の色になりにけるかも」（紅を何度も染めたような色）と、時間の経過を再認識した歌を詠む。次に竹敷の浦の遊行女婦と思われる対馬の娘子玉槻の歌二首（⑤・⑥）が続く。⑤の歌は大使の歌①の「黄葉が散る」という題材を詠み込み、挨拶の歌を贈る。また⑥で「君がみ舟を」と参列する使人等に対して「いつとか待たむ」と表現したことも、①から展開している時間的意識と無縁ではなさそうである。さらに大使の歌⑦の「竹敷の玉藻なびかし漕ぎ出なむ」の表現が、次の副使の歌⑧の「玉敷ける清き渚を潮満てば飽かず我行く」という出発の表現を導き、両者は⑦「飽かず我行く」、⑧「いまだ飽かなくに」と、いつまでも興の尽きないという返礼の歌を詠む。

このように「黄葉が散る」（時間の訪れ）を題材として、順次直前の歌を承けつつ展開した痕跡を伝えていることから、かかる八首は発表順に記されたと思われる。

またこれらの歌の中に同一の場で対座したために生じたと思われる関係がみられる。まず②と④の歌であるが、同じく詠嘆の助動詞「けり」を用いて、②は「時そ来にける」と、妹との約束の時が訪れたことに気づいたと詠み、また④の歌は、「紅の八入の色になりにけるかも」と、多くの時が経過しその時が訪れたことを再認識した歌と詠んでいる。

次に③と⑥の歌であるが、⑥の歌の「漕き出なむ君のみ舟を」の表現は、③の歌の第二句「我行きて」と出発の表現を意識し、また⑥「何時とか待たむ」は、③「帰り来るまで散りこすなゆめ」と帰国する時間の暗示したことを意識したと思われる。

今まで述べたように①〜⑧の歌は順次直前の歌を承けて展開しつつ、②と④・③と⑥というような関係を有することは、場の力によるものと思われる。つまり八首の歌は、同一の場において対座する座で誦詠されたと理解される。

続いてⒷ⑨〜⑬の歌について検討してみる。この大使の歌⑨以下は無記名歌が配列され、また黄葉から浦辺の歌へと素材的に変化がみられることから『評釈』では「改めて排列し直した」とされている。

しかし、この五首にも先述のような順次直前の歌を受けて展開する連続性や対座したために生じたと思われる関係がみられる。その関係を次に略記し、詳しく説明してみたい。

⑨物思ふと　人には見えじ　下紐の　下ゆ恋ふるに　月そ経にける（大使）　（15・三七〇八）
⑩家づとに　貝を拾ふと　沖辺より　寄せ来る波に　衣手濡れぬ　（15・三七〇九）
⑪潮干なば　またも我来む　いざ行かむ　沖つ潮騒　高く立ち来ぬ　（15・三七一〇）
⑫我が袖は　手本通りて　濡れぬとも　恋忘れ貝　取らずは行かじ　（15・三七一一）
⑬ぬばたまの　妹が乾すべく　あらなくに　我が衣手を濡れて　いかにせむ　（15・三七一二）

まず大使の歌⑨は、今までの儀礼的な雰囲気に変わり、「大使としての位置を意識してのものであり、それを言うことによって一行を慰めようとする心」（『評釈』）をもって、「下紐の下ゆ恋ふるに月そ経にける」と時間の経過により生ずる妹を思う情を詠む。次の歌からは望郷の情がテーマとなり、⑩はそれを「家づとに貝を拾ふ」と表現し、「沖辺より寄せ来る波に衣手濡れぬ」と詠む。⑪は⑩に関連して「沖つ潮騒高く立ち来ぬ」と表現し、一時陸地に上がるが、また海辺にやって来ようと望郷の情を詠む。さらに続けて⑫では、寄せ来る波にたとえ袖が濡れても恋の辛さを忘れる貝を取ろうと詠む。そして⑬は「連続する心」(『私注』)をもって「妹が乾すべくあらなくに」と詠み、そのようにして「濡れていかにせむ」と望郷の情を表現する。

このⒷの五首は、大使の歌⑨を起点として浦辺の歌への移行空間に繋りがみられ、時間の経過に伴う心情や浦辺を歌材として順次直前の歌を承けていくという連続的展開をみせる。

また、これらの歌の中に同一の場で対座してのものと思われる関係がみられる。⑫の歌は続く⑬の歌について、『評釈』や『新考』に「上の歌に和した歌」とあるように連作であるが、また⑫の歌は⑩の歌とも関係を有する。そのことは⑩と⑫の歌が素材(貝)を共有することや⑫「濡れぬとも」が⑩「衣手濡れぬ」を、また⑫「取らずは行かじ」が⑩「家づとに貝を拾ふ」を意識しての表現していることにより端的に示される。

このように連続的展開をしつつ、⑩と⑫の歌に発想の類似する関係を有すことから五首は同一の場により、対座する座において詠まれたと思われる。

次に残りⒸ⑭~⑱の歌について述べてみる。この⑭の歌以下は先の浦辺の歌内容とは少し異なり、黄葉や紐を素材とした歌に移行することから「竹敷の浦の各陣心緒の席よりも後の歌を同じ題下に附収した」ものとされている(『全注釈』)。しかし、ここにも順序直前の歌を受けて展開するという連続的展開や対座するために生じたと思われる関係がみられる。そのことについて次に略記し詳しく述べてみる。

⑭もみち葉は　今はうつろふ　我妹子が　待たむと言ひし　時の経行けば　(15・三七一三)

⑮秋されば　恋しみ妹を　夢にだに　久しく見むを　明けにけるかも　(15・三七一四)

⑯一人のみ　きぬる衣の　紐解かば　誰かも結はむ　家遠くして　（15・三七一五）

⑰天雲の　たゆたひ来れば　九月の　黄葉の山も　うつろひにけり　（15・三七一六）

⑱旅にても　喪なくはや来と　我妹子が　結びし紐は　なれにけるかも　（15・三七一七）

右のうち⑭の歌は、「もみち葉は今はうつろふ」と時間の経過を詠み、またそれに伴う心情を「我妹子が待たむと言ひし時の経行けば」と表現する。これらは先の(A)歌群に見られたもので、再び詠まれたテーマである。よって次からは望郷がテーマとなり、続く⑮は、秋の訪れを契機に妹への思いが募り「夢にだに久しく見むを明けにけるかも」と離別を事実として詠む。さらに⑯は、秋の夜に妹を恋うることを承け、夜いつものように丸寝をしようとして、「紐とかば誰かも結はむ家遠くして」と実感したと詠み、旅行きが妹との距離を広げるという時間の経過に伴う望郷の情を詠む。⑰の歌は佐竹昭広が指摘するように⑯の「独りのみきぬる（来ぬる・着ぬる）衣」を受けて[6]「天雲のたゆたひ来れば」と表現し、さらに「九月の黄葉の山もうつろひにけり」と、旅行きからくる空間的距離・時間的距離の広がりを詠む。その時間の経過の表現は「我妹子が待たむと言ひし時」につながり、結果的に望郷の情となる。続いて⑱の歌も「我妹子が結びし紐はなれにけるかも」と時の経過に伴う望郷の情を詠む。

このように(C)の五首は黄葉と紐を素材として時間の経過に伴う心情を順次直前の歌を受けつつ展開したという痕跡を伝えている。

そして、これらの歌にも、同一の場で対座するために生じたと思われる関係が見られるのである。⑯と⑱の歌は素材（紐）を共有し、また⑱の三・四句「我妹子が結びし紐」の表現は、⑯の三・四句「紐解かば誰かも結はむ」と関連した表現と思われ、二首における「誰」（問い）――「我妹子」（答）という対応関係と解される。さらに⑱の歌の、妹が結んでくれた紐が「なれにけるかも」（時間の経過）の表現は、⑯の歌の妹と別れてしまい「家遠くして」（空間的・時間的距離）の表現と妹との隔たりを意味するという関連を有すると思われる。

また⑮と⑰の歌で、⑰の「九月の黄葉の山もうつろひにけり」は単なる季節の推移を詠んだと思われるが、他の歌の関連から「我妹子が待たむと言ひし時」の経過を詠んだ歌と解され、⑮の秋の訪れを契機に妹への恋しさがつのるが適えられないと詠んだ歌と関連すると思われる。

今まで述べたように⑭～⑱の五首は連続的展開をしつつ、⑯と⑱、⑮と⑰と一首を隔てて関係を有することから、同一の場で作歌されたと解される。以上、(A)・(B)・(C)の三組における歌の関係を整理し図示すると次のようになる。

（「→」は進行順を示し、「……」は意識関係を示す。）

〔図4〕

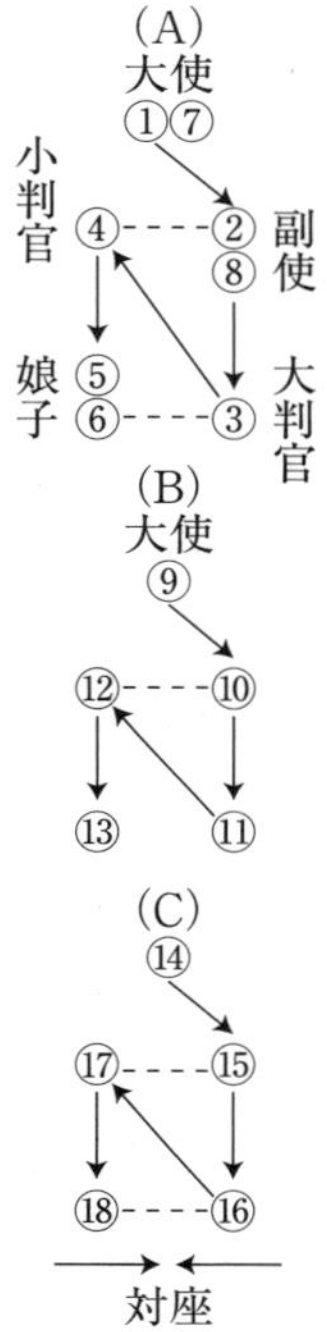

ではこのような(A)・(B)・(C)の三組はどのような関係にあるのだろうか。三組の歌はどのような詠まれ方をしたのだろう。もし、(A)の「①～⑧」→(B)「⑨～⑬」→(C)「⑭～⑱」の移行空間に繋りがみられ、さらに三組(A)・(B)・(C)のそれぞれ構築している世界に絡み合いか指摘されるならば、この竹敷の浦歌群における十八首の配列構成が浮かび上ってくるのではなかろうか。

そこで、三組の関連を検討してみるとそこには断絶と連続性がみられる。つまり三組の連結部の歌、(A)の⑧と(B)の⑨、(B)の⑬と(C)の⑭の歌には直接的な繋りは見られず、また素材的にも異ったものが詠まれている。しかしその三組には、それぞれの組の最初の歌①・⑨・⑭に連続性や展開性がみられ、さらにそれらの歌を中心とした構築世界三組に絡み合いがみられるのである。その関係を詳しく見てみると、(A)の大使の歌①で「もみち葉の散りのまがひは今日にあるかも」と時間の経過が詠まれ、それを契機として、次の副使の歌②の「我妹子が待たむと言ひし時そ来にける」という時間の訪れに伴う心情が詠まれ、主題の展開が暗示される。その「時間の訪れ」が(A)の世界を被って行く。また(B)の最初の大使の歌⑨は「下紐の下ゆ恋ふるに月そ経にける」と時間の経過に伴う望郷の情を詠む。そして今度は望郷の情が(B)の世界を被って行くのである。(A)の世界で「もみち葉が散る時」と時の訪れを詠んだのに、(C)の最初で⑭の歌は「もみち葉は今はうつろう」と展開させ、「我妹子が待たむと言ひし時の経行けば」と時の経過に伴う望郷の情を詠む。この歌を契機に、時の経過と望郷の情が(C)の世界を被って行くのである。

このように①の歌で表現された時間的意識は、①「今日にあるかも」—②「時そ来にける」—⑨「月そ経にける」—⑭「時の経行けば」と時間の推移の歌を中心に断絶をみせながら連続的展開をする。また②の歌で表現された時の訪れに伴う望郷の情は、その時間的移行の中で揺れをみせながら詠まれる。このような関係は作歌環境を同じくしたためであり、かかる三組十八首の歌が同一の場で作歌され、場の力の影響が働いたことから生じたと思われる。さらにこの十八首の歌が誦詠される座と構成員については、図5に示すような構成が推測される。そのように考えることにより、⑩の詠み手が「浦辺より寄せ来る波」と今までと異なる素材が詠んだことも、⑧で「浦潮満ち来」と詠んだ作者と同一人で可能性が高くなる。

〔図5〕

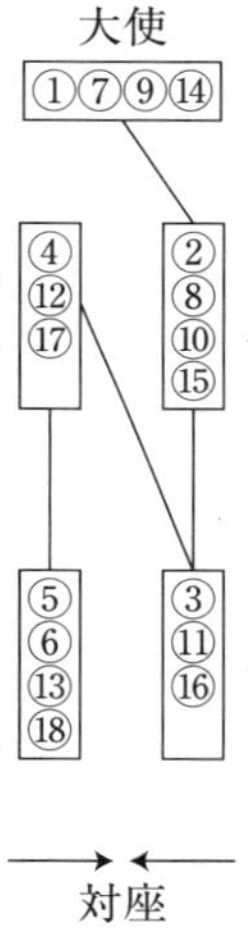

この竹敷の浦歌群の十八首は、遣新羅使たちが国を離れる最後の宴に参加した人々を代表するものであり、主だった人々において、①・⑨・⑭の時間の推移を詠んだ歌を中心に連続的展開をしつつ、時間の経過に伴う望郷の情をテーマの歌と思われる。それは、対馬竹敷の浦という場であり、対馬娘子が侍る宴で誦詠された。

五　海辺の宴

以上のように、「麻里布の浦」と「竹敷の浦」の両歌群は十分に作歌の環境や場の痕跡を残して記載されていることから、海辺近くの屋外に設けられた宴の場を基盤として構成されたと理解される。

また、各小歌群に、後続の歌が前歌に触発されて詠出されたと思われる関係や詠作上の流れが看取されることも、かかる数人の対座する座を中心とした場で作歌されたことによると解される。さらに、遣新羅使人等の歌が総じて悲別的に詠まれている理由の一つに、このような難波につながる「浦」（海）を見て、家郷を想起するという発想が基盤となり、想像力が発揮されたためと考えられる。そして、そのようなことが、遣新羅使人歌群全体にも係わっているのではなかろうか。

注

（1）伊藤博「万葉の歌物語――遣新羅使人歌群の構造――」（『万葉集の構造と成立　下』塙書房、昭和四十九年）以下伊藤の論はこれによる。

（2）古屋彰「万葉集巻第十五試論」（『国語と国文学』四四八号、昭和三十六年七月）以下古屋の論はこの論考による。

（3）本書Ⅲの「冒頭贈答歌の環境」

（4）藤原芳男「遣新羅使人等の無記名歌について」（『万葉』二十二号、昭和三十二年一月）

（5）（4）と同じ

（6）佐竹昭広「独りのみきぬる衣の」（『万葉』一号、昭和二十六年十月）

大島の鳴門歌群の作歌事情

一　はじめに

作歌の環境や場は、作歌する者や作品に大きな影響を与えるという点で、看過することのできない問題である。『万葉集』巻十五前半部には、天平八年夏六月出発の新羅へ遣わされた人々の作と記されている歌が、それぞれの地における宴など、その作歌事情により二十六の小歌群に分類され収められている。その歌数は百四十五首。うち、「所に当りて誦詠する古歌」十二首、作者記名歌三十首、作者無記名歌百三首である。

これらを総じての「遣新羅使歌群」の本質を究明しようとするとき、作歌事情により分類された各の小歌群の在り方や作歌の場（作歌基盤など）を考察することは重要なことの一つと思われる。なぜなら、従来、類歌、類想歌という名で捉えられてきた関連性を有する歌は、それぞれの小歌群にみられる時間的、空間的に同一する場や時間的、空間的に隔てる精神連帯の場というべきものにおける発想が基盤となり、遣新羅使歌群全体に係わっていると考えられるからである。(1)つまり、旅という環境における「共有する生活空間」での発想が基盤となり、冒頭歌十一首と旅中の歌の照応関係、旅中の小歌群の歌相互にみられる連関性や有機性などを生み、おのずと「歌物語」(2)の様相を呈していると推察される。

このような問題について、いくつか考えてきたが、ここでは、「大島の鳴門を過ぎて再夜を経ぬる後に追ひて作る歌二首」（三六三八・三六三九）の在り方や作歌の場について考察を試みた。論の順序としては、遣新羅使歌群の本質を究明する手掛りとなる、他の歌と関連性を有する歌の提示する問題整理から始めてみたい。

二　遣新羅使歌の関連性

作歌事情により分類されている小歌群には、他の歌との関連性（類歌・類想歌・類似する表現）を指摘されている歌が少なからず存在している。そしてその数首を隔てての類似的関係は、ほぼ遣新羅使歌群全体にわたって認められ、次に記すような在り方を示している。[3]

(A)小歌群相互
- ⓐ記名歌と無記名歌
- ⓑ無記名歌相互
- ⓒ冒頭十一首と旅中の歌

(B)小歌群内
- ⓐ記名歌と無記名歌
- ⓑ無記名歌相互

これらの関連性について一例ずつ示すと次のような関係である。

(A)・ⓐ

夕されば　ひぐらし来鳴く　生駒山　越えてそ我が来る　妹が目を欲り　（15・三五八九）

　右の一首秦間満

妹に逢はず　あらばすべなみ　岩根踏む　生駒の山を　越えてそ我が来る　（15・三五九〇）

　右の一首暫しく私家に還りて思ひを陳ぶ

(A)・ⓑ

○備後国水調郡の長井の浦にして（三首）

海原を　八十島隠り　来ぬれども　奈良の都は　忘れかねつも　（15・三六一三）

安芸国の長門の島にして（五首）

山川の　清き川瀬に　遊べども　奈良の都は　忘れかねつも　（15・三六一八）

(A)・ⓒ

君が行く　海辺の宿に　霧立たば　我が立ち嘆く　息と知りませ　（15・三五八〇）

右十一首贈答

風速の浦にして（二首）

我が故に　妹嘆くらし　風速の　浦の沖辺に　霧たなびけり　（15・三六一五）

沖つ風　いたく吹きせば　我妹子が　嘆きの霧に　飽かましものを　（15・三六一六）

(B)・ⓐ

熊毛の浦に船泊まりする夜に（四首）

都辺に　行かむ舟もが　刈り薦の　乱れて思ふ　こと告げ遣らむ　（15・三六四〇）

右の一首羽栗

沖辺より　舟人上る　呼び寄せて　いざ告げ遣らむ　旅の宿りを　（15・三六四三）

(B)・ⓑ

引津の亭に船泊まりして（七首）

妹を思ひ　眠の寝らえぬに　秋の野に　さ雄鹿鳴きつ　妻思ひかねて　（15・三六七八）

夜を長み　眠の寝らえぬに　あしひきの　山彦とよめ　さ雄鹿鳴くも　（15・三六八〇）

そして、右のような歌には、なぜこのような関連性が生じたかという問題がある。その答えの第一として、類歌、類想歌を作者無記名歌単数作の論拠の一つとする説がある。たとえば、迫徹朗は「各群中の無署名歌が大体において連関性を持ち、しかも各群同志が連関性、有機性を持っていることを示して、無署名歌全体の有機性、つまり一人の作である根拠としたい」と説かれ[4]、また、古屋彰はⒶ・ⓐに挙げた歌の関係について、「集録者である人物が泰間満の歌を手に入れてその歌に触発された歌」と考えられ、「先行する署名歌とあとに続く無署名歌の間にしばしばこの現象がみられる」と説明している[5]。さらに、柳楽絹子は、「一人の人物であったからこそ、類歌や類句が多くなったとも言えよう」と説いている[6]。

また、関連性についての答えの第二として、伊藤博は、Ⓐ・ⓒに挙げたような冒頭歌十一首と旅中の歌との照応する関係を「虚構説」の論拠の一つとされ、遣新羅使歌群は「心情的には〔妹〕時間的には〔秋〕をモチーフとする虚構体」であり、「実録に基づきつつも虚構的な歌物語」として組み立てられた作品であると説かれている[7]。

さらにまた、その第三として、室田浩然は、このような関連性について、先行作品を模倣する作風のためとされ、「先行作品に触発されて直ちにそれを模倣して作歌するという風が、この遣新羅使の作家たちの間に存在したものと思われる」と説明されている[8]。

このように、他の歌と関連性を有する歌は何故に生じたかという問題は、無記名歌の作者の問題だけでなく、実際に遣新羅使人等によって作歌誦詠されたのか、それともこの歌群の編纂者（あるいは筆録者）がある志向をもって脚色したかというような問題も含んでいる。

遣新羅使歌群の本質究明には、それぞれの小歌群における関連性を有する歌をどう捉えるかということが係わっており、その関連性を有する歌の生じる原因や基盤を把握し、遣新羅使歌群全体の中で位置づけることこそ、本質にせまるものではないかと考える。そして、そこで無視してならないのは、これらの歌が旅の歌だということである。ことに、これらの歌の多くが、それぞれの地における宴などで作歌誦詠されたと説かれる窪田空穂[9]や久米常民[10]の説、さらには渡瀬昌忠の「対座する四人構成の座[11]」というような作歌の場を無視して遣新羅使人歌の理解はあり得ないのではなかろうか。次に「大島の鳴門歌群」を記し、その歌群の在り方や作歌の環境について具体的に考えてみることにする。

三　大島の鳴門歌群の在り方

大島の鳴門を過ぎて再夜を経ぬる後に追ひて作る歌二首

①これやこの　名に負ふ鳴門の　渦潮に　玉藻刈るとふ　海人娘子ども　(15・三六三八)

右の一首田辺秋庭

②波の上に　浮き寝せし夕　あど思へか　心悲しく　夢に見えつる　(15・三六三九)

右の二首については、全く異なる素材の①「海人娘子」、②「夢」が詠まれていることや②の歌で「あど思へか」の主語、「夢に見えつる」の対象などが不鮮明なために、解釈に次に略記するような諸見解が提示されている。

①の歌について

夢で海人娘子を見た歌……『評釈』、『全註釈』

②の歌について

(1)①の歌に和した歌……『評釈』、『新考』、『全註釈』

(2)「あど思へか」の主語について

都に居る妹……『評釈』、『私注』、『注釈』、『古典大系』
①の歌に詠まれた海人娘子……『新考』
①の歌の作者秋庭……『全註釈』

(3)「夢に見えつる」の対象素材について

都に居る妹……『評釈』、『私注』、『注釈』、『古典大系』
①の歌に詠まれた海人娘子……『新考』、『全註釈』

このように、二首(①②)の歌が同一の作歌事情の下に配列されているにもかかわらず、歌の解釈に諸説が展開されていることは、おそらく①と②の関係を安易に捉えていることに理由があり、その解釈に旅という環境や作歌の場を軽視しているためと思われる。したがって、このような①と②がどのように成立したのか、また、どのような場における作歌なのか明らかにする必要がある。その過程、実態を考察することは、二首の歌の解釈にも係わり、さらに使人等の作歌の基盤を明らかにする手がかりともなる。

そこでまず、この二首の成立を解く鍵は、それに付してある題詞の「追て作る」の語句にあり、それが二首の作歌事情を語ってくれると思われる。本来、この「追」の語句はあとから前のものを追って作るというように何らかの対象を有する表現であり、現に分間の浦歌群(三六四四~五一)の題詞では「於レ是追ニ怛艱難一悽惆作歌」とあり、「追」の主語(対象)が明記されている。しかし、この「大島の鳴門歌群」の場合、「再宿」(二晩)と時間的経過は示されているもののその対象は明確ではない。『万葉集』中でこれと類似する表現をみると、他に「追作」、「追和」、「追同」などが認められるが、そのうちの「追作」の例をみてみると、次のように記されている。

十八日に左大臣兵部卿橘奈良麻呂朝臣の宅にして宴する歌三首

なでしこが　花取り持ちて　うつらうつら　見まくの欲しき　君にもあるかも　(20・四四四九)

右の一首治部卿船王

我が背子が　やどのなでしこ　散らめやも　いや初花に　咲きはますとも　（20・四四五〇）

美しみ　我が思ふ君は　なでしこが　花になそへて　見れど飽かぬかも　（20・四四五一）

右の二首兵部少輔大伴宿祢家持追ひて作る

右の左注の「追ひて作る」は、船王が主人諸兄を「なでしこ」にたとえて詠んだ歌に、家持が続けて「散らめやも」、「見れど飽かぬかも」と繁栄を予祝する歌を詠んだという事情に係わる表現であり、家持の作歌契機の対象が船王の歌であったことを示している。

また、「追ひて作る」が、「……再夜を経ぬる後に追ひて作る」と表現されていることから、「後に追和」、「後日追和」などの類似する語句の例をみてみると、この場合も先行歌を作歌対象とし、その歌より後に追いて和したことを意味する。次に略記して示すように、その先行歌の作歌の場が「宴」という例が少なくない。

先行歌	後追和歌（後日追和は＊印）
(1)巻5・八一五～四六「宴席」	巻5・八四九～五二
(2)巻5・八七一	巻5・八八三
(3)巻6・一〇一三・一〇一四「宴」	巻6・一〇一五
(4)巻18・四〇五六～六二「遊宴」、「肆宴」	巻17・四〇六三～六四
(5)巻20・四四七二・四四七三「宴」	＊巻20・四四七四

今、詳細な検討を抜きに断言できないが、この追和した歌は、その先行歌の「作歌」の影響を受けていることは明らかである。そしてそれは、その場にあるような気分になって詠んだ歌であろう。

以上、前述の類似する表現などから、「……再夜を経ぬる後に追ひて作る歌二首」という題詞の表現は、二首の歌が時間的、空間的に隔てたところで作られた先行歌を作歌の対象としたことを明示していると解される。

四　詠作上の流れ

ところで、前に述べたごとく『万葉集』中に「追ひて作る」と類似する例が見出せることは、「大島の鳴門歌群」の題詞表現に対する推測を可能とするが、それは歌内容の分析により裏付けされるものでなければならない。そこで次に、二首の成立事情を解く第二の鍵、つまり「追」の対象について探究してみると、ある関連性が看取されることから二首の直前に収められている「麻里布の浦歌群八首」（三六三〇～三七）が対象と思われる。両歌群の歌を記し、それらの比較検討から論証してみたい。

（甲）周防国玖河郡の麻里布の浦を行く時に作る歌八首

①ま梶貫き　舟し行かずは　見れど飽かぬ　麻里布の浦に　やどりせましを　（15・三六三〇）
②いつしかも　見むと思ひし　安波島を　よそにや恋ひむ　行くよしをなみ　（15・三六三一）
③大舟に　かし振り立てて　浜清き　麻里布の浦に　やどりかせまし　（15・三六三二）
④安波島の　逢はじと思ふ　妹にあれや　安眠も寝ずて　我が恋ひ渡る　（15・三六三三）
⑤筑紫道の　可太の大島　しましくも　見ねば恋しき　妹を置きて来ぬ　（15・三六三四）
⑥妹が家道　近くありせば　見れど飽かぬ　麻里布の浦を　見せましものを　（15・三六三五）
⑦家人は　帰りはや来と　伊波比島　斎ひ待つらむ　旅行く我を　（15・三六三六）
⑧草枕　旅行く人を　伊波比島　幾代経るまで　斎ひ来にけむ　（15・三六三七）

（乙）大島の鳴門を過ぎて再夜を経ぬる後に追ひて作る歌二首

①これやこの　名に負ふ鳴門の　渦潮に　玉藻刈るとふ　海人娘子ども　（15・三六三八）

右の一首田辺秋庭

②波の上に　浮き寝せし夕　あど思へか　心悲しく　夢に見えつる　（15・三六三九）

右の（甲）と（乙）の群に認められる関連性は、第一に地名に関してである。（甲）の歌群は、麻里布から大島の鳴門の入口へと航行しているときの歌である。その大島郡の大島、いわゆる屋代島は、⑤の歌に「筑紫道の可太の大島」と表現されている。それは（乙）の歌群では題詞に「大島の鳴門」、さらに①の田辺秋庭作歌に「名に負ふ鳴門」と、その地の海峡が表現されている。

次に第二点として、表現内容の類似が挙げられる。それは、（甲）の歌群の前半三首（①②③）と（乙）の歌群の第一首（①）、（甲）の歌群の後半三首（④⑤⑥）と（乙）の歌群の第二首（②）というような関係で、二種類の関連性として認められる。まず、前者の関係であるが、（甲）の歌群三首では、①、③で「見れど飽かぬ」「浜清き」と美しい「麻里布の浦」であるが、「やどりせましを」と心ひかれて行きがたいことが表現されている。②ではいつしか見たいと焦れていた「安波島」だが見れないことが表現される。ここでは共に見ることが不可能であるという表現で、いわゆる「景」に心ひかれつつ「行く」ことが詠まれている。また、（乙）の歌群の①では、以前から聞き知っていた「有名な鳴門の渦潮に玉藻を刈るという海人娘子」に会うことができたと表現され、見ることが可能になったという表現で、いわゆる「景」に心ひかれることを詠んでいる。このように前半三首には、「景」という対象素材の共有、（甲）「見ることの不可能」――（乙）「見ることの可能」という対応する表現、心ひかれる心情の共有などが認められる。

ところが続く、（甲）の歌群の後半三首④⑤⑥においては、心ひかれる対象は前半に見られた「景」ではなく「故郷の妹」である。それは、④「我が恋ひ渡る」、⑤「妹を置きて来ぬ」、⑥「妹が家道　近くありせば」というように、妹と遠く隔てていて逢うことが不可能であると表現されている。「景」は、④「安波島…逢はじ」、⑤「大島しましくも」、⑦「伊波比島斎ひ」、⑧「伊波比島…斎ひ」と、同音の序詞的に用いている。また、（乙）の歌群の②では、心ひかれることを結句で「夢に見えつる」と、夢の中で見ることが可能になったと表現している。そして、その対象も使人等の「波の上に　浮寝せし夕」に「夢」に現われ「心悲しく」させるもの、つまり都で使人等を斎い待っている「妹」であると解される。この後半には、「妹」という対象素材の共有、（甲）「逢うことの不可能」――（乙）「逢うことの可能」（「夢」でしか逢えないので実際は不可能なことを暗示）という対応する表現、心ひかれる心情の共有などが認められる。

このように、（甲）の歌群の歌と（乙）の歌群の歌とは、「景」に心ひかれること、「妹」に心ひかれること、という二種類の関連性を有しているわけだが、（甲）の歌群の⑦、⑧もそれらと全く無関係というわけではない。たとえば、⑦は「旅行く我」を「家人」が斎い待つと詠み、⑧は「旅行く人」をその名のように「伊波比島」が斎うと詠んでおり、「家人（妹）」、「景」という二つの主体によって歌われている。このことも決して先に述べた関連性と無縁ではない。

五　作歌の場

さて、前述したことから（乙）「大島の鳴門歌群二首」は、直前に収められている（甲）「麻里布の浦歌群八首」を対象として「追ひて作る」と解されるとき、次に、このような作歌事情を有する二首はどのようにして成立したかが問題となる。つまり、（甲）と（乙）の歌群にみられる関連性を二首の成立との係わりにおいて、どう理解し意義づけるかということである。

そして、この問題を解く手がかりは、（甲）の歌群の作歌事情にあると思われる。この（甲）の歌群は、作者無記名歌で構成されており、すべてに地名が詠み込まれているが実際の地名順でないことから特異な存在とされていた。[12] そして、以前この八首の作歌事情に関して次に略記して示すような

①「舟」「見れど飽かぬ　麻里布の浦に　やどりせましを」
②「見むと思ひし　安波島を　よそにや恋ひむ」
③「大舟」「浜清き　麻里布の浦に　やどりかせまし」
④「安波島の　逢はじと思ふ」
⑤「筑紫道の」「妹を置きて来ぬ」
⑥「妹が家道　近くありせば」「見れど飽かぬ　麻里布の浦を」
⑦「家人は」「伊波比島　斎ひ待つらむ　旅行く我を」
⑧「旅行く人を　伊波比島」「斎ひ来にけむ」

という関係で、用語の共有、共通の表現上の特色、対応関係などが認められ、さらに八首は順次直前の歌を受けて連続展開した痕跡を伝えていることから、宴席に集合した官人集団を代表するとりわけ主だった四名の対座する四人構成の座において誦詠されたと思われることを報告した。[13] その座と歌の順序を示すと次のようである。

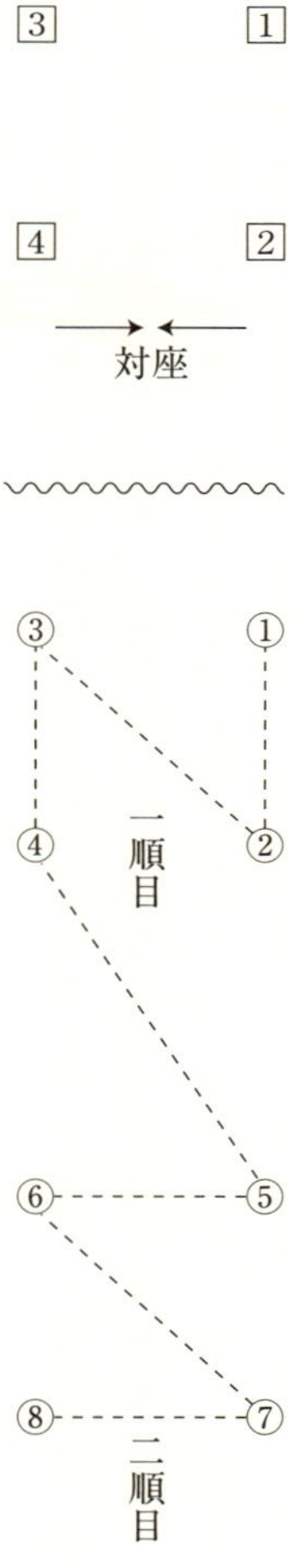

そこで、（乙）の歌群二首とこのような作歌事情を有する（甲）の歌群八首の関係を、「座」にそくして再びみてみると、二首の成立は、八首が対座する四人構成の座で二順して誦詠された事情と深く関わって

いると思われる要素が認められる。たとえば、先述した、（乙）と（甲）の歌群の歌内容に認められる二種類の関連性を対座する四人構成の座にそくして捉えてみると、（乙）の歌群の①と関連性を有している歌は一順目の①②③であり、また、（乙）の歌群の②と関連性を有している歌は④⑤⑥であり、うち⑤⑥は二順目である。ところでその（甲）の歌群の④は、②で、見たいと思っていたが見ることができなかったと表現された「安波島」を踏まえつつ、さらに自己の境遇からその対象を故郷の「妹」へと転換させて「安波島の　逢はじと思ふ　妹にあれや」と表現しており、①②③と⑤⑥に見られた二種類の関連性の要素（「景」「妹」）を共有している。よって、この④は二順して誦詠された八首の中で、一順目から二順目の歌へと展開させる機能を有していると解される。また、⑦と⑧は、既にみたように「旅行く人」を斎う主体が⑦「家人」⑧「伊波比島」と詠まれており、これは前述の①～⑥までに認められた二種類の関連性の繰り返し的な働きをしている。そしてさらに⑧は、「家人」が斎い待つように「伊波比島」もその名のように自分達使人一行を斎い護ってくれることを望むと詠まれており、八首の結びとして機能していると理解される。

つまり、（乙）の歌群二首は、題詞の「追ひて作る」の表現がその作歌事情を語ってくれるように、（甲）「麻里布の浦歌群八首」を作歌の対象としているが、実は八首が対座する四人構成の座で二順して誦詠されたという事情と係わっており、第一首目の①が一順目のテーマを、第二首目の②が二順目のテーマを意識していると捉えるべき要素を有して成り立っているものと思われる。

六　二首の作歌基盤

さてここに至って、前述したような成立事情を有する二首は、何を基盤としているのか、また、どのような「場」

において作歌されたのかという問題が残る。そしてこれらの問題を解く手がかりは、これらの歌を含めた多くの遣新羅使人歌は旅の歌であるということにある。（乙）の歌群二首や（甲）の歌群八首、および、そこにみられる二種類の関連性もその中にある。つまり、それらの問題の解明は、広く、万葉集に収められた羈旅歌の中で位置づけられるべきであり、両歌群の題詞の性格や歌内容の分析を通して作歌基盤を考察することにあると思われる。そこで、（乙）の歌群が（甲）の歌群を「追作」したと解されることから、まずは（甲）の歌群の題詞の検討から始めてみたい。

（甲）の歌群の題詞は原文で示すと

周防国玖河郡麻里布浦行之時作歌八首

とあり、この「――を行く時」という表現は、「――に船泊まりして」という表現形式の題詞を多く有する遣新羅使歌群の中では特異な存在である。これと類似する表現の「行二――一之時」という題詞は集中で二例（17・四〇二五、20・四四七八）であるが、そのうちの四〇二五番歌には（甲）の歌群の「――を行く時」という表現の題詞の性格を想起させる要素が認められる。それは次のように記されている。

赴二参気太神宮一、行二海辺一之時作歌一首

志雄道から　直越え来れば　羽咋の海　朝なぎしたり　舟梶もがも

（17・四〇二五）

右の歌は、他の「――を渡る時」（四〇二二、四〇二四、四〇二八）、「――をさして往く時」（四〇二六、四〇二七）という題詞を有する歌など九首とともに、

右件歌詞者、依二春出挙一、巡二行諸郡一、当時当所、属目作之。大伴宿禰家持

という左注で一括されている。そして、この「当時当所にして、属目し作る」という左注の表現から、「――を行く時」という表現は「～を見る」という意味を含み持つのではないかと思われる。つまり、「――を行く時」という題詞は「～を行く時にある物を見てその思いを述べる」という意味を有しているのではないかと解される。そして

また、この「――を行く時」という題詞は、作歌基盤の考察に見過ごすことのできない資料と思われる。なぜなら、この題詞と意味的に類似すると思われる題詞を持つ歌について、題詞と旅の歌の関係から羈旅歌の作歌基盤に言及された注目すべき説が提示されているからである。たとえば、伊藤博は、集中の「――を見る」「――を過る」という題詞を有する歌について、(1)「自然を見てそれを讃える歌」、(2)「自然を通して家郷を偲ぶ歌」、(3)「滅んだものを見て哀傷する歌」の三つのタイプを捉え、それらを、見ることのタマフリという記紀以来の伝統の羈旅歌における信仰的要素との係わりで理解されている。[14] また、これを承けて神野志隆光は、(1)「旅する土地そのものへ向かうもの」、(2)「家・妻のほうへ向かって歌われるもの」という二つのタイプとして捉え、それらはその基底にかかえる古代性――前者は「地名の重み」(土地霊との共感)、後者は「家・家人と旅人との呪術的共感関係」――との関わりにおいて理解されると説いている。[15]

このように集中に類似する題詞が見出され、それによって作歌の基盤を想定することが可能となるが、その考察は歌内容の分析を通して論証されなければならない。そこで、前述したような羈旅歌の在り方を(甲)の歌群八首に則してみると、その歌内容は題詞の意味に対応していることが認められる。それは、伊藤の指摘する三つの中の二つのタイプ(1)・(2)や神野志の説く二つのタイプ(1)・(2)と類似するものであり、また、(乙)の歌群との間にみられた二種類の関連するものでもある。結論的に言うならば、(甲)の歌群八首は神野志の説かれたような羈旅歌における「二つの流れ(傾向)とそれの基底にかかえる古代性」の影響を受けて成立しているように思われる。

まず、八首はそれぞれすべて地名を含んでいる。そしてこの地名は、神野志が、折口信夫の示唆する「生命標」[16]として考え、説明された「地名を歌うことによって国タマ(土地霊)につながりこれを喚起する」と説いたものであろう。また、八首は既述したように、「景」に心ひかれること、「妹」に心ひかれること、という二種類のものを詠む。前者は①、②、③に詠まれており、その心ひかれる対象が①・③「見れど飽かぬ　麻里布の浦」②「いつし

かも　見むと思ひし　安波島」と修飾されていることから、その「景」（土地）を讃えるものであり、旅先の土地へ向かうものと解される。一方、後者は④、⑤、⑥に詠まれ、それは家郷への想いであり、家、家人に向うものである。そして、このような二種類のタイプの基底にあるものは、既述したように、八首が二順して誦詠されたとき、それを締め括る機能や（乙）の歌群とに認められた二種類の関連性につながる要素などを有している次の二首によって理解されよう。

⑦家人は　帰りはや来と　伊波比島　斎ひ待つらむ　旅行く我を　（15・三六三六）
⑧草枕　旅行く人を　伊波比島　幾代経るまで　斎ひ来にけむ　（15・三六三七）

まず、右の⑦は、旅人のために家人が斎い待つと詠まれており、これは冒頭贈答歌十一首中の

（女）大舟を　荒海に出だし　います君　障むことなく　はや帰りませ　（15・三五八二）
（男）ま幸くて　妹が斎はば　沖つ波　千重に立つとも　障りあらめや　（15・三五八三）
（女）拷衾　新羅へいます　君が目を　今日か明日かと　斎ひて待たむ　（15・三五八七）

右の三首に帰属する歌であり・家人や妹の「斎ひ」により旅人の安全を保障するものである。そして神野志の説く「家・家人と旅人との呪術的共感関係」を基底としていると理解され、④、⑤、⑥で家郷への想いを詠むことは、この共感関係を喚び起すものであろう。また、⑧では、旅人のために「伊波比島」がその名のように斎い護ってくれと詠まれている。そしてこれも神野志の説く「旅してゆく土地を地名によって歌い、みずからにその土地霊との共感を喚起して、旅の安全を祈る」ことを基底としているものであり、①、②、③で土地を讃えて詠むことも同様と解される。このように（甲）の歌群八首は、土地を地名によって詠み「土地霊との共感」を喚起することや、家郷への想いを詠み「家、家人との呪術的共感関係」を喚起することで旅の安全を保障するという伝統的な羇旅歌における古代性を基盤として成立したと思われる。(17)

さて次に、（乙）の歌群二首の成立基盤についてであるが、そこには二種類の関連性が暗示するように追作した対象の（甲）の歌群八首と同様のことが認められる。例えば、第一首目の①では「これやこの　名に負ふ鳴門の」と、土地を讃えることを表現し、旅先の土地へ向かうものが詠まれている。また、②では家郷への想いが、浮寝した夜に妹がどう思ったのか夢に現われたと表現され、これも、佐婆の海中で遭難し、やっと分間の浦に到着したある使人がその苦しかったことを思い出して詠んだ次の歌などと共に、前掲した冒頭贈答歌中の三五八二、三五八三、三五八七の歌に帰属するものであろう。

我妹子が　いかに思へか　ぬばたまの　一夜もおちず　夢にし見ゆる　（15・三六四七）

つまり、この（乙）の歌群二首にも、家人や旅先の土地との呪術的な共感により、旅の安全を保障するという伝統的な羈旅歌における古代性の影響が認められる。

このような（乙）の歌群二首であるが、その場は集団の場であったと推測される。二首の作歌契機となった対象は（甲）の歌群八首であり、それは対座する四人構成の座で二順して誦詠されるという集団性を有していた。そしてそこには、二首が八首の影響を受けて作られた形跡とみられる、第一首目と一順目のテーマ、第二首目と二順目のテーマというような関連性が認められた。このことは、二首を作歌した者が八首の歌を確実に、かつ、すみやかに知り得たことを示していると解される。つまり、二首の作者たちは八首が誦詠された場に無関係ではなかったと理解される。また、追作して（甲）の歌群八首のテーマを繰り返して詠むという発想には、その歌を享受する者、いわゆる集団を意識してのことと思われる。そして、その集団の場は、前述したような家人や旅先の土地との呪術的共感で旅の安全を保障するというような羈旅歌における伝統に根ざした「宴」の場ではないかと考えられる。二首は、数日前の宴の場にあったような気分になって詠んだ歌であり、そこに込められた家郷への想いは、その場に臨んだ人々の心に響き渡ったことであろう。

七　共有する生活空間

以上、（乙）「大島の鳴門歌群二首」の在り方、作歌基盤や環境などについて検討を試みた。その結果、二首は直前に収められている（甲）「麻里布の浦歌群八首」を作歌契機の対象として、その影響を受けて作歌されたと理解される。また、その二首には（甲）の歌群八首と同様に、神野志隆光の説かれた羈旅歌における「二つの流れ（傾向）とその基底にかかえる古代性」という伝統的なものの影響も認められる。そしてまた、二首は同一の作歌事情の下に配列されているにもかかわらず解釈に諸説を展開させていたが、それは前に述べたような事情から理解すべきであり、第一首目は、鳴門の土地を讃えた歌、第二首目は、浮寝した夜に妹がどう思ったのか夢に現われたと、妹への想いを詠んだ望郷歌と解される。さらに、遣新羅使人歌に関連性を有する歌が数多く存在する理由の一つに、このような時間的、空間的に隔てる精神連帯の場とでもいうべき「共有する生活空間」での発想が基盤となり、想像力が発揮されたと思われる。そしてそのようなことが遣新羅使歌群の形成に係わっていると考えられる。旅中において、「秋」をテーマとする歌が頻繁に詠まれることは、冒頭贈答歌十一首の

（女）君が行く　海辺の宿に　霧立たば　我が立ち嘆く　息と知りませ　（15・三五八〇）
（男）秋さらば　相見むものを　なにしかも　霧に立つべく　嘆きしまさむ　（15・三五八一）
（男）我が故に　思ひな痩せそ　秋風の吹かむその月　逢はむものゆゑ　（15・三五八六）

などの歌を想起してのものであるが、その（男）の立場の歌が妹への慰めとして機能していることから、（女）の立場の歌

（女）大舟を　荒海に出だし　います君　障むことなく　はや帰りませ　（15・三五八二）

（女）栲衾　新羅へいます　君が目を　今日か明日かと　斎ひて待たむ　（15・三五八七）

などの、家人と旅人との呪術的共感関係というような羇旅歌における古代性に連なる歌に帰属する歌として、作歌基盤や作歌の場との係わりから捉えられるべきではなかろうか。

それらの問題については、今後さらに他の小歌群にも検討を加え考えてみたい。

注

（1）本書Ⅲの「冒頭贈答歌の環境」、「麻里布の浦歌群・竹敷の浦歌群」

（2）伊藤博は「万葉の歌物語――巻十五の論――」（『萬葉集の構造と成立　下』所収）において、遣新羅使歌群について「実録に基づきながらも虚構的な歌物語として組み立てられた」と説いている。

（3）遣新羅使人歌と巻十五後半部の歌との類似も「場」との係わりから捉えるべき問題と思われるが、論旨からややはずれることから除く。

（4）迫徹朗「大伴三中と遣新羅使歌の主題」（『国語と国文学』三七七号、昭和三十年）

（5）古屋彰「万葉集巻第十五試論」（『国語と国文学』四四八号、昭和三十六年）

（6）柳楽絹子「万葉集遣羅使人歌の無署名歌について」（『島大国文』五号、昭和五十一年）

（7）（2）と同じ

（8）室田浩然「万葉集遣新羅使歌の構造と私家集的性格について」（『山口国文』創刊号、昭和五十三年）

（9）窪田空穂『萬葉集評釈10』

（10）久米常民『万葉集の文学論的研究』（桜楓社、昭和四十五年）

（11）渡瀬昌忠「四人構成の場」（『万葉集研究　第五集』塙書房、昭和五十一年）

(12) 藤原芳男「遣新羅使人等の無記名歌について」(『萬葉』二十二号、昭和三十二年)

(13) (1) 論文(2)参照。

(14) 伊藤博「見る歌の伝統」(『萬葉集の歌人と作品　上』塙書房、昭和五十年)「伝説歌の形成」(『萬葉集の歌人と作品　下』塙書房、昭和五十年)

(15) 神野志隆光(1)「行路死人歌の周辺」(『論集上代文学　第四冊』笠間書院、昭和四十八年)、「柿本人麻呂羈旅の歌八首」(『万葉集を学ぶ　第三集』有斐閣、昭和五十三年)など。引用のほとんどは前掲の論文による。

(16) 折口信夫「文学の様式」(『折口信夫全集』第七巻)など

(17) 八首の公的、集団的性格は、例えば⑦・⑧の歌と共通する次の

従四位上高麗朝臣福信に勅して難波に遣わし、酒肴を入唐使藤原朝臣清河等に賜ふ御歌一首并せて短歌

四つの船　はや帰り来と　しらかつけ　朕が裳の裾に　斎ひて待たむ　(19・四二六五)

春日に神を祭る日に藤原太后の作らす歌一首。即ち入唐大使藤原朝臣清河に賜ふ。

大船に　ま梶しじ貫き　この我子を　唐国へ遣る　斎へ神たち　(19・四二四〇)

などの存在からも理解される。

Ⅳ 天平の庭園と宴席

天平万葉の発想基盤

一　はじめに

神亀五年頃、『万葉集』には「漢文序（書簡文）十和歌」という新しい様式の文学が出現する。歌に序を付すという様式を最初に用いたのは、大伴旅人、山上憶良のいずれであったかについては論の分かれるところである。その様式は、天平五年までは旅人と憶良、また旅人と吉田宜、藤原房前という贈答関係の中で見られ、その後は天平八年の葛井広成、さらに天平十九年の大伴家持と大伴池主との応報関係などにおいて看取される。

このように発展する新様式が、どのような状況下で作られ、万葉史の中でどう位置づけられるのかということについて、新様式の発生する基盤や要因の問題を考えつつ見てみたい。そしてまた、それらを考察することにより、天平期の漢風流行という時代動向がはらんでいる、伝統的な和歌を振り返らせ漢詩を視座にした新しい世界を志向させるエネルギーと言えるものが浮かび上がってくるのではないかと思われる。

二　新様式の出現

『万葉集』における新様式は、年代的に大きく二つに分類することができる。その一つは、神亀五年（七二八）から天平八年（七三六）までの次の歌である。

(1)序文と「凶問に報ふる歌一首」(5・七九三)
神亀五年六月二十三日、旅人作
(2)漢詩序と詩と「日本挽歌」の長歌(七九四)・反歌(七九五〜七九九)
神亀五年七月二十一日、憶良作(旅人宛)
(3)序文と「惑へる情を反さしむる歌」の長歌(八〇〇)・反歌(八〇一)
神亀五年七月二十一日撰定、憶良作
(4)序文と「子等を思ふ歌」の長歌(八〇二)・反歌(八〇三)
神亀五年七月二十一日撰定、憶良作(旅人宛)
(5)序文と「世間の住み難きを哀しぶる歌」の長歌(八〇四)・反歌(八〇五)
神亀五年七月二十一日撰定・憶良作
(6)書簡文と「歌詞両首」(八〇六・八〇七)
神亀五年から天平元年の間頃、旅人作
(7)書簡文と「梧桐日本琴一面の歌」(八一〇)、「僕詩詠に報へて曰く」(八一一)、「琴娘答へて曰く」(漢文)
天平元年十月七日、旅人作(房前宛)
(8)書簡文と歌(八一二)
天平元年十月八日、房前作(旅人宛)
(9)序文と「鎮懐石歌」の長歌(八一三)・短歌(八一四)
天平元年十一・十二月頃、憶良作
(10)序文と「梅花の歌三十二首」(八一五〜八四六)・「員外故郷を思ふ両首」(八四七・八四八)・「後に追和する梅の歌四

首」（八四九～八五二）
天平二年正月十三日、旅人邸にて
⑾松浦川に遊ぶ序文と「答ふる詩に曰く」（八五四）・「蓬客の更に贈る歌三首」（八五五～八五七）・「娘等の更に報ふる歌三首」（八五八～八六〇）・「後の人の追和する詩三首」（八六一～八六三）
天平二年四月六日、旅人作（⑽と共に宣に贈る）
⑿書簡文と「諸人の梅花の歌に和へ奉る一首」（八六四）・「松浦の仙媛の歌に和ふる一首」（八六五）・「君を思ふことを未だ尽きず、重ねて題する歌二首」（八六六・八六七）
天平二年七月十日、宜作（旅人宛）
⒀書簡文と歌（八六八～八七〇）
天平二年七月十一日、憶良作（旅人宛）
⒁序文と「松浦佐用姫の歌」（八七一）・「後の人の追和」（八七二）・「最後の人の追和」（八七三）・「最々後の人の追和二首」（八七四・八七五）
天平二年十二月、憶良作
⒂序文と「熊凝のためにその志を述ぶる歌に敬しみて和する歌六首」の長歌（八八六）・短歌（八八七～八九一）
天平三年、憶良作
⒃「沈痾自哀文」（詩序）と「俗道の仮合即離し、去り易く留め難きことを悲しび嘆く詩一首并せて序」と「老いたる身に病を重ね、年を経て辛苦み、また児等を思ふ歌七首」の長歌（八九七）・反歌（八九八～九〇三）
天平五年六月三日、憶良作
右を一見して知り得ることは、旅人の新様式が「漢文序（書簡文）＋和歌」（「漢文序＋連作歌」「漢文序＋唱和歌」）という倭漢混合であるのに対し、憶良のものは「漢文序（書簡文）＋長歌・反歌」という漢倭併用の様式であるという違いがあることである。また、新様式の在り方を見てみるとそのほとんどが大宰府でのもので、大宰帥旅人と筑前守憶良との贈答もしくは、旅人と都にいる吉田宜や藤原房前との贈答関係の中にみられ、旅人を中心とする文学的交流によって形成されていると言える。そしてそのことは、次の最後の広成の歌にも係わっている。

⒄序文と「歌舞所の諸王・臣子等、葛井連広成の家に集ひて宴する歌二首」（6・一〇一一、一〇一二）

天平八年十二月十二日、広成作

この様式は、先に見た「漢文序＋和歌」という旅人の様式と類似するものである。また、この記載からは伺えないが、次の歌により旅人と広成の交流関係が明らかである。

天平二年庚午、勅して擢駿馬使大伴道足宿祢を遣はす時の歌一首

奥山の　岩に苔生し　恐くも　問ひたまふかも　思ひあへなくに　（6・九六二）

右、勅使大伴道足宿祢を帥の家に饗す。この日に会ひ集ふ衆諸、駅使葛井連広成を相誘ひて、歌詞を作るべし、と言ふ。登時広成声に応へて即ちこの歌を吟ふ。

右によると、広成は天平二年（七三〇）に大宰府を訪れ、旅人邸の宴に招かれ作歌を求められたところ即座に古歌（7・一三三四）をもじった歌を吟じたとあり、大宰帥である旅人と広成の文学的な交わりを暗示している。旅人との出逢いは何月のことであるか詳らかではないが、おそらく梅花の宴が催された正月十三日以降のことであろう。この広成の場合は、先の憶良・宜・房前の例のように旅人と贈答関係を有すわけではないが、広成が文雅の士と呼ばれるほどの人物であることからしても旅人と和歌を詠む宴で出逢った折には梅花の宴の様子なども話題に上ったであろう(1)。

次に二つ目として、天平十九年越中国守大伴家持と掾大伴池主の贈答歌群、また天平二十一年と天平勝宝元年の

池主から家持に宛てた書簡文と歌の例がある。それは次のようにある。

⑱書簡文と「守大伴宿祢家持、掾大伴宿祢池主に贈る悲歌二首」（17・三九六五、三九六六）

天平十九年二月二十九日、家持作

⑲書簡文と歌（三九六七、三九六八）

天平十九年三月二日、池主作

⑳書簡文と「更に贈る歌」の長歌（三九六九）・短歌（三九七〇～三九七二）

天平十九年三月三日、家持作

㉑詩序と「七言晩春三日遊覧一首」

天平十九年三月四日、池主作

㉒書簡文と「敬しみて和ふる歌」の長歌（三九七三）・短歌（三九七四・三九七五）

天平十九年三月五日、池主作

㉓書簡文（詩序）と「七言一首」と短歌二首（三九七六、三九七七）

天平十九年三月五日、家持作

㉔書簡文と「越前国の掾大伴宿祢池主の来贈する歌三首」（18・四〇七三、四〇七四）

天平二十一年三月十五日、池主作

㉕書簡文と「越前国の掾大伴宿祢池主の来贈する戯れの歌四首」（四一二八～四一三一）

天平勝宝元年十一月十二日、池主作

㉖書簡文と「更に来贈する歌二首」（四一三二、四一三三）

天平勝宝元年十二月十五日、池主作

右によると旅人の「漢文序＋和歌」と類似する様式は、家持⒅と池主の⒆㉔㉕㉖に、また憶良の「漢文序＋長歌・反歌」と類似する様式は家持の⒇と池主の㉒に見える。さらにそれらの様式と異なるものとして、池主の㉑「詩序＋詩」、家持の㉓「詩序＋詩＋短歌」という様式がある。その前者のものは、憶良の絶筆三編と言われている先掲した⒃の中の「詩序＋詩」（天平五年）と類似し、また後者の家持のそれは、やはり憶良の⑵の「詩序＋詩＋長歌＋反歌」（神亀五年）に近い様式である。

天平十九年の家持と池主の贈答は、劉琨、盧諶の贈答詩に擬したものとも言われているが、[3] この越中における家持と池主の贈答の世界は、筑紫における旅人と憶良が形成した贈答歌の世界と重なり合うものである。家持の場合、直接的には筑紫歌の世界とは係わらないが、父旅人と共に幼年時代を大宰府で過ごした経験、旅人の手元に残った文学的資料を見ることができたことなど、旅人や憶良との類似性が生ずる原因に深く係わっていると思われる。

以上、新様式の用例とその在り方を示してみたが、一見して知り得ることは、それらの多くが漢文序と和歌が一体となった文芸作品であり、「書く」次元での様式であるということである。また、新様式を用いる作者たちが旅人を中心として何らかの相互関係を有していることが特徴として挙げられる。その作者たちは、奈良朝前期の詩人文人である旅人、憶良、房前、また奈良朝後期の宜、広成、家持、池主などである。その中で『懐風藻』に詩を残すのは、旅人（44）、房前（85・86・87）、宜（79・80）、広成（119・120）の四人で、そのうちの広成と宜は渡来系の人物である。また憶良は渡唐の経験があり、渡来した父を持つとも言われている。[4] さらに『家伝下』に、広成は文雅の士、宜は方士として名が見えている。このように新様式を用いた歌人たちは、かなり漢籍に造詣の深い人々であったことも特徴として挙げられよう。

さらにまた、新様式の初期の段階（神亀五年〜天平五年頃）は、憶良が筑前守としての赴任した期間の神亀三年（七二六）正月以降から天平四年（七三二）まで、旅人が大宰帥として在任した期間の神亀四年十月頃から、天平二年十二月頃までとほぼ一致している。このことは、新様式の誕生する契機が二人の邂逅にあったことを示すものであり、その誕生基盤は二人で出会う以前のそれぞれの文学的生活にあったのであろう。

三　文雅の人々と宴

旅人と憶良が筑紫に赴任する以前の、都における文学的世界をみる前に、まず『万葉集』における新様式の発生に関する従来の見解をみることから始めてみたい。歌に漢文の序を付すという新様式は、例えば小島憲之によると中国の詩序形式に倣うものであり、六朝初唐詩の「詩序＋詩」の形式によるものとされている。(5)また、「漢文序を構えて、音仮名書きの和歌を併記するこの形式は『記紀』の散文中に挿入されている歌謡の表記に脈を引くもの」とする稲岡耕二の見解もある。(6)たしかに『万葉集』に及ぼした中国文学の影響は大きいが、その影響関係のみにて『万葉集』に現われる「漢文序＋和歌」という新様式の発生を論ずることはできないものがあり、中国詩序形式と記紀歌謡の文学形式を共に享受することにより新しい様式が生み出されたとも考えられよう。

次に旅人と憶良の新様式の形成に関してであるが、たとえば伊藤博は旅人の「吉野讃歌」(3・三一五、三一六)から「報凶問歌」へという制作過程を指摘され、「憶良は、旅人から報凶問歌を披露されてその新しさに目を奪われた。まるでいきどおるように歌心をふるいおこした憶良は、報凶問歌に和して、漢倭混合の長大な連作を詠んだ。併行して『惑情を反さしむる歌』(八〇〇〜一)以下、報凶問歌と同じ様式の作品(ただし憶良の倭歌はすべて長歌)をも、つぎつぎに詠んだ。旅人もまた、この憶良に刺激されて讃酒歌や松浦河の歌など新風の作を物した」と説いている。(7)また林田正男は、旅人が漢詩文や宣命の字句を踏まえた吉野讃歌の長短歌を作り、さらにその手法を生かし漢文序と和歌という新様式の「凶問に報ふる歌」(七九三)を作りそれを下僚の憶良にも披露した。そしてその歌が機縁となり、憶良は「漢文序＋長歌、短歌」という新形式を創意し、旅人に謹上したのだと論じている。(8) さらに憶良のその傾向なり萌芽は、『類聚歌林』の編纂の頃からあったとして、「歌林はその作歌事情の叙述が相当に委しいことは前にみた。この傾向がやがて彼の序文、長歌、反歌という形式へ発展する過程を示すものといえる」と述べている。(9)

この憶良の様式に関して大浜厳比古は、憶良の「日本挽歌」の一連（長文、短詩、長歌、短歌）は、旅人の短文、短歌に対して応じたものであり、「これは憶良の気質と才能によるものであらうがなほ文選に模したおもむきがうかがわれる」と、文選挽歌詩との関係を指摘している。(10)

このように新様式の形成発展には、『万葉集』の配列どおり旅人から憶良へとする説がほとんどであるが、憶良の初期の歌に「神亀五年七月廿一日於二嘉摩郡一撰定」（八〇五左注）と記されてあることから神亀五年以前にこれらの新様式の歌（八〇〇～八〇五）が作られていた可能性もあり、憶良の方が最初に新様式の歌を制作したのではないかなども考えられる。

しかし、いずれにせよ新様式には中国詩序形式の影響があり、旅人のそれには漢文や宣命の字句を踏まえた吉野讃歌が、また憶良のものには『類聚歌林』の編纂に見られる方法、漢文学にみられる形式（『文選』挽歌詩など）などが係わっていよう。では、旅人に「意志を伝へんとする（叙事）には漢文を以てし、情を抒べんとする（抒情）には短歌を以てする表現方法を自覚せしめ」(11)て「漢文序＋和歌」という新様式の文学へと志向させ、またそれに応える憶良を「漢文序＋長歌・反歌」という世界に導いたものは何であったか。単に中国詩の影響を受けたというのではなく、それを享受し新たなものへと発展させる要因とはどのようなものだったかということが問題となる。旅人の吉野讃歌は、神亀元年三月の聖武天皇吉野行幸に供奉した折のもの、また憶良の『類聚歌林』の編纂時期については、東宮侍講時代の養老五年（七二一）頃とする説がある。(12) そして旅人、憶良の新様式は、神亀五年に出現する。新様式の発生基盤の手掛りは、どうもこの養老から神亀初年のあたりの文学的状況に存在しそうである。そして結論的に言うならば、長屋王宅での漢詩宴を共通の場とする当時の漢詩的世界、養老五年に首皇子（後の聖武天皇）の教導に当たるために任命された東宮侍講の人々が大きく係わっているのではないかと思われる。

東宮侍講については、次のようにある。

「庚午。従五位上佐為王・従五位下伊部王・正五位上紀朝臣男人・日下部宿祢老・従五位上山田史三方・従五位下山上臣憶良・朝来直賀須夜・紀朝臣清人・正六位上越智直広江・船連大漁・山口忌寸田主・正六位下楽浪河内・従六位下大宅朝臣兼麻呂・正七位上土師宿祢百村・従七位下塩家連吉麻呂・刀利宣令らに詔して、退朝の後、東宮に侍せむ。」

（『続日本紀』養老五年正月の条）

右の東宮侍講の性格や首皇子に講じようとしたものについては、中西進に詳しい論がある。それによると、彼らは漢学尊重の文学、学問の士たちであり、「文章を半ばとする」風雅の場において首皇子に与えようとしたものは「中国ふうな学問、文雅の素養であった」と述べている。[13] この十六人の中で『万葉集』に歌を残すものは、紀清人、楽浪河内、土師百村、刀利宣令、山上憶良の五人であり、憶良は新様式の歌をも詠んでいる。また漢詩作者は、『万葉集』に漢詩を残す憶良の他、『懐風藻』に詩を残す山田三方、越智広江、塩屋古麻呂、刀利宣令、紀男人らがいるが、その中の山田三方、刀利宣令、塩屋麻呂の作は長屋王宅の宴で詠んだ詩である。さらに「詩序＋詩」形式の詩は、山田三方のみである。その三方と同様に『懐風藻』に詩序形式の詩を残すものは、次の人々である。

(1)山田三方

「秋日於㆓長王宅㆒宴㆓新羅客㆒。併序」（52）

(2)下毛野虫麻呂

「秋日於㆓長王宅㆒宴㆓新羅客㆒。併序」（65）

(3)藤原宇合

「暮春曲二宴南池一。併序」(88)
「在二常陸一贈二倭判官留在一レ京。併序」(89)

(4)藤原万里

「暮春於二弟園池一置酒。併序」(94)

㈲釈道慈

「初春在二竹渓山寺一於二長王宅一宴追致レ辞。併序」(104)

右によると、山田三方(52)と下毛野虫麻呂(65)の詩は、神亀三年に催された長屋王宅詩宴のもの、釈道慈(104)の詩は長屋王宅の宴に招ねかれた折に、辞退する意味で後に贈ったものであり、六例中三例までが長屋王宅の宴と係わっているという特徴をみせており、六朝初唐詩序形式に倣した詩を詠むという文雅の趣向があったことを暗示しているように思われる。また、ここにみられる藤原宇合(89)や釈道慈(104)のように、序文を付した詩を作り、それを贈るという試み、つまり「詩序+詩」の形式が「書く」次元のものであるという事実が、新様式のありようを考える上で重要なことであろう。

そしてこのような漢詩的世界が、当面の問題としている『万葉集』の「漢文序+和歌」形式の歌を詠んでいる作者と係わるものである。たとえば、その歌人たちのうち『懐風藻』に詩をとどめるものは旅人(44)、房前(85、86、87)宜(79、80)、広成(119・120)の四人である。その中で神亀三年の長屋王宅の詩宴で詠んでいるものは、房前と宜である。また憶良は、『万葉集』に養老七年東宮の令に応じた七夕歌(8・一五一八)や神亀元年長屋王宅の宴において詠んだ七夕歌(8・一五一九)を残している。一見無関係のようであるが、このように『万葉集』の新様式を用いた歌人たちの何人かは、東宮侍講の人々や『懐風藻』に「詩序+詩」の形式の詩を残す漢詩作者たちと長屋王宅での漢詩宴を媒介として関連性を有しているのである。

そのことは、『懐風藻』に記されている神亀三年七月、長屋王宅で新羅使を招いた時の宴でいっそう明瞭となってくる。その宴の参加者は、次の人々である。

人名	東宮	渡来人系	万葉集	懐風藻	経国集	学業の賞賜
(1)左大臣長屋王（正二位）			短歌五首	三首		
(2)藤原房前（正三位）			短歌一首（序文）	三首		
(3)安倍広庭（従三位）			短歌四首	二首		
(4)吉田　宜（正五位下）		○	短歌四首（序文）	二首		医　術
(5)背奈行文（従五位下）		○	短歌一首	二首		明経第二博士
(6)山田三方（従五位下）	侍講	○	長歌一首短歌六首	三首（序文）		文章博士
(7)下毛野虫麻呂（正六位上）				一首（序文）	二篇	文章博士
(8)刀利宣令（正六位上）	侍講	○	短歌二首	二首	二篇	
(9)百済和麻呂（正六位上）		○		三首	二篇	
(10)調古麻呂（正六位上）	学士	○		一首		明経第二博士

右によると、この宴に集まった十人中七人までが『万葉集』に歌を残しており、また六人まで渡来人系もしくはその子孫であることが目を引く。そして、『万葉集』に新様式の歌を残す房前と宜は、東宮侍講の一員であった刀利宣令、また『懐風藻』に「詩序＋詩」の形式の詩を残す下毛野虫麻呂、さらに東宮侍講の一員であり「詩序＋詩」形式の詩も詠んでいる山田三方たちと長屋王宅での漢詩宴を共通の場として接触をしているのである。

この宴の主人長屋王は、和銅三年から養老二年までの八年間、文学の素養ある人士が歴代就任している式部卿（文官の考課、選叙、賞賜や大学に関与する職務）の任にあった人物である。また山田三方と下毛野虫麻呂は、養老五年正月二十七日、文章にすぐれ師範たるに堪えるとして絁、糸、布、鍬などを賜っており、時に文章博士であった。さらに山田三方は、百済和麻呂とともに『家伝下』に文雅の士と記されている。

以上、神亀三年長屋王の佐保邸で催された宴は、単に漢文学の素養がある人々が参集して佐保詩の世界を形成していたことを示すだけでなく、外来的要素の漢詩を作り、また日本の伝統的な和歌をも詠むという和漢両面の資質を有する人々が集う文雅の宴であったことを教えてくれる。また、『万葉集』における「漢文序＋和歌」という新様式の発生基盤に、この宴に集う東宮侍講たちや文章博士と呼ばれる人々の文雅の趣向が深く係わっていることを暗示するものであろう。そしてその人々は、「詩序＋詩」形式が文筆作品、「書く」次元の形式であることも知っていたのであろう。

四　文雅の趣向

新様式の発生する基盤に、長屋王宅の宴を場とした漢文学に精通した人々、東宮侍講たちが係わっているという推論を裏付けるものとして二つのことがある。まずその一つに、東宮侍講の一員である山上憶良が編集したと言われる『類聚歌林』の存在がある。

この『類聚歌林』は、首皇子（後の聖武天皇）に献上するため、[14]『芸文類聚』に学び作られたとも推定されている[15]が、その編纂時期や形態については様々な見解が提出されていて、いまだに謎の多い歌集である。もちろんその全貌については明らかではないが、『万葉集』に収載されている九箇所の引用によってその内容を見ると「当時の宮廷に残されていた伝誦歌や行幸に関する類聚とその作者、作歌事情の説明[16]を詳しく付けているという性質を有している。

この『類聚歌林』と東宮侍講の人々との関係について中西進は、「類書の編纂という漢籍に模した書物の作成」や「従来の歌語りの散文に相当しながら詩序の形式の応用」により歌に詳しい説明を付すことは、「和歌を漢風に引き込んだ行為」であり、漢風文雅をもって首皇子に侍していた憶良をも含む東宮侍講の人々の「和歌を引きよせようとする態度」が反映しているのであるという見解を提出されている。[17]そしてそれに触発されてみると『類聚歌林』と東宮侍講の人々の関係は、また『万葉集』の新様式とも係わるのではなかろうか。つまり、『類聚歌林』にみられる歌にいわれを詳しく付けること、いわゆる「作者・作歌事情＋和歌」という形式は、『万葉集』の新様式「漢文序＋和歌」の発想と類似するものと考えられるのである。そしてさらにそれは、初唐詩の「詩序＋詩」の形式、また『懐風藻』に六例も見え、東宮侍講の一員であった山田三方も詠んでいる「詩序＋詩」の形式などとも類似するものと思われる。『万葉集』の新様式は、中国詩序形式や『懐風藻』の詩序形式に倣ったものであるが、そこから学んだものは単に形式的なものばかりでなく作歌事情を付随させた文学的世界を創造するという漢風文雅もあったであろう。そしてそこで新しく試みたのは、中国の詩文の特徴である華麗な対句の方法などを取り入れて序文を成し、それに伝統的な和歌を結び付けるという漢詩的世界の和風化であった。その漢風的な要素と伝統的な要素、換言するなら外来の文学の影響と伝統の継承、これが互いにからみ合っているのが長屋王宅の文学的場であり、東宮侍講たちの文学的態度であったろう。また、『類聚歌林』に見られる、歌に作者・作歌事情を詳しく付けるという「作者・作歌事情＋和歌」の形式も、当時の宮廷に残された伝誦歌や行幸に関する歌を得て、『古事記』や「一書」などを利用して再生産し「序的な作歌事情」に「和歌」を付すということを試みたと捉えられる。そしてこの試みは、憶良の文学の素養もさることながら、漢和の融合の世界をひらこうとする東宮侍講たちの文雅の趣向であり、中西進の説く六朝初唐詩の「詩序の形式の応用」をした「和歌を漢風に引き込んだ行為」だったのではなかろうか。しかしこのことは、『類聚歌林』が「歌を含む記事全体としてのテーマにより分類されたもの」と記事の比重を重視する見解もあるが[18]、作歌事情の記載がそれほど長くないこと、また作歌事情が左注に記されていることなど問題が残らないわけではない。そこで次に、裏付けの二つめとして、その問題とも係わる『万葉集』の「巻十六第一部」について述べてみる。

『万葉集』巻十六は、「有由縁并雑歌」と記され、その内容からしても『万葉集』二十巻の中において特異な存在である。またその撰者、成立年代についても諸説が提出されていることは周知の通りである。さらに巻十六は、内容的に三部より成っており、それらは何回かの段階を踏んで形成されたと指摘されている。

その冒頭から三八一五の歌までの三十首を形成第一段階という意味で第一部と呼んでいる。それらは、歌に由縁が付されている歌群であるが、さらに由縁の記載位置（題詞か左注か）などより三つに分類されている。たとえば中西進は、(1)題詞型（三七八六～三八〇五）、(2)左注型（三八〇六～三八一〇）、(3)題詞左注型（三八一一～三八一五）という三部より成る恋物語と述べ[19]、また伊藤博は次のように分類している[20]。

(1)「由縁を記す題詞＋歌」の形式を貫ぬく部分（三七八六～三八〇六）

(2)「歌＋由縁を記す左注」の形式を貫ぬく部分（三八〇七～三八一〇）

(3)「普通の題詞＋歌＋由縁を記す左注」の形式を貫ぬく部分（三八一一～三八一五）

このように、巻十六は伝誦歌に由縁を散文で付していることが特徴である。だが特に第一部においては、伝誦歌と由縁とが必ずしも適合しているとは言えないものがあることは従来より指摘されている。それはおそらく、伝誦歌と由縁が現存の形で伝えられたものではないことを暗示するものであろう。そしてそこには歌と由縁とを結び付けるという作業段階が存在したと思われる。

その巻十六第一部について、小野寺静子は東宮侍講の人々の関与を想定されて、「巻十六第一部は彼らの共同作業による」と指摘している。そしてその理由として、「歌はすでにあったものを付会させていった可能性が強く、伝承を散文化してゆくこと、歌の由縁を文章化してゆくことに第一部の主な意味がある。その意味と『文章を半ばとする』風雅の場である東宮侍講の性格は一致するといってよかろう」と述べている。(21)

この由縁を文章化（散文化）して歌と結び付ける「由縁＋和歌」の方法、とりわけ⑴の「由縁を記す題詞＋歌」の形式は、すでに益田勝実も指摘されたように六朝初唐詩の「詩序＋詩」の形式を追う発想であり、『万葉集』の新様式「漢文序＋歌」と類似するものと思われる。(22)また、⑵の「歌＋由縁を記す左注」、⑶の「題詞＋歌＋由縁を記す左注」という形式は、左注に作者や作歌事情を記すという『類聚歌林』に見られる方法と類似する方法である。巻十六の「和歌」は、一般的な伝誦歌であり、『類聚歌林』の場合は宮廷に残されていた伝誦歌、行幸歌であるという違いはあるが、これらの発想は先述したように東宮侍講の「和歌を漢風に引きつける行為」と同様のものと考えられる。おそらくそこでは、詩序形式に倣い歌と由縁を結び付ける作業が行なわれ、たとえば序的な「由縁」を新しく創造したり、また伝誦歌とそれにまつわる伝承を入手し再生産するなどして「由縁＋歌」の世界を形成するという「書く」次元での試みがあったのであろう。

そしてまた、『類聚歌林』に見られる作者や作歌事情を散文化して和歌と結びつける方法、また、巻十六第一部に見られる伝承を散文化して和歌に結びつける方法は、ある意味で『記紀』における散文に歌謡を結びつけるという方法とも類似するものと思われる。このような類似をみせるのは、おそらく「書く」次元での伝統的な文学形式と外来の中国詩序形式とを享受していた東宮侍講たちの、漢和の融合によって新しい世界を創造しようとする意識が、『類聚歌林』や巻十六第一部に具体的に表われたことを物語っているものと解される。そしてまた、従来から指摘されている巻十六にみられる憶良的要素、たとえば巻十六の題詞、左注にみえる語の孤立性は巻五の憶良のものに言えること、後に触れるが「竹取翁歌」（16・三七九一～三八〇二）は憶良作と凝せられること、「……反」と訓を注するのは憶良作と巻十六のみに見えること（5・八九四、16・三八一七、三八三九、三八五三）、「白水郎の歌（16・三八六〇～三八六九）の左注に「或云筑前国守山上憶良臣」と記されていることなど、東宮侍講の一員であった憶良と巻十六との係わりを暗示するものであろう。また、類聚歌林や巻十六第一部には「長歌・反歌」の歌もみえるが、これが憶良の「漢文序＋長歌・反歌」の新様式の誕生に係わるのではないかとも思われる。

養老元年（717）	
2年	
3年	
4年	『日本書紀』参上
5年	東宮侍講任命
6年	（・巻十六第一部編纂 ・『類聚歌林』編纂）
7年	
神亀元年（724）	聖武天皇即位
2年	
3年	『懐風藻』「詩序＋詩」初出
4年	
5年	『万葉集』「漢文序＋和歌」の出現
天平元年（729）	
2年	

以上、六朝初唐詩の「詩序＋詩」形式は『懐風藻』の「詩序＋詩」の形式へと受け継がれていくが、また長屋王を中心とした文学的な場での東宮侍講たちや文雅の人々の漢詩的世界で培養されて、憶良の編纂した『類聚歌林』

の「作者、作歌事情＋和歌」の世界、『万葉集』巻十六第一部の「由縁＋和歌」という世界を形成していったのではなかろうか。そしてまた、その一方で漢文の序を和歌に結び付けるという『万葉集』の「漢文序＋和歌」の世界を出現させたのであろう。

ここで、これらの年代的な関連を見てみると、前頁に図示するようにほぼ養老から神亀初年にかけての近いところで係わっている。たとえば、『類聚歌林』の編纂時期については慶雲元年（七〇四）から霊亀二年（七一六）の間とする説、[23]大宝元年（七〇一）以前に着手を考える説、[24]さらには養老四年（七二〇）以後とする見解、[25]憶良の筑前守時代に求める見解もあるが、[26]憶良が東宮に侍していた養老五年頃とする説が有力視されている。[27]また、巻十六第一部の成立時期についても定かではないが、東宮侍講たちの共同作業によるものとする小野寺静子によると養老五年頃と考えられ、また伊藤博には「第一部二十九首（或本歌三八一三と考証の文章を除く）は、天平十七年段階をさかのぼるいつの日かに先人によってまとめられた」とされ、その先人は「神亀初年の奈良朝風流侍従たち」であるとする見解があり、[28]編纂者の違いはあるが小野寺と近い年代を考えている。図示したものによると、『懐風藻』の詩序形式の初出が『類聚歌林』や巻十六第一部より後にあることから疑問ともなるが、おそらくそれらは並行的にあったのではなかろうか。

五　旅人と漢詩的世界

さてここに至って、疑問が二つほど残る。その一つは、旅人と長屋王を中心とする漢詩的世界や東宮侍講たちと、どの程度の関連性を有しているのかということである。またもう一つは、憶良と東宮侍講たちとの深い係わりについては先述してきたとおりであるが、憶良の漢文序と「長歌、反歌」を結びつける発想がどこから生じたのかという疑問である。先の推論は、この二つの疑問を解くことによって、さらに可能性が濃くなってくるだろう。

旅人の新様式は、「報凶問歌」（5・七九三）が最初である。そしてこの歌が四年前の「吉野讃歌」（3・三一五・三一六）においてすでに胚胎されつつあり、また憶良の「日本挽歌」（5・七九四〜七九九）以下一連の歌と密接な関連性を有していることが論じられていることは先述したとおりである。そこで新様式の萌芽があったとされ、また旅人にとって『万葉集』中における最初の作品でもある吉野讃歌を手掛りとして、旅人の長屋王宅を中心とする漢詩的世界や東宮侍講の人々との関係について検討を加えてみる。その吉野讃歌とは、次の歌である。

暮春の月、吉野の離宮に幸す時に、中納言大伴卿、勅を奉はりて作る歌一首并せて短歌　未だ奏上を経ぬ歌

み吉野の　吉野の宮は　山からし　貴くあらし　川からし　さやけくあらし　天地と　長く久しく　万代に　変はらずあらむ　行幸の宮　（3・三一五）

反歌

昔見し　象の小川を　今見れば　いよよさやけく　なりけるかも　（3・三一六）

右の歌は、神亀元年（七二四）の三月、聖武天皇即位後初の吉野行幸の際に、吉野離宮における儀礼の場において「勅を奉じ」奏上するということを予想して作られたものである。時に旅人は正三位中納言であった。この頃の長屋王は、養老五年の右大臣就任から天平元年の自尽まで政治の中心におり、また吉野行幸従駕歌（1・七五）が存在することからして、この行幸に参加していたと思われ、旅人と密接な関係を有していることになる。

また、この長短二首によって構成される吉野讃歌は、旅人の集中唯一の長歌（宮廷讃歌）であり、身分の高い人でこのような応詔による宮廷讃歌を残したものは万葉讃歌史中類例がないと言われている。それ以前に見える和歌による宮廷讃歌は、人麻呂以来、金村、赤人、千年、福麻呂など、おおむね身分の低い専門的歌人によって成され、

また詔に応じて作られることもほとんどなかった。一方、当時の宮廷讃詩は、『懐風藻』でみるかぎり上級官人の漢詩によるものが一般的であったのである。

このような旅人の宮廷讃歌について、清水克彦は、中国文学との関連性が著しいことを指摘され、「人麻呂によって創造された朗唱歌の形態をそなえ」た宮廷儀礼歌と異なり出典を踏まえるという讃美の叙述方法を用いた、「字面をも見なければその意味を十全に解しえないような歌」であると説いている[29]。つまり、「書く」次元での宮廷儀礼歌、宮廷讃歌の登場である。そしてまた阿蘇瑞枝は、『万葉集』における最初の応詔による宮廷讃歌を旅人が作ったことについて意味深いものと捉え、この宮廷讃歌の出現に漢詩の世界の影響があったことを指摘され、「旅人によって先鞭をつけられた宮廷讃歌の世界は、漸く万葉も終り近く、作歌の場の面でも、作者の面においても、漢詩の影響を全面的に受けるに至ったのである」という見解を述べている[30]。このことは、旅人の宮廷讃歌が宮廷讃詩の世界を取り込んだものであり、和歌を漢風の世界にひき寄せた行為と考えられる。

そしてここで問題としたいのは、これらの指摘にあるように、その旅人の宮廷讃歌が漢詩の世界を基盤としているという事実である。周知のように、旅人は『懐風藻』に「初春侍宴の詩一首」（44）を残しており、宮廷讃詩の作者でもあった。その作詩年代は不明であるが、『懐風藻』の配列順から察して宮廷讃歌のはなやかな時代であり、またその一方で漢詩が流行し宮廷讃詩も数多く作られていた頃のものであろう。旅人の初春侍宴詩の前後には、次の

藤原史「遊二吉野一」（31・32）

中臣人足「遊二吉野宮一」（45・46）

大伴王「従二駕吉野宮一応詔」（47・48）

などがある。吉野における宮廷讃歌を作るにあたって、当時のこのような吉野の詩を思い起こしたのかも知れない。

また、『万葉集』の第三・四期頃に作られた宮廷讃詩は、『懐風藻』に十九首ほどあり、その作者のほとんどが五位以上の官人である。旅人の宮廷讃詩もこの中に位置づけられよう。さらに、その中で、先述した神亀三年の長屋王邸の宴の参加者と重なる人がいる。それは次のごとくである。

長屋王の宴に出席	宮廷讃詩
(1)左大臣長屋王（正二位）	「元日宴応詔一首」(67)
(2)藤原房前（正三位）	「侍宴一首」(87)
(3)安部広庭（従三位）	「春日侍宴一首」(70)
(4)吉田宜（正五位下）	「従駕吉野宮一首」(80)
(5)背奈行文（従五位下）	「上巳禊飲応詔詩一首」(61)

右によると、宴に参加した十人中、身分の高い五人が宮廷讃詩（侍宴、応詔、従駕）を作っている。またこの他に、東宮侍講の一員であった紀朝臣男人（正四位下）も「扈従吉野宮一首」(73)を作っている。

このように、旅人の宮廷讃詩は上級官人や長屋王を中心とする詩宴、さらには東宮侍講の人々の漢詩的世界を基盤としているのである。そして旅人の応詔による吉野讃歌（宮廷讃歌）は、当時の吉野詩や長屋王を中心とする詩人グループの漢詩的世界の影響を受け、宮廷讃詩の世界を和歌の世界で試みたもの、和歌を漢詩の世界に引き寄せた行為であると言えよう。この吉野讃歌が、清水の指摘にあるように伝統的な朗唱歌の形態をそなえた宮廷讃歌から転換し、出典をふまえるという叙述方法を用いて「字面をも見なければその意味を十全に解しえないような歌」であったのは、詩宴において中国文学と関連が著しい漢詩を作る上に原典を披瀝することが文雅であったというような漢詩的世界からの影響があったと思われる。そしてそのことが作者や作歌事情が関心の的となりつつあることに拍車をかけ、新様式誕生の要因の一つとなったとも考えられる。新様式の発生基盤は旅人の宮廷讃歌を通してみたところの宮廷讃詩などを詠む漢詩的世界にあるとも言え、おそらく宮廷儀礼の場などにおいて口誦する歌と「書く」次元の歌とが交錯する中で、新しい様式の自覚や要求が育まれてきたのではないだろうか。そして、目で読む歌という要素が後の「報凶問歌」へと流れ、さらに中国詩序形式が加わり「漢文序＋和歌」という「書く」次元での、目で見る文芸様式を誕生させたのであろう。

六　憶良の発想基盤

さて最後に、憶良の新様式にみられる漢文序と「長歌・反歌」とを結びつける発想についての問題である。

まず、憶良の歌の在り方であるが、神亀三年筑前国守として赴任する以前は短歌六首のみであり、その後大宰帥旅人と邂逅することにより急増するのである。その筑紫での最初の歌が「漢文序＋長歌・反歌」の形式をとる神亀五年作の「日本挽歌」(5・七九四〜七九九)であった。そしてこの時が憶良にとって、長歌を詠む初めての経験でもあったとされている。またこの「日本挽歌」は、先述したように旅人から「漢文序＋和歌」形式の「報凶問歌」を示されるという契機によって作歌したものであり、その後の「令反惑情歌」(八〇〇・八〇一)など一連の歌群とともに、旅人に謹上したと言われている。とすると、憶良の新様式は旅人の「報凶問歌」により導き出されたということになるが、旅人の「漢文序＋和歌」という形式から憶良の「漢文序＋長歌・反歌」の形式への展開は明確ではない。憶良の新様式の発生に関する従来の説としては、『類聚歌林』に見られる方法と漢文学(『文選』挽歌)に見られる形式への関心が指摘されていることは先述したとおりである。

そこで、憶良が東宮侍講の一員であり、また『類聚歌林』の編纂者であることから、新様式と『類聚歌林』や東宮侍講たちが共同で編んだと言われる「巻十六第一部」との関連性についてもう一度検討してみると、両者には「長歌・反歌」に序的な作歌事情や由縁を付すという例が看取されるのである。まず、『類聚歌林』の例は次の通りである[31]。

(1)「幸二讃岐国安益郡一之時軍王見レ山作歌」(長歌1・五、反歌六)

山上憶良大夫類聚歌林曰　記曰　天皇十一年己亥冬十二月己巳朔壬午幸二于伊与温湯宮一云々　一書是時宮前在二二樹一此之二樹斑鳩比米二鳥大集時勅多挂二稲穂一而養レ之　乃作歌云々

(2)「額田王下二近江国一時作歌　井戸王即和歌」(長歌1・一七、反歌一八)

右二首歌山上憶良大夫類聚歌林曰　遷二都近江国一時御二覧三輪山一御歌焉

右の二例は、行幸遷都に際してのもので、本来は儀礼的な場で誦詠された歌であろう。『類聚歌林』の編纂時において、このように本来は誦詠された「長歌・反歌」に注記や叙事的説明を付すという試みがあったことは、憶良の新様式の誕生に関わる重要な要素のひとつとして数えられる。

また、「巻十六第一部」(三七八六〜三八一五)にも、次のような二例がある。それは伊藤博の分類による[32]「由縁を記す題詞＋歌」の形式を貫ぬく部分にある(1)と「普通の題詞＋歌＋由縁を記す左注」の形式を貫ぬく部分の(2)である。

(1)　由縁、「竹取翁歌」の長歌(三七九一)、反歌二首(三七九二、三七九三)、娘子等の和歌九首(三七九四〜三八〇二)

(2)　題詞「夫の君に恋ふる歌」の長歌(三八一一)、反歌(三八一二)、或本歌曰(三八一三)、由縁

紙数の都合により歌と由縁を省略したが、右の(2)は、往来の絶えた夫を恋するあまり病となり死の床についた妻のもとに、使いを受けて駆けつけた夫に対し、涙を流しつつ口づさんだ妻の歌としてある。亡くなる妻が夫に残した歌で、憶良の「日本挽歌」の亡き妻を悼んだ歌とは少し異なるが、夫婦の関係が「死」により破局を迎えるとい

う共通性があるものである。

また、(2)の由縁や竹取翁歌が『遊仙窟』などの中国文学によっていることについては、すでに多くの論があり、[33]「わが民間傳承を背景とした説話傳説に遊仙窟と云ふ中國的な衣をかぶせた述作《フィクション》」[34]と指摘されるような中国文学を踏まえた創作歌と考えられ、巻十六第一部中では例外的なものである。さらにその作者についても諸説が展開されている中、従来より憶良作ではないかとする見解もあり、[35]その用語や構想上から「哀世間難住歌」(5・八〇四)、「松浦河の歌」(5・八五三〜八六三)との類似が指摘されていた。[36]その後中西進は、年代的考察と他作家への親疎とを用語によって辿り、構想上の考察など詳細な検討を加えられ、「霊亀養老年間の憶良の作と考える。憶良はその立場と性格によって伝説を素材として作歌し詠誦した」とする見解を提出された。そしてこの竹取翁歌は、三、四十年間の伝承過程の間に様々な改変を受けて、天平末年から天平勝宝にかけての姿で筆録者に与えられ、家持によって巻十六の一首となったと述べている。[37]

この見解に従うと、憶良は神亀五年以前に伝説を素材とした長歌を作っていたことになり、しかもそれは「由縁+長歌・反歌」という形式で新様式に類似するものであった。そしてさらに、その歌は創作された後に誦詠された歌であった。

このように伝説を素材として長歌を作るというと、すぐさま思い浮かぶのは高橋連虫麻呂や虫麻呂歌集である。おそらくこの竹取翁歌群には、虫麻呂の長歌構想などから学んだものもあり、後には鎮懐石の伝説を詠んだ歌(5・八一三・八一四)、松浦佐用姫伝説を詠んだ歌(5・八七一〜八七五)、大伴熊凝伝説を詠んだ歌(5・八八六〜八九一)などが誕生したのではなかろうか。また、同じ巻十六にあり憶良作を伝える、志賀荒雄伝説を詠んだ「筑前国志賀白水郎歌十首」(16・三八六〇〜三八六九)も短歌のみであるが同類であろう。

憶良は、中西進が指摘しているように、これらの歌を、たとえば悲運な熊凝のためにその立場で作歌し、志賀の白水郎のためにその妻子の立場に立って作歌するというように、他人の立場で自らの嘆きのように作歌するのである。その伝説の主人公の立場に立って作歌する態度は、妻を亡くした夫の悲しみをテーマとしている「日本挽歌」が、亡妻挽歌の系列に立ち柿本人麻呂の「泣血哀慟歌」(2・二〇七～二一六)と類同する語句を有していることなどから察して、人麻呂の長歌(挽歌)構想などの影響もあったのではないかと思われる。また、伝説を素材としてその主人公の立場で作歌するという趣向は、当時の漢詩的世界や和歌の世界で催されていた七夕宴においてもみられ、憶良も養老七年(七二三)と神亀元年(七二四)に織女の立場で詠んだ歌(8・一五一八・一五一九)を残しており、そこで育まれた虚構性・物語性なども無視できないものがある。

いずれにせよ、この竹取翁歌に見られるような伝説を素材として創作歌をなし、それを誦詠すること、また伝説の主人公の立場で作歌する態度、この二つの要素も神亀五年作の、妻を失った夫の哀傷を詠んだ「日本挽歌」に大きく係わっているのであろう。そしておそらく憶良の「長歌・反歌」に序文を付けるという形式は、長屋王を中心とする文学的世界を基盤とし、人麻呂に見られる挽歌を「長歌・反歌」で作るという伝統的方法、宮廷讃歌を「長歌・反歌」で詠むという伝統的な方法などを踏まえ、さらにそこに中国詩序形式から学んだ、歌に序的なものを付すという『類聚歌林』に見られる方法や「巻十六第一部」の編纂に見られる方法なども加わり誕生したものではなかろうか。

七　天平万葉歌の世界

以上、新様式の歌を詠んだ『万葉集』の歌人と長屋王の宴を共通の場とする詩人たちとの係わり、東宮侍講の人々の文学的態度と『類聚歌林』や「巻十六第一部」の編纂にみられる方法との関連性の考察、さらには旅人と憶良の漢詩的世界との関連などを検討し、新様式の発生基盤には、長屋王宅での文雅の宴に集う漢文学に素養のある人々、東宮侍講たちの漢詩的世界が係わっていることを述べてきた。その長屋王の宴を中心として形成する漢詩的な世界は、中国文学の影響を著しく受けた漢詩や伝統的な和歌を詠むという倭漢両面の資質を有する人々が集い、しだいに外来の文学の影響と伝統の継承が互いに絡み合うような世界を作り出していったと思われる。

時あたかも漢風流行の中にあり、当時の文人たちは図らずも伝統的な和歌を振り返る機会を得たのである。例えば長屋王宅を中心とする文学的な場に係わっていた東宮侍講の人々は、その文学的志向により一般に流布していた伝誦歌に伝承を付し「由縁＋和歌」形式の文学を成し、また東宮侍講の一員である憶良は、宮廷に残されていた伝誦歌や行幸歌に作歌事情を付し「和歌＋作歌事情」形式の文学方法を創造している。そしてその一方で、旅人、憶良を中心として「漢文序＋和歌」という新しい様式が誕生する。このことは、六朝初唐詩の詩序形式や『懐風藻』にみえる「詩序＋詩」の形式、さらには『記紀』にみる「散文＋歌謡」という伝統的な文学形式などの影響によるものであり、「和歌を漢風に引き寄せた行為」と言うものであろう。また漢詩的な世界において、作者や作歌事情への関心、伝説を素材とした虚構性、物語性などの要素が育まれつつあったこともそれらの誕生に係わっているのであろう。さらにまた新様式は、都における漢詩的世界を基盤として誕生したものであるが、それを助けたものは異国の風情や文化が漂う大宰府の風土、かつて東宮侍講であった憶良や紀男人、土師百村もいる文学的環境、さらには故郷寧楽への思いなどであったろう。

その他にその漢風に対する意識は、新様式の歌の、旅人「詩詠」（八一一題詞・天平元年）、「短詠」（八一五序文・天平二年）、憶良「日本挽歌」（七九四題詞・神亀五年）「倭歌」（八七六題詞・天平二年）、広成「古体」（一〇一一序文・天平八年）、池主「倭詩」（三九六七序文・天平一九年）などの表現にもみえている。漢和の融合により新しい文学的世界を創造しようとする意識は、こうして次の時代へと受け継がれて行くのであろう。

注

（1）本書Ⅳの「葛井連広成家集宴歌」
（2）井村哲夫『萬葉集全注巻第五』
（3）古沢未知男「淡等謹状（万葉）と琴賦（文選）」（『国語と国文学』第三十六巻五号）
（4）中西進「憶良帰化人論」（『国学院雑誌』第七十巻十一号）後に『山上憶良』（河出書房新社、昭和四十八年）に所収
（5）小島憲之「万葉集と中国文学との交流」（『上代文日本文学と中国文学　中』塙書房、昭和三十九年）
（6）稲岡耕二「巻五の論」（『萬葉集表記論』塙書房、昭和五十一年）
（7）伊藤博「未逕奏上歌」（『萬葉集の歌人と作品　下』塙書房、昭和五十年）
（8）林田正男「旅人の短歌の構成と排列」（『万葉集筑紫歌群の研究』桜楓社、昭和五十七年）
（9）林田正男「旅人憶良私記」（『万葉集筑紫歌の論』桜楓社、昭和五十八年）
（10）大浜厳比古「巻五について考える――旅人か、憶良か――」（『萬葉学論叢』沢瀉博士喜寿記念論文集刊行会、昭和四十一年）
（11）（10）に同じ
（12）沢瀉久孝「山上憶良の生涯とその作品」（『万葉集講座　巻一』高野正美氏「類聚歌林」（『古代文学』六号）など。
（13）中西進「東宮侍講」（『山上憶良』河出書房新社、昭和四十八年）
（14）高野正美「類聚歌林」（『古代文学』六号、昭和四十一年十二月）
（15）吉永登「類聚歌林の形態について」（『萬葉』二十一号、昭和三十一年十月）
（16）（14）に同じ

(17) (13) に同じ

(18) 梶川信行「類聚歌林の意義」(『語文』四十一号、昭和五十一年七月)

(19) 中西進「禺の世界——万葉集巻十六の形成——」(『国語国文』二十六巻五号)

(20) 伊藤博「巻十六が成り立つまで」(『萬葉集四』(新潮古典集成))

(21) 小野寺静子「万葉集巻十六試論」(『国語国文研究』第五十七号)

(22) 益田勝美「有由縁歌」(『萬葉集講座　第四巻』有精堂、昭和四十八年)

(23) 梶川信行 (18) に同じ。小野寺静子氏「類聚歌林考」(『萬葉集の研究　第十三集』)

(24) 比護隆界「類聚歌林の編纂」(『上代文学』三十二号、昭和四十八年四月)

(25) 吉田幸一「類聚歌林攷」(『国語と国文学』十六巻三号、昭和十四年三月)

(26) 北野達「類聚歌林に関する試論」(『山形県立米沢女子短期大学紀要』第二十一号)

(27) (14) に同じ

(28) (20) に同じ

(29) 清水克彦「旅人の宮廷儀礼歌」(『萬葉論集』桜楓社、昭和四十五年)

(30) 阿蘇瑞枝「宮廷讃歌の系譜」(『上代文学論叢』桜楓社、昭和四十三年)

(31) 巻二の二〇二の歌は、或書に高市皇子の殯宮の時に作歌した人麻呂の長歌(一九九)の反歌としてある。しかし類聚歌林では檜隈女王の作として載せられていることから除く。

(32) (20) に同じ

(33) 小野機太郎(『上代日本文学講座　第二巻』)、西野貞治「竹取歌翁と孝子伝原穀説話」(『萬葉』第十四号、昭和三十年一月)など。

(34) 小島憲之「遊仙窟の投げかけた影」(『上代日本文学と中国文学　中』塙書房、昭和三十九年)
(35) 『萬葉集全釈』、『萬葉集私注』など。
(36) 『萬葉集全釈』、『萬葉集総釈』、『萬葉集評釈』など。
(37) 中西進「竹取翁歌の論」(『万葉集の比較文学的研究　下』桜楓社、昭和三十八年)

山斎と呼ばれる庭園

一　はじめに

『万葉集』には、「山斎《しま》」と呼ばれる庭園が詠まれている。それは、人間が自然を規制し再構成した人工的な美的造形としての空間概念を有しており、居住空間における「屋前《やど》」「園」「庭」などとは少し異質なものと思われる。また、万葉人たちは生活的に「山斎」の美や情趣を賞でるというだけでなく、歌としてそれをうたう認識を持っており、そこには中国からの新しい知識や六朝文学の影響などが係わっているようである。

本稿では、庭園の発達によって自然美鑑賞の対象が日常の自己の周辺に狭められてくることと、文学との係わりを考える一つの手掛りとして、『万葉集』に詠まれている「山斎」の特質と作歌基盤を明らかにしてみたい。

二　庭園と「しま」

『万葉集』中には、庭園に係わる「しま」という語が十例（誤字説、固有名詞を除く）ほどみられ、「山斎」「山池」「嶋」「志満」「之麻」と表記されている。(1) このように表記されている「しま」とは何か。まずはこの点について、用字の面からみてみたい。

『万葉集』における「山斎」の用例は、次に掲げる二例がある。

(1)故郷の家に還り入りて、即ち作る歌三首

妹として　二人作りし　我が山斎は　木高く繁く　なりにけるかも　（3・四五二）

(2)山斎を属目して作る歌三首

鴛鴦の住む　君がこの之麻　今日見れば　あしびの花も　咲きにけるかも　（20・四五一一）

右の(1)の歌は、大伴旅人作である。また(2)の歌は御方王の作であるが、旅人の子、大伴家持も同席した宴の歌であり、さらに家持の歌日記と言われている巻二十に収められていることなどから、表記的に(1)と(2)には関連性が考えられる。場を同じくする次の歌

池水に　影さへ見えて　咲きにほふ　あしびの花を　袖に扱入れな　（20・四五一二）

磯影の　見ゆる池水　照るまでに　咲けるあしびの　散らまく惜しも　（20・四五一三）

によると、そこは磯のように作った池があり鳥が住み囲りには花を植えてある邸宅の庭園である。おそらく(1)の「山斎」も(2)の例と類似するものであろう。

また、この「山斎」の用字は周知のごとく漢籍の世界においては六朝以来しばしば詩文に見え、たとえば『懐風藻』の詩に

(1)河島皇子　五言「山斎」一絶……持統朝、藤原京

塵外年光満ち　林間物候明らけし。風月遊席に澄み　松桂交情を期る。

(2)中臣朝臣大島　五言「山斎」……持統朝、藤原京

宴飲山斎に遊び　遨遊野池に臨む雲岸寒猨嘯き　霧浦柂聲悲し。葉落ちて山逾静けく、風涼しくして琴益微けし。各朝野の趣を得たり、攀桂の期を論らふこと莫れ。

(3)大神朝臣安麻呂　五言「山斎言㆑志」……和銅、平城遷都直後か。

間居の趣を知らまく欲り、來り尋ぬ山水の幽きことを。浮沈す烟雲の外、攀翫す野花の秋。稲葉霜を負ひて落ち、蟬の聲吹を逐ひて流る。祇仁智の賞を爲さまくのみ、何ぞ論らはむ朝市の遊び。

と、自然の中の「山斎」に遊ぶ世界が詠まれている。ここでの「山斎」は、「塵外」「朝野の趣を得たり」「間居の趣を知らまく欲り」と表現されているように、俗世間から離れた山水自然の世界において静かな趣を知るところとしてある。『懐風藻』にはこの他にも、「遊二覧山水一」（犬山王）など、自然を遊覧する詩が多く詠まれており、それは道教的な隠逸と自然を愛好する風雅の精神に支えられたものであろう。

さらにまた、万葉歌人たちへの影響がしばしば指摘されている『芸文類聚』の「居處部」に、

王孚の安成記に曰く、太和中、陳郡の殷府君、水を引き城に入れ池を穿つ。殷仲堪、又た池北に於て小屋を立て書を讀む。百姓、今に于て呼びて讀書齋と曰ふ。

とあり、次のような「山斎詩」を挙げている。

梁の簡文帝「山齋詩」に曰く、玲瓏　竹澗を繞り、間關　槿蕃に通ず、缺岸新たに浦を成し、危石久しく門を爲す、北榮に飛桂下り　南柯に夜猿吟ず　暮流　錦磧を澄し、晨冰　采鸞を照らす。

陳の徐陵「奉和簡文帝山齋詩」曰く、架嶺　金闕を承け、飛橋　石梁に對す、竹密にして山齋冷たく　荷開きて水殿香ばし　山花　舞席に臨み　水影　歌林を照らす。

右の「山斎詩」は、山居の自然を描いたものであり、「山斎」とは山水自然の中にある林泉を持った居室の意味で詠まれている。また、初唐頃には、山中の池畔にある亭を詠んだ「夏日過鄭七山斎」（杜審言）などがある。

次に「嶋」（志満、之麻）についてであるが、これを「しま」と訓むことに視点を置いてみると、「しま」という庭園の最も古いものとしては、次に掲げる『日本書紀』の蘇我馬子が亡くなったときの記事がある。

以て三寶を恭み敬ひて、飛鳥河の傍に家せり。乃ち庭の中に小なる池を開れり。仍りて小なる嶋を池の中に興

く。故、時の人、嶋大臣と曰ふ。　（推古三十四（六二六）・巻第二十二）

右の例は、池の中に島を築くという様式の庭園が邸内に存在したこと、またそれを「しま」と呼んだことを示すとともに、そのような様式の庭園を造築する根底に嶋大臣（蘇我馬子）が三寶（仏像、経典、僧尼）を恭み敬っていたことや豊浦寺（尼寺、五九〇年）、飛鳥寺（法師寺、五九六年）などを建立したことなどが深く係わっていることを暗示しているようにも思われる。おそらく『万葉集』にみられる「嶋」も、馬子の庭園と基本的に類似する庭園様式と考えてよいだろう。

さらに「山池」と表記されている例であるが、それは『万葉集』中に次の一例がある。

山部宿祢赤人、故太政大臣藤原家の山池を詠む歌一首

古の　古き堤は　年深み　池の渚に　水草生ひにけり　（3・三七八）

右の歌は、養老四年（七二〇）に亡くなった藤原不比等邸の「山池」を詠んでおり、この庭樹の繁茂を通じて故人の喪失感を表現するという発想は、先述した旅人の亡妻挽歌「我が山斎は　木高く繁く　なりにけるかも」（3・四五二）と類想のものである。

『万葉集』以外でこの「山池」は、『懐風藻』に「秋夜宴㆓山池㆒」（境部王）と詩題にみえる。また南斉や梁の時代には、次に掲げるように貴族の邸宅内にある築山や池を配した庭園を「山池」を呼んでいることが認められる。

⑴到撝の庭（南斉）　（『南斉書』巻三七本伝）

「宅守山池、京師第一」

⑵劉悛の庭（南斉）　（『南斉書』巻三七本伝）

「車駕数幸悛宅、宅盛治山池」

⑶到溉の庭（梁）　（『梁書』巻四〇本伝）

「漑第山池有奇石」

しかしまた、梁、陳の時代や周の時代の文学においては、山に遊び渓谷に遊んで山水美を詠んだ「山池詩」があり、次に掲げるような詩題がみられる。

(1)梁、簡文帝「山池」

(2)梁、庾肩吾「山池、令に応ず」

(3)梁、王臺卿「山池」

(4)梁、鮑至「山池、令に応ず」

(5)周、庾信「『山池』に和し奉る」

(6)周、王褒「山池の落照」

(7)陳、徐陵「山池、令に応ず」

（『芸文類聚』巻九水部下池）

そしてそれは唐の時代にも受け継がれ、たとえば静寂な山寺を詠んだ、「題瑨公山池」（李頎）、また、山荘の池のほとりで宴会を開いたときの「安徳山池宴集」（許敬宗）などがある。

以上、「山斎」「山池」「嶋」について漢籍などを手掛りにその関係などをみてきたが、その結果それらは山水自然に係わるという点で共通性を有していた。しかし、『万葉集』の「山斎」「山池」「嶋」（嶋大臣の例を含む）は、邸宅内の庭園にある築山や池に係わるものであるが、中国文学の初期にみられる「山斎」や「山池」は、山中の実際の山水自然に存在するという相違する点も看取される。また、その「山池」は南斉や梁の時代において、貴族の邸宅の庭園に造られたことも認められ、それは『懐風藻』においても同様であり、その場で宴が催されたりもしていたようである。

このように「山斎」「山池」については、山水自然の中から日常生活圏へ移行した過程が推測されるが、それに関しては疑問が残るところである。また、「嶋」については、後に述べるようにその基本的構造において類似する庭園はみられるものの、その呼び方はどうも日本的なもののようである。

三　「しま」の歌の特質

さて次に、「山斎」「山池」「嶋」と表記されている「しま」や、また雪の降った「雪嶋」、庭に築いた嶋そのものをさす「嶋山」などが、『万葉集』中でどのように詠まれているかという実態を把握し、その特質をみてみることにする。

その「しま」なる語を有する歌の作歌年次、作者、作歌事情を調べてみると、次頁に表示（表Ⅰ）するようになる。この表によって知り得ることは、「しま」の語は巻二、三、五、六、十九、二十に散見し、年代的には持統三年（六八九）～天平宝字二年（七五八）までにみられることである。

次に作者であるが、それは『懐風藻』に詩を詠むなど漢詩文に造詣の深い大伴旅人、吉田宜、葛井連広成の他に、大伴家持、御方王、山部赤人などである。この中の吉田宜は、もとは百済の僧恵俊という帰化人で、医術の心得があり道教における方士、つまり神仙の術を行なう人であった(2)。また、葛井連広成も、もとは白猪史広成といい、百済からの帰化人系の人物である(3)。

さらに題詞、左注などの作歌事情によると、挽歌的な歌⑴⑶⑷と宴席歌⑸⑹⑺⑻⑼とがあり、⑸の広成邸に

（表Ⅰ）

	制作年月日	歌番号	作者	作歌事情	用字
(1)	持統三年(689)四月以降	2・一七八、一八〇、一八一、一八八	日並皇子尊宮舎人等	日並（草壁）皇子の薨去を慟傷して作る	嶋
		2・一七〇（或本）、一七一、一七二、一七九	一七〇の或本歌は人麻呂作歌に入る	一七〇の或本歌は日並皇子尊殯宮之時	嶋宮
		2・一七三、一八九	(1)と同じ	(1)と同じ	嶋御門
		2・一八七	(1)と同じ	(1)と同じ	嶋御橋
(2)	天平二年(730)七月	5・八六七	吉田宜	旅人から贈られた歌に和ふる歌	志満
(3)	天平二年(730)十二月以降	3・四五二	大伴旅人	「還二入故郷家一」・亡妻挽歌	山斎
(4)	天平五年(733)頃（養老四年以降）	3・三七八（題詞）	山部赤人	「詠二故太政大臣藤原家之山池一」	山池
(5)	天平八年(736)十二月	6・一〇一二	葛井連廣成	「歌儛所之諸王臣子集二葛井連廣成家一宴歌」	嶋
(6)	天平勝宝三年(751)正月	19・四二三二	遊行女婦蒲生娘子	「會二集介内蔵忌寸縄麻呂之舘一宴楽」	雪嶋
(7)	天平勝宝四年(752)頃	19・四二六六	大伴家持	詔に応へる為に儲けて作る	嶋山
(8)	天平勝宝四年(752)十一月	19・四二七六	右大辨藤原八束朝臣	「新嘗會肆宴應レ詔」	嶋山
(9)	天平宝字二年(758)	20・四五一一	大監物御方王	山斎を属目して（清麻呂宅の宴と同じか）	山斎（題詞）之麻

ある「しま」などは風流の宴の場となっている。それらの歌内容を分析してみると、次に掲げるように、故人を偲ぶ情を、「しま」が「荒廃」すると表現した発想の挽歌性を有する歌がある。

皇子尊の宮の舎人等の慟傷して作る歌二十三首

み立たしの　嶋の荒磯を　今見れば　生ひざりし草　生ひにけるかも（2・一八一）

故郷の家に還り入りて、即ち作る歌三首

妹として　二人作りし　我が山斎は　木高く繁く　なりにけるかも（3・四五二）

山部宿祢赤人、故太政大臣藤原家の山池を詠む歌一首

古の　古き堤は　年深み　池の渚に　水草生ひにけり（3・三七八）

また宴席歌において永遠性を有する「嶋山」「嶋」を表現する発想の歌がある。

内蔵忌寸縄麻呂の館に会集して宴楽する時に（19・四二三〇の左注）

雲の嶋　巌に植ゑたる　なでしこは　千代に咲かぬか　君がかざしに（19・四二三二）

詔に応へむ為に儲け作る歌一首

……豊の宴　見す今日の日は　もののふの　八十伴の緒の　嶋山に　赤る橘　うずに刺し……（19・四二六六）

二十五日、新嘗会の肆宴にして詔に応ふる歌六首

嶋山に　照れる橘　うずに刺し　仕へ奉るは　卿大夫たち（19・四二七六）

さらにつけ加えるなら、「しま」のある「太政大臣藤原不比等宅」や「中臣朝臣清麻呂宅」の邸宅が、後に寺院として使用されることも「しま」の性格をみる上でないがしろにできないだろう。

四　「しま」の庭園様式

さてここまでは、『万葉集』における「しま」の歌の特質についてみてきたが、次に「しま」の源流について、つまり「しま」という庭園の発生を明らかにしつつ、「しま」と文学との係わりなどについて考えてみたい。

まず、「しま」と呼ばれる庭園の形態の面から「しま」の庭園様式の意味について考えてみることにする。「しま」とは、池の中に島を築き、水辺には小石を敷いて白砂の浜の趣きを造り、また岩を積み上げて荒磯の景を作るという庭園様式であったが、どうやらそこには道教、神仙思想が深く係わっているようである。

たとえば海外に目を向けると、次のような庭園がある。

(1)　太液池(4)

「(漢書曰)又曰太液池中有蓬萊方丈瀛州象山也」　(『芸文類聚』巻九水部下)

(2)　宋建康の玄武湖……元嘉二十三年(四四六)

「是歳造玄武湖、上欲於湖中立方丈・蓬萊・瀛州三州三神山」　(『宋書』巻六六何尚之伝)

(3)　百済扶余の宮南池……武王三十五年(六三四)

「三月、穿池於宮南。引水二十餘里。四岸植以楊柳。水中築島嶼。擬方丈仙山」　(『三国史記』第二十七)

この池などは、池の中に島を築くという基本的構造において『万葉集』の「しま」と類似するものである。

また、次の例がある。

(4)　北魏洛陽城の華林園の池……六世紀初め

「世宗は池の中に蓬萊山を築かれた。その山には仙人館があった。」　(『洛陽伽藍記』巻一)

(5) 新羅慶州の雁鴨池……文武王十四年（六七四）

「二月。宮内穿池造山。種花草。養珍禽奇獣」

これなども同様の様式で、雁鴨池には大中小の三つの島が築いてあり、海の自然を擬して作った跡や臨海殿という宮殿の名称もあったことが報告されている[5]。

これらのことから、池の中に島を作るという庭園様式の基盤には、仙人の住むという蓬萊・方文・瀛州の三神山が東海中にあるという中国の神仙思想があり、荒磯のある池は「海」に、また池の中の島は海に浮かぶ「仙山」に見立てたものと思われる。

道教の重要な要素である神仙思想において、仙山は現実の国土から遠く離れた海中、もしくは深山にあるとされ、そこは神仙の住む世界であり、不老不死という永遠を手に入れることが可能であるとされている。「しま」と呼ばれる庭園様式は、このような神仙思想に基づき、容易に到達できる現実の国土、日常生活圏にある邸宅の庭園の中に神仙境を構築したものであり、その中心である池の中に築いた島は、仙山、いわゆる永遠なるものの象徴であったと考えられる。

おそらく『万葉集』の「しま」にみられる二つの発想、宴席歌で永遠性を有する「嶋山」を表現すること、また挽歌において故人を偲ぶ情を「嶋」が「荒れる」と表現することは、ここにその源がありそうである。「嶋」が永遠なるものの象徴であるゆえに、「永遠性」が荒廃することで挽歌性を有してくるのであろう。

ここまで「しま」について用字、訓み方、形態の面から、その特質や基盤などについて考えてみたが、どうやら『万葉集』における「しま」の源流は、古代の中国や朝鮮半島に求めることができ、また俗世界から離れた所の山水自然の中に生活や遊びを求めるという趣きと、神仙思想に基づく庭園を造築するということとが結びつくところにあると推測される。そしてまた、そこには自然に対する観念と表現とが係わっており、中国六朝時代の山水文学、山水画、さらには自然美的表現の庭園の発生とも関係があるように思われる。
中国における山水文学や山水画は、東晋（三一七〜四一八年）の中期頃より普及してくる山水自然を伴とする生活に培養され、南朝に開花したものである。たとえば、その中の山水詩は宋の謝霊運や斉の謝眺などに代表されるように宋以後一段と発展し、次の梁、陳の時代に盛んに詠まれてくる。思想的には、東晋の頃に盛行した道教の思想的根拠ともなっている老荘思想のもつ自然観、つまり自適主義が生んだ、情緒を尚び山水自然を愛好する精神に基づいたものである。志を高尚にして隠逸する者や官僚組織から逸脱した処士の人々が、山中に隠遁し山水に散懐したことにより、隠遁生活の賛美や山中を賛美する詩文が生まれ、しだいに自然に対する観念が確立し、山水の美しさをうたう山水詩やそれを描く山水画が出現したと言われている。[6]
また、中国においては庭園も古くから営まれていたが、自然美を中心とする庭園は山水詩や山水画とその精神や時を同じくして東晋時代から盛んになり、梁、陳の頃には隠遁思想に遊楽思想が加わり、山中の実際の山水自然を庭園に移して山水美を楽しむというような造園趣味、いわゆる「自然庭園」の概念が生まれた。さらに、それにともない山中の実際の山水を詠ずるというだけでなく、庭園内の山水美を詠ずる詩も盛んに現われ、自然の詠物詩なども詠まれるなど、それは初唐に到って隆盛となった。[7]
先掲した神仙思想に基づく庭園の例において、年代の明確な古い例としては宋建康の玄武湖（元嘉二十三年（446））がある。この宋は、造園が盛んになる東晋時代の次に続く時代である。また、その東晋の初期頃は思想的には老荘思想や隠遁思想と神仙思想が相互に融合しており、それらの思想に基づき山水を隠遁の場所として愛好する生活から隠遁地の自然を描く「招隠詩」が出現したり、山水を神仙の場と考えて遊行し仙境の自然を描く「遊仙詩」が生まれた時代である。ここにおける仙境に隠遁し、仙境に遊び、また美しい仙境の自然を描写するというような仙境に対する観念と、山中の実際の自然を身近な庭園に移して自然美を楽しむというような造園趣味、自然庭園の概念とが結びつき、実際の山中に求めた仙境をも庭園に取り入れて、永遠なる神仙世界を日常生活の世界に構築したと思われる。

『万葉集』における「山斎」「山池」「嶋」と表記される「しま」にも、このような自然に対する観念と表現というものの影響が存在しているのではなかろうか。たとえば、先述したように山部赤人の歌に詠まれている藤原不比等宅の「山池」についてみると、中国の梁、陳の時代の文学においては、山に遊び渓谷に遊んで山水美を詠じる「山池詩」があり、またその一方で、南斉や梁の時代の貴族の邸宅で「山池」が造られている。このことは梁や陳の頃における自然庭園の概念により、実際の山中にある山池を庭園内に移したことの証左ではなかろうか。また、大伴旅人の歌などにみられる「山斎」という庭園においても、本来は山居の自然に営まれていて、梁の簡文帝の「山斎詩」や陳の徐陵の「山斎詩」などの詩題となっていた「山斎」(居室)であったものが、自然庭園の概念により邸宅内の庭園に造られたものであろう。

そしてさらに、神仙思想に基づいた庭園を造築することには、人間本来の不老長生への願望が根本にあるものの、おそらくこのような自然庭園の概念が係わっていると思われる。

日本において、自然の山中に神仙境を求めて応神、雄略、斉明、天武、持統等の天皇が、吉野宮滝や離宮に行幸したり、また旅人など多くの歌人が吉野の歌を『万葉集』や『懐風藻』に残していると共に、その一方では邸宅に神仙思想に基づく庭園を造築していることもそれと共通の基盤によるものであろう。

『万葉集』における「しま」と呼ばれる庭園の源流は、おそらく中国において自然庭園の概念が発達したことにより、日常の自己の周辺に神仙思想に基づく庭園が造られ、また本来は山中の山水自然にあった「山斎」「山池」もが庭園内に転移されたりして、それらが融合したところにあると思われる。そしてそれが日本に伝来し、神仙思想に基づく庭園の中心的存在となり、永遠の象徴である池の中に築かれた嶋(神山)が、その庭園の総称となり、「しま」と呼ばれるようになったと考えられる。そして、それゆえに、「しま」は「山斎」「山池」とも表記されると思われる。また、『万葉集』にみられる永遠性を有している「嶋山」の存在は、そのことを暗示するものでもあろう。『万葉集』の「山斎《しま》」は、おそらく四世紀後半頃からの漢、韓系の帰化人、またそれ以降に帰朝する留学生、学問僧たちがもたらした民衆道教（神仙思想・神仙術・医術）や造園技術などの新しい知識や思想を基盤とし、六朝文学などの影響を受けて漢籍に造詣の深い人々を中心に文学の世界に登場してきたものと思われる。

五 「しま」の庭園、その後

さて最後になるが、「しま」と呼ばれる庭園の受容と『万葉集』以降の発展について言及してみたい。『万葉集』以降の「しま」に関しては、岸俊男に詳細な考証があり、(8) どうやら「しま」は寺院や仏事と係わって発展していくようである。たとえば、岸の調査によると『正倉院文書』にみえる嶋院・中嶋院・外嶋院と呼ばれる写経所（「嶋」という庭園があることから嶋院）は、次に記す年代にみられ三院とも法華寺内にあったようである。

(1)嶋院……天平十年（七三八）～天平宝字八年（七四六）正月。
(2)中嶋院…天平九年（七三七）～天平宝字二年（七五八）九月。
(3)外嶋院…天平勝宝四年（七五二）四月～天平宝字二年（七五八）十一月。

また、『続日本紀』においては、次に記す年代にみえ、その(2)と(3)の場合は曲水宴が催され、風流の場として用いられていたようである。

(1)西大寺の嶋院…神護景雲元年（七六九）九月。
(2)内嶋院…宝亀八年（七七七）三月。

さらに『日本紀略』においては、延暦十四年（七九五）正月に「西嶋院」がみえる。

(3)嶋院……延暦四年（七八五）三月。

このように『万葉集』以降の「しま」は、寺院や仏事と係わるが、実は日本の「しま」に関する最も古い例においても仏教との係わりがみられる。池の中に嶋のある庭園を造ったことから「嶋大臣」と呼ばれた蘇我馬子は、三宝（仏・法・僧）を敬い、寺院の建立に力を注いだ人物であり、「しま」と「仏事」との係わりを暗示させるものであった。

また、『万葉集』に詠まれている「しま」のある個人の邸宅が、その後寺院となり仏像が安置されたこともみえる。

(1)「山部宿祢赤人、故太政藤原家の山池を詠む歌一首」（3・三七八）

(2)「山斎を属目して作る歌三首」（20・四五一一～四五一三）

（「二月、式部大輔中臣清麻呂朝臣の宅にして宴する歌十五首」（四四九六～四五一〇）

右の(1)の題詞の「藤原家」は不比等の邸宅である。不比等は、養老四年（七二〇）に亡くなっており、その後天平十三年（七四一）頃に娘の光明皇后が父の家を改築して大和国分尼寺、法華寺とする。また、(2)については、伊藤博の説に従い清麻呂宅の宴歌に続くものと考えると、[9]その清麻呂宅は主人の死後、平城天皇の仮御所となった大同四年（八〇七）以降に、第四男諸魚の女百子により買得され、伽藍が建てられ大臣院と号し、仏像を安置して経論を書写する所として用いられた。[10]

このように神仙思想に基づく「しま」という庭園が、寺院や仏事と係わって行く理由のひとつには、人間本来の長寿長生への願望があったからであろう。また、それに加えて神仙思想にある不老不死の世界、永遠なる神仙境の具象化が係わったと思われる。そしてそれが、日本において古来から伝わる常世思想、つまり永遠なる常世の国の信仰が基盤にあったことにより、新しい観念が容易に受け入れられることになったのであろう。仙女を媒体として人間が常世の国に遊ぶパターンは、『万葉集』の旅人の歌や浦島子物語にもみられることである。おそらく、「しま」を造るということは、現世の身近な所に永遠なる世界を構築するものと考えられていたのであろう。

また、先述した神仙思想に基づく新羅慶州の雁鴨池において、出土した遺物の中に板仏である金銅如来三尊像と金銅菩薩像のような仏像も含まれていることが報告されている。[11] 中国などにおいて仏教は道教（神仙思想）などと融合して発展したことを考えると、[12] 日本に「しま」がもたらされる以前から半島においてはすでに仏教との係わりがあったのかも知れない。日本に伝来した初期の仏教は浄土教であったと言われ、また、先述したように『正倉院文書』にみえる「嶋院」は法華寺内にあったが、その寺院には光明皇太后周忌の斎会のため「阿弥陀浄土院」が建てられたりする例もある。[13]

日本における庭園と思想との関係は、長谷川正海に詳しい考証があるが、[14] おそらく浄土教における死後の世界、つまり来世の理想的世界である極楽浄土の信仰などとも係わっているのであろう。

そしておそらく、「しま」が人間の理想的世界を具象化したものであることが、仏事や寺院と関係づける要因のひとつとなっていると思われる。その後の庭園史をみると、寺院建築と庭園との結びつきがさらに深まり、浄土庭園なども盛んに造られて後世まで続くようである。たとえば、次の『伊勢物語』第七十八段にある、文徳天皇の女皇、高子（天安二年(858)十一月死去）の法要の帰り道、藤原常行（高子の兄）が山科の禅師の親王（人康《さねやす》親王）の風雅な御殿を訪れ、面白き石を奉ったという物語にみえる「島」などにもそれは受け継がれていると思われる。

「……かへさに、山科の禅師の親王おはします、その山科の宮に、滝おとし、水走らせなどして、面白く作られたるにまうで給うて……『…いと面白き石奉れりき。大行幸の後奉れりしかば、ある人御曹司の前の溝にすゑたりしを、島好み給ふ君なり、この石を奉らむ』とのたまひて、御随身、舎人して取りにつかはす。」

（表Ⅱ）

区分		内容
西暦		三八六・四二〇・四三九・四七九・五〇二・五三四・五五〇・五五七・五七七・五八一・五八九・六一八・七〇九・七六二
時代		東晋・五胡十六国・宋・北魏・斉・梁・東魏・西魏・北斉・北周・陳・隋・唐（初唐）（盛唐）（中唐）
中国・朝鮮	文学 『芸文類聚』にみえる「山斎詩」「山池詩」	•山斎詩（簡文帝） •山池詩（簡文帝、庾肩吾、王臺卿、鮑至） •山斎詩（徐陵） •山池詩（庾信、王褒） •山池詩（徐陵） •山池詩（許敬宗） •山池詩（杜審言） •山斎詩（李頎）
中国・朝鮮	史料 『宋書』『三国志記』『梁書』『南斉書』等	•四四六（元嘉23）神仙思想に基づく健康の玄武湖 •山池のある貴族の庭（到撝、劉悛） •山池のある貴族の庭（到溉） •池の中に蓬莱山のある華林園 •六三四（百済武王35）神仙思想に基づく扶余の宮南池 •六六二（竜朔2）大明宮を蓬莱宮と改める •六七四（新羅文武王14）神仙思想に基づく慶州の雁鴨池
日本	文学 『万葉集』にみえる「しま」『懐風藻』にみえる「山斎詩」「山池詩」	•六八九（持統3）「嶋」 •六九四～七一一頃（持統8～和銅4頃）「山斎詩」「山池詩」 •七三〇（天平2）「志満」「山斎」 •七三三（天平5）「山池」 •七三六（天平8）「嶋」 •七五一（天平勝宝3）「雪嶋」 •七五二（天平勝宝4）「嶋山」「嶋山」 •七五八（天平宝字2）「山斎」「之麻」
日本	史料 『正倉院文書』『続日本紀』『日本紀略』	•六二六（推古34）「嶋大臣」 •六七一（天智10）「嶋宮」（初出） •七三七（天平9）「嶋院」「中嶋院」「外嶋院」（『正倉院文書』） •七六四（天平宝字8） •七六七（神護景雲1）「嶋院」（『続日本紀』） •七八五（延暦4） •七九五（延暦14）「嶋院」（『日本紀略』）

六　おわりに

以上、『万葉集』における「しま」の歌の特質と作歌基盤についてみてきたが、そのいろいろな特質は「しま」が神仙思想に基づいて造られ、人間の理想的世界を具象化したものであることから生まれたようである。

また、「しま」の源流を遡ってみると、そこには中国の梁・陳の時代の頃に発生した山水に対する観念と表現が係わっていると思われる。

さらに、ここまで用いた「しま」に関する例を大雑把ではあるが年代順に整理してみると前頁に表示するようになり、これによると「しま」は六朝末頃から初唐頃に日本に伝来し、文学の世界に登場したようである。

注

（1）「しま」に関する誤字説は、まず次の歌に三説みられる。

長屋王の故郷の歌一首

我が背子が　古家の里の　明日香には　千鳥鳴くなり　嶋待不得而《しままちかねて》　（3・二六八）

第一は「嶋」を「君」にとる『萬葉考』、第二は「師」ととる『萬葉集攷証』、第三は「嬬」の古体の誤りとする『萬葉集注釋』の説である。そしてこの説は、佐竹昭広氏に受け継がれ、次の歌の「嶋」も「嬬」の誤りとされた（「万葉集本文批評の一方法」『萬葉』四号、昭和二十九年七月）

五年戊辰、難波宮に幸す時に作る歌四首

韓衣　着奈良の里の　嶋待尓　玉をし付けむ　良き人もがも　（6・九五二）

しかし、本文をそのまま採用する説もあり、中西進は二六八の歌の「嶋」について、草壁皇子が住んだ「島の宮」とする説を提出されている（「長屋王の生涯とその周辺」『萬葉集の比較文学的研究　上』桜楓社、昭和三十八年）

（2）『続日本紀』文武四年八月の条。養老五年正月の条。天平二年三月の条。天平五年十二月の条。天平十年七月の条。『家伝下』など。

（3）『続日本紀』延暦九年七月の条など。

（4）太液池のある大明宮は、貞観八年(634)に太宗が設けたものであるが、そこに太液池や蓬莱山がいつ築かれたかは、史料に残っていない。しかし、太液池の中に蓬莱山があったことや、大明宮を蓬莱宮と改めたこと（竜朔二年(662)は、『資治通鑑』（唐紀49）徳宗貞元三年(787)八月の条の注にみえる。

（5）金東賢「雁鴨池発掘参観略記」（『仏教芸術』一〇九号、毎日出版社、昭和五十一年）

（6）村上嘉実「六朝の山水画」（『六朝思想史の研究』平楽寺書店、昭和四十九年）

（7）小尾郊一『中国文学に現われた自然と自然観――中世文学を中心として――』（岩波書店、昭和三十七年）。この著には山水文学について多くの示唆を得た。村上嘉実「六朝の庭園」（注（6）前掲書）

（8）岸俊男「〝嶋〟雑考」（『橿原考古学研究所論集第五』吉川弘文館、昭和五十四年）

（9）「万葉集末四巻歌群の原形態」（『萬葉集の構造と成立　下』塙書房、昭和四十九年）

（10）「中臣氏系図」（『群書類従』）。『万葉集』の清麻呂宅と孫百子の大臣院とは同一性が薄いとする岩本次郎説（「右大臣中臣清麻呂の第」『日本歴史』三一九）もあるが、岸俊男（8）は同一のものとしている。

（11）（5）と同じ

（12）鎌田茂雄『中国仏教史第一巻』（東京大学出版会、昭和五十七年）など。

（13）『続日本紀』天平宝字五年六月七日条「皇太后の周忌の斎を阿弥陀浄土院に設く。其の院は法華寺の内西南隅に在り。忌斎を設けむがために造る所なり。其の天下の諸国、各〻国分尼寺に於て、阿弥陀丈六の像一軀、脇侍菩薩の像二軀を造り奉る」。この事情に関する詳しい考証は、福山敏男「奈良時代に於ける法華寺の造営」（『日本建築史の研究』桑名文星堂、昭和十八年）があり、法華寺（父不比等の旧第）、阿弥陀堂の造営は天平宝字三年夏頃から始められ、翌宝字四年十二月頃にほぼ完成したらしいが、その半年前の六月七日に皇后は世を去られている。

（14）　長谷川正海『日本庭園雑考――庭と思想――』（東洋文化社、昭和五十八年）

山斎の宴

一　はじめに

天平宝字二年（七五八）二月二十日に勅令が出された。それは、最近人々の間で集宴をして政局を批判し、酔乱して節を失って口論闘争する者が多いことから、葬祭か薬用以外の飲酒を厳禁するものである。これに違反した者は五位以上で一年間の給与支払停止、六位以下は解任するという内容であった。

実は、このつい十日程前に中臣清麻呂宅において宴が催されていた。勅令が出されるという情況の下、この宴は何故に催されたのであろう。その宴の歌は、『万葉集』巻二十の末尾近くに次のように配列されている。

(A)二月に、式部大輔中臣清麻呂朝臣の宅にして宴する歌十五首

　四四九六～四五〇五（十首）

(B)興に依り、各高円の離宮処を思ひて作る歌五首

　四五〇六～四五一〇（五首）

(C)山斎を属目して作る歌三首

　四五一一～四五一二（三首）

右の歌は、(A)・(B)・(C)の記号を付したように三つの歌群に分けられている。(A)の題詞の歌数「十五首」は、元暦本によったもので、他の諸本はすべて「十首」とある。十五首とは、(A)と(B)の歌を含めてのものであるが、諸注釈

において(C)も同時の作とするものの[1]「四五一一〜四五一三も同時の作と思われるのに『十八首』としていないことは疑問」とされ[2]、それらの係わりは明らかにされていないままである。

この不鮮明さは、(C)の三首を(A)、(B)の十五首の単なる延長上のものと考え、三首の存在を安易に捉えていることによるものであろう。もし仮りに、(C)の三首が(A)、(B)の十五首の延長上の世界ならば、それらの移行空間に繋りがみられ、(A)・(B)・(C)の歌の世界に絡み合いが浮かび上がってくるのではなかろうか。

そこで、まず(A)の歌群を手掛りに、この宴の場や歌の特質を捉えた上で、(A)、(B)の歌群の係わりを考え、(C)の三首を清麻呂の宴の中にしっかりと位置づけてみたい。そうすることにより、この時期における集宴の目的なども明確になるであろう。

二　中臣清麻呂宅の宴

(A)の歌群とは、次の十首である。

(A)二月、式部大輔中臣清麻呂朝臣の宅にして宴する歌十五首

(1)恨めしく　君はもあるか　やどの梅の　散り過ぐるまで　見しめずありける　（20・四四九六）

右の一首、治部少輔大原今城真人

(2)見むと言はば　否と言はめや　梅の花　散り過ぐるまで　君が来まさね　（20・四四九七）

右の一首、主人中臣清麻呂朝臣

(3)はしきよし　今日の主人は　磯松の　常にいまさね　今も見るごと　（20・四四九八）

右の一首、右中弁大伴宿祢家持

⑷我が背子し　かくし聞こさば　天地の　神を乞ひ禱み　長くとそ思ふ　（20・四四九九）
右の一首、主人中臣清麻呂朝臣
⑸梅の花　香をかぐはしみ　遠けども　心もしのに　君をしそ思ふ　（20・四五〇〇）
右の一首、治部大輔市原王
⑹八千種の　花はうつろふ　常磐なる　松のさ枝を　我は結ばな　（20・四五〇一）
右の一首、右中弁大伴宿祢家持
⑺梅の花　咲き散る春の　長き日を　見れども飽かぬ　磯にもあるかも　（20・四五〇二）
右の一首、大蔵大輔甘南備伊香真人
⑻君が家の　池の白波　磯に寄せ　しばしば見とも　飽かむ君かも　（20・四五〇三）
右の一首、右中弁大伴宿祢家持
⑼うるはしと　我が思ふ君は　いや日異に　来ませ我が背子　絶ゆる日なし　（20・四五〇四）
右の一首、主人中臣清麻呂朝臣
⑽磯の浦に　常喚び来棲む　鴛鴦の　惜しき我が身は　君がまにまに　（20・四五〇五）
右の一首、治部少輔大原今城真人

右の歌の作者は、主人清麻呂、市原王、甘南備伊香、大原今城、大伴家持である。また、後続の(C)の歌群には三形王が名をみせている。これらの人々は、周知のように参議藤原仲麻呂が皇后光明子およびその子阿部皇太子の大きな後楯として、実力者の位置を占める政界の主流からはずれた王族や旧王族たちであった。この清麻呂は、母は多治比真人嶋の娘であり、家持の母を多治氏の郎女と推測する説からすると、家持の母の従兄弟にあたる。

また、この十首は主人清麻呂を中心に繋りながら二首ずつ一組になっており、(3)たとえば「宴の主人への儀礼的な謝詞、讃詞」・「気の合った人々が集まって儀礼的な挨拶がかわされた」[4]とか、「内容的には招かれた客が、うちとけながらも主人清麻呂に謝意をこめて挨拶や賀の心を述べたものに対して清麻呂が和えるという典型的な宴歌の型式をとっている」[5]もので「いはば社交辞令的応酬」[6]などと評されている。

そしてまた、この十首はむしろ次に続く(B)歌群（興に依り、各高円の離宮処を思ひて作る歌五首）との係わりについて説かれることが多い。たとえば、小野寛は「気の合った人々が集まって儀礼的な挨拶がかわされたあと、宴たけなわになりゆくと共に、集った人々の思いはおのずから彼らの共通の思い出である先帝聖武天皇の高円の野の離宮に向けられたのであった」と述べている。[7]また、橋本達雄は「では何ゆえにかかる『興』を起こしたのかは、宴における雰囲気そして話題によると思われる」と指摘され、天平勝宝八年（七五六）五月の聖武上皇崩御後、橘諸兄の死（天平勝宝九年一月）、橘奈良麻呂の変（同年七月）、それに伴う大伴池主などの死が続き、政権は藤原仲麻呂が一手に掌握するという暗く慌しい世相を背景とするものであったと説く。そして「かかる暗い時代にそのよき治政時代を懐しみ追慕する気持になるのはきわめて自然であり、同席の人々もまた同じ思いであろうとする家持の意識が、『高円の離宮処を思ふ』という『興』となって湧き、その一首目を歌い上げたのではないかと思う。その思いが同席の人々に共通していたことは、続く今城・清麻呂・伊香の歌によって知られる」と述べている。[8]そしてさらに今城の(10)の歌にあった「君がまにまに」の一語も引き金となって惹起された「興」であったことも加えている。

以上、従来この十首について指摘されていることは、王族や王族から臣籍降下した人、中臣、大伴という旧守氏族たちが集まっていること、暗い時代情況であったこと、儀礼的挨拶歌が多いこと、次の(B)歌群五首を導びき出したことなどである。

しかし、いまひとつしっくりしないのは、何故にこの清麻呂宅に集い宴をしたのかということである。また宴に集まった人々やそれを取り巻く時代性が醸し出した宴の雰囲気や話題とは、具体的にどのようなものであったのか。

さらには(C)の歌群との係わりなど疑問が残ったままである。

これらの疑問を解く手掛りは、まず、(A)・(B)・(C)歌群の歌に共通してみられる「常なるもの」(永遠性)と「うつろふもの」(無常)であろう。またもうひとつは、この宴の場を明らかにすることであろう。作歌の場には、その構成の要素として強く働きかけるものと、またその場を規制する力とが存在する。この宴の場合は、次の二首と後に述べる「山斎」のある庭園がそれにあたると思われる。

まずは、その二首からみてみることにする。

(6)八千種の　花はうつろふ　常磐なる　松のさ枝を　我は結ばな　(家持20・四五〇一)

(10)磯の浦に　常喚び来棲む　鴛鴦の　惜しき我が身は　君がまにまに　(今城20・四五〇五)

右の(6)の歌は(5)の歌の「花」と「君」を継承・転換して、「花はうつろふ」(無常)と「常磐なる松」(永遠性)を対比させ、その松の枝を結んで無事や幸福を願るという歌である。そして、「我は結ばな」とあるように、みずからをはじめ宴に同席している人々の永遠なる生命を保とうという呼びかけ、いわゆる提言であろう。この歌を契機に続く歌は(7)「長き日を見れども飽かぬ」、(8)「しばしば見とも　飽かぬ」、(9)「いや日異に　来ませ　我が背子　絶ゆる日なしに」、(10)「常喚び来棲む　鴛鴦の　惜しき我が身は　君がまにまに」など、常に集い結束して行こうとする気持が展開するのである。

また(6)の歌は、その前に家持が詠んだ(3)「磯松の　常にいまさね　今も見るごと」やそれに答えた清麻呂の(4)「天地の　神を乞ひ禱み　長くとそ思ふ」の表現に触発されたものであり、今城の(1)「梅の　散り過ぐるまで」や清麻呂の(2)「梅の花　散り過ぐるまで」の表現に連らなるものであろう。

宴に出席し、その主人への挨拶として長久なることを寿ぐことはよくあることであるが、しかしまた、(6)の歌は以前家持自身が詠んだ次の(イ)の歌を想い起こしながら詠んだと指摘されており[9]、この宴にもう一つの世界を構築しているど思われる。その歌は次のように配列されている。

勝宝九歳、六月二十三日に大監物三形王の宅にして宴する歌一首

(ア)移り行く　時見るごとに　心痛く　昔の人し　思ほゆるかも　（20・四四八三）

右、兵部大輔大伴宿祢家持作る

(イ)咲く花は　うつろふ時あり　あしひきの　山菅の根し　長くはありけり　（20・四四八四）

右の一首、大伴宿祢家持、物色の変化ふことを　悲しび怜びて作る

(ウ)時の花　いやめづらしも　かくしこそ　見し明らめめ　秋立つごとに　（20・四四八五）

右、大伴宿祢家持作る

右の(イ)の歌は、(6)の歌で無常なる花と永遠なる松を対比させて命の長久無事なることを願っていたように、うつろふ花（無常なるもの）と長くある山菅の根（永遠なるもの）を対峙させて細く長く生きることを詠むという点で類似するものである。この歌の作歌事情については、左注に万物の移り変わることを悲しんで作ったとある。だがこの(イ)と続く(ウ)の歌には、その作歌年次は記されていない。そこで次に位置する四四八六の題詞に「天平宝字元年十一月十八日」とあることから、(ア)の「勝宝九歳六月二十三日」との間の作と思われるが、今なお勝宝九年七月（九年八月十八日に改元され天平宝字元年となる）に起こった橘奈良麻呂の変の直前か、直後かで見解が分かれている。[10]

このことは(イ)の「咲く花は　うつろふ時あり」の解釈や歌の意味するものに大きく係わるのである。

しかし、(イ)の「咲く花は　うつろふ時あり」や(ウ)の「時の花」の表現は、(ア)の「移りゆく　時見るごと」の表現に係わるものであり、(イ)と(ウ)の二首は(ア)の歌に触発されたという見方もできる。(ア)の歌の「移りゆく　時見るごと」という無常なるものへの感慨は、表面的には季節の推移をいうが、諸注釈の説くように前年の天平勝宝八年五月二日の聖武天皇崩御、勝宝九年一月六日の橘諸兄の死去、同年三月二十九日の皇太子道祖王の廃止などという時世の

移り変わりを表現したものであろう。

また、「昔の人」については誰か不明としながらも、たとえば「仲麻呂の父武智麻呂らのために長屋王らの実力者を死に追いやった際、家持の父旅人が痛憤したであろうことをいうか。あるいはこの春没した諸兄らの保守派にみられたような寛濶温厚な生き方を懐旧したものか」とする見解、(11)「白鳳回帰を望む皇親派の家持が、その理想を支えた主人公たちを回顧して言ったもの」とする意見、(12)さらには具体的に「橘諸兄」、(13)「聖武天皇・安積皇子・橘諸兄ら」(14)など、いろいろな見解が提出されている。だが宴席で「昔の人」と言って、皆が理解しえた人を考えると聖武天皇や橘諸兄らではなかろうか。

残る(ウ)の歌は、「時の花　いやめづらしも」と、(イ)の歌とは逆に心ひかれることを詠み、(ア)、(イ)の無常の歌に対し永遠性を詠む。また、この(ウ)の歌は「見る」の敬語である「見す」が用いられていることから天皇に対する歌と思われ、「聖武天皇を幻想」しているのではないかと言われている。(15)

このように、清麻呂宅の宴が催された天平宝字二年（七五八）二月より八ヶ月ほど前の天平勝宝九年（七五八）六月の頃に、時世を憂い、亡き聖武天皇を心にしながら詠んだ家持の歌が存在するのである。そしてその三首は作歌の場を異にするかも知れないが、内容的には三首の中の(イ)と(ウ)の歌は(ア)の歌に触発されて詠んだと思われるような関連性を有しているのである。

このことを踏まえた上で、(6)の歌と(イ)の歌の関係を考えてみると、家持が(6)の歌を詠む時の意識には(ア)や(ウ)の歌もあった可能性がある。また、(ア)の歌が三形王宅の宴での作であることから、少なくとも清麻呂宅の宴に参加している三形王は、家持の(ア)の歌を承知していたと言えよう。三形王宅の宴については、その事情や参加者など何も記されていない。もしかすると、清麻呂宅の宴に集っている人々の中にも、三形王宅の宴に参加していた者がいたのかも知れない。そして家持の(6)の歌を耳にして、聖武天皇のことを想起したのではなかろうか。

さて次に⑽の歌であるが、この歌は十首の最後を締め括る歌であり、宴の場には大きな意味を持つものと思われる。そしてそれは「惜しき我が身は　君がまにまに」の表現が象徴していると考えられる。この表現は「改まっての誓約の語で、妻が夫に対し、臣下が天皇に対してすると同じく、絶対な人に対してのものである」と言われている。[16]この場合は、主人清麻呂に対しての忠誠の誓約であるが、まるで主従関係でもあるかのように用いられている。

⑽の歌については、「時流を憤りつつも命を捨ててまでして仲麻呂に抵抗する無謀はしない同席穏健派の気持を代表することば」であり、「同席者六人は位階の上では同じ五位レベルで大きな開きがないが、そのうち主人の清麻呂が多少年長でもあったので、残り五人を代表して大原今城がわれわれ良識派の盟主として推載したい、と挨拶の気持も兼ねていったのであろう」と評されているが、[17]同席した人々の気持を代表して忠誠を誓約したものと言えるのではなかろうか。そしてそれは、「磯の浦に　常喚び来棲む　鴛鴦の惜しき」と、同音の「惜し」を起こす序に詠まれているように常に一緒にいる鳥にたとえ、いわゆる永遠なる忠誠を誓ったのである。そしてさらに、それは⑹の歌の背後にあった歌に詠まれた「昔の人」、つまり、この宴に出席した人々にとって、かつて永遠なる忠誠を誓った聖武天皇を想起させたのであろう。

三　歌の発想基盤

この宴に、永遠性と無常、永遠なる忠誠、そして亡き聖武天皇が係わっているのではないかと述べたが、次にその生ずる要因として、宴の場となった「山斎」のある庭園について考えてみたい。まず、十首の歌と庭園との係りからみることにする。

この十首を一見すると明らかなように、「うつろふ」と対応する意味を有す⑶「常」、⑷「長く」、⑹「常磐」、⑺

「長き日」、(8)「しばしば」、(9)「いや日異に」「絶ゆる日なしに」、(10)「常喚び来棲む」という「常なる」表現が頻繁に用いられている。そして、さらに注意してみると、その表現を中心にある特徴がみられるのである。それは、この宴の主人を讃えるという歌の中のほとんどが、寿の長久を祈ることや永遠なる忠誠心を、庭園にある永遠性を有するものに寄せて表現しているということである。たとえば、それは(3)の場合、永久に変わらぬ松に言寄せ「磯松の　常にいまさね　今も見るごと」と主人を讃え、主人清麻呂は(4)「天地の　神を乞ひ禱み　長くとそ思ふ」と応える。(6)の歌では、(3)と同じように永久に変わらぬ松を詠むが、今度はその枝を結ぶという呪的行為を用いて、「常磐なる　松のさ枝を　我は結ばな」と、みずからをはじめ同席した人々の生命を長く保とうではないかと提言する。さらに(8)の歌においては、庭の池の磯にしきりに寄せる白波に言寄せて「池の白波　磯に寄せ　しばしば見とも　飽かむ君かも」と主人を讃え、主人清麻呂は(9)「いや日異に　来ませ我が背子　絶ゆる日なしに」と応える。そして最後の(10)の歌にしても、庭の磯陰にいつも来て住む鴛鴦に寄せて「常喚び来棲む　鴛鴦の」と序とし、臣下が主君に忠誠を誓う形で「惜しき我が身は　君がまにまに」と詠む。(5)の歌の「遠けども　心もしのに　君をしそ思ふ」は、距離的な遠さを言うがこれも永遠なる忠誠心を表現したものと解される。

　では次に、庭園と十首の歌とのこのような関係は何故に生じるのかということになるが、それは、「山斎」という歌の場と係わると思われる。「山斎」については、前節にあり、それを要約すると次のようである[18]。

「しま」とは、池の中に島を築き、水辺には小石を敷いて白砂の浜の趣きを造り、また岩を積み上げて荒磯の景を作るという庭園様式である。そしてその基盤には、仙人の住むという蓬莱山・方丈・瀛州の三神山が東海中にあるという中国の神仙思想があり、荒磯のある池は「海」に、また池の中の島は海に浮かぶ「仙山」に見立てたものと思われる。

　道教の重要な要素である神仙思想において、仙山は現実の国土から遠く離れた海中、もしくは深山にあるとされ、そこは神仙の住む世界であり、不老不死という永遠を手に入れることが可能であるとされている。「しま」と呼ばれる庭園様式は、このような神仙思想に基づき、容易に到達できる現実の国土、日常生活圏にある邸宅の庭園の中に神仙境を構築したものであり、その中心である池の中に築いた島は、仙山、いわゆる永遠なるものの象徴であったと考えられる。

つまり、この宴の場となった庭園は、永遠の象徴である仙山のある神仙境であり、言い換えるなら神仙の住む永遠なる世界と人間の住む無常なる世界との境界領域といえる場を形成しているのである。境界とは、相異なる共同体、世界（その成員）が出会い交わる場所である。そして、このような場で宴を催すということは、神の住む永遠なる世界と人間の住む無常なる世界との境界領域において交歓することになる。

このことを示唆するものとしては、次の三例の場がある。

(1)天平勝宝三年（七五一）正月三日

ここに積雪重巌の起てるを彫り成し、奇巧に草樹の花を綵り発す。これに属きて掾久米朝臣広縄の作る歌一首

なでしこは　秋咲くものを　君が家の　雪の巌に　咲けりけるかも　（19・四二三一）

遊行女婦蒲生娘子の歌一首

雪の山斎　巌に植えたる　なでしこは　千代に咲かぬか　君がかざしに　（19・四二三二）

(2)天平勝宝四年（七五二）頃

詔に応へむ為に儲け作る歌一首并せて短歌

あしひきの　八つ峰の上の　栂の木の　いや継ぎ継ぎに　松が根の　絶ゆることなく　あをによし　奈良の都に　万代に　国知らさむと　やすみしし　我が大君の　神ながら　思ほしめして　豊の宴　見す今日の日は

もののふの　八十伴の緒の　島山に　赤る橘　うずに刺し　紐解き放けて　千年寿き　寿きとよもし　ゑらゑらに　仕へ奉るを　見るが貴さ　（19・四二六六）

反歌一首

天皇の　御代万代に　かくしこそ　見し明らめめ　立つ年のはに　（19・四二六七）

右の二首、大伴宿祢家持作る

⑶天平勝宝四年（七五二）十一月

二十五日、新嘗会の肆宴にして詔に応ふる歌六首（四二七三〜四二七八）

島山に　照れる橘　うずに刺し　仕へ奉るは　卿大夫たち　（19・四二七六）

右の一首、右大弁藤原八束朝臣

右の⑴は、四二三〇〜四二三七までの一連のものであり、この歌の前に位置する歌（四二三〇）の左注に「三日に、介内蔵忌寸縄麻呂の館に会集して宴楽する時に、大伴家持作る」とある。ここでの「山斎」は、題詞に記すごとく、主人縄麻呂が趣向を凝らし、雪を積み上げて岩が重なり立つさまに造り、そこに巧みに草木の造花を色どりよくあしらった築山のある庭園である。おそらく正月の賀宴として永遠なる世界を構築したのであろう。ここでは、君のかざしにするので山斎に植えたなでしこが永久に咲いて欲しい詠むことで、主人に対する長久、祝賀の心を表わす。

次の⑵の場合は、新年の賀宴において天皇から歌を求められることを予想して作った歌である。ここでは、臣下たちが山斎に咲く橘をかざしにして天皇の長久ならんことを祝いつつ、奉仕の光栄を詠む。さらに⑶は、「新嘗会」（新穀を神に供える儀式）の肆宴という公的儀礼の場である。そこでは、山斎に咲く橘をうずにさして仕える臣下の様子を詠み、天皇の治世の長久なることを祝している。

植物を身につけることは、その生命力にあずかるという呪術的なことであるが、それが山斎にある場合には、永遠なる世界から永遠性をもたらすことになろう。つまり、山斎にあるものは永遠性の標《シンボル》であり、宴において その永遠なるものと供え物との交換を願うのである。正月の賀の歌や奉仕の光栄と万代を寿ぎ忠誠を誓うという肆宴応詔歌において山斎が詠まれるのは、境界領域としての山斎が基底にあり、そこで交換がおこなわれるからであろう。

清麻呂宅の場合は、植物は「梅」や「松」という永遠性や繁栄を象徴するものであったが、「うずにさす」という表現はみえない。しかし、庭園にあった永遠性を有するものに言寄せて「常なるもの」を詠むことは、先の三例と同様の発想と思われる。おそらく、清麻呂宅の山斎のある庭園で催す宴（共同飲食）において、神からの永遠なるものと神への供え物とが交換（交歓）されたのであろう。そしてまた、十首の歌にはしばしば無常なるものと永遠なるものが詠まれていたが、それも永遠なる世界と無常なる世界との境界のおびる両義性と解される。

四　五首と三首の存在

山斎のある庭園、つまり永遠なる世界と無常なる世界の境界領域で、長久を願い忠誠を誓うことが話題となり、その場に亡き聖武天皇を偲ぶ雰囲気が漂ったとき、続いて次の(B)歌群五首が詠まれる。

(B)興に依り、各高円離宮処を思ひて作る歌五首

(1)高円の　野の上の宮は　荒れにけり　立たしし君の　御代遠そけば　（20・四五〇六）

右の一首、右中弁大伴宿祢家持

(2)高円の　峰の上の宮は　荒れぬとも　立たしし君の　御名忘れめや　（20・四五〇七）

右の一首、治部少輔大原今城真人

(3)高円の　野辺延ふ葛の　末つひに　千代に忘れむ　我が大君かも　（20・四五〇八）

右の一首、主人中臣清麻呂朝臣

(4)延ふ葛の　絶えず偲はむ　大君の　見しし野辺には　標結ふべしも　（20・四五〇九）

右の一首、右中弁大伴宿祢家持

(5)大君の　継ぎて見すらし　高円の　野辺見るごとに　音のみし泣かゆ　（20・四五一〇）

右の一首、大蔵大輔甘南備伊香真人

右は、題詞に「興に依りて」とあるように実際は清麻呂宅の庭園にいるが、今、高円の離宮跡を訪れた気持になって作った歌である。そして、「政争の激しい当世に、気心合った者同士が、天武再来の天子と仰いだ聖武天皇の佳き時代を偲んだもの」と解されている。[19]

確かにこの宴に集った人々の顔ぶれから、また、家持のこの宴より八ヶ月ほど前に詠んだ亡き聖武天皇を偲ぶ歌と係わると思われる(A)歌群の(6)の歌、さらに永遠なる忠誠を誓う(10)の歌などから亡き聖武天皇を想起したと推測できる。

しかしまた、それには山斎という場も係わっていると思われるのである。歌内容をみると、単に時空を超えて亡き聖武天皇を偲ぶのではなく、(A)歌群にみえた無常と永遠という対比を承け、むしろ聖武天皇に対する永遠なる思慕、いわゆる永遠なる忠誠を詠んでいると解されるのである。たとえば、無常を(1)「高円の　野の上の宮は　荒れにけり」、(2)「高円の　峰の上の宮は　荒れぬとも」と表現し、永遠なるものを(2)「御名忘れめや」、(3)「千代に忘れむ」、(4)「絶えず偲はむ」・「標結ふべしも」（思慕のよすがを永遠に残す）、(5)「大君の継ぎて見すらし」天皇の御霊が今も続けてご覧になっているに違いない）と表わしている。

この永遠なる思慕は、境界領域における永遠なる世界との交歓によるものであろうが、そこには、亡き聖武天皇は永遠なる世界にいるとする考えが係わっていると思われる。たとえば、それは(5)の歌で「大君の　継ぎて見すらし」と、天皇の霊魂の不滅を信じる思想により、天皇の霊がいつも高円の離宮を訪れてご覧になっているにちがいないと詠んでいることから推測される。亡き人の霊魂が、再び訪れるという発想は時代的に少し異なるが、有間皇子が結んだという松を見て詠んだ憶良の次の歌にもみえる。[20]

　山上臣憶良の追和する歌一首

翼なす　あり通ひつつ　見らめども　人こそ知らね　松は知るらむ　（2・一四五）

さて次に、この(B)歌群と同じ意識で詠まれたのではないかと思われる(C)歌群について述べてみる。その歌は次のようにある。

(C)山斎を属目して作る歌三首

(1)鴛鴦の住む　君がこの山斎　今日見れば　あしびの花も　咲きにけるかも　（四五一一）

　右の一首、大監物三形王

(2)池水に　影さへ見えて　咲きにほふ　あしびの花を　袖に扱入れな　（四五一二）

　右の一首、右中弁大伴宿祢家持

(3)磯影の　見ゆる池水　照るまでに　咲けるあしびの　散らまく惜しも　（四五一三）

　右の一首、大蔵大輔甘南備伊香真人

右の三首は、同時の作でありながら(A)・(B)の十五首とは別扱いになっていることは先にも述べたとおりである。しかし、この(C)歌群と(A)・(B)の歌群とに空間的繋がりや歌の世界に絡み合いがみられるのである。たとえば、(1)「鴛鴦の住む　君がこの山斎」の表現は、(A)歌群の最後の(10)「磯の裏に　常喚び来棲む　鴛鴦の」という表現との関連が考えられる。また、三首における「あしびの花」は、(1)「咲きにけるかも」、(2)「咲きにほふ」、(3)「照るまでに

咲けるあしびの　散らまく」と、時の推移とともに「うつろふ」ことが詠まれている。この無常なるものは、すでにみたように(A)歌群の(6)「八千種の　花はうつろふ」、(B)歌群の(1)「高円の　野の上の宮は　荒れにけり」、(2)「高円の　峰の上の宮は　荒れぬとも」などに係わるものであろう。

このような関連性を有する三首は、山斎に咲く「あしびの花」が「うつろふ」ことを詠み、「袖に扱入れな」と愛着をみせ、「散らまく惜しも」と、失われるものを残念に思う気持を表している。つまり、永遠なる山斎に咲くあしびの花でさえも、時が経ると「うつろひ散る」のであり、それを「惜し」と思うのである。

次に、題詞に「山斎を属目して」と記してあることに注目してみたい。その「山斎」から連想されるものとして、「嶋宮」があり、またこれは聖武天皇と無縁ではないようである。「嶋宮」の名が『日本書紀』に初めてみえるのは、大海人皇子（後の天武天皇）との係わりであり、天智天皇崩御の一ヶ月半ば前の天智十年（六七一）十月、大海人皇子が皇位を辞退して出家し、近江大津宮から吉野宮に向うという壬申の乱前後から始まる。

それを摘記すれば次のようになる。天智十年十月十九日「是の夕に嶋宮に御します」、天武元年九月十二日「倭京に詣りて、嶋宮に御す」、同十五日「嶋宮より岡本宮に移りたまふ」、天武五年正月十六日「是の日に、天皇、嶋宮に御して宴したまふ」、天武十一年「周芳国赤亀を貢す。乃ち嶋宮池に放つ」。

このように嶋宮は、引き続き天武天皇の離宮として使用され、やがて皇太子である草壁皇子（聖武天皇の祖父）の宮となって行くのである。『万葉集』巻二には、その草壁皇子の薨去の際に舎人たちが慟しみ傷んだ歌二十三首（一七一〜一九三）が収録されている。

その亡き皇子を偲んだ歌にみられるように、山斎はしばしば故人を偲ぶ縁となるという特質を有している。次はその例である。

(1)皇子尊の宮の舎人等の慟傷して作る歌二十三首　（持統三年(689)四月以降）

み立たしの　嶋の荒磯を　今見れば　生ひざりし草　生ひにけるかも　（２・一八一）

(2)故郷の家に還り入りて、即ち作る歌三首　（天平二年(730)十二月以降）

妹として　二人作りし　我が山斎は　木高く繁く　なりにけるかも　（３・四五二）

(3)山部宿祢赤人、故太政大臣藤原家の山池を詠む歌一首　（天平五年(733)頃）

古の　古き堤は　年深み　池の渚に　水草生ひにけり　（３・三七八）

右の(1)は亡き草壁皇子、(2)は亡き妻、(3)は亡き藤原不比等を偲んだ歌であり、三首は共通して山斎がいたずらに草木が茂り荒廃することで喪失を表わしている。

さて、次もまた山斎から亡き聖武天皇を連想させるものであり、また山斎の特質をも明らかにするものである。それは、聖武天皇が崩御した天平勝宝八年五月より七ヶ月後の十二月の次の記事である。

己酉。勅して、皇太子および右大弁従四位下巨勢朝臣堺麻呂を東大寺に、右大臣従二位藤原朝臣仲麻呂・中衛少将正五位上佐伯宿祢毛人を外嶋坊に、中納言従三位紀朝臣麻路・少納言従五位上石川朝臣名人を薬師寺に、大宰帥従三位石川朝臣年足・弾正尹従四位上池田王を元興寺に、讃岐守正四位下安宿王・左大弁正四位下大伴宿祢古麻呂を山階寺に遣して、梵網経を講ぜしむ。　（『続日本紀』第十九）

右によると、崩御した聖武天皇の菩提を弔うため、東大寺・外嶋坊・薬師寺・元興寺・山階寺に、それぞれ高官を遣わして梵網経を講せしめたとある。その中の外嶋坊は京内諸大寺に伍して選ばれただけでなく、光明皇太后と関係の深い大納言藤原仲麻呂と中衛少将佐伯毛人が派遣されるなど重要視され特別な関係を思わせている。

この外嶋坊とは、『正倉院文書』にみえる写経などが行なわれた法華寺外嶋院（嶋院の名称は山斎があることによる）のことであると言われている。(21) また、法華寺とは、藤原不比等が亡くなった後、天平十三年（七四一）頃に娘の安宿媛、いわゆる光明皇后が山斎のある父の家（３・三七八番歌）を改築して大和国分尼寺、法華寺としたところである。このことは、山斎のある清麻呂の宅が、主人の死後、平城天皇の仮御所となった大同四年（八〇七）以降に、第四男諸魚の女百子により買い取られ、伽藍が建てられ大臣院と号し、仏像を安置して経論をする所として用いられたことと類似する。(22)

このように『万葉集』以降の「山斎」は、『正倉院文書』にみえる嶋院・中嶋院・外嶋院と呼ばれる写経所など、寺院や仏事と係わって発展していくようである。このことは、すでに「山斎」に関する最も古い例としての、池の中の嶋のある庭園を造ったことから、「嶋大臣」と呼ばれた蘇我馬子が、三宝（仏・法・僧）を敬い寺院の建立に力を注いだ人物であったことが暗示していよう。

神仙思想に基づく「山斎」という庭園が、寺院や仏事と係わって行く理由のひとつには、人間本来の長寿長生への願望があったからである。また、それに加えて神仙思想にある不老不死の世界、永遠なる神仙境の具象化、いわゆる現世の身近な所に永遠なる世界を構築するという考えが係わっているだろう。

「山斎」とは、現実の身近な所に永遠なる世界を具象化したものであり、亡き人を偲ぶよすがともなり、さらに仏事、寺院として発展していく特質が認められる。このことから、(C)歌群の三首で「山斎」のあしびの花が「うつろふ」ことを「惜し」と詠んでいることを考えると、それは永遠性の喪失を表わすものと思われる。そして、おそらく清麻呂宅の山斎を「属目」しながら、仏教を深く信じた亡き聖武天皇を「惜し」と偲んだのではなかろうか。

五　永遠の世界の宴

以上、中臣清麻呂朝臣宅宴歌における作歌の場、歌の特質、(C)歌群三首の位置についてみてきた。その結果、この宴の場は、山斎が神仙思想に基づいて造られ、永遠なる世界を具象化したものであり、その永遠なる世界と人間の住む無常の世界の境界領域を形成していたと言い得る。そして、(A)・(B)・(C)の歌群の歌に「うつろふもの」(無常)、「常なるもの」(永遠)が頻繁に詠まれるという特徴もそこから生じたようである。

また、(C)歌群三首にしても、(A)、(B)歌群とに関連性を有していることから一連のものと言えよう。たとえば、(A)歌群で家持が(3)「常にいまさね　今も見るごと」と詠み、それを承けて主人清麻呂は(4)「長くとぞ思ふ」と応える。家持はさらに、(6)「八千種の　花はうつろふ」という状況の中、「常磐なる　松のさ枝を　我は結ばな」と同席の人々に永遠の生命を保とうと呼びかける。このことを含め(A)歌群最後をまとめて、今城は、(10)「常喚び来棲む　鴛鴦」のように「惜しき我が身は　君がまにまに」と、永遠なる忠誠を誓う。

次の(B)歌群では、亡き聖武天皇の高円の離宮処を思って、家持は(1)「高円の　野の上の宮は　荒れにけり」と詠み、続く人々は(2)「御名忘れめや」、(3)「千代に忘れむ」などと永遠なる思慕(忠誠)を詠む。

さらに(C)歌群では、「山斎」に咲くあしびの花が(1)「咲きにけるかも」、(2)「咲きにほふ」、(3)「咲けるあしびの散らまく惜しも」と詠み、その「うつろふ」ことに対して(2)「袖に扱入れな」、(3)「惜しも」と、愛着心や失われるものを残念に思う気持を表わす。

このように(A)・(B)・(C)の歌群には「うつろふもの」(無常)が一貫して詠まれ、それに対する永遠なる思慕の情(永遠なる願い)が詠まれているのである。

そしてまた、(A)歌群の(6)、(10)の歌などで亡き聖武天皇を想起させる歌が詠まれ、それが高円の離宮処を思って作る(B)歌群に受け継がれて、さらには(C)歌群も亡き聖武天皇を連想させるものであった。

これらのことから、この清麻呂宅の宴で亡き聖武天皇を偲んだことは、宴の雰囲気や話題もさることながら、あえて「山斎」のある庭園を有している清麻呂宅に集まったのであり、それは永遠性を象徴する「山斎」のもとで、亡き聖武天皇を偲ぶ集いではなかったかとさえ思えるのである。

注

(1) たとえば『萬葉集評釈』、『萬葉集五』(新潮日本古典集成)、『萬葉集(四)』(講談社文庫)など。
(2) 『萬葉集四』(小学館古典文学全集)
(3) 『萬葉集五』(新潮日本古典集成)
(4) 小野寛「家持の依興歌」(『大伴家持研究』笠間書院、昭和五十五年)
(5) 橋本達雄「悽惆の意——その根底に潜在したもの——」(『大伴家持作品論攷』塙書房、昭和六十年)
(6) 木下正俊『萬葉集全注巻第二十』
(7) (4)に同じ
(8) (5)に同じ
(9) 橋本達雄「活道の岡の宴歌」(『大伴家持作品論攷』塙書房、昭和六十年)
(10) たとえば、直前とする説は(6)に同じ。直後とする説は(3)などである。
(11) (2)に同じ
(12) (3)に同じ
(13) たとえば『萬葉集評釈』、『萬葉集全註釈』、橋本達雄氏『大伴家持王朝の歌人2』(集英社、昭和五十九年)
(14) 中西進『万葉集(四)』(講談社文庫)
(15) (3)に同じ
(16) 『萬葉集評釈第十二巻』
(17) (2)に同じ
(18) 本書Ⅲの「山斎と呼ばれる庭園」

(19) (3)に同じ

(20) 初句の訓は『塙本万葉集』による。

(21) 岸俊男「『嶋』雑考」(『橿原考古学研究所論集第五集』、昭和五十四年)

(22) 「中臣氏系図」(『群書類従』系譜部巻六十二)

田辺福麻呂歓迎の宴

天平二十年春三月二十三日に、左大臣橘家の使者造酒司令史田辺福麻呂に守大伴宿禰家持が館に饗す。ここに新しき歌を作り、并せて便ち古詠を誦み、各心緒を述ぶ。(二十三日)

(1)奈呉の海に　舟しまし貸せ　沖に出でて　波立ち来やと　見て帰り来む　(18・四〇三二)
(2)波立てば　奈呉の浦廻に　寄る貝の　間なき恋にそ　年は経にける　(18・四〇三三)
(3)奈呉の海に　潮のはや干ば　あさりしに　出でむと鶴は　今そ鳴くなる　(18・四〇三四)
(4)ほととぎす　厭ふ時なし　あやめぐさ　縵にせむ日　こゆ鳴き渡れ　(18・四〇三五)

ここに、明日布勢の水海に遊覧せむと期り、仍りて懐を述べ、各作る歌(二十四日)

(5)いかにある　布勢の浦そも　ここだくに　君が見せむと　我を留むる　(18・四〇三六)
(6)玉櫛笥　いつしか明けむ　布勢の海の　浦を行きつつ　玉も拾はむ　(18・四〇三八)
(7)音のみに　聞きて目に見ぬ　布勢の浦を　見ずは上らじ　年は経ぬとも　(18・四〇三九)
(8)布勢の浦を　行きてし見てば　ももしきの　大宮人に　語り継ぎてむ　(18・四〇四〇)
(9)梅の花　咲き散る園に　我行かむ　君が使ひを　片待ちがてら　(18・四〇四一)
(10)藤波の　咲き行く見れば　ほととぎす　鳴くべき時に　近付きにけり　(18・四〇四二)

水海に至りて遊覧する時に、各懐を述べて作る歌(二十五日)

⑾神さぶる　垂姫の崎　漕ぎ巡り　見れども飽かず　いかに我せむ（18・四〇四六）

⒀おろかにそ　我は思ひし　乎布の浦の　荒磯の巡り　見れど飽かずけり（18・四〇四九）

掾久米朝臣広縄が館に、田辺史福麻呂に饗する宴の歌四首（二十六日）

⒁ほととぎす　今鳴かずして　明日越えむ　山に鳴くとも　験あらめやも（18・四〇五二）

一　歌群の特徴と問題点

左大臣橘家の使者、造酒司令史田辺史福麻呂は、越中国守大伴宿祢家持を訪ねた。その福麻呂を饗する宴が、天平二十年（七四八）三月二十三日から二十六日まで、国守の館と布勢水海、越中国掾久米朝臣広縄の館において催された。

その折に詠まれた福麻呂の歌が、巻十八の冒頭に十三首収められている。いわゆる福麻呂越中歌群である。その間の静動を簡略化して歌を示すと、冒頭掲出歌のようにある。

これらの歌を含む福麻呂を饗する宴歌群（18・四〇三二〜四〇五五）には、特徴として大野晋により、古写本に破損があって平安時代にかなり大規模な補修が行われたと指摘されている。(1) また福麻呂歌に関する特徴としては、(4)の福麻呂歌から始まった「ほととぎす」詠の歌は、きまって宴歌の末尾の部分に位置するか、宴歌全体に貫流しているということがある。さらには、福麻呂歌は常に場面の改まる最初に位置しているということがある。

ここでは、二十四日の宴歌八首が巻十七や巻十の歌と集中的に係わりを有していることと、二十五日の宴歌において、それ以前の布勢水海の歌には詠まれなかった湖岸の地名が集中して詠まれているという特徴に注目してみたい。具体的には、福麻呂来越に関する問題、また二つの特徴に係わる、手土産として家持が都に持参したとされる歌群に関する問題、さらには題詞の「新歌」と「古詠」に関する問題について考えてみたい。なお、他の特徴に係わる問題については、別稿に譲る。(2)

二　福麻呂の来越

福麻呂が越中の家持のもとを訪れたのは、天平二十年三月二十三日のことである。しかし越中にやって来たのは、いつ頃のことなのか明確ではない。またその用向きも定かではない。

二十三日の宴が到着の日、または次の日の歓迎宴と考えられ、『延喜式』の規定によると都から越中までは九日の行程であることに従えば三月十四日頃の出立であったろう。また二十六日の宴歌、

可敝流廻の　道行かむ日は　五幡の　坂に袖振れ　我をし思はば　(18・四〇五五)

によって、福麻呂は二十六、二十七日頃に越中国府を離れたとされていた。そしてこのことから、二十三日は歓迎の宴、二十六日は送別の宴と理解されていたのである。

しかし『全注』、『釈注』により「天平二十年二月下旬頃と察せられる」という考えが提出された。また、二十三日から二十六日まで続く四日間の宴を送別宴と位置づけられた。だが、これらの宴歌群には歌の脱落があり、宴の場や雰囲気などの全容が把握しきれないことから問題の解決に至っていない。

さて次は、福麻呂が越中にやってきた用向きについてである。題詞に「左大臣橘家の使者」とあることや、二十六日の宴の最後に収められている「伝誦歌七首」(四〇五六～四〇六二)の中に、橘諸兄讃歌が存在することなどから橘諸兄との関係が考えられるものの、これも推測するしかない。

だが、具体的な論議もなされていて、整理すると次の三つに分類できる。

(イ)墾田の用務とする説
(ロ)『万葉集』の編纂に関するためとする説
(ハ)政治的理由とする説
(イ)の説をとる『私注』では、「左大臣家の家令を兼ねて居たか、少くとも実質的にはそこに隷属して居たので、墾田の用務ででも越中に来つたものであらう」としている。また『全註釈』は、越中国に大寺・大族の墾田があったことから墾田の用件かと想像する。これを受けて伊藤博は、「越中における橘家の墾田管理の件か何かについて国守家持について依頼する件を下げての訪問であっただろう」とする。[3]次いで『全注』では、より具体的に「その開発・耕作・納税の状況等の視察のため」であると説き、その考えは『釈注』に承け継がれている。川口常孝もまた、「奈良麿地が越中に存在していたこと」や「歓迎歌また伝誦歌のもつ開放的気分」などから「橘家の占墾地使福麿」としての来越を説く。[4]さらに森田悌は、農業指導や墾田地の件で訪れたと考え、墾田・営農説を提出している。[5]
(ロ)の説は、元正上皇、橘諸兄、家持という万葉集編纂ラインの結びつきを重視し、そこに橘家の使者福麻呂が歌人であるという要素が加わってのものである。この説は、尾山篤二郎が、次のように述べたことにより始まる。[6]
それまでに大体の一二が出来上がつてをり、其後を追つてこれを完成せしむる為に、諸兄が其編纂委員中に家持を任命し、予め集められたる材料を家持の手に托したもので、と同時に遷任と云ふことも含まれてゐたものかと思ふ。

その後、久松潜一[7]や市村宏[8]も尾山説を肯定している。また伊丹末雄は、福麻呂が来越した翌月の四月二十一日に他界した元正上皇との係わりから、「(元正)太上天皇の病重し、という通知」であり、諸兄は「自分の頼みを伝え、了承を求めて、家持の手もとにある、編まれただけの諸巻を受領させたのだと推定される」と説く。[9]
(ハ)の説は、当時の中央政界における政治的動向と諸兄、福麻呂、家持の関係を考慮するものである。早くに坂本太郎は、「橘家と大伴家との深い関係を思ふとき、この使命には何か政治的ないみをもつものがあつたやうに思はれる」と指摘する。[10] それを具体的にした井村哲夫は、「仲麻呂派に対抗しての諸兄派と大伴氏との接近の中で、福麻呂が一役買っているもののように思われるのである」とし、「ここ数年来の政治情勢や支配層の動静についても話が交わされたであろう」と説いている。[11] さらに具体的には木本好信が、次のように論じている。[12]

元正太上天皇の不予を迎えて緊迫した京師での政治状勢を反映して、その動向を伝え、家持との意志確認の必要があったからではないだろうか。なお、一歩推断をたくましくすれば、三月中に検討されつつあった諸兄一派の行動か、または八日の聖武天皇の勅命によっての反乱計画延引の事由を伝えるためのものではなかったのであろうか。

なお、中西進は、「この福麻呂派遣が東大寺の大仏建立にかかわるものではないかという見込みは、捨てがたい」としている。[13]

以上のように福麻呂の来越時期と用向きについては、歌と題詞を手掛かりとして推測するしかなく、いまだ決着をみていないのが現状である。

三　越中の風土と手土産歌群

天平十九年（七四九）五月初旬、家持は正税帳使として都に上り、九月中旬頃に越中に帰る。その折に越中の名勝を都人に紹介する手土産として、天平十九年三月末から四月末にかけて詠んだ巻十七の「二上山の賦」（三九八五～三九八七、家持）、「布勢水海に遊覧する賦」（三九九一、三九九二、家持。三九九三、三九九四、池主）、「立山の賦」（四〇〇〇～四〇〇二、家持。四〇〇三～四〇〇五、池主）など、いわゆる「万葉五賦」と呼ばれる歌群を持参したと推測されている。

この手土産歌群については、早くに鴻巣盛広が「布勢水海の賦」に次のように言及したことに始まる。[14]

これは丁度彼が正税帳を以て京師に入らむとしてゐる時であつたこと、及び二上山・立山などの長歌も作つてゐることから考へると、任地にある名所を賦して、都への土産とする考であつたかも知れない。

また山田孝雄は、「二上山の賦」に関して「京へ上りての語らひ草とせむの下構にてよめるならむか」と述べ、「賦」にその心が表れているとする。[15]その間にも布勢水海の賦について『全釈』で「勝景を訪うて、都への自慢話の種を仕込んだものであらう」とし、『総釈』では「都の人に越中の勝景をつたへむ意図であつたらしく思はれる」などとする考えがある。その後は、『私注』や『全注』、小野寛などへと受け継がれている。[16]

さらに、伊藤博は、手土産歌群の範囲を広げて、「万葉五賦」をも含めた巻十七・三九四三〜四〇一〇歌までの歌群六八首を都に持参したと推察した。そしてその歌群を献上する相手は橘諸兄であり、その配下であって歌人としても名のある福麻呂も目にしたに違いないとしている。[17]つまり、天平二十年三月に越中を訪れた福麻呂は、そのほぼ一年前の天平十九年五月初旬に、家持が越中国守として赴任した天平十八年八月七日の挨拶の宴（17・三九四三〜三九五五）から、正税帳使として上京する天平十九年五月二日の「大伴宿禰池主が報し贈る和への歌」（17・四〇〇八〜四〇一〇）までの歌群を目にしていたというのである。

その後、佐藤隆も、福麻呂は「天平十九年四月に制作された家持と池主による賦形式の贈答作品に啓発されて」越中歌群の歌を制作したと説いている。[18]

では次に、福麻呂歌と巻十七の手土産歌群の歌との関係を確認してみることにする。具体的には冒頭掲出の福麻呂歌一三首（⑴〜⒀）の中、次の⑵⑸⑺⑻⑽の五首にあり、二十四日の宴に集中する。

⑵波立てば　奈呉の浦廻に　寄る貝の　間なき恋にそ　年は経にける　（18・四〇三三、二十三日、福麻呂）

右の歌の「間なき恋にそ　年は経にける」の表現については、『全註釈』で「おそらくは、家持自身の、都に対する恋であろう」とするが、多くは福麻呂の主人家持に対する思慕を詠んだ挨拶的表現とする。その中で『全釈』は「家持と一別以来の愛慕の情があらはれてある」と述べ、その「一別」がいつの時期か明らかではないものの家持との関連から発想されたと指摘していて、卓見であろう。『全注』・『釈注』は、天平十九年五月に都で家持と福麻呂が逢っており、約一年ぶりに再会したのでこう表現したとする。

(5)いかにある　布勢の浦そも　ここだくに　君が見せむと　我を留むる　（18・四〇三六、二十四日、福麻呂歌）

乎布の崎　漕ぎたもとほり　ひねもすに　見とも飽くべき　浦にあらなくに〈一に云ふ、「君が問はすも」〉
（18・四〇三七、二十四日、家持）

……うらぐはし　布勢の水海に　海人舟に　ま梶櫂貫き　白たへの　袖振り返し　率ひて　我が漕ぎ行けば
乎布の崎　花散りまがひ　渚には　葦鴨騒ぎ　さざれ波　立ちても居ても　漕ぎ巡り　見れども飽かず……
（17・三九九三、池主）

(5)と次の歌（四〇三七）について伊藤博は、「二人の間では、『布勢の浦』に対し『乎布の崎』をもって応じても、唐突でもなければ非礼でもない、共通理解が存在したことを意味しよう」と指摘する。その共通理解とは、家持と池主が交した布勢遊覧の賦であり、具体的には(4)の歌を共有財産としていると説く。[19]

(7)音のみに　聞きて目に見ぬ　布勢の浦を　見ずは上らじ　年は経ぬとも　（18・四〇三九、二十四日、福麻呂歌）

右の歌の上二句について、早くに『私注』が「これで見ると、前年に作られた巻十七の家持の遊覧布勢水海賦を、福麻呂は、税帳使として上京の家持から、奈良で見せられて居たのかも知れない」と指摘している。その後、『全注』『釈注』もこの考えに従っている。

(8)布勢の浦を　行きてし見てば　ももしきの　大宮人に　語り継ぎてむ　（18・四〇四〇、二十四日、福麻呂歌）

……万代の　語らひぐさと　いまだ見ぬ　人にも告げむ　音のみも　名のみも聞きて　ともしぶるがね

（17・四〇〇〇、家持）

……行く水の　音もさやけく　万代に　言ひ継ぎ行かむ　川し絶えずは　（17・四〇〇三、池主）

の歌の下三句は、伊藤『全注』や『釈注』で家持と池主の「立山の賦」の(7)(8)の表現と無縁ではないとされている。

(10)藤波の　咲き行く見れば　ほととぎす　鳴くべき時に　近付きにけり　（18・四〇四二、二十四日、福麻呂歌）

(11)藤波は　咲きて散りにき　卯の花は　今ぞ盛りと　あしひきの　山にも野にも　ほととぎす　鳴きしとよめば　（17・三九九三、池主）

……

(10)の歌の素材「藤波」と「ほととぎす」は、諸注釈により(11)の歌を意識しているとされている。

ところで、二十四日の宴における歌は不思議なことに、もう一方において巻十の歌とも類似関係にある。巻十七や巻十の歌との関係が、なぜ二十四日の宴に集中するのか疑問であるが、その関係を略記すると次のようになる。

(イ)四〇三六（福麻呂）←┐
(ロ)四〇三七（家　持）←┴…17・三九九三「布勢遊覧の賦」
(ハ)四〇三八（福麻呂）←……10・一八七三（類想歌）
(ニ)四〇三九（福麻呂）←……17・三九九一―三九九四「布勢遊覧の賦」
(ホ)四〇四〇（福麻呂）←……17・四〇〇〇、四〇〇三「立山の賦」
(ヘ)四〇四一（福麻呂）←……10・一九〇〇（同形歌）、一九〇一
(ト)四〇四二（福麻呂）←……10・一九〇一（上二句類似）、17・三九九三「布勢遊覧の賦」
(チ)四〇四三（家　持）←……8・一四八六（類想歌）

四　新歌と「布勢の水海」

爰作二新歌一、并便誦二古詠一、各述二心緒一。

右の福麻呂越中歌群の題詞にある「新歌」は、他に巻十七の三九〇一～三九〇六歌の題詞にある。また「古詠」は、『万葉集』中にこの一例のみである。

その「古詠」とは、諸注釈により⑷と同形の巻十・一九五五、⑼と結句の一部を異にするだけの巻十・一九〇〇の歌とされていた。しかし久米常民は、題詞に「各心諸を述ぶ」とあるのに「古詠」が二首だけということに疑問を持ち、二十六日の宴の最後に収められている福麻呂が伝誦した七首（四〇五六～四〇六二）を指すと推察した。[20] その後、伊藤博は、「新歌」とは四〇三二～四〇五五歌まで、「古詠」とは四〇五六～四〇六二歌までの伝誦歌七首を示しているとした。またこの七首は、前日の二十五日の宴（四〇四四～四〇五一）においても誦詠されていたと推察し、左注に「十五首」とある不足分の「七首」であると説いている。さらに従来から「古詠」とされてきた二首は、古歌をその場で転用したもので、あくまで福麻呂詠として味わうべきものとする。[21]

だが、二十三日から二十六日までの宴で作られた歌は、ほぼすべて「新歌」であることが自明であり、ことさら表現されない。あえて「新歌」と表現した意識が何であるのか疑問が残る。「新歌」については、これまでの諸注釈においてほとんど注目されていなかった。ところが、『釈注』は「新歌」について次のような見解を示した。

> 下の「古詠」に対して矜持の念をこめつつも謙称として記されたもので、三月二十三日から二十六日までの目下の送別の宴に即して、ここに集う者たちによって詠まれた歌をいう。

さらに「新歌」と「古詠」との関係にもふれ、歌群全体を「新歌」が「古詠」を捧持する歌群、家持たちの太上皇・諸兄に対する憧憬、敬仰の歌群として捉えるべきことを説いている。

さてそこで、題詞に「新歌」と表記されるもう一つの例を見てみたい。

大宰の時の梅花に追和する新しき歌六首

右、十二年十二月九日に、大伴宿祢書持作る　（17・三九〇一～三九〇六）

右については、作歌時と作者に異同が生じているが、今は天暦校本により天平十二年、作者は書持とする説に従っておく。この題詞の「新歌」に関して橋本四郎は、次のように述べている。[22]

追和しながらも新しい境地を切り拓こうとした意気ごみを、肉親の兄、家持が読み取っていたために、この題詞となったのではなかろうか。

また小野寛は、「大宰之時梅花」の「追和」の「新歌」で、それは「大宰之時梅花」の「追加」の「古詠」に対するものであるとする。つまり「新歌」は、天平二年正月十三日の「梅花歌三十二首」（5・八一五～八四六）に対する「後追和梅花四首」（5・八四九～八五二）という「古詠」の存在をふまえてのものと説いている。[23]

とすると目下の「新歌」の場合、単に「古詠」との対比から「新歌」がその宴の場での創作歌を意味すると考えてよいのだろうかと疑問が生じてくる。はたして、宴において貴人の「古詠」を誦したので、対する自分たちの歌について恭敬の念を込めて「新歌」と記したと捉えてよいのだろうか。もしかすると「追和」とはないものの「新歌」に先行する「古歌」が、また「古歌」に対しての「新歌」で「新しい境地を切り拓こうとした意気ごみ」が存在するのではなかろうか。

そのように考えるとき、越中歌群に先行するところの、家持と池主詠の「布勢水海の賦」が気になる。もし「新歌」をその「布勢水海の賦」を意識した表現と解したとき、そこには何らかの「新しさ」があるはずである。そこで『万葉集』に記された布勢水海を訪れて詠んだ四回の歌を比較してみたところ、遊覧の地の「新しさ」が看取されるのである。その布勢水海の歌に詠まれている地名を、具体的に示すと次のようにある。

一回目、天平十九年四月二十四日

(A)「布勢の水海に遊覧する賦 并せて短歌」（17・三九九一、三九九二、家持）

渋谿の崎、松田江、宇奈比川、布勢の海、二上山、布勢の海

天平十九年四月二十六日

(B)「敬みて布勢の水海に遊覧する賦に和ふる一首 并せて一絶」（17・三九九三、三九九四、池主）

射水川、渋谿の崎、布勢の水海、乎布の崎

二回目、天平二十年三月二十四日

(A)「時に明日の布勢の水海に遊覧せむと期り、仍りて懐を述べ、各作歌」（18・四〇三六〜四〇四三）

布勢の浦、乎布の崎、布勢の海、布勢の浦、布勢の浦、園、布勢の浦

┌(B)┐「二十五日に、布勢の水海に往くに、道中馬の上にして口号ぶ二首」（18・四〇四四・四〇四五）

「海に至りて遊覧する時に、各懐を述べて作る歌」（18・四〇四六〜四〇五一）

垂姫の崎、垂姫の浦、垂姫の浦、乎布の浦、多祜の崎

三回目、天平勝宝二年（七五〇）四月

「六日に、布勢の水海を遊覧して作る歌一首 并せて短歌」（19・四一八七・四一八八、家持）

布勢の海、乎布の浦、垂姫、布勢の海

四回目、天平勝宝二年四月

「十二日に、布勢の水海に遊覧するに、多祜の浦に舟泊まりし、藤の花を望み見て、各懐を述べて作る歌四首」

多祜の浦（縄麻呂）、多祜の浦（広縄）（19・四一九九〜四二〇二）

第一回目の家持歌(A)の場合は、「布勢の海」という総名を長歌と短歌に一つずつ詠み込んでいて、湖岸の地名は詠んでいない。むしろ布勢の水海までの道行的地名を詠んでいる。一方、池主の歌(B)は、「布勢の水海」と具体的地名「乎布の崎」を詠んでいる。またこの歌でも道行的地名を詠む。しかし二回目の越中歌群では、それ以前には詠まれなかった湖岸の地名が詠まれる。二十四日には、「園」(四〇四一、福麻呂)が、二十五日には「垂姫の崎」(四〇四六、福麻呂)、「垂姫の浦」(四〇四七、遊行女婦土師)、「垂姫の浦」(四〇四八、家持)、「多祜の崎」(四〇五一、家持)という地名が詠まれる。逆にここには一回目の歌に見られた道行的地名は詠み込まれていない。二十五日においては、「布勢」という地名は全く詠まれていない。

この二回目の歌の地名について、他の歌と比較することにより、特徴的であることがさらに明確になる。例えば(2)の(B)歌に詠まれた「垂姫の崎」や「垂姫の浦」は、二年後に作られた(3)の歌において「垂姫」と登場するのみである。「多祜《たこ》の崎」にいたっては、この一例のみである。わずかに「多祜」は、それ以前には「多祜の島」(17・四〇一一)、それ以後は四回目の題詞と歌(19・四二〇〇、四二〇一)に「多祜の浦」とある。また二回目の(B)の歌に詠まれた「園」は、この一例のみである。さらに(2)の(A)(B)の歌に詠まれた「乎布の崎」(四〇三七、家持)は、それ以前には一回目の(B)の池主歌(三九九三)に見え、「乎布の浦」(四〇四九、福麻呂)はその後の三回目の家持歌(四一八七)に詠まれるのみである。

以上のように、布勢水海を詠んだ歌の中で、今まで誰も詠まなかった水海の湖岸の地名「垂姫の崎(浦)」「多祜の崎」を二十五日の布勢水海遊覧の折に新登場させたことは、新しい世界を提示したといえよう。「乎布の浦」も、それに近い関係にあろう。この意味で、二回目の二十五日の宴歌は「新歌」といえるのではなかろうか。

さらに「新歌」と思われる要素として、布勢水海の見所を「藤の花」の観賞としていることがあげられる。一回目、天平十九年四月の「布勢水海遊覧せる賦」

(ア)……渚には　あぢ群騒き　島廻には　木末花咲き　ここばくも　見のさやけきか……
……藤波は　咲きて散りにき　卯の花は　今そ盛りそ…　（17・三九九一、家持）
(イ)……乎布の崎　花散りまがひ　……秋さらば　黄葉の時に　春さらば　花の盛りに……　（17・三九九三、池主）

二回目、天平二十年三月二十四日の「福麻呂来越歌群」

(ウ)藤波の　咲き行く見れば　ほととぎす　鳴くべき時に　近付きにけり　（18・四〇四二、福麻呂）
(エ)明日の日の　布勢の浦廻の　藤波に　けだし来鳴かず　散らしてむかも　（18・四〇四三、家持）

布勢の水海に咲く花は、一回目の二十四日(ア)の家持歌では「木末花咲き」とあり、具体的ではない。二日後に追和した二十六日の池主(イ)の歌においては「藤波」のほかに「卯の花」「黄葉」「花の盛り」と詠まれ、天平二十年以前は、布勢水海における「藤の花」はこの一例のみである。

実際に、布勢水海の湖岸に咲く花が「藤」であると明らかになるのは、当該歌群にある(ウ)と(エ)の歌である。この天平二十年三月二十四日の宴では「布勢の浦」の「藤波」だけであるが、家持が天平勝宝二年四月六日に「垂姫」（19・四一八七）を詠み、十二日の題詞に「多祜の浦に舟泊まりし、藤の花を望み見て」とあり、四二〇〇、四二〇一の歌で「多祜の浦」の「藤波」を詠んでいることから、「乎布」「垂姫」「多祜」の浦や崎で「藤の花」を観賞することがあったろう。

以上、二十四日の宴歌は巻十七や巻十の歌と集中的に係わっていること、二十五日の宴歌には、それ以前の布勢水海の歌には詠まれなかった湖岸の名勝の地が詠まれ、さらに「藤の花」の観賞地として詠んでいることを述べた。

来越歌群の「新歌」とは、天平十九年四月二十四日の「布勢水海遊覧せる賦」に対する「布勢水海」であり、「藤の花」を題材として新しい歌という意識があったのではなかろうか。その意味で、福麻呂来越歌群は新しい布勢水海遊覧の世界を構築させたと言えよう。

注

（1）大野晋「万葉集巻第十八の本文に就いて」（『国語と国文学』二十二―三、昭和二十年四月）
（2）本書Ⅳの「来なかぬほととぎす」、「越中国二つの景の基層」
（3）伊藤博「元正万葉」（『専修国文』2、昭和四十二年九月）
（4）川口常孝「田辺福麿論」（『万葉歌人の美学と構造』桜楓社、昭和四十八年）
（5）森田悌「越中時代の家持」（『古代国家と万葉集』新人物往来社、平成三年）
（6）尾山篤二郎『大伴家持の研究』（新人物往来社、平成二十三年）
（7）久松潜一「大伴家持」（『上古の歌人』弘文堂、昭和四十三年）
（8）市村宏「諸兄父子と家持と万葉集と」（『万葉集と万葉びと』明治書院、昭和五十六年）
（9）伊丹末雄「万葉集の編者」（『万葉集講座第一巻』有精堂出版、昭和四十八年）
（10）坂本太郎「万葉集と上代文化」（『万葉集大成第五』）
（11）井村哲夫「福麻呂と田辺氏」（『大阪大学『語文』25、昭和四十年三月）
（12）木本好信「橘諸兄と家持の時代」（『大伴旅人・家持とその時代』桜楓社、平成五年）
（13）中西進「引用の意識――大伴家持における和歌と漢詩――」（『文学』56、昭和六十三年十一月）
（14）鴻巣盛広『北陸万葉集古蹟研究』宇都宮書店、昭和九年
（15）山田孝雄『万葉五賦』（一正堂書店、昭和二十五年）
（16）小野寛『大伴家持』（新典社、昭和六十三年）
（17）伊藤博「布勢の浦と乎布の崎――大伴家持の論――」（『記紀万葉論叢』塙書房、平成四年）
（18）佐藤隆「大伴家持と田辺福麻呂」（『中京国文学』十三号、平成六年三月）

(19)（17）に同じ

(20)久米常民『万葉集の誦詠歌』（塙書房、昭和三十六年）

(21)伊藤博「消えた歌七首」（『万葉集研究第十九集』塙書房、平成四年）

(22)橋本四郎「大伴書持追和の梅花歌」（『万葉』一一六号、昭和五十八年十二月）

(23)小野寛「太宰の時の梅花に追和する新しき歌六首」（『論集上代文学第十七冊』笠間書院、平成元年）

越中国二つの景の基層

一　歌群の特徴と問題点

天平二十年春三月、左大臣橘家の使者である造酒司令史田辺福麻呂は、越中国守大伴宿祢家持を訪ねた。その福麻呂を饗する宴が、三月二十三日から二十六日まで、国守の館と布勢水海、越中国掾久米朝臣広縄の館において催された。

その折に詠われた歌が、巻十八の巻頭に三十二首収められている。[1] いわゆる福麻呂来越歌群である。その間の静動を、簡略化して示すと次のようである。

⑴天平二十年春三月二十三日に、左大臣橘家の使者造酒司令史田辺福麻呂に守大伴宿祢家持が館に饗す。ここに新しき歌を作り、并せて便ち古詠を誦み、各心緒を述ぶ。

四〇三二、四〇三三、四〇三四、四〇三五

右の四首、田辺史福麻呂

⑵ここに、明日布勢の水海に遊覧せむと期り、仍りて懐を述べ、各作る歌

四〇三六

右の一首、田辺史福麻呂

四〇三七

右の一首、守大伴宿祢家持

四〇三八、四〇三九、四〇四〇、四〇四一、四〇四二

右の五首、田辺史福麻呂

四〇四三

右の一首、大伴宿祢家持和へたり

前の件の十首は、二十四日の宴に作る。

(3)(A)二十五日に、布勢の水海に往くに、道中馬の上にして口号ぶ二首

四〇四四、四〇四五

(B)水海に至りて遊覧する時に、各懐を述べて作る歌

四〇四六

右の一首、田辺史福麻呂

四〇四七

右の一首、遊行女婦土師

四〇四八

右の一首、大伴家持

四〇四九

右の一首、田辺史福麻呂

四〇五〇

右の一首、掾久米朝臣広縄

四〇五一

右の一首、大伴宿祢家持

前の件の十五首の歌は、二十五日に作る。

(4)掾久米朝臣広縄が館に、田辺史福麻呂に饗する宴の歌四首

四〇五二

右の一首、田辺史福麻呂

四〇五三

右の一首、久米朝臣広縄

四〇五四、四〇五五

右の二首、大伴宿祢家持

前の件の歌は、二十六日に作る。

(A)太上皇、難波宮に御在しし時の歌七首

(ア)

左大臣橘宿祢の歌一首

四〇五六

御製の歌一首、和へ

四〇五七

右の二首の件の歌は、御船江を泝り遊宴せし日に、左大臣の奏せると御製となり。

御製の歌一首

四〇五八

河内女王の歌一首

四〇五九

粟田女王の歌一首

四〇六〇

(イ)

右の件の歌は、左大臣橘卿の宅に在して、肆宴したまひし時の御歌と奏歌となり。

(ウ)……四〇六一、四〇六二

右の件の歌は、御船綱手を以て江を泝り、遊宴せし日に作る。伝誦するは田辺史福麻呂これなり。

後に橘の歌に追和する二首

四〇六三、四〇六四

右の二首、大伴宿祢家持作る。

射水郡の駅館の屋の柱に題著せる歌一首

四〇六五

右の一首、山上臣の作。名を審らかにせず。或は云はく、憶良大夫の男、といふ。ただし、その正しき名未詳なり。

この福麻呂来越歌群の特徴を挙げるならば、まず、古写本に破損があって、平安時代にかなり大規模な補修が行われたとされていることである。そのいくつかは補修されたものの、かなり多くの歌が求め難く補い得なかったと思われ、歌や歌の場の理解の障碍となっている。伝来の間に損傷があったと推定される箇所は、第一群（四〇四四―

四〇四九）と呼ばれる⑶の歌群と、第二群（四〇五五）の⑷の歌群で、そこでは歌群の中や前後に歌や文字の脱落が伴っていることが指摘されている。[2] 第二の特徴として、「ほととぎす」の歌は、各歌群の末尾の部分に存しているか⑴・⑵・⑶、宴席歌全部が「ほととぎす」によって貫かれていることである[3]（⑷）。第三の特徴は、「三月二十三日以降の宴において、福麻呂の歌は、常に、場面の改まる最初に位置している」ことである。[4] 第四の特徴は、福麻呂歌と巻十の歌との類似関係が存することである。たとえば、⑴の宴席歌の四〇三五歌は一九五五歌と同形歌である。⑵の宴席歌の場合は、巻十との関係が集中し、四〇三八歌は一八七三歌と類想歌、四〇四一歌は一九〇〇歌と小異歌、四〇四二歌は一九〇一歌と上二句が類似する関係にある。そのうえ四〇四一・四〇四二と一九〇〇・一九〇一歌の場合は、配列をも意識していると考えられている。さらに第五の特徴として、⑵の宴席歌において、福麻呂歌と巻十七の歌との関係が集中することがあげられる。

以上のような特徴を有している歌群において、①福麻呂来越に関する問題、②歌の脱落に関する問題、③伝誦歌七首に関する問題、④歌群中の「ほととぎす」詠に関する問題、⑤歌群歌と他の巻の歌とが類似する問題、⑥題詞の「新歌」と「古詠」に関する問題などが存在する。

ここでは、特徴の一、二、三に係わる②、③、④の問題について考えてみることにする。なお、①の問題や特徴の四、五に係わる⑤・⑥の問題については別稿に譲る。[5]

二　歌の脱落

前述したように、巻十八は伝来途上において破損のきわめて激しかった巻であり、平安時代に補修を受けたと推定されている。それゆえ、この福麻呂来越歌群には、歌の脱落したところや脱落したと判断される部分が次の三箇所に見える。

⑴二十三日の宴歌　家持歌の脱落
⑵二十四日の宴歌　二首の脱落
⑶二十五日の宴歌　七首の脱落

⑴の二十三日の宴歌は、客人福麻呂詠四首（四〇三二～四〇三五）だけがあって、主人側の歌が一首もない。題詞に「各々」とあるのに、福麻呂一人の歌しか記載されていないことが不自然であり、おそらく主人家持の歌が脱落したと考えられる。早くに『新考』は、

案ずる巻頭の歌の題辞に各述㆓心緒㆒とあれば福麻呂の歌の次の家持の歌若干ありしが失せたるなり。さてそれらの歌は本の如く二十三日の宴の作なり。

とする見解を述べている。

また⑵の二十四日の宴における脱落については、四〇四三の歌の左注に「前の件の十首の歌は、二十四日の宴に作る」とあり、十首は四〇三六から四〇四三の歌を指す形になっているものの、実際には八首しかないことから「二首」の脱落が考えられている。『代匠記』のように「十首」を「書生の誤」と見る考えもあるが、大方は脱落説をとっている。

では、その脱落の箇所はどこなのか。それが気になるところである。『古典大系』は、「四〇三六と四〇四三との間に二首の脱落があるだろう」とする。しかし『新考』は、二十三日の宴における福麻呂歌四首（四〇三二～四〇三五）と二十四日の宴の福麻呂歌（四〇三六）の間と考え、「此處に二十三日の家持の歌若千首と二十四日の歌二首とをおとせるなり」と、具体的な箇所を指摘している。さらにその事情に関して次のような見解を示している。

又其次に二十四日の宴の歌二首ありしなり。其歌を受けてこそ干㆑時期之云々とは書けるなれ。されば前件十首

歌者云々の左註は後人の書けるにあらで家持の書けるなり。又十首は八首の誤にあらず。目録に八首とあるは脱落後の今本に合せて後人の記せるなり。

また脱落に関して『私注』は、

左注に前件十首といふのは、四〇三六以下を指すらしいが、実は八首しかない。四〇三五と四〇三六の間に若干の記事と二首の歌が存したのが、逸亡したものか、或は一云を一首と数へたのか。

と述べている。これは脱落の箇所を具体的に示すとともに、四〇三七の第二句の異文〈一に云ふ「君が問はすも」〉と四〇四三の初句の別案〈一に頭に云はく「ほととぎす」〉を二首として数え「十首」とする考えもあることを提示したものである。

伊藤博は『新考』の見解を受けて、

四〇三五と四〇三六題との間には、二十三日家持詠二首程度と二十四日福麻呂詠一首および家持詠一首との脱落があると推定される。

と論じている。(6)

その、脱落した内容であるが、「若干の記事と二首の歌」という『私注』に従うならば、二十四日の脱落は二首の歌と左注だけではなく、(3)の歌群に認められる(A)の題詞「二十五日」、(B)の題詞「日付なし」、左注「二十五日」という形式からすると、「二十四日」の日付と作歌事情を記した題詞も含まれると推定できる。また歌内容は、二十三日の二首の場合、主人をほめる客人の歌に対する礼をつくす応答歌であったと思われる。二十四日の歌の場合は、「福麻呂の歌は、家持の館一帯の風土を讃めつつ、主人の好意に改めて謝し惜別の情を述べる内容」であり、家持の歌は「少し歩を運べば一見の価値ある湖があることを述べつつ、客を引き留める内容」であったとする伊藤博の見解に従いたい。

さて最後に残った(3)の二十五日の七首の脱落についてである。これは四〇五一歌の左注「前の件の十五首の歌は、二十五日に作る」とあり、四〇四四歌以下に対する注記であるが、実際の歌数八首との違いによるものである。「十五首」を「八首」の誤りとする『古義』や『全釈』などの説もあるが、破損による七首の脱落と見るべきであろう。では、脱落の箇所はどこなのか。『私注』は、「(四〇四五)の次に七首が脱落したのかも知れない。それと共に(四〇四五)の左注も佚したと言ふことも考へ得られる」とする。また『古典集成』は「歌の続きから見て、四〇四九の前後」かと指摘する。ただし、「十五首」を四〇四六歌以下六首(四〇五一まで)に対する注記と見ているので「九首」脱落したと考える。

ならば、その脱落した歌はどんな内容であったのか。伊藤博は、それを(4)二十六日に広縄の館で催された宴の(A)「太上皇、難波宮に御在しし時の歌七首」(四〇五六〜四〇六二)と題する福麻呂の誦詠した古歌と推定する。(7)早くに題詞の「古詠」は、この伝誦歌七首を指すとした久米常民と考えを同じくするのである。(8)そして、この七首は『私注』が指摘したように「四〇四五と四〇四六の題との間に存在することがあったのではないか」と推測する。さらに七首を誦詠した理由について、

布勢の水海での舟遊びがいよいよ始まろうとする時に、家持馬上口吟の船に関する歌(四〇四四〜四〇四五)に触発されたのではないか。とすれば、七首の誦詠は、本日の布勢遊覧を、太上皇と橘諸兄との難波の堀江遊覧にあやかりたいとの気持を託してのことであったろうと推察される。

と述べる。

ここに至って、ではなぜ七首が(3)の二十五日の宴歌から脱落してしまい、(4)の二十六日の宴歌の後に配列されたのか疑問となる。伊藤博は、まず二十五日の宴で七首が披露され、さらに再び二十六日の広縄の館で催された宴においても七首が誦詠されたことに原因があると述べる。二箇所に記され編纂されて後の世に伝えられたが、後の箇

所との無用な重複と見られて平安朝の補修者の手によって削り去られてしまったのであろうとする。そして、その際左注の「十五首」まで目が届かず、うっかり取り残してしまったことによるというのである。

このように脱落の原因については推測の域を出ない説であり、また、なぜ二度も、それも二十五日、二十六日と続いて同じ「七首」の歌を誦詠するのか疑問は残ったままである。

三　二つの景

(1)二十三日、来越歓迎宴歌

奈呉の海に　舟しまし貸せ　沖に出でて　波立ち来やと　見て帰り来む　(18・四〇三二)
波立てば　奈呉の浦廻に　寄る貝の　間なき恋にそ　年は経にける　(18・四〇三三)
奈呉の海に　潮のはや干ば　あさりしに　出でむと鶴は　今そ鳴くなる　(18・四〇三四)
ほととぎす　厭《いと》ふ時なし　あやめぐさ　縵にせむ日　こゆ鳴き渡れ　(18・四〇三五)

右の四首、田辺史福麻呂

右の宴席歌について、破損があり歌の脱落があることは先に述べた。しかしこの宴には、他にもいくつかの問題が提出されている。たとえば、まず作者の問題がある。『全注釈』は、第三首までの歌について福麻呂の作ではなく家持の作であろうとし、また第四首を加えた四首を題詞に示された家持の館の宴席歌でないとする。その理由の一つは、海を詠んでいるが、家持の館からは海は見えないこと。二つめは、歌の内容からである。第一首は、「海上のもようを見てこようというので、むしろ主人側でよんだ内容をもっている」とし、賓客としての福麻呂の詠より客を接待する主人側家持の詠としてふさわしいというのである。第二首も、間無き恋に年を経たことを歌ったものであるが、「異性なり故郷なりに対していうとするのが順当で、家持の場合よくあてはまるのである」とする。第三首についても、「海辺の叙景の歌で、家持の館で歌うにふさわしくない」とする。第四首は、ほととぎすに対して、菖蒲草の日に鳴けと歌っているが、ほととぎすの鳴く立夏の日、あやめ草を「蘰にせむ日」は五月五日ゆえ、三月二十三日の宴にこの歌を吟誦するのはふさわしくないと考えている。そしてその原因を次のように述べる。

このはじめの三首は、やはり大伴の家持の作とすることがふさわしいと思う。家持は、自分の作には、他人の作と混同するおそれのない場合は署名しておかなかったのだろう。何人かがそれを資料として巻の十八の編成整備をした時に、その速断からこのよう形をなすに至ったのではないだろうか。

しかしその後の注釈書において、ほとんどが左注の示す福麻呂作としている。川口常孝は、四首にくわしく検討を加え「四〇三二――四〇三四は、題詞通りに、国守館における福麿の作であってよく、四〇三五の古歌も、その日の宴席でごく自然に受け入れられる形で誦詠された」と論じている。[9]

次に問題なのは、第四首に何故に季節はずれとも思われる「ほととぎす」を詠んだ古歌（10・一九五五に同じ）を転用したのかということである。先に第二の特徴として、「ほととぎす」の歌は、各宴席歌群の末尾の部分に存しているか、宴席歌全部が「ほととぎす」によって貫かれているということを述べた。その発端は、二十三日のこの福麻呂歌である。時節でもないのに何故に「ほととぎす」が話題となり、これほどまでに執着するのか疑問である。

ところで第三首までは「奈呉の海（浦）」という景勝の地が詠まれている。ということは歓迎の宴四首は「二つの景」を題材として詠まれているのである。そのひとつは「奈呉の海」という景勝地であり、もうひとつは「ほととぎす」という景物であった。つまり四首は、共通して越中の風土的なものを題材として歓待者側への挨拶として機能していると考えられる。そしてこの「二つの景」の意味を探ることは重要なことであろう。

そこで次に、歌群全体の歌に詠み込まれた素材の在り方について、簡略に整理してみた。

(1)二十三日　来越歓迎宴歌

①四〇三二　福麻呂　奈呉の海

②四〇三三　福麻呂　奈呉の浦

③四〇三四　福麻呂　奈呉の海

④四〇三五　福麻呂　ほととぎす

(2)二十四日　遊覧前日宴歌

①四〇三六　福麻呂　布勢の浦

②四〇三七　家持　　乎布の崎

③四〇三八　福麻呂　布勢の海

④四〇三九　福麻呂　布勢の浦

⑤四〇四〇　福麻呂　布勢の浦

⑥四〇四一　福麻呂　梅の花・園

⑦四〇四二　福麻呂　藤波・ほととぎす

⑧四〇四三　家持　　布勢の浦・藤波・(ほととぎす)

(3)二十五日　水海遊覧宴歌

(A)①四〇四四

②四〇四五

(B)①四〇四六　福麻呂　垂姫の崎

②四〇四七　土師　　垂姫の浦

③四〇四八　家持　垂姫の浦・奈良の我家
④四〇四九　福麻呂　乎布の浦
⑤四〇五〇　広縄　ほととぎす
⑥四〇五一　家持　多祜の崎・木の暗・ほととぎす

⑷二十六日　離越送別宴歌

①四〇五二　福麻呂　ほととぎす・山
②四〇五三　広縄　木の暗・ほととぎす
③四〇五四　家持　ほととぎす・灯火・月夜
④四〇五五　家持　可敝流廻《かへるみ》・五幡の坂・袖

歌群中のほととぎす詠の特徴については、再度述べきたが、右によるとその他にもいくつかの特徴が見られる。たとえば、⑴を除くと家持作歌で結ばれていること、⑶を除くと福麻呂詠が先行することである（⑴については、家持詠の脱落が考えられることは先述した）。

歌の素材に関しては、歌群全体において、「二つの景」が詠まれていることに注目したい。それは越中国の「景勝の地」と「ほととぎす」である。二十三日の歓迎の宴四首の流れは、水海遊覧の宴などの場で響き合い、来越歌群全体を貫流しているのである。⑶の(A)を除き、すべての宴において「二つの景」が詠まれていることは、この福麻呂来越歌群の性格を考えるうえでも重要なことであろう。

さらに興味深いことは、歌の配列順に見て素材的に変化する歌と「福麻呂歌は、常に場面の改まる最初に位置している」と指摘されていることと係わることである。その場面転換と素材的に変化する契機となった歌を示すと次のようであり、いずれも福麻呂歌である。

(2)二十四日　遊覧前日宴歌

①いかにある　布勢の浦そも　ここだくに　君が見せむと　我を留むる　(18・四〇三六)

⑥梅の花　咲き散る園に　我行かむ　君が使ひを　片待ちがてら　(18・四〇四一)

(3)二十五日　水海遊覧宴歌

(B)①神さぶる　垂姫の崎　漕ぎ巡り　見れども飽かず　いかに我せむ　(18・四〇四六)

(B)④おろかにそ　我は思ひし　乎布の浦の　荒磯の巡り　見れど飽かずけり　(18・四〇四九)

たとえば(3)の(B)宴歌において、④⑤⑥の三首は「垂姫」を詠んだ第三首(①②③)までとは異なっている。その④の歌は、『釋注』において「新たにその『乎布の崎』に漕ぎ進んで詠んだ歌で、同じ布勢の水海遊覧の中でも、この歌で場面が転換する」と指摘されているのである。実際⑥(四〇五一)では「多祜の崎」という地に進んでいる。また(3)の④の歌初二句「おろそかに我は思ひし」は、前日の(2)の①福麻呂歌(四〇三六)を踏まえて作られたこともすでに諸注に指摘されている。そしてこの(2)の①歌(初句「いかにある」)も場面の転換にかかわっていて、次の②「乎布の崎」「ひねもすに見とも飽くべき」や③の美景を眺めるだけでなく玉も拾いたいという歌を導き出している。また同じ(3)の宴歌においては、(B)の①の歌(末句「いかに我せむ」)も場面転換にかかわっていて、次に続く歌でも「垂姫の崎」を詠み、②「言ひ継ぎにせむ」、③「奈良の我家を忘れて思へや」という歌を導き出す。

(2)の宴歌においては、⑥の歌が新しい地名「園」を詠み、それ以前の歌と⑥⑦⑧の歌が異なる様相をみせている。⑥の歌は、巻十・一九〇〇の重出歌で、家持から水海の湖畔に「園」という地名があると聞いて興味を覚えた福麻呂が、その古歌を誦詠したものとされている。

四　二つの景の基層

福麻呂来越歌群全体に「二つの景」を詠むことが貫かれていることを述べたが、ここに至って、なぜそれらが詠まれたのかを問わねばならない。とりわけ来越の最初、二十三日の宴である(1)の宴歌において、福麻呂は二つの景「奈呉の海（浦）」と「ほととぎす」を詠んでいる。そしてその歌で福麻呂は、越中における独特の風景に強い興味関心のあることを示す。福麻呂はなぜ時ならぬ「ほととぎす」詠の古歌を誦したのか。またどんな発想により「ほととぎす」と「奈呉の海（浦）」を詠んだのか。

まず「ほととぎす」詠についてである。川口常孝は、天平十八年（七四六）七月に越中国守として赴任した家持を歓迎する最初の宴である「八月七日の夜、守大伴宿祢家持が館に集ひて宴する歌」（17・三九四三〜三九五五）の中、第三首の池主の歌（三九四六）に季節はずれの「ほととぎす」が詠まれていることに注目して、福磨呂来越時の歌と共通する心情であると、次のように述べている。[10]

福磨が家持のほととぎす狂ぶりを知っていて、謝辞がわりにそれを末尾にすえたように、池主もまた、三首の末尾にそれを点出することによって、一族の頭棟にして守たる家持の嗜好に清潔のおもねりをしたということである。

また森淳司は、伝誦歌七首の中に橘諸兄の賛歌の存在すること、家持のほととぎす詠の多作、さらには編纂上から深いつながりがあるといわれる巻十八巻頭歌群と巻十七巻頭歌群の中に、ほととぎすかもしくは橘の詠が多く採録されていることなどから、次のように橘とほととぎすの係わりを説いている。[11]

その「橘諸兄」の橘の縁で、それをこそ下地にして、福麻呂のほととぎす詠はなされたことだったろう。（中略）福麻呂来越歌群のほととぎす詠は、多分に天平二十年の政界の動向状勢を抜きにしてはその後の歌と共に理解し得ない。

さらに伊藤博は『全注』において、「ほととぎす」を詠み込む古歌をここに利用したのは、「予祝の意」をこめるためとする見解を示している。それは次のようにある。

ここに「あやめぐさかづらにせむ日」とあるのは、端午の節句の五月五日である。わけても、その端午の節句に必ず来て鳴くことを時鳥に要請するこの古歌は、それを奏でる日が三月二十三日であることを思うならば、予祝の意をこめるために利用されたと推察される。田辺福麻呂が越中国府を後にして都へと発ったのは四日後の三月二十七日であった。…つまりは、別れて後も、主人《あるじ》家持たちの囲りには花やぎが見舞うはずだという目下の心を示す恰好の歌として、福麻呂はこの古歌を利用したのであって、その意味では、これも前三首に続く、客人福麻呂の挨拶歌ということになる。

さらにまた佐藤隆は、池主との係わりから次のように述べている。[12]

つまり、家持が越中守として着任した時からホトトギス詠を交わした池主が、天平十九年に掾として越前国へ転出していた。そして、家持たちは二十年の越中の初夏を間近かにし、「ほととぎす」を思い起したその折に、遠来の客人福麻呂が、池主の「敬和遊覧布勢水海賦」を心においた、意味深いホトトギス詠を披露したのである。福麻呂のホトトギス詠によって、家持を中心とする越中国府の人々は、池主の作品を思い起し、一気にホトトギス詠の風雅の世界を広げていったと確信する。

一方「奈呉の海」に関しては、ほとんど言及されることがなく、川口常孝に次のような見解が提出されている。[13]

大和出発前から奈呉の海が心にかかっていて、あるいは知識としてもっていて、その海がいくばくかの里程内にあれば、よしまったく見えなくとも宴席での興趣として歌いあげることは、十分にありえよう。むしろその方が挨拶としてふさわしい。

以上のように「ほととぎす」に関しては、家持の嗜好説、橘（橘諸兄）とほととぎすの関係説、予祝説、池主との関係説が提出されている。また「奈呉の海」については、福麻呂は大和出発前から「心にかかって」いたか「知識」として持っていたかしていたと推測している。

この川口常孝の「大和出発前から」ということは、何の根拠もないところから発したものではない。実は、天平十九年（七四九）五月初旬に家持は、正税帳使として都に上り、九月中旬頃に越中に帰ってくる。その折に越中の名勝を都人に紹介する手土産として、巻十七の「二上の賦一首」（三九八五〜三九八七）、「布勢の水海に遊覧する賦」（三九九一〜三九九四）、「立山の賦」（四〇〇〇〜四〇〇五）など、いわゆる「万葉五賦」と呼ばれる歌群を持参したと指摘されている。[14]実際、次の(2)遊覧前日宴歌④の歌は、税帳使として上京した家持から、「布勢の水海に遊覧する賦」の三九九一・三九九二の歌を示されていた福麻呂が、「以前から話にだけは聞いていた」としたと思われる。

音のみに　聞きて目に見ぬ　布勢の浦を　見ずは上らじ　年は経ぬとも　(2)・④、18・四〇三九）

ところが伊藤博は、万葉五賦をも含めた巻十七・三九四二〜四〇一〇の歌群六八首を都人への土産として持参したという見解を示した。そして、その手土産の歌群を献上する相手は橘諸兄であり、さらにその配下であって歌人としても名のある福麻呂も目にしたに違いないと推察している。[15]つまり、福麻呂は越中を訪れる天平二十年三月のほぼ一年前に、天平十八年八月七日の家持が越中国守として赴任した最初の歓迎の宴（17・三九四三〜三九五五）から天平十九年五月二日の京に上ることが近づいてきた時の「大伴宿祢池主が報し贈る和への歌」（17・四〇〇八〜四〇一〇）までを目にしていたと考えられるのである。

実はこの都への手土産歌群と想定される中に、二十三日の宴席歌四首と係わりを有すると思われる三つの歌群が存在するのである。まず第一は、家持赴任後越中での第一回目の宴席である「八月七日の夜に、守大伴宿祢家持が館に集ひて宴する歌」（17・三九四三〜三九五五）である。ここに季節はずれの「ほととぎす」（17・三九四六）が客側の池主によって詠まれていることは先述したとおりである。越中での第二回目の宴席は、大目奏忌寸八千島の館で催された。第二はここに一首だけ登載されている同日の作の主人八千島の歌にある。

大目奏忌寸八千島が館に宴する歌一首

奈呉の海人の　釣する舟は　今こそば　舟棚打ちて　あへて漕ぎ出め　（17・三九五六）

右、館の客屋に居つつ蒼海を望み、仍りて主人八千島この歌を作る。

この歌は、左注によると館の客屋（訪客を接待するために別棟にした建物）から、「奈呉の海」を望んでの歌である。客へのふるまいの挨拶歌である。八千島の館は、当時の国守館のあった今の古国府の高地の、最も海に近いところにあったと推定されている。偶然にも、家持赴任後の第一回と第二回の歓迎の宴席においで季節はずれの「ほととぎす」と景勝の地「奈呉の海」が詠まれているのである。

天平二十年三月の福麻呂来越歌群より以前に「奈呉の海」を詠んだ歌は、天平二十年正月二十九日の家持作四首中に「奈呉の海人」（四〇一七）、「奈呉の江」（四〇一八）とあるほかは、天平十九年四月二十日の八千島の館における宴席歌である。第三はその八千島の館の歌にある。

大目奏忌寸八千島が館にして、守大伴宿祢家持に餞する宴の歌二首

(ア)奈呉の海に　沖つ白波　しくしくに　思ほえむかも　立ち別れなば　（17・三九八九）

(イ)我が背子は　玉にもがもな　手に巻きて　見つつ行かむを　置きて行かば惜し　（17・三九九〇）

右、守大伴宿祢家持、正税帳を持ちて、京師に入らむとす。仍りてこの歌を作り、聊かに相別るる嘆きを陳ぶ。四月二十日

左注によると、家持が正税使として上京することになったので、送別の宴を催した時の歌である。(ア)の歌は客としての家持が、主人八千島に対して詠んだ儀礼的な歌と解される。二つの景についてはア)の歌には「奈呉の海」が詠まれているが、(イ)の歌には「ほととぎす」が詠まれていない。だが、次の歌で、「ほととぎす」が隠されていることが明らかである。

京に入ること漸く近づき、悲情撥ひ難くして、懐を述ぶる一首并せて一絶

(ウ)…ほととぎす　声にあへ貫く　玉にもが　手に巻き持ちて　朝夕に　見つつ行かむを　置きて行かば惜し

(17・四〇〇六)

(エ)我が背子は　玉にもがもな　ほととぎす　声にあへ貫き　手に巻きて行かむ

(17・四〇〇七)

右、大伴宿祢家持、椽大伴宿祢池主に贈る　四月三十日

この(エ)の歌について、『評釈』は次のように述べている。

結句の「霍公鳥聲にあへ貫く玉にもが」は古歌の踏襲であり、既に一たび八千島に與へた歌の再用であるが、これは五月の節句が四五日の近くに迫ってゐた時で實際に卽してゐると共に、家持の趣味と相待って氣分化され、調和あるものとなってゐる。

ここに言う「既に一たび八千島に與えた歌」とは、八千島の館での宴における前掲した(イ)の家持歌(三九九〇)をさしている。最初の送別会で自らが歌った(イ)の歌を意識しているのである。上京の折に、もし五月の玉であったら手に巻いて連れて行きたいという意の歌であることは共通する。そのことから(イ)の玉も(ウ)・(エ)のようにほととぎすの声で貫ぬいた玉であったとも考えられる。

家持が越中を出発したのは、四〇一〇の左注の日付「五月二日」以後であることからすると、この歌の場は予餞的な宴であったかと思われる。しかし、そこに「奈呉の海」と「ほととぎす」が詠まれていることは、興味深いも

のがある。おそらく福麻呂は、都への手土産歌群にある、家持の赴任歓迎の宴や税帳使として上京する餞別の宴などで詠まれた「二つの景」である「奈呉の海」と「ほととぎす」を強く記憶に残していたのであろう。越中を初めて訪れた福麻呂の、「二つの景」を詠む基層には、越中の代表的な景を詠んだ二つの宴席があったのではないかと思われる。

さてここに至って、次の歌が気になる。

霍公鳥の喧くを聞きて作る歌一首

(オ)古よ　しのひにければ　ほととぎす　鳴く声聞きて　恋しきものを　（18・四一一九）

右の歌には日付がない。その理由について『全注』は「前の歌四一一六～四一一八と同じ閏五月二十七日の歌だからである」とする。実際この歌の後には、閏五月二十八日の歌が続いている。そこでこの一首は、前の広縄歓迎歌（四一一六～四一一八）と係わって発想された歌と推察される。その前の歌とは、次の歌である。

国の掾久米朝臣広縄、天平二十年を以て、朝集使に付きて京に入る。その事畢りて、天平感宝元年五月二十七日、本任に還り至る。よりて長官の館に、詩酒の宴を設けて楽飲す。ここに主人守大伴宿祢家持の作る歌一首并せて短歌

〈長歌省略〉　（18・四一一六）

(カ)去年《こぞ》の秋　相見しまにま　今日見れば　面やめづらし　都方人　（18・四一一七）

(キ)かくしても　相見るものを　すくなくも　年月経れば　恋しけれやも　（18・四一一八）

『全注』は、右の歌に「望郷の念」を読み取り、(オ)の「古よしのひにければ」の表現に「風雅なる都人士への思いが託されているように思われる」と解している。

しかし、早くに『略解』は㈪の歌について「按ふに、未相見ずして、慕はしく思ひし人に逢て、詠める譬揄歌たらむか。」という見解を提出している。そして、これに従い㈪の歌を口語訳すれば、次の『講談社全訳注』のようになろう。

昔からほととぎすによって遠い人を慕って来たものだから、鳴き声を聞くと、恋心がつのるものを。

このように理解することで、㈫の歌が再会の喜びを広縄が垢抜けて帰って来たと詠み、㈬の歌が別れていた時の心を回想することで再会の喜びを強調して詠んでいることと初めて係わるのである。

そしてこの㈪の歌を、二十三日の福麻呂来越歓迎歌の第二首と第四首に比較してみるとさらに明らかである。

波立てば　奈呉の浦回に　寄る貝の　間なき恋にそ　年は経にける。　（18・四〇三三）

ほととぎす　厭ふ時なし　あやめぐさ　縵にせむ日　こゆ鳴き渡れ　（18・四〇三五）

『全注』は、第三首で「鶴」を歌ったので、応じて第四首では「ほととぎす」の歌を持ち込んだものと考えているが、「間なき恋にそ年は経にける」からの「ほととぎす」が連想されたと思われる。それは㈬「すくなくも年月経れば恋しけれやも」から㈪「ほととぎす鳴く声聞きて恋しきものを」と詠んだことと同じ発想であろう。それらの発想の基層には、ほととぎすによって遠い人を偲ぶ習慣があったのであろう。

五　おわりに

以上、『万葉集』巻十八の巻頭に収められている、田辺福麻呂来越歌群のいくつかの問題について考えてみた。特に歌群全体に「二つの景」を詠むことが貫かれていることを中心にした。そしてその原因や基層を考えてみたわけである。「ほととぎす」を詠むことについては、従来、ほととぎす愛好は時代の風潮であり、また家持個人の嗜好であることからの発想と思われ諸説が展開された。しかし、そこには家持が上京の折に持参した手土産歌群とされる、家持歓迎の宴歌や餞別の宴歌の環境があった。また、昔から「ほととぎす」によって遠い人を偲ぶ習慣に基づく歌などの影響もあった。そして景勝の地を詠むことも、その二つの宴席歌の基層にはある。

注

(1) 福麻呂来越歌群と呼ばれるものは、四〇三二から四〇六五までのうち、後に追和した家持作の二首(四〇六三、四〇六四)を除く三十二首。
(2) 大野晋「万葉集巻十八の本文に就いて」(『国語と国文学』二十二巻三号、昭和二十年三・四月)、『日本古典大系本万葉集四』(「校注覚え書」)
(3) 川口常孝「田辺福麻呂論　上」(『語文』第三十六輯、昭和四十六年一月)
(4) 伊藤博『万葉集釋注　九』
(5) 本書Ⅳの「福麻呂歓迎の宴」、二十三日の宴をめぐっては、「来鳴かぬほととぎす」がある。
(6) 『萬葉集全注　巻第十八』
(7) 「消えた七首」(『萬葉集研究十九』塙書房、平成四年十一月)、「万葉集全注　巻第十八」
(8) 久米常民『萬葉集の誦詠歌』(塙書房、昭和三十六年)、「田辺福麿」(『国文学解釈と教材の研究』(第十三巻第一号・昭和四三年一月)
(9) (3)に同じ
(10) 川口常孝「家持の〝あはれ〟越中の一つの事例」(『万葉集――人間・歴史・風土――』笠間書院　昭和四十八年七月)

(11) 森淳司「万葉集巻十八、福麻呂来越宴席歌群考——そのほととぎす詠を中心として——」(『語文』第六十輯、昭和五十九年六月)

(12) 佐藤隆「大伴家持と田辺福麻呂」(『中京国文学』第十三号、平成六年三月)

(13) (3) に同じ

(14) 鴻巣盛広『北陸万葉集古蹟研究』(宇都宮書房 昭和九年)、山田孝雄『万葉五賦』(正堂書店 昭和二十五年)、『全釋』、『総釋』、『私注』、『全注』、小野寛『大伴家持』(新典社 昭和六十三年) など。

(15) 伊藤博「布勢の浦と乎布の崎——大伴家持の論——」(『記紀万葉論叢』(塙書房 平成四年五月)、『全注』、『釋注』など。

来鳴かぬほととぎす

一　はじめに

大伴家持とほととぎす。それは家持を語るとき、欠くことのできない詩的素材のひとつである。『万葉集』中、ほととぎすは一五六首も詠まれており、そのうち家持詠は六十四首である。越中赴任以前は十七首、越中在任中は四十四首、越中離任後三首という数であり、越中での家持のほととぎすに対する執着は、大きいものであった。

その越中在任時代に国守家持の館において、宴が催された。それは天平二十年春三月、左大臣橘家の使者として越中を訪れた田辺福麻呂を歓迎する宴である。その宴で終始、来鳴かぬほととぎすが話題となっていることは、越中の三月下旬に時節はずれの素材であり、この一連の宴の特徴でもある。

ほととぎすは、独特の鳴き声で初夏の訪れを告げる。『万葉集』では、その季節の植物などと取り合わせて詠まれている。この福麻呂歓迎の宴の場合、ほととぎすを詠むことはいったい何であったのか。それが時節はずれの来鳴かぬほととぎすであることは、宴席の場においてどのような意味を持っているのだろう。また、家持と越中を考えようとするとき、多くの鳴くほととぎすが詠まれている中、鳴かぬほととぎすは特異な素材であり、気にかかる存在である。

ここでは、福麻呂来越歌群の実態を捉え、越中国における家持に少しでも近づくことを最終目的とするが、今回は来鳴かぬほととぎすについて考える手掛りとして、冒頭に収められている歓迎の宴における福麻呂詠四首の在り方や意義について明らかにする。それは、その後何日かにわたる宴での歌群が、冒頭四首にその源を発しているからである。

しかし、この宴席歌群を扱うときは少し注意が必要である。それは、この歌群の所収歌にははなはだしい脱漏があり、その欠落部分のいくつかは平安朝期に補修されたことが指摘されていて[1]、宴席歌の原形や雰囲気をそのまま伝えていないからである。

二　使者福麻呂の歌

福麻呂来越歌群の冒頭に収められている四首は、次の歌である。

天平二十年春三月二十三日、左大臣橘家の使者造酒司令史田辺福麻呂を守大伴宿祢家持の館に饗す。ここに作る新しき歌併せて便ち古詠を誦して、各心緒を述ぶ。

(ア)奈呉の海に　舟しまし貸せ　沖に出でて　波立ち来やと　見て帰り来む　(18・四〇三二)
(イ)波立てば　奈呉の浦回に　寄る貝の　間なき恋にそ　年は経にける　(18・四〇三三)
(ウ)奈呉の海に　潮のはや干ば　あさりしに　出でむと鶴は　今そ鳴くなる　(18・四〇三四)
(エ)ほととぎす　厭ふ時なし　あやめ草　縵にせむ日　こゆ鳴き渡れ　(18・四〇三五)

右の四首、田辺史福麻呂

この歌群は、田辺史福麻呂の四首のみが収められている。しかし、宴の公的性格（越中国守家持の館における歓迎の宴）からして、この場において福麻呂の四首のみが誦詠されたとは思われない。よって、ここに記載されなかった歓迎する側の歌や場の構成員なども加味して考えなければならない。

では、現存するこの四首は、歓迎の宴という場において如何なる在り方を示し、その場にどのように響き、どのような意義を有しているのか。その点から考えてみることにする。

この宴席の参加者については何も記されていないが、題詞より推察すると越中国守の館で開催されたことから、守家持はもちろんのこと、掾久米朝臣広縄、介内蔵忌寸縄麿、大目秦忌寸八千島など多数の出席者の存在が予想される。そしてまた、都からの遠来の客人は、左大臣橘家の使者であり、また恭仁京を讃える歌など数々の長歌を作った宮廷歌人でもある田辺史福麻呂であることも忘れてはならない。

ここには宴の歓待者側の歌はなく、主客の歌の対応はみられないが、四首の歌に歓待者への意識、歓迎の情に対する謝辞の歌と解される要素が見え隠れしている。そしてさらに、この四首と後の何日かにわたる宴の歌とに、ある密接な対応関係などの関連性がみられ、四首がまさに福麻呂来越歌群全体に響いている。

まず(ア)の歌は、海上の模様を見てこようという内容で、「むしろ主人側でよんだような内容をもっている」歌であると言われるが、(2) むしろそれは福麻呂が「奈呉の海」の風景に関心を示し、伝え聞いていた好景観を待望していたかのように詠み、その心は主催者側に対する挨拶として機能していると解される。

この(ア)の歌と類似するのは(ウ)の歌である。(ア)では「波立ち来やと　見て帰り来む」と奈呉の海に心誘われる思いを示し、(ウ)では同じくその浦回の様子を「あさりしに　出でむと鶴は　今そ鳴くなる」と推定し関心を示している。また、(ア)では「波立ち来やと」と満潮時に、(ウ)では「潮のはや干ば」と干潮時に焦点を合わせていることなども対応している。

実はこの二首と近似する表現、歌内容を有するものが他にある。それは宴の終り頃になり、その近くの佳景に憧れの心を持っていることを示し、その宴が飽きることのないものであったことを詠み、参加した人々に対し挨拶として機能している例である。それは天平十八年八月、越中国守の館で催された、新任の国守家持を中心とする宴において詠まれた次の①の歌である。

①馬並めて　いざ打ち行かな　渋谿の　清き磯回に　寄する波見に　（17・三九五四）

右の二首　守大伴宿祢家持

②ぬばたまの　夜はふけぬらし　玉くしげ　二上山に　月傾きぬ　（17・三九五五）

右の一首、史生土師宿祢道良

そして①の歌に対応して②の歌は、客として長座してしまい夜が更けてしまったと表現し、宴に満足したことを示し招待された挨拶の心を詠んでいる。この二首をもって終宴するのである。開宴と終宴という時間的違いはあるが、佳景に憧れの心を示して、その宴を開催してくれた歓待者の人々に感謝する心は前掲の(ア)・(ウ)の歌と共通している。(ア)の場合、客である福麻呂が詠んだ国守の館に近い一風景である「奈呉の海」に対する思いは、歓待者側にとって心嬉しいことであり何よりの挨拶となる。そしてその心は宴席に参加している人々の全体とともに、主人家持へも向くことは当然のことであろう。

次に(イ)の歌についてであるが、この歌には従来より解釈に少し問題があり、「間なき恋にそ　年は経にける」の表現は、奈呉の浦に対する心、家持に対する思慕などに分かれ、さらには家持の作とする説もあり、「従来の説では、主人大伴の家持に対する田辺福麻呂の恋とされているが、これは変で、おそらくは、家持自身の、都に対する恋であろう」と言われている。(3) しかし、作者に関しては左注を信じ、また歌内容は逢い得た喜びを述べていることから、福麻呂が宴の主人である家持に対して思慕の情を表わしているものと理解される。たとえばそのことは、次に掲げる歌なども類似して考えられる。

（天平十八年）八月七日の夜に、守大伴宿祢家持の館に集ひて宴する歌

①秋の田の　穂向き見がてり　我が背子が　ふさ手折り来る　をみなえしかも　(17・三九四三)

右の一首　守大伴宿祢家持作る

②をみなえし　咲きたる野辺を　行き巡り　君を思ひ出　たもとほり来ぬ　(17・三九四四)

右の三首　掾大伴宿祢池主作る

この歌は前掲した宴歌と同じ場のもので、新任の国守家持の主催する宴であり、以下九首(三九五五まで)応接の歌が続いている。ここで注目される点は、①と②の歌の関係である。まず①の歌では、客の池主が館に来る途中宴に興をそえようと女郎花を手折って来たのに対して、主人の家持が親愛の情を「我が背子」と表現し、感謝の心を述べる。それに対して池主は②の歌で、女郎花が咲いている野を歩き回って手折って来ましたと応じる。ここでの親愛の情は「君を思い出」と表現されている。この主人家持と客池主の宴席での相聞の世界とも思われるような歌のやりとりとは、福麻呂の(イ)の歌と心情的、機能的な面で類似するものである。このように歓迎の宴で挨拶として親愛の情を示すことは宴席歌の慣用のひとつと言えよう。(イ)の歌は国守館に程近い風景を「間なき恋」の序として用いつつ、主人家持への思慕の情を示すことで歓待する人々に対する挨拶として詠まれていると理解できる。

以上、(ア)、(イ)、(ウ)の三首は歓待者側に対して挨拶としての機能を果たしているのである。そしてまた、三首は共に「奈呉の海」(ア・ウ)「奈呉の浦」(イ)と地名を詠み、また(ア)「波立ち来や」、(イ)「波立てば」と呼応し、さらに(ウ)「潮のはや干ば」と対応させ、いわば奈呉の風景を取り入れるという関連性を有していると言える。

三　「ほととぎす」詠の意味するもの

さて次に(エ)のほととぎすを詠んだ歌であるが、この歌は周知のように夏雑歌「鳥を詠める」に収められている次の歌（10・一九五五）と類歌関係にあることから、宴の場において誦詠された古歌である。

ほととぎす　厭ふ時なし　あやめ草　縵にせむ日　こゆ鳴き渡れ　（夏雑歌・10・一九五五）

また㈤の歌は、諸注釈の指摘によると越中の晩春にほととぎすの歌を詠むことはふさわしくなく、「季節はずれの話題である」などと評されている。(4)

さてそれでは、㈤の歌は歓迎の宴や他の三首と何の脈絡もなく、全く独立し必然性のないままに誦詠されたのだろうか。ここではこの問題を中心に考えてみる。

まず、直前の㈦の歌との関連であるが、一読して㈦「鶴が鳴く」、㈤「ほととぎすが鳴く」という表現が目に入るが、歌内容についても関連性がみられる。㈦の歌では、潮が引いて干潟ができたら餌をあさりに出ようと鶴は鳴いているようだと詠む。そして「潮のはや干ば」と「今ぞ鳴くなる」が呼応し、潮が引くと鶴が沖に出るという習性が表現されている。一方㈤の歌には、次に掲げる歌と同じように、ほととぎすが「あやめ草縵にせむ日」に鳴くという習性が看取される。

1　……ほととぎす　鳴く五月には　あやめ草　花橘を　玉に貫き　一に云ふ「貫き交へ」　縵にせむと……　（3・四二三）

2　……ほととぎす　来鳴く五月の　あやめ草　花橘に　貫き交へ　縵にせよと　包みて遣らむ　（18・四一〇一）

3　……ほととぎす　来鳴く五月の　あやめ草　蓬かづらき　酒みづき　遊び和ぐれど……　（18・四一一六）

4　……さ夜中に　鳴くほととぎす　初声を聞けばなつかし　あやめ草　花橘を　貫き交じへ　かづらくまでに里とよめ　鳴き渡れども　なほし偲はゆ　（19・四一八〇）

5　……木の暗の　四月し立てば　夜隠りに　鳴くほととぎす　古ゆ　語り継ぎつる　うぐひすの　現し真子かも　あやめ草　花橘を　娘子らが　玉貫くまでに……　（19・四一六六）

しかしまた、(エ)の歌はこれだけの繋がりで誦詠されたわけではないはずである。それに関してたとえば川口常孝は、先に掲げた天平十八年八月「守大伴宿祢家持の館に集ひて宴する」歌(三九四三〜三九五五)の、池主の第三首目に

ほととぎす　鳴きて過ぎにし　岡辺から　秋風吹きぬ　よしもあらなくに　(17・三九四六)

という季節はずれのほととぎすが詠まれていることに注目している。そこで二年後に同じ越中で時期なお早いほととぎすを詠んだ(エ)の歌と共通する心情であると指摘され、「福麻呂が家持のほととぎす狂ぶりを知っていて、謝辞がわりにそれを四首の末尾にすえたように、池主もまた、三首にそれを点出することによって、一族の棟梁にして守たる家持の嗜好に清潔のおもねりをしたということである」と言及している。(5)

つまり、両者とも家持のほととぎす狂ぶりを知っていて謝辞がわりにしたということである。その心は宴の主人である家持への親愛の情とつながるものであり、二首前の(イ)の歌と同様、招かれた者としての心を表現したものと言えよう。そう解すると(ア)・(イ)・(ウ)の歌と(エ)の歌は歓待者への挨拶がわりの歌として共通性を有していることになる。

宴の客人である福麻呂は、主催者側に対し細心の心くばりをみせている。(ア)と(ウ)の歌において宴の催されている館に程近い一風景に興味を示し、また(イ)の歌で待望の末に逢い得た喜びを詠んでいることは、宴の主人家持に対してはもちろんのこと、その宴席の参加者全員に対してのものである。それは上三句に「波立てば　奈呉の浦廻に　寄る貝の」と越中に在住している人々の日常的素材を序に用いていることからも明らかである。

(エ)の歌にしても、宴の主人である家持に対しての挨拶ということだけでなく、その宴に出席している人々全員に向けてのものであろう。前掲の例歌(1〜5)でも「あやめ草　縵にせむ日」の雰囲気が伺えるように、五月の節日とほととぎすは、宴の参加者達に呪術的行事というより「風流」を想起させたであろう。また、ほととぎすが単

に家持の嗜好、時代の風潮ということだけでなく、越中におけるひとつの景（景物）であったことを物語っている例がある。

たとえば次の歌は、家持が越中に赴任した翌年、天平十九年三月二十九日に詠んだ歌である。

立夏四月既に累日を経たるに、由し未だ霍公鳥の喧くを聞かず、因りて作る恨みの歌二首

あしひきの　山も近きを　ほととぎす　月立つまでに　なにか来鳴かぬ　（17・三九八三）

玉に貫く　花橘を　ともしみし　この我が里に　来鳴かずあるらし　（17・三九八四）

霍公鳥は、立夏の日に来鳴くこと必定す。また越中の風土は、橙橘の有ること希らなり。これによりて、大伴宿祢家持、懐に感発して、聊かにこの歌を裁る。

左注によると、家持は都の風物を越中に求めたが、そこに都とは異なる風景・風物・風土を感得したことがわかる。家持にとって来鳴かぬほととぎすは越中の風土独特のものとして存在するのである。

また、三月三十日家持は「二上山の賦」と題する長歌と反歌を詠む。次の歌はその中の一首である。

玉くしげ　二上山に　鳴く鳥の　声の恋しき　時は来にけり　（17・三九八七）

「二上山の賦」の発想には、「前日のほととぎすを待つ歌をつくり、その名所として名高い二上山への関心をよびおこされ」たとの指摘もある。[6] 二上山は国庁の近くにあり、その形から大和の二上山を想起させるなつかしい山であり、それ自身の景観のみでなくほととぎすの名所としても名高い山であったろう。

越中の二上山を詠んだ歌十二首中、ほととぎすと係わる歌は七首ある。

二上の　山に隠れる　ほととぎす　今も鳴かぬか　君に聞かせむ　（18・四〇六七）

……まそ鏡　二上山に　木の暗の　繁き谷辺を　呼びとよめ　朝飛び渡り　夕月夜　かそけき野辺に　遙々に鳴くほととぎす……　（19・四一九二）

二上の　峰の上の繁に　隠りにし　そのほととぎす　待てど来鳴かず　（19・四二三九）

「二上山の賦」は四月二十日秦八千嶋の館で催された送別の宴において披露されたらしく、また「布勢の水海に遊覧する賦一首」（三九九一・三九九二）「立山の賦一首」（四〇〇〇～四〇〇二）の歌とともに越中の名勝を都への手土産として詠じたらしいと指摘されている。(7)

ここまで見てきた限りにおいて、二上山とほととぎすは越中における風土の中で名所、景物として認識されていたと考えられる。そして、客の福麻呂が(エ)のほととぎすの歌を詠むことは、その場に参加している人々に「二上山」を想起させたとも推察される。もしそうであるならば、(ア)・(イ)・(ウ)の歌で「奈呉の海」という越中の中でもとりわけ身近な風景を詠むことと同類の発想である。福麻呂歓迎の宴において四首の歌を詠じ、越中の風土、景物に言及することで、その宴の歓待者たちに感謝、挨拶の情を表出したのである。そして、それが身近な素材であることで、その場に参加した人々にさらに共感を与えたのであろう。

また、四首以外にも歌が詠まれていたが、脱落した歌があって、その脱けた部分に「二上山」の歌などがあり、それを受けて(エ)のほととぎすの古歌が誦詠されたとも考えられるが、いずれにせよ、その発想やその場に与える影響は同様である。

福麻呂が(エ)の歌を誦詠した基層には、また、福麻呂が橘家の使者であることから、橘にはほととぎすが訪れるという関係も深いつながりがあろうかと思われる。

四　福麻呂の「来鳴かぬほととぎす」

さて、以上福麻呂来越歌群の冒頭に配列されている歓迎時の宴歌四首の在り方について見てきた。その四首は、共通して越中の風土的なものを題材として歓待者側への挨拶として機能していると考えられる。そしてその歌で福麻呂は、越中における独特の風景に強い興味関心のあることを示す。そのひとつは「奈呉の海」などの景勝の地であり、もうひとつは「ほととぎす」という景物であった。つまり、歓迎の宴四首は二つの「景」を題材として詠まれている。

越中における景勝の地、それは国府に近い地であり、家持たちがしばしば遊覧した布勢の水海である。そして歓迎の宴の翌日より垂姫の崎、乎敷の浦など布勢の水海の名勝をつぎつぎと遊覧し、その光景に感嘆して歌を詠むのである。つまり、二十三日の歓迎の宴で客の福麻呂が越中の佳景に示した憧れの心は歓待者たちのもてなしにより充分に満たされ、その歌の流れは水海遊覧の宴などの場で響き合い、また冒頭四首に対応する歌が詠まれるなど、来越歓迎歌群全体をおおっているのである。

そしてまた、歓迎の宴四首のもうひとつの構成要素である「ほととぎす」も後の宴の場を貫流している。遊覧前日の宴と布勢の水海遊覧の宴は末尾がほととぎす詠によって収められており、最後の送別の宴においてはそのほとんどがほととぎす詠である。また、ほととぎす詠の発端は客の福麻呂であり、他の人々はそれに応えるかたちで詠んでいるという特徴も見受けられる。

福麻呂の示した佳景への関心、憧れの心は歓待者の心遣いにより充分満たされるが、ほととぎすの鳴くことを切望する心は満ち足りないまま離越となる。この福麻呂歓迎の宴に参加した人々の胸中には、「来鳴かぬほととぎす」がいつまでも残るのである。

時節でもないのに何故にほととぎすが話題となり、これほどまでに執着するのであろうか。この問題を明らかにするための手掛りとして、ほととぎす詠の発端となった㈲の歌を含む歓迎の宴四首の在り方をみてきた。しかし、㈲の歌を誦詠した基層にも不充分な点が残されたままである。また後の宴の歌との関係、さらにはほととぎすが鳴くことを待つ歌から来鳴くまでの一連の歌の在り方なども深いつながりがあろうかと思われる。これらの問題についての詳細は別稿に譲ることとする。

注

(1) 大野晋「萬葉集巻第十八の本文に就いて」(「国語と国文学」第二十二巻第三号)、「巻十八の破損と平安時代の補修について」(『日本古典大系　校注の覚え書四』所収)など。
(2) 『萬葉集全註釈』など。
(3) (1)と同じ
(4) たとえば『萬葉集全釈』『萬葉集全註釈』
(5) 川口常孝「田辺福麿論」(「語文」第三十六輯・第三十七輯)、「家持の〝あはれ〟越中の一つの事例」(『万葉集―人間・歴史・風土―』笠間書院、昭和四十八年)
(6) 橋本達雄「越中時代」(『大伴家持』集英社、昭和五十九年)
(7) (5)と同じ

葛井連広成家集宴歌

一　はじめに

漢詩文と出逢った和歌の世界は、その影響を受けてさらに新たなるものを加えたと言われている。そして、漢詩文にみられる形式や語句の影響関係が数多く指摘されている。しかし、その出逢いにより和歌の世界に何が生じたのか、またそれがそれ以後どのような展開をみせたのか、などについては今後いっそう詳細に論じられることが必要であろう。

そこで、そのひとつとして「漢文序十短歌二首」という構成において、すでに漢風的なものを匂わせる「葛井連広成家集宴歌二首」（6・一〇一一、一〇一二）の生成をめぐって、宴席の基盤と天平期における和歌と漢詩の出逢いにより形成された文学的世界について述べてみたい。

二　集宴歌の基盤

葛井連広成家集宴歌二首には、次の題詞と序文が付されている。

冬十二月十二日に、歌儛所の諸王・臣子等、葛井連広成の家に集ひて宴する歌二首

比来、古儛盛りに興り、古歳漸に晩れぬ。理に、共に古情を尽くし、同じく古歌を唱ふべし。故に、この趣に擬

へて輙ち古曲二節を献る。風流意気の士、儻にこの集へるが中にあらば、争ひて念心を発し、各古体に和せよ。

右の題詞によると、二首の歌は「冬十二月（天平八年）」に「歌儛所」なるところの「諸王臣子等」が葛井連広成の家で宴をしたときのものである。ここで従来より提起されている問題は、「歌儛所」に関してであり、その所属や職種について、たとえば治部省に属する「雅楽寮」とする説、(1)また雅楽寮の中の日本音楽部とする説、(2)雅楽寮に属するもので大唐楽、百済楽など外来楽を管理する所とする説(3)がある。さらには、日本的歌儛の復興を目的として雅楽寮とは別個に、臨時的に宮中に設けたものとする説、(4)雅楽寮所管の日本古来の歌儛の一部が独立して、宮廷に伝えられた風俗の歌儛、古歌儛を余興的に教習する準公的な常設の機関とする説、(5)古来の歌儛を伝えようとする貴族を中心とした集団で、令外の機関であり内廷に直属するものとする説(6)などがある。「歌儛所」とは、これらの説のどれにあたるのか未だ決定的ではないが、いずれにせよ「歌」と「儛」を掌る所ということには変わりがない。

また、この宴の主人広成は、周知のように元は渡来人系の人物で養老四年（七二〇）に「白猪史」を「葛井連」と改めたものであり、文雅を伝え学問を掌る家柄であったらしく、『万葉集』によると宴席において参加者一同から歌（巻6・九六二）を求められるほどの人物であった。さらには、『懐風藻』に二首の五言詩、『経国集』に二編の対策文を作るほど漢詩文に造詣が深く、藤氏の『家伝　下』には、「文雅」の士として記されている。このように、この宴に参加した人々は主・客ともに左注でいうところの「風流意気の士」（歌儛音曲の心得のある者）たちであった。

次いでその序文に関してであるが、これは一見して知り得るように「古」の文字を六回繰り返して用いている。また「比来」「古儛」「古歳」「理」「古情」「古歌」「故」「此趣」「古曲」「此集」「古体」と、「ko」という音を十一回も連続させている。この「古」の反復という視覚性、「ko」音の連続という韻律性が序文の大きな特徴といえるであろう。その反復表現は、口誦性を基調とした視覚文芸的な要素を有し、遊戯性をも内在するものである。このような同音反復について、中国詩をその発生源とする立場から、山岸徳平(7)や小島憲之(8)は六朝以来の技法の影響を説き、また遊戯性との関連を指摘されている中西進の見解[9]がある。『万葉集』中で、これと類似する反復表現の例を年代順に記すと次のようである。

(1) 良き人の　良しとよく見て　良しと言ひし　吉野よく見よ　良き人よく見
（1・二七、天武八年(679)五月、天武天皇）

(2) 巨勢山の　つらつら椿　つらつらに　見つつ偲はな　巨勢の春野を
（1・五四、大宝元年(701)九月、坂門人足）

(3) 河上の　つらつら椿　つらつらに　見れども飽かず　巨勢の春野は
（1・五六、春日蔵首老）

(4) 来むと言ふも　来ぬ時あるを　来じと言ふを　来むとは待たじ　来じと言ふものを
（4・五二七、天平三年(731)頃、大伴坂上郎女）

(5) 白玉は　人に知らえず　知らずともよく　知らずとも　我し知れらば　知らずともよし
（6・一〇一八、天平十年、元興寺の僧）

(6) 秋の野に　咲ける秋萩　秋風に　なびける上に　秋の露置けり
（8・一五九七、天平十五年八月、大伴家持）

(7) 方今春朝に春花は馥ひを春苑に流し、春暮に春鶯は声を春林に囀る。
（17・三九六五の序文、天平十九年二月、大伴家持）

(8) うつせみは　恋を繁みと　春まけて　思ひ繁けば　引き攀ぢて　折りも折らずも　見るごとに　心和ぎむと　繁山の　谷辺に生ふる　山吹を　やどに引き植ゑて　朝露に　にほへる花を　見るごとに　思ひは止まず　恋し繁しも
（19・四一八五、天平勝宝二年(750)四月、大伴家持）

(9) 紀伊の国に　止まず通はむ　妻の社　妻寄しこせね　妻といひながら　一云「妻賜はにも妻といひながら」
（9・一六七九、坂上忌寸人長）

(10) 梓弓　引きみ緩へみ　来ずは来ず　来ば来そをなぞ　来ずは来ばそを
（11・二六四〇）

また、同様の表現技法を『懐風藻』にみてみると、次のような例がある。

(1)「素梅開素靨、嬌鶯弄嬌声」（葛野王10）
(2)「日辺瞻日本、雲裏望雲端、遠遊労遠国、長恨苦長安」（釈弁正27）
(3)「春日歓春鳥、蘭生折蘭人」（藤原史30）
(4)「夏身夏色古、秋津秋気新」（藤原史32）
(5)「花色花枝染、鶯吟鶯谷新」（春日老59）
(6)「三宝持聖徳、百霊扶仙寿　寿共日月長、徳与天地久」（釈道慈103）

さらにこれらの源となったと思われる六朝初唐詩のものをみてみると、次のような例がある。

(1)「春還春節美　春日春風過　春心日日異　春情處處多
處處春芳動　日日春禽變　春意春已繁　春人春不見
不見懐春人　徒望春光新　春愁春自結　春結詎能申
欲道春園趣　復憶春時人　春人意何在　空爽上春期
獨念春花落　還似昔春時」（梁元帝「春日詩」、『芸文類聚』巻三・歳時上・春）

(2)「新鶯始新帰　新蝶復新飛　新花満新樹　新月麗新輝
新光新気早　新望新盈抱　新水新緑浮　新禽新聴好
新景自新還　新葉復新攀　新技雖可結　新愁詎解顔
新思獨気氳　新知不可聞　新扇如新月　新蓋學新雲
新落連珠涙　新點石榴裙」（梁鮑泉「奉和湘東王春日詩」）

(3)「故人故情懐故宴　相望相思不相見」（初唐王勃「寒夜懐友二首」）

(4)「幽尋極幽壑　春望陟春台」（初唐駱賓王「春晩徒李長史遊開道林故山」）

(5)「還雁応過洛水瀍　洛水傍連帝城側……此日空牀対芳沼　芳沼徒遊比日魚」（初唐駱賓王「豔情代郭氏答盧照鄰」）

(6)「忽忽歳云暮　相望限風煙　長歌欲対酒　危坐遂停弦
停弦変霜露　対酒懐朋友　朝看桂蟾晩　夜聞鴻雁度
鴻度何時還　桂晩不同攀　浮雲映丹壑　明月満青山
青山雲路深　丹壑月華臨　耿耿離憂積　空令星鬢浸（初唐盧照鄰「贈益府裴録事」）

やや長々しくその用例を示してみたが、これらによると『万葉集』の反復表現は最初の二、三を除けば天平期に集中している。そして作者においては、渡来人系の葛井連広成の他に坂上忌寸人長の名がみえ[10]、また、渡来人系の作者と思われる坂門人足の歌[11]（五四）と異伝関係のある歌（五六）もある。さらに『懐風藻』の例には、大宝元年の遣唐使となった釈弁正・釈道慈の名もあり、この弁正もまた渡来人系秦忌寸出身である。このことは渡来人系知識人が漢文学を修得していたことを暗示するものであり、『懐風藻』や『万葉集』における同音反復表現が六朝初唐期の漢文学を背景としたものであることを明確にするものであろう。

そしてまた、このような反復表現の技法は中国の東晋初め頃に活躍した郭璞（二七六年〜三二四年）の「江賦」にも看取される。そこにはたとえば

　　瀨湱㶌濔、㶑瀵㵝瀨、潰濩泧瀑
　　潏湟淴泱、瀺潤瀾淪、漩澴滎瀯
　　溭淢潰瀑、濅減瀸涓

のように、八句の擬音語を連ねて水流の激動を表現し、波の様子を写すのに水部の字を三十二字も羅列させるという手法がみえる。またこの他には岩石の形容にすべて石の部の字を用いたり、さらには江魚の種類を写す場合に十

個の魚偏の字を続けて用いるというオノマトペや物名など、音や字形に関する特徴がある。六朝時代の賦は、写実的なものが尊重される傾向にあり、また美文の時代ではあったが、当時の人々は郭璞の文学の特質として、このような文体の美、修辞の妙を捉えていたようである。[12]この「江賦」は、『文選十二巻』に収められている。また郭璞は『爾雅』『山海経』『穆天子伝』『楚辞』などの注釈をして広く活躍をしており、当時の詩人たちへの影響も大きかったと考えられる。おそらくは、この郭璞の頃の新しい技法や発想を織り込んだ視覚性、韻律性をもってする表現が受け継がれ、天平期の詩人や歌人に受容され展開していったと思われる。

しかしまた、広成の反復表現は序文の中に存在するものであった。そしてこれと類似するものは、『万葉集』の例(7)の天平十九年二月、病に悩む家持が池主に贈った悲歌二首に付した書簡文（漢文序）のみである。その歌の「春」の字を六回も意識的に反復することについて、中西進は『詩品序』に「若乃春風春鳥、秋月秋蟬、夏雲暑雨、冬月祁寒　斯四候之感二諸詩一者也」と同様の手法がみられることから、家持にとって「詩品もその読書の一つというべきであろう」と六朝詩学の影響を指摘されている。[13]さらにこの広成と家持の例は、「序文＋和歌」という形式で構成されており、これは神亀五年頃に登場する大伴旅人の「凶問に報ふる歌」（5・七九三）の「書簡文（漢文序）＋和歌」、山上憶良の「惑へる情を反さしむる歌」（5・八〇〇、八〇一）の「漢文序＋長歌＋短歌（反歌）」の形式に始まり天平二年頃まで続き、その後の天平十九年の大伴家持と大伴池主の書簡贈答と応報歌（17・三九六五～三九七七）での「書簡文（漢文序）＋短歌」「書簡文＋長歌＋短歌」「書簡文＋漢詩＋短歌」という形式につらなるものである。そしてまたその形式は、『懐風藻』における天平期の詩序の形式とも類似する。このような現われ方をする「漢文序＋和歌」という文学様式の発生に関して、小島憲之に六朝初唐詩の「詩序＋詩」の形式を応用したものとする見解がある。[14]これに示唆を受け、天平期の新様式の発生基盤について、長屋王を中心とした漢詩的世界、東宮侍講たちの文学的世界が係わっていることを論じたことがある。[15]

以上でみたように、この広成の序文に看取される「古」の反復表現、また「漢文序＋和歌」という形式は、いずれも六朝初唐文学に暗示を得たものである。そしてその意味においてもこの序文は、形式的にも文体的にも「新しいもの」と言えよう。また、広成のその新形式は、旅人、憶良の世界から家持・池主の世界へと展開される役割を果すこととものなった。

三　二首の発想

さて次に、序文と二首の歌との係わりについてであるが、序文における「古歌を唱ふべし」「古曲二節を献る」「古体に和せよ」などの表現との係わりから「古」の意味などについて従来より諸説が提示されている。そしてその解決の糸口をつかむには、二首の歌を分析し、序文との関連性を的確に把握することが必要であろう。

(1)我がやどの　梅咲きたりと　告げ遣らば　来と言ふに似たり　散りぬともよし　（6・一〇一一）

(2)春されば　ををりにををり　うぐひすの　鳴く我が山斎そ　止まず通はせ　（6・一〇一二）

まずその関連性について、右の歌を一見して知り得ることは、序文から続く「古」の字の反復は途切れるものの「ko」音は「来」と表現され継続していることである。つまり、序文から連続する「ko」という韻律的なものは連続するが「古」の有する視覚的なものや意味的なものは失われる。そして(1)の歌において「ko」の音に新たなる意味が加えられ宴に招く「来」と表現され、(2)の歌ではさらにその意味的なものが「止まず通はせ」と再訪を促す表現となっている。

題詞によると、この宴の開催は「冬十二月十二日」であり、序文には「古歳漸に晩れぬ」とあった。また歌内容は、「我がやどの梅咲きたりと告げ遣らば」の第一首に対して、第二首は「春さらば」とあり、これからくる新しい

季節「春」を予想して来訪を促す歌である。そしてその歌に詠まれている「梅」は、たとえば次の、

正月立ち　春の来らば　かくしこそ　梅を招きつつ　楽しき終へめ　（5・八一五）

という歌のように、新春の到来と梅の寿を招いての新しき遊びを象徴する景物として歌われている。また「うぐひす」もたとえば次の、

霞立つ　野の上の方に　行きしかば　うぐひす鳴きつ　春になるらし　（8・一四四三）

という歌にあるように、春を待って鳴く鳥、春を告げる鳥として詠まれており、早春の季節を代表する景物である。

さらにまた、この二首にみられる特徴として素材の「新しさ」が挙げられよう。たとえば(1)の歌に詠まれている「梅」は渡来のものであり、『万葉集』には一一八首程度詠まれているが、巻一、二の古い巻や巻十一〜十六などには一首もなく、第三期以後の巻五（三十七首）、巻八（二十三首）、巻十（三十首）など新しい巻に比較的多くみられるものである。また(2)の歌にある「うぐひす」にしても『万葉集』中約五十首に詠まれているが、古いものに例外的に人麻呂歌集の二首（10・一八九〇、一八九二）がある。山部赤人（8・一四三一）の頃になると春を待って鳴く鳥、春を告げる鳥として詠まれているが、そのほとんどは天平二年の梅花の宴（5・八一五〜八四六）以降に登場する。広成の二首にみえる梅とうぐひすの取り合わせは、『懐風藻』の詩題にも「翫花鶯」（釈智蔵(8)）「春日翫鶯梅」（葛野王(10)）とみえるが、梅花の宴歌に三十二首中七首ときわ立っている。[16] さらに同じ(2)の歌に詠まれている「山斎」にしても、『万葉集』中十例ほど詠まれているが、その作者は漢籍に造詣の深い吉田宜、大伴旅人、大伴家持などであり、年代的には持統三年（六八九）から平天宝字二年（七五八）の間に集中しており、天平以前は持統三年の「嶋の宮」の例だけである。この他には『懐風藻』に三例ほど詠まれ、また梅と山斎との取り合わせは、『万葉集』において天平二年の大伴旅人の亡妻挽歌三首に「家」（四五一）、「山斎」（四五二）、「梅の木」（四五三）という一連として詠まれている。そしてこの「山斎」という庭園を構築する基盤には、神仙思想が流れており、文学のレベルにおいては六朝詩や初

唐詩からの影響を受けたと推定することができる[17]。

このように二首に詠まれている「梅」「うぐひす」「山斎」という素材は、六朝初唐時代の漢文学の世界を背景として受容され展開した新しい素材であると言えよう。そして、新しい素材が二首の中心的要素となっていることは、広成の二首の世界が「漢文序＋和歌」という新形式により構成され、また序文が同音反復という新しい表現技法によっていることと対応する。また序文によると、二首の歌は古い曲をつけて唱った「古曲」の歌であり、「古歌」であり、さらには古風な「古体」と呼ばれるような姿、形のものとして捉えているが、内容的には「新しい素材」「やがてくる新しい季節（春）」を詠んでいて、それらは対立する関係にある。この「古」と「新」の対比関係は、すでに序文冒頭部に「比来、古儛盛りに興り、古歳漸に晩れぬ」と見えていて、「盛りに興り」と「漸に晩れぬ」の表現は「今」を視点としての「正の世界」と「負の世界」の対比であり、いわゆる「新」と「古」の対比とも言い得る関係である。また、この「古儛」に表れる「古」の意識は「新」に対するものであることは言うまでもない。そしてそれは、中西進の説かれるように「外来儛曲に対する伝統的な古い儛という意味で」国風の儛を指していて[18]、当時の漢風流行の中における外来のもの（新）と日本古来からのもの（古）を対比する意識から発想されたものであろう。二首の歌についても外来のものとしての「詩的世界――非万葉の世界から見た和歌[19]」という認識においての「古」ということであったろう。

しかし、その意識は儛や歌の姿、形に関する「古儛」「古歌」「古曲」「古体」に存在するもので、外来に対する国風のものを指しているが、歳の暮れを意味する「古歳」がそうであるように「古情」の場合も他の「古」とは別の意識からの発想ではなかろうか。次にその「古情」と歌内容との代わりについて述べてみる。

四　「古」の宴

広成の第一首目の歌(1)は、従来より類歌関係が指摘されていて、それは『古今和歌集』にまで及んでいる。それらを製作年次順に掲げると次のようになる。これらは『古今集』の(5)を除いて結句「散りぬともよし」を共有し、すべてに梅の花が詠まれている。

(1)青柳　梅との花を　折りかざし　飲みて後は　散りぬともよし　（5・八二一、笠沙弥、天平二年正月、梅花の宴三十二首）

(2)我がやどの　梅咲きたりと　告げ遣らば　来と言ふに似たり　散りぬともよし　（6・一〇一一、広成、天平八年十二月）

(3)酒杯に　梅の花浮かべ　思ふどち　飲みて後は　散りぬともよし　（8・一六五六、大伴坂上郎女、天平九年頃、冬相聞）

(4)来て見べき　人もあらなくに　我家なる　梅の初花　散りぬともよし　（10・二三二八、冬雑歌）

(5)月夜よし　夜よしと人に　告げやらば　来てふに似たり　待だずしもあらず　（『古今和歌集』・14・六九二・恋四）

このような関係が生ずる原因について、序文の「古曲」との係わりから「歌曲の詞章の賛歌のようなもの」とする説や[20]「当時梅の花を主題とし、こうした結句を持った謡物であり、人口に膾炙していた」などとする説もある。[21]しかしまた、右の(2)と(3)の歌には(1)の歌が詠まれた梅花の宴の世界から影響を受けたのではないかと思われる関連性が看取されるのである。たとえば、大伴坂上郎女の歌(3)の場合、笠沙弥の歌(1)だけでなく同じ梅花宴での次の歌をも意識したのではないかと思われる点がある。

(6)春柳　縵に折りし　梅の花　誰か浮かべし　酒杯の上に　（5・八四〇、壱岐目村氏彼方）

(7)梅の花　夢に語らく　みやびたる　花と我思ふ　酒に浮かべこそ　一云「いたづらに　我を散らすな　酒に浮かべこそ」　（5・八五二、後に追加する梅の歌四首）

まずその表現的関連をみてみると、沙弥の(1)の歌とは「飲みて後は散りぬともよし」という第四、五句を共有し、さらに「酒杯に梅の花浮かべ」の表現は彼方の歌(6)の「誰か浮かべし酒杯の上に」や追和(7)の「酒に浮かべこそ」と類似するものである。また大伴坂上郎女の歌(3)は、左注に「酒は官に禁制して偁はく、京中閭里に、集宴すること得ざれ」とあることから天平九年五月の禁酒令の頃の作と推定される。大伴旅人の異母妹である大伴坂上郎女は、旅人の妻大伴女郎が亡くなった神亀五年以降に大宰府に下ったと思われ、次の題詞（6・九六三）に、

冬十一月、大伴坂上郎女、帥の家を発ちて道に上り、筑前国の宗像郡の名を名児山といふを越ゆる時に作れる歌一首

とあるように、天平二年十一月に大宰府より帰京の途につくことからして、天平二年正月の旅人主催の梅花の宴を見聞きしていた可能性は大きい。このような関連性と左注に記されている作歌事情を加味してみると、(3)の坂上郎女の歌は、多勢の人々が集い宴を開き飲楽することを禁じるという情況のもとで、七年前大宰府で催された梅花の宴において青柳や梅の花を挿頭としたことや、『遊仙窟』に「花時泛落㆑酒歌鳥或鳴㆑琴」と詠まれているようなみやびたる花を杯に浮かべるなど酒宴の興を尽くした風流の遊びを意識の上において作歌したと思われる。梅花の宴歌には、すぐに追和した歌もあるが、その宴より十年後の天平十二年（七四〇）に旅人の子息書持が追和した歌六首（17・三九〇一～三九〇六）や天平勝宝二年（七五〇）に家持が追和した歌（19・四一七四）もある。このような時空を隔てて梅花の宴に参加した歌の発想と同じように、その宴で詠まれた歌やテーマを意識して作歌したと思われる。

そしてそれと同様のことが葛井連広成の歌(1)にも言えるのである。

天平二年庚午、勅して擢駿馬使大伴道足宿祢を遣はす時の歌一首

奥山の　磐にこけ生し　恐くも　問ひたまふかも　思ひあへなくに　（6・九六二）

右、勅使大伴道足宿祢を帥の家に饗す。この日に会ひ集う衆諸、駅使葛井連広成を相誘ひて、歌詞を作るべし、と言ふ。すなはち広成声に応へて即ちこの歌を吟ふ。

右によると広成は、天平二年に大宰府へ駅使として行っており、旅人邸の宴に呼ばれ歌を吟じている。それは何月のことであるか詳らかではないが、梅花の宴が催された正月十三日以降のことであろう。その宴の後四月に、旅人は都にいる友人吉田宜に宛てて梅花の宴歌の一連と松浦川に遊ぶ歌の一連を贈り、またそれに和ふる七月十日付の書簡と歌が旅人のもとに届いている。その後旅人は天平二年冬十二月には大納言を兼任し京に向かうわけであり、広成は少なくともその約一年の間に大宰府を訪れたと考えられる。そして梅花の宴を直接見知ってはいないにしろ、吉田宜に贈るほどの歌であり、また広成が旅人邸の宴席において一同から歌を求められるほどの「文雅の士」であるからして、当然二人の間ではこの風流の宴のことは話題に上ったことであろう。さらには、梅花の宴の出席者の中には広成の兄かとも言われている筑後守葛井大夫（葛井連大成）の名も見えているなど[22]、その宴との関係は深いものがある。

では具体的に広成の歌(1)と梅花の宴の歌との関連についてであるが、まずその中で、笠沙弥の歌(1)との関係をみると、表現的には結句「散りぬともよし」を共有しているほかに、そこに係る「告遣らば」の表現は、「飲みて後は」と類似するものであろう。また、内容的には宴における挨拶的性格を呈するという共通性がある。たとえば笠沙弥の歌は、酒宴の興を尽くしての後はもう梅の花は散ってもよいという意味で、「会衆を宴楽へいざなう歌」であり、「満座の哄笑をあてこんだ」宴の正客の立場からの挨拶歌であると解される。一方広成の歌(1)には、「梅咲きたりと　告げ遣」ることは「来と言ふ」ことと同じであるという発想のおもしろさがあり、また見に来いと告げた後

は、もう散ってもよいという意味で、笑いを期待しての「来訪をうながす歌[23]」として機能していて、それは宴の主人としての挨拶的な歌であると言えよう。

また、広成は第二首目に再訪をうながす次の歌を詠んでいる。その歌(2)を再掲する。

春されば　をりにをりうぐひすの　鳴く我が山斎そ　止まず通はせ　（6・一〇一二）

ここに詠まれている「うぐひす」と「梅」の組み合わせも梅花の宴より、とりわけもてはやされた春の景物であり、梅花の宴には次に掲げる歌の他に六首ほどある[24]。

春されば　木末隠りて　うぐひすそ　鳴きて去ぬなる　梅が下枝に　（5・八二七、少典山氏若麻呂）

広成の歌「をりにをり」の発想は、右の歌などの素材的観点からも梅花の宴と無縁ではないように思われる。さらに梅花の開宴歌は、年毎に春が来るたびに梅を迎えて歓を尽くそうということで宴の永続を願う次のような歌であった。

正月立ち　春の来たらば　かくしこそ　梅を招きつつ　楽しき　終へめ　（5・八一五、大弐紀卿）

一方、広成の歌(2)は、冬十二月の宴において春の庭園の風情を述べて「止まず通はせ」と絶えず訪れることを促す歌である。そしてそこには、永遠性を象徴する「山斎」も詠んでいる[25]。このことから、この歌の発想には右の開宴歌までも意識され、宴の主人の立場からの挨拶的な歌としても機能していたのではないかと思われる。さらにまた、梅花の宴は園梅を歌材としていて、梅とやど、園の組み合わせは十首程詠まれているが、広成の歌も「我がやどに　梅咲きたりと」と表現されているように園梅を観ることがテーマとなっている。このとからこれもまた梅花の宴を意識したのではないかと推測される。

以上のことから広成は、六年前に大宰府で催された梅花の宴を聞き知っていた可能性があり、その宴で詠まれた歌や園梅という歌材を意識して作歌したのではないかと思われる。また、序文にある「古情を尽くし」という表現は、「古を思う情」という意味で六年前に催された「梅花の宴」を想起させるものとも考えられる。つまり、古儛（伝統的な儛）が盛んになってきた今年も、まもなく暮れようとしており、その宴において「古情を尽くし」「古歌を唱ふべし」とするとき、春正月に催された、外来的な素材「梅」を歌材とし漢詩的世界を伝統的な「和歌」により試みた梅花の宴を発想の基底においたのである。そしてそのことは、この日の宴に集った人々が歌や儛にくわしい歌儛所の諸王、臣子等であったことから、風流の遊びとして意味のあることであったろう。なお、広成の(1)の歌（一〇一二）は、梅花の宴の八二一の歌や巻八・一六五八、巻十・二三二八、『古今集』巻十四・六九二の歌と類歌関係にあった。また、その梅花の宴における前掲した八一五の歌は、『琴歌譜』一四の歌（『続日本紀』歌謡一、『催馬楽』二七、『古今集』一〇六九）と、さらに八一六の歌は巻十・一九七三の歌と類歌関係にあることが指摘されていて、当時伝承されていたかとも言われている。このように類歌性を持っていることは、歌が一種の共有財産であり、また古歌を利用することは教養のひとつであるとするような和歌の古代性の一面を有しているものでもある。[26] またこの梅花の宴歌が有する類歌性は、序文の「共に古情を尽し、同じく古歌を唱ふべし」とあるような、共有されるべき「古」につながる要因のひとつではないかと思われる。

五　文雅の宴

さてここに至って、序文において何故に「古」を意識的に用いたのか、またなぜ梅花の宴とかかわる二首を詠んだのかという問題が残るが、それらの基底に流れているものは、漢文学を背景としそこから享受した「古」と「新」の対応関係に現われるような漢詩との相対性からくる新しい文学表現への意識であろう。そしてまた、宴において「古」と「今」を対比して遊ぶという文雅の精神ではないだろうか。たとえばその漢詩との対峙からくる新しい文学表現への意識は、広成の歌と同様に「漢文序＋和歌」という形式を呈している次の「梅花の歌三十二首并びに序」の序文に端的に現われていると思われる。

……もし翰苑にあらずは、何を以てか情を攄べむ。詩に落梅の篇を紀す。古と今と夫れ何か異ならむ。宜しく園の梅を賦して、聊かに短詠を成すべし。

ここに表現されている「古」と「今」の対応、「詩」と「短詠」の対比関係は、漢詩的な世界（新）を和歌的な世界（古）で詠むという新しい意識につながるものであろう。

今までみてきたことによると、広成の歌は、「漢文序＋和歌」という新しい形式であったが、それは換言すると「新」＋「古」という関係である。そして、また序文において同音反復という新しい表現技法を用いていることを「新」、二首の歌については、漢詩に対する和歌を古い表現体（古体）と認識していることから「古」と捉えられ、ここにも「古」と「新」の対応が存在する。そしてさらには、古い表現体の「和歌」に漢詩的な新しい素材を詠み込むということ、また同音反復という新しい表現技法の中に「古」の字を用いることなどもその意識の表われであろう。

また、漢風が流行している天平八年に催された歌儛所の諸王、臣子たちが集う宴において、梅花の宴を想起させるような歌を詠むことの発想には、梅花の宴が漢詩との出逢いによる新しい文学意識に支えられ、中国と日本、漢詩と和歌、さらには都の文雅と大宰府の文雅という対応を意識して、園梅（落梅）をテーマに漢詩の世界を和歌的世界で詠むという文雅の宴が形成されていたことも係わっていると思われる。そしてさらに、その底流には小島憲之により「漢籍に見える文雅の宴会に於ては、昔時の会と今日の会とを比較し、また将来の会をも予想して歓楽するのが常であった」と説かれているように[27]、宴において「今」と「古」を対比して遊ぶという文雅の精神の影響もあったのではなかろうか。

疑問として残ることを付け加えるならば、序文と和歌がいつの時点で結び付いたのか、また二首の歌に続いて、こ宴に参加した人々の歌がないことなどがある。まずその結び付きに関してであるが、広成と同様に「漢文序（書簡文）＋和歌」の様式を呈する例において、序文から和歌へのつなぎをみてみると、「歌ひて（贈りて、作りて）曰はく」（旅人）、「その詞に曰く」「歌に曰く」（憶良）、「その歌に曰く」（家持）というのがほとんどである。このような表現形式以外のものは旅人の「短詠を成すべし」（梅花の宴）と広成の「古体に和せよ」だけである。これが第三者の存在を意識した表現であり、また梅花の宴歌が文筆作品と評され各人がその作を吟誦したとも言われていることから(28)、おそらくこの広成の宴歌も読詠歌とでも言うべき、目で読む文芸、文筆作品であり、序文と二首の歌は宴の席上で吟誦されたのであろう。

　またこの二首の前後に収められた歌を、次に略記して示す。

天平八年十一月、佐為王（左注）
┌一〇〇九─橘─実─花─葉─枝─樹
└一〇一〇─山─木─葉─地
天平八年十二月、広成（題詞）
┌序文──古儛─古歳─古情─古歌─古曲─古体
├一〇一一
└一〇一二
天平九年正月、橘少卿、門部王（題詞）
┌一〇一三
└一〇一四──一昨日─昨日─今日─明日

右によると二首の前後には関連する語句を連続させるという視覚性を有する歌が二首ずつ組みになって配列され

ている。また広成の歌が佐為王（橘少卿）門部王という「風流侍従」と呼ばれる歌人の間に位置している。このことから編纂の時に宴での他の歌はあえて除いたのかも知れないなどと想像したりもする。

以上、広成の二首の形成をめぐり、和歌が新しい文学形態である漢詩と出逢うことにより、どのような新しい文学世界を醸成し展開させるかということについてみてきた。その結果、二首形成の基本的要件としては、広成が渡来人系であり文雅の士と呼ばれる人物であったこと、その他の要件として宴の参加者が歌や儛にくわしい歌儛所の人々であったことがある。また、さらに天平八年という時代、唐文化摂取をめざすという時代動向が挙げられる。

そして、広成の背景にあるこのような文化的要件で培われたものが、彼によりどのような特質として表現されたかと言うと、まず「漢文序＋和歌」という新形式により二首の世界を構築し、またその序文の中に同音反復という新しい表現技法を取り入れたことが挙げられる。その新形式は、六朝初唐詩の影響を受けて神亀五年頃に登場し、旅人（宜、房前との贈答を含む）や憶良により天平二年まで続き、それ以後は天平十九年の家持と池主にみえていて、天平八年の広成のそれはちょうどその中間に位置するものである。また序文に用いられた同音反復の技法にしても、初唐詩などから享受し天平の詩歌に盛んに用いられた技巧である。しかし、『万葉集』中で序文に同音反復表現を用いたのは他に天平十九年の家持のみであり、広成がその最初である。

第二の特質としては、広成の二首の世界が漢風流行の中から生じた漢詩的世界を「新」、和歌的世界を「古」と認識する意識に支えられたものであることが挙げられる。たとえば、その序文や歌は「古」と「新」の対応する関係で構成され、さらにそれらは「漢文序＋和歌」という形式、つまり「新」＋「古」という世界で構築されていて、まさにそれは新しい世界の形式と言えるものである。その漢詩と和歌を相対するものとして認識するという意識は、すでに神亀五年頃より天平二年頃にかけて、そのほとんどが「漢文序（書簡文）＋和歌」という新形式を呈しているところの「日本挽歌」（神亀五年、憶良）、「詩詠」（天平元年、八一一の題詞、旅人）、「短詠」（天平二年、八一五の序文、旅人)、「倭歌」(天平二年、八七六の題詞、憶良)という表現にあり、その後は天平十九年の「倭詩」(三九六七の序文、池主)という表現にみえている。広成の歌は、天平期の時代動向がはらんでいるこのような意識を背景として生成されたものであり、和歌に対して用いた「古体に和せよ」という表現がそのことを端的に表わしている。

さらにその広成の二首の世界は、天平二年に催された、園梅(落梅)をテーマとし漢詩的世界を和歌的世界に詠むという梅花の宴の世界を意識して発想されたものであることが第三の特質と言えよう。そしてその発想の基盤には、宴において「今」と「古」を比較し将来をも予想して遊ぶという文雅の精神がみられるといえよう。

注

(1) 岩橋小弥太「雅楽寮と楽所」(『芸能史叢説』吉川弘文館、昭和五十年)
(2) 折口信夫「万葉集巻一・二」(『日本文学史ノート2』中央公論社、昭和三十二年)
(3) 中西進「古情の詩」(『万葉史の研究　下』桜楓社、昭和四十八年)
(4) 林屋辰三郎「古代芸能とその継承」(『中世芸能史の研究』岩波書店、昭和三十五年)
(5) 荻美津夫「歌儛所と大歌所」(『日本古代音楽史論』吉川弘文館、昭和五十二年)
(6) 桜井満「宮廷伶人の系譜」(『柿本人麻呂論』桜楓社、昭和五十五年)
(7) 「萬葉集と上代文学」(『萬葉集大成7』)、「大陸文化と萬葉集」(『国文学解釈と教材の研究』第四巻第一号)
(8) 「萬葉集と中国文学との交流」(『上代日本文学と中国文学　中』塙書房、昭和三十九年)
(9) 「戯歌」(『万葉集の比較文学的研究　下』桜楓社、昭和三十八年)
(10) 『続日本紀』延暦四年六月十日条
(11) 川上富吉「長忌寸意吉麻呂伝考」(『大妻女子大学文学部紀要』第三号、昭和四十六年三月)

(12) 当時の文体に対する批評は、たとえば次のようなものがある。「景純の綺巧縟理余り有り」(『文心雕龍詮賦篇』)、「景純の豔逸、中興に冠するに足る」(『文心雕龍才略篇』)、「潘岳を憲章す。文體相い輝やき彪炳翫ぶべし」(『詩品中品』)

(13) 「家持ノート」(『万葉集の比較文学的研究　上』桜楓社、昭和三十八年)

(14) 「天平期に於ける万葉集の詩文」(『上代日本文学と中国文学　中』塙書房、昭和四十六年)

(15) 拙稿「天平万葉史の一問題――新様式の発生とその基盤――」(『盛岡大学紀要』第七号、昭和六十三年三月)

(16) 八二四・八二七・八三七・八三八・八四一、八四二、八四五

(17) 本書Ⅲの「大伴旅人の亡妻挽歌」、「山斎と呼ばれる庭園」

(18) 「古情の歌」(『万葉史の研究　下』桜楓社、昭和四十三年)

(19) (18)に同じ

(20) 『万葉集全註釋六』

(21) 『万葉集評釋第五巻』

(22) 『万葉集全註釋五』

(23) 『新潮古典集成万葉集二』

(24) 八二四、八三七、八三八、八四一、八四二、八四五

(25) (17)に同じ

(26) 伊藤博「類歌の論」(『万葉集の構造と成立　下』塙書房、昭和四十九年)

(27) 「万葉語の解釋と出典の問題」(『萬葉集大成3』)

(28) (22)に同じ

初出一覧

Ⅰ古代的思考

「字」の諸相――万葉人の呼び名をめぐる環境について――
（『万葉人の表現とその環境』冨山房　平成十三年十一月）

「七」のシンボリズム――古代文学における境界的意味
（『日本大学通信教育部研究紀要』12　平成十年十月）

古代文学における「青」のシンボリズム
（『語文』85号　平成五年三月）

境界領域と樹木――古代文学における「松」――
（『語文』79号　平成三年三月二五日）

境界領域と植物――磯に生ふる馬酔木――
（『萬葉研究』13号　平成四年十月）

樹下の宴――「活道の岡」と「庄の門」の宴歌――
（『美夫君志』44号　平成四年三月）

万葉集の声――海人の呼び声――
（『東アジア日本語教育・日本文化研究』15号　平成二十四年三月）

万葉集巻六の編纂と左注――「類」を中心に――
（『古代文学』40号　平成十三年三月）

万葉集における立ち嘆く
（『桜文論叢』66号　平成十八年二月二十八日）

Ⅱ挽歌の諸相と発想

挽歌論
（『古代文学講座第八巻 万葉集』勉誠社　平成八年四月）

有間皇子自傷歌二首――その物語的伝承基盤について――
（『萬葉研究』10号　平成元年十月）

万葉集における二上山の歌――その基層と周辺――
（『語文』91号　平成七年三月）

大津皇子と二上山
（『萬葉の課題』翰林書房　平成七年二月）

島の宮と真弓の岡――舎人等慟傷作歌二十三首の場合――
（『日本文学会報』3号　平成三年三月）

大伴旅人の亡妻挽歌――「還入故郷即作歌三首」の構想をめぐって　（『語文』66号　昭和六十一年十二月）
万葉集における挽歌的表現――「荒る」をめぐって――　（『生活学園短期大学紀要』7号　昭和五十九年三月）

Ⅲ遣新羅使歌の環境と発想

遣新羅使人等の悲別贈答歌――「待つ女」と「秋風」――　（『万葉集相聞の世界』雄山閣出版　平成九年八月）
遣新羅使人等の歌の座――冒頭贈答歌十一首の場合――　（『万葉の発想』桜楓社　昭和五十二年五月）
遣新羅使人歌とその場――長門の浦船出歌群の場合――　（『上代文学』43号　昭和五十四年十一月）
遣新羅使人等の歌の座――麻里布の浦・竹敷の浦歌群の場合――　（『萬葉研究』1号　昭和五十三年一月）
遣新羅使人歌とその場――大島の鳴門を過ぐる時の歌群の場合――
（『万葉集論攷（一）』笠間書院　昭和五十四年十二月）

Ⅳ天平の庭園と宴席

天平万葉史の一問題――新様式の発生とその基盤――　（『盛岡大学紀要』7号　昭和六十三年三月）
万葉集の山斉の歌――その特質と作歌基盤をめぐって――　（『美夫君志』35号　昭和六十二年七月）
山斎の宴――中臣清麻呂朝臣宅宴歌十八首――　（『萬葉研究』11号　平成二年十月）
福麻呂越中歌群　（『セミナー万葉の歌人と作品第6』和泉書院　平成十二年十月）
田辺福麻呂来越歌群――二つの景の基層――　（『日本大学通信教育部研究紀要』13号　平成十二年三月）
来鳴かぬほととぎす――福麻呂来越の宴をめぐって――　（『萬葉研究』6号　昭和六十年十月）
天平期における和歌と漢詩の出逢い――広成家集宴歌二首の生成をめぐって――　（『語文』71号　昭和六十三年六月）

あとがき

私は、今日まで多くの人々の世話になり、誰かの力を借りてきた。その成果をあげることなく、借りも返さずに歩んできた。本書は、その方々へのささやかなお礼の意味を込めたものでもある。しかし、本書を旧態のままで刊行することに、心苦しく思っている。なぜなら別稿に譲ると記したにも関わらず、そのままにしているものがある。また、考えなおしたり書き加えたりしていないものが多いからである。どうぞ、ご容赦願いたい。

昭和四十六年に日本大学文理学部国文学科に入学して、森淳司先生や同期の上條武志君、米内幹夫君、大室精一君などと出会ったことは幸運であった。先生は、奥様が私と同郷ということもあり、いつもやさしい声をかけて指導してくださった。また、公私ともにお世話いただいた。万葉の世界と無縁であった私は、先生との出会いにより導かれ、ここまで歩んできた。心より感謝申し上げたい。

私より年上であった同期の仲間たちと、高木市之助『日本文学の環境』『古文芸の論』、風巻景次郎『古代文学の発生』、三木清『構想力の論理』などを読んで語り合い、おおいに刺激を受けた。初期の頃の論文は、彼らのおかげでもある。

当時の日本大学の古典分野には、上代の森脇一夫先生をはじめ、鈴木知太郎先生、岸上慎二先生、有吉保先生などがいらっしゃった。また、大学院では、外部からの講師として大久間喜一郎先生、中西進先生がいらっしゃった。この時に、しっかりと教えを受け勉強に励んでいればと、後悔している。幸いなことに、日本大学の上代文学専攻には、大先輩の中川幸廣先生をはじめ、同じ道を志す梶川信行氏、中村昭氏、関本みや子氏、崔光準氏、加藤清氏、清水明美氏などの優れた諸氏の存在があり、大きな刺激を受けた。また、国学院大学の青木周平氏をはじめとする上代文学専攻の若手の方々と共に勉強し、充実した大学院生活を送ることができたことは大切な財産となっている。

盛岡に就職してからは、萬葉研究会に参加し、会長の扇畑忠雄先生をはじめ原田貞義氏、犬飼公之氏、佐々木民夫氏、細川純子氏、生駒永幸氏、北野達氏に大変お世話になった。とかくのんびりしがちな私にとって、万葉研究の話をお聞きする機会は貴重なものであった。

学界関係では、小野寛先生、渡瀬昌忠先生、加藤静雄先生、身崎壽先生、廣岡義隆先生、村瀬憲夫先生をはじめ、上代文学会、古代文学会、美夫君志会など、多くの諸先生方にご教示いただき感謝申し上げる次第である。

本書の刊行に対し多大なる助成とご配慮をいただいた日本大学通信教育部に、心からお礼申し上げる。また、多忙の中で校正等を引き受けていただいた野口恵子氏、木村一氏、菊池美弥子氏に改めて感謝申し上げたい。そして、刊行をお引き受けくださった翰林書房の今井肇社長・今井静江氏に厚くお礼申し上げる。

近藤　健史

平成二十九年二月吉日

索　引（主な歌人）

【あ行】

【か行】

【や行】

【著者略歴】
近藤　健史（こんどう　けんし）
1953年　岩手県に生まれる
1975年　日本大学文理学部国文学科卒業
1981年　日本大学大学院文学研究科博士後期課程満期退学
生活学園短期大学、盛岡大学を経て、現在日本大学通信教育部教授・日本大学大学院総合社会情報研究科教授

万葉歌の環境と発想

日本大学通信教育学部叢書

発行日	2017年 3 月 1 日　初版第一刷
著　者	近藤健史
発行人	今井　肇
発行所	翰林書房
	〒151-0071 東京都渋谷区本町1-4-16
	電 話　(03) 6276-0633
	FAX　(03) 6276-0634
	http://www.kanrin.co.jp/
	Eメール●Kanrin@nifty.com
装　釘	島津デザイン事務所
印刷・製本	メデューム

落丁・乱丁本はお取替えいたします

ISBN978-4-87737-412-9